河出文庫

人外魔境

小栗虫太郎

河出書房新社

人外魔境

◉

目次

人外魔境

第一話　有尾人《ホモ・コウダツス》

大魔境「悪魔の尿溜《ムラムブウエジ》」

フランスの自動車会社シトロエンの探検隊――。これは、米国地理学協会ほどの大規模なものではないが、とにかく一営利会社としてはなかなかの仕事をしている。最初は、アフリカのサハラ沙漠を牽引車《トラクター》で突破し、続いて、ペルシャ、中央亜細亜を経てペキンまで、無限軌道《キヤタピラー》をうごかしていった大旅行隊《キヤラヴアン》をさえだしている。

さて、その三回目の計画であるが、すでに選定も済み雨期あけを待つばかりだそうである。それも、これまでのような自動車旅行ではなく、謎と臆測と暗黒のうちにうずもれている、前人未踏の神秘境を指しているのだ。

では、どこか?　そんな土地がまだこの地球上にあるのかと、読者諸君は不審がるだろうが、あるとも大有りである。「未踏地帯《テラ・インコグニタ》」と、精密な地図にさえ白圏のままに残された個所が、まだ四、五ヵ所はある。それらの土地は、なにか踏みいれば驚天動地的なものがあるだろうと、聴くだに探奇心をそそりたてる神秘境なのである。

そこでまず、選定会議にのぼった候補地をあげることにしよう。そうして、シトロエンの探検隊がこれからゆこうという場所が、いかにそれらさえも凌ぐ超絶的な地位にあるかということを、読者諸君にはっきりと知って貰おう。

一、南米アマゾン河奥地の、〝Rio Folls de Dios《リオ・フオルス・デ・ディオス》〟の一帯。

二、北極にちかい、グリーンランドの中央部八千尺の氷河地帯にあるといわれる、〝Ser-mik-Suah《セルミク・シユアー》〟の冥路《よみじ》の国。

三、支那青海省の〝Puspamāda《プシパマーダ》〟。いわゆる金沙河ヒマラヤの巴顔喀喇《バイアンカラ》山脈中の理想郷。

四、？

第一のアマゾン河奥地というのは「神々の狂人」と訳される。ここへは、米国コロムビア大学の薬学部長ラマビー博士一行が探検したが、ついに瘴癘湿熱の腐朽霧気《ガス》地帯から撃退されている。ただ、白骨をのせた巨蓮《ヴイクトリア・レギア》の食肉種が、河面を覆うているのが望遠レンズに映ったそうである。

第二の神秘境は、エスキモー土人が狂気のように橇を駆ってゆくという、グリーンランドの中央部にある邪霊《シユアー》の棲所《すみか》である。そこは、極光《オーロラ》にかがやく八千尺の氷河の峰々。そこには、ピアリーやノルデンスキョルド男でさえもさすがゆき兼ねたというほどの——氷の奥からふしぎな力を感ずる場所だ。

第三は、梵語で花酔境と訳される。そこは、遠くからみれば大乳海を呈し、はいれば、たち罩《こ》める花香のなかで生きながら涅槃に入るという、ラマ僧があこがれる理想郷《ユートピア》である。かれらは、そこを「蓮中の宝芯《マニ・バードメ》」と呼んで登攀をあせるけれど、まだ誰一人として行き着いたものはない。そのうえ、古くは山海経でいう一臂人の棲所《すみか》。新しくは、映画の「失われた地平線」の素材の出所とにらむことのできる——まさに西北辺疆支那の大秘境といえるのである。

しかし、以上の三未踏地でさえ足許にも及ばぬという場所がいったい何処にあってなにが隠れているのか、さぞ読者諸君はうずうずとなってくるにちがいない。それは赤道中央アフリカのコンゴ北東部にある。すなわち、コンゴ・バンツウ語でいう“M'lambu《ムランブ》-wezi《ウエジ》”、訳して「悪魔の尿溜《にょうだめ》」といわれる地帯だ。そこには、まだ人類が一人として見たことのない、巨獣の終焉地「知られざる森の墓場《セブルクルム・ルクジ》」が、あると伝えられている。

ではここで、この謎の地域が決して私のような、伝奇作者の出鱈目でないという証拠に、英航空専門誌“Flight《フライト》”誌に載った講演記録を抜萃してみよう。講演者は、ナイロビ、ムワンザ間のウイルスン航空会社《エアウエーズ》のファーギュスンという操縦士だ。

私も、悪魔の尿溜攻撃は、数回にわたって試みましたが、結局空からも征服は不可能という惨めな結論を得たばかりです。

飛行機万能の現代では、航空機の前に未踏地はなし——とまでいわれるのに、なぜ悪魔の尿溜《ムラムブウエジ》だけには敗退したか？　悪気流か？　それも一因でしょう。

だいたい、悪魔の尿溜の北側は大絶壁になっております。そのうえがゼルズラと呼ばれる流沙地帯なのですが、そこは、上空の空気が非常に稀薄で、よく沙漠地方におこる熱真空《ヒート・ヴァキューム》ができるのです。

そこへ来ると飛行機はもうよろよろと蹌踉《よろめ》きます。しかし、絶壁下にひろがる悪魔の尿溜の湿林は濃稠な蒸気に覆われてまったく見通しが利きません。その靄か、沼気か、しらぬ灰色の海に、ときどき異様な斑点があらわれるのです。

私は思い切って、最後の飛行の時ぐっと下降してみました。ところが、いままで、濃霧《ガス》か沼気かと思っていたのが驚いたことに雲のように群れている微細な昆虫だったのです。横三十マイルにもひろがる悪魔の尿溜《ムラムブウエジ》の上空をぎっしりと埋めて、おそろしい蚊蚋《かぶゆ》の大群が群れているのです。マラリア、デング熱の病原蚊、睡眠病の蝿、毒蚋、ナイフのような吻《くち》の大馬蝿の Tufwao《チュファ》 ああ、その大集雲！

悪魔の尿溜に、よしんば金鉱が隠されてあろうとダイヤモンドが転がっていようと、あるいは珍奇獣虫がいようと原人がいようとも、この永劫霽《は》れようとも思われない毒の羽虫の雲を除くには、恐らく瓦斯マスクをつけ防虫完備の工兵が、優に一師団をもってしても数年かかろうかと思われます。

これが飛行家の観察した悪魔の尿溜だが、つぎに、その奥にあるといわれる巨獣の墓場のことである。おそらく読者諸君も、ゴリラや黒猩々《チンパンジイ》などの類人猿や、野象にかぎって死体をみせぬのを御承知であろう。してみると、どこか到底人間には行けぬ密林の奥にでも、彼等の死場所がなければならない。悪魔の尿溜《ムラムブウエジ》がこの条件にぴったりと嵌っているわけだが、これも作者の創作と思われては困るから、歴然としたパラッフィン・ヤング卿の赤道アフリカ紀行、「コンゴからナイル河水源《カブト・ニリ》へ」のなかの一記事を引用しよう。

　晴天だと、ルウェンゾリ山が好箇の目標になるのだが……、降りだして雨霧《もや》に覆われてからは、ただ足に委せて密林のなかを彷徨《さまよ》いはじめた。泥濘《ぬかるみ》は、荊棘、蔦葛とともに、次第に深くなり、絶えず踊るような足取りで蟻を避けながら、腰までももぐる野象の足跡に落ちこむ。

　すると、前方約百ヤードほどのあたりに、ぴしぴし枝を折りながらドス赭いものが動いてゆく。ゴリラだ！　私はこのコンゴの奥ふかくにくるまで、ゴリラには一度も逢わなかったのだ。そこで、ほとんど衝動的に連発銃《ウインチエスター》をとりあげようとした。すると、土人が一人飛びついて銃をおさえ、

「旦那、あのゴリラ《ソコ》は恩人でがす。殺すなんて、英人の旦那《レコア》らしくもねえでがすぞ」

　土人は、ゴリラのことを〝Soko《ソコ》〟という愛称で呼んでいる。私は声を荒らげるよりも呆気にとられて、

「なぜいかんのだ。ゴリラが獲れるなんて千載に一遇ではないか」

「それがです。旦那は、野象《ぞう》の穴へ落ちたとき、磁針《ほうみ》をお壊しなすったので、儂《わし》らは、どっちへどう出たらこの森を抜けられるか、いま途方に暮れているでがす。そこへ、あのゴリラ《ソコ》が教えてくれたでがすよ。つまり、おらが歩んでゆく先が北に当るぞちゅうて……」

「そんなことが、お前にどうして分るね？」

「あのゴリラ《ソコ》は、いま森の墓場へ死ににゆこうとしているのだ。それが、わし等にはゆけねえ悪魔の尿溜《ムラムブウエジ》にあるちゅうだ。ゴリラ《ソコ》はな、雨が降るとあんなには歩きましねえ。ぼんやりと、手を頭にのせてじっと蹲んでおりますだ。わしらは、幼《ちっ》けなときからゴリラ《ソコ》をみてるだが、雨んなかを、死神にひかれて歩かせられてゆくような、ゴリラ《ソコ》にかぎって北へゆかねえものはねえでがす」

私にはその悪魔の尿溜《ムラムブウエジ》の一言がぴいんと頭へきた。事によったら、いまいる我々の位置が途方もなく深いのではないか。そういえば、密林のはずれにあるマヌイエマの部落で、“Kungo《クンゴー》”といっている蚊蚋《かぶゆ》の大群が、まさに霧《クンゴー》の名のごとく濛々と立ちこめている。私は、そう分るとぞっと寒気だち、あのゴリラがいなければ死んだかもしれぬと思うと、いま頭に手を置いてのそり〳〵と歩いてゆく、墓場への旅人に冥福の十字をきったのである。

ヤング卿はこうして倉皇と逃げかえって、危く一命を完了した。なまじ進めば、北は瞬時に人を呑む危険な流沙地域。他の三方は、王蛇《ボア》でさえくぐれぬような気根寄生木の密生、いわゆる「類人猿棲息地帯《ゴリラスッオーネ》」の大密林。だが、読者諸君、そこへ踏みいって無残にも死に、奇蹟的にも大記録を残すことのできたわが日本人の医師がいるのだ。その踏破録を、シトロエン文化部の発表に先だって、これから物語風に書綴ろうとするのである。

有尾人ドドの出現

葡領東アフリカの首府モザムビイクは、いま雨期のまっ盛りにある。人が腐る、黒人《くろんぼ》の膚からは白髪のような菌がでる——そういう、雨期特有のおそろしい湿熱が、いまモザムビイクをむんむんと覆いつつんでいる。雨、きょうもこの島町は湯滝のような雨だ。

毒蠅のマブンガを避けて閉めきっている室のなか、座間の研究所の一室に、アッコルティ先生がいる。伊太利メドナ大学の有名な動物学の、この先生はなにものを待っているのだろう⁉　焦れきって顎髭からはポタリポタリと汗をたらし、この醞気に犬のように喘いでいる。

「座間君、カークが僕になにを見せようというのだね。僕が、アッと魂消《たまげ》るようなものというから船を下りたんだが……」

「秘中の秘です。なんとでも、先生の御想像にお任せしましょう」

「じゃ、矮麟《オカピ》か、ゴリラかね」

「はっはっは、そんな月並なものなら、お引き止めはしませんよ」

座間はただ、さも思わせ振ったようににたりにたりと微笑《ほほえ》んでいる。かれは、三十をでたばかりの青年学徒、小柄で、巨きな頭で、やさしそうな眼をしている。しかし、一目肌をみればそれと分るように、座間は純粋の日本人ではない。三分混血児《テルティオ》——アデンの雑貨商だった日本人の父、黒白混血のイタリー人を母とした三つの血が、医専を日本で終えても故国にはとどまらず、はるばる熱地性精神病研究にモザムビイクへきたのであった。

といるわいるわ、女には舞踏病の静止不能症《ラマーナヤーナ》、男には、マダガスカル特有の〝Sarimbavy《サリムバヴィ》〟や〝Koro《コロ》〟そこへ、モザムビイク一の富豪アマーロ・メンドーサの援助があり、ついに研究所をひらき土着の決心をした。そうして、座間は黒人の神となった。生涯を、熱地の狂人にささげ、藪草にうずもれようとも、あわれな憑依妄想から黒人を救いだそうとする——座間は人道主義《ヒューマニズム》の戦士だった。そうして、六年あまりもモザムビイクで暮すうちに、かれはカークという密猟者と親しくなった。次いで、よくカークをつれて奥地へゆく、アッコルティ先生とも知りあいになったわけである。しかしいま、ちょっと南阿から寄港した先生を、なぜ座間が引きとめているのか。たしかに、なにかの驚くべきものをアッコルティ先生に、みせようとしているのは事実であるが、一体なんであろう⁉

折からそこへ、扉があいて若い男が姿を現わした。一見、黒白混血児とわかる浅黒い肌、きりっとひき締った精悍そうな面がまえ、ことに、肢体の潑剌さは羚羊《かもしか》のような感じがする。

ジョジアス・カーク――国籍《せき》は合衆国《アメリカ》だが有名なコンゴオ荒し――禁獣を狩っては各地へ売る、白領コンゴのお尋ねものの一人だ。

カークはお待ち遠さまと微笑んで見せて、右手を扉のそとにだしたまま閾から入ってこない。やがて、かれの手にひかれてこの室内へ、まったく予期以上とばかりアッコルティ先生が眼をみはる。世にもふしぎな生物がはいってきたのだ。まったく、そのときの先生の驚きようといったらなかった。一眼鏡《モノクル》の、眼をあけたままポカンと口をあけ、やっと経ってから正気がついたように、

「おう、有尾人《ホモ・コウダッス》！」と唸るように呟いた。

それは、全身を覆う暗褐色の毛、丈は四フィートあるかなしかで子供のようであり、さらに一尺ほどの尾が薦骨のあたりからでている。といって、骨格からみれば人間というほかはないのだ。しかし、頭の鉢が低く斜めに殺《そ》げ、さらに眉のある上眼窩弓がたかい。鼻は扁平で鼻孔は大、それに下顎骨が異常な発達をしている。仔細に見るまでもなく男性なのである。

それはまあいいとして、この有尾人からは、山羊くさいといわれる黒人の臭いの、おそらく数倍かと思われるような堪らない体臭が、むんむん湿熱にむれて発散されてくる。アッコルティ先生は、ハンカチで鼻を覆いながらじっと眼を据えた。

「ふむ、温和《おとな》しいらしい。ときに、君らには馴《なつ》いているかね」

「ええ、そりゃよく」とカークが煙草の輪を吐きながら答えた。

「すると、これを獲ってから大分になるんだね」

「いいえ、此処へきてまだ七日ばかりですよ。第一ドドが、僕の手に落ちてから二週間とはなりません」

「ドドとは……」

「僕らがつけた、この紳士の名前です」

「はっはっはっは、じゃ、有尾人ドド氏というわけだね」

とアッコルティ先生が笑っているなかにも、なにやら解せぬような色が瞳のなかにうごいている。野生のもの、しかも智能のたかい猿人的獣類が、わずか十日か二週間でこうも懐くはずがあるだろうか。

「ときに、君はこのドド氏をどこで獲ったのだね」

「場所ですか」とカークは思わせぶったようにすぐには答えず、まず、ドドを捕まえるにいたった一伍《いちぶ》始終を語りはじめた。

「とにかく、ドドが懐いたというのは、最初の出がよかったからですよ。僕は先生のお説の、ゴリラ定期鬱狂説を利用して、今度こそ六尺もある成獣を捕えてやろうと思って出かけたのです」

アッコルティ先生は、前年度の学会にゴリラ定期鬱狂説を発表して、斯界に大センセーションをまき起した。

ゴリラには、憂鬱症《メランコリー》と恐怖症《ホビー》が周期的にきて、その時期がいちばん狂暴になりやすいという。そして苦悶が募って来て堪えられなくなると〝Hyraceum《ヒラセウム》〟を舐《な》めにきて緩和するというのだ。ヒラセウムとは、岩狸《ハイラックス》が尿所へする尿の水分が、蒸発した残りのねばねばした粘液で、カークはこのヒラセウムのある樹洞《ほら》のまえに、陥穽《わな》を仕掛けようとしたのであった。

「僕は陥穽《わな》をにらんで四昼夜も頑張っていました。すると、五日目の昼になってとうとうやって来ました。それが、なん歳ぐらいのものか藪の密生で分りませんが、とにかく、ぴしぴし枝を折りながら樹洞《ほら》のほうへやってくる。やがて、えらい音がしてどっと土煙があがりました。占めた、生きたゴリラなら十万ドルもんだと、さっと土人と一緒に勢いよく飛びだすと……どうでしょう、たしかに落ちたはずのゴリラと真正面に向きあってしまったのです。しかし、すぐ相手は四足で逃げ出しましたがね」

「ほほ、陥穽《わな》に落ちたのがそのゴリラでないとすると……ドドかね」

「そうなんです、しかし、覗きこんだときはさすが驚きましたよ」

「そうだろう。君みたいな……、コンゴ野獣の親戚でも、これには驚くだろう。しかし、最初のうちは抵抗しただろうが」

「それがしないのです。じつに、ひどい苺果痘《フラムベジア》にかかっていたのです。僕は、なにより可愛想になってきて、さっそく皮膚に水銀膏をなすってやると、大分落ちついてきました。もう以前のように幹へからだを擦ったり、泥を手につけて掻きむしるようなことはしません。ただ、眼をほそめて僕の手にある、水銀膏の罐をものほしそうにながめているのです。それで僕はこいつは物になると思って、その罐を囮に手近かの部落まで、とうとうドドをなにもせずにひっ張ってきたのです」

「なるほど、さすがはジャングルの名人芸だね」

思わずアッコルティ先生は感嘆の声を洩らした。

「それから、ドドの苺果瘡《フラムベジア》のほうは座間君の手ですっかり癒りました。ですから、僕と座間君にはむろんのこと、この研究所の出資者メンドーサ氏の令嬢、マヌエラさんにも非常に馴《なつ》いているんです」

ちょうどそこへ、扉がわずかに開いて、うつくしい顔がのぞいた。今も今とて噂したマヌエラ嬢だった。かの女は、真白な洗いたての敷布《シーツ》のようにどこからどこまで清潔な感じのする娘だ。座間とは婚約の仲、また人道愛の仕事の上でもかたく結びついている。

「先生が、どういう風にドドを観察なさるか、伺いにあがりましたわ」

マヌエラの明るい声の調子が、アッコルティ先生の気分を爽やかにしたとみえて、先生はさっそく観察の発表をはじめた。

はじめに尾をさして、いわゆる鷹骨奇形の軟尾体《ワイシエ・シユワンツ》だといった。つぎに、全身を覆う密毛がしらべられ、その一本立ての三本位を、黒猩々《チンパンジイ》特有の排列と説明する。さらに、ドドの後頭部が大部薄くなっているのが、「黒猩々的禿頭《アントロボピテークス・カルヴス》」そっくりながら……耳も、円形の黒猩々耳《チンパンジー・オーレン》。つぎに、眉がある部分の上眼窩弓がたかいのも、黒猩々特有のものだと先生はいう。そうなって、次第にドドは人間黒猩々間の、雑交児ということに証明されそうになってきた。

　すると、先生が俄然言葉を改め、ドドの頭上に片手を置いていたのである。

「これがね、いわゆる小　頭《ミクロケファレン》というやつだ。つまり、頭骨の発達がなく脳量がない。したがって、智能の度が低いという原人骨同様だ」

　原人という言葉にどっと部屋中が騒がしくなった。誰よりも、マヌエラがまっ先に質問をした。

「じゃ、ドドが原人なんで御座いますね。とうに、数百万年もまえに死滅しているはずの……」

「とにかく、人間黒猩々の雑交児という説に、これはむろん並行していえると思うね。いや、わしは断言しよう。古来、いかなる蛮人にもこれほど下等な頭骨はない――と」

生きている原人、血肉をもった原始人骨――まさに自然界の一大驚異といわなければならない。

　では、ドドはどうして生まれ、どこから来……、また純粋の人間とすればどうして数百万年も、固有のかたちが変えられずに伝わったのだろうか。

　でまず、ドドを人獣の児として考えてみよう。そうすると、なぜ群居をはなれて彷徨っていたのだろうか。捨てられたか……追放されたか……？　あるいは、ずうっと幼少時から孤独でいたとすれば野獣や、王蛇《ボア》が横行する密林でぬけぬけ生きられるわけはない。また、故郷のジャングルをしたう郷愁と云ったものも、ドドには気振りにさえもみえないのだ。

郷愁を感じない、野生動物がどこにあるだろうか。つかまって、環境がちがったときはどんな生物でも、食物をとらなかったりして郷愁をあらわすものだが、それがドドには不思議にもないのだった。

するとカークをふり向いてアッコルティ先生がいった。

「まだ捕獲した場所を聴いてなかったね。いったい、このドドをどこで見付けたんだ?」

「それが、ほぼ東経二十八度北緯四度のあたりです。英領スーダンと白領コンゴの境い、……イツーリの類人猿《ゴリラスツオーネ》棲息地帯から北東へ百キロ、『悪魔の尿溜《ムラムブウエジ》』の魔所へは三十マイル程度でしょう」

悪魔の尿溜《ムラムブウエジ》――それを聴くと同時に、一座はしいんとなってしまった。ただ、屋根をうつ大雨の音だけが轟いている。

「そうか、悪魔の尿溜のそばか――」

アッコルティ先生もここまで来ると、あっさり断念《あきら》めたように投げやりな口調になった。ドドを、悪魔の尿溜と組合せることは、もう科学者の領域ではなかったからである。

それから先生は、ドドのために急遽帰国する決意をし、あたふたと時計をみながら帰っていった。そのあと、座間とカークが疲れたような眼で、ぼんやりと屋並をながめている。

砂糖菓子のような回教寺院《モスク》の屋根も港の檣群も、ゆらゆら雨脚のむこうでいびつな鏡のようにゆれている。そのとき、仏マダガスカル航空《フレンチ・マダガスカルサービス》の郵便機が、雨靄《もや》をくぐりくぐり低空をとおってゆく気配。座間は、むっくり体をおこして云った。

「君、あれなんだがね」

「あれって？　飛行機がどうしたと云うんだね」

「つまり、ドドのことなんだ。ドドは、飛行機をみても決して恐がらないのだぜ。かえって、嬉しそうな眼附で、奇声さえあげる。そうかといって、『悪魔の尿溜《ムラムブウエジ》』の近傍に航空路はないよ。英帝国航空《イムピリアル・エアウエーズ》も、仏蘭西の亜弗利加航空《エール・アフリカ》も、それぞれ地図のうえで半度以上も隔っている。奇怪だ。猿人、原人といわれるドドが飛行機に驚かない。それでいて、王蛇や豹をみるとひどく恐がる」

「きっと『悪魔の尿溜』探検の飛行機でもみたんだろうよ。しかし、五度や六度で、馴れるとは思われないな」

太古以前の、原始生活をしていたはずのドドが飛行機に驚かない――これはまさに不思議以上だ。やはりこれはアッコルティ先生が一度疑ったように、ドドは一種の作りものではないのか。そう思って眺めると、とうてい想像もできないようなおそろしい秘密が、ドドの肉体に隠されているように思われて、しみじみ空恐しくさえなる。

暗くなってきた。すると、雨靄のむこうから、ボウッと汽笛がひびいてくる。E・《エルダー・》

D・S《デムスター》の沿岸船ベンガジ丸が、いまモザムビイクにはいってきたのだ。しかしその船は、やがて悪魔の尿溜《ムラムプウエジ》へ一同を駆りやろうとする、運命の使者を乗りこませていたのである。

善玉悪玉嬢《ミス・ジキル・ハイド》

ベンガジ丸には、ヤン・ベデーツというベルギー青年が乗りこんでいた。

これは、マヌエラの父の旧友の息子で、マヌエラとは筒井筒の仲だが、うまがあわぬというのか、マヌエラは非常に彼を嫌っていた。それに、どこへいっても腰の落ちつかぬ男で、先ごろまで、埃及《エジプト》のミスル航空会社で副操縦士《コ・パイロット》をしていたが、そこでも、喧嘩をしたらしくモザムビイクに帰ってきたのである。マヌエラの父が親代りで、ヤンの父の遺産を保管しているからだった。

ところがヤン・ベデーツがくると、研究所の空気がきゅうに乱れてきた。それはヤンが患者を汚ながったり虐待するばかりか、座間やカークには、この混血児めと蔑視的な態度を見せるからだった。

「なにか、ありましたんでしょう?」

今日も今日とて案じ顔に、座間の胸のボタンをいじりながらマヌエラが、やさしい上眼使いをして訊ねた。

「さっき、ヤンがたいへんな眼をして、ハアハアいいながら水を飲んでいましたよ。それからカークさんは、拳固のへんに辛子膏をなすっていらっしゃるんですの」

「じゃ、やったんでしょう。カークは、いつかやってやると云ってましたからね。ジャングルの主が野牛を殴りとばすような勢いでやったんじゃ、ヤン君もさぞ痛かったでしょう。しかし、ヤン君の身にもなれば……」

「え？　なんのことですの」

マヌエラは聞き咎めた。

「つまり、三年ぶりでここに帰ってくると、あなたには思いがけない僕という人間ができている。八つ当りしたくなるのも無理はないでしょうよ」

しかし、マヌエラはかなしそうな眼をして、

「あの人がじぶん勝手な僻みでどういう考え方をしようと、それにあたし達までひき摺られるわけはありません。ねえ、ヤンはヤン、こっちはこっちですわ」

と、香りのいい髪を嗅がすように、座間の胸のなかへ頬をうずめる。

「あたしは、あなたの日本の血を尊敬してますわ」

まるで素直な子供のような云い方であった。座間には、それが弱い電気のように、快よく響いてくる。すると、マヌエラがふと話題を変え、

「そうそう、この週の報告をしなきゃァなりませんわ。でも、ドドは相変らずですの」

と、引受けたドド馴育の結果を話しだした。

「火がわかったのが三週まえでしたね。手工はどうでしょう？」

「まだ、そんなにお急《せ》きになったって……。でも、先生から云いつけられたことは、ち

ゃんちゃんとしてますわ。ちかごろは、いったいドドがどんな機嫌でいるか——つまり、ドドの感情表出も見ています」

「はあ、それがわかりますかね」

「ええ、第一ドドは笑われるのを嫌います。それに、色も知っているし記憶力もたしかです。また、相当な学習能力もあります。それで、いつもあたしが使っている水仙色の封筒ね、あれを、構内のポストに入れるのを昨日あたりから覚えましたの」

「ほう、そりゃお手柄だ、それから、先生がいわれた餌料による実験は？」

それによって、ドドが原人か人獣児であるか、その点がはっきりと分る筈だった。もちろん、これはアッコルティ先生の指図で、難しく云えば「皮膚色素の移行」の研究である。たとえば、果実を主食とする黒人にたいし、その量を減らすと皮膚の色が淡くなる。また淡黒色のホッテントットに常食の乳を減らすと、その色がしだいに濃くなってくる。ことに、その変化がはやいのが類人猿で、つまり、ドドがたべる生果の量を減らして、その効果をいち早くみようというのだった。

マヌエラは、餌料のことを聞くと、かるく口を尖らせて、

「いけませんわ。ドドは人間ですわ。科学ってなんて残酷なんでしょう。やれ、ドドに蛋白を与えろ、もし黒猩々《チンパンジイ》の血があればてきめんに衰弱するとか、食べものを減らして皮膚の色をみろとか……、そんなこと、それは動物にすることだと思いますわ。ドドはあくまで人間で、あたくしの友達です」

ふかい、同情の念とかたい信念とで、マヌエラがきっぱりといい切った。かの女の、骨にまで浸みたカトリックの教育は、よくこうした場合、一歩も退かせないのだ。座間は浄らかな百合の花をみるように、しばしマヌエラの顔を恍惚とながめていた。

まったく、ドドはマヌエラのそばを一瞬の間もはなれようとしない。いないと、いまも聴えるように悲しそうな叫び声をたてる。

お嬢さん、いまに魅入られますよ――と、カークは冗談に云ったけれど、まったく二人の親密さにはそう云いたくなる。

ところが、その夜ふしぎな出来事がおこった。

夜になると、温度はいくぶん下るけれど、その倦怠さと発汗の気味わるさ。湿気の暈《かさ》が電燈の灯をとりまいている。

こういう時には、ドドの唸り声さえもちがってくる。じつに、誰でも平常でなくなるような、蒸し暑い、いやな晩であった。

その夕、座間はヤンと激論を戦わした。それは、ドドを売れば十万やそこらにはなるだろうから、それにヤンの資産をくわえて研究所を拡張し、名実兼ねた総合病院にしようというのだった。つまり、座間がしている社会施設を、ヤンが営利化しようというのである。

しかし、これには、なによりマヌエラが真向から反対した。それでも、ヤンは嘲笑《せせらわら》って、なアにお父さんを説き伏せて晩にきますよと、洒々と自信ありげに帰っていったのである。そうして、研究所に一つの危機がくることになった。

と、その夜、座間が寝つかれないので、書斎へゆこうとしたとき、ドドの部屋のまえをとおると、鍵がおりてない。そこへ、患者面会人がやすむ部屋のほうで、微かにごそりごそりと音がする。まさか、ドドが逃げるわけはないがと、そっとその部屋の扉をひらいたときだった。思わず、あッと叫びそうなのを辛くも抑えたほど、座間ははげしい駭きにうたれた。

そこにいたのは……ドドではない。さっきの憎しみを忘れたように、ヤンとマヌエラが抱かんばかりに向き合っている。座間はまず、じぶんの眼を疑った。続いて、耳までも疑わねばならぬような会話を聞いた。

「あたしを愛してくれますか」

ちょっと、漁色にすさんだヤンでもふるえた声でいうと、

「ええ、あたしも愛してくれますか」とマヌエラも切なそうに呼吸《いき》をする。

あのマヌエラ、昼間のマヌエラがなんという変りかた⁉

恰度《ちょうど》このとき、おおきな伸びをしながらカークが降りてきた。すると、ヤンはいきなりマヌエラを突きはなし、手をふりながら向うの扉から消えてしまった。座間は、この世界がまっ暗になったような気持で、ただその場に茫然と立ち竦んでいた。

と、ヤンの姿が消えたと思ったとき、またも座間をあっと云わせるようなことが起った。

それは、清浄無垢なマヌエラとも思われない……、また淑女たらずとも普通の町家の女でも、よもや口にはしまいと思われるような醜猥な事柄を、まるでじぶん自身に云いきかすかのように、マヌエラがべらべらと喋りはじめたからだ。

マヌエラ！　断じて幽霊ではない、真実のマヌエラだ。昼間の、灼かれようとも挫けない人道主義《ヒユーマニズム》の天使が、夜は、想像もされない別貌をしてあらわれたのだ。どっちだ？　どっちが本当のマヌエラかと、座間は白痴のように頭を振り振り廊下へでていった。

と出会いがしらに、ドドの手を引いてカークがやってきた。

「君、馴育掛りのお嬢さんへようくいわなきァ駄目だぜ。鍵を忘れたもんだから勝手にでちまって、それに、此奴までがえらく亢奮している」

「どこにいたんだ？」

「患者面会人室の廊下の羽目際だ。なにか、こいつが亢奮するようなことがあったらしい」

なるほど、これまでのドドには決してみられなかった、一種異様な激情のさまを呈している。犬歯を歯齦《はぐき》まで鉤のようにむきだして、瞳は充血で金色にひかっている。そして、ひくい唸り声を絶れ絶《き》れ《ぎ》にたてながら、今にもかくれた野性がむんずと起きそうな、カークでさえハッと手をひくような有様だった。

それからドドをいれて扉に鍵をおろすと、座間はカークを促がしながら戸外へ出ていった。やがて本土とのあいだが二町ばかりにせまっている、有名なマラガシュの入江に出た。

湯のような雨……くらい潮が……ぽうっと燐光にひかる波頭をよせてくる。そして砂上の、ひいたあとは星月夜のようにうつくしい。だが座間は、どうしてカークとこんなところへ来たのか自分でも分らなかった。

「どうしたい、いやに悄《しょ》んぼりして……。まさか、猫の死骸に念仏をいいにきたんじゃないだろうが」

カークは、いつもとちがって底気味悪さを湛えている座間を景気づけるようにいった。すると、座間はいきなりふり向いて、

「おい、僕にドドを売っちゃくれまいか」

「えッ、ドドを売れって⁉」カークも少からず驚いて、

「なんのためだ。僕の手から買ってどうするつもりだ」

思わず見上げる座間の眉宇間には、サッと一閃の殺伐の気がかすめてゆく。殺してやる！　マヌエラがあの魔性のものに魅込まれたのでなければ、ああも奇怪な二重人格をあらわすわけはない。と、知らず識らず、この入江の腐肉の気にさそわれてきた座間である。

カークは早くも、それを悟ったと見え改まったような調子で、

「じゃ、その話を真剣にとるがね。すると、まず、売る売らないに先だって、決めておきたいことがある。それは、ドドが獣か人間かということだ。売っていい動物か、売っ

てはならない人か……サア座間君どっちだろう」

云われて、座間の咽喉がぐびっと鳴った。しかし、ちょっと顫えただけでなにも云えなかった。

「人身売買……奴隷売買を……いまこの現代に口にするやつがあるかね。それとも、ドドを人獣の児として――その場合を君はどう考える？　混血だ、おなじことだよ。ドドが黒猩々《チンパンジイ》と人のまざりなら僕は、半黒《ミユラート》、君は三分混血児《テルティオ》だ。僕らが白人以下のものとして蔑視されるのも、君が、半分の獣血をみとめて、ドドを売れというのも……」

そのカークの言葉を身に滲むように聴きながら、座間はくらい海の滅入るような潮騒とともに、ひそかに咽びはじめていたのだ。

*

その一夜は寝床のなかで転々としながら、ついにまんじりともしなかった。マヌエラと、ドドの奇怪な行動を考えあぐめばあぐむほど、ますます頭が冴えて眠れるどころではなかった。

マヌエラのあれは、「ジキル博士とハイド氏」のように二重人格なのか――と、ますます糸のもつれが深まるなかで、座間は追及の鬼のようになっていた。それとも、ドドに同情を深めすぎた結果か？　といって淑女を瀆すような想像はしなかったが、もしやあるかもしれないドドの魔性が、恋情とともにマヌエラに絡みついたのではなかろうか。

あのときドドは羽目を隔てていたが、それを透して、なかのマヌエラを遠くから動かす――そんなことは、土人の魔法医者《ウイッチ・ドクター》なら朝飯まえの仕事だ。まして、飛行機をみても驚かぬようなドドには、なにか底しれぬものがある。

マヌエラ自身の素質か、ドドの魔性かと、廻り燈籠のような疑問が考え疲れた揚句ふと消えて、座間は思いがけもしなかった大きな穴が、自分の足下に口を開いているのに気がついた。ああ、二重人格でもなければ、ドドの魔性でもない。単なるマヌエラの裏切りなのだ。ヤンがきてその純白の肌を見、振返って座間の黒々とした皮膚をみたとき、マヌエラは一途に座間が嫌いになったのだ。売女、売女め！　とかき毟るような言葉を、寝床のなかで座間は咆えたてていた。やがて夜があけた。雨が暁の微光に油のように光りはじめてきた。

その翌夜、カークを書斎に呼びいれて、座間は気負ったように話しはじめた。

「君、僕は旅行しようと思う」

「よかろう、君はきのうの晩ちょっと変だったが、きっと、過労のせいだと思う。どこへゆくね？　瑞西《スイス》か維納《ウイーン》かね」

「いや、この大陸のずうっと内核《なか》へゆきたいんだ。コンゴのイツーリからずうっと北へ――僕は、未踏地帯《テラ・インコグニタ》にゆく」

「え？」

「僕は『悪魔の尿溜《ムラムブウエジ》』へゆくんだ！」

ナイルの水源閉塞者

カークは唖然として座間を見詰めていたが、やがて、

「よし、聴こう。しかし、命がけの観光なんてないからね。むろん、目的もあり見込みもあってのことだろう」

「そうだ。ときにカーク、君はコンゴへいり込んで禁獣を狩る。それで、いちばん金になったときはどの位なもんだ」

「マア、五万ドルかね。矮麟《オカピ》を獲ったときは、そのくらいになったが」

「ゴリラは？」

「あれは獲れん。あいつは、遅鈍《のそ》ついているようだがそりゃ狡猾で、おまけに残忍ときてるんだから始末がわるいよ。いっそ、猩々《オラン・ウータン》のような教授《プロフェッサー》然としたやつか、黒猩々《チンパンジィ》みたいな社交家ならいいがね、どうも、厭世主義者《ペシミスト》とか懐疑主義者というやつは、猟師にはいちばん扱いにくいんだよ。しかし、射殺しただけでも二、三万にはなるだろう」

「じゃ、そのゴリラが……、無数と、死体をならべている渓谷があったとしたら……。ざっと、世界の大学を六百とみて、それに、骨格一つずつ売ったにしても、千万長者にはなれる。だが、それは君の仕事だ。僕の目的は別のほうにある」

「冗談いうな」カークはからからと嗤いはじめた。

「本気で聴いてりゃいい気になって、そんなとこが、もしあるなら俺が逃すもんか」

「あるとも」座間は自信気たっぷりにいう。

「僕は、友情にかけ君の勇気を信じていう。ところで、君は、ヘロドトスという歴史家を知っているかね」

「むろん、みたことはないが名だけは知っている。ギリシャに、昔いたという博識《ものしり》だろう」

「そうだ。ところが、そのヘロドトスが書いたなかに、ナイル河の水源についてこういうことがある」

ヘロドトスが、ナイルの水源について次のような話を、埃及《エジプト》サイスの長官からミネルバで聴いたことがある。

ナイルの水源《カプト・ニリ》は、クロフィス及びメンフィスという、シェーネとエレファンティス間にある二つの山巓──呼んで半月の山脈《モンス・ルーヌラ》という渓谷の奥にある。その半月の山脈には“Colc《コルク》”という湖があり、バメティクス王が、綱を数千“ogye《オギエ》”も垂れたが底に届かずとある。つまり、ナイルの水源は、その奥にあるというのだ。

さらにそこには、「盤根の沼《バルス・ラディコスス》」「知られざる森の墓場《セプルクルム・ルクジ》」があり、矮人《ピクミエン》が棲み有尾人《ホモ・コウダッス》がいる。そしてそれが、場所というのが悪魔の尿溜《ムラムブウエジ》で、棲んでいる矮小有尾人がすなわちドドとなる──座間がこう結論したのである。

「なるほど、しかしその、むずかしいラテン語を説明してもらおうじゃないか」

「それはね、『盤根の沼《バルス・ラディコスス》』というのは、錯綜たる根の沼だ。沼が盤根錯綜たる、叢林のしたにあるという意味だ。それから、『知られざる森の墓場《セプルクルム・ルクジ》』というのは、巨獣の終焉地だ。死体をみせぬ象や類人猿がそこへきて眠るという。ねえカーク、どっちにしても、悪魔の尿溜《ムラムブウエジ》じゃないか。しかも、有尾人ドドの故郷だ」

そういえば、カークもそれに似たような土人の伝説を聴いたことがある。ヌグンベという、ドド発見地の近傍の部落だが、そこから悪魔の尿溜の方向にあたる北西かたの山腹に、“Leo《レオ》”という奥しれぬ洞窟があるのだ。――そこが、人類発祥の地だという。つまり、太古のとき動物とともに、かれらの祖先がその洞から出てきたというのだ。

まったく、そういえば数えきれぬほどあるではないか。こういう、無稽な伝説が探検によって裏書され、また、そういうものがしばしば因となって、探検慾をうごかし大発見をさせたことが？

ここに……、いまその洞窟のかなたには悪魔の尿溜がある。しかもそこが、半獣児ドドの発生地に目されている。

「どうだ君、悪魔の尿溜《ムラムブウエジ》なら何億年も処女でいられるよ。そこでは、動物も、植物も原始地球のままだ。獣交も、殺戮も自然律にすぎない。そこで僕は、アッコルティ先生の説をもう一歩すすめるよ。つまり……ドドは、そこにいる原始人と親和的な、黒猩々との雑交児だろうということだ。第一、親を有尾人とするのには、尾がある。それ以外は、外見、智能といいそっくりの黒猩々《チンパンジィ》だ」

カークは、すっかり圧倒されてしょんぼりと瞬いている。座間の、ちがった人のような不思議な情熱を、どこに、こんな静かな男にこんなものがあったのだろうと……、相手の唇を呆然とながめていたのである。

「それから」と座間はすべるように続けてゆく。

「なぜドドが郷愁を感じないかということが、僕にはやっと分ったような気がするよ。それはね、苺果痘をわずらって死期を知ったのだ。そして、死ぬために森の墓場へいった。そうなると、もうじぶんは帰れない……、これから、知らない世界へゆかねばならぬということが、かれらには本能的にわかる。そこへ、ドドは道をちがえたのだ。そして、森の墓場へはゆけず、君の手に落ちた……。だから君にも抵抗をしない……。こんな人里へきても郷愁を感じない……。ねえカーク、僕はその墓場へ、悪魔の尿溜《ムラムブウエジ》へゆきたいんだよ」

原人、類人猿、象もそうだろう？　かれらが、死期をさとって森の墓場へゆこうとするときは、まったく本能的に帰郷の意志がなくなるという——座間の明快な推測であった。

しかし、そういう座間が、淋しそうに微笑んでいる。恋の空骸《むくろ》が、死をもとめるかわりに未踏地をえらんだのだろう。やがて、カークとのあいだにかたい盟約が成りたった。

ところが、そのことをマヌエラに話すと、意外にもかの女が一緒にゆこうと云いだしたのだ。犠牲が、ねがう幸福のほうに、マヌエラを向けようとするとき、意外にも、それを蹴って敢然とゆくという。座間はすっかり分らなくなってしまった。

間もなく、マヌエラのあとを蛇のように追う、ヤンを加えドドを連れて、まずさいしょの根拠地となるコンデロガへ発ったのである。

「ちかごろ、七郎はどうしちまったのよ」

話があると、マスカの実が地上に垂れさがっている蔭へ、マヌエラが座間を呼びこんだ。雨期あけの灼りつけるような直射のしたは、影はすべてうす紫に、日向《ひなた》の赭土は絵具のように生々しい。それがコンデロガを発つ探検第一日の前日だった。

マヌエラは、胸に飛びこみたい衝動を抑えているように、ぱちぱちと伏目で瞬いている。

「どうもしませんよ。僕は、相変らずの僕ですが」

「いいえ、ちがっています。まえは、そんな冷やかな七郎ではありませんでした。女は、そんな点にはいちばん敏感ですのよ。ねえ、なにか、お気に障るようなことがあって？」

すると、座間がまた迷うのである。それまでは、ヤンとあの夜の狂態はなんだと、かれはマヌエラに瞋恚の念を燃やしていた。それが、こうして見ている、初々しさ……たどたどしさ。なんだか自分のほうが思い過しのような、座間にはそんな感じさえしてくる。

あれ以後、ヤンとマヌエラのあいだは非常に外々《よそよそ》しいものだった。少くとも、ああしたことは一度だけらしく、翌日は、ヤンが根城にしようとした綜合病院化を、父にすがって一蹴してしまったのである。これにはヤンも座間と同様おどろいたことだろう。しかし、かれは一夜の甘味をけっして忘れるような男ではない。どんなに白眼視され相手にされなくても、またのチャンスを狙いながら探検隊をはなれなかったのである。

まったくマヌエラには、座間もヤンもおなじ考えにちがいない。ふしぎな女だ、二重人格かドドの所業かと……、ヤンが、鉄面皮を発揮して探検隊に加われば、座間はあれこれと非常に迷いながらも頑固な壁をマヌエラに立てつづけているのだった。

ところで、この探検の費用はマヌエラの父がだし、それも座間が疲労を癒す物見遊山としか考えていない。

カークも、大湿林の咆吼をよぶ狂風を感じはするが……、死を賭して、不侵地悪魔の尿溜をきわめようなどとは、夢にもさらさら思わないことだった。そしてまた、マヌエラも、おなじように考えていた。ただ、しばらく仕事から離れればと……、ちかごろ座間の様子がじつに変であるだけに、どうかこの旅行で静養してくれと、じっさい悪魔の尿溜のことなど最初から頭になかった。しかも、座間とてもおなじように変ってきている。

それは、さいしょカークと二人だけと思ったところへ、意外にもマヌエラが加わるし、ヤンが追ってくる。そうして、絶えずマヌエラの美しさをみていると、この探検は、じつに悪魔の尿溜《ムラムブウエジ》攻撃にあるのではなく、ヤンを除く、天与のまたとない機会のように思われてきた。密林、鰐のいる河、野獣、毒蛇。ここでは、下手人に代ってくれるあらゆるものが豊富だ。

と、その考えが、やはりヤンにもあるらしい。そうして、二人は胸に敵意をひめながら、どうやらさいしょの意図とはちがってしまった探検隊が、数日後はコンデロガを発ったのである。

ところで、悪魔の尿溜《ムラムブウエジ》攻撃の進路であるが、それは、西方、南方の境界部はコンゴの「類人猿棲息地帯《ゴリラスツオーネ》」、北は、危険な流沙地域である大絶壁にかこまれ、わずか東のほうに密林帯が横たわっている。ところが、これまでの数回の探検隊とも、そこへはいると同時に消息を絶ってしまうのだ。まったく、木乃伊《ミイラ》取りが木乃伊というあの言葉のように、あとからあとからと続いても一人の生還者もない。しかし一同は、ともかくその道をゆくことにした。

二百の荷担ぎ――それに、車や家畜をふくめた長蛇の列が、イギリス駐屯軍の軍用電線にそうて、蛾塚がならぶ広漠たる原野を横ぎってゆく。土の反射と、直射で灼りつくような熱気には、騾《らば》の幌車にいてもマヌエラは眠ってしまう。やがてゆくと、白蟻が草を嚙みきったあとがある。兵隊蟻の、襲撃を避けるため不毛の地にしてしまう。白蟻がちかければ沢がちかいのだ。気のせいか、草の丈がだんだんに伸びてゆく。間もなく、第一日の夜営地になる、うつくしい沢地があらわれたのだった。

水際には、蜀葵《たてあおい》やひるがおのあいだにアカシヤがたっている。水は、一面に瑠璃色の百合をうかべ肉色のペリカンが喧《やか》ましい声で群れている。マヌエラは、こんな楽園が荒野のなかにあるのかと、いそいそと水際を飛びあるきはじめた。そこへ、カークが記憶があるといいだした。

「この沢から、あの藪地《ブッシュ》を越えて、ほぼ十マイルもいったところが、ドドの発見地なんだ。おいドド久しぶりで故郷《くに》へかえろうぜ」

しかしドドは、マヌエラのうごきを貪るように追っている。まっ白な脛、花を摘んで伸びたときのうつくしい均斉。

それを追いもとめる眼には通じない意志に、悶えるようなかなしそうな色がうかんでいる。

またドドは、ここへ来てから何ものかの呼び声をうけている。ときどき、段状にかさなってゆく中央山脈の、一染の、樹海と思われるあたりをおそろしい眼でながめていたり、なにより、葉摺れの音にもびくっとなるし、あらゆる野性のものが呼び醒まされようとしている。それには、座間もカークもとっくから気がついていたのだ。

「ドドは、森の墓場へゆき損って人の手に落ちた。しかし今に、そのとき失った野性が強くなるか、それともマヌエラに惹かれて人の世にとどまるか――いずれは孰《ど》ちらかになると思うよ。しかし、注意は充分しなきァならんね」

探検隊がドドを連れてきたには目的があったのである。それは、さいしょカークと逢ったその場所へゆけば、おそらく故郷を思いだして先頭にたつのではないか。そうして隊が、その跡に続けば人にはわからない、悪魔の尿溜への極秘の道をゆけるのではないか——と。しかし、その試みは失敗に終ってしまった。ドドは、はじめて覚えたマヌエラの魅力に、帰郷の意志などはとっくに失ってしまっている。

その夜、はじめて夜明けまえにライオンの咆吼を聴いた。藪地のなかで、豹にやられるらしい小野豚《センズ》の声もした。やがて、危険な角蛇《ホーンド・ヴァイパー》のいる藪地を越えたとき、はや隊のうえにおそろしい不幸が舞い落ちてきた。

それは、抵抗のつよい騾をのぞくほか、いそいで河中に追いこんだ水牛六頭以外は、野牛も駱駝も馬も羊も、みな毒蠅のツェツェに斃されたのだ。それからが、文字どおりの難行であった。荷担《バガジス》ぎは、荷が嵩んだので値増しを騒ぎだし、土はあかく焼けて亀裂が這い、まさに地の果か地獄のような気がする。灌木も、その荒野にはところどころにしかない。たまに、喬木があっても枯れていて、わずか数発の弾でぼろりと倒れてしまうのである。

しかし、もうそこは山地にちかい。左には、連嶺をぬいて雪冠をいただいている、コンゴのルウェンゾリがみえる。そのしたの、風化した花崗岩《グラナイト》のまっ赭な絶壁。そこから、白雲と山蔭に刻まれはるばるとひろがっているのが、悪魔の尿溜につづく大樹海なのである。

翌暁、赭い泥河のそばで河馬の声を聴いた。その、楽器にあるテューバのような音に、マヌエラは里が恋しくなってしまった。

しかしまだ、ここは暗黒アフリカの戸端口《とばぐち》にすぎない。きのう見た、藪地のおそろしい棘草、その密生の間を縫う大毒蜘蛛《タランツラ・マグヌス》——。しかし今日は、いよいよ草は巨きく樹間はせまり、奥熱地の相が一歩ごとに濃くなってゆくのだ。そして、この三日の行程が四十マイル弱。最後の根拠地となるマコンデ部落にはいったのが、翌日の午過ぎだった。

ここから、想定距離二十マイルの山蔭に、悪魔の尿溜の東端をみるはずなのである。そしていよいよ、これまで経てきた平穏な旅はおわり、百年の道にも匹敵するその二十マイルへ、悪魔の尿溜攻撃がはじまるのだった。

「飛んでもねえ。荷担《バガジス》ぎにゆきァ、死にに往くようなものさァ」

酋長がぐいぐい棕櫚酒《ポムビ》をあおったり印度大麻《ムトクワーネ》を喫ったり、すこぶる上機嫌のなかでもこれだけは聴かなかった。

「マア、論より証拠というだで、ちょっと見てもらいますべえ」

外にでると、連嶺のしたは一面の樹海だ。樹海のはての遠いかなたに、ゆらゆら煙霧のようなものが揺ぎあがっているのがみえる。すると、そばの土人がおそろしそうな声でさけんだ。

「ほうれ、煙が鳴るだよ」

気のせいか、その煙霧がブウンと鳴っているような気がする。やがて、陽が落ちかかると硫黄色にかがやいて、すでにそのときは塊雲のように濃くなっていた。煙が鳴る——人煙皆無の大樹海のかなたに、毎日、日暮れちかくになるとこの霧が湧くという。そしてそれ以来、この部落を通過して悪魔の尿溜を衝こうとする、探検隊がひとりも帰ってこないのだ。しかし、往けるとこまでというとやっと承知して、あくる日、荷担ぎ《バガジス》とともに密林をわけはじめたのである。

そこは、虎でもくぐれそうもない蔦葛の密生で、空気は、マラリアをふくんでどろっと湿っけている。大蟻、蠍、土亀の襲撃を避け猿群を追いながら……、よくマヌエラがゆけたと思うほどの、難行五時間後にやっと視野がひらけた。

その地峡で、軍用電線が鍵の手にまがっている。すなわちその線を前方に伸ばせないものが、あらたに迫っている密林の向うにあるのだろう。案の定、荷担ぎどもは動かなくなってしまった。ゆけ、金をやるぞとあまり語気がつよいと、おう、お嬶ア《ヤ・ムグリ・ワンゲ》――と、なかには泣きだすものが出てくる。

じっさい、ここで一同は戻ろうとしたのだった。探検の熱意は、もう誰にもなく、ただカークの指揮でここまで来ただけでも、一同にとれば大成功といえよう。すると、座間ひとりがなんと思ったのか、強くゆくことを主張したのである。

殺意が……、この静かな男の面上を覆い包んでいるのを、そのときだれも気が付くのはなかった。この機会、最後の密林のなかでヤンを殺《や》ろう。と、身丈ほどもある気根寄生木の障壁、そのしたに溜っているどろりとした朽葉の水。それが、燈火へ飛びこむ蛾の運命となるのも知らず、ともかく、荷担ぎを待たして前方に足をすすめたのである。

そのとき、地峡をとおる蛇を追うために、カークが野火をはなった。その煙りが、姿を姿をうつすいちばん最後のものになったのが、隊のなかの誰と誰だろうか。そうして、姿最後の密林行がはじまったのである。

するとまもなく、樹間がきらきらと光りはじめてきた。森がつきる——とそのとき、どこに潜んでいたのか十四、五人のものが、一同をぐるりと取り囲んでしまった。見なれぬ土人《ナマ・サンガ》だ。しかも、頭《かしら》だった一人は短いパンツをつけている。

「やあ、今日は」

カークが進みでて愛想よく挨拶をした。しかし、練達なかれがぐっとつかえ、語尾が消えるように嗄《かす》れてしまったのだ。拳銃が……無気味な銃口をむけている。やがて、顎でぐいぐい引かれて森をでると、したは、広漠たる盆地になっている。草葺きが、囲まっているなかに、倉庫体のものさえある。

「ここは、どこだね」

カークが一同を怯えさせまいとするように、いった。すると、その男の口から意外にも、未探地帯《ウンベカント・クライス》——とドイツ語が洩れた。アッと、顔をみると鼻筋の正しい、色こそ熱射に焼けているが、まぎれもない白人だ。

「驚いたろう。おれは、ここに二十年あまりもいる。万一有事のとき、ナイルの水源を閉塞するためにかくれている。おれはドイツ人でバイエルタールという男だ」

こうして、想像を絶する悪魔の尿溜《ムラムブウエジ》の怪奇のなかへと、運命の手が四人のものを招きよせてゆくのだった。

「猿酒郷《シユシヤア・タール》」の一夜

一行の導かれた盆地は谿谷の底といった感じで、赫い砂岩の絶壁をジグザグにきざみ、遥か下まで石階《いしばし》が続いている。それが、盆地の四方に一ヵ所ずつあって、それ以外の場所は野猿にも登れそうもない。しかし、五人のものは、なんの危害もうけなかった。かえって、怪人バイエルタールは上々の御機嫌だった。

「ここで、白人諸君に会おうとはまったく夢のようだ。どうだ、〝Shushah《シユシヤア》〟という珍しいものを飲《や》らんかね」

といって、怪人は椰子の殻にどろりとしたものを注いで、

「ねえ君等も、子供の時に猿酒の話を聴いたろう。それが、ここへきてみると、立派に『猿酒《アクワ・シミエ》』といえるものがあるんだよ。これは黒猩々がこっそり作っている。野葡萄や、無花果の類を樹洞《ほら》で醗酵させ、それを飲るもんだからああいう浮かれ野郎になっちまうんだ、はっはっはっはっは、それでここを『猿酒郷《シユシヤア・タール》』と名付けることにしたんだがね」

そういって尻ごみをする一同にはカツサバ澱粉のパンをすすめ、じぶんは「猿酒《シユシヤア》」を呷り〝Dagga《ダッガ》〟という、印度大麻に似た麻酔性の葉を煙草代りに喫っている。その両方の酔いがもう大分まわったらしく、バイエルタールはだんだん怪《あや》しくなってきた。半白の髪の様子ではもう五十にちかいだろう。ただ剛気そうな眼が、恍《うっと》りとした快酔中に

もぎらついている。

やがて、問われるままに、ここへ来た話をしはじめた。

「おれはもと、ドイツ領東アフリカ駐屯軍の一曹長だったが、一九一六年の三月にタンガンイカ湖で敗れた。そのときおれたちの隊が退路にまよい、北へ北へといってヴィクトア・ニールにでた。それはもう話にならぬような悲惨な旅で、一人減り、二人減りで百人もいた隊が、しまいには六、七人になってしまった。みんな熱病にかかったり、毒蛇にやられてしまった。

それで、とうとうここまで逃げのびると、流石《さすが》にイギリス軍もやってこなくなった。きっと、悪魔の尿溜ちかくで斃《や》られちまったと、奴らは考えたにちがいない。しかし俺達は生きのびていた。まるで、ロビンソン・クルーソーのような生活をして、大戦がいつ終ったかも知らないし、おまけに子まで出来た。はッはッはッは、むろんお袋は土人の女だがね」

こう云ってバイエルタールは、妙にぎらぎらする瞳でマヌエラを見据えた。魔烟のために、大分呂律が怪しくなっているし、調子も、うきうきと薄気味悪い程である。

「ところで、つい一昨年のこと、ここへマコンデから宣教師がふらふらと迷い込んできた。みるとドイツ人なんだ。話がはずんだ。大戦が終ったということもそのとき聴いたし、故国《くに》も変ってしまってナチスという、反共の天下になった事も初めて知った。だが、外地へゆく宣教師には特別の使命がある。スパイもやれば宣伝もやる。彼はそういう種類の男だったのだ。それで、ともかく部落は全滅したということにして、あることないこと大嘘をこき混ぜて、コマンデの部落へいい触れさした。つまり、ここが行ってはならない危険な場所になったということを、帰りしなに触れさしたわけだよ。しかし、おれとその男のあいだには、かたい約束ができていた。いいか、おれはどんな蛮地にいようとも、立派なドイツ国民として行動して見せるのだ」

この今様ロビンソン・クルーソーがなにを云いだすのだろうと、一同は興味深く顔をのぞき込んだが、斉《ひと》しくのっぴきならぬ危険が起りそうな予感を覚えた。バイエルタールは、そしらぬ顔つきでお喋りを続ける。

「それはね、万一事ある場合、たとえば英仏相手の戦いがおこった場合、まず、青《ブルー》と黒《ブラック》ニールの水源をエチオピアでとめてしまう。それから、おれは白《ホワイト》ニールにて上流を閉塞する。と、どうなる⁉　埃及《エジプト》の心臓ナイル河の水が、底をみせて涸々《からから》に乾あがるだろう。むろん灌漑水が不足して飢饉がおこる。舟行が駄目になるから交通は杜絶する。そうなって、澎湃とおこってくる反乱の勢いを、ミスルの財閥や英軍がどうふせぐだろうか」

折から天空低く爆音が聞えた。毎夕、悪魔の尿溜《ムラムブウエジ》からくる昆虫群をふせぐために、石鹼石《ソープストーン》、その他の粉霧を上空から撒くのだという。それがマコンデからみえる「鳴る霧」の正体だったのだ。ドドが飛行機をみても驚かぬわけは、おそらくここの近くにいたために、機影を知っていたせいであろうと察せられた。

それから、その飛行機のことをバイエルタールに訊ねると……英領ケニアの守備隊で同僚を殺し、偵察機一台をさらってここへ逃げこんできた英人飛行士で、その後、縦断鉄道測量隊をヤンブレで襲い、当分防虫剤やガソリンには不自由しないと、バイエルタールは鼻高々の説明だった。

その間も彼の眼は、寝ているドドの背に置かれたマヌエラの手のうえを、まるで舐め廻すように這いずっているのだが、どうやらそれも、ただの酔いのせいではなさそうに思われてきた。と突然、彼は割れるような哄笑をはじめた。

「分ったろう、おれはナイルの閉塞者なんだ。はっはっはっは、君らは妙な顔をして、俺を島流しの狂人とでも思ってるだろうが、それもよかろう。しかし、ここには武器もあり爆薬もある！　それに、月に一度は連絡機がくる。サヴォイア・マルケッティの大輸送機が、北アフリカ航空《ノルド・アフリカ・アヴィアチオーネ》の線から飛んでくる。倉庫もある、飛行場もあれば格納庫もある。全部、巧妙な迷彩で上空からわからんようになっている」

探検の一同は、聴いているまにだんだんと蒼ざめてきた。今宵にも、命がなくなるかもしれぬおそろしい危機が、いま次第に切迫しつつあるのを知ったのである。おそらく、これまでの探検隊に生還者がなかったのも、ここでバイエルタールに殺されたからにちがいない。かほどの、国の興廃にもかかわる大機密を明して、無事に帰す筈はない。カークをはじめ一人も声がなく、喪《ほう》けて死人のようになってしまった。

ところが、座間一人だけはさすが精神医だけに、ほかの人たちとは観察がちがっていた。バイエルタールの言葉を聞いていると、ときどき他のことを急にいいだすような、意想奔逸とみられるところが少くない。これは精神病者特有の一徴候なのだ。

　普通の人間でもこんな隔絶境に半月もいたら少々の嘘にも判別《みわけ》がつかなくなるだろう。それが、バイエルタールのは二十と数年――宣教師の出鱈目をまことと信ずるのも無理はない。そのうえ、彼はインド大麻で頭脳を痺らせているのだ。

　けれど今となっては、それがじぶん達には狂人《きちがい》の刃物も同様。もう、どうあがこうにも……、彼の狂気の犠牲となるより他はなさそうに思われる。

　防虫組織や飛行機などは、いかにも神秘境と背中合せの近代文明という感じだが、ナイルの閉塞、イタリー機の連絡とは、じつに華やかながら実体のない、狂人バイエルタールの極光《オーロラ》のような幻想だ。いやいま、この猿酒宮殿《シユシヤア・バラスト》に倨然《きよぜん》といるかれは、その実、悪魔のような牧師の舌上におどらされている、あわれなお人よしの痴愚者なんだと、座間だけはそう信じていたのである。

　やがてドドをまじえた一行五人は小屋に押しこめられた。尤も、番人もつけられず鍵もおろされない。武器も弾薬も依然として手にある。これはバイエルタールの手抜かりというわけではなく、四ヵ所の石階に厳重な守りがあるからだ。

　アフリカ奥地の夜、山地の冷気が絶望とともに濃くなってゆく。蟇と蟋蟀《こおろぎ》が鳴くもの憂いなかで、ときどき鬣狗《ハイエナ》がとおい森で吠えている。その、森閑の夜がこの世の最後かと思うと、誰ひとり口をきくものもない。ときどき君がいいだしたばかりにこんな目に逢ったのだと、ヤンが座間を恨めしげに見るだけであった。

と時が経って暁がたがちかいころ、座間にとっては思いがけぬ事件が降って湧いた。一見大して奇もないようだったが、重大な意味があった。それはとつぜん、マヌエラが気懶《けうと》そうな声で、なにやら独り言のようなものを独逸語で云いはじめたのであった。

「明日、牝をのぞいた残りを全部殺るというんだ。人道的な方法というからには、アカスガの毒を使うだろう」

驚いたことに、男のような言葉だ。調子も、抑揚がなく朗読のようである。そして、これがなかでもいちばん奇怪なことだが、いまマヌエラが喋っているドイツ語を、当の本人が少しも知らないのである。知らない外国語を流暢にしゃべる——そんなことがと、一時は耳を疑いながらまえへ廻って、座間はマヌエラをじっと見つめはじめた。

「マヌエラ、どうしたんだ、確《しっ》かりおし！」

しかしマヌエラの眼は、狂わしげなものを映してぎょろりと据っている。ひょっとすると心痛のあまり気が可怪《おか》しくなったのかもしれない。その間も、なおも譫言《うわごと》は続いてゆく。

「逃げやしないかな」

「大丈夫、武器は取りあげてないから、まさかと思っているだろう。第一、石階《いしばし》には番人がいるし……そこを逃げても、マコンデ方面は網目のようだからな」

こうした気味の悪い独語が杜絶えると、闇の鬼気が、死の刻がせまるなかでマヌエラだけをつつんでしまう。彼女は、ちょっと間を置くとまたはじめた。

「水牛小屋の地下道は分りっこねえんだ。何時だ？　三時だとすりゃ、あと二時間だが」

一体マヌエラは誰の言葉を真似ているのだろう？　座間は微動だもせず冷静な眼で、じっとマヌエラをながめていたが、思わず……この時首をふった。すると、おなじようにマヌエラも首を振る。ハッとした座間が今度は試みに唇をとがらした。とまた、マヌエラがおなじ動作を繰りかえす。とたんに、座間はわッとマヌエラを抱きしめた。やがて、むせび泣きとともに二人の頬の合せ目を、涙が小滝のようにながれてゆくのだった。

「ああ君!?」

カークは自分とともに冷静だった座間が、近づく死の刻に取乱してしまったのだと思った。しかし座間はすこしも腕をゆるめずに、まるで恋情のありったけを吐きだしてしまうように、泣いたり笑ったりもう手のつけようもない狂乱振りだった。が、座間は狂ったのではなかった。かれは、悦びと悲しみの大渦巻きのなかで、こんなことを絶《き》れ絶《ぎ》れに叫んでいた。

（“Latah《ラター》”だ。マヌエラには馬来《マレイ》女の血がある。“Latah《ラター》”は、馬来女特有の遺伝病、発作的神経病だ。ああ、いますべてが分ったぞ。あの夜の、ヤンとのあの狂態の因も……、いま、マヌエラの発作が偶然われわれを救ってくれることも……）

“Latah《ラター》”は、さいしょ軽微な発作が生理的異状期におこる。そのときは、自分がなにをしているかが明白《はっきり》と分っていながら、どうにも眼のまえの人間の言葉を真似たくなり、またその人の動作をそのまま繰りかえす——つまり、反響言語《エヒヨーラリー》、返響運動《エヒヨーキネジー》というのがおこる。してみると、いつかのあの夜も、と——座間には次々へと浮んでくるのだ。

あのとき……、ヤンが、あたしを愛してくれますか——と小声でいうと、ちょうど、それそっくりの言葉をマヌエラが繰りかえした。また、抱こうと腕をかけると彼女もおなじ動作をした。それから淑女らしくもない醜猥なひとり言も、思えば醜言症《コプロラリー》という症状の一つなのだ。ああ、マヌエラには馬来の血があるのだ。おそらく、馬来人系統のマダガスカル人の血が、何代かまえに混入したのであろう。そしていま、それがいく代か経ってマヌエラにあらわれたのだ。

血の禍い、やはりマヌエラも純粋の白人ではない。しかし、いま一人ものを云わないこの小屋のなかで、どうして知りもせぬドイツ語を喋ったのだろう。それが、反響言語《エヒヨーラリー》のじつに奇怪なところである。遠くて、普通の耳には聴えぬような音も、異常に鋭くなった発作時の、聴覚には響いてくるのである。

今しも、バイエルタールの部下二人が靴音立てて、小屋のまえを通り過ぎていったところを見ると、マヌエラは、彼等の会話を口真似したに違いない。それでは水牛小屋の地下道というのこそ、唯一のまぎれのない逃げ道だ。

こうして、マヌエラをめぐるあらゆる疑惑が解けた。まるでハイド氏のような二重人格も、怪奇をおもわせたドドの魅魍も、さらに、いま五人のものが浮びあがろうとすることも、畢竟マヌエラに可憐な狂気があるからだった。座間は、息をふきかえした愛情のはげしさに泣きながら、もう一刻も猶予できないことに気がついた。

「諸君、助かるかもしれん。とにかくすぐに水牛小屋へゆこう」

まず、醜言症を聴かせぬためマヌエラには猿轡《さるぐつわ》をし、ドドを連れて、そっと一同が小屋を忍びでたのである。そこには、地下からうねうねと上へのびて東方の絶壁上へでる、やっと這ってゆけるほどの地下道があった。一同はこうして、猿酒郷《シユシヤア・タール》を命からがら抜けでたのである。

やがて樹海の線に暁がはじまったころ、おそらく追手のかかるマコンデとは反対に、いよいよ、悪魔の尿溜《ムラムブウエジ》へと近附く密林のなかへ、心ならずも逃げこんで行くのだった。

雪崩《なだ》れる大地

密林はいよいよふかく暗くなって行った。大懶獣草《メガテリウム・グラス》の犢《こうし》ほどの葉や、スパイクのような棘をつけた大蔦葛の密生が、鬱蒼と天日をへだてる樹葉の辺りまで伸びている。また、その葉蔭に倨然とわだかまっている、大蛸のような巨木の根。そのうえ、無数に垂れさがっている気根寄生木は、柵のようにからまり、瘤のように結ばれて、まさに自然界の驚異ともいう大障壁をなしているのだった。しかも、下はどろどろの沢地、脛までもぐるなかには角毒蛇《ホーンド・ヴァイパー》がいる。

蜈蚣《むかで》の、腕ほどもあるのがバサリと落ちて来たり、絶えず傘にあたる雨のような音をたてて山蛭が血を吸おうと襲ってくる。まったくバイエルタールの魔手をのがれたのは一時だけのことで、またあらたな絶望が一同を苦しめはじめた。

「殺してよ、座間」

マヌエラが、しまいにはそんなことを云いだした。そして、虚ろな、笑いをげらげらとやってみたり、ときどき嫌いなヤンへにッと流眄《ながしめ》を送ったりする。彼女もだんだん、正気を失いはじめてきたのだ。

流石にカークだけは、絶えず斧をふるって道をひらいてゆく。しかし、蛮煙瘴雨に馴れたこの自然児も、わずか十ヤードほどゆくのに二、三時間も死闘を続けるのでは、もうへとへとに疲れてしまった。一本の、馬蔓の根がとおい四、五町先にあって、切るとずうんずうんと密林がうめきだし、しばらくカサコソと何者かが追ってくるような無気味な音をたてている。カークも全精力がつき、ぐたりと樹にもたれた。

「どうする？　なにか、こうしたらと云うような見込みでもあるかね」

「どうするって⁉　一体どうなりゃいいんだ」ヤンが、ぎょろっと血ばしった眼でふり向いた。

「われわれは、いっそバイエルタールに殺されちまやよかったんだ」

とおく、一つ、鉛筆のような陽の縞が落ちている。そのほかは、闇にちかいこの密林のなかは、沢地の蒸気をうずめる塵雲《ムラムブウエジ》のような昆虫だ。それを、蚊帳ヴェールで避ければ布目にたかってくる。もう、悪魔の尿溜へはいくばくもないのだろう。

ところが、そういう筆舌につくせぬ難行のなかで、ひとりドドだけは非常に元気だった。マヌエラを背負い、ときどき樹にのぼっては木の実をとってくる。いま密林に抱かれ大自然に囁《ささや》かれ、野性が沸然と蘇って来たのである。それをヤンが見て嘲けるようにいった。

「こいつのためだ。こいつを、わざわざ故郷へ送りとどけるために、四人の人間がくたばろうとするんだ。おい獣、貴様、マヌエラさんというお嫁さんがいて嬉しいだろうぜ」

こうしてどこという当もなく彷徨《さまよ》い続けるうちに、やがて日も暮れて第一夜を迎えた。カークは、危険な地上を避けて手頃な樹を選ぼうと思い、ひょいと頭上をみると、枝を結いつけたのが眼に入った。ゴリラの巣だ。しかしゴリラは、一日いるだけでまたほかへ巣を作る習性がある。して見るとこのうえもない宿である。

第二日――。

一行全部ひどい下痢と不眠のなかで明けていった。湿林の瘴気がコレラのような症状を起させ、一夜の衰弱で眼はくぼみ、四人はひょろひょろと抜け殻のように歩いてゆく。

全身泥まみれで髭はのび、マヌエラまで噎《む》っとなるような異臭がする。そしてこの辺から、巨樹は死に絶え、寄生木だけの世界になってきた。これが、パナマ、スマトラと中央アフリカにしかない、ジャングルの大奇景なのである。

つまり、寄生木や無花果属の匍匐性のものが、巨樹にまつわりついて枯らしてしまうのだ。そのあとは、みかけは天を摩す巨木でありながら、まるで綿でもつめた蛇籠のように軽く、押せば他愛もなくぐらぐらっと揺れるのである。森が揺れる。一本のうごきが蔓蔦につたわって、やがて数百の幹がざわめくところは、くらい海底の真昆布の林のようである。四人とも、それには幻を見るような気持だった。

ちょうど正午ごろに、大きな野象らしい足跡にぶつかった。つぶれた棘茎や葉が泥水に腐り、その池のような溜りが珈琲色をしている。しかし、そこから先は倒木もあって、わずかながら道がひらけた。しかしそれは、ただ真西へと悪魔の尿溜のほうへ……まさに地獄への一本道である。

疲労と絶望とで、男たちはだんだん野獣のようになってきた。ヤンがマヌエラ共有を主張してカークに殴られた。しかしカークでさえ、妙にせまった呼吸《いき》をし、血ばしった眼でマヌエラをみる、顔は醜い限りだった。

第三日――。

ヤンが、その日から肺炎のような症状になった。漂徨《ひょうこう》と泥と瘴気とおそろしい疲労が、まずこの男のうえに死の手をのべてきたのだ。ひどい熱に浮かされながら、幹にすがり、座間の肩をかりては蹌踉とゆくうちに、あたりの風物がまた一変してしまった。

大きな哺乳類はまったく姿を消し、体重はあっても動きのしずかな、王蛇《ピトン》や角喇蜴《イグアナ》などの爬虫だけの世界になってきた。植物も樹相が全然ちがって、てんで見たこともない根を逆だてたような、気根が下へ垂れるのではなくて垂直に上へむかう、奇妙な巨木が多くなった。それに、絶えず微震でもあるのか足許の地がゆれている。

してみると、土の性質が軟弱になったのか、それとも、地辷りの危険でもあるのだろうか？　この辺をさかいに巨獣が消えたのと思い合わせて、これが単なる杞憂ではなさそうに考えられて来た。いまにも足許の土がざあっと崩れるのではないか――踏む一足一足にも力を抜くようになる。しかしここで、悪魔《ムラムブウエジ》の尿溜の片影をとらえたようでも、森はいよいよ暗く涯もなく深いのだ。

すると熱の高下の谷のようなところで、ヤンがマヌエラをそっと葉蔭に連れこんだ。

「あなたは、モザムビイクに帰りたいとは思いませんか」

突然のことに、マヌエラはきょとんと眼をみはった。蚊帳ヴェールを透いて、なんでこの期になって思いださせようとするのかと、涙さえ恨めしげにひかっている。

「どうしました？　なぜ、黙っているんです」

「疲れたんですわ。あたし、なにか云おうにも、いい表せないんです」

「いや、モザムビイクへ帰れる確実な方法が唯一つあるんです。それは、バイエルタールのところへまた引っ返すことだ。ねえ、あの男は白人の女を欲している」

そういって、ヤンは蜥蜴のような眼をよせてくる。足がふらついて、病苦に痩せさらばえた顔は生きながらの骸骨だ。マヌエラはぞっと気味わるくなってきた。おまけに、座間とカークは泥亀を獲りにいっていない。

「僕とあなたがゆきァ、バイエルタールがなんで殺しましょう。そうして観念してあすこにいるうちにゃ、いつか抜けだす機会がきっとくると思うんです。ねえ、あなたの分別一つでモザムビイクへ帰れる。それとも、奴らに義理をたてて、ここで野垂死にしますかね」

「でもあたし、あなたのいう意味がすこしも分りませんけど」

「それがいかん。あいつら二人は、僕が今夜のうちにきっと片附けてみせます。熱がさがったとき、不寝番になるはずですからね」

といいながら、ヤンはじりじりマヌエラにせまってくる。しかしそれは、どうせ死ぬものなら行きがけの駄賃と、まるで泥で煮つめたような絶望の底の、不逞不逞《ふてぶて》しさとしかマヌエラには思われなかった。熱くさい呼吸、それを避けようともがけばぐらぐらっと地がゆれる。とその瞬間……、意外にもヤンがわっと悲鳴をあげたのである。

ドドだ。犬歯を牙のようにむきだして、もの凄い唸り声をたて、唇はヤンを噛んだ血でまっ赤に染っている。憤怒のために、ドドは野性に立帰ったのである。切端つまったヤンが拳銃《ピストル》をだそうとすると、その手にまたパッと跳びついた。それなり二人は、ひっ組んだまま地上を転がりはじめたのだ。

大柄な獣さえこない禁断の地響きに、とつぜん、足もとがごうと地鳴りを始めた。と見る……ああ、なんという大凄観！　とつぜん、眼前一帯の地がずずっと陥ちはじめたのである。マヌエラは足許を掬われてずでんと倒れたが、夢中で蔦にすがりつきほっと上をみると、今しも森が沈んでゆくのだ。梢が、一分一寸とじりじりと下るあいだから、まるで夢のなかのような褪せた鈍い外光が、ながい縞目をなしてさっと差しこんできたのである。森がしずむ！　マヌエラは二人の格闘もわすれ、呆然と眺めていた。大地の亀裂が蜈蚣のような罅《ひび》からだんだんに拡がるあいだから、吹きだした地下水がざあっと傾いだ方へながれてゆく。しかし、そうして崩れてゆく地層のうえにある樹々は、どうしたことか直立したままである。攀縁性の蔓植物の緊密なしばりで、おそらく倒れずにそのまま辷るのだろう――と考えたが、それも瞬時に裏切られた。

水の噴出がみるみる土をあらって幹根があらわれる。やがて、数尺下の支根が露《む》きでても……、まるで根ごと地上に浮きでて昇ってゆくような、奇怪な錯覚さえ感じてくるのだ。なんという樹か。その地底までも届くようなおそろしい根を、マヌエラは怪物のようにながめていた。この時耳もとで座間の声がした。

「おう、深井の根《プティ・ラディックス》！」

それが、旧根樹《ニティルダ・アンティクス》という絶滅種ではないのか。根を二十身長も地下に張るというこのアフリカ種は、とうに黒奴時代の初期に滅びつつあったはずである。

と、見る見る視野がひらけた。

思いがけぬ崩壊が風をおこして、地上の濛気が裂けたのである。とたんに、三人がはっと息を窒《つ》めた。それまで、濛気に遮られてずっと続いていると思われた密林が、ここで陥没地に切り折れている。

悪魔の尿溜《ムラムブウエジ》――。

と三人は呟くような亢奮に我を忘れた。陥没と、大湿林の天険がいかなる探検隊もよせつけぬといわれる、この大秘境の墻《かき》の端まできたのだ。と思うと、眼下にひろがる大摺鉢地《クレーター》のなかを、なにか見えはせぬかと瞳を凝らしはじめる。

しかしそこは依然として、濛気と昆虫霧が渦まく灰色の海で、絶壁の数かぎりない罅《ひび》も中途で消えてしまい、いったいどこが果でどこが底か――この大秘境を測ることさえ許されない。ただ枯れた幹をおとした旧根樹《ニテイルダ・アンテイクス》の、錯綜の根がゆらぐ間にみえるのだ。強靭な、ピラミッド型の根が幹を支えているうちに、幹は枯れ、地上に落ちたその残骸は、まるで谿いっぱいにもつれた蜘蛛糸をみるようであった。やがてその枯色も、鎖ざしはじめた昆虫霧にうっすらと霞んでしまったのである。――大秘境「悪魔の尿溜《ムラムブウエジ》」はちらりと裾をみせ、それなり千古の神秘を人にみせることをしなかった。

三人はしばらく感慨ぶかげに立っていた。しかし気がつくと、その格闘のまま、ヤンとドドの姿が消えてしまっているのだ。多分、ひっ組んだまま陥没地に落ちたのだろうと、マヌエラは気もそぞろであったが、やがて紅い蔓花で花環を編んで、じぶんを救おうとして死んで故郷へもどったドドのために、接吻とともに底しれぬ墓へ投げこんだ。

そうして、歯がぬけたような淋しさが来たが、また陥没がはじまりそうなので此処を引きあげねばならなかった。しかし三人は、その日一日は酔ったような気持でいた。前人未踏の、この東端まできて悪魔の尿溜をのぞいたのは、おそらく有史以来この三人だけかと思うと、自然の尊位と威力を踏みにじった気にもなるが、なによりここを出て人里に帰ることが、いまのところいちばんの問題になっている。

といって、南へゆけばコンゴの「類人猿棲息地帯《ゴリラスツオーネ》」、そこではこの惨苦を繰りかえすに過ぎない。してみると、北端にあたる大絶壁へ――いまアメリカ地学協会の探検があるはずだが……。

と、協議がまとまって進むことになったが……、これまでどおり、巨草荊棘を切りひらいてゆくのではいく月かかるかもしれない。そのあいだ、この衰弱ではとうてい保《も》つまいし、なによりこの二、三日来王蛇《ボア》に狙われどおしである。

「ずいぶん、考えりゃ保つもんですわね」

マヌエラが、ボロボロの斧をながめてふうっと吐息をし、なにやら、座間に云えというような眼配せをした。すると、座間が胸の迫ったような声で、

「じつはカーク、いまマヌエラとも相談したことだがね。ここで、君一人に自由行動をとってもらいたいのだ」

「なぜだ」

とカークはびっくりして眼をみはって、

「あんまり、唐突《だしぬけ》な話で訳がわからんが」

「それは、こういう訳だ。君ならここを抜けだして人里へゆけるだろう。なまじ、僕ら二人という足手まといがあるばかりに、せっかく、ある命を君が失うことになる。お願いだ。明日、僕らにかまわずここを発ってくれないか」

「そうか」

としばらくカークは呆れたように相手をみていたが、

「なるほど、君らを捨ててゆくのはいと容易いが、しかし、ここに残ってどうするつもりだ？」

「悪魔の尿溜へ、僕とマヌエラが踏みいるつもりなんだ」

「なに」

と、カークもさすがに驚いて、

「じゃ君らは、あの大陥没地《クレーター》へ身を投げるつもりか……」

「そうだ、初志を貫く。だいたいこれが、僕の因循姑息からはじまったことだから、むろん、じぶんが蒔いた種はじぶんで苅るつもりだよ。マヌエラも、僕と一緒によろこんで死んでくれる。ただ、君だけは友情としても、どうにも僕らの巻添にはしたくないんだ」

カークはマヌエラを振向いた。彼女の眼は断念《あきら》めきったあとの澄んだ恍惚さを湛えて、にんまりと座間をみている。おそらく全人類中のたった二人として、悪魔の尿溜《ムラムブウエジ》の底を踏んだときの二人の眼はあの、ペンも想像も絶するおどろくべき怪奇と、また、恋の墓場としてのうつくしい夢をみるだろう。カークは、言葉を絶ってしばらく考えていた。

密林は、死んだような黄昏の闇のなかを、ときどき王蛇《ボア》がとおるゴウッという響きがする。と、とつぜん、カークがポンと膝をうっていった。

「座間、名案があるぞ。僕にそんな莫迦気《ばかげ》たことを、いわないでも済むようになるぞ」

「えっ、なにがあるんだ?」

「それは、この蔦葛のうえを“Kintefwetefwe《キンテフエテフエ》”に利用するんだ」

「…………」

「つまり、コンゴの土語でいう『自然草の橋』という意味だ。ああ、これまでなぜ気がつかなかったんだろう」

リビングストーンのマヌイエマ探検の部に、その“Kintefwetefwe《キンテフエテフエ》”のことがくわしく記されてある。


――マヌイエマ近傍では、川を覆うて生草の橋ができる場合がある。つまり、両岸からの蔓が緊密にからみ合って、それがひろい川だと河床ちかくまで垂れてくる。踏むとふかふかとした蒲団のような感じで、足を雪からだすように抜きあげながら進む。


それがここでは、人間の身長の倍以上のたかさで、蔦や大蔓が砦のようにかためている。

その自然の架橋を、いよいよ生気を復した三人がゆくことになり、やがて、マヌエラを押しあげてそのうえに立ったのである。この大湿林を、まさか上方から眺めようとは思わなかったが、さすがその大眺望にはしばらく足を停めたほどだ。地平線は、樹海ではじまり樹海でおわっている。一色のふかい緑は空より濃く、まさに眼のゆくかぎりを遮るものも、またこの単色をやぶる一物さえもないのだ。そうしてついに、この大湿林を抜けることができたのである。

楽々と、それまでできた十倍以上を踏破し、北側の傾斜からまわって、絶壁のうえへ出ることができた。

見おろすと、眼下の悪魔の尿溜はいちめんの灰色の海だ。その涯がうつくしい残陽に燃え、ルウェンゾリの、絶嶺が孤島のようにうかんでいる。しかし、瘴癘の湿地からのがれてほっとしたかと思えば、ここは一草だにない焦熱の野である。

赤い、地獄のような土がぼろぼろに焼けて、たまに草地があると思えばおそろしい流沙であった。そしてそこから、雨期には川になる砂川《サンド・リヴァ》が現われ、絶壁のちかくで地中に消えている。

「有難うカーク、どれほど君のために助かったことだろう」

「ほんとうですわ」

座間とマヌエラが真底から感謝した。それは、きて以来一滴も口にしない、おそろしい飢渇から救われたからだ。カークが砂川《サンド・リヴァ》の下の粘土層のうえが、地下流だというのをやっと思いだしたからである。ほかにも、ここへくると大枝をもってきて、ささやかながら小屋も建てられた。そうして、熱射も避け、水も手に入れ、ときどき鳥をうっては腹をみたす。が、なにより困ったのは青果類の欠乏で、そろそろ壊血病の危険が気遣われるようになってきた。

するると、ちょうど六日目の午後に、一台の飛行機が上空に飛んできた。待ちに待ったアメリカ地学協会のものらしい。三人が飛びだして上着をふっていると、その飛行機からすうっと通信筒が落ちて来た。駈けよって、ひらいてみると、明日午後に――と書いてある。ながい惨苦ののちにやっとモザムビイクに帰れる。マヌエラは、感きわまって子供のように泣きはじめた。

しかしそのとき、その衝撃《ショツク》が因でまたラターがおこった。今度は、カークのまえなので隠すこともできず、座間はその晩ねむれるどころではなかった。

(可哀そうな、かなしいマヌエラ。ここで、よしんば助かるにしろ、先々はどうなろう。治るまい、おそらく真の狂人《きちがい》に移ってゆくだろう)

暗中に、眼を据えて焚火を見つめながら、座間は痩せ細るような思いだった。いまに、醜猥な言葉をわめき散らすようになれば、美しいマヌエラは死に、ただ見るものの好色をそそるだけになる。よしんば助かっても空骸がのこる。恥と醜汚のなかでマヌエラの肉体が生きるだけ……。

するとその時、座間の眼のまえへ幻となって、一匹の野牛の顔があらわれた。

それは、コンデロガを発って間もなく、曠原の灌木帯で野牛を狩った時のこと、砂煙をたてて、牝の指揮者のもとに整然と行動する、その一群へ散弾をぶちこんだ。すると、腹をうたれたらしい一匹がもがいていると、他が危険をおかしてそれに躍りかかり、滅茶滅茶に角で突いて殺してしまったのである。どうせ、駄目なものは苦しませぬように と、野獣にも友愛の殺戮がある。医師にも、陰微な愛として安死術がある。

焚火のむこうで鬣狗《ハイエナ》が嗤うようにうずくまっている。とたんに、怪しい幽霊がじぶんをみているような気がした。やがて、夢も幻もないまっ暗な眠りがはじまったとき、座間は胸にかたい決意を秘めたのであった。

翌朝、もう数時間後にはここを去ろうというとき、マヌエラは絶壁の縁にたっていた。悪魔の尿溜《ムラムブウエジ》の大景観を紙にとどめようとして、かの女がしきりとスケッチをとっている。そこへ、座間が背後からしのび寄ってきた。陽炎が、まるで焔のようにマヌエラを包んでいる。頭が熱し、瞼が焼けて、じぶんは地獄に墜ちてもマヌエラを天に送ろうと、座間は眼を瞑《つむ》り絶叫に似た叫びをあげていた。

しかも、マヌエラをみるとまた決意が鈍ってくる。大きな愛だと心をはげまし近寄ってゆくうちに知らず知らず、座間は砂　川《サンド・リヴア》へはいってしまった。そこには殺すものが死に、殺されるものが生きる一つの偶然が潜んでいたのだ。かれは、水はなくとも砂が動くことは知らなかった。徐々に、彼のからだが前方にはこばれてゆき、やがて、あっという間もなく地上から消えてしまったのである。

それなり、座間の姿はけっして現われてこなかった。ただわずかな間に消えてしまったことが、まるで秘境「悪魔の尿溜」の呪のように、マヌエラさえ思うよりほかになかった。

遂に「悪魔の尿溜《ムラムブウエジ》」敗る

座間は死に、残る二人は助けられた。

マヌエラは、疲労と悲歎のあげく床についてしまったが、それから一月後に一通の手紙が舞いこんできた。上封は、ヌヤングウェ駐在英軍測量部とあり、ひらくとなかにはもう一通の封書がある。それは、泥によごれ血にまみれてはいたが、眼を疑うほどの驚きは、愛しいマヌエラへ、シチロウ、ザマより——とあるのだ。マヌエラは指先を震わせて封を切った。

マヌエラよ、天罰が私にくだった。あなたを、このうえ〝Latah《ラター》〟で苦しませるのは忍びぬと思いそっとあの断崖からつき落そうとしたとき……、私は、砂川《サンド・リヴァ》に運ばれて地中に落ちこんだ。それは地中より湧きいで地中に消える暗黒河であった。

なん時間後か、なん日後か、とにかく私は闇のなかで眼をさました。おそろしい冷気、冥路《よみじ》というのはこれかなと思ったほどだ。そしてどこかに、滝があるような水流の轟きがする。しかし、まだ私が死んでないということは、やがてからだを動かそうとしたときはっきりと分った。節々が灼けるように疼くのだ。私は、それでもやっと起きあがった。手さぐりで、からだを探ってみると雑嚢がある。なかには、ライターもあり固形アルコールもある。——ああ、この、短い鉛筆でくわしくは書けない。

そこで、服地をすこし破いて固形アルコールで燃すと、ぐるりがぼんやり分ってきた。何処もかもが真白にみえる。眼を疑った。すると、天井から雪のようなものが落ちてきた。舐めて見ると唇につうんと辛味を感じた。それでやっと分った。私は砂川《サンド・リヴァ》から岩塩の層に落ちこんだのだ。地下水が岩塩を溶かしてつくる塩の洞窟だ。マヌエラ、あなたには想像もできまい。まるで月世界の山脈か砂丘のような起伏、石筍《せきじゅん》、天井からの無数の乳房、それが、光をうけるとパッと雪のようにかがやく。浄らかな……まったくこんな中で死ねれば有難いと思った。

畝もある。なかには氷罅《クレヴァス》もある。ときどき、雹《ひょう》のようなのがばらばらっと降ったり、粉塩を小滝のように浴びることがある。と、ふとそばの壁をみたとき、思わず私ははっと呼吸《いき》をとめた。そこには巨きな粗毛だらけのまっ黒な手が、私を摑もうとするようにぬうっと突きでている。

マヌエラ、これが悪魔の尿溜の神秘「知られざる森の墓場《セブルクルム・ルクジ》」だ。

類人猿が、じぶんを埋葬にくる悲愁の終焉地だと思うと、私はその壁を無性にかき崩した。すると、その響きにつれてどっと雪崩れる。ああマヌエラ、塩を雪のようにかぶって起きあがったとき、一つ二つ、臨終そのままの姿であるいは立ち、あるいは蹲まり、あるいは腕を曲げ、ゴリラや黒猩々が浮き彫りのように現われてくる。まったく絶えざる水蝕でかわるこの洞窟の中では、これが数百年あるいはなん千年まえのものか。ともかく、塩にうずまってすこしも腐らずに、今日まで原形を保ってきたのだ。ああ、私は悪魔の尿溜に入りこんで、最奥の神秘をみた全人類中のたった一人の男だ。そうして、間もなく死ぬだろうじぶんさえも忘れ、ただ人間が自然に対してした最大の反逆を、歓喜のなかで溶けるように味わっていたのだ。

それから、滝は地底へと落ちている。それを知って、私は非常に落胆した。なぜなら、もしその地下水が絶壁へでていれば、そこから、悪魔の尿溜の大観を窺うことができるし、また位置が低ければあるいは出ることもできよう。しかし駄目だ。私は底から盛りあがってくる暗黒の咆哮に、いよいよ出口がなく、いま岩塩の壁で密閉されている事を悟った。事実も、絶えず洞窟の形が水蝕で変っているらしい。

すると私は、ここの低温度がひじょうに気になってきた。獣類ならともかく人間は、うかうかすると凍死する危険がある。まったく、アフリカ奥地の夏に凍え死ぬなんて、ここが地下数十尺の場所とはいえ皮肉なもんだと思った。

すると、そこへ一つの考えがうかんできた。それは云うのもじつに厭なことだが、いま煖をとるものといえばそれ以外にはない。私は、類人猿の死骸に眼をつけた。

それからのことは、婦人であるあなたには詳述を避ける。とにかく、ここへ死にに来て相当の期間生きていたものには、体内にほとんど脂肪の層がない。ともあれ……やつらを燃やしてみることにした。

さいしょ、口腔《くち》に固形酒精《アルコール》をいれて、それに火をつけた。まもなく火が脳のほうへまわって眼球が燃えだした。ごうっと、二つの窩《あな》がオレンジ色の火を吹きはじめた。洞内が、なんともいえない美しさに染んでゆくのだ。裂け目や条痕の影が一時に浮きあがり、そこに氷河裂罅《クレヴァス》のような微妙な青い色がよどんでいる。淡紅色《ときいろ》の胎内……、そこを這いずる無数の青蚯蚓《みみず》。しかし、死骸は枯れきっていてなんの腥《なまぐさ》さもない。

私は、そうして煖まり、肉も喰った。しかし肉は、枯痩のせいか革を嚙むように不味かった。マヌエラ、私がなにをしようと許してくれるだろうね。

ところが、三つほど燃やして四つ目をひきだそうとしたとき、ふいに天井が岩盤のように墜落した。雪崩れが、洞内の各所におこって濛っと暗くなった。それが薄らぐと崩壊場所の奥のほうがぼうっと明るんでいる——穴だ。それから、紆余曲折をたどって入口のへんにまで出た。そこには、最近のものらしい四、五匹が死んでいる。マヌエラ、私は洞をでてはじめて外の空気を吸った。いよいよ私は悪魔の尿溜《ムラムフウエジ》のなかにでたのだ。

夜だった。空には、濛気の濃い層をとおして赭色にみえる月が、すばらしく、大きな暈《かさ》をつけてどんよりとかかっている。私はいまだに、これほど超自然なふしぎな光輝をみたことはない。中天にぼやっとした散光をにじませ、その光はあっても地上はまっ暗なのだ。

すると、この森閑とした死の境域へ、どこか遠くでしている咆哮が聴えてきた。それが、近くもならず遠くもならず、じつにもの悲しげにいつまでも続いている。と、それから間もなくのこと、ようやく、暁ちかい光がはじまろうとするところ、ふいに私の眼のまえにまっ黒なものが現われた。ぎょっとして、それを見つめながら、じりじりと後《あと》退《じさ》っていった。

マヌエラ、なんだと思うね。カークほどの身の丈で、お父さんより肥っていて、片手を頭にのせてずしりずしりと歩いてくる。時には、両肢をかがめその長い手で、地上を掃きながら疾風のようにはしる——ゴリラだ。私は、それと分るとぞっと寒気がし、顎ががくがくとなり、膝がくずれそうになった。私は懸命に洞の中へ飛びこみ、最前の穴らしい窪みをみつけて隠れた。が、その洞穴《ほらあな》は、浅くゆき詰っている。なお悪いことに、そのゴリラが穴のまえで蹲まったのだ。やがて、夜が明けたとき、視線が打衝《ぶつか》った。私は、あの傀偉な手の一撃でつぶされただろうか。

マヌエラ、私は暫くしてから嗤いはじめたのだよ。じぶんながら、なんという迂闊ものだろうと思った。なんのために、そのゴリラが森の墓場へきたか忘れていたのだ。ゴリラはさいしょ、私をみたとき低く唸ったが、ただ見るだけで、なんの手だしもしない。

七尺あまり、頭はほとんど白髪でよほどの齢らしい。つまり、老衰で森の墓場へきたのだと、私はやっとそう思った。野獣がここへくるときは闘争心は失せ、なにより彼らを狂暴にする恐怖心を感じぬらしい。そして食物もとらず餓えながら、静かに死の道にむかってゆくのだ。マヌエラ、ここで私は冥路《よみじ》の友を得たのだ。

Soko《ソコ》——と、やがてそのゴリラをそっと呼んでみた。この“Soko《ソコ》”というのはコンゴの土語で、むしろ彼らにたいする愛称だ。それから、Wakhe《ワケ》, Wakhe《ワケ》——と、檻のゴリラへする呼声をいっても、その老獣はふり向きもしなかった。

ただ遠くで、家族らしい悲しげな咆哮が聴えると——ほとんどそれが、四昼夜もひっきりなく続いたのだが——そのときは惹かれたようにちょっと耳をたて、しかしそれも、ただ所作だけでなんの表情にもならない。そうして、私とゴリラと二人の生活が、十数日間にわたって無言のまま続いた。私は、同棲者になんの関心も示さない、こんな素っ気ない男をいまだにみたことはない。

さて、もう鉛筆もほとんど尽きようとしている。あとは、簡略にして終りまで書こうと思う。

それから、私は精神医としていかにゴリラを観察したか、特にアッコルティ先生に伝えて欲しいと思う。それからも、毎日ゴリラはその場所を動かず、ただ懶《だる》そうに私をみるだけだった。衰弱のために、もう動くのさえどうにもならぬらしい。私が脈を見てもぼんやりと委せているだけだ。しかし、これは森の墓場へきたという本能だけではなく、先天的にゴリラというやつは体質性の憂鬱症《メランコリア》なのである。つまり、「沈鬱になり易い《アブノルメ・テンデンツ》異常的傾向《デプレシヨネン》」がある。ああ、また鉛筆の芯が折れた。もう私は、これを書いてはいられない。

ここで早く、あなたへの愛とカークへの友情と、やがて私が死ぬだろうということを書かねばならない。私は、ながらく肉食ばかりしたため壊血病にかかった。いまは、歯齦の出血が、日増しにひどくなってゆく。そうだ！　病いの因となった青果類はむろんのこと、この悪魔の尿溜《ムラムブウエジ》には一点の緑すらもないのだ。昆虫霧で、日中さえ薄暮のように暗い。その下は、ただ鹹沢《しおざわ》の結晶が瘡《かさ》のようにみえるだけで、旧根樹《ニティルダ・アンティクス》の枯根がぼうぼうと覆うている。

その根をゴリラのように伝わることが出来ればいいが、人間で、おまけにいまの私にはそんな体力はない。まったくのところ、どこかの一隅に有尾人がいるかもしれない。またどこかに、象の腐屍がごろごろ転っていて、それを食う群虫がこの昆虫霧かもしれない。しかし、この一局部にいてはなにも分らないのだ。ただ、ここが森の墓場であり、荒廃と天地万物が死を囁いてくる、場所であることだけは知っている。

私はきょうめずらしく鶚鶥《がらんちょう》をつかまえた。よくあなたがドドを馴らして、木のポストに入れさせていた封筒のことを思い出したのだ。私はそれで、この手紙を書いてその封筒にいれ、鶚鶥《がらんちょう》に結びつけて放そうと思う。運よく……、そんな機会は万一にもあるまいが、もし、あなたの手に入ればそれは愛の力だ。

私は、この墓場に埋まる最初の人間として……悪魔の尿溜にいり込んだはじめての男として……また、ゴリラと親和した唯一の人として……ことに、あなたへの献身をいちばん誇りとする……。

いま、午後だが大雷雨になってきた。もう一日、この手紙を続けて、鶚鶥《がらんちょう》を放すのを延ばそう。

マヌエラ、この一日延ばしたことがたいへんな禍となった。といって、いま私が死のうとしているのではない。私が、いままで心を向けていたあらゆるものの価値が、まるで、どうしたことか感ぜられなくなってしまったのだ。あなたのことも、カークのこともこの悪魔の尿溜《ムラムブウエジ》征服も、いっさい過去のものが塵のように些細にみえてきた。どうしたことだろう。自分でそうであってはならないと心を励ましても、その力がまるで呪縛されているように、すうっと抜けてしまうのだ。きっとマヌエラ、これは魂を悪魔の尿溜《ムラムブウエジ》に奪われたのだろう。人間という動物であるものが森の墓場へきて、恋人をおもったり姿婆を恋しがったりすることが、そもそも悪魔の尿溜の神さまにはお気に召さないのかもしれない。戒律《タブー》だ。それを破った私は当然罰せられる。それで今日から、「知られざる森の墓場《セブルクルム・ルクジ》」の掟に従うことになった。いや、おそろしい力に従わせられたのだ。

今朝、ゴリラがちょうど二週間目に死んだ。

私は、鹹沢《しおざわ》のへりにいて洞窟にいなかったが、そこへ妙な、聴きなれない音が絶れ絶れにひびいてくる。それが、洞窟のほうなのでさっそく戻ると、ゴリラがまさに死のうとする手でじぶんの胸をうち、かたわらの石をうっては異様な拍子を奏でているのだ。私もゴリラに音楽があるという噂は聴いていたけれど、その音は、「いま遠い、遠いところへゆく」と叫んでいるようなもの悲しげなものだった。私は、とたんに哀憐の情にたまらなくなってきて、ゴリラの最後を見護《みと》ろうと膝に抱えたとき、意外な、軽さにすうっと抱きあげてしまった。

まったく、力のあまりと云うのが、その時のことだろう。ながい、絶食と塩分の枯痩とで、そのゴリラは骨と皮になっていた。それにしても、この私とてもおなじように痩せ、まして、壊血病になやみながらこの老巨獣を、抱きあげられたことはなんと云っても不思議であった。私は、ここにいる間に森の人になったのではないか。痩せても二百封度《ポンド》以上のものを軽々とのせ、その両手をみたときは泥のような酔心地だった。

ゴリラを抱いた。と、すべて人間社会にあるものが微細にみえてきた。個人も功績も恋愛などというものも、すべて吹けば飛ぶ塵のようにしか考えられなくなった。マヌエラ、これが悪魔の尿溜の墓の掟なのだ。獣は野性をうしない、人は人生をわすれる――私も死にゆく巨獣となんのちがいがあろう。

こうして、私は、悪魔の尿溜《ムラムブウエジ》を征服し、そうして征服されたのだ。だがマヌエラ、まだ私は左様ならだけはいえるよ。

座間の手記は、ここで終っていた。悪魔の尿溜《ムラムブウエジ》の妖気に、森の掟に従わされ、よしんば生きていても遠い他界の人だ。ふしぎとマヌエラには一滴の涙もでなかった。

彼女はなかに、もう一通同封されている英軍測量部の手紙をとりあげた。

敬愛するお嬢さま――同封の書信を、お送りするについて、一奇譚を申しあげねばなりません。それは、この発信地のヌヤングウェのポスト下には、同封の書信を握りしめた異様な骸骨が横たわっていたのです。それは、丈が四フィートばかりで、人間とも、類人猿ともつかぬ不思議なものでありました。当地は、おそろしい蟻の繁殖地で、朝の死体は夕には、肉はおろか骨の髄まで食われてしまうのです。ただ、その骸骨が不思議なものであっただけに、その旨を御輿がてらに申し添えて置きます。

ドドだ！　マヌエラは、大声でさけんだ。

ドドは、ヤンと一緒に陥没地へ落ちたが、やはり生きていたのだ。そうして、座間が放った鶚鵰《がらんちょう》をとらえ、肢に結びつけてある封筒をみたとき、急にあの訓練を思いだしてヌヤングウェのポストへいったのだ。そしてそのあいだの、百マイルの道に精も根もつき、やっと辿りついて昏倒したところを残忍な蟻どもに喰われたのだろう。

かの女は、草原の熱風に吹きさらされる骨を思い、座間の怪奇を絶した異常経験には、一滴も、流さなかった涙をすうと滴らした。

それから、ドドの血がついた封筒に唇をあて、人間よりも、高貴な純真なドドのために、心からの親しさでそっと十字を印したのである。

第二話　大暗黒《ラ・オスクリダット・グランデ》

食肉岩地帯《テラ・サルコファギ》

読者諸君、目下仏伊間に係争中の、仏領北アフリカのチュニスを御存知であろう。カルタゴの廃墟にちかいそのチュニス市から、熱砂を踏んで南行二百五十哩《マイル》、そこに土地の言葉で、「椰子ある地《ベレル・エル・ジエリッド》」というオアシスがある。

石と泥で作った回教塔《ミナレット》を中心に、おなじ作りのマッチ箱のような家、さらに、それを囲んで棕櫚皮天幕住いの標悍無比な遊牧民《ベドウィン》の集落がある。しかしそこを最後に人煙が絶え、諸君はサハラ沙漠の北端にたつことになる。

さて、そこからわずか南へ五マイル、そこに“Schott el Djerid《ショット・エル・ジエリッド》”という荒茫たる鹹湖がある。一面の塩の結晶が灼熱の陽をあびて、まるで炎天下百四十度の雪原という思いだが、そこを過ぎ、いよいよ峨々たる山容を前方にのぞむとき……おそらく案内人は尻ごみしてこういうだろう。

「旦那、アラーの神かけて申しあげるだが、旦那は“Ras al hamra《ラス・アル・ハムラ》”のことを聴いておいでだったかね」

「なに、赤首人《ラス・アル・ハムラ》だと」

「へえ、スペイン人は、『忘られし人々《ラ・ヘンテ・オリヴィダーダ》』ともいいますだ」

それを聞いて、旅行者の顔からさっと血の気が消えて、馬の手綱をひきしめて前方の山系を望み、これが不侵の鉄則で固められた「大暗黒」であるかと、夕陽に伸びてくる山影に怯気づき、一散に「椰子ある地《ベレル・エル・ジエリッド》」へ逃げかえることであろう。

ではその、「大　暗　黒《ラ・オスクリダット・グランデ》」とは……、また、「忘られし人々」という赤首人《ラス・アル・ハムラ》とは何か？　ここに、意外な秘境が大陸の奥どころか、海を去るわずか二百五十マイルのところにあるのである。

　そこは、標高千米内外の比較的、登るにも易しそうな岩山である。また沙漠中にもかかわらず水にめぐまれていて、飛行機からみれば渓流もあり、ことに中央部の大陥没地《クレーター》には一条のすずしげな瀑布さえ懸っている。

　沙漠には水を中心に集落ができるのだが、どうしてここへは踏み入るものがないのか？　どうしてただ、突兀《とっこつ》と風化した片麻岩の怪容が、すさむ砂嵐のなかで永遠不侵をほこっているのか？　古代ギリシャの地誌には“Terra Sarcophagi《テラ・サルコファギ》”とあるが、そもそもその名は何事に由来しているのだろう。

　棺中の死体をくいつくす食肉岩《サルコファグス》という無稽な伝説はまず措いて、ただ肉よりも人を呑む岩ということが、やや近代になって実際にあらわれてきた。

それは一七八九年のこと、チュニスの藩王《サルタン》イブン・アクメッドが、この「大暗黒《ラ・オスクリダット・グランデ》」へ探検隊を向けたのである。すると、ある日のこと、三十八人の一隊が四人をあますのみで、じつに見事にも忽然と消えてしまったのである。しかも、その夜営地には草ずれの跡もなく、血も、襲ったらしい人間の足跡もない。まるで食肉岩《サルコファグス》に吸いこまれたように、ただ砂嵐、滝の音だけが、千古の怪奇をうたっているばかりであった。

それ以来、この食肉岩《サルコファグス》伝説は益々かたく信じられ、ショット・エル・ジェリッドの鹹湖をこえるものは一人としてなかった。それればかりか、やがて誰の口からともなく、奇怪な風説が伝えられるようになった。それはここに、首の赤い人間がいるということだった。しかし山中には、打見たところどこにも洞窟のようなものはなく、また樹木はおろか一草さえ見えず、従って獣類も魚類も棲息しているとは思われなかった。その矢先、つい最近の大正六年のこと、又もや奇妙な出来事があった。

かねて、世界の謎といわれた沈んだ大陸「アトランチス」の所在が、ほぼ鹹湖あたりということになって、伯林《ベルリン》大学のアルバート・ヘルマン教授を隊長とする探検隊が、この「大暗黒《ラ・オスクリダット・グランデ》」の山麓までできたことがある。

そのとき、じつにあたらしい太刀魚が一匹、山麓の砂の上にぴんぴん転がっていた。これを発見したヘルマン教授も流石《さすが》に気味わるくなってきて、ぞっと大暗黒の魔風を身に沁みて感じたということだ。なにしろ、地中海から二百五十哩も離れたこの沙漠のなかに、生きのいい太刀魚がいるなどと云うことは、お化け以上の怪談というよりほかにない。

作者は、この探検隊を吸いこんだ食肉岩地帯と、沙漠中にあらわれる新鮮な海魚と、さらに風説中に出没する赤首人《ラス・アル・ハムラ》と三つの謎について……これから、「大暗黒」をあばく物語を綴ろうとする。

赤首人《ラス・アル・ハムラ》の痣

アフリカ西海岸の腋の下といわれる仏領象牙海岸のサンドラ——。ここには、南米仏領ギアナのカイエンヌにある、悪魔島刑務所とならぶ有名な監獄がある。そのいま、刑務所構内の海岸の湿地に、ひとりの囚人がながながとねそべりながら、簪のようなヒルギの実をいじり、ときどき鬼沙魚《おにはぜ》の噴気にすっと首をすくめる。

非道苛酷をもって鳴るこの刑務所にいて、他囚の、労役中にもうつらうつらとねむっているところを見ると、この囚人は模範囚なのであろうか？　しかし、両足には鉄丸をつけた絞輪が食いこんでいるのだから、義理にも模範囚とは云えない。ただこの通り、労役もせずぶらりとしていて、食事も他の囚人とちがい非常に上等だし、構内なら散歩も自由になっていて、ただ囚服を着、鉄丸をつけ、監房にねむるだけのことであった。

名はジャン・ショーモットとあるが、しかしこれはおそらく仮名であって、ふくれた鼻はイタリー人のようだし、総じて、こんなところには決して来そうもない、端正な三十がらみの男だ。そしていま、灼熱の陽をさけた紅樹《マングローブ》のかげに、なにやら郷愁のような影を顔いっぱいに滲ませて、ぼんやりと蒼藍の海をながめている。

と、そこへ、五つばかりになる土人の子がやってきた。これは縫衣婦の倅のマサイである。

「おじちゃん、“Vborami Nabeshi”《ウボラミ・ナベシ》をしない？」

この“Vborami Nabeshi”《ウボラミ・ナベシ》というのは、ジャンケンにそっくりの遊戯である。乞われるままに男はその遊戯を続けていたが、やがていきなり手をやめて、茫《ぼ》んやりとなった。

「どうしたの、おじちゃん？」

「待て、待て」

彼ははげしくマサイを制し、なにか乱れたものを束ねるような眼付になった。

それは、マサイが絶えずおなじ手をだすのだ。ゲンコ、よく影絵にやる狐のようなかたち、小指と拇指だけ折って残りをピンと伸ばしたもの——なんだかそれを連ねたものが唖手真似のように、男の眼をはげしく衝いてくる。ゲンコはE、ハサミはV、四本の指を閉じ拇指だけをぬっとだすのがA、まさに、マサイのやるのは唖信号であった。とたんに、獄囚特有の鬱々としたものが、霽れてさえざえとした眼つきになった。

救助する！　君はオレステ・フラテルリー君か？　ヤマザより——と、その一連ののがこう読めるのだった。

誰だろう？　蛮地の監獄を転々とすること二年。いまは、この世界の明るみからすっかり葬られた俺を、どうしてこの、ヤマザという人物は突きとめることができたのだろう。助かる!? と、なんともいえぬ昂奮に震えた手で、かれはマサイの頭をいとしそうに撫でていった。

「坊や、いい子だから誰にもいうんじゃないぞ。だが、そのおじさんというのは何処にいるのだ。どこから、坊やにこれを頼みにきたんだい？」

しかしマサイは、ただ無言のまま海上を指すだけである。

泥浜に、隙間なくうえた鉄柵のうえには、黄色い錬瓦の獄壁がつづいている。土人の漁舟が群れている。ギラつく熱射下の海には、一すじ、水平線にひくベニン海流がみえるだけだ。

その日から、ヤマザからの通信が毎日のようにあった。最初は、かれがフラテルリーなることを執拗にたしかめてきたが、続いてさまざまの質問が発せられた。

なんじの首筋いっぱいに赤痣ありや？　なんじとステラという娘とはいかなる関係にありや？　投獄されてより南チュニスの秘境「大暗黒《ラ・オスクリダット・グランデ》」について訊ねられたることなきや？　またそこが、なんじの生地かと問われたることなきや？　なんじはなにか罪を犯せりや？　さもなくば投獄の理由を知るや？

これらの質問に対して、フラテルリーは次のようにこたえた。赤痣あり。ステラは余の妹なり。「大暗黒《ラ・オスクリダット・グランデ》」については頻々と問われたり。しかし、そこが余の生地か否かは余も知らず。なお余には絶対に罪科なし。したがって、余は投獄の理由を知らず。

以上の問答が、マサイの指を通じて終りを告げると、今はただ脱出の指令を待つばかりになった。

ところが、ここの監獄医にボアルネーという男がいて、偶然マサイとフラテルリーとの間の秘密通信に気がついた。やはり、官舎の窓からなんの気なしにみているうちに、まえのフラテルリーの場合のように唖信号なのに気づいたのだ。しかしボアルネーは、それを上申しようとはせず、なにか胸に一物ありげなほくそ笑みを洩らしただけだった。

ボアルネーは、五十ばかりの小牛のような男だ。冷酷で、強慾で、策謀が好きという、およそ顎の三角髯が象徴するような人物。以前は、チュニス市警察の医務部長だったが、収賄の嫌疑でこの辺土に左遷されていたのだ。

「ふうむ、あのステラの兄にここで逢おうとは、まさに奇縁というやつじゃ。それに、ここまで山座のやつが小細工にこようとは、これも相縁奇縁というもんじゃ」

その日も、バオバブの樹下に囚人と子供とがいた。赭《あか》いというよりも濃黄の土の反射に、樹下の、人も昼顔もめざめるような緑だ。それを、レースの窓掛を片よせたかげから、いつものようにボアルネーがのぞいている。

（ふうむ、なんとあの赤痣を上手にかくしたもんじゃ。さいしょ、奴をみたのが二十年まえ、それから、つぎが二年まえのチュニスのあの日だ。どうも、奴とわしとは因縁があるようだて。しかし、フラテルリーめ、なんで来獄《き》たんじゃろうな。ここは殺人強盗と人狼どものくる場所じゃ。

それが調べるとフラテルリーのは、犯罪事項の記載が台帳にはない。おまけに、構内ならば散歩は自由。職員と同様の食事支給とある。おかげで、わしの明晰な頭脳もくたくたになってしもうたよ。しかし、まずこの辺が図星だろうかな。入《い》獄れにゃならんが殺したくはない。また、いずれ生かして置けば吐かせる時期もある。というんで、まず健康第一の上客扱い。では、なぜフランス政府がそうせにゃならんか。これが、窺覗をも許さん大秘密というところじゃろう）

この、なぜフラテルリーが投獄されたかということは、むろん本人も知らぬとおりで犯罪ではない。もちろん、スパイ嫌疑でも国事犯でもない。およそ、ありとあらゆる犯罪の嫌疑ではない。といって、かれフラテルリーもけっして無辜ではないのだ。

この妙に持ってまわった作者の言い廻しを、しばらく「大暗黒」の謎が解けるまで、読者諸君の不審のなかに置こうと思う。したがって、そんなわけで総督もしらず、典獄も、もちろん一刑務医のボアルネーが、どんなに頭をいためようと窺うさえできないことだ。

さて、ここでボアルネー自身さえが奇縁とよぶ、フラテルリー兄妹とのふしぎな過去のつながりをまた、その間にあらわれる日本人山座の、颯爽たる登場振りをしるしたいと思う。

＊

それは二年ほどまえ、そろそろ気候がよくなる十一月はじめのことだった。チュニスの回教塔《ミナレット》群とイタリー下民区《ディエゴ・ゲット》のあいだに、いつもながら襤褸市《エル・メルサ》が賑わっていた。そこは枯草くさい沙漠遊牧人《ベドウィン》や、猶太人《ジュウ》や、亜剌比亜人《アラブ》の群集がいり混って……名実どおり、まさに地中海の人種坩堝《メルティング・ポット》である。そして、市とはいうものの大部分は、窮民たちの持ちだし家財がならべられてある。

当時チュニスは、いわゆる蝗飢饉《ローカスト・ファミン》の大凶作に見舞われていて、おまけに戦争懸念のため周遊客もなく、ホテルはガラ空で、外人目あてのガイドや乞食がまっ先に倒れた。やがて、飢《ひも》じそうに家財を売るものが、この襤褸市《エル・メルサ》にしだいに殖えてきた。亜剌比亜人《アラブ》が馬具をもちだせば生活を捨てたもおなじである。なかには猶太教経典《タルムード》もあり、天蓋もあり、みなチュニス特有の丸パンに代えられるのだ。

そのなかを、一人の部下をつれた山座伸三があるいている。

山座は、巴里のパッシー区に豪壮な家をかまえ、当時ヨーロッパ中にとどろいた大美術商であった。維新の頃、海外へ流出した浮世絵を買い戻し、それを悉く故国の博物館へ寄贈してしまうという、その気前だけでも唯者ではない。まったくよく、十万百万と捨てられるものだと、マア、美術商も山座ほどになればというのが、世間のとおり相場であった。

これには、実のところその裏があるのだった。かれの、旅行に名をかりた暗躍と冒険とが、いわゆる中央枢軸をなす二大国のために、どれほどかれ等の秘密警察以上の役割をしたか⁉　洒脱で義心に富み、縦横の智略は、もし相手の国にアルセーヌ・ルパンで

もいれば、さぞや好敵手と思われるような人物だ。ところがいま、かれが左右の店をのぞき歩いているうちに、

「おい、みろ、すばらしい娘がいる」

みると、髪をまん中から分けて捲毛にした、顔はさびしいが品のいい娘がたっている。そうとう手摺れのした編上衣《オルバーチエ》を、一着手にもって売物にしているが、多数の眼には消えも入りたいような風情だった。

「いくらだね。姉さん」

ひとりの、カルタゴ見物らしい米人がたずねると、

「ハア、これ五十法《フラン》なんですけど」

「四十五法《フラン》でいいだろう。サア、数えてもらうよ」

するとその娘は、金をうけとると通りをぬけ、チュニス特有のトンネルのような、けばけばしい色彩の屋根道《スーク》へはいってゆく。二人が、妙な好奇心で横合いからのぞくと、菓子をたくさん買ってあたふたと出て行く。

山座はそれを見送って、どうしたことか迫ったような呼吸《いき》をして、

「あの娘は死ぬぞ。いや自殺するんだろうぜ、君」

「なぜ、大将にはそれが分りますね」

「なぜって、すぐ冬がこようというのに、編上衣《オルバーチエ》を売りはらう。君が、もしチュニスにいるイタリー娘だったら、編上衣《オルバーチエ》がなくてこの冬なにを着るね。いま、役所のまえでさ

かんに呶鳴っている——ねえ、給食、給食とわめく女たちがいるだろう。あの連中だって、編上衣だけはけっして離しゃしないよ。僕は、あの金が尽きたときヒョッとしたら、と思うよ」

それから、二人がそっと跡をつけてゆくと、娘は、イタリー下民区《ディイエゴ・ゲット》にある踊り場へ入っていった。そして、夜まではなに事もなかったのだが……。

踊り場には、どこかサルジニア人が多いせいか、鄙《ひな》めいたところがある。バンドは、アッコーディオンにギターに小ラッパ《バンディトーレ》。客は、あすの糧をわすれて一瞬おどり狂う。ともかく、表面《うわべ》だけでも飢饉をわすれた場所だ。

するとひそひそと、二人がいる近傍に囁き声がおこった。

「おい、おれはいまステラと踊ったがなァ、あの娘、コルセットをどうしやがったんだろう」

「売ったのだろう」

「それにしても、さっき踊り場のまえに立って、子供に菓子をやってたぜ。どうもありゃ、コルセットだけじゃないらしいんだ。真面目な娘だけによけい苦労さ」

毎日、チュニスには多数の行き倒れや、五、六人の自殺者ができる。窮民がそうするときには、かならず晩餐をかざり、最後の一夕をたのしむのだ。それが、ステラのうえに、なにかとなく思われてくる。

けれどステラは、そのときサルジニアの民舞“Bell Tondo《ベロ・トンド》”をおどっていた。

ひとりの男と手をつなぎ、ほかの連中がだんだん止めるなかでも、二人だけは忘れたように踊りつづけている。楽師たちは、この気ちがいのような組に気負って弾きつづけた。客はすべて二人を見つめ、子供は床をふみならし、やがて二人が止めたとき、割れるような拍手がおこった。

けれど、気付いた人たちのあいだには、冷《ひや》りとしたものが流れていた。だが、この窮乏時、無料パン二千個がやっとこさのチュニスに……、だれが救えよう。

その夜、雨水貯蔵池のつめたい水のなかから、山座とその部下が溺れているステラを救いあげた。そしてすぐ、警察病院へいれ宿直医の、ボアルネーの手で蘇生させたのである。

翌朝、その病室にはいつまでも物音がない。ただひとり、ボアルネーと思われる五十男が、ねむそうな眼で寝台のステラをみている。これは、まさに危険きわまる陋劣性を発揮しようというときの、ボアルネー独特の表情だ。ステラが夢中で口ばしる囈言《うわごと》のなかに、思わずかれがハッと乗りだすようなものがあった。

「オレステ兄さん、あなたは、私の真実の兄じゃないのですよ。お父さんが、ショット・エル・ジェリッドの鹹湖のむこうで、まるで乞食のような襤褸《ぼろ》につつまれたあなたを拾ったのですって。うちには、まだそのとき一人も子がなかったので、自分の子として育てることにしたのです。だけど、あなたの頸いっぱいにある赤痣はなんでしょう⁉ あれが、あたしにはとても気味悪くて……」

赤痣、それも頸筋いっぱいをまっ赤にうずめている——と、ちょっと、ボアルネーがいきむような表情になった。あれか？　あのときのあの子かしら——と、あまりに偶然、ひょっこりと現われた、二十年まえのことに呆れるような気持だったが。それは……まだ彼が巴里《パリー》にいて、ペール・ラシェーズの病院につとめていたころのことだ。

一日《あるひ》、ひとりのイタリー人が男の子を連れてきて、なんとかこの子の赤痣がとれますまいかと、頼むのであった。みると、襟足を覆うてまっ赤な痣がある。これは珍らしい——が生憎その日は皮膚科の日ではなく、ただボアルネーがざっと診ただけで帰した。ところが此処に、ドイツ人でフオッスという、冬期休暇の実習にきた医学生がいたが、翌日、どうしたわけか一日中落着かないのだ。

「先生、昨日の男の子は来ませんでしたか」

「来んそうだ。もう、皮膚科の診療時刻は締切だし……。だが、なんで君はそんなに騒ぐんだね」

ボアルネーが、フオッスのそわつき方を不審気にたずねると、相手はまた、その訝《いぶ》かりを呆れたように、

「じゃ先生は、昨日のあれに気が付かなかったのですか」

「なにをさ？」

「あの子の、肩胛骨がすばらしく大きなことです」

「なるほど」

「しかもですよ、ちょっと斜めになって翼のようにみえるでしょう。僕は、おやっと思ったんで早速調べました。先生、こんなことをいったら、嗤うかもしれませんが、じつは、あれが太古に滅びたアトランチス人の特徴なんです」

魔香町《スーク・エル・アタリーネ》の迷路

「アトランチス⁉ それは例の大西洋へ沈んだ大陸のことだね？」

「そうです、プラトーがそういっていますよ。『ヘラクレスの柱《ゾイレン・デス・ヘラクレス》』より西にあたる大洋中に、金色燦然たる海神宮《ポセイドン・ブルグ》を中心にした、アトランチスという非常な富国があった——と。つまり、その『ヘラクレスの柱《ゾイレン・デス・ヘラクレス》』がジブラルタルで、当然プラトーの説では大西洋になります。先生、プラトーって古代ギリシャの哲学者ですよ」

「知ってるよ。だが、それがあの子にどんな関係があるんだね」

「それはね、別に『有翼人《ホモ・アラッス》』という名がアトランチス人にあるからです。といって、なにも翼があって飛ぶわけじゃありませんが、なにしろ、肩胛骨が非常に大きく、ちょっと後から見ると、翼《つばさ》が生えてるようにみえるというのです。どうでしょう、とにかくあの子には注目の価値がありますよ」

ボアルネーは、ほんの間だが酔ったような気分になった。黄金、宝石、温和好信の種族、夢のような話だが満更ではない。これが陸地にあって発掘されたならと、ボアルネーはその金色燦然たる海神宮《ゴールデンブルグ・デス・ポセイドン》を、いったい価格にしたらどれほどのものか？ それがもし、いまおれの手で発掘されたならと——やはり若さのためか茫っとなったのである。

そこへフオッスが、

「ところで、あのアトランチスの所在ですがね。だんだん後年になるにしたがい、異説がでてくるのです。やれ、アメリカ大陸がそれだったとか。ことにサン・マルタンなどはサハラともいい、なかには、仏領コンゴオというフロベニウスもでてきています。

　ところが最近、AD-IDRISI《アル・イドリジ》の地誌学の欠本が発見されたのです。アル・イドリジは、亜刺比亜《アラブ》人の十二世紀ごろの地理学者ですが、その欠本のなかにアトランチスのことが書いてあります。しかもアトランチス海のかたちが非常によく、チュニスのショット・エル・ジェリッドの鹹湖に似ているのです。

　そうすると、プラトー説では大西洋、ほぼいまのアゾレス群島附近です。アル・イドリジの説では大陸になって、ほぼいま云った南チュニスにあたるのです。そしてそこには、有名な不侵地『大　暗　黒《ラ・オスクリダット・グランデ》』があります。ねえ先生、あなたは『赤首人《ラス・アル・ハムラ》』という怪説を御存知ですか」

「なるほど」

　はじめてボアルネーは合点がいったように、きのうの子の赤痣を思いうかべた。

あの、大赤痣《だいせきはん》と赤首人《ラス・アル・ハムラ》、しかも「大　暗　黒《ラ・オスクリダット・グランデ》」にとなるアトランチスの推定地。

そしてあの子は、フオッスの言葉によれば「有翼人《ホモ・アラッス》」の、アトランチス人の特徴をそなえている。ここで、すべてが釈然となった。射倖と、慾にかけては人後に落ちぬボアルネーと、純学究肌のフオッスの二人が翌日を待ったのだが……ついにその子は二度とこなかった。

それから、長い歳月を過ぎて、忘れるともなく忘れていたものが、いま、ステラの囈言のなかへはっきりと現われたのである。

ボアルネーは、心中唸るような眼でじっとステラをながめている。

(ふうむ、じつに、縁というか奇運というか、あのとき来ずにしまった赤痣《あかあざ》の妹に、ここで逢おうとは話みたいなことじゃ。それに今度は大変な景物がついておる。赤痣が、当の「大暗黒《ラ・オスクリダット・グランデ》」の山麓に捨てられていたとは、いよいよ地下のアトランチスに実在性を増すものじゃ。「大暗黒」と、ショット・エル・ジェリッドの鹹湖の下に、おそらく、黄金は噸《とん》、宝石は叺《かます》ではかる――海神都《ポセイドン・シュタット》の大秘宝があろう。ようし、とにかく兄貴の赤痣に会わにゃならん)

こうして、それまで熱砂の蜃気楼のように頼りなかったものが、ここで俄然確実性をましてきた。赤痣の、オレステがアトランチス人であること。また、それが赤首人《ラス・アル・ハムラ》と同一のものであること。しかも、「大暗黒」が不侵の大秘境とすれば、あるいはその地下に、ひそかに五千年前そのままの姿でアトランチス人が棲んでいるのかもしれぬ。そう思うともう彼は、千の砂丘を吹きちらす沙漠の熱風のなかで、映画班、学術隊、自動《スチーム・》掘鑿機《シャベル》をひきいるアトランチス発掘隊の隊長になったような気がする。まったく、ボアルネーほど実際的な性格の男でも、一時は気が可怪しくなったようであった。

ところが、気がついたステラにそれとなく訊くと、赤痣のオレステは二月ほどまえから、どこへ行ったか行方がわからぬというのだった。そこでかれは、警察部内やチュニス暗黒街の魔香町《スーク・エル・アタリーネ》をしらべたけれど、なんの手掛りもない。オレステは、かれの発見と入れちがいのようにして、姿を風のごとくに消してしまったのだ。ああ、不運なる強慾ボアルネーよ。せっかくの躍起の絶頂から失望のどん底へ、ころころと急転直下ころがり落ちたのである。

ステラはその後山座の世話で職を得た。一時は、ボアルネーの家に引きとられていたが、オレステの行方がまったく望みなしとなると、今度は慾を色のほうに変えようとしはじめたからである。ステラは危いところを飛びだして、かねて看護婦からきいた救い主の山座を、やっと尋ねあてその胸にとび込んだ。

同時にボアルネーも、魔香町《スーク・エル・アタリーネ》方面からの収賄事実が曝露して、起訴猶予となったかわりに、ササンドラへの転任。こうして、アトランチスのことは思いこそすれ、この辺境ではどうすることも出来なくなったのだ。

ところがいま、偶然マサイ少年との唖信号から、あの秘密囚仮名ショーモットが、たずねる赤痣のオレステであるのが分った。消えかけた榾火《ほたび》がぱっと燃えあがる。そしていま、バオバブの樹下で二人がはじめている、いつものような唖信号をながめているのだ。

（ううむ、やっとるやっとる。ああやって、土人の子供を使って覚えこませて、当人にはなんだか分らぬが相手には分る。さすが、山座だけに周到なもんじゃ。だがそれを、こうして横奪りをするわしはどうじゃ、どうやら一枚役者が上じゃろうが。……オヤッ）

と、ボアルネーの表情が急に硬くなった。かれは固唾をのみ、双眼鏡をにぎりしめている。

（ふうむ、なんだと……。「この子のもつ、印度無花果《カクツス・オプンチア》を食えば、今夜血尿がでる……それが、ニジェリア熱の初徴とおなじである……万事は病監への途中にて」か。ふうむ、いよいよやりおるか）

ボアルネーは、立ちあがって海辺の窓へいった。金粉をまきちらしたような燃えあがる海のむこうに、きょうは一隻の縦帆船《オーナー》がみえる。それが、山座のヨット「甘杏《ラマンデイエ》」号であった。オレステに、仮病をつかわせて病監に行く途中、かれの一隊がひっ掠おうというのである。こうしてじりじりと切迫するようなものが、夜とともに次第に濃くなってきた。

「先生、七十二号囚のショーモットが気分が悪いとか云うんで……。尿がまっ赤になっておりますが」

案の定、看守のひとりがそれを告げにきた。

「そうか、いまゆくから寝かせて置け」

ボアルネーは、そのまま寝椅子のうえにごろんと横になった。五哩《マイル》の海岸線のほかは千古の原始林。ときどき、鬣狗《ハイエナ》や、野猪《センズ》の哮声がする。熱帯の夜の急下する気温のなかで、かれはねむったように考えていた。

(ようし、一つ奴を放してやろう。そしてわしも、やつの跡を跟《つ》けて山座と争おう。どうせ、事はアトランチスの埋宝にちがいあるまい。山座め、だれも自分以外には知るまいと思っとるじゃろうが、どうしてどうして、ここに偉大なるボアルネー様がおる。そうだ、一生の大運が……のるか反るかの時じゃ)

そうして、赤痣のオレステは、山座に助けられて脱出に成功し、ボアルネーは辞表をだしてササンドラを去った。ここで、舞台が四月後のチュニスになる。

＊

「ヤア、すごい暑さだな。おい、フオッス君、どこにいる。やっと、発掘許可書をぶん捕ってきたよ」

山座が、ハアハアいいながらヘルメットをなげだし、露台《バルコン》をのぼりながら大声でどなっている。二十年まえ、ペール・ラシェーズの病院でアトランチスのことを、ボアルネーに話したあの医学生のフオッス。彼はその後考古学に転じ、一九一七年のアトランチス発掘にも有力な隊員の一人であった。しかしその、ヘルマン教授の発掘は失敗であった。ひとり彼だけは志を捨てず、やっと縁あって山座の助力を得ることになった。むろん、ステラとフオッスの話を綜合したことから、オレステの救い出しになったのであるが……

「おお、御苦労でした。どうです、総督のシャブリエはなかなかウンとは云わなかったでしょうが」

「人物だよ。だが、これは別の話だがね、僕はシャブリエの態度から妙なものを感じてきた。君、ちょっと耳を澄ましていたまえ」

と、どこか近くで海砲のとどろく音がする。ズ、ズーンと海をわたって反響をひろげると、テラスの硝子がびりりと顫える。

「あれはね、いまパンテレリア島を中心にイタリー艦隊の演習がある。それもこの、チュニス攻略の作戦なのだ。――ほとんど領海線すれすれでやっているんだよ。それを、シャブリエ先生ときたら平気なもんで、抗議もださんし気にもとめん。あっけらかんで、女秘書のお尻を撫でているんだ。可怪しい。それが今度の探検にも関係なきゃいいと思うが」

「どうして？」

「マア、第六感というやつだろうよ。君はこの二つの問題があまりかけ離れているので、僕のいつものような放言ぐらいに思うだろう。しかし、しかしだ……」

と、いいながら、明るさを消してゆく山座の顔に、フオッスは気掛りになって、

「じゃ、なにか、今度の発掘許可に難点でもあったのかね。たとえば……」

「いや、シャブリエは非常に文化的な男だよ」

とそこで山座はいきなり話題をかえて、

「ときに、君のアトランチス仮説《セオリー》を詳細に伺おう。まず君は、『大暗黒《ラ・オスクリダット・グランデ》』の怪奇をどう解釈するね」

「あれには、ただ僕の経験のみを信ずる。十八世紀のイブン・アクメッド探検隊の消息などは、まあできることなら取りあげたくないね。しかしただ、ヘルマン先生の発掘のときに、あの焼けつくような砂の上に、ピンピンした太刀魚が転がっていたのには、まったく驚いた。幻か⁉　僕らは全部そろって気が可笑しくなったんじゃないか——実際、一時は茫っとなってしまった。それで、どこか『大暗黒』のなかに海水と通ずるところがあるんじゃないか——そう思って、まず僕は飛行機でいってみた」

「ふむ」

「ところが、ほとんど岩角スレスレに飛んでみたが、どこにも、そんな器用なところは一個所もない。ただ中央に陥没地式《クレーター》の谿があり、そこに淡水の滝が一つ落ちているだけだった。実際、あの太刀魚問題はすばらしい怪奇だ」

「オイオイ、君一人で感心してちゃ困るね。ところで、対オレステのあの問題はどうなったね」

「停頓だ」とフオッスの顔つきには焦れつくようなものが現われてくる。

「奴さん、いくら訊いても記憶がないと云うんだよ。ステラの話だと、拾われたのが三歳位の時だそうで、マア、記憶がないというのも当然かもしらんが。しかし、具体的のものと云えば、いまのところオレステ以外にはない。それに奴、妙に近ごろ金使いが荒いのだ。よく魔香町《スーク・エル・アタリーネ》へも出かけるらしい……」

オレステは、その後、山座の斡旋でイタリー領事館の雇員になったので、やっと安全になれた。もう、彼に就いてはどうすることも出来ぬので、いまはチュニスの町を公然と歩いている。

ところへ、その彼に誘いをかける暗黒の敵があらわれたのだ。それが、誰であるかは判然としないけれど、どうやら、チュニスの暗黒街「魔香町」の方面らしい。それ以来、金使いが非常に荒くなり、見積っても山座がやる小遣いだけではないらしいのだ。困ったことだと目下二人の悩みの種になっている。

「とにかく」と、フオッスが沈黙をやぶって、「僕は、今度の主力を『大暗黒《ラ・オスクリダット・グランデ》』に注ぐつもりだ。つまり、アトランチスの所在と大暗黒の不侵という、この二つは相対的な疑問かもしらん」

「うむ、しかし、焦眉の急はオレステ問題さ。あいつに、どうやら陰から関係をつけたがる人物がある。強敵か？　それとも、がんとぶつかれば案外他愛ない代物か？　とにかく、君のアトランチスの探検のまえに、僕がオレステ先生の探検をやらにゃなるまいて」

その夜、言明した通りチュニス名物の迷路、魔香町《スーク・エル・アタリーネ》のなかへ山座があらわれた。異臭に満ちて、せまった庇と凸凹の石畳。ときどき印度大麻を喫わせる怪しげな家から、ヴェールをした亜剌比亜《アラビア》女がのぞいている。そして山座の、五、六間ほど先にはオレステがあるいてゆくのだ。

大暗黒《ラ・オスクリダット・グランデ》へ

「とにかく、旧怨とやらを一掃する意味で……あんたにも一肩ねがいたいもんじゃ」

部屋のなかは、くらく濛っとけむっている。正面に、天蓋《カノピー》のついたトルコ風の寝台。床には編んだ布蓆のうえに、臥ながら話すような小卓があるだけだ。チュニス、印度《ベニ・》大麻躁狂《アイウツソス》を猛烈にふやしてゆく、ここは魔煙の吸煙所である。ボアルネーは、チュニスにくると前々の関係で、すぐ「魔香町《スーク・エル・アタリーネ》」の暗黒街にもぐりこんだ。そして、いまかれと対座しているのが誰あろう、オレステの妹ステラなのであった。

「じゃ、なんの御用ですの。あたし、婦人がくるような場所なら、悠っくりいたしますけど」

最初は、この陰惨な空気に怯《おど》ついたステラも、すっかり腹をきめたかキッパリといった。その日は、かねがね案じている兄についてと云うので、うっかり乗った彼女がここへ連れこまれたのである。

「それは、以前は儂もあんたに惚れとったけれど、それはこの際ぴたりと断念《あきら》める。その代り他のことで、あんたにここで掛け合いがあるんじゃ」

「なんでしょうか？」

「つまり、あんたとオレステとは表面《うわべ》はともかく、もとを訊《ただ》せば血縁ではない。いわば、恋をしようと結婚しようと御意のままの間柄じゃ」

「………」

「で、どうじゃ。あんたはオレステと結婚する気はないかな」

ちょっと暫くのあいだ、ステラに声がない。一時に、血の気がサッと退いたような顔つきだった。

「オレステは、あんたと自分が他人じゃと分ってから、まったく俗な言葉だが、半覚《うつつ》の抜けじゃ。そこへ、あんたとフオッスの仲を気づいたもんじゃで、もう、自棄《やけ》も自棄《やけ》、ひどいことになっておる。そこで、どうじゃな……」

「断ります」

ステラは、全部をいわさずきっぱり断った。

「あたしは、オレステを誰よりもいちばん愛しております。だけど、それは、兄弟の愛を一歩も出ないのです。ねえ先生、いくらオレステとあたしが他人でも、ずっと生れてこの方兄妹だったものがどうしてそんな気がでましょうか」

「そこじゃて」とボアルネーは卑しそうに眼を細め、ステラを肩からのぞき込むようにして近づいた。

「なあ、あんたが好きなのは、あのフオッスじゃろう。だが彼奴《あいつ》は、四十になるまで女をしらず、ただ、学問、学問の片輪ものじゃ。きっと、あんたにも悔むような機《とき》がくる。わしは匙加減なら危いもんじゃが、浮世万端にかけては大博士じゃよ」

　ステラは、いくら云われてもぴたりと口を噤んでいる。気丈で、世の憂さをさんざん舐めたにもかかわらず、どこにも悪摺れたところがなく、純真なかの女と、四十まで学問に殉じたヨハンネス・フオッスとが、一目で愛を感じたのも自然の道理であろう。そうしていま、ステラはただ一途にフオッスを想い、なんといわれても頑強に口を閉じている。ボアルネーも、ついに呆れたように立ちあがった。

「フム、そうか。では、この話は二度とせんことにする。そのかわり、あんたに翻意が見えるまで決してここから出さんからな。我鳴ろうとどうしようと、ここは魔香町《スーク・エル・アタリーネ》の迷路《ラビリント》の奥じゃよ」

　憎々しげに、そういい捨てるとボアルネーは、扉に鍵をかけ隣室へはいってゆく。そこも、やはり同じような部屋で、どこかに印度大麻躁狂《ベニ・アイウッソス》のけたたましい声がする。そこでかれは、この一画に巣食う毒虫のような、ひとりの亜刺比亜《アラブ》人と話しはじめた。

「どうも頑固な餓鬼で手が焼けてならんが、なアに、ものの半日も置きゃ、きっと我を折るよ。で、あの方はどうするかね」

「サア、おれは先生の考えがいちばん良いと思うね。とにかく、阿魔もオレステもこっちへ置いといて、フォッスと山座に先行させるんだ。それから、荷役のなかへ四、五人ぐらい当方の人間を入り込ませる。そうして置いて、もし成功しそうだったら二人を殺《ばら》す。運わるく失敗しても、誰かが帰るだろう。要するに、話はそれからという訳だ」

「そうだとも、第一、あのパナマ運河がいい教訓になるよ。あれは、フランスの失敗という先験があったので、どうにかアメリカの手で捏《で》っち上げられたんだからな。つまり、ハッハッハ、先もの貧乏だて」

「じゃ、後援者のほうもちゃんと決まったのですね」

「きまったとも。じきに、わしはボアルネー銀行でも建てるつもりよ、ハハハハ、とにかく、はやく阿魔を当がってオレステを急《せ》いてじゃ、やつに、むかしの記憶を思い浮べてもらうんじゃ」

＊

それから、しばらく経った真夜中のこと。オレステとボアルネーをのせた一台の驢馬車が、凸凹した舗道をゆれてゆく。めずらしく雲が濃く、ザアッと一降り降ってきた。

「ママア、君も気長に待つこった。ああいう気性の娘には短兵急はいかんでな。とにかく、ステラ陥落の暁にはしっかり頼むぞ」

「そりゃ、ササンドラのことを大恩に着てますからね。あなたの首の振りようでオレステはともかく、この僕が……」

「ヘエッ」

瞬間は、なんだか聴きちがいのように思い、続いてみはった眼でボアルネーがオレステをみる。しかし、馬車には微光さえもない。なんだか、オレステと誰かが入れ替ってしまったように、ボアルネーはぞっと不安になってきた。

「ねえ先生」と、今度はおっかぶせるような劇しい口調で、

「これで僕が、もし反対の立場の脱獄幇助者だったとして……おまけにそれが、山座伸三のような大物だったとして……しかも声も洩れないような、こんな場所にいたとしたら。この隣の男をどうお感じになりますね」

「うむ、そりゃ……」

「でも、先生は以前、警察関係だったでしょうが」

「…………」

誰だろう、まさにこれはオレステではない――危険がすぐ瞬後にあるような気がしてくる。相手の指が、いまにも自分の首にからみついてきそうな――ああ、佞奸ボアルネーがぶるぶると顫えている。かれは、ますます頬をたるませ、闇をわすれて、ひたすら、恐怖の表情を押しかくそうとしはじめた。馬車は降りしきる雨のなかを、小川にそうて走っている。とうに、魔香町《スーク・エル・アタリーネ》からは抜けでていた。

小川があふれ、舗道をおおうて小波《さざなみ》がたっている。馬車がそれに入って、ぐいと傾いた。とたんに雨脚が斜めに見え、のしかかるような体重にハッとなったとき、車はもと

に復して敷石に音をたてはじめる。ボアルネーは、たった一度で滴たるほどの汗をかき、思わずしぼり出すような腹の底からの声で、

「わしは、わしは警察などは嫌いじゃ」

すると隣の男は、車の揺れに調子をとった暢気そうな声で、

「しかしですよ、これから先生もせいぜい御留意ください。世のなかには、うまく本人をつかまえてそれに化けたり、わざわざ危険を冒してまで娘を救うものがありますからね。とにかく、山座のようなやつには警戒の必要がありますぜ」

といいながら、外の闇をあちこち見廻していたが、

「オヤオヤ、ここは先生のお宿じゃなかったですか。どうか海神都《ポセイドン・シュタット》の夢でもみて、御ゆっくりとお寝みください」

馬車の尾灯が消えてしまっても、ボアルネーは雨のなかにしょんぼりと突ったっていた。山座だ、山座でなければ俺ほどのものを、ああまで竦《すく》めるような鬼気はないはずだ。畜生、オレステをうばいステラを救ったのか、莫迦めと、一言捨て台詞《ぜりふ》を聴いたように、髪をむしり鬼のような顔でむなしく闇へ咆えるボアルネー。

「いまにみろ、この思いはきっと酬《むく》いかえしてやるぞ。アトランチスの大埋宝がわしの手に入って……そのとき、貴様、吠面《ほえづら》をかくなよ」

＊

その数週後に、いよいよ探検隊が「大暗黒」へ発ったのである。映画班、無電班、学術隊とそろえ……沙漠遊牧人《ベドウィン》の人夫、数台のトラクターがごうごうと自動掘鑿機をひいてゆく。そうしてその日は、基地「椰子ある地《ベレル・エル・ジェリッド》」に一泊した。そこは荒茫とひろがるサハラ沙漠の北端、棗椰子《デイト》の樹林をでると、疎毛の砂草《エスパルト》の帯。その向うは、赭砂を焼く烈々たる陽の下に、砂丘が、眼のゆくかぎり波浪のようにつらなっている。そして翌日、いよいよショット・エル・ジェリッドの鹹湖に行進を開始した。

砂、また砂、眼も咽喉も身体中の粘膜が、ひりひり乾いた空気に灼りつくように痛む。やがて、彼等のまえに「大暗黒」の蜃気楼があらわれた。空中をせせらぐ水のように過ぎてゆく倒形の岩山。例のイブン・アクメッドの探検隊を一物もあまさず吸いこんだという、大裂罅《リフト》のさかさまの瀑布。それが、砂丘を染める残陽がうすらぐころは、しだいに倒れ、いずかたへか消えてしまうのだ。そうして、湖とは云うものの、一掬の水もなく、ただ眼を射る銀色の塩の広原の――ショット・エル・ジェリッドに着いたのである。

しかし、そこからみる「大暗黒《ラ・オスクリダット・グランデ》」の奇観！　この、熱砂と烈日のなかに一面の雪衣を着て、砕岩と山肌の点在はまさに南チュニスのアルプスだ。雪だと、思わず眼をみはって一斉にさけんだものが、まもなく鹹湖からまきおこる塩嵐を着た「大暗黒」特有の衣裳であるのが分った。

「ここだよ君」

翌朝、陽が「大暗黒《ラ・オスクリダット・グランデ》」の山影をしだいに縮めてゆくころ、山座とフオッスが湖を越えていった。そしてフォッスが、山麓の砂上の一点を指さすのである。

「ここだよ、例の太刀魚が転がっていたところは。あっ、君どうしたのだ?」

突然、ここで熱をおこして山座が倒れたのである。かれはすぐ「椰子ある地《ベレル・エル・ジエリッド》」へ後送されてステラが附き添いで看護することになった。しかしここで、深怨の念をいだくオレステと、いかにも無頓着で感じないフォッスとが、不安を前途にはらみながらも接近することになったのである。そうして、まず怪説を知る土地の土人をのぞき、いよいよ隊の再編成をして登行を開始した。

雨とふる危険な落下物の傾斜。塩は、氷河のような罅目《クレバス》をつくって、そこからまっ青な光焔がもえている。やがて条痕をわたり塩の氷河を越え、三週をついやしたのち大裂罅《リフト》にでた。

そこは、陥没地のようにぐいとえぐられて、周囲は截《き》りたつような絶壁をなしている。そして、一条の滝が虹をたてながら、この不侵の地の静寂をごうごうとゆすっている。

「ここだ。まさか、われわれまでも呑みこまれやしまい」

と、フォッス以下の全員が綱にたより、底におりて上を見あげたとき……張り番に残した二人の男が、まるで小さく豆粒のように見えたのであった。

と、その翌朝、眼をさました張り番の一人がアッとさけんだのである。

ああ、なんたる「大暗黒」の怪⁉ 下に天幕《テント》を張り露営した百人ほどのものが、そのまま姿を忽然とかき消しているのだ。洞《ほら》もない……また昨夜はなんの物音もない……ただ削ぎたつようなこの嶂壁のなか……。しかも、綱をのぼれば二人のまえに出なければならぬ。どこへ、ああ、どうして此処から消えたのだろう。

これだ、不可侵の地へ闖入した天罰と——この、白昼夢に酔いどれたような二人の耳へ、ただ滝音のみが嗤うように響いてくる。

闇の中の敵

ドイツ人フオッス博士以下百余名の探検隊の「大暗黒《ラ・オスクリダツト・グランデ》」に於ける不思議きわまる消失！　その報はチュニスに伝わり、同市唯一の新聞にでかでかと掲げられたが、すでにその夜、世界はアバス通信社が逸早く撒きちらしたこのニュースによって、一時はヨーロッパ危機などそこ除けの騒ぎになった。

待構えてでもいたように、即刻各新聞をにぎわして学者間の論争がはじまる。そのうちで、「マンチェスタ・ガーディアン」紙にかかげられた有名な埃及学者《エジプトロジスト》、ジョセフ・ジョップリング氏の食肉岩《サルコフアグス》説を紹介しよう。

人を呑む岩、食肉岩《サルコフアグス》などというものが実際にあるのだろうかという疑問は、まことにこの二十世紀に在っては当然のことのように思われる。

然しながら、フオッス以下百名のものが消失したというその場所は、洞も裂罅《リフト》もなく、絶壁にかこまれた、いわば高さ千フィートの壺の底のような場所である。しかもそこで、五人十人ならばともかく百人あまりの一隊が、秘境の静寂をやぶる叫び声一つなく、あたかも吸いこまれたかのごとく忽然と姿を消したということは、それこそ、そこに食肉岩ありの確証でなくてなんであろう。

ことに、「大暗黒」は古来からの不侵地である。古いギリシャの地誌には、そこを“Byrsa Sarcophagi”《ビルサ・サルコファギ》(食肉岩の峻峰)といっている。これは明らかに、食肉岩《サルコファグス》の所在を意味する。また、十世紀あたりのアラビア人の地図には“Karat el Yesdi”《カラト・エル・イエスディ》——すなわち「悪鬼の岩城」とあり、またそれには、その悪鬼の意味にあたる赤首人《ラス・アル・ハムラ》という、怪奇な「大暗黒」人の噂さえある。しかしこれは、大暗黒の奇、食肉岩の怪の一種の擬人化に過ぎまい。

とにかく、一七八九年にチュニスの藩王、イブン・アクメッドがさし向けた探検隊の消失、また今回おなじ轍《てつ》を踏まされたフオッス博士等の一行。思えばそれは、不侵地をおかした天譴《てんけん》ではあるまいか。神が科学の浅さを嗤い、人の傲慢をいましめるために、あたかも地球の黒点のようにこのチュニスの奥に、一つ「大暗黒」のみをぽつりと残したのではないだろうか。

この記事が出た数日後に匿名氏があらわれて、ジョップリング氏の説に大痛撃をあびせた。その人は、おそらく気象学の出身らしく、フオッス等の消失は熱真空《ヒート・ヴアキユーム》に相違ないと次の如く駁論した。

ジョップリング老よ、食肉岩とはなんたる耄碌さ加減ぞ。フォッス以下が、不可解きわまる消失を遂げたその原因というのは、一つに沙漠の輻射熱からおこる熱真空《ヒート・ヴアキューム》以外にはないことだ。沙漠地方では、上空の空気が熱せられ、非常に稀薄となり、ときにはそこに大きな真空帯ができることがある。そこを目がける、上昇気流の高さは普通で四、五千メートル。熱真空のときは往々にして、天地間をつらぬく大旋風が突っ立つことがある。

これが、老よ、かの千一夜物語《アラビアン・ナイト》における飛行絨緞《フライング・カーペット》の正体である。近年これは北アラビアの話であるが……怪石沙漠《エル・ハメッド》を行進中の一隊の軍馬が大旋風に吹きあげられ、そしてその儘、フワフワ気持よく数百マイルもはこばれて、ハウランの砂河《ワディ》にどさっと下されたことがある。そこで思うに、おそらくフォッス博士等もその犠牲になったのではあるまいか。陥没地状《クレーター》の大裂罅《リフト》という地形からみても、その上空には旋風がおこり易い筈である。

こんなことを聴くと、多分フォッスもオレステも、数千粁《キロ》もふっ飛ばされ、いまごろはサハラ沙漠のまん中あたりで白骨になっているか、それともひょっと、運よくやんわりと緑地にでも下されてはいはせぬか、と虫のいい想像も湧く。併し沙漠探検の経験者に訊くと、旋風などと云うものはそんな生易しい、代物ではないと相手になろうともせぬ。畢竟「食肉岩《サルコファグス》」も「熱真空《ヒート・ヴァキユーム》」も学者の夢に過ぎないのか。

こうして「大暗黒」のことが、世紀的大怪事として謎のまま残された。それにこれは、アトランチスのことを秘しかくした探検なだけに、目的が怪異境「大暗黒」暴露とされ、黄金都市の「海神都《ポセイドン・シュタット》」発掘のことはうまく外れてしまった。ただ、そばのショット・エル・ジェリッドの鹹湖が、アトランチスの所在らしいということに触れた一人があったのみである。

ところで、その間マラリア的症状で倒れた山座がどうなったかというと、「椰子ある地《ベレル・エル・ジエリッド》」を形成する三つの緑地の一つ——"Tozer《トーゼル》"の、屯長《コントロール・シヴィル》の家で一進一退の身を養っていた。一代の風雲児機略縦横アルセーヌ・ルパン二世も、ステラの看護の効もなくあまり捗々《はかばか》しくないのだった。悲報を聞いていつもならば決然と起って、長駆フォッス等の救出に「大暗黒」と闘うのだが、なにしろ砂蠅熱特有の眩暈と心悸の頻発には、ここで寝床を蹴って敢然と立ちあがると云う訳にはゆかない。

「ステラさん」

と山座は絞り出したような声で、窓際のステラを呼んだ。

サハラの秋の夕暮のうつくしさ、棗椰子《デイト》の樹間を縫う葡萄蔓の花綵《はなづな》、橄欖の銀色の葉間に透く骨々とした砂漠《ワデイ》の谷。空は砂丘の影がしだいに伸びてゆくなかで、一つ二つと星があらわれてくる。

ステラは、恋人フォッスの遭難以来鬱々と日をおくっている。ときどき、湧泉をあつめる人造斜面《エスカープメント》のうえに立ち、はるか「大暗黒」の連嶺がすうっと一筋帯をひいている、鹹湖の果てを灼りつくような眼でながめている。山座も、ちかごろステラがなにを考えているか、ほぼそれが察せられるようになってきた。

案の定ステラは、ゆうべ山座に異常な決意をうち明けたのである。

「先生、砂かんじき《サンド・シュウ》が一つ残っていたようでしたけど、どこへお置きになりまして？」

「何処ってはっきり覚えてもいないが、併しまさか、あんたがあれを附けて歩くわけじゃないだろう？　ねえ、ステラ」

と、女の眼のなかをじいっと見入っていた山座が、いきなり、

「ステラ」と力強く呼びかけた。

「あれを履いて、あんたは何処へゆくつもりだね」

ステラは、しばらく伏目のまま喘ぐような呼吸《いき》をしている。やがて、いい紛らわすように笑いをつくって、

「どこへって、あたしには、ここ以外にゆくところってありませんわ」

「嘘をいってる。なんでステラは僕に嘘をいうのだろう。あんたはフオッスのあとを追って『大暗黒』へゆくつもりなんだ」

声が杜絶えた。剣のようにまがった月がのぼっている。その下を土民騎兵《スパヒス》の一隊が白衣《ハイク》をきらきらさせ、月下の砂丘の蔭をぬい"Nefta《ネフタ》"方面へ消えてゆく。最近、とくに二、三日は土民騎兵の往来が繁くなった。しばらく世間の風を絶っている山座の外界に、

いまや容易ならぬ大変動がおころうとしているのだ。

山座はなんと思ったか窓を締めさせ、生還者の一人がもってきたフォッスの探検日誌や、アトランチスに関する資料の類をもって来させ、それを寝床のわきの卓子に積みあげると、

「無理はない、惚れた男が秘境のなかで消える。これが、死んだとハッキリしているのならともかく、どうもフォッス君の消失には割りきれぬものがある。だから、当然あんたの気持にもそれが影響してくる。無理もないと云うと、あんたに往けというように聴えるが、しかし、あすこへただ一人で往ってなにをするつもりだ?」

「死にたいと思うのです」

ステラは、もう包む術《すべ》もつき、きっぱりと云った。

「あたしみたいな、女の腕一つでなにが出来ましょう。ただ倒れるまで『大暗黒』へあるいてゆきます。フォッスが身にうけたとおなじ苦しみを味います。そうして一足でも、フォッスに近附いて死にたいと思うのです」

いい娘だ——山座は、フォッスが羨ましくなった。かれは、これまで、これほど真摯なものに打たれたことは一度もなかったのである。

「しかし、ゆくのもいい、死ぬのもいいが、ただ実際問題として鹹湖を越えるだけでも、あんたに出来るかどうか。湖心の“El Mansur《エル・マンスル》”の駅場《ボルジ》までゆけぬうちに斃れてしまうよ」

「でも、いつ先生がお起きになれることやら、先生のお力に縋って事をしようという希

望も、もう私にはなくなりました」

「僕のことなら」

　山座がとつぜん叫ぶようにいった。

「僕は、機会さえくればいつ何時でも起きると。それまではじっと睡っている。フォッスを救う、いや、それができなくても『大暗黒』だけはぶち破る。しかしそれは敵対関係を清算してからのことだ」

「敵というのはボアルネーですのね。あの狒々親爺《じじい》は、手下を探検隊に入りこませてみたり、なんとしてもアトランチスを掘りあてようと躍起となってるじゃありませんの」

「ボアルネーか。あいつなんかは物の数でもない。いまに、僕の網にフラフラとかかってくるよ。山座は身体は臥ていても頭の活動は止んでいない。ことに、こうして凝《じ》っとしている時がいちばん危険な男なんだ。ねえステラ、フオッスの探検隊のうち絶壁上にいた二人、その二人が幸運きわまる生還者となって帰ってきた。そのうち一人は、ボアルネーの手下でジャファン・ハルンという亜剌比亜《アラブ》人だ。そいつをなぜ、僕が、大金をやってフランスへ送ってしまったか、——いずれその意味がハッキリする時がくるだろう」

　といってから、山座は彼に似気ない嘆息をして、

「もう一人、あんたには分らない闇のなかの人物がいる。そいつはボアルネーなどは比べものにならんほど、あいつの、いや数倍、数十倍の強敵だ。とにかくあんたにはもう

ちっと待って欲しいよ。時がきて、この寝台を蹴ってポンと山座が立ちあがる。そのとき、あんたはフオッスのあとを追うて『大暗黒』にゆけるのだ」

誰だろう、そのボアルネー以上の山座の強敵とは、としばらく考えたがステラには見当がつかない。しかし山座が、病床にあっても決して挫《くじ》けず、なにやら再起のための画策をめぐらしていることは、かのボアルネー派の生還者ジャファン・ハルンを、大金で買収してフランスへ送ったことでもわかる。それでもって、「大暗黒」への登行知識を、ボアルネー方へ与えぬようにしたのであろう。しかしそれは、結果において一層悪いことになるのではないか。

なぜなら、ハルンとともに帰った生還者の一人、アルジェリアのSoufis《スーフイス》族であるアブー・アマッドが、いま山座の手にしっかと握られているからだ。その男がふたたび「大暗黒」を攻撃するときどれほど役にたつか。それを思えば、いま鵜の眼鷹の眼でアブー・アマッドを奪おうと、ボアルネーが躍起になっているかもしれない。いずれかならず一戦あると、ステラはそう腹をきめていたのである。

強慾酷薄無残の藪医者ボアルネー先生も、不幸相手が山座だけに痛められつづけだった。ステラの義兄で頸いっぱいの赤痣、おまけに「有翼人《ホモ・アルッス》」の翼状の肩胛骨。これだ、このオレステテこそ「大暗黒」に住むアトランチス人の赤首人だろうと、やっと色と金とで味方につけたのも暫し。それを、ステラ諸共まんまと奪いかえされた、あの夜の憂目をわすれるボアルネーではない。

のみならず、そのせっかくのオレステさえ隊長フォッスもろとも、食肉岩《サルコファグス》のなかへ吸いこまれたといわれる今日、当然ボアルネーの眈々たる虎視が、アブー・アマッド奪取にそそがれることは云うまでもない。

（ああ、どうしよう）

そうなったら、病床の山座と二人だけでどうなるだろう。と、はやじりじりとしてくるだけに、ステラは居堪れない気持になる。はやく山座を癒さなければならない。それには、この緑地《オアシス》にいる亜剌比亜《アラブ》医師ではと……つい先達《せんだつて》、“Metlaoui《メトラウーイ》”の鉄道終点へゆく便にことづけて、白人医師を呼ぶ方法をとったのである。

「どうだねステラ」

と山座がわらいながら呼びかけた。

「もう君は死にたくなくなったろうね。死んじゃいかん。フォッスもオレステもかならず生きている。君はいつか必らず、義兄《あに》にあい恋人にあうことができるよ」

「でも」

と、ちょっとステラは云いそびれたようだったが、

「私、これ、思い過ぎのようですけど……なにか、義兄がフォッスさんにしかけたことが遭難の因になったのじゃないでしょうか。先生が、お倒れになったときハッとしましたんですけれど、あの時からなにか良くないことが二人に起りそうで……」

「冗談じゃない」

山座は即座にうち消した。

「そんなことで、一時に百人もの人間が消えてしまうなんてことはない。あれだよ！たしかにあれだと云うことが、僕には分っている」

その、山座の推測とはいかなるものか、どんなに、ステラが訊いても山座はいわないのである。しかしステラには、じぶんをめぐる二人の恋の葛藤、もしそれが、原因だとしたらまことにフオッスに済まぬことだと、一時霽れかけた胸がまた曇ってくるのだ。それからねむりはじめた山座の呼吸《いき》を聴きながら、いまは亡き人と思われる恋人フオッスの筆の跡を、アブー・アマッドがもたらした探検日誌のうえで追いはじめた。


ところどころに、積塩が滝のように落ちている場所がある。ピッケルは絶壁や露頭部には役立つが、塩には駄目だ。氷河ではない。塩の檐《たるき》は、ちょっと斧をあてただけでも雨のように落ちてくる。塩雪崩にはや登行開始後、二時間に二人の人夫がさらわれた。しかし、群峰雲にまじわる「大暗黒」の壮観。そこには、アイガーあり、モンブランあり、いま、アレッチホルンに似た大円錐峰のしたで、目前の大塩罅《クレバス》をいかに渡るかを考えている。

その亀裂は、幅三メートルあまりで七、八十メートルの深さだろう。底には青い光が物凄く漂い、一颯、塩粉をあびせてさっと吹き過ぎる風にさえ、塩罅《クレバス》の端がどうっと崩れてしまうのだ。まったく雪ならばともかく粘着力のない塩では、どう渡ろうにも足がかりがなく……、よくマアここまで辿りついたものだと、われながら感心しないわけにはゆかない。実際ここまで、わずか里程にして三、四マイルのところを、紆余曲折、三日も費している。

露頭部や、積塩の浅いところを探りさぐりゆくのでは、終局の「大暗黒」の怪異境「滝の大裂罅《リフト》」へゆくまでに、多分われわれの健康がもたぬのではあるまいか。塩粉を絶えず吸わねばならぬための劇しい飢渇、雪中さながらのなかにいて焼けるような炎熱、そうして、塩分が影響する急速な枯瘦、誰しも眼はくぼみげっそりと頰はこけて行く。

さらにフオッスは、地図のごときはこの山には不用であるといっている。なぜなら、ここへの登行が絶対不可能になる、Maksurrah《マクスラー》（鹹嵐）季節を過ぎると積塩の位置がかわるからだ。毎年、十月からはじまって翌年三月まで、強烈な北風が乾燥した鹹湖の塩をふきあげ、文字通り、「大暗黒」を塩霧地獄にしてしまうのだ。でなくてさえ、風の荒い山頂以外には積塩がふかく、足がかりの今年の露頭は翌年の塩氷河の底。と思うと、もう「大暗黒」の再攻撃などは、てんで望まれぬように心細くなってくる。不侵地だ、神がゆるさぬ絶対不可侵の境。フオッス等が、ようやく「滝の大裂罅《リフト》」まで辿りついたということも、おそらく、万に一つともいう僥倖ではないのか。

そこへ、扉《ドア》があいて実直そうな、アブー・アマッドの顔がのぞいた。

沙漠下の海《フエルサンデテン・メール》

「お嬢さま、わしのこれまでの話はとり止めもねえもんばかりで、ほんに、ハア済まねえこんだと思うだ。今夜は、もうわしも大分落着いたで、とっくと、旦那の耳にお入れ申してえもんだ、と思ってきましただよ」

「そう、じゃお起してみようかしら……」

それからアマッドはつぶさに「滝の大裂罅《リフト》」における、あの怪事の情況を話しはじめたのである。そのとき、一隊は疲労のどん底にあった。ことに、かれとジャファン・ハルンがいちばん非道く、到底綱にすがって絶壁をくだるなどという体力はない。そこで、二人は張り番に残された。下りた連中も、下へゆきつくなりゴロリと転がって、久しぶりの真水をみても這い寄ろうとする気力もない。まったく百人あまりのその一隊のものは、ここで数日間の休養と栄養を取らなければ、天幕《テント》の杭打ちさえ難かしいような状態にあった。草もなく、動物はもちろん昆虫一ついない。そこは、塩という苛烈な無機物にはばまれた、サハラの熱砂中の絶対無生物境である。ところが翌日、二人が眼をさましてみると下の一隊が消え去っている。

「あの連中が、一晩休んだだけで歩きだせるようなら、人間の身体だって、まったく重宝なもんでがす。わしとハルンは、しばらくは人心地もなかったでがすが、どうせ悪鬼《カラト・》の岩城《エル・イエスディ》（アラビア人がいう「大暗黒」の名）の神さまに憑り殺されるもんなら、いちばん甘味《あめ》えもんを鱈腹つめこんだ後にしてもらうべえと、臍に力をいれてじっと観念をし、とにかく午ごろまでそこに臥せておりましただよ。するとそのころやっと力がでましただ。わし等二人は、それから綱にすがって下へおりたでがす」

「じゃ、滝が渓流になってからだね。それが『滝の大裂罅《リフト》』をどんな風に出ているのだね」

「それがでがす、一直線に窪みのなかをいって向う側の崖したから、地下にぐっと落ちているでがす。それも、人ひとりやっと通れるくらいの穴で、急に流れが細まったもんで、ごうっと泡だって落ちるでがすよ。マアハア、その穴へ入ったら粉々になんべえが」

「では、搬水袋や食料や、武器などの携帯品はどうなっていたね」

「それが無えだ。まさかあんなものを一杯背負って、それなり、天へフラフラと昇っちまったわけではねえだろうが」

　そうしてこの、巨大な壺にたとえられる「滝の大裂罅」においてーーむろんそこには、洞もなく裂け目もなく、出るも入るも綱にたよらねばならぬがーー忽然と、一隊のものが消えうせた千古の大怪事をいま、アブー・アマッドがながながと物語っているのだが、それをステラが待ちきれなくなったように口を挟んだ。

「アマッドさん、あんたオレステという給水班長を知ってるでしょう。あの人と、隊長とのあいだは円満に行ったでしょうか」

「それがさ。あのオレステちうのは、なんとも云えねえ野郎でがすよ。そうそう、鹹湖を過ぎて山へかかろうと云うときだ。あの野郎、こう隊長さんに聴えよがしに呶鳴ったもんだ。ここへ、まえの探検のとき太刀魚が落ちてたちうだが、そんな法螺ふいて儲けべえと思うのが、きょう日の学者ちう奴だ。というて、べっと唾ァ吐いて砂を蹴あげるだ。砂めが、えれえ災難でねえか」

「マア、なんて人！」

ステラは、なにも云えずブルッと唇をふるわせた。

「それに、どうしたこんだか隊長さんが、しょっちゅうあの野郎の機嫌気褄をとっているだ。水も、野郎だけがよけい飲んでいたらしい」

案の定と、山座は苦笑のようなものを感じた。それは、フオッスのアトランチス仮説《セオリー》の根本をなすもので……赤首人《ラス・アル・ハムラ》、すなわちアトランチス人と目される赤痣オレステを賺《すか》しては、なんとか幼時の記憶を吐かせようと躍起となっていたにちがいない。しかし、それも、またフオッス・オレステ間になに事があったろうと、すべては「大暗黒」によって清算された後である。山座は、今度こそ非常によく頭に入ったらしく、

「御苦労だった。僕も、もう半月も休めば動けると思うし、一つアマッド君に先頭に立ってもらおうか」

「それがですよ」と、アマッドは云いにくそうな声で、

「じつは今夜かぎりで旦那ともお別れでがす」

「なぜなの⁉　どうして、あんたはここを出てゆくの」

さてはこの実体《じってい》な男にもボアルネーの手が伸びたのか。アマッドこそ、「大暗黒」再攻撃の唯一の手札だ。この男が知る積塩のふかさ、露頭の個所をゆかなければどうして辿りつけよう……。ところが、アマッドの口から実に意外なことが吐かれたのである。

「わしィ、じつは召集をうけたでがす。ヨーロッパに、またどえれえ戦争がオッ始まったとかで、わしら、チュニス土民騎兵《スパヒス》の予備兵は根こそぎ採られるだ。今夜、偉え方々が〝Metlaoui〟《メトラウーイ》からくるそうで、わしら、暁がたにはここを出なけァなんねえ」

　大戦勃発――。山座のこれまでにない深刻な表情。しばらく、凍りついたような眼でじっと天井を見つめている。それは、頼みにしたアマッドのとつぜんの召集によって、「大暗黒」への、再攻撃計画がぐらついてきたというよりも、もっともっと深いなにものかであるらしい。アマッドも、それと察して慰めるように、

「済まねえこんだ。ここまでお世話になってもう少しというところで、わしがしょっ引かれるなんてよほど運がねえだ。それにわし、もう『大暗黒』へは当分ゆかれねえと思うだ」

「なぜだね」

「それは、鹹嵐《マクスラー》の季節が早まったことでがす。湖のまん中にある〝El-Mansur〟《エル・マンスール》の駅場《ポルジ》、あすこあたりに、はや小《ち》けえのが始まったとかで、昨日、駅場《ポルジ》の番人が引きあげてきましただ。旦那、もう鹹嵐《マクスラー》になったら絶対駄目でがすぞ」

アマッドの云う通りだとすれば、年を越した春、鹹嵐《マクスラー》がおさまるまで——「大暗黒」再攻撃を延期しなければならないのか。ステラは重なる不運に直面したまま失意のどん底につき落されたのである。

そのとき、どこか遠くで太鼓の音がする。月下の砂丘を這うザッザッという音、騾《らば》の鳴き声をまじえた一隊の人馬のひびきが、このしずかな緑地《オアシス》へ近づいてきた。ほら、チュニスからのお偉がたが来ましただ、そういって、アマッドは別れの挨拶をのべ、若干の餞別をもらっていそいそと室をでていった。

山座は、アマッドがいなくなると急に昂奮して、

「きた、きた！　いちばん、おれに苦手な大戦勃発というやつが、来たぞ。下手ァすると、『大暗黒』もわが輩もいっさいがオジャンになる」

「どうしてでしょう。まあ、昂奮なさって」

「ねえステラ、いよいよこの山座も落ち目かもしらんよ。ここへ来てから……つまり、『大暗黒』攻撃をはじめてからは、良くないこと続きだ。それがまた、今夜になると急転直下だ。アマッドの召集、鹹嵐季節が早まったとくる。そこへもってきて……大戦勃発、とり残された山座ときた。僕はね、いま国際公法にいう敵性をもつ中立人民というやつだ。捕まって、いい加減な裁判をされて有罪ときまると、銃殺か、重懲役かどっちかになる。どっちも、僕の性分じゃ嫌いだがね」

山座は独り言のように呟いた。

「ええ」

　ステラは気の毒そうに頷いた。それは山座が、ながらく中欧枢軸国の秘密任務にあずかっていたこと。その彼が、いま相手国の植民地で病床に臥し、逃げも隠れもできない情けない有様にあるのだ。

「でも、パリーかロンドンならともかく、チュニスじゃありませんの。こんな、植民地の役人などがなにを知るもんですか」

「いやいや、そこを大知りの飛んだ奴がいるんだよ。君も知る総督のシャブリエだ。あいつ、以前パリー警視庁の保安部長だったんだが、その頃から、俺の尻尾をおさえようと散々つけ狙ったものさ。しかし奴は、あれでなかなかの文化人だからね。証拠もなにもないのを闇雲にやるなんてことは、むしろ捕えずに如かずくらいの見識のある男だよ。その頭脳明敏観察卓抜の男が、いまこの緑地《オアシス》で雪隠詰めにされている、この僕を忘れることはあるまいよ。いずれ、そのおそろしい敵がこの機会とばかりに襲ってくるだろう。そしてこの僕が、相手を褒め褒め、つかまると云うことになるだろう。あっあれ太鼓じゃないかね」

　気温が熱地の夜の常でぐっと下るせいか、月をながした沙漠の蒼白さは雪の荒野のように肌寒くなる。すると遠く、砂渓谷《ワディ》をはさむ台地のかげから、ぴかぴかまっ白にかがやく紐のようなものが伸びてきた。慓悍、モロッコ、アルジェリア土民兵とならぶチュニス土民騎兵《スパヒス》の一隊が、空色の頭布外衣《バーナス》をそろえて櫓《やぐら》輿を背においた、数頭の駱駝をまもってくる。山座は、ステラの肩に倚りながら双眼鏡を手に、この雄大無比な土民騎兵の行進をながめはじめた。と、たちまち眼にとまる櫓輿《やぐら》のなかの一つの顔。

「ううむ、来た、来た。悪運のきたることなんぞ早きや。さては、シャブリエ先生募兵演説においでかな。おやッ、側にいるのはマチニアンじゃないか。ブレーも、ブシャンも……曾《か》つてのパリー警視庁のシャブリエ一党が、全部ここへ揃いおった。いかんぞ。公平無私なシャブリエ先生までが芋蔓的人事をやるなんて、こりゃさっそく忠告せにゃなるまいて」

「その、ブレーとか、マチニアンとかいうのは……」

「奴らかね、みな僕の親友ばかりさ。しょっちゅう、僕のあとをつけて撒かれたり……」

といったなり、山座の声が続かなくなってしまった。一見、うきうきした饒舌のかげにも、おそろしい苦悩があるのがわかる。いま大暗黒の再挙もじぶんの身も、一時にうしなうかもしれぬおそろしい危機をまえにして……山座はただ敗北へのみじめな一本道をみるばかりである。が、こうして、一縷の望みもつき果てたなかで、山座は一向に悄気ていない。

（どうする山座、こんな多寡のしれた突発事でやられてしまうつもりか。俺にはこの天地間に一つの不可能事もないはずだ。そこだ。一つは、運の尽きからおれが浮びあがるというやつ、もう一つはすぐ鹹嵐《マクスラー》のなかでも、「大暗黒」へゆけるというやつ。その一

発でパアンと二つの的というのを……オイ山座、考えてくれよ）

が間もなく、山座はすやすやと寝息を立てはじめていた。成算を得たのか、自棄糞《やけくそ》になったのか、しかしこの期におよんで睡られるというのは、世界ひろしといえど山座だけであろう。するとそれから二時間ばかり後に……軽くノックの音とともに、戸のそとから声がした。

「シャブリエです。山座君に見舞いにきたと伝えてください」

来たか！　瞬間ステラはまっ蒼になった。山座がぐいぐい多勢の手で引ったてられるのが、もう眼に見えるような気がしたが……気がつくと、廊下には一人の供もつれぬシャブリエが悠然と立っているだけだった。山座は持前の爍快さを発揮して、

「やア、保安部長、いやシャブリエ総督とはじつに意外だ。僕は、今夜はありったけを話しますよ。わが輩の『大暗黒』における奮闘談を……」

シャブリエは、山座がゆきもせぬ「大暗黒」と聴いて、まるで駄々っ子をみるように苦笑したが、手を差しのべて握手をした。真紅の腰帯《サッシュ》をしたアラブ風の服装が、なんかこの伊達男には舞踏会仮装《ボール・コスチューム》のようにみえる。四十五、六で、苦味ばしった男惚れさえするシャブリエ。

「偉いよ」

シャブリエは妙な含みのある声でいう。

「君の、その噪《さわ》がしさは君の沈着だ。さては、僕の到着を聴いてこれまでと観念した

ね」

「オヤオヤ、総督閣下、なんのことでしょう⁉　いつも、裸の女の子の絵の売り買いばかりしている私、じつに害のない平和主義の私。それでも神妙にせいと十手をふりあげる。さては閣下も、以前のようなコワイ叔父さんに逆もどりですかな」

その間に、じつは鏗鏘《こうしょう》の響きを発して白刃がまじえられている。この、年齢も才智も機略も匹敵する二名優が、いま熱砂サハラの緑地の一角で、幸か不幸か清算の時機に達したのだ。すなわち、山座は防禦、シャブリエは攻撃、さすがに胸中の冷汗を山座はあらわさない。

「山座君、やはり僕の思うとおりのところへ落ちたわけだね」

シャブリエがしずかに云いはじめた。

「君を捕えるには、非常にあり得べからざる突発事がおこるか、さもなくば君の本国のヨーロッパ対策がかわって、君が反転してわれわれの陣営へくるか。そういう、君の敵性の消失という以外には、まず難しいだろうと考えておった。ところが、君がこの奥地へきて病気をしているところへ、形勢三転、大戦の勃発だ。神の意志……君は、ここで捕まってもなんの恥でもないよ」

「そりゃ駄目！」

山座は昂然とさけんだ。

「僕が、たといどんな場合でも捕まるということはない。駄目、駄目、閣下も僕を見くびらないでくれよ」

「いや僕が、一人で来るのも君を尊敬しておればこそだ。また、すぐ病床の君にどうというような、僕はそんな非人道な真似はせん。しかし、もう君は僕の手に落ちている」

「いや、いまも将来も絶対に自由だ。閣下は、みかけは僕を捕まえたようにみえる。しかし僕は、けっしてあんたに捕まっちゃいない。いずれそのうち、癒ったら官邸へうかがいますぜ」

「相変らず駄々っ子だな」

山座のいうのを、すこしも意に介しないように、

「とにかく、今夜君をチュニスの医師に診察させることにする。工合よく、連れの旅行隊《キャラバン》のなかに医者がひとりいてね。君をすぐ処置するか当分ここへ置くか、その結果で決めようと思うのだ」

「オヤオヤ、とうとう僕にあれを云わせようというのですか。どんなに、手をお引きなさいといっても、お聴き入れがない。なるほど、この山座には信用はないでしょう。しかしもし、それと相対するものが僕の手にあれば、どうです」

「相対……!?」

「そう、こっちに代償物がある場合さ。ねえ閣下、あなたは『大暗黒』をなんだと思いますね」

「魔境だよ。天険と怪異につつまれた二十世紀の不思議だ。いまに、砂渓谷《ワディ》の台地のう

えに望遠鏡でも置くようになる。そうして、ちょうどダージリンからヒマラヤをみるように、『大暗黒《ラ・オスクリダット・グランデ》』を遠望させることになる。チュニス政府と、クック旅行社の合弁でやるだろうて」

「そうですか。じゃ、いちばん閣下を仰天させますかね。というのは、いつぞや探検許可書をいただいたあの日のことですが……パンテレリア島の、Punta Spadillo《プンタ・スパディルロ》の秘密港をでたイタリー艦隊が、ほとんど領海線すれすれに演習をやってたじゃありませんか。三万五千噸の〝Vittorio Veneto《ヴィットリオ・ヴェネト》〟をはじめ〝Giulio Cessare《ジュリオ・チェザーレ》〟それから、〝Conte di Cavour《コンテ・ディ・カヴール》〟など二、三十隻の艨艟が、じつに露骨きわまる対チュニス示威をやっていた。それにも拘わらず、あなたも本国政府も抗議一つださない。こりゃ妙だ。こりゃ、怪体《けったい》のなかにもきっと何かあるぞと、思ったところへフウッと浮かんできたものがある。それが『大暗黒』のまことの姿」

「ほう⁉」

「つまり、海岸のGabes《ガベス》辺からはじまってショット・エル・ジェリッド、それから、アルジェリアまで伸びて〝Schott-el-Melrir《ショット・エル・メルリール》〟の鹹湖――その一帯が太古に陥没したとみることが出来ます。つまりそうして、細長い入江のようなものが出来たというのが、フオッスのいうアトランチス仮説《セオリー》です。すると間もなく、いま砂渓谷《ワディ》をつくっている台地、いや、台地というよりも浅い旧噴火口《クラーテル》でしょう。

そこの噴火で、軽い火山灰が海水のうえに積ってゆく。するとまた、それとともに地中海の潮位がながいあいだにだんだんと下がってくる。そうすると、当然鹹《しお》と火山灰の浮堆物と、入江の海面とのあいだに隙ができるじゃありませんか。つまり、いま鹹湖のしたは地底の海です。沙漠下の湾峡《フェルサンデテン・メールスブフト》──それが『大暗黒』のしたへも通じていると云えるでしょう」

「ふむ、沙漠下の海《フェルサンデテン・メール》！」

シャブリエは噎《む》せたような咳をした。

いかな名画工名小説家といえども、その漆黒の闇のなかの沙漠下の海を想像することは、とうてい出来難いことだろうと思われる。そこは、瀞《とろ》のようなどろっとした水か？それとも夜光虫の微芒にぼうっと光る波がしらが、うねり、飛沫をあげて汀を嚙んでいるか。また、その鹹砂のなかから神像が首をだし、大円柱がまるで暗礁のように波間に出没する──アトランチスの遺跡が果してあるだろうか⁉　さらに、そこは死が支配する全然の無人地か、それとも運よく生残ったアトランチス人の末裔が、いまだに五千年前さながらのふしぎな生活を闇のなかで続けているのだろうか⁉

どうやらシャブリエの眼がとろんとなってきて、繰れば繰るほど無想世界の奇絶さに、一時は圧倒されたようにみえた。そこへ山座が、

「どうです。これ以上僕は、云わなきァなりませんかね」

「聴かんことには……置けまいよ」

「そう、じゃどしどし続けましょう。その『大暗黒』へ通ずる地底の海。そこを、フラ

ンス軍部が等閑に附することはないと思います。パンテレリア島の、Limarsi岬《リマルシ・ポイント》の下にも暗水道がある。そこがいまイタリー海軍の手で地下潜艦根拠地になろうとしていることは、多分諜報部員の手でフランス軍部も知っているでしょう。それです。秘境魔境といいたてて人を近附けず、ひそかに地底の海を往って『大暗黒』に出て、そこに空前絶後の魔境拠地を築いている。『大暗黒』は……とうにフランス軍部の手で征服されているんです。地底の海――。そこからの奇襲があればチュニスは安泰。戦艦、Littorio《リットリオ》もAndrea Doria《アンドレア・ドリア》も、もうあなたの眼からは物の数でもないでしょう」

「じゃ、君が想像するその地底の拠地部員が、フオッス等をつかまえたと云うことになるね」

「そうです。マアこの際、釈放して貰いたいですよ。ところで、僕のこの推理ですが、これはとうに纏めたものにして大陸某所へ送ってあります。ですから、僕の通信が十日も絶てば……それが全欧を震わせて一斉に発表されるでしょう。閣下、とにかく山座は商人《あきんど》たるをわすれません。ここに、恭々しく身代金を呈上します」

　沈黙がきた。打った山座の札をいかにうちかえすか、ついにその瞬後に戦いが決することになった。すると、シャブリエが含みわらいをして、

「すばらしい！　君の天空快闊さ、想像力の偉大さ、まさにジュウル・ヴェルヌなどそこ除けだな。しかしそれは、どこかの雑誌社の編集長にいうことだぜ。君もさては、どうやら老境に入ったらしいね」

シャブリエは、そこで非常に詰らなそうな顔をした。この強敵を麒麟時代に捕まえることが出来たらさぞ良かったろうというように。

しかしこうして、山座はシャブリエの手に落ちた。「大暗黒」も、かれの生涯ももろとも消えようという時、万事休したはずの山座は相変らず爆快だった。

「じゃ、さようなら。どうか、奥さんによろしく仰言ってください。いずれそのうち、お伺いしますからってね」

重量十九万ロットロの黄金海神像

山座の、その想像が全然桁はずれだということは、シャブリエの動じない態度でもわかる。ステラが、「大暗黒」へ恋人フオッスの跡を追うということも、これでとうとう空しくなったわけだ。するとしばらく経つと扉がひらいて、暗いランプの灯影にぼうっと人影が浮びあがった。シャブリエのいう旅行隊《キャラバン》中の医師である。無髯で、五十がらみの小牛ほどもある男だ。

「ほう、砂蝿熱《サンドフライ・フイヴア》の非常にこじれたやつだね。心悸不整、だいぶ心臓も衰弱しておる。これでよく君はべらべらと喋れるもんだわい。とにかくここは当分動けんことに報告しよう」

「冗談じゃない。このまま、フラフラ生かされていてたまるもんじゃないよ。どうだ、その聴診器でぐいと絞めあげてくれないか」

「馬鹿な。もう一人、チュニスから医者を呼ぶといっているからな。下手な報告をした日にゃわしの身分に係る」

そのとき、くらい灯影をとおしてじっと見詰めていた、山座の眼が輝きだして、

「おい、大将、盛り殺しの親方、ステラ、君の敬愛するボアルネー先生がきたぞ」

ボアルネー、――髯をおとし鬘をつけても、山座の炯眼は遂に見破った。しかし彼は、すでに囚虜の身の山座と知るせいか、狼狽《うろた》えもせず憎々しげに笑いだした。

「ほう、見破ったか。わしも、見破られるのが楽しみでやってきたんじゃ。君には礼をいいたいことが山ほどあるが……、どうもこの仏心のボアルネー先生には、死骸同然となった君を鞭打てん。わしはすっかり、『魔香町《スーク・エル・アタリーネ》』のことなどは忘れてしもうたよ」

「ハッハッハッハ、なんだか一枚、君の役者があがったようにみえるぜ。しかし総督と、盛り殺し先生とは途中で逢ったのだろう⁉　いい給え、君が、ここへ来るについては、目的があるはずだ」

「図星じゃ。いかにもある！　フオッスの、アトランチスについての調査資料と、過般の探検日誌を狙ってまいった。わしも、後援者どもを納得させにゃならんし、――第一、どこをどう通ってどう往くか、皆目分らんで出発もできんし、と、マアこう云ったわけだ。で、それをいま総督にいうと、……、よしよし、どうせ山座は刑務所往生だで、お前よしなに取計えという仰せじゃ。どうだ、サア四の五の云わずにここへ出せ。わしは、

官許御免の家探しにきたんじゃ」

　山座は惜しげもなく一冊のこらず出してやった。卓子に積りつもること二尺あまりの高さをみて、これが大埋宝の鍵かと揉み手をするボアルネー。さっそく、一部を手にとってめくってみると、

「なんじゃ、ええと、『アトランチスの馬種について』か」

――先年発掘された古代バビロニアの、いわゆる〝Hit《ヒト》〟の粘土磚《せん》板というなかに次の記述がある。その流砂にうずもれた〝Manistousou《マニスツースー》〟の都とは、まさにアトランチスのことであろう。というのは、そこにその地方の馬のことが記されてある。その馬は前膊ながくして厚からず、頭は巨大眼は黒く、腰角はとがり、尾の附着《つけね》の状よろしからずとある。これは、とりもなおさずサハラ北辺《バルブ》の馬だ。それにより、いよいよショット・エル・ジェリッド湖の附近がアトランチスの埋没地なる確信を得た。

「有難い、有難い。これなら、探検費などはいくらでもだす者がでる。まったく、フオッス君だけは惜しいもんじゃった」

「鬼の念仏かね」

　と、その山座の半畳も聞えなかったほど、続いて、ボアルネーの眼を吸いつけるようなものが現われた。それは、やはり〝Hit《ヒト》〟粘土磚板の一つである。まず、破片なるにより首尾を欠く――と註があって、

――市は、河口島を占めて三重輪状につくられ、交通は無数の網の目のごとき運河に

よる。市の中央には神殿があり、そこの牡牛犠牲《タウリ・ヴイクチマ》の海神像は黄金もてつくられてある。しかも、その巨大なること驚くべきほどにて、優にわがBehl《ベール》の神像の十数倍であろうか。さらに、その像製作の当時を僧侶に訊くと、これには、約十九万Rottolo《ロットロ》の黄金を費やしたりという。

　続いてそれに次のフォッスの註釈が附されている。

──これにより、太古バビロンとアトランチス間に交通があったことがわかる。ではなぜ、この明記されてない黄金都市を、アトランチスと推定できるのか。それは、市のかたちの三重輪状である。シチリアの歴史家Diodorus《ディオドルス》の「アトランチス誌」にも、海神都の別名として「三重輪形の首都」──すなわち、"Urbus Triplicircum《ウルブス・トリプリシルクム》" とあるからだ。

ボアルネーは、読んでゆくうちに指先がふるえ、やがて茫然自失の態となった。すなわち、Rottolo《ロットロ》とは約一ポンドの重さ、したがって、黄金全重量十九万ロットロとは、ほぼ邦貨にして三十四億円ほどの金額になる。それを胸算で数えあげたボアルネーは、夢か半覚《うつつ》かのようにフラフラと立ちあがった。しかし彼は、捨台辞《ぜりふ》をわすれるような男ではない。

「では、これでおさらばじゃ。いずれ、十九万ロットロの黄金像を掘りだしてから、ゆっくり、貴様の刑務所へ差し入れにゆくからな。どうじゃ、英貨四億磅《ポンド》ばかりが、この衣袋《ぽっぽ》にはいる。それでもって何をしようか。美女三千の後宮《ハレム》でもつくるか、それとも、どこかの小国でも買って王様になるか。ハッハッハッハ、きょうという日はなんたる吉日じゃ」

「じゃ、君はさっそく行くのかね」

「ゆくともさ。わしは、こう見えても名だたる智恵者だて。どう、鹹嵐《マクスラー》を乗っきるくらいはちゃんと考えておる。とにかく、いずれ徴募やなにかで人手もなくなろう。といって、大戦の終りまで便々と待つこともできん。わしはここで、思い切って鹹嵐を衝いてみる」

「ふむ、ではそれについて頼みがあるがね。どうだ。このステラを連れて往ってはくれまいか」

　これには、ボアルネーよりもステラが驚いた。この非道な男と一緒に「大暗黒」へゆけなんて、なんぼ自棄揚句とはいえあんまりだと思った。しかし、思えば山座とも間もなく別れだろう。そうしたら、彼女は初志どおり「大暗黒」へゆきたい。ただ、ボアルネーというこの佞物が、ステラはつくづく厭であった。山座はボアルネーが帰ったあと諄々とステラを説き、ついに「大暗黒」ゆきを承知させたのである。

「君にはやはり彼処《あそこ》へゆく運命がある。僕の行末はもう知れたことになってしまったよ。まったくほんの短い知り合いだったが、別れは厭だ。それから、君が案じているボアルネー先生だが、いずれ君に向って、箸豆根性を発揮するだろう。しかし奴は、君の身に一指だに触れることはできんよ。どうしてって、この僕には神の眼がある。これは、いまは解せなくてもいずれは分るからね」

そうして、山座の病囚同様の身に、ステラは、悲しい別れをして探検隊に加わった。旬日後、天地晦冥の鹹嵐をはるかにのぞみ、一行百余名のものが、「大暗黒」へ発ったのである。そこにははたして山座の推測どおり沙漠下の海《フエルサンデテン・メール》があるか、アトランチスは？ 十九万ロットロの黄金神像は？ それとも食肉岩《サルコファグス》なるものが実際にあって、また前者の轍を踏みこの一行も消えるのではないか。見よ、やがて展開する超絶的大魔境を！

＊

「椰子ある地《ベレル・エル・ジエリッド》」から鹹湖の向う岸まで五十二粁、そこから、「大暗黒」の山麓まで六十粁あまり。砂丘地を過ぎると坦々たる塩の原、そこは半流沙地帯《ハルブジルテン・クライス》といって車輛が通らない。自動車には鉄網道《ワイヤ・レッテッドロード》という鉄網を敷かねばならず、騾馬車にもやはり、轍《わだち》に鉄網を着せてゆくのである。しかし、それは、フオッスが往ったころの好季節のことで、いまは濃霧のような鹹嵐のなかをゆかねばならない。まったくその困難は筆舌に尽しがたいのである。

読者諸君には、この鹹嵐とはいかなるものか想像もできまい。全員瓦斯マスクをつけ広闊たる空の下で、なんたる皮肉か新鮮な空気に渇えている。粉塩の霧、それを透して照りつける烈日の酷《むご》さ。熱風が塩を吹きあげて円柱のように立つなかにくると、天地晦冥咫《し》尺《せき》も弁じなくなる。ここに、鹹湖上の鹹嵐の光景を、ステラの日誌のなかから抜きだしてみよう。

わずか、五十粁ほどの湖を越えるのに、もう三日もかかっている。羅針盤《カムパス》により、また日に三回は天測をして隊をすすめる。経度は朝の八時と夕の四時の二回、緯度は正午に計る。ところが鹹湖にかかった二日目の朝。どんなにこの鹹嵐《マクスラー》というものが怖しいかということがわかった。それは、瞬間皮膚が腫れあがる直射でもなく、また、もう六人も倒れた熱射病でもない。まったく塩原の輻射熱は夜間になっても去らず、華氏百十度ほどのなかで寝　嚢《スリーピング・バッグ》をつかわねばならない。そうすれば、眠るあいだだけでも瓦斯マスクを逃れる。

ところが、その朝の天測で人工地平儀を扱うと、よもやと思った水銀が酸化している。この無残な変化をきたした無機物をみて、ボアルネーをはじめ一人も声がない。やがて、われわれ人体もこのようになるのだろう。高熱と塩霧のため、枯痩して斃れるだろう。とにかく、眼界茫乎として見果てもつかぬところへ、塩原の反射のため前方を直視できない。そして絶えず、「大暗黒」の突兀たる幻嶽《イマージュ》が、てんで方向のちがう大サハラへ呼びこもうと、一行を死の手のように招いている。この、沙漠の蜃気楼のおそろしい悪戯は、ときどき人骨に出会うように旅行隊をとおしている。二日目に、ひとり狂人がでた。

その前夜は、まるで颶風のように鹹嵐が猛った。寝　嚢《スリーピング・バッグ》から顔だけだして眺めると吹きつける塩粉が、ちょうど天幕の裾を雪溜りのように覆っている。高温、百四十度のなかで雪景を呈しているとは……世界にこんな皮肉な場所がまたとあるだろうか。そしてこれは、熱地以外は知らぬ土民ならばともかく、雪を知り寒気を知るものには、ふしぎな錯覚がおこってくる。その朝、どこかの砂渓谷《ワディ》の蜃気楼であろう。とおく、蜿々と横たわる大白蛇を見るような、まっ白な氷堤のようなものがあらわれた。すると、無電班のそのフランス人が、

「来たぞ、われわれはついに南極へ到達した。ロッス海の大氷壁……なんという寒さだ。みろ、鯨があんなに潮をふいているぞ」

というと天幕のそとへバタバタと走りだした。そとは、鹹嵐《マクスラー》が小止みのときで、しずかに塩粉が小雨のように降っている。と、はるか遠くに数十条とたつ、鹹嵐の旋風がみえる。まるで一群の鯨が潮を吹きあげるように、ごうっと唸りながら急速に移動してゆく。狂った。ついに、鹹湖の神霊がその仏人を招いてしまった。

塩砂《すな》また塩砂《すな》、ここは、天穹も地平線もない白鉛色の球体だ。私もなんだか明日という日に自信がもてなくなってきた。

こうして塩分に瘠せ、日ましに衰えながら、一行は塩原の旅を続けた。しかし、この一行の目的が「大暗黒」だということは、幹部以外は一人の知るものもない。なぜなら、もし真正面《まとも》に「大暗黒」といったなら、おそらく人夫になるものが一人もあるまいから

だ。そこでTouaregs《ツーアレッグ》という中央サハラにある、好戦土人部落の探検ということに触れたのである。そしてまた、そこにボアルネーの巧妙な詭計がかくされていた。

それは隊の針路をきめる羅針盤《カムパス》であるが、かれはその側《かた》わらに一つの箱を置き、なかに羅針盤よりもはるか強力な、磁石をそっと隠して置いたのだ。当然、そうなれば指針が狂う。余人がみれば、Touaregs《ツーアレッグ》の方向へちゃんと向いているものが、誤差をはかれば「大暗黒」の方向へ、いまこの隊が進んでいるということがわかる。そしてボアルネーは、いよいよ山麓に達したときアトランチスを明かし、黄金を好餌に人夫どもを説こうとしたのだ。

「ふしぎだ」

ちょうど、「椰子ある地《ベレル・エル・ジエリッド》」を発ってから十九日目の夜である。ボアルネーが羅針のある騾馬車のなかで、しきりと首をひねっている。

「分らん。これはどうも、怪体なことになったもんじゃ。一日われわれは、これでも平均四、五粁は往っておる。とうに『大暗黒』の山麓へ達しにゃならんのだが……」

まったく、ボアルネーが不審がりはじめたように、毎日の行程を数えても四日ほどまえに、かれ等は「大暗黒」の山麓をみなければならない。それが明ける日も明ける日も塩砂また塩砂、万里人影を絶する平面をゆくだけだ。これは可怪しい。といって、隠した磁力による羅針の誤差は、隊の専門家の手で、正確を保証されている。とにかく、これは是が非にも究明せにゃならんと、ここでもしも一歩誤らんか全隊の運命に関するだけに、ボアルネーも気が気ではなくなったのだ。

「くそっ、こんな事が邪魔しおるんじゃから、まだステラへも渡りをつけられんじゃないか。毒じゃ。ああ云うものは、まったく眼の毒じゃ。しかし、儂《わし》もここでじっと我慢をせんと、さて、十九万ロットロの神像を掘りだして、一躍藪医のボアルネーが大富豪になる。そうなって、あん時ああじゃったとつけ纏われるようじゃ……それも、また困るでな」

と、針路では困り、ステラでは悩み、ほとんど、その一夜はまんじりともせず明かした。するとその朝、空を仰いで人夫どもが騒いでいる。みると、久かたぶりに見る鹹嵐《マクスラー》の晴れ間に、太陽を中心にした四つの幻日《ハロウ》があらわれている。それぞれ、虹輪をつけて単色無味の地上に、久しぶりの彩霓《さいげい》をふりまいているのだ。

しかし、それが人夫どもの迷信をかき立てた。それまでの難行やら熱射病患者の続出やらで、いい加減、無智な人夫が不安がっていたところへ、これだ。きっと、この隊はTouaregs《ツーアレッグ》へでなく、なにか不逞な目的を抱いて奈辺かへゆこうとしているのではないか。きっと、いまの陽の不思議はなん等かのお告げだろう。と、衆議一決代表者が選ばれてきた。

「隊長、嘘もええ加減にしてもらいてえだ。Touaregs《ツーアレッグ》へ、ゆくならとうの昔に、EL-《エル・》Chemina《ヘミナ》の駅場《ボルジ》を通らにゃなんねえだ。一体おい等をどこへ連れてゆくだね？」

（来たな）いつか、来るとは思っていたが、やはりと、ボアルネーはぐっと腹をきめた。

「これはな、いずれお前らにも明そうとは思っておった。じゃが、なにぶん儂らとはちがって理解力がない。いや、お前らには呑み込めんじゃろう。なア、虎穴にいらずんば虎児を得ず。わし等は、いまさような場所へゆこうとしておる。黄金の都市を掘りだすために『大暗黒』へゆく」

「それ、見さっせえ」

と一人が嚙みつくように云った。

「なんて不信心な大それた御連中じゃ。彼処でつい先頃も消えた隊があったではねえか。オーイ、みんな引き揚げだぞォ」

「待て待て。すっかり話というものは、聴いてからにするもんじゃ、じつは、そこに黄金の都が確実に埋れているという、証拠がわしの手にある」

と、彼らに理解のできる程度のものを、いろいろと見せ、

「どうじゃ、掘りだせばいろいろなものが出るじゃろう。多分、宝石をちりばめた説教壇《ニンバル》もあろう。黄金七宝の像台《ツルベー》も出ようが……みな、そんなものはお前らにくれてやる」

「ですが」

と一人がいった。

「話は、どんなに甘《うも》うとも、結句は話じゃ。わし等はそこが実際確実にあるという、証拠をみんことにゃ承服できん」

そこで、ボアルネーがアトランチスの地図をだし、プラトンのものと八世紀ごろの、

ショット・エル・ジェリッド附近を描いた亜剌比亜《アラブ》人地図とを対照してみせた。これで、さしも頑強な人夫どもの顔もしだいに和らいできた。しかしその時、ボアルネーが占めたと思ったのも刹那だけであった。一人が、今度は仲間にむかって、

「わい等、字も碌々読めん癖に、出しゃばるでねえ。サア見るだ。この亜剌比亜人の地図のほうの『大暗黒』に、一体なんと書いてあるだ⁉　この地は、ただ神によってのみ《ワ・ラ・ハリブ・フィラ・》支配《アラー》さる——ではねえか。おう、アラーの神さま、お許しくだせえ。慾に迷って、行きかけたこいつ等を、お許しくだせえまし」

その日一日中交渉が続いたが、ついに人夫側を説き伏せることは出来なかった。かれ等は明日白人幹部を置きざりにして引き揚げるという。沙漠で無星暗黒の夜でも方向を知るカンは、かれ等遊牧民《ベドウイン》には天性的なものだ。しかし、一方置きざりにされるボアルネーたちは⁉

(弱った。だい一、ここが何処かということも、わし等には分らない。それにこの頼りない羅針盤《カムパス》じゃいよいよ、わし等の運命もきまったようなもんじゃ。死ぬか⁉　せめて、死ぬなら海神像をみて)

かれが暁方ちかいころポツネンと起きて、いよいよ天運尽きたるを覚ったときである。スウッと、幌を排してひとりの遊牧民が、ニタニタ臆面なさそうに笑いながら、入ってきた。

「御免なすって」

黄金都市「アトランチス」が「大暗黒」一帯なる證明

プラトーのアトランチス

（「Timaeus 討論篇」中の解説を地図にしたもの）

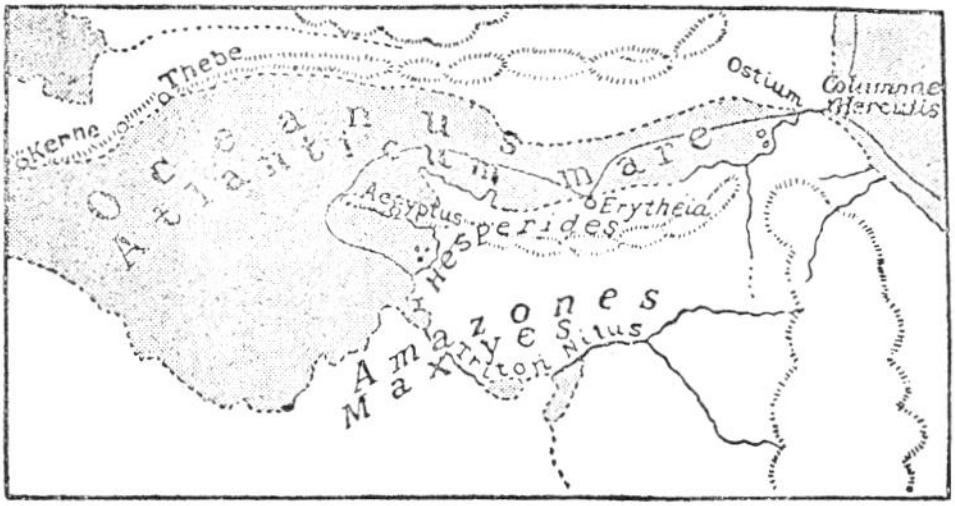

Kerne（ケルネ）　Thebe（テーベ）
Oceanus Atlanticum mare（アトランテス海）
Urbus Poseidonis（海神都）
Aegyptus（エジプツス）　Hesperides（ヘスペリデス）
Amazones Maxyes（女人國）
Triton Nilus（人魚河）
Erytheia（エリテイア）　Ostium（海門）
Columnae Herculis（ヘラクレスの柱）

アラビヤ人による鹹湖及「大暗黒」の地圖

（作製者不詳、八世紀乃至十二世紀あたり）

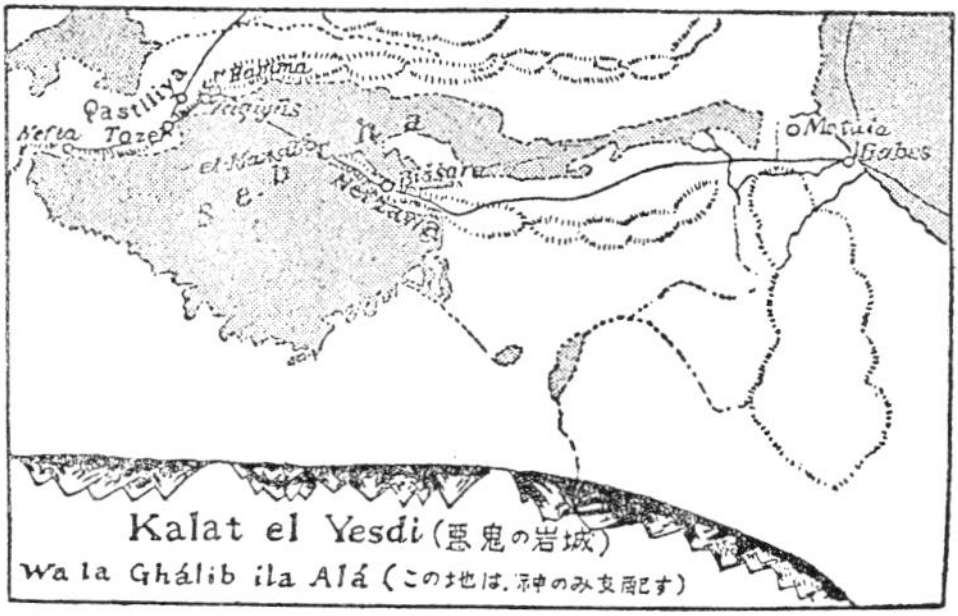

Nefta（ネフタ）　Qastiliya（カスチリア）　Tozer（トーゼル）
el-Hamma（エル・ハムマ）　Tagiyus（タギユス）　el-Mansur（エル・マンスール）
Bissara（ビツサラ）　Tora（トーラ）　Nefzawa（流砂）
Metuia（メツイア）　Gabes（ガベス）

「な、なんだ君は」

「へえ『大暗黒』の神さまのお使い姫で、かねがね噂のたかいボアルネーの旦那に、ぜひ一目お逢い申してえから、お連れ申してこいと、神さまに云われて参りましたんで、わしも、旦那とは二年越しの馴染で……」

「へえっ」

とびっくり男の顔をみたボアルネーの眼が、やや暫しのあいだ呆然と据えられていたが、いきなり幽霊をみたようにブルブルっと顫えだし、

「き、貴様、山座！」

とさけんだ。山座、いま「椰子ある地《ベレル・エル・ジエリッド》」の病床で動かれないはずの山座が……。

大水蛇《ボア・ビスシヴオルス》の瀬戸

「あれなりで、往生してしまうような俺でもなしさ」

と、顔の砥の粉をあらいながら、山座が喋っている。

「じつはね、おれの砂蝿熱《サンドフライ・フイヴア》はとうに治っていた。しかし、周囲の事情を思えば当分のあいだはどうしても俺は病人でいなけりゃならない。そこで、必要な場合がくると白エンコウ草《ホワイト・ヘリボア》の粉をのむ。あいつは脈を不整にさせるからね。どうだ、一杯どころか四、五杯も喰ったろうが。そこで、大した警戒もないし、逃げだして此処へきた」

「そうか。今度という今度は、わしも兜をぬいだよ。ときに、どうも儂には解せんこと

がある。君だね、なにか羅針盤《カムパス》に細工しやせんかね」

「したとも、ここへきてから仲間に訊くと、この隊の行先が『大暗黒』ではないと云う。さては、なにか小細工をやりおるなと思って、いろいろ考えるうちに気がついたのが羅針盤《カムパス》だ。案の定、そばの箱のなかに強力な磁石がはいっている。あれを僕は出したり入れたりした。つまり、なかに入っている日もあり、僕が持っている日もあり、それでコースが電光形《ジグザグ》になったのだ」

「じゃ君には、ここが何処か分っているわけだね」

「地名はしらん。しかし、僕には計算ができるよ。もう、いつ何時でも『大暗黒』へゆける。君がお望みなら、連れて往ってもいいがね」

「頼む。じつは、幹部連中が急に軟化してな。今日人夫どもの跡を追って、ここを引きあげると云っておる。わしは、たとえ骨になろうと、『大暗黒』へゆかにゃならん」

やがて、おおきな暈をつけた有明の月が、やや色附きかけた曙光のまえに淡くなってゆくとき、ステラ、ボアルネー、山座をのせた騾馬車が、塩霧をみだして東のかたへと消えていった。そうして、ついに三日ののち「大暗黒」の山麓へ達した。

山座は、まず「滝の大裂罅《リフト》」の源泉をさぐりあてた。塩を着た鋸歯状の峰々がここかしこに泛び、ときどきごうっと轟いて塩雪崩が落ちてくる、塩檐《たるき》、岩株、まっ青な塩の裂罅《クレバス》。くねくね曲りくねった谷を、ながれる永遠の鹹氷河、それは一歩が難行、二歩が死の瀬。それでも、曲芸のような真似をしたり、組立索道《テリフエリカ》をつかったり、ついに、二十日後に「滝の大裂罅《リフト》」にでた。最終点《ゴール》、しかしそこは人界の終点《ゴール》で、まだ未知界の永遠の最終点《ゴール》が、このなかの何処かになければならない。

「どうも今夜わしは此処で寝られんよ。どこかに食肉岩がいそうでならんて。わしは、是が非でも絶壁のうえへゆく」

ボアルネーは、はや怯気《おじけ》づいて弱音を吐いている。ここは、やはり調べたが、壺の底のような場所である。滝は、いくつも虹をつけてどうどうと落ちている。夕方にはその一条が焔のようにみえ、藍色の天頂とまってそれは美しい眺めであった。しかし魔所、何時《いつ》二人を攻撃するものが現われるかもしれない。ところが、間もなく山座がふしぎな実験をしはじめた。

A. OH《ア・ホー》――と、ちょうどチロルの農民がやるアルペンの呼び声のようなもので、何度も、行ったり来たりする山彦に気をつけはじめた。すると、この裂罅のなかのたった一個所だけに、そこへ山彦がゆくと消えてしまうところを発見したのだ。

その夜、ステラには分らぬ術語のようなものを交え、山座がボアルネーにそのことを話していた。

と翌朝眼が醒めるとボアルネーが消えている。素破《すわ》！　とまっ蒼になったステラに向い、山座は笑いながらいうのである。

「奴さん、さては、十九万ロットロとばかりに、抜け駆けしたんだな。どうも、あの先生の慾ときたら人間ばなれがしている。しかし、ボアルネー先生が消えちまったことで、いよいよ僕の推定が裏書きされたわけだ。ゆこう。もし生きていれば、君はフオッスに逢えるよ」

まもなく、二人の姿が滝壺のそばに見えたかと思うと、瞬間ステラを抱えあげた山座の姿が、躍るとみるや、滝をめがけて飛びこんだ。じつにそこへ当った反響がかえらぬのも道理、滝のうしろは縦洞になっている。滲むような滝をとおしてくるまっ白な陽のひかりも、やがて進むまに漆黒の闇となった。行手は果して想像どおり地底の軍事拠地か、それとも、陥没したアトランチスの、しずかな死の都であろうか。

果しもない、この暗道のなかは凍えるような寒さだ。絶えず頭上からは雫がたれ、紆余曲折、地底へ届くかとばかりに思われる。やがて、道が二股のところへ出た。山座がふりまわす懐中電燈のひかりのなかへ、右手の岩壁へ刻んだ文字らしいものが見える。ステラはそれをみると息詰ったように、呻いた。フオッス――その数行の末尾には明らかにその文字が読める。

後続隊のためと思いここに記す。われ等は、睡眠中をアトランチス人にとらえられた。しかし彼らは五千年にわたる暗黒中の生活のため、眼は退化してすこしの視力もない。しかし、それはほかの感覚が代償していて困らないようだ。もちろん、言語不通。アトランチスの、太古に高度の文明をもった黄金民族も、いまはいかなる地上の土蛮よりも蒙昧な存在となっている。われわれもいずれ海神《ポセイドン》の犠牲《いけにえ》となって、地底の海へ投げこまれることだろう。

地上では人が万物の霊長を誇っているが、ここではアトランチス人は水棲怪物に圧せられている。大水蛇《ボア・ビスシヴォルス》、海蜘蛛《ピグノゴニーダ》、海天馬《ペガススドラコニフ》、その想像を絶する沙漠下の海《フエルサンデテン・メール》は、一目驚絶的なもので充ちているのだ。すなわち、この道を右へは海、左はアトランチス人が穴居する蜂窩状の町へと続いている。しかしここであらゆる疑問が解けた。

太刀魚は、おそらくアトランチス人が大裂罅《リフト》中にわすれたのを、旋風が吹きあげて落としたものだろう。それからオレステが嘗めた不可解な禁錮は、かれ自身このようにいっている。

以前、鹹湖の東端を出はずれたGabes《ガベス》の町で、潜水夫の監督をしていたことがあった。その後、チュニスで、Gabes《ガベス》附近の暗水道へ吸いこまれた一人の潜水夫のことを、ある酒場でしきりと喋ったことがある。そのとき俺が想像をまじえ誇大に話したのを……。かねがね暗水道の所在を知り何事かを目論んでいた、チュニス政府の隠密に聴かれたのだろう。おれは、赤首人《ラス・アル・ハムラ》でもアトランチス人でもないと――オレステは云うのであった。

やがて、われわれは地底の湖の藻屑となる。いっさいが虚無と化するまえになんの争いがあろう。オレステがきのう犠牲として引かれてゆくときも、二人は最後の友情をこめた熱い握手をした。ステラよ、あたしが漆黒の海へ投げこまれるとき、最後の、思慕の情をあなたに送ろう。それには、山座君への友情と感謝を添える。

それから、啜りなくステラを賺《すか》しなだめながら、道を右へととり地底の海のほうへいった。やがてひろい場所へ出たらしく広闊な空気を感じた。潮鳴りのごうごうたる反響で耳は聾し……眼はかすかに夜光虫でひかる波頭をみるだけだ、蛭葉のような、海檜葉のような海草が、頭上からのれんのように下っている。するとその時、眼のまえの水が裂けどうっと飛沫があがり、夜光虫の蛍光が燦爛と飛んだ。

と、直径《さしわたし》がまず人の胴ほどありそうな、大水蛇《ボア・ピスシヴオルス》のおそろしい姿がうかびあがった。するとその側に、おおきな人像の首。パッと一閃かがやいた金色のものが、波間にぬうっと首をだしたのだ。おう、十九万ロットロの黄金海神像。と思ったとき、耳辺《みみべ》に獅擱《しが》みついている、小さな人影をみとめた。

「ボアルネー！」

と、山座とステラが合したように叫んだが、瞬間かれの姿は、像上から消え、大水蛇《ボア・ピスシヴオルス》のうねくる胴体の、気味わるい鱗光を見たに過ぎなかった。多分ボアルネーは海に落ち、皮肉にも泳ぎついたところが黄金の首だったのだ。二人は怪奇を絶する沙漠下《フェルサンデテン・メール》の海の景に、しばらく酔わされたように突っ立っていた。

山座は、まもなく、大裂罅《リフト》へかえると背負荷のなかから、小型の無電機をとり出した。そして、チュニスにいるシャブリエへ宛て、次の通信を打ちはじめたのである。

──いま、われは「大暗黒」にあり。沙漠下の海《フェルサンデテン・メール》は、果して余の想像どおり存在す。アトランチス人、大水蛇《ボア・ピスシヴオルス》の瀬戸。しかし、なお貴下には余を追う意志ありや。

その返電がまもなくやって来た。

──意志なし、功罪相殺するものと認む。なお、食糧投下のため飛行機をむけよう。

山座はフオッスとオレステのため碑銘を岩にきざんでいる、ステラの姿を痛ましそうにみた。魔境を征服した鉄人山座も、フオッスをはじめ百余名の霊のため、慎ましげな黙禱を捧げたのである。

第三話　天母峰《ハーモ・サムバ・チョウ》

神踞す「大聖氷」

わが折竹孫七の六年ぶりの帰朝は、そろそろ、魔境、未踏地の材料も尽きかけて心細くなっていた私にとり、じつに天来の助け舟のようなものであった。では、それほど私を悦ばせる折竹とはいかなる人物かというに、かれは鳥獣採集人としての世界的フリーランサーだ。この商売の名は、海南島の勝俣翁によってはじめて知った方もあろうが、日本はともかく、海外ではなかなかの収入になる。ことに折竹は、西南奥支那の Hsifan《シファン・》 territory《テリトリー》——すなわち、北雲南、奥四川、青海、北チベットにまたがる、「西域夷蛮地帯」通として至宝視されている男だ。

たとえば、フィリッピンのカガヤン湖で獲れる世界最小の脊椎動物、全長わずか二分ばかりの蚤沙魚《リリプチヤン・ゴビー》を、北雲南麗江《リーキヤン》連嶺中の一小湖で発見し、動物分布学に一大疑問を叩きつけたのも彼。さらに、青い背縞のある豺《ジヤツカル》の新種を、まだ外国人のゆかぬ東北チベットの鎖境——標盗 Hsiancheng《シアンチエン》族がはびこる一帯から持ちかえったのも彼だ。

そうして今では、西域夷蛮地帯《シファン・テリトリー》のエキスパートとして名が高い。

しかし折竹は、どうも採集人というそれだけではないらしい。理学士のかれが教室にとどまらず、とおく海外へながれて西南奥支那へ入りこみ、ほとんどを蛮雨裡に探検隊とともに暮していることは……いかに自然児であり冒険家である彼とはいえ、少々それだけは、首肯しかねる節があるように思われる。

事実、折竹には別の一面があるのだ。かれは、外国探検隊員という絶好の名目を利用して、その都度、西南奥支那の秘密測量をやっている。日本が他日、この地方への大飛躍を試みるとき、その根柢となる測地の完成が、いまかれの双肩にかかっている。つまり、外国製地図の誤謬をただし、一度も日本人の手で実測が行われていない、この地方の地図を完璧なものにしようとするのだ。

しかしそれは、忍苦と自己犠牲の精神に富んだ日本人中の日本人、かれ折竹を俟ってはじめてなし得ることだ。彼でなければ、だれが事変中の支那奥地へのこのこと乗りこめるだろう。あの海外学会への名声がなければ、だれが外国旗のもとに万全の保護をしてくれるだろう。いま私は、その百万に一人ともいう珍しい男をみている。顔は嶽風と雪焼けでまっ黒に荒れ、頬は多年の労苦にげっそりと削《こ》けている。私はなんだか鼻の奥がつうんと痛くなるような気持で、しばらく自分の用件をもち出すのも忘れていたほどだ。そこへ、折竹が察したような態度で、

「君は、Lha-mo-Sambha-cho《ハーモ・サムバ・チョウ》を知っているかね」と訊いた。

「Lha-mo《ハーモ》……!?」私が、しばらく眼を見はったのみでなにも云えなかったほど、それほど、のっけから啞然となるような名前だ。彼が……ではLha-mo-Sambha-cho《ハーモ・サムバ・チヨウ》へ行ったのか、いやいや、あすこへは決して行けるわけがないと、心では打ち消しながらやはり訊かずにはいられない。

「君が、まさか往ったのではないだろうね」

「いや、往けばこそだよ。あすこは、米国地学協会《ナシヨナル・ジエオグラフイツク・ソサイテイ》のダネック君が、ここ数年間執拗な攻撃を続けていた。僕は、その最後の四回目のとき往ったのだが……そのときの、想像を絶する悲劇のさまを君に話したい。じっさい僕も、そのときの衝撃で休養が必要になったのだ」

といわれ、はじめて気がついたように折竹をみると、色こそ、猓玀《ローロー》や猓玁《リユーシ》のような夷蛮と異らないが、どこかに影がうすれたような憔悴の色がある。これは、きっと肉体的な衝撃《シヨツク》よりも精神的なものだろうと、思うとともに期待のほうも強まってくる。彼はたしかに、なにか想像もできぬような異常な出来事に打衝《ぶつか》ったにちがいない。

ところでまず、Lha-mo-Sambha-cho《ハーモ・サムバ・チヨウ》について簡単な説明をして置こうと思う。

支那青海省の南部チベット境いを縫い、二万五千フィート以上の高峰をつらねる巴顔《バイアン》喀《カ》喇《ラ》山脈中に、チベット人が、「天母生上の雲湖《ハーモ・サムバ・チヨウ》」とよぶ現世の楽土、そこにユートピアありと信じている未踏の大群峰がある。またそこを、鹹湖「青海《ココ・ノール》」あたりの蒙古人はKuso-Bhakator-Nor《クーゾ・バカトル・ノール》――すなわち、「英雄のゆく墓海」と称している。

成吉思汗《ジンギスカン》が、甘粛省のトルメカイで死んだというのみで、その後かれの墓がいずこか分らないのも、おそらく此処へ運ばれたのではないかと云っている。そうしてそこは、揚子江、黄河、メーコン三大河の水源をなし、氷河と烈風と峻険と雪崩れとが、まだ天地開闢そのままの氷の処女をまもっている。では、ここは単なるヒマラヤのような大峻嶺かというに、ここほど、さぐれば捜るほど深まる謎をもつところはない。まず私たちは名称について考えよう。

山でありながら、蒙古称もチベット称も山といってない。一つは雲湖、一つは墓海――。してみると、その連嶺の奥に湖水でもあるのかというに、そこはまだ、飛行機時代の今日でありながら俯観したものがないのだ。エヴェレストでさえ、フェロース大尉等によって空中征服がなし遂げられている。ところが、ここではそれも出来ないというのは、主峰をつつむ常住不変の大雲塊があるからだ。うごかぬ雲、おそらく天地開闢以来おなじままだろう雲――。およそ雲といえば流動を思う読者諸君は、ここでまず最初の謎を知ったわけだ。

なるほど、モンスーンの影響をうける季節のこの連嶺の密雲はすさまじい。しかし、その季節以外は時偶《ときたまは》霽れて、Rim-bo-ch'e《リム・ボー・チエ》（紅蓮峰）ほか外輪四山の山巓だけが、ちらっと見えることがある。しかし主峰は、いつも四万フィートにもおよぶ大積乱雲に覆われている。だいたいこれは、気象学の法則にないことで、二万五千フィートの上空には巻層雲しかない。それが、時には雷を鳴らし電光を発し、大氷嶺うえで時ならぬ噴火のさまを呈する――その怪雲は明らかに不可解だ。と同時に、雲湖とチベット人がいい、墓海と蒙古人がいうわけも、読者諸君にのみ込めたことだろうと思う。

じっさい、裾はるかを遊牧する土民中の古老でさえ、その主峰の姿をいまだに見たものはない。したがって、高さも一体どのくらいなのか分らず、あるいは、そこには山がなく雲だけではないのか⁉　それとも、エヴェレストを抜く三万フィート級の、世界第一の高峰が知られずに隠れているのではないかと……いま世界学界の注視と臆測をいっせいに浴びているこの大氷巓は、またラマ僧が夢想するユートピアの所在地だ。

かの大雲塊でさえ容易ならぬことだのに、時偶、姿をあらわす外輪四山の山巓が、それぞれちがった色の綺らびやかな彩光をはなつのだ。すなわち、紅蓮峰《リム・ボー・チェ》は紅にひかり、さらに、白蓮、青蓮、黄蓮と彩光どおりの名が、それぞれの峰につけられている。でここに「絵入ロンドン・ニュース」の短文ではあるが、第一回「天母生上の雲湖《ハーモ・サムバ・チョウ》」探検記を隊長ダネックが寄せたなかから、彩光に関する部分を抜きだして掲げてみよう。

――この霞んだ空のひかりと淡い曇りをさして、この地方の土民は晴天だといっている。それほど、碧い空と陽のひかりは滅多に訪れてこない。私たちはいま、ここが人界の終点だろうと思うバダジャッカの喇嘛寺で、いまに現われるという彩光をみようとしている。

やがて、頬をさすような冷たい霧が消えたむこうに、まるで岬をみるような山襞が隠見しはじめ、と思うまに、はるかな雲層をやぶって霧が峰《ネーベル・ホルン》とでもいいたいような、ぼやっと白けた角のような峰があらわれた。私が、かたわらの高僧《ギクー》にあれですかと聴くと、いいえと、銅びかりのしたその老人は首をふった。その峰は、ここが海抜約一万六千フィートとすれば、おそらくそれを抜くこと八千フィートあまりだろう。私はそこで、首の仰角をさらにたかめて空をみた。

　まもなく、よもやそこにと思われる中空の雲のあいだから、ぬうっと突きでた深紅の絶巓――。おう、まだ地球が秘めている不思議の一つと思うまに、その紅《くれない》の峰は瞬くまに姿を消した。とそこへ、麦粉《ツァンバ》と犛牛《ヤク》のバタを焼く礼拝のにおいがするので、みると、いまいた高僧《ギクー》をはじめ大勢が祈っている。私が、あの峰をなぜ拝むのかと訊くと、その高僧がつぎのように語ってくれた。

「チベット蔵経の、正蔵秘密部《カンジユル・ギユイト》の主経に、孔雀王経と申すのがあります。そのなかに現われる毘沙門天《ヴイシユラヴナ》の楽土が、そもそもあのお峰で御座りまする。ではそれが、孔雀王経にはなんと書かれてありましょう。それは、ヒマラヤを越え北へゆくこと数千里、そこに氷に鎖されたる香酔《カンドハマーダ》なる群峰があり、その主峰をよんで阿羅迦槃陀《アラーカマンダ》といい、すなわちそれは、高原中の大都なる意で御座りまする。おう、蓮芯中の宝玉よ、アーメン《オム・マニ・パードメ・フム》」

　と、私は祝福され若干の御布施をとられた。これで、私の来世がはなはだ良いそうなのである。高僧は、なおも節のようなものをつけて、勿体そうに語ってゆく。

「で、そこには、四大河の水源をなす九十九江源地《ナアナティヨ・ラハード》なる湖水あり、その湖上には、具諸衣宮殿《アムラバアムバラワテイ》なる毘沙門天《ヴイシユラヴナ》の大宮殿。さらに、外輪山はこれ四峰あり、阿吒嚢吒《アターナータ》、倶嚢吒《クナータ》、波里倶娑嚢吒《バラクシナータ》、嚢拏波里迦《ナータプリカ》。そうしてそれぞれの峰には、発する彩光の色により、四とおりの別名あり。紅《くれない》にかがやくは、紅氷蓮《バードマ》の咲く花酔境《ブシパマーダ》、白光を発するは、白氷蓮《クンダリカ》の咲く吉祥酔境《シリマーダ》などで御座ります。そこは、氷嶺とは申せ気候春のごとく、あらゆる富貴、快楽を毘沙門天《ヴイシユラヴナ》がお与えくださいます。私どもも、そこへ行き着きとうて修行いたしますなれど、まだ花酔境の裾をみたものも御座いませぬ」

　ユートピア、これこそ喇嘛の夢想楽土であるが、しかし孔雀王経中の四峰の彩光といい、すべてが現実そのままなのも奇怪だ。花酔境《ブシパマーダ》とは、すなわち今いう紅蓮峰《リム・ボー・チエ》であろうし、九十九江源地《ナブナテイヨ・ラハード》とは、三大河の水源という意味であろう。理想郷も、よし今はなくも遺跡ぐらいはあろうと、ますます大氷嶺の奥ふかくのものに心をひかれ、いま冷い密雲に鎖されうしなわれた地平線のかなたを、私はしばらく魅入られたようにながめていた。

　しかし、あの彩光の怪は科学的に解けぬものだろうか。私は、あれが水晶の露頭ではないかと考える。しかもそれが、そばのラジウム含有物によって着色されたのではないかと、推察する。ラジウム、含有瀝青土《ピッチブレンド》!?――私は、神秘境「天母生上の雲湖《ハーモ・サムバ・チヨウ》」を大富源としても考えている。

　だが、登行を果さずになんの臆測ぞやだ。これから、外輪紅蓮峰《リム・ボー・チエ》の裾まで八十マイル強、そこの大氷河、堆石のながれ崎《き》岠《きょ》たる氷稜あり雪崩れあり、さらに、風速七十メートルを越える大烈風の荒れる魔所。私たちは、やがて犛牛《ヤク》をかり地獄の一本道をゆかねばならぬ。

ところが、三年をついやし三回の攻撃を続けても、ついにダネック等は紅蓮峰《リム・ポー・チエ》の裾の、大氷河を越えることはできなかった。そこを、吹きおろす風は七十メートルを越え、伏しても、はるか谿底へ飛ばされてしまうのだ。――以上が私の、「天母生上の雲湖《ハーモ・サムバ・チヨウ》」についての貧しい知識である。それへ折竹が、三回の探検による科学的成果と、偶然、かれが発見した新援蔣《えんしよう》ルートの話を加える。

「ではまず、本談に入るまえにだね。ダネックの、失敗中にも収穫があったことを話して置こう。それは、バンダジャッカのある洪積層の谿谷から、前世界犀《リノツエロス・アンチクス》の完全な化石が発見されたことだ。こいつは、高さが十八フィートもあるおそろしい動物で、まだそのころは犀角もなく、皮膚も今とちがってすべすべとしていた。ところが、こいつがいたのが二十万年ほどまえの、第三紀時代のちょうど中頃なんだ。洪積層は、それから十万年もあとだよ。すると、後代の地層中にいる気遣いのない生物がいるとなると、当然まだ、『天母生上の雲湖《ハーモ・サムバ・チヨウ》』にはそういうものが残っているのではないか。第三紀ごろから出た原始人類も、やや進化した程度でそのままいるんじゃないか。とマア、こういうような想像もできるわけだね」

「うん、出来るだろう。それで、その連中の史前文化のさまを唱ったのが、とりも直さず孔雀王経ではないかとなるね」

「そうだ。だが、いまのところは話だけに過ぎんよ。ところで、ダネックは紅蓮峰《リム・ボー・チエ》の彩光をラジウムのせいだといっているね。なるほど、いちばん毛唐にピンとくるのは慾の話だからね。しかし僕は、どんな富源でも後廻しにしなきァならん」

「なぜだね」

「それはね。香港封鎖後の新援蔣ルートなんだ。印度支那から、雲南の昆明をとおってゆくやつは爆撃圏にある。かれ等は、じつに不自由な思いをする夜間輸送しかできんのだ。ところが、事実は然らずというわけで、さかんにイギリス製の軍需品がはいってくる。これは、可怪《おか》しいというので僕へ指令がきた。イギリスの勢力圏であるチベットをとおって、重慶へ通ずる新ルートがあるのではないか⁉　しかしそれは、『天母生上の雲湖《ハーモ・サムバ・チヨウ》』の裾続きで遮断される。裾といっても、二万フィートを下る山はないのだからね」

「すると」

「ところが、僕は予想を裏切られた。マアこれは、本談のなかで詳しく話すことにしよう。で、『天母生上の雲湖《ハーモ・サムバ・チヨウ》』で起ったおそろしい出来事だが……惜しいことに、僕には君のような文士を納得させるような喋り方が出来ない。サア、なんと云うか文学的というのかね。それほど、これは人間のいちばん奥ふかいものに触れている」

　折竹は次のように語りはじめた。

白痴女と魔境へゆく男

襤褸《ぼろ》よりも惨め——とは、失敗した探検隊のひき上げをいう言葉だろう。ダネックは、基地の察緬《リーミエン》へ這々《ほうほう》の体でもどってきた。ここは、折竹が三年もいる土地である。西雲南の、東経百度の線と北回帰線のまじわる辺り、そこだけ周囲とかけはなれた動物区をいとなんでいる、いわゆる察緬小地区《リーミエン・サブプロヴィンス》の盆地だ。

折竹は、アメリカ地理学協会の依頼で探検には加わらず、もっぱらここで採集に従っていたのだ。すると、その第三次「天母生上の雲湖《ハーモ・サムバ・チヨウ》」探検の犠牲者のなかに、"Kellett《ケレット》"全覆《ケビン》式オートジャイロの操縦者でタマス木戸という、かれの腹心ともいう二世の青年がいたのである。折竹が、それに気付いたときの失意のさまと云ったら、剛毅な彼とはとうてい思えなかったほどだ。木戸は飛行中「天母生上の雲湖《ハーモ・サムバ・チヨウ》」の主峰の雲にひき込まれたのだ。

「とにかく、木戸君を酷使した嫌いがあったかもしれん。しかし、それは上空からの偵察で登攀の手がかりを見つけにゃならんし、じつに、飛行回数百二十一という記録だった。ところが、白、黄、青の三外輪はひっきりなしの雪崩れだ。ただ紅蓮峰《リム・ボー・チエ》の大氷河だけに口が空いているが、そこは、君も知る大烈風が吹き下している」

その夜——。印度のビルマちかい巨竹《メンゴウ》の森のここでは、ぷんぷんジャングルの風が腐竹のにおいを送ってくる。豺《ジャッカル》が咆え、野豚が啼く熱林のなか——。そこに、アメリカ地理学協会が建てた丸太小屋がならんでいて、いまダネックが胸毛をあおぎながら、木戸の最期のさまを折竹に話している。

「しかしだよ、木戸君の犠牲でやっと分かったのは、あの『天母生上の雲湖《ハーモ・サムバ・チョウ》』の主峰の雲の正体だ。あれは、おおきな気流の渦巻なんだ。海には、ノルーウェーの海岸にメールストレームの渦がある。メッシナ海峡にはカリブジスがあるね。しかしそういう、退潮と逆潮とでできる海流の渦のような気流は、残念なことにあの上空にはない。きっと僕は、主峰があるといわれるあの雲の下が、もの凄い大空洞ではないかと思うんだ。サア、陥没地、大梯状盆地というかね。それも、上空に渦をおこさせるほど、ものすごく深いもんだ」

「じゃそれを、木戸君が確めたのかね」

「いや、ただ最後の無電でそう推察できるんだ。機はいま、旋流にまきこまれ、主峰の雲へ近附いてゆく――それがまず最初のものだった。続いて、もう我らには旋流をのがれる手段はない。神よ、隊員諸君とともにあれ――とあった。と間もなく、たしか五、六分経ってからだったろう、とつぜん『大渦巻《ガロフオラ》』というあの一言がはいった。僕らは、もう絶望し胸せまって十字を切った。するとだよ」

「ふむ」

「それからは、だれも感慨ぶかげな顔でものも云わない。そこへ、もうないと断念《あきら》めていたころ、ふいに最後の通信がきた。見た――という、たった一言だが、見たというんだ。そして木戸は、その謎語をのこしたまま無電のオーハラとともに、おそろしい魔境の神に召されたのだ」

その無電のうち「大渦巻《ガロフオラ》」と打ったころは、たしかに木戸の機は怪雲に入っていたにちがいない。それが単なる巨大な渦雲に過ぎないということは、ただその一言だけでも容易に想像がつくことだ。それから、機は旋回しながら墜ちこんで行ったのだろう。そして、「天母生上の雲湖《ハーモ・サムバ・チヨウ》」の真核の地上ちかくになって、木戸はたしかに何物かを見たのだ。

ユートピア⁉ 数マイル切り下《お》れた大空洞の底。そこは、零下六十七度の地表とはちがい和やかな春風が吹き、とうてい想像もできぬような桃源境があるのではないか⁉ いや、木戸はそれを見たのではないか⁉ と、最後に木戸が投げつけた謎語をめぐりながら、よくやった、最後まで気力を失わなかったのはやはり日本人だと、涙と奇《き》霎《あい》をひろげる夢想世界のなかで、しばらく折竹は一言もいえなかった。

そこへ、きゅうにダネックが激越な調子になって、

「いよいよ僕も、『天母生上の雲湖《ハーモ・サムバ・チヨウ》』とはお別れということになったよ。探検を、一時中止しろという厳命がくだってしまった。それで、いま俺は返電をやったよ。お前らは、この俺に信頼がもてないのか、それとも費用が惜しくて続けられないのかと、いま訊きかえしてやったところだ」

ダネックが帰ると、きゅうに折竹の眼から堰を切ったように涙がながれてきた。それ

とともに、なにやら独り言のように俺がやるぞと云いながら、かれは亢奮し、とり乱したようになってしまった。

なるほど、木戸への哀惜の念もあろう。しかし、折竹ほどの、男の眼にさんさんたる粒が宿るということは、もっと、大きな大きな感情の昂まりでなければならぬ。では、なにが折竹をそうさせたかというに……さっき彼が私に話した新援蔣ルートの所在を、木戸が「天母生上の雲湖《ハーモ・サムバ・チョウ》」をさぐる飛行中に発見したからである。

揚子江上流の一分流のZwagri《ツワグリ》河が、「天母生上の雲湖」とバダジャッカの中間あたりをながれている。絶壁と、氷蝕谷の底を、ジグザグ縫うその流れは、やがて下流三十マイルのあたりで激流がおさまり、みるも淀んだような深々とした瀞《とろ》になる。そしてその瀞が、断雲ただよう絶壁下を百マイルも続いている。

ところが一日、木戸がその瀞をゆく見馴れぬかたちの舟をみたのだ。どうも、土地のタングウト土人の樅皮舟《メンヌサ》ともちがう。しかも、それが一つや二つではなく二、三十艘も続いている。で結局、それが英海軍でつかう兼帆艀《ピンネス・バーヂ》だったのだ。とにかく、チベットを横切り「天母生上の雲湖《ハーモ・サムバ・チョウ》」を左に見、Zwagri《ツワグリ》の大瀞をくだって陸揚げしたものを、一路重慶へもちこむ新援蔣ルートだ。

折竹は、木戸からその報を得たとき、これは黙視できぬ、と考えた。と云ってそこは、万嶽雲にけむる千三百キロのかなたである。かれは、切歯扼腕、歯噛みをして口惜しがったのだ。

するとそこへ、もしもそこへ行けたならという仮定のもとに、そのルート破壊の大奇案がうかんできた。

それは、奔湍巌をかむ急流のZwagri《ツワグリ》が、なぜそこまでが激流で、そこからが瀞をなすのか——それを、折竹が謎として考えたからだ。瀞とは、数段の梯状をなす小瀑の下流か、それとも、ふいに斜状の河床が平坦になるかなのだが、このZwagri《ツワグリ》の場合はいずれのものでもない。とここに、「天母生上の雲湖」の九十九江源地《ナブナテイヨ・ラハード》からでて、地下の暗道をとおり水面下に注ぐ川があるのではないか。暗黒河は、中央亜細亜の大名物である。それが、「天母生上の雲湖」附近に必ずしもないとは云われまい。

つまり、Zwagri《ツワグリ》のその点をさぐって暗河道をふさぐか、それとも「天母生上の雲湖《ハーモ・サムバ・チヨウ》」へわけいって源流を閉じるか、——その二者以外に遮断の方法はないと考えていた。なぜなら、水量が減れば激流となって、そこの舟行がたちまち杜絶するからである。

「くそっ、カーネギーの金庫を背負った学会がなんて醜態だ。二度や三度の、失敗で平《へ》張《ば》るなんて、外聞があるぞ。おれも、今度こそは往ってと思っていたのに……」

ダネックがいった探検中止の報が真実とすれば、支那事変終止を早からしめる援蔣ルートの遮断も、魔境「天母生上の雲湖」征服もいっぺんに飛んでしまう。みすみす、機会を眼のまえにしながら、なんて事だろうと、焦ればあせるほど眠れなくなって、その夜折竹はまんじりともしなかった。すると、それから三日後に、いよいよ探検中止確定をダネックがしらせにきた。

「これで俺も、いよいよハーヴァードの地学教室へもどるんだ。遠征五年、隊員十六名を失っただけで、なんの得るところもない。ねえ、『天母生上の雲湖《ハーモ・サムバ・チョウ》』は永劫の不侵地かね」

ダネックも、さすがその日はぐったりしていた。かれは、アメリカに籍はあるがチェッコ人。精悍、不屈の闘志は面がまえにも溢れている。三十代に、加奈陀《キャナディアン》ロッキーの未踏氷河Athabaska《アタバスカ》をきわめて以来、十年、かれは恒雪線《スノウ・ライン》とたたかっている。雪焼けはとうに、もう地色になっていて、かれは自他ともゆるす世界的氷河研究家《グレーシャリスト》だ。

「弔合戦」と、のぞき込むような眼でダネックがいった。それは、かれ自身にとっても身を焼くような執着である。

「君も、今度は木戸のために闘うところだったね。『天母生上の雲湖』に復讐するところだったね」

「そうだ。ところで、君に云おうかどうかと迷っていたんだが……」と、とつぜん折竹が改まったように、切りだした。

「さっき、白夷人《シャヤン》の召使が聴き噛《かじ》ってきたんだがね。ここへ何でも、『天母生上の雲湖』ゆきの新隊がのり込んできたと云うのだ」

「なに、われわれ以外の探検家とはどこの国のだ⁉」

みるみる、ダネックの眼がすわり、額が筋ばってくる。これが、彼のいちばん不可《いけ》ないところだった。じぶんを持することあまりに高いために、すぐ人と争い猜疑心を燃やす癖がある。いまも這々の体でもどったところへ新しい隊と聴き、彼はさながら身を焼くような思いだったろう。ところが、折竹が含みわらいをして、

「マアマア、話は全部聴いてからにし給え。それがね、探検隊とはいえ、じつに妙なものなんだ。触れ込みはそうでも、総員男女二人しかいない」

「なんだ!?」ちょっと、ダネックの顔色が和らいだ。案外、事実を知ったら吹きだすようなものかもしれない。かれは、バンドを揺って、嗤いながら立ちあがった。「そうか、其奴が、僕の『天母生上の雲湖《ハーモ・サムバ・チヨウ》』における経験を聴きたいというのだね。よろしい、今夜そのちんまりとした探検屋に逢ってやろう」

　アメリカ地理学協会「天母生上の雲湖《ハーモ・サムバ・チヨウ》」攻撃隊は隊員二十一名、人夫は、苗族《ミヨウツエ》、猓《ロー》玀《ロー》、モッソ各族を網羅し二百余名なのに、ここに、あらたに現われた新隊の人数総員二名とは、まずまず聴けばままごとのような話である。ダネックと折竹は、その日の夕がた新来者の宿を訪れた。

　そこは、折竹と懇意な漢人の薬房で、元肉、当帰樹などの漢薬のくすぶったのが吊されている。店をとおって奥まった部屋へとおされた。そこには、浮腫でもあるのか睡たそうな眼をした、五十がらみのずんぐりとした男が立っている。丁抹《デンマーク》の、クロムボルグ紀念文化大学の教授ケルミッシュといった。やはり彼も、チェッコ人で梵語学者である。

「ここで、国のお方にお逢いできるとは、望外な倖せです。私は、『天母生上の雲湖《ハーモ・サムバ・チヨウ》』

登攀の希望をもって、いささか仏教文学の方面からもあの地を究めておりますので……」

「それは」とダネックが無遠慮に遮った。

「あなたのは、つまり、教室だけの『天母生上の雲湖《ハーモ・サムバ・チョウ》』でしょう。あの辺と、古代インドの交通を書いた大集月蔵という経がありますね。しかし、登行には科学的準備が要ります。もちろん、科学的鍛練、経験ものを云います。僕は、これでも氷河とは十年も暮してますが、あの、『天母生上の雲湖』には赤児のように捻られますぜ」

「では、私なんぞには登れぬと仰言るのですね。なるほど、私にはなんの鍛練もない。氷斧《ピッケル》を、どう使うかも知らないし、アルプスの空気も知りません。素人です。僕は、全然の無経験者です」

それには、折竹もダネックも少からず驚いた。冗談や粋興でゆける「天母生上の雲湖」ではない。きっとこれは、いい加減なところまで往って引き返したうえ、「わが天母生上の雲湖死闘記《ハーモ・サムバ・チョウ》」などと空々しいものを発表する、許しがたい売名漢ではないのか。ダネックも、さいしょは彼の競争者として警戒を怠らなかったのが、もう聴くも阿呆らしいというような素振りになった。もちろん、そこまでのケルミッシュはいかにもそうであったろうが……。

「ですが、ダネック教授」とケルミッシュが改まったように、いった。

「私は、些《いささ》かながらあの魔境について知っております。あなたが、五ヵ年の辛苦のすえやっと究めたもの以上を、私は、ヨーロッパにおりながら不思議にも存じているのです。ねえ、まだ短文以外の探検記の発表はありませんね。隊員中、途中で帰国した方も一人もないと思いますが」

「ふうむ」ダネックは愚弄されたように唸った。五年間、人力がつくせる最高のエネルギーを発揮して、氷河と、大烈風ととっ組んだじぶんのあの労苦を、いま舌三寸で事もなげにいうこのペテン師と、かれは怒気あふれた眼で、ぐいと相手をにらみ据えた。

「君が、そんな魔法使いなら羽くらいはあるだろう。どうだ、僕を『天母生上の雲湖《ハーモ・サムバ・チヨウ》』まで、乗せて飛んでいってくれ」

「いやいや、ただ私という男がけっして無価値なものでない——それを、ともかくお知らせしとこうと思うのです。ところで、あの外輪四山のうちの紅蓮峰《リム・ボー・チエ》の嶺ですね。あれは、東南からのぞめば角笛形をしているが、ちょっと、西へまわると隠れていた稜角がでて、その形が円錐になりますね」

これにには、さすがのダネックもあっと驚いた。まだ、あの山嶺の写真は一つしか発表してない。西側からのは、実をいうと写真にもとってないのだ。それを、万里の雲煙をへだてたヨーロッパにいて知るとは、なんという化物のような男だろうか。

ダネックが、打ちのめされたように茫然となっているところへ、ケルミッシュのもの静かな声が続く。

「これで、ダネック教授もお分りになったことと思う。私は、今次の探検についてあなたの協力を求める。いや、ぜひお力添えを得たいと思う。それに就いて……」

と云いかけたとき、バタンと扉があいた。西日が叢葉《むらば》のすきから流れるなかへ金髪が燃え、ひとりの、白人女がふらふらと入ってきた。

「ああ、ケティ」ケルミッシュが、ちょっと眉をしかめ立ちあがって肩を抱いた。

見ると、金髪の色といい碧眼の澄みかたと云い、一点、非のうちどころのないドイツ娘である。しかし、それ以外の部分はなんという変りかた⁉　厚い唇をだらりと空けた様《さま》。

顔はだだ広く鼻は結節をなし、ほそい眼の瞼がきりっと裂けている――まさに、このほうは完全な蒙古人だ。そのうえ、一目で白痴であるのが分るのだ。

これかと、ダネックも折竹も唖然と眼をみはった。これが、ケルミッシュの同伴者とはますます出でて奇怪だ。癡呆《ばか》を連れてきてあの大魔境へのぼる⁉　さっきの紅蓮峰《リム・ボー・チエ》の山嶺のことでグワンとのめされた二人は、いよいよ神秘錯雑をきわめるこのケルミッシュのために、いまは、引かれるままの夢中裡の彷徨だ。

日が落ちた。巨竹の影が消え角蛙《つのかわず》が啼きだした。暑さはいくぶん退いたが、二人のこの汗は。

大氷河の胎内へ

その夜から、ダネックの懊悩がひどくなった。なんの、ペテン師、売名漢と初手から見くびったケルミッシュが、さながら人間以上のおそろしい力をもっている。もしも、かれダネックが優秀な科学者でなければ……、ケルミッシュもあの娘も魔境「天母生上《ハーモ・サムバ・》の雲湖《チヨウ》」の、ユートピアの住人がひそかに現われたくらいに思うだろう。

だが、この場合懼《おそ》れるのは登攀の成功だ。魔境の大偉力に対するダネックの科学より、むしろ神秘対神秘力でケルミッシュではないのか。辛酸五年の労苦が水泡に帰したところへ、あらたな力を抱いて魔境へゆくケルミッシュをみる、ダネックの胸のなかの切なさ。ところへ、二、三日経って二度目の会見が行われた。

「きょうは、全部のことを包まずお話しようと思うのです」

相変らず、ケルミッシュを鬱々としたものが覆っている。二人は前回の影響もあり、白昼幽霊をみる思い。

「私が、なぜヨーロッパに居りながら、あの魔境のなかを知っているか。それにはじつを云うと次のような話があるのです。あなた方は、『宣賓《シユウチヨウ》の草瀌紙《パピルス》』、『メンヤンの草瀌紙』という名の漂着物を御存知ですか。一つは揚子江の流れをくだり四川省の宣賓《シユウチヨウ》、一つはメーコン河をくだって仏領印度支那のメンヤンへ、それぞれ流れついたものがあったのです。

それは、古来から何処にもないような草瀌紙《パピルス》でした。そしてそれに、チベット文字のようなジャワ文字のような、とにかく、その系統にはちがいないが判読できぬと云う、じつに異様な文字が連っていました。たいていの学者は、それをなにかの悪戯のように考えたらしいですが、私は、それに執心五年、やっと読み解くことができたのです。

　宣賓のには、紅玉光《ルビー》をはなつ峰のさまが書かれてある。それが先日、私がたしかめた紅蓮峰《リム・ボー・チエ》の山巓でした。あの二つの草漉紙は、それぞれ『天母生上の雲湖《ハーモ・サムバ・チヨウ》』の九十九江《ナブナティヨ・》源地《ラハード》から流れてきたのです。私は、あの大氷嶺のなかの天母人の文化、魔境の、天険のなかにも桃源境があると思うと、思わず、われ行かんユートピアへと叫んだのです。

　いま、国をうしなったチェッコ人の願いは、どこか地図にない国があれば、そこへ往きたい。そして、亡国よという声を聴かずにいたいと云うのです。折竹さん、これは国運日々にすすむ東亜の盟主、日本のあなたはとうてい分りますまい。いや、あなたは亡国者の無気力の夢と嗤うでしょう」

　見ると、ケルミッシュの双頬が二筋三筋濡れている。折竹は、しみじみ神国にいるじぶんの幸福を感じたが、案外、おなじチェッコ人でもアメリカ育ちの、ダネックは感じないようにみえた。ケルミッシュは、涙に気づいたのか、慌てたように亢奮をおさめた。

「それから、『メンヤンの草漉紙《パピルス》』のほうは孔雀王経です。やはりあれは、天母人の大文化を唱ったものです。それには、一、二ヵ所ちがったところがありまして、あに竜の森へゆくを得んや——と云うところがある。その竜という字が棘蛇《アディ・ナゴ》とかわっているのです」

「棘蛇《アディ・ナゴ》」とダネックがちょっと眼を剝いた。

「棘蛇、あの第三紀ごろにいた游蛇類ですか」

「そうです、少くともそう思われますね」と熱したダネックの眼を冷ややかにみて云った。

「それで略《ほぼ》、前世紀犀《バルチテリウム》が十万年もあとの、洪積層から出た理由も分ります。要するにそこは、人獣ともに害さぬ仏典どおりの世界でしょう。それこそ、つらい現実からのがれる倔強な場所です。私は……そうして理想郷を見つけました」

「では、無羔なようですが連れの御婦人は？」と折竹が溜《たま》らなくなったように訊いた。しかし、それは、ケルミッシュが続けて云おうとするものだった。

「ケティ……そうです。あれは、じつに珍らしい完全な蒙古型癡呆《モンゴロイド》です。蒙古型癡呆とは、お二人には説明も要りますまいが、遠い、とおい昔入りこんだ蒙古人の血が、ぽつりと、数万年後のいま白人種にでるのをいうのです。彼らは、蒙古人のするとおりの真似をする。胡坐をかく、手摑みで食い、片手で馬を捌く。しかし、智能の程度は小学生をでぬ。とマア、こう云ったもんです。

でケティは、もとサーカスの支那驢馬乗りでした。そして白痴なもんで虐待をうけていた。すると、その金髪碧眼に蒙古的な顔という、奇妙な対照が僕の眼をひいたのです。もともと私は、白人文明の破壊性が心から厭で、東洋思想に憧れればこそ、梵語などをやりましたが……。一夕、ケティをよんで飯を食わしたことがあるのです。

その席上、偶然私がとり出した『宣賓《シユウチヨウ》の草漉紙《パピルス》』をみてケティがなにやら音読のようなものを始めた。そこで私は、学校によんで録音をさせました。それから、時経てからまたケティに読ます。しかし、やはりなん度読ましても、おなじように読む」

「なるほど」ダネックが始めて相槌をうった。

「つまり、私は意味は分るが音読ができぬ。ところが、ケティは意味は分らぬが音読はできる。と、こんな工合で、はじめて『天母生上の雲湖《ハーモ・サムバ・チヨウ》』の言葉が完全に読めたわけです。ケティは蒙古型癡呆《モンゴロイド》というよりも、天母型癡呆《ハーモロイド》ですよ」

「すると」と折竹が口をはさんで、「きっと太古に、ヨーロッパへきた天母人《ハーモ》の一族があったのでしょう」

「そうです。その血が、なんでいまの白人種に絶無といえるでしょう。ですから、私は東洋思想に溶けこんでいるせいか、有色人蔑視をやる白人種を憎みます。ナチスの浄血、アングロサクソンの威――かえってかれ等は、自分らにある創成の血を蔑んでいる」

続いてケルミッシュは、いずれなにかの役にきっと立つと思うので、ケティを連れてきたといった。世界にひとり、秘境「天母生上の雲湖」の言葉を読む白痴のケティ、そのかの女を連れて魔境のなかへ消えようと云う……このケルミッシュの探検ほどおよそ奇怪なものはない。

折竹は、それから懸命にダネックを説いた。途中は、麗江《リーキャン》のあたりから二万フィート級の嶺々が、約七、八百粁のあいだをぎっしりと埋めている。それに、KoLo《コロ》のように慓悍な夷蛮はあり、ともかく西域夷蛮地帯《シファアン・テリトリー》をゆくには経験に富んだ、ダネックのようなエキスパートを俟たねばならぬ。しかし、ついに折竹は相手を説き伏せた。名を、ダネック探検隊とするということにして、ともかく、名利心を釣り納得させたのである。よかったと、かれはホッと吐息をした。これで、いよいよ援蔣ルート遮断の日も近いと、ひそかに故国の神へ折竹は感謝した。

　これには、富有なケルミッシュが全資産を注ぎこみ、いよいよ準備成った翌年の三月、蜿蜒の車輛をつらねる探検隊が察緬《リーミエン》をでた。そこから大理《タリ》、大理から麗江《リーキヤン》、じつにそこが西域夷蛮地帯《シファン・テリトリー》の裾だ。北緯二十六度、V字型の谿には根樹《ガツマル》の気根、茄苳《カターン》、巨竹のあいだに夾竹桃がのぞいている。

「おい、どうした君、歩けないかね」

　ケルミッシュが、おそらく老年の豹でもあるいたらしい泥濘《ぬかるみ》の穴に足をとられ、ぺたりと、面形を地につけ動けなくなってしまった。そこには、暖水をこのむ大蟻が群れている。陰湿の、群葉のしたは湯気のような沙霧《ヘーズ》だ。

「さあ、足を踏んばって……、おいケティ、ケルミッシュ君に肩を貸してやれ」

「なんて、意気地がない。男ざかりが、泡アふっくらくって可笑しくなるよ。おや、なんてえ滑っこい肌だろう」

　この、疲れをしらない石人のような頑健さ。時々ケティは弱いケルミッシュの生杖になっていた。

　しかし、そこからは一歩一歩がたかく、それまで栴檀のあいだに麝香鹿があそんでいた亜熱帯雲南が、一変して冬となる。揚子江の上流金沙江の大絶壁。じつに、雲をさく光峰《ピーク》からくらい深淵の河床にかけ、見事にも描くおそろしい直線。それが、一枚岩というか屛風岩といおうか、数千尺をきり下れる大絶壁の底を、わずかな苔経《たいけい》をさぐり腹這いながらゆくようなところがある。そこは、鳥も峡谷のくらさにあまり飛ばないところ……。そこを、やっと抜けでて西康省に入ればいよいよ崎嶇《きく》をかさねる西域夷蛮地帯《シファン・テリトリー》の山々。

あるいは恒雪線《スノウ・ライン》にそい、あるいはすこし下って、一万フィートあたりの石南《しやくなげ》帯をゆく。巨峰、鋸歯状の尾根が層雲をぬき、峡谷は濃霧にみち、電光がきらめく。そして、雹、石のような雨。またその間に岩陰に眼をむく、土族を追えば黒豹におどされる。まったく、それは四月間の地獄のような旅だった。そうして、七月のはじめバダジャッカに着いたのである。

そこには、バダジャッカの喇嘛寺があり、人煙はそこで杜絶える。しかし、そこから「天母生上の雲湖《ハーモ・サムバ・チヨウ》」へかけては大高原をなしている。

その夜、断雲からもれる月が雪のうえに輝いていた。巌の輪郭をきざんだ手近の尾根をながめながら、折竹とダネックがひそかに語っている。それは、ゆうべダネックが見付けたことであるが、ケティが深夜ケルミッシュの部屋へ入ったと云うのだ。

「どうも、白痴がケルミッシュ君に惚れてるらしいんだ。悪女の、なんとか情とかでケルミッシュ君も、ゆうべは辟易していたらしかったよ。それがね、僕が寝ようとした時だった」

犛牛《ヤク》の乾脂の燃える音が廊下を伝わってくる。ひょいと覗くと、ケティが平らな顔をニタリニタリとさせながら、向うのケルミッシュの部屋のなかへ入ってゆく。ダネックは、もの好き半分、扉のすきから覗きこんだ。

「なに、なんの用できたね」ケルミッシュが空咳をした。見るとなんだか、不味いものがいっぱい詰まったような顔だ。

「なんだと云って……⁉ なんだか、あたいにも訳が分らないんだよ」

というと、すすっと寄ってきて舌っ足らずの声で、

「先生……マア起きていたんだね。あたいを、先生は待っていてくれたんじゃないのかね」

と、ケルミッシュが辟易するさまを、ダネックが笑いながら話したのである。あんな白痴を、ただ天母語《ハーモ》が読めるだけで連れてくるもんだから、ケルミッシュ君も、えらい目に逢うんだ。だいたい、無思慮、無成算でケルミッシュは駄目だ。やはり、これはおれの探検だねと、ダネックが鼻高々にいうのである。しかしそれは、ただ浅いとこしか見えぬ、人間の眼にすぎない。翌朝から、すべてが白痴ケティを中心に廻転してゆくようになった。

朝まだき、とつぜん銅鑼《ドラ》や長喇叭《ラッパ》の音がとどろいた。みると、耳飾塔《エーゴ》や緑光瓔珞をたれたチベット貴婦人、尼僧や高僧《ギクー》をしたがえて活仏《げぶつ》が到着した。生き仏さま《ミンチ・フツクツ》、おう《オム・》、蓮芯の宝石《マニ・バートメナム》よ、南無——と、寺中が総出のさわぎだった。探検隊がそれに相当の寄進を

したので、午後、隊のための祈願をすることになった。読経の合間合間に経輪がまわっている。むせっぽい香煙や装飾の原色。だんだんケティは眩暈のようなものを感じてきた。すうっと、眼のまえのものが遠退いたと思うと、ケティはそれなりぐたりと倒れた。

気がつくと、瑜伽《ナル・ヨル》、秘密修験《サン・ナク》の大密画のある、うつくしい部屋に臥《ね》かされていた。黄色い絹の天蓋に、和闐《ホータン》の絨緞。一見して、活仏《げぶつ》の部屋であるのが分る。すると、西蔵《チベット》靴をかたりかたりとさせながら、活仏《げぶつ》の影がすうっと流れてくる。むくんだ、銅光りのする顔がちょっと覗いたが、それはやがてひれ伏した。

「生き観音《ミンチ・カンキン》、おう、まことの観音《カンキン》とは貴女《あなた》さまじゃ。毘沙門天《ヴィシユラヴナ》の富、聖天《カネシヤ》の愉楽を、おう、われに与えたまえ」

ケティには、なんでそう云われたのか、考える頭脳《あたま》はない。常人でも、それはじつに解しがたいことだ。しかしかの女は、それを機会にてんで無口になった。それまでの、のへのへと笑み妄言をいうケティは、もう何処かへ消えてしまったのだ。ただ、「天母《ハーモ・》生上の雲湖《サムバ・チヨウ》」を覆う密雲をのぞんでは、時々、きらっと光っては消える大氷河のかがやきに……そのときの笑みはてんで違うものになっていた。かの女は、なにかの呼び声をうけはじめたのだ。

「ケティは、何処にいるね」ダネックがちょっと意気込んだ声で折竹に訊いたが、相手の様子をみるといきなり云い紛わせ、「いやね、大氷河のしたのAF点の傾斜を測りたいんだ。ケルミッシュ君がいじっていた経緯計《セオドライト》はどうしたね。君、ケルミッシュ君を見かけなかったかね」

それは、やはり折竹も気付いていたことだったけれど、きゅうにケティが美しくみえてきたのだ。あるいはそれは、周囲の自然の線が微妙な作用をするのだろうか。荒茫ただ一色の雪の高原にたち……颪や雷にきざまれた鋸《のこぎり》状の尾根を背にしたケティは、あの醜さを消し神々しいまでに照り映える。と急に、かの女をみる男の眼もちがってくる。ダネックもケルミッシュも、ケティを雄のように追いはじめたのだ。

「ダネック君、君は近頃どうかしているね」折竹が、もしケティの問題でこの探検隊が崩れるようではと、一日、ダネックをとらえて真剣に問いはじめたのだ。

「どうしたって⁉ 僕は相変らずの僕さ」

「いや違う。まえには、もっと剛毅不屈なダネックだったね。それが、山男のくせに女の尻を追いまわす。それも白痴《ばか》のケティとは、呆れたもんだと思うよ。ケティは……やはり白痴で醜い女さ。ただ、それをみる君たちの眼が、妙な工合に違ってきただけなんだ」

「そうか、僕もそう云や気がついていることがあるんだ。君がケティをみる眼も尋常じゃないよ」

折竹は、俺もかと思うとぞっと気味わるくなった。自分だけは、男のなかでも超然として、なんの白痴女と些細も思わぬと考えていたのに、やはり、ダネックがみる自分の眼もちがっている⁉ それが、「天母生上の雲湖」のふしぎな力だろうか。いまに、このバダジャッカで愚図付いているうちには、全員が気違いになってしまうのではないか。さすが、援蒋ルートをふさぐ大使命をもつだけに、まだ折竹は正常さをうしなっていない。

そこで、二人を急きたてて攻撃準備をいそぎ、いよいよその三日後魔境へ向うことになった。海抜一万六千フィートのここはなんの湿気もない。ただ烈風と寒冷が髭を硬ばらせ、風は隊列を薙いで粉のような雪を浴びせる。やがて、櫛のような尖峰を七、八つ越えたのち、いよいよ「天母生上の雲湖《ハーモ・サムバ・チョウ》」の外輪四山の一つ、紅蓮峰の大氷河の開口《くち》へでた。

そこは、天はひくく垂れ雲が地を這い、なんと幽冥界の荒涼たるよと叫んだバイロンの地獄さながらの景である。氷河は、いく筋も氷の滝をたらし、その末端は鏡のような断崖をなしている。まったく、そこで得る視野は二十メートルくらいに過ぎない。暗い積雲と霧のむこうに、不侵地、「天母生上の雲湖」が、傲然と踞坐している。

「ここまでだ。前の三回とも、ここからは往けなかったのだ」ダネックが、感に耐えたような面持で、大氷河の開口を指さした。

「ホラ、あれがバダジャッカでも絶えず聴えていた音だよ。千の雪崩の音、魔神の咆哮と――僕が報告に書いたがね。それは、この開口をのぼった間近で合している二つの氷河の、右側のを吹きおろす大烈風だ。だから、たとえ僕らがこの開口をのぼっても、すぐに地獄の五丁目辺になってしまうのだ。ケルミッシュ君、ここが、人間力の限度、人文の極限だ。どうだ、ゆくかね」

「ゆこう」ケルミッシュは一瞬の躊躇もなく答えた。「往けるところまで……それは君にお願いすることだがね。僕は大烈風を衝いてもなお先きへ行く」

すると、ケティが無言のまま頷いた。で、とにかく、人間がゆける最後まで往こうと、人夫をそこに残し開口をのぼりはじめた。壁や裂け目から、氷のふしぎな青い色がのぼっている。そして、それは一足ごとが生命の瀬、なんだか故郷が思われ、孤独の感が深くなってくる。やがて四人は、すぐ大烈風へでる岩陰にかたまって、この魔境をまもる大偉力をながめていた。

まさに、カリブ海の颶風《ハリケーン》の比ではないのだ。それは、飇《ひょう》という疾風の形容より、むしろもの凄い地鳴りと云ったほうがいいだろう。

飛ぶ氷片、堆石の疾走——みるみるケルミッシュに絶望の色がうかんでくる。

すると、この難関をあくまで切り抜けて、ぜひ魔境に入り九十九江源地《ナブナテイヨ・ラハード》の、Zwagri《ツワグリ》の水源をふさがねばならぬ折竹は……。しばし、眼をとじていたが、ポンと手をうって、

「ある、名案がある」とさけんだ。

「えっ、一体どんなことがあるんだ？」

「それはね、氷河の表面をゆかず底をゆくことなんだ。たとえ、どんな大科学者がどんな発明をしようと、たとえば、千听《ポンド》の錘りをつけようと、この風のなかは往けぬよ。しかし、氷罅《クレヴァス》をくだって洞を掘ったら、どうだ」

「なるほど」ダネックもともども叫んだのである。

「そうだ。表面氷河は氷斧《ピッケル》をうけつけぬ。しかし、内部《なか》は飴のように柔かなんだ。掘れるよ。とにかく、折竹のいうとおり氷罅を下りてみよう」

やがて、青に緑にさまざまな色に燃える氷罅《クレヴァス》の一つを四人が下りていった。試しに氷斧《ピッケル》をあてると、ボロッとそこが欠けた。

アジアの怒り

それは、大レンズのなかへ分け入ってゆくような奇観だった。さいしょは、疲労と空気の稀薄なためおそろしい労作だったが、だんだん先へゆくにしたがい氷質が軟かくなる。しかも、地表とはちがい、ほかつくような暖かさ。そこで諸君に、氷河の内部がいかなるものか想像できるだろうか。

四人はいま、微妙なほんのりした光に包まれている。しかも、四方からの反射で一つの影もない。円形の鏡体、乱歩の「鏡地獄」のあれを、マア読者諸君は想像すればいいだろう。そのうえ、ここはさまざまな屈折が氷のなかで戯れて、青に、緑に、橙色《オレンジ》に、黄に、それも万華鏡のような悪どさではなく、どこか、縹渺とした、この世ならぬ和らぎ。これが、人間をはばむ魔氷の底かと、時々四人はぐるりの壁に見恍れるのである。

そのうち、ケルミッシュがアッと叫んだ。みると、氷のむこうにまっ黒な影がみえる。「大懶獣《メガテリウム》」と呼吸《いき》を愕《ぎょ》っと引いて、ダネックが唸るようにいった。「あれも、第三紀ごろの前世界動物だ。高さが、成獣なれば二十フィートはあるんだがね」

それは、やや距離があってか、そう巨きくは見えない。しかしこれで、「天母生上の雲湖」の秘密の一部を明かにした。

やがて往くと、一本その長毛が氷隙から垂れている。ダネックは、それを大切そうに蔵いこんだ。すると、四人の間に期待とも、不安ともつかぬ異様なものがはじまった。どうもそれが、氷河に埋ったようにはみえない。なんだか、大懶獣《メガテリウム》のいるあたりが空洞のように思われて、いまにも、氷壁をくだいた手が躍りかかりそうな気がする。そこへ、ダネックが息窒ったような叫びをした。

「どうした」

みると、頸筋を撫でた手がべっとり血を垂らしている。そこで、恐怖は絶頂に達したが、別に、氷をやぶって突きでた爪のようなものもない。それに、ダネックの頸には傷もなく、痛みもないのになんとしたことか。飽くまで、粘ったまっ赤な血だ。ダネックはじっと眺めていたが、「なアんだ」とフフンと笑い、「紅藻《ヒルデブランチア・リヴラリス》の、じつに細かいやつだ」といった。

見ると、紅藻をふくんだ天井の氷が飴のように垂れてくる。しかも一層、四人がうごく微動につれ甚だしくなってくる。氷河氷の雨が、簾を立てたように降りしきるかと思えば、また、太く垂れて石筍《せきじゅん》をつくり、つるつる壁を伝わる流れは血管のように無気味だ。そして今にも、ゆるい弧をえがいて、天井が垂れてきそうな気がする。四人は、いま氷河のちょうど核へ達したのだ。

「天地開闢以来、地球はじまって以来、まだ、氷河の芯にあるこの泥氷をみたものはあるまい」

折竹が、驚異と感動にぶるっと声をふるわせると、

「そうだよ。しかし、どうも僕は感違いをしていたらしい。それは、紅蓮峰《リム・ボー・チエ》の嶺のあの怪光なんだが、さいしょ僕は、ラジウムの影響をうけた水晶とばかり思っていた。ところがどうやら、氷のしたのこの紅藻らしいんだよ。こんな聖地で欲をだしたんで失敗したのかもしらんね」とダネックが自嘲気味にいうのだった。

やがて、芯の泥氷部をさけて二、三時間も掘ると、なつかしい外光がながれ入ってきた。

出ると、大烈風はもう背後になっている。そこは先刻は岩陰でみえなかったが、まるで色砂を撒いたような美しい蘚苔《こけ》が咲いている。ところが、前方を眺めれば、これはどうしたことか、そこは、流れをなす堆石の川だ。せっかく、大烈風を破ったと思えば危険な堆石のながれ。四人は、そこでもう前方へ進めなくなってしまった。

「これまでだ。もう、われわれは断念《あきら》めようじゃないか」とダネックが力なげに云いだした。「僕らは、あの危険な開口をのぼり、大烈風をやぶった。それだけでも、前人未達の大覇業ということができる。帰ろう。今夜は蘚苔《こけ》のなかへ寝て、明日は戻ろう」

しかし、それがもう出来なくなっていたと云うのは、なにも、さっき掘った洞が塞っ

たというのではない。とにかく、その夜四人を包みはじめた不思議な力をみれば分る。つまり「天母生上の雲湖《ハーモ・サムバ・チョウ》」の掟に従わされたのだ。その夜、なにやらケティが草に云いはじめた。

「マァニの草、あたしに惚れたって、お前じゃ駄目よ。そんなに、べたべた附着《くっつ》いたって、あたしゃ嫌」

よく、野葡萄の巻鬚の先の粘液が触れるように、ケティにベタベタ絡みついてくる草がある。その情緒を知らせる微妙な力が、かの女をじわりじわりと包んでいった。そこへ、相応じたようにケルミッシュもいう。

「そうかね、この草は寒いと云っている。サアサア、がたがた顫えなくても僕が暖めてやる」

それは、咳嗽萩豆《くしゃみそらまめ》に似た清潔好きな小草で、塵がはいると咳嗽のようなガスをだす。そして、いきんだように葉をまっ赤にして、しばらく、ぜいぜい呼吸《いき》をきるように茎をうごかしている。そういう植物の情緒や感覚が触れてくる、二人はもう普通の人ではない。ダネックも折竹もつっき合うだけで、見るも聴くも気味悪そうに黙っていた。魔境「天母生上の雲湖」へ溶けこんでゆくこの二人を、救い出すのはどうしたらいいのだろう。

「サア、行こう。ここで愚図愚図してたって仕様がないよ、君」翌朝、さんざん押問答のすえ焦らついてきたダネックが、語気を荒らげていう。しかし、ケルミッシュの態度は水のように静かだ。

「だけど、これが僕の希望なんだからね。飽くまで、踏みとどまって登攀の機をねらうよ。それに、折竹君も僕とくると云うし、とにかく、ダネック君にだけ一先ず帰ってもらう」

「そうか」と棘だった眼でぎろっと折竹を見て、「君もか⁉　このダネック探検隊《エキスペジション》の……隊長だけが帰って何になる。それとも、君らが死にたいと云うなら、別だがね」

「死にはせん。僕にはこの堆石の川を突っきれる自信がある。ただ、方法は分らぬが、そうなるような予感がある」

「止せ」ダネックは堪らなくなったように、叫んだ。なにより、かれを掻きたてたのはケルミッシュに寄り添っているケティの像のような姿だ。

「君は帰れ！　僕は引き摺っても、君を連れてゆく」

とケルミッシュの腕をぐいと捉えたとき、止めようと、馳せよった折竹の眼にそれは怖ろしいものが映った。堆石のながれを越えた向うの断崖の積雪が、みるみる間に痈のように膨れてきた。雪崩《なだれ》⁉　と思ったとき氷塊を飛ばし、どっと、雲のような雪煙があがったのである。とたんに視野はいちめんの白幕に包まれた。折竹は、暫時その場で気をうしなっていたのだ。

やがて気がつくと、堆石のうえが雪崩で埋まっている。そして、四つの足跡が向うまで続いているのだ。これが、ケルミッシュの予感というものか。かれとケティは雪崩のうえを渡り、「天母生上の雲湖」の奥ふかくへと消えたのである。折竹も、続こうとしたが起きあがることが出来ぬ。その間に、ごうごうと続く堆石のながれが、しだいに橋となった雪崩《なだれ》を払ってゆくのだ。

「ああ、せめて這いでもできれば、おれは往くんだのに……」

万斛の恨みが、いま分秒ごとに消えてゆく雪橋《はし》のうえに注がれている。援蔣ルートをふさぐ……九十九江源地《ナブナテイヨ・ラハード》へゆく千載の好機が、いま折竹の企図とともに永遠に消えようとしている。彼は、打撲と凍傷で身動きも出来なくなっていた。

「本望だろう。ケティは、遠い遠いむかしの、血の揺籃のなかへ帰った。ケルミッシュは、現実をのがれて夢想の理想郷へいった。二人はいいが……せっかく此処まで漕ぎつけて失敗《しくじ》るおれは哀れだ」

となおも手をついて起き上ろうと試みたとき、ふと掌のしたに紙のような手触りを感じた。みると、ケルミッシュが書いた走り書きのようなものだった。

折竹君――

僕とケティは、これからこの世界の向う側の国へゆく。君は、現実逃避をする僕を嗤うだろう。しかし、素志を達した僕は、このうえもなく満足だ。あの「天母生上の雲湖《ハーモ・サムバ・チョウ》」には何があるだろう。ユートピア⁉ しかし僕は、小説にあるような美しさは求めてない。きっとそこには、冬眠生理でもあるような人間がいるだろう。ながい冬は眠り、短い春は耕す――そういう世界にこそユートピアはあるのだ。

君よ、悠久うごかぬ雲に覆われた魔境「天母生上の雲湖《ハーモ・サムバ・チヨウ》」とともに、時々、僕とケテイのことも思いだしてくれ給え。なおダネックは雪崩《なだれ》のしたにいるよ。

雪橋《はし》をわたるまえとり急ぎ

ケルミッシュより

その夜、主峰の雲のなかで轟々と雷が荒れた。電光が、尖峰《パーク》をわたりながら、亜細亜《アジア》の怒りのように……ダネックへは死、ケティとケルミッシュは己が手におさめ……ひとりただ日本人折竹のみに生還を許したのである。そして折竹は、裸羅《ローロー》の人夫の背に負われて、Zwagri《ツワグリ》、九十九江源地《ナブナテイヨ・ラハード》と囈言《うわごと》をいいながら魔境をでた。

第四話　「太平洋漏水孔《ダブックウ》」漂流記

竜宮から来た孤児

前作「天母峰」で活躍した折竹孫七の名を、読者諸君はお忘れではないと思う。

アメリカ自然科学博物館の名鳥獣採集者《コレクター》として、非番《オフ》でも週金五百ドルはもらう至宝的存在だ。その彼が、稀獣矮鱗《オカピ》を追い、麝牛《マズク・オクゼン》をたずね、昼なおくらき大密林の海綿性《スポンジ・》湿土《ソイル》をふみ、あるいは酷寒水銀をくさらす極氷の高原をゆくうちに、知らず知らず踏破した秘境魔境のかずかず。その、わが折竹の大奇談の秘庫へ、いよいよこれから分け入ってゆくことになるのだ。

「おい、海を話せよ。君も、藻海《サルガツソウ・シー》ぐらいは往ったことがあるだろう」

とまず私は困らせてやれとばかりに、折竹にこう訊いたのである。

というのは、海に魔境ありということは未だに聴いてないからだ。絶海の孤島、といえばやはり土が要る。たいていは、大陸の中央か大峻険の奥。密林、氷河、毒瘴気《マイアズマ》の漂う魔の沼沢と——すべてが地上にあって海洋中にはない。ただ、あるといえば藻海くらいだろうが、それも過去における魔境に過ぎず……いまはその怪馬尾藻《ほんだわら》も汽船の推進器《スクリユウ》が切ってしまう。

大西洋を、メキシコ湾流がめぐるちょうどまっ唯中、北緯二十度から三十度辺にかけておそろしい藻の海がある。

これは、紀元前カルタゴの航海者ハノンが発見したのが始め。帆船のころは、無風と環流のためそこを出られなくなり、舵器には馬尾藻《ほんだわら》がぬるぬると絡みついてしまう。そういう、なん世紀前かしれぬボロボロの船、帆柱にもたれる白骨の水夫、それを、死ぬまで見なければならぬ新遭難船の人たち。絶望、発狂、餓死、忍びよる壊血病。むくんだ腐屍の眼球をつつく、海鳥の叫声。じつに、凄惨といおうか生地獄といおうか、聴くだに慄《ぞ》っとするような死の海の光景も、いまは藻海《サルガッソウ・シー》のとおい過去のことになっている。

では、海に魔境は絶対ないと云えるのか⁉　そういうと、折竹は呆れたような顔をして、

「オイオイ、俺だからいいようなもんの、他人には云うなよ。今どき、藻海《サルガッソウ・シー》なんて古物をもち出すと、君の、魔境小説作家たる資格を疑うものがでてくるからね。だが、じっさい海には魔境といえるものが、少ない。彼処に一つ、此処に一つと……マアそれでも、三つくらいはあるだろう」

全然ないと思われた海洋中の魔境が、折竹の話によれば三つほどあるという。ゆけぬ

魔海――それはいったい何処のことだろう。また、陸の未踏地のごとく全然人をうけつけぬ、その海の魔境たる理由？　しかも、それがわが大領海「太平洋」中にあるという、折竹の言葉には一驚を喫しないわけには往かない。

「それが、東経百六十度南緯二度半、ビスマルク諸島の東端から千キロ足らず。わが委任統治領のグリニッチ島からは、東南へ八百キロくらいのところだ。つまり、わが南洋諸島であるミクロネシアと、以前は食人種の島だったメラネシア諸島のあいだだ。そこに、世界にもう其処だけだという、海の絶対不侵域がある」

「ほう、まだ未踏《マーレ・インコグニタ》の海なんてこの世にあるのかね。で、名は？」

「それが島々でちがうんで色々あるんだがね。ここでは、いちばんよく穿っているニュー・ギニア土人の呼びかたを使う。Dabukū《ダブックウ》――。つまり『海の水の漏れる穴』という意味だ」

　土人の言葉には、ひじょうに幼稚な表現だが奇想天外なものがある。この“Dabukū《ダブックウ》”なども その一つ。直径百海里にもわたるこの大渦流水域を称して、「海の水の漏れる穴」とはよくぞ呼んだりだ。

　そこは、赤道無風帯のなかでもいちばん湿熱がひどいという、いわゆる「熱霧《レジョン・オブ・》の環《クラウド・リング》」のなかにある。そしてその渦は、外辺は緩く、中心にゆくほど早く、規模でも、「メールストレームの渦」の百倍くらいはあろう。ましてこれは、鳴門やメールストレームのような小渦の集団ではなく、渺茫数百海里の円をえがく、たった一つの渦。

周縁は、海水が土堤のように盛りあがっている。ことに、地球自転の速力のはげしい赤道に面した側は、まさに海面をぬくこと数メートルの高さ。さながら、大環礁《アトール》の横たわる心地す――とは、はじめて“Dabukkū”《ダブックウ》をみたDe Quiros《デ・クイロス》の言葉だ。

この、オウストラリア大陸を発見し損なったそそっかしいスペイン人が、“Dabukkū”《ダブックウ》を最初みたのが十七世紀のはじめ。しかし彼は、この化物のように盛りあがった水の土堤に、舵をかえして蒼惶と逃げ出した。そしてそこを、雲霧たちこめるおそろしい湿熱の様から、“Los Islas de Tempeturas”《ロス・イスラス・デ・テムペッラス》と名づけた。すなわち、「颶風の発生域の島々」という意味。

「なるほど」

と、もう私は一、二尺のりだすような亢奮。しかし、いまの説明のなかに判じられないようなものがある。

「その、島々というのはどういう意味だね。“Dabukkū”《ダブックウ》のなかには、島があるのか？」

「そうだ、大小合して七、八つはあるらしい。その何百、何十万年かはしらぬが隔絶した島のなかを、君は一番覗きこみたいとは思わないかね」

と、なにやら仄めかし気にニッと笑った折竹の眼は、たしかに私を驚死せしめる態の大奇談の前触。そしてまず、“Dabukkū”《ダブックウ》の島々について語りはじめた。

「ニューギニア土人は、その黒点のようにみえる島を穴と見誤った。海水が、ぐるりから中心にかけて、だんだんに低くなってゆく。それを、勾配のゆるやかな大漏斗のように考えた。つまり、その穴から海水が落ちる。そのため、こんな大きな渦巻ができると、いかにも奴等らしい観察が“Dabukku”《ダブックウ》の語原だよ」

「ふうむ、太平洋漏水孔か……」

「そうだ、案外渦の成因はそんなところかもしれんよ。ところで、なぜ『太平洋漏水孔《ダブックウ》』のなかへ踏み入ることができないか。

一九一二年に、当時の独逸ニューギニア会社の探検隊が、『太平洋漏水孔』へ入ろうとした。そのとき、はじめて魔海のおそろしさがハッキリと分ったのだ。それは、『太平洋漏水孔』の海面下が一面の暗礁で、小汽艇のようなものでも忽ち覆えってしまう。つまり、縦に突っきろうにも渦流にまかせようにも、重さと抵抗をもつ汽艇のようなものは駄目なんだ。ただ、どうかと思われるのが桁付き独木舟《アウトリガード・カヌー》だ。こいつは、目方も軽いし抵抗も少ない。ふわふわ渦にのってゆくうちに、どれかの島へゆけるだろう。と、マアその考えもそこまでは良いんだがね。考えると、それでは行きっきりになってしまう。渦が逆流でもしないかぎり……永遠の竜宮ゆきだよ」

「…………」

私は、さっきから折竹が頻繁につかう、竜宮という言葉が気になって堪らない。こいつ、何かどえらいものをきっと隠しているなと、問おうとしたのを折竹が遮って、

「それから、もう一つ『太平洋漏水孔《ダブックウ》』探検の大障害というのが、さっきも云ったひじょうな高湿度だ。なにしろ『太平洋漏水孔』の形がちょうど漏斗だからね。海面の蒸発

に涿留《たくりゅう》がおこる。その探検隊が、『海の潮吹き穴《メーレス・ブラーゼロホ》』とそこを名づけたように、濛気赤道太陽をさえぎる大湿熱海だ。

ところで、そのニューギニア会社の探検のとき、実験がおこなわれた。それは、大蚜虫《コックローチ》をいれた箱を『太平洋漏水孔』へ流したのだが、その、空気温度が約摂氏四十五度。ところが、それから十分ばかり経って引きよせてみると、その大蚜虫の体温が空気温度とおなじだ。君、人間が四十五度の体温にどれくらい堪えられるだろうか」

「想像もつかんよ、地球の熱極というのがあれば、『太平洋漏水孔』のことだろう」

「ふむ、ところでだ。ここに、独木舟《カヌー》に乗って入りこんだ、人間がいると仮定しよう。渦は、毎時周縁のあたりが三十カイリの速さ。そして、ぐるぐる巡りながら最初の島まででゆくのに、どう見積っても半日は費《かか》る。するとそれまでに、その人間の命が保つかどうかということが、まず第一の問題になってくる。僕は、医者じゃないが、受け合い兼ねますといいたいね」

「分ったよ」

私はメモを置いて、落胆したように彼をみた。

「なるほど、人間の生理状態が一変しないかぎり、『太平洋漏水孔』へはゆけないと云うことが、分った。だが、そんな工合で人間がゆけなくてだね、そこに奇談もなにもないものは、聴いても仕様がないよ」

するとと、折竹がいきなり童顔をひき締めて、オイと、一喝するように呶鳴った。

「おいおい、話というものはしまいまで聴くもんだ。僕が、何百、何十万年秘められていたかもしれぬ『太平洋漏水孔』の大驚異——それを話そうと思う矢先、早まりやがって……」

「そ、そうか」

「それみろ。とにかく『太平洋漏水孔《ダブックウ》』のなかに何かしらあるらしいことは、君に作家的神経がありゃ、感付かにゃならんところだ。といって、僕が往ったわけじゃない。じつは、ひとりそこへ入り込んで奇蹟的に生還したものがいる。そしてその人物と、僕のあいだには奇縁的な関係がある」

「なんと云うんだ？　そして、どこの国のものだ」

「日本人だ。しかも、頑是ない五歳ばかりの男の子だ」

私は、ちょっと暫くのあいだ物もいえなかった。読者諸君も、その五歳という文字を誤植ではないかと疑うだろう。しかし、五歳はあくまで五歳。そこに、この「太平洋漏水孔《ダブックウ》」漂流記のもっとも奇異な点があるのだ。では、しばらく私は忠実な筆記者として、折竹の話を皆さんに伝えよう。

「黒人諸島《メラネシア》」浦島

それが、第一次大戦勃発直後の大正三年の秋——。日本海軍が赤道以北の独領諸島を掃蕩しつくしたけれど、まだドイツ東洋艦隊が南太平洋にいるという頃。はやくも、新占領区域を中心に商戦の火蓋をきった、向うみずな一商会があった。それが、折竹の義兄が経営する海南社。のちの恒信社、南洋貿易などの先駆となったものだ。

独艦が出没する南太平洋を縫い、ともかく小帆船ながら新領諸島と、濠洲間の聯絡を絶やさなかったのは偉い。その、水凪丸の二回目の航海。ブリック型、補助機関附きの五百噸ばかりの帆船。それが、雑貨燐鉱などをはち切れんばかりに積んで、いま北東貿易風にのり赤道を越えようとしている。

若人のあこがれ、海のロマンチシズムは帆船生活にある。順風に、十度ほど傾いではしる総帆の疾走。波音と、ブロックの軋めきのほかは何もない南海の夜。仰げば、右に左に弧をえがく上檣帆《トゲルンセル》のあいだに、うつくしい南の眼、赤十字星《サザン・クロス》のまたたき。折竹も、珊瑚礁生物の採集というよりも、むしろこうした雰囲気に魅せられて乗っていたのだ。やがて、北東貿易風がいつとはなしに絶え、船は、聴くだに厭な赤道無風帯《ドルドラムス》に入っていった。

「驚いたですよ、船長」

と折竹もさすがに音をあげた。

「この、補助機関の震動がするあいだは地獄というわけですね。まったく、この蒸し暑さときたら死んじまいたいくらいだ。眼がぼっと霞んで来るし、なにも考えられなくなる。だが、あれ!?、アッ、ありゃ何だ」

下桁《ブーム》のしたの天幕《テント》のかげから、折竹が弾かれたように立ちあがった。そとは、文字どおりの熱霧の海だ。波もうねりもなく濃藍の色も褪せ、ただ天地一塊となって押しつぶすような閃めき。と彼に、左舷四、五十鏈《ケーブル》の辺に異様なものが見えるのだ。環礁《アトール》のようだが色もちがい、広茫水平線をふさぐに拘わらず、一本の椰子もない。

「あれかね、あれは有名な『太平洋漏水孔《ダブックウ》』の渦だよ。環礁《アトール》のように見えるのは、盛りあがった縁だ。とにかく、はいったら最後二度と出られないという、赤道太平洋のおそろしい魔所なんだ」

その時、船首の辺でけたたましい叫びが起った。一人の水夫が、檣梯《リギン》の中途でわれ鐘のような声で呶鳴っている。

「おうい、変なものが見えるぞう。右舷八点だ……鳥が、籠みてえなものを引いてゆくが……見えたかよう」

まもなく、その二羽の鰹鳥が射止められた。引きあげられたのは葡萄蔓の籠で、なかを覗いた男がアッといって飛び退いた。裸体の、愛らしい五つばかりの男の子が、呼吸《いき》もかすかに昏々とねむっている。なんだ、夢ではないのか。この、ちかくに島とてない赤道下の海を、鳥に引かれながら漂う頑是ない男の子。

と、しばらく全員は酔ったような眼で、暑さも忘れ、じっとその子をながめている。と間もなく、その子の背に手紙が結いつけられてあるのが、見つかった。船長が手にとったが、すぐ折竹にわたし、

「君、ドイツ語のようだね」

「そうです、読みましょうか。最初に、この子の仮りの父となって暮すこと一月。いま『太平洋漏水孔《ダブックウ》』中にある独逸人キューネより――とあります」

太平洋漏水孔《ダブックウ》――たった一字だががんと殴られた感じだ。しかも、みればこの子は日本人のようだし、どうして、あの魔海に入りどうして抜けでたのか。しばらく全員は阿呆のように、じりじりと照る烈日のしたで動かない。

やがて、その子は手当をされ船室で寝かされた。折竹は、いつまでも醒めない悪夢のあとのような気持。フラフラわれともなく櫓舷《リギン》へのぼって、いま左舷に過ぎようとする「太平洋漏水孔《ダブックウ》」をながめていた。

斜めの海、海の傾斜。とうてい、夢にも思えなかったものが、現実として、眼のまえにある。そこには、幾重にも海水が盛りあがり、まっ蒼に筋だっている。その大漏斗をまく渦紋のあいだには、暗礁がたてるまっ白な飛沫。しかし、それはただ眼先だけのことで、はや四、五鏈《ケーブル》先はぼうっと曇っている。そして、煙霧のかなたからごうごうと轟いてくるのが、「太平洋漏水孔《ダブックウ》」の渦芯の唸りか……。

折竹は、それをキューネの絶叫のように聴きながら、魔海からの通信を読みはじめたのである。

*

手紙の主フリードリッヒ・キューネは、独逸ニューギニア拓殖会社《ドイッチェ・ノイ・ギネア・ゲセルシャフト》の年若い幹部であった。以前はお洒落で名高い竜騎兵中尉。それが先年、ベルリン人類学協会のニューギニア探検に加って、以来南海趣味にすっかり溺れこみ、退役してニューギニア会社へきたのだ。スポーツマン、均斉のとれた羚羊《かもしか》のような肢体。これで、一眼鏡《モノクル》をしコルセットをつければ、どうみても典型的貴族出士官《ユンケル》だ。

そのキューネが、この五月に破天荒な旅を思いたち、独領ニューギニアのフインシャハから四千キロもはなれた、かの「宝島」の著者スチーヴンスンの終焉地、Vailima《ヴァイリマ》島まで独木舟《カヌー》旅行を企てたのである。両舷に、長桁のついた〝Prau〟《プラウー》にのって……かれは絶海をゆく扁舟の旅にでた。そして、海洋冒険の醍醐味をさんざん味わったのち、ついに九月二日の夜フインシャハに戻ってきた。――話はそこで始まるのである。

土人の〝Maraibo〟《マライボ》という水上家屋のあいだを抜け、紅樹林《マングローブ》の泥浜にぐいと舫を突っこむ――これが、往復八千キロの旅路のおわりであった。ところが、海岸にある衛兵所までくると、まったく、なんとも思いがけない大変化に気がついたのだ。そこには、ドイツ兵士は一人もいず、てんで見たこともない土民兵が睡っている。ちょっと、ポリネシア諸島の馴化土人兵《フイータ・フイータ》のような服装《なり》だ。

「なんだろう。国の兵隊がいず、変なやつがいるが……」

と、見るともなくふと壁へ眼をやると、そこに、土民への布告が張ってある。かれは、みるみる間にまっ蒼になった。留守中、大戦が勃発しこの独領ニューギニアは、いま濠洲艦隊司令官の支配下にあるのが、わかった。ことに、その布告の終りの数行をみたとき、彼はわれを忘れてかっと逆上したのである。


——濠洲軍は、なんじ等に善政を約束する。思えば、永年苛酷なるドイツ植民政策に虐げられた汝らは、ドイツ軍守備隊長フオン・エッセンに対しても、われ等と協力し復讐をわすれなかった。彼らが、家族、敗兵らとともに密林中に逃げこんだとき、汝らはわが言にしたがい間諜をだし、たくみに彼らを導いて殲滅させたではないか。

　但し、隊長夫妻ならびにその一子、以下白人戦死体の首の拾得は禁ずる。

　　　　　　　　　　　　　　フインシャハ守備陸戦隊長ベレスフォード

　キューネは、眼がくらくらして倒れそうになった。ことに、彼と仲よしだった隊長の、子ウイリーの死を思うとかっと燃えあがる憤怒。鬼畜、頑是ない五歳の子まで殺さんでもいいだろう。おそらくそれは、平素恨みを抱く土人の仕業だろうが、なにより嗾《けし》かけたのはベレスフォードではないか。

　と、わずか四月の間にかわった世の中となり、いまは身を寄せるところもない今浦島となったキューネは……それから先々もかんがえず怖ろしさも感ぜずに、ただフラフラと放心したように歩みはじめた。

（殺すぞ。鬼のようなベレスフォードのやつ、かならず殺《や》ってしまうぞ。）

　いま、キューネの胸のなかには、それだけの事しかない。すると、月のない夜がもっけの倖いとなり、ふらふら彷徨《さまよ》ううちに隊長官舎のそばへ出た。巨きな、腕ほどもある胡瓜の蔭に、ちらっと灯がみえる。窓はあけ放され、部屋のなかが見える。壁には、子供がかぶるピエロの帽子。卓には、オモチャの喇叭《ラッパ》や模型の海賊船《ヴァイキング・シップ》。(ようし)彼はぐびっと唾をのんだ。

眼には眼、歯には歯だ。ベレスフォードに、男の子がいるとは……天運とはこのこと。と、ただ復讐一途に後先もかんがえず、やがて、ちいさな寝台から抱えあげたその子を、毛布にくるんでそっと持ちだしたのである。まもなく、夜風をはらんだ独木舟《ブラウー》の三角帆が、深夜のフインシャハを放れ矢のようにすべり出た。

密林逃亡者《ブッシュ・レンジャー》

しかし、キューネは、くらい海上にでるとさすがに亢奮も醒めた。いま、父母の懐ろから拉しこられたにも拘わらず、ベレスフォードの子はかるい寝息をたてている。この、無心神のような子になんの罪がある⁉　いかに、復讐とはいえどうして殺せようと、一度理性がもどれば飛んだことをしたと急にキューネはその子が不憫になってきた。どれどれ、すぐ坊やのお家に帰してやるよ——と、もともとキューネは子供好きだけに、毛布をあげてそっと顔を見ようとした。

夜が明けかかり、星影がしだいに消えてゆく。当て途なく流れてゆくこの独木舟《ブラウー》のうえにも、ほの白い曙のひかりが漂ってきた。すると、いきなりキューネがハッと身を退

くような表情になり、

「ちがう、こりゃ、ベレスフォードの子じゃない」

とさけんだ。

白人ではない。五歳ばかりの、黒い髪に琥珀色の肌。くりくり肥った愛らしい二重頤。この、意外な東洋人の子におどろいたキューネは、がたがた独木舟《ブラウー》をゆすってその子を起してしまった。

「オヤッ」

というようなまん丸い眼をして、しばらくちがった周囲に呆気にとられていたその子は、やがて、しくっしくっと泣きじゃくりを始め、

「オジチャン、ここ、ジャッキーちゃんのお家じゃないんだね」

「そうだよ。だが、もうじきに帰してやるからね。ときに、坊やはどこの子だね」

「お父ちゃんは、日本人でジョリジョリジョリ屋だい」

「ジョリジョリ⁉　ああ理髪屋《とこや》さんだね。で、坊やはどこで生れたんだ」

「シドニーだよ。お母ちゃんは、去年そこで死んじまったんだ。お父ちゃんは、それから兵隊附きのジョリジョリ屋になって、今度も、隊と一緒にここへ来たんだがね。それも、先週の土曜にマラリアで死んじまったよ。ボクは、宇佐美ハチロウっていうんだよ」

五歳で、この蛮地へきて孤独の身となるだけに、なかなか、ませてもいるし利発でも

ある。それから聴くと、父の死後はベレスフォードの家へきて、そこの、ジャッキーちゃんの遊び相手になっているというのだ。してみると、ゆうべジャッキーが壁際に寝ていたのを、キューネが見損なったわけなのである。しかし、ともかくこの子は帰さなければならない。

「オジチャン、オチッコが出たいよ」

きゅうに、ハチロウが尻をもじもじしはじめた。

「だけど、ジャッキーちゃんは海へオシッコすると、オチンチンを撞木鮫《しゅもくざめ》にとられるというよ」

と、その時どうしたことか、ハチロウの腰をおさえてオシッコをさせている、キューネの手がいきなり震えはじめてきた。遠空に、色付きはじめた中央山脈を縫いながら、するするのぼってゆく英国旗《ユニオン・ジャック》。しまった、もうこの子を帰そうにも帰せなくなったと――起床ラッパの音を夢のように聴きながら、かれはまったく途方に暮れてしまったのである。

天地間、いま一人のこの身の置きどころもなくなった彼は、ハチロウの処置という重荷が加わったのだ。多分、明ければハチロウの失踪に気がつくだろう。そして、この島の内外がきびしく調べられるだろう。所詮自分は、ハチロウを帰そうとしてこの辺に迂路ついてはいられない。では、これからどこへ行こうか。

周囲はことごとく英仏領諸島。蘭領も米領も、所詮ドイツ人にとっては安全の地ではない。いまこの地上に一寸の土地もなくなった。キューネはただ悶えるのみであった。

そこへ、突然ハチロウがこんなことを云いだしたのだ。

「オジチャンの、このお舟はどこへゆくんだね。坊やのお国の、日本へゆくの?」

「行ってもいいよ」

と、彼は眼先がきゅうに開けたような気がし、

「だけど、坊やはジャッキーちゃんのお家へゆくんじゃないのかね」

「うん、だけどね。ジャッキーちゃんはとっても威張るんだもの。あたいを、いつも慾ばりの悪殿様にして、ジャッキーちゃんの海賊が退治にくるんだもの。だけど、あたいのお国の日本なら虐められないだろうね」

こんな、頑是ない子が郷愁をおぼえる哀れさ。それは、やはりキューネも同じことである。オジチャンも、どれほどドイツへ帰りたいかしれないよと、口には云わないがいきなりハチロウを抱きしめ頬ずりをしながら滂沱と涙をながした。

「ゆこう坊や。坊やのお国の日本へゆこうよ」

そうして二人は、安住の地へと漂泊をはじめたのであったが……それには、まず行きようもないと云う秘境が必要だ。ところが、独領ニューギニアの最北端に、〝Nord-《ノルド・》Malekula《マレクラ》〟という、荒れさびた岬がある。そこには、岩礁乱立で近附く舟もなく、陸からの道には〝Niningo《ニニンゴオ》〟の大湿地があり、じつに山中に棲む矮小黒人種《ネグリトー》さえ行ったことがないと云う。かれは、まず皇后《カイゼリン》オウガスタ川を遡っていった。

両側は、いわゆる多雨の森《レイン・フォレスト》、パプアの大湿林。まい日七、八回の驟雨があり、ごうごうと雷が鳴る。その雨に、たちまちジャングルが濁海と化し——独木舟《ブラウー》が、大羊歯《しだ》のなかを進んでゆくようになる。わけても、この皇后《カイゼリン》オウガスタ川はおそろしい川で、鰐や、泥にもぐっている"Ragh《ラー》"という小鱝がいる。

ほとんど哺乳類のいないこのニューギニアは、ただ毒虫と爬虫だけの世界だ。やがて、独木舟《ブラウー》を芋蔓でつないで、いよいよハチロウを負い"Niningo《ニニンゴオ》"の湿地へとむかった。そのあいだの密林行。繁茂に覆われた陽の目をみない土は、ずぶずぶと沢地のようにもぐる。羊歯は樹木となり巨蘭は棘をだし、蔦や、毒々しい肥葉や小蛇ほどの巻鬚が、からみ合い密生を作っているのだ。その間に、人の頭ほどもある大昼顔が咲き鸚鵡や、巨人の蝶《モルフォ》の目ざめるような鮮色。そしてどこかに、極楽鳥のほのぼのとした声がする。やがて、百足《むかで》を追い毒蛇を避けながら、"Niningo《ニニンゴオ》"の大湿地へ出たのだった。

そこは、幅約半マイルほどの、おそろしい死の沼だ。水面は、みるも厭らしいくらい黄色をした、鉱物質の滓《おり》が瘡蓋のように覆い、じつに睡蓮はおろか一草だにもなく、おそらくこの泥では櫂《オール》も利くまいと思われる。そしてここが、奥パプアの最終点になっているのだ。

「坊やは、ウンチがでないかね」

「また、オジチャン、泥亀《すっぽん》をとるんだろう。だけど、坊やだってそうは出ないよ」

人糞を、このんで食う泥亀《テラピン》をとっては、この数日間二人は腹をみたしていた。しかし彼には、この沼をわたる方法がない。こんなことなら、むしろ中央山脈中に、原始的な生活をしている、矮小黒人種《ピグミー》の〝Matanavat《マタナヴァット》〟の部落へゆけばよかった。と、此処へきてはや一時間とならぬのに、キューネの面は絶望に覆われてしまった。

　すると、時々とおい対岸で、パタリパタリと音がする。その、なんだか聴きようによっては人間の舌打ちのように聴える音が、万物死に絶えた沼面をわたってくるのだ。と同時にそれに交って、小鳥のさけぶキーッという声がする。やがて、キューネがポンと手をうって、

「分った。ニューギニアの奥地には食肉植物の、『うつぼかずら』のひじょうに巨きなものがあるという話だったが……。そうだ、一番それを使って、この沼をわたってやろう」

　やがて、ほそい藤蔓のさきに小鳥をつけて飛ばしているうちに、キーッという叫び声とともに、ぐっと手応えがした。たしかに、「うつぼかずら」の大瓶花が小鳥をくわえたにちがいない。とそれをキューネが力まかせに引くと、一茎の攀縁一アール（百平方米）にもおよぶと云う、「大うつぼかずら《ネペンテス・ギガス》」がズルズルと引きだされてくる。まもなく、そうして出来た自然草の橋のうえを、二人が危なげに渡っていったのである。いよいよ、目指す、〝Nord-Malekula《ノルド・マレクラ》〟

「坊や、ここが当分、私たちのお宿になるんだよ」

「日本かね、オジチャン」

「いや、日本へゆく道になるのさ。坊やが、ここで幾つも幾つもおネンネしていると、そのうちにお迎いの船がくるよ」

そして、キューネの気もハチロウの気も落着いた。みれば、果物も豊富、魚介も充分。ここなら、時機がくるまで伸々と過せると、キューネもほっとしたのであった。

しかし、そうして何事もなかったのもたった一日だけ……。翌朝、果実を見つけに茂みのなかへ入ってゆくと、ふいに、眼のまえに薄赤いものが現われた。

「あっ、何だ。サア、坊や、はやくオンブしな」

前方でも、ザクザクと草を踏む音がする。やがて、ベゴニアの藪のなかへ蹲んだその生物を、キューネがぐいと引きだしたのである。とたんに、彼はアッと叫び、思わず離すまいと双手に力をこめた。それが、人間も人間、うら若い娘だった。

「Papalangi《パパランギ》、ああ、Papalangi《パパランギ》」

とその娘が絶え入るような喘ぎをする。

Papalangi《パパランギ》とは、サモア語の白人という意味。みれば、熟れかかった桃のような肌の紅味、五体はタヒチ島土人ときそう彫刻的な均斉。思わず、キューネがほうっと唸ったように、まさに地上の肉珊瑚、サモア島の少女《トウポ》だ。

「君、そう怯えなくたって、何もしやしないよ。だが、どうして君一人が、このMalekula《マレクラ》にいるんだね。サモアだろう⁉　サモアの娘がどうして此処にいるの」

娘が、キューネに安心するまでには長時間かかった。もし愛らしいハチロウがこの白人のそばにいなければ、おそらくこの娘は必死に逃走をはかったろう。間もなく、かの女が此処へくるについてのかなしい物語をしはじめた。娘は、名を〝Nae-a《ナエーア》〟という。

「私は、ながらくサモアの国王をやっている〝Tamase《タマセ》〟の孫です。ところが、どういう訳でしょうか、ドイツ領事が、タマセの王系を絶やそうとするのです。祖父のタマセは、今から三十年ほどまえ伯林へ送られました。また、それから転々として亜弗利加ギニアの、おそろしい土地にも送られたことがあります。

ですけど、どうしてタマセの王系がそんなに邪魔なんでしょう。父はいま、サモア酒《カヴァ》の中毒で廃人も同様。兄も、父に見ならって盛んにサモア酒《カヴァ》をのんでいます。それも、みんなドイツ領事の薦めることなんですわ。私も、幼な心に見過せなくなりました。まだ去年といえば十一でしたけど、父と兄を諫めたことがあります。するとそれが、なにかドイツ領事に危険なものに見えたのでしょうか。私を、こっそり捕まえて貿易船に抛りこみ、ここの岩礁のうえで、ポンと放したのです」

この、天人ともに許さぬ白人の暴戻は、キューネをさえ責めるように衝いてくる。まったく、ナエーアが啜り泣きながらいうように、サモアへ帰れば殺されるだろうし、といって、此処に一生いるくらいなら死んだほうが増しだという。まして、この〝Nord-《ノルド・》Malekula《マレクラ》〟は、けっして安全な地ではないのだ。

「私、まだここには一年しかいませんけど、時々、おそろしい高潮が襲ってくるのです。その時は、木へのぼって、ぶるぶる顫えていなければなりません。そしてその潮は、ここの果実《このみ》という果実《このみ》をすっかり持っていってしまうのです。ねえ坊や、これから坊やとオジチャンとオネエチャンと三人で、どこか安楽な島へでもゆこうじゃないの」

そうして間もなく、この〝Nord-Malekula《ノルド・マレクラ》〟を三人が出ていった。果実や泥亀《スツポン》の乾肉をしこたまこしらえて、また、独木舟《ブラウー》にのり大洋中にでたのだ。しかし、今度は目的地もない。ただ、絶海をめぐって、孤島をたずねよう。そしてそこが食物の豊富な常春島《エリシウム》であれば……。

太平洋漏水孔《ダブツクウ》の招き

「オジチャン、これで坊やたちは、日本へいくんだね」

ハチロウは、外洋へでると大悦びだったが、そんなことを聴くと、キューネは鼻の奥がじいんと滲みるような思い、自分はドイツ、ナエーアはサモアへ……。いずれも帰心矢のごとしと云いながら、帰れない身だ。よくよく、おなじ運命のものがめぐり合せたもんだと、ますますこんなことから結ばれてゆく三人。

独木舟《ブラウー》、いま南東貿易風圏内にある。この両桁附き独木舟《アウトリガード・カヌー》にはひじょうな耐波性があって、むかしは、ハワイ、タヒチ島間六千キロを、定時にこの扁舟が突破していたといわれる。

「なんだか、赤道《ビコ・オウ・ワケヤ》に近いようですわね」

とビスマルク諸島の北端を出てから三日目の午、ナエーアが、しばらく手をかざしながら水平線を見ていたが、そういった。

「どうして、分るね」

「ホラ、蒼黒い筋が水平線にあるでしょう。あれが、凪がちかい証拠だというんです。じきに、北の星《ホコ・パア》が見えるかもしれませんわ」

　それまでキューネは、ただ羅針盤《カムパス》だけでこの舟を進めていた。いま針路は真東にゆき、エリス諸島辺へむかっている。それだのに、赤道ちかいとは何事であろう。事によったら、皇后《カイゼリン》アフガスタ川の叢林中につないで置いたあいだ、なにか羅針盤《カムパス》が狂うような原因があったのではないか。そこで、念のため軽便天測具《カラバッシュ》を持ちだして、その夜、星を測ってみたのだ。なるほど、セントウルスの二つの輝星の位置がちがう。

　かれは、軽便天測具《カラバッシュ》を置くとナエーアの手をにぎった。はじめて土人娘のカンの正しさを知ったのだ。

「私たちが、もしこの舟のうえに一生いるようになったら……」

　ナエーアが、ある夜キューネにこんなことを云いだした。星影をちりばめたまっ暗な水、頭上の三角帆《ラテイーン・セイル》は、はち切れんばかりに風をはらんでいる。

「そうだねえ。僕らは、こんなようじゃ当分海上にいるだろうからね」

　事実この三人は、見る島、ゆく島の人たちによって残酷に追われていた。キューネのだれにも分るドイツ訛りと、戦争が終ったか終ったかと聴くような怪しい男には、どの島民も胡乱《うろん》の眼をむけずにはいない。銃を擬せられて、逃げだすときの情なさ。まったく、この三人はかなしい漂泊を続けていたのだ。

しかし、この扁舟のなかの二人の男女には、たがいに木石でない以上、何事かなければならない。ナエーアは、十二とはいえ早熟な南国ではもう大人であり結婚期である。二人はだんだん、自然の慾求に打ち克てなくなってきたのだ。

「私、どこでも島さえ見つければ、一生懸命に働きますわ。あなたの、ズボン《ラヴァ・ラヴァ》も棕梠毛でつくれますわ。それに、珊瑚礁の烏賊刺しは、サモア女の自慢ですもの」

「僕は、君の不幸にならなけりゃと思うがね」

キューネは、ふかく海気を吸ってナエーアを見まいとする。しかしその眼は、もう間もなくくるだろう、甘酔に血ばしっている。そこへ、かるい欠伸をして、ハチロウが眼をさました。

「オジチャン、もう日本へ来たのかい」

「まだまだ、坊やがそう、百もおネンネしてからだね」

「じゃ、オジチャンとオネエチャンがお父ちゃんとお母ちゃんになって……、坊やは、唯今って日本へいくんだね」

そんなことが、ますます二人を近附けてゆくのだ。すると翌朝、サゴ椰子がこんもりと茂った島に着いた。そこは、誰もいない無人島であるが、植物は、野生のヴァニラをはじめすこぶる豊富だ。三人は、ホッと重荷を下したような気になった。

「マア、なんて、いいところだろう」

ナエーアが、踊るような足取りで、水際を飛んであるいている。珊瑚虫が、紺碧の海水のなかで百花の触手をひらいている。そのあいだを、三尺もあるようなナマコがのたくり、半月魚《ハーフ・ムーン》という、ながい鎌鰭のあるうつくしい魚がひらひらと……。そして、森はまた花の拱廊をつらねている。

「僕はこの島を、新日本島《ノイ・ヤパン》ということにした。ハチロウのために、そう呼んでやろうよ」

それから二人は、なかにハチロウを挟んで森のなかへ入っていった。すると、野生のヴァニラの茂みのなかに埋もれて、いまはボロボロになっている十字架が一つある。ああ、白人の墓だ――と、キューネは、びっくりして駈けよった。風雨にさらされてまっ黒になったその十字架には、からくも次のような墓碑銘が読めるのだ。

――R・Kという女。一八八二年にこの島にて死す。夫に死なれ生計の道も尽き、土人の妻となりしがため、名を記さず。

墓碑には、簡単にそうあったのだ。しかし、みるみるキューネの面が暗くなってゆく。白人の女が暮しようもなくなって土人の妻となった……それを恥じて、死後も名を記さない。それだのに、いま俺とナエーアはどうなってゆこうとしている⁉

と急に、嫌悪の情がむらむらっと起ってきた。キューネにも、やはりどこかにある白人の優越感が……このたった一度でナエーアの顔を、見るも厭なようになってしまったのだ。彼は、幾度も詰まりながら、ナエーアに嘘をついた。

「ナエーア、やはりここも不可ない島なんだ。疫病がある。それで、ここの島には誰も住むものがないと云うんだ」

「あア〳〵せっかく見付けたのに、不可ないんでしょうか」

ナエーアはキューネの気持を知らず、がっかりして云った。そしてまた、独木舟《プラウー》の漂流がはじまったのだ。

キューネはそれ以来、見ちがえるような人間になった。ハチロウには、以前とかわらぬ親しさを見せるが、ナエーアにはほとんど物をいわない。そして、水また水の絶海の旅が続いた。

朝は、うすら青くすがすがしい海水が、昼には、ニスを流したような毒々しい藍色になる。そして夕には、水平線を焼く火焔の大噴射。そういう、まい日まい日繰りかえされる同じような風物に、だんだんキューネに募ってくるのはおそろしい虚無。すると、ちょうどその夜あたりから、それまで吹いていた南東貿易風が弱まってきた。

「どうしたんですの。この頃は星も見ないんですね」

とハラハラしたような声でナエーアがいう。

「見ても、見なくても同じことだからね。どうせ、どこへ流れつこうが、末は分っているよ」

それから、数日間はくもって、暗黒の夜が続いた。風は絶え、三角帆《ラテイーン・セイル》もだらりと垂れている。海も空気もネットリとなって、湯気のようなガス、ねむったような蜒り。キューネは、もうどうなろうが儘とばかりに、この四、五日は方角もみない。

とある夜、風もないのに急に波だってきた。

「どうしたんでしょう。風もないのに、こんなに荒れてきましたわ」

ナエーアは、帆を下してハチロウの上にかけた。

波は、低く窪みひろがり泡だって、押しよせてくる。しかし、空には突風もない。ただ水面には触れずとおく上空をゆくのか、ごうっという颶風のような音がする。ところが、空が白々となってきた暁がた近いころに、キューネがけたたましい叫び声をあげた。

「ああ、なんというところへ来たんだ。ナエーア、こりゃ大変な渦だよ。ああ、太平洋《ダブ》漏水孔《ツクウ》！」

「だから、だから、云わないこっちゃないんですわ」

ナエーアはただハチロウを抱きながら、オロオロ声でいうだけであった。

こうして三人は、ついに「太平洋漏水孔」へ引きこまれた。海が皺だっておそろしい旋回をしながら、ぐるぐるながい螺旋をえがいたのち、大漏斗の底へ落ちこむ。水は、紫檀を溶かしたような色で二十度ほど傾むき、いま水平線はとおく頭上にかかっている。その、はじめてみた濃藍の水壁は、ごうごうと唸る渦心の哮りよりも怖ろしい。

もうこれまでと、キューネはじっと観念した。いま、朝焼けをうけ血紅のように染まっているこの魔海の光景は、ただ熱気を思ってさえ焔の海のようだ。頭は茫っとなり動悸ははやく、おそらくこの舟が渦心に落ちこむまでに、三人は熱気のため死んでしまうだろう。しかしキューネは、疾い呼吸《いき》を感じながらも、じっと渦をにらんでいる。人間には、どうなっても最後まで生きようという意識がある。それがこの時に、キューネを刺戟してきたのだ。

「どうだろう、この海はこんなことではないのか。それは、渦はもとより求心性のものだが……きっとそれにつれ、うえの空気のうごきは遠心性を帯びるだろう。つまり、くるくる中心に巻きこむ渦の方向とは反対に、うえの湿熱空気は外側へと巻いてゆく。だから、多分この湿熱帯は輪のような形でぐるりに近いところだけを巻いているのではないか。きっと、そこを突きぬけて中心に近づけば、案外この船は緩和圏へ出るのではないか。そうだ、この『太平洋漏水孔《ダブツクウ》』には島があるということだが……」

独木舟《ブラウー》は、その間しだいに速力を早めてゆく。傾ぎ、飛沫をあび、速さも約五十カイリくらいと思われる。

と、ここでキューネが狂ったのではなかろうか。いきなり帆綱をもってナエーアに躍りかかった。そして、ナエーアとハチロウを胴の間に縛りつけると、二人の鼻へ粉末のようなものを詰めてゆく。それから、自分を今度は帆柱に縛りつけ、やはりさっきの粉を鼻へ詰めこむのである。やがて、死の瀬を流れてゆく渦中の独木舟《ブラウー》のなかで、三人は微動《みじろ》ぎもしなくなった。

水面下の島

それでは、キューネは熱気のため気狂いになったのか⁉　早くも、湿熱環の禍いが頭へきたのか⁉　いや、それは一人キューネだけではない。ナエーアも、ハチロウも異様なことを喚きだしたのだ。

「渦が、逆廻りし出しましたわ。ああ、私たちはここを出られるんですのね」

とナエーアの声にハチロウが続き、

「オジチャン、涼しくなってきたよ。もう、じきに日本へいけるね」

しかし、渦は依然としておなじ方向へ巻いている。空気は、湿潤高熱、湯気のようである。けれど二人は、この熱気のために気が可怪《おか》しくなったのではないのだ。

キューネが、この湿熱環に堪えるため、窮通の策をほどこした。それが、もしも成功すれば起死回生を得る。

「うまく往ってくれ。ただハチロウのため、俺はそう祈る」

キューネが、しだいに朦朧となる頭のなかで叫んでいた。

「おれは、この湿熱環をいかに凌ぐか、考えたのだ。しかしそれには、毒をもって毒を制すよりほかにない。この摂氏四十五度もある大高温のなかにいれば、まずなにより先に気が可怪しくなってくる。

しかしその前に、こっちから進んで人工の狂気をつくったら、どうだ。一時、この高温を感じないように気を可怪しくさせ……そのまま湿熱環を過ぎて緩和圏に出たとき……ハッと眼醒めるようにしたら……」

それが、いま三人が嗅いでいる〝Cohoba《コホバ》〟の粉だ。これは元来ハイチ島の禁制物、〝Piptadenia《ピプタデニア》 peregrina《ペレグリナ》〟という合歓《ねむ》科の樹の種だ。土人は、そのくだいた粉を鼻孔に詰めて吸う。すると、忽ちどろどろに酔いしれて、乱舞、狂態百出のさまとなるのだ。いま、その〝Cohoba《コホバ》〟の妖しい夢のなかで、独木舟《ブラウー》は成否を賭け飛沫をあびながら走っている。

それから、渦中をゆくことなん時間後のことだろう。ふと、外界が朦朧と見えてきたと思うと、頬にあたる熱気の感じがちがう。オヤッ、と、キューネがふと横をむくと、舟は、大岩礁に桁先をはさんで停っている。

島だ——と彼は歓喜の声をあげた。独木舟《ブラウー》はついに湿熱環を突破し、緩和圏中の一島についたのである。

*

折竹は、そこまで話してふと口を休めた。そして、隣室から手紙のようなものを持ってきて、

「これからは、キューネの手紙を見たほうがいいだろう。簡単だが、僕の話よりも切々と胸をうつよ」

という。

＊

その島は、周囲八マイルもあるだろうか。ながらく外海と絶縁していたため、ひじょうに珍らしい生物がいる。その一つが、“Sphargs《スファルギス》”だ。鳴く亀である。亀が声を発するとは伝説だけであろうがいま、「太平洋漏水孔《ダブックウ》」のこの島のなかには歴然とそれがいるのだ。そいつは、ガラパゴス島の大亀ほどの巨きさで、四、五百ポンドの巨体をゆすりながら愛らしい声で鳴く。私は、肉も食ったが、ひじょうな美味だ。

ほかには、紅蝙蝠《レジウルス・ボレアリス》のひじょうに巨きなのがいるだけで、生物は、ただその蝙蝠と亀だけに過ぎない。そして、島の中央は礁湖《ラグーン》になっている。

だが礁湖には、普通外海との聯絡孔が水面下にあるのが通例だが、ここでは、それが最近塞がってしまったらしい。そのため、澱んだ水が高温のため腐り、どろどろの海草や腔腸動物の屍体が、なんとも云えぬ色で一面に覆うているのだ。

まさに、これこそ死の海の景である。そこへ、赤子の手のような前世界の羊歯や、まるでサボテンみたいに見える蘇鉄の類が群生し、そのあいだを、血のような蝙蝠が飛び、鳴き亀が這うといったら、まず地球前史の風物というよりも化物の世界だろう。

こうして、地上に数百万年もとり残された島のなかへ、私たちはポツリと置かれたのだ。今では、ここを出たいとか人里が恋しいとか、そんな事はなにも思わなくなっている。

温度は、ここでもやはり高い。外辺のいわゆる湿熱環ほどではないが、多分摂氏四十度ぐらいはあろう。そのため、私たちはだんだん痴愚《ばか》になってゆくようだ。

実際、今のところは死なないと云うだけだ。脳力、が暑さのため減退してゆくと云うことは、なにより、お利口さんのハチロウをみれば分る。今では、日本のことも何もいわなくなったし、第一、こう云っている私がそうではないか。あれほど、自己批判の眼をむけて触れようともしなかったナエーアと、いまは動物の雌雄のようになっている。

一切が、もう忘却の彼方にあるのだ。

ところで、此処へ来て私は不思議な人間になった。おそらく私は、この地上における新生物かもしれない。というのは、いつも身体を倒して斜めに歩いているからだ。ちょうど、水平とは四十五度の角度で、私は斜めにかたむきながら歩いている。またそれが、この「太平洋漏水孔」の島での普通の歩きかたなのだ。では、一体なぜだろうか。

それは、この「太平洋漏水孔」では水平というものが、大漏斗の斜面しかないからだ。それに、いつもおなじ方向からひじょうな強風が吹いている。そのため、全島の樹木がなかば傾いで……その薙がれた角度が大漏斗の斜面と、ちょうど直角をなしているのだ。だから、そのあいだへ直立している私は、てっきり、なかば傾ぎながら歩いているとしか思えない。まったく、錯覚とはいえ自然天地の法則が、ここではものの見事に覆えされている。

これも、私がまったく痴愚《ばか》になったためか、いや、決してそうではないだろう。

海面は、黒くたかく頭上にそびえ、凪と飛沫と轟音で一分の休息もない。そのなかで、私たちはだんだんに退化して、いまに鳴き亀とおなじようになるだろう。

ところが、きょう夜にかけて大颶風がやってきた。そのあと、朦気が吹き払われ清涼の気をおぼえると、今まで忘れていたこと、感じなかったこと、また、私が是非しなければならぬことが、まるで堰切った激流のように迸しってくる。私は寸時でも、脳力を恢復したことを悦ばねばならない。

それは、私が痴愚《ばか》になったという第一の証拠だが、ハチロウのことをすっかり忘れていたのだ。私とナエーアが、この水面下の島で朽ちはててしまうのはよし。しかし、ハチロウをここで鳴き亀同様の存在にするということは、まったく何としても忍びないことなのだ。

私は、今夜ハチロウを外海へ出そうというのだ。それには、渡り鳥である鰹鳥を利用する。さらに〝Cohoba《コホバ》〟をハチロウにもちいて泥々に酔わせて置く。そして、そのハチロウを入れた籠を鰹鳥にひかせる。おそらく、五羽の鰹鳥はその籠をひいて、底をかすかに水面に触れながら、まっしぐらに突っ切るだろう。

愛は、ハチロウをきっと守るにちがいない。そして神も、私の天使ハチロウに倖いするだろう。

水面下の島にて　　キューネ

私は、読みおわってからも亢奮がさめず、なんだか此処も、斜めに倒れながら歩いている感じがするという、「太平洋漏水孔《ダブックウ》」のその島のような気がした。折竹は、にたにた笑いながら私のからだを支え、

「オイ、しっかりしろ」

と呶鳴った。私は、頭の靄がようやく霽《は》れたように、

「そのハチロウという子は助かったわけだね。で、今は？」

「あいつかね。あいつは、時々いま重慶へ飛んでゆくよ。そして、爆薬のはいったおそろしいウンコを置いてゆく。まったく、ニューギニアといい『太平洋漏水孔《ダブックウ》』といい、よく方々へウンコを置いてゆく奴さ」

*

第五話　水棲人《インコラ・パルストリス》

リオの軽口師

　折竹孫七が、ブラジル焼酎の“Pinga《ピンガ》”というのを引っさげて、私の家へ現われたのが大晦日の午後。さては今日こそいよいよ折竹め秘蔵のものを出すな。このブラジル焼酎《ピンガ》を飲《や》りながらアマゾン奥地の、「神にして狂う《リオ・フォルス・デ・ディオス》」河の話をきっとやるだろう……と私は、占め占めとばかりに舌なめずりをしながら、彼の開口を待ったのである。

　ところが、その予想ががらっと外れ、意外や、題を聴けば「水棲人」。私も、ちょっと暫くは聴きちがいではないかと思ったほどだ。

「君、そのスイセイとは、水に棲むという意味かね」

「そうとも」と彼は平然と頷く。しかし、人類にして水棲の種族とは、いかに何でもあまりに与太過ぎる。こっちが真面目なだけに腹もたってくる。

「おいおい、冗談もいい加減にしろ」と、私もしまいには溜らなくなって、云った。

「人間が、蛙や膃肭獣《おっとせい》じゃあるまいし、水に棲めるかってんだ。サアサア、早いところ本物をだしてくれ」

　すると、折竹はそれに答えるかわりに、包みをあけて外国雑誌のようなものを取りだした。Revistra Geografica Americana《レヴィストラ・ジエオグラフィカ・アメリカナ》――アルゼンチン地理学協会の雑誌だ。それを、折竹がパラパラとめくって、太い腕とともにグイと突きだした頁には、なんと、〝Incola《インコラ・》 palustris《パルストリス》〟沼底棲息人と明白にあるのだ。私は、折竹の爆笑を夢の間のように聴きながら、しばしは茫然たる思い。

「ハハハハハ、魔境やさんが、驚いてちゃ話にもならんじゃないか。どれ、この坊やをおろして、本式に話すかね」

　折竹の膝には、私の子の三つになるのが眼を瞠《みは》っている。ターザンのオジサンという子供の人気もの――折竹にはそういう半面もある。童顔で、いまの日本人には誰にもないような、茫乎とした大味なところがある。それに加えて、細心の思慮、縦横の才を蔵すればこそ、かの世界の魔境未踏地全踏破という、偉業の完成もできたわけだ。その第五話の「水棲人」とは？……折竹がやおら話しはじめる。

「ところで、これは僕に偶然触れてきたことなんだ。『神にして狂う《リオ・フオルス・デ・ディオス》』河攻撃の計画の疎漏を、僕が指摘したので一年間延びた。そのあいだ、ぶらぶらリオ・デ・ジャネイロで遊んでいるうちに、偶然『水棲人《インコラ・パルストリス》』に招きよせられるような、運命に捲きこまれることになった。

　えっ、その水棲人とはどこにいるって⁉　まあまあ、急かずにブラジル焼酎《ピンガ》でも飲んでだね、リオの秋の四月から聴きたまえ」

＊

リオの、軟微風《ヴエント・モデラード》とはブラジル人の自慢――。

棕梠花のにおいと、入江の柔かな鹹風《しおかぜ》とがまじった、リオの秋をふく薫風の快よさ。で今、東海岸散歩道《パイラマール》の浮《うき》カフェーからぶらりと出た折竹が、折柄の椰子の葉ずれを聴かせるその夕暮の風を浴びながら、雑踏のなかを丘通りのほうへ歩いてゆく。その通りには、「恋鳩《ポムピニヨス・エナモール》」、「処女林《マツトオ・ヴイルジエン》」と、一等船客級をねらうナイト倶楽部がある。

「ううい、処女林《マツトオ・ヴイルジエン》か。処女林なんてえ名は、どこにもあると見える」

と彼は、蹣跚《まんさん》というほどではないが相当の酔心地、ふらふら「恋鳩」の裏手口を過ぎようとした時に……。いきなり内部から風をきって、彼の前へずしりと投げだされたものがある。みると、一つのスーツケース。とたんに奥で、癇だかい男の呶鳴り声がする。

「さあさあ、出てけ出てけ。君みたいな芸なし猿《トーロ》に稼がれてちゃ、沽券に係わるよ。さあ、出ろ《ヴァツ・セ・エンボーラ》！」

皆さんは、よくこうした場面《シーン》を映画で御覧になる。お払い箱というときは襟首をつまれて、腰骨を蹴られてポンと抛りだされるが、これも挙措動作がひじょうな誇張のもとに行われる、南米のラテン型の一つ。おやおや、ここの芸人がひとりお払い箱になるらしい。どんな奴だ、さだめし肩をすぼめて悄《しょ》んぼりと出てくるだろうと――多少酔いも手伝った折竹が、そのスーツケースを手にもって、いま現われるかと入口を見守っていたのだ。

まったく、こうして佇んだ数秒間さえなければ、かの怪奇の点では奥アマゾンを凌ぐといわれる、水棲人《インコラ・パルストリス》のすむあの秘境へはゆかなかったろうに。Esteros de Patino《エステロス・デ・パチニョ》――すなわち「パチニョの荒湿地」といわれる魔所。

まもなく、その入口をいっぱいに塞いでしまいそうな、大男が悠然と現われた。舗道へ降りると、ちょっと足許のあたりを一、二度見廻していたが、すぐ折竹に気がついたらしく、

「やあ大将《カピトーン》、拾っといて呉れたね」

「番をしてたよ。どうせ、出てけ――を喰わされるようじゃ、だいじな財産《もん》だろう。さあ、たしかにお渡ししたよ」

しかし、此奴がと思うとじつに意外な気持。猫のように摘みだされた失業芸人とは、およそ想像もされぬ態の人物。肩付きの逞しさは門のよう、十分弾力を秘めたらしいひき締った手肢、身長、肉付き、均斉といい理想的ヘルメス型の、この男には男惚れさえしよう。

それに、服装《なり》をみればおそろしい古物――どこにも倶楽部稼ぎの芸人といったようなところはない。違ったか、渡してしまったし飛んだことをしたと、折竹も気になってきて、

「だが、たしかに君のだね」

「ハッハッハッハ、大将は聴いてたんだろうが」

とその男はカラカラと笑うのだ。

「あの、俺に出てけ出てけといった、キイキイ声の奴な、あれが、ここの支配人でオリヴェイラっててんだ。俺は、あのチビ公に腰を折ってだね、どうか御支配人、ながい眼で頼む。きっと、今夜から大受けにしてみせると、云ったんだが聴いちゃくれない。もっとも、理屈は向うにあるだろうがね」

陽気で、早口で、どこをみても、お払い箱早々というような、行き暮れたところがない。顔も、駄々っ子駄々っ子してダグラスそっくり。声まで彼に似て、豪快に響いてくる。

「俺は、女形《おやま》をやれる軽口師《ガルガーンタ》という触れこみで、つい四日ほどまえ『恋鳩』に雇われた。初舞台――。御婦人の下着などを取りだして、すっきりと笑わせる。と、行ってくれりゃ何のこたあなかったよ」

「引っ込め――か」

「いわれたよ。しかし、ものと云うのは、とり様だと思う。俺がずぶの素人でいて八釜《やかま》し屋の『恋鳩』の舞台を、よく三晩も保ったかと思えば、われながら感心するよ」

「驚いた」と折竹も呆れかえって、

「君は、軽口師《ガルガーンタ》のガの字も知らんのじゃないか」

「そうとも、窮すればなんでもするよ。浪人数十回となれば、女中にもなれる」

そういって、とっぷり暮れた夜気を一、二回吸い、暫く、空の星をつくねんと眺めていたが、急に、なにかに気付いたらしく、くるっと振りむいた。彼は、ぜひ大将に話したいことがある。それには、ここじゃ何だから彼方でといって、ぐいぐい折竹を急き立てて、向うの小路へ入っていった。

「なんだね」

「じつは、大将にこれを見て貰いたい」とポケットからだしたその男の掌には、キラキラ光る粒が二、三粒転がっている。手にとると、まだ磨かれていないダイヤの原石。大きさは、まあ十カラットから二十カラットぐらいだろうが……、それよりも、掘りだした儘の土の手触りが、折竹にはじつに異様であった。彼は、手にとった石をあっさりと返して、

「君、これは盗《や》ったやつかね。それとも脱税品《コントラバンド》か」

「マア、云や後のほうだろう。ところで、見受けたところ大将は、日本人《ジャポネース》らしい。日本人でも、サントスやサン・パウロにいるならお移民《コロノ》さんだが、リオに、お出でのようじゃ大使館だね。まったく、どこの税関でもお関《かま》いなしに通れる、結構な御身分というもんさ。こっちも、そういう御仁相手でなけりゃ話しても無駄だし、また、大将なら乗ってくれるだろう。どうだ、いい値で売るが、いくらに附ける」

しかしその時、折竹は一つの石をじっと見詰め、じつにブラジル産にしては稀ともい

いたい、その石の青色に気を奪われていた。小石ならともかくこうした大型良品《ボン》にあって、美麗な瑠璃色を呈すとは、じつに珍しい。ブラジル産には決してないことである。

「君、これはブラジルのじゃないね。南阿かね、英領ギニアかね」

「どうして、泥のついた掘りたてのホヤホヤだ。といって、ブラジルでもなし蘭領ギアナでもない。こいつは、おなじ南米でも新礦地のもんだ」

出様によっては、なにかそれに就いて云い出したかもしれないが、生憎折竹はダイヤなどというものに、熱や興味をいだくような、そんな性格ではない。その男も、折竹の態度にアッサリとあきらめて、もとのポケットへポンと突っこんでしまったのだ。

「これはね、じつは俺には宝のもち腐れなんだ。この国は、脱税品がじつに八釜しい。うっかり持っていようものなら、捕まってしまうんだよ」と、いよいよ左様ならというようにニッコリ笑い、一、二歩ゆきかけたが、立ちどまって空を仰いだ。おおらかに、胸をはり嘯《うそぶ》くように云う。

「はてさて、俺も追ん出されて行き暮れにけり——か。颯爽と、乞食もよし、牧童《ガウチヨ》もよし」

男の魅力が、時として女以上のものである場合がある。ここでも、これなりこの奇男子と別れたくないような気持が、折竹にだんだん強くなってきた。

警抜なる挙措、愛すべき図々しさ。なんという、スッキリとした厭味のないやつだろう。しかし、この男が何者かということは、ほぼ彼に想像がついていたのだ。泥坊か、密輸入者か故買者《けいずかい》か。どうせ、素姓のしれぬダイヤなどを持つようではそんな類いだろうが、とにかく、なんにもせよ気に入ったやつだと、一度打ち込めば飲ませたくなるのが、折竹のような生酔の常。

「どうだ、一杯やるが附き合うかね」

「酒⁉」と、その男は飛びあがるような表情。「せめて、飯とも思っていたのに、酒とは有難い。有難い《オブリガード》。大将、このとおりだ」

それから、リオ・ブランコ街の一料亭へいったのが始まり、それが、水棲人《インコラ・パルストリス》に招かれる奇縁の因となるのである。

一番違い

その男は、カムポスというパラグァイ人。詳しくは、カムポス・フィゲレード・モンテシノスという名だ。首府アスンションの大学をでてから牧童がはじまりで、闘牛士、パラグァイ軍の将校と、やったことを数えれば、とにかく、五行や六行は造作なくとろうという人物。それが、ぐいぐい呷りながら、虹のような気焔をあげはじめる。

「人間は、ちいさな機会《チャンス》などに眼をくれていたら、大きなのを失うよ。誰にも、一生に一度はやってくる大《でつ》かいやつを、俺は捕まえようってんだ。これはね、女にだって同じことだろうと思うよ。男が、生涯に惚れる女はたった一人しかない。ドン・ファンや、カザノヴァが女を漁ったね。だがあれは、ひとりの永遠の女性を見付けるためだったと

――俺はマアそういうふうに解釈している。つまり、俺のは最上主義なんだ」

「それが、君の放浪哲学だね。些細な、富貴、幸福、何するものぞと云う……」

「そうだ。時に、喋っているうちに、気が附いたがね、今夜は、〝Bicho《ビッショ》〟の発表の晩じゃないか」

〝Bicho《ビッショ》〟というのは、ブラジル特有の動物富籤である。蟻喰《タマンツア》いの何番、山豚《ポルコ・デ・マットオ》の何番というように、いろんな動物に分けて番号がつけられている。その、当り籤が今宵の十二時に、ラジオを通じて一斉に発表されるのだ。それから二人は、パゲタ島からにおう花風のなかで、動物富籤《ビッショ》の発表を待ちながら酒盃を重ねていった。折竹は、もう泥のように酔ってしまっている。

「ううい、動物富籤《ビッショ》を一枚、てめえ大切候《だいじそう》に持ってやがって……。おいカムポス、俺はなんだか、可笑しくって仕様がねえ」

「ハッハハッハッハ、なけなしの俺が一枚看板みたいに、動物富籤をもっているのが、そんなに可笑しいか。だが、俺だって当ると思っちゃいないよ。易《うらな》いだ。未来をトすには、これに限るよ」

やがて、十二時が近附くにつれ、しいんとなってくる。おそらく、動物富籤をもたぬものは一人もあるまいと思われるほど、この富籤には驚くべき普遍性がある。やがて、ラジオから当り番号が流れはじめた。そのうち、最高位の五万ミルの当り籤が、カムポスの持っているガラガラ蛇《カスカヴエル》札のなかにあるという、声に続いて番号の発表。五九六二一番。——とたんに、カムポスが、ううと呻いたのである。

「どうした、カムポス、当ったのかい」

「一番ちがい、大将、これをみてくれよ」

みると、カムポスの札はたった一番ちがいで、五九六二〇番だ。たった一番——。むしろ酒よりもじぶんの運命に酔ったよう、黙って、カムポスはじっと卓を見つめている。

折竹は、もうその時は昏々とねむっていたのだ。

そんな訳で、翌日眼を醒ましたのは日暮れ近くであった。みると、寝台のそばにカムポスがいて、じつに器用な手付きでズボンを繕っている。こいつ、昨夜のあのカムポスじゃないか。してみると、自分はカムポスに背負われてきたのだろう。そうそう、昨日の籤は一番違いだったっけがと……じっと眼をつぶるとゆうべの記憶が、瞼の裏へ走馬燈のように走りはじめる。そこへ、カムポスがにこっと笑って、

「兄弟、眼が醒めたかね」

きょうは、昨夜は大将だったのが、兄弟《アミーゴ》に変っている。そして、針を手馴れた手付きで、スイスイと抜きながら、「どうだい、世帯持ちのいい、女房を持ちゃこんなもんだよ。これからは、みんなこんな工合に、俺が繕ってやる」

「上手《うま》いもんだね」

「そうとも、お針だって料理だって、出来ないものはないよ。俺は、コルセットの紐鉤に新案さえもっている」

　この、奇抜な男が泥坊にもせよ、折竹は決して厭がらなかったろう。いまは、意気投合というか絶妙な気合いで、二人の仲が完全に結ばれてしまったのである。多分カムポスは当分の食客を、折竹のいるこの室ですることになるだろう。とその夜、二日酔退治にまた酒となったその席上。

「じつは、大将に聴いてもらいたい話がある」と、なにやらカムポスが真剣顔に切りだした。

「それはな、ゆうべの動物富籤《ビッショ》の一番違いのやつさ。あれから、俺はとっくりと考えてみた。するとだよ。あの当り籤はガラガラ蛇《カスカヴェル》札の、五九六二一番、俺の札が、一番少くて六二〇番。と、そのもう一番で上りという意味から考えて……なんだか俺はいま途方もないような、生涯に一度ともいう大運に近附いているんじゃないか——とマアそんな風に考えられてきたのだ」

「担ぐじゃないか」と折竹は面白そうに笑って、「だが、俺の国の判じようだと反対になるがね」

「なんでだ」

「つまり、俺の国でいう一番違いという意味は、運の、じき側までゆくがどうしても追い付けない、その、たった一番だけの距離をどうしても詰められない、とうとう、追っ付けずに一生を終ってしまうという、ごくごく悪い意味になるよ」

「チェッ、縁起でもねえ」と、舌打ちはしたが自信は崩れぬばかりか、カムポスが大変なことを云いだしたのだ。

「とにかく、俺は俺の考えをあくまでも押し通す。そう云う気力には、逃げようとする運までも、寄ってくると云うもんだ。で、大将にたいへんなお願いだがね、俺は、ここでいちばん運試しをしようと思う。一番先にある運をつかまえてやろうと思うんだ」

「それには――」

「大将に金を借りる。それで、俺は今夜、賭博場《キヤジノ》へゆく」

折竹は、しばらくカムポスの顔をじっと見まもっていた。鉄面皮というか厚かましいと云うか、しかし、こういうことを些かの悪怯《わるび》れさもなく、堂々と、些細の渋ろいもなく云いだす奴も珍しい。気に入った。こりゃ、事によったらカムポスに運がくる。これで、この泥坊が足を洗えりゃ、俺は一つの陰徳をしたというもんだ。

なにしろ、独り身で金の使いようもないうえに、週給五百ドルをもらう折竹のことであるから、たかが、千ドルや二千ドルなら歯牙にかけるにも当らない。よろしいと、彼はカムポスの申出でを、きっぱりと引きうけてやった。

リオでは、「恋鳩《ポムピニヨス・エナモール》」の賭博場《キヤジノ》が最大である。折竹は、そこへ兼ねて紹介されていたが、ここで、困ったのがカムポスの処置。なにしろ、軽口師で御座いと大嘘をいって、あげくの果に追いだされた彼のこと。しかし、カムポスは御心配なくと、自信あるのか洒々たるものだ。まず、鼻下の細髭を剃り落しもみあげを長くして、これなら、三日軽口師《ガルガーンタ》の「鼻《ナリシス》のカムポス」とは、誰がみようと分るまいと云うのである。そうして、その翌夜「恋鳩」へいった。

歓楽地、リオへ遊ぶ一等船客級相手のナイト倶楽部。――財布の底まで絞りにしぼって、オケラになったらまたお出でというのが、此処だ。したがって、リオの歓楽中いちばん暗黒のものが、賭博場《キャジノ》をはじめ洩れなく揃えられている。「君、一丁賭くか《ヴォッセ・ケル・アポスタール》」そんな声が、はやとっ突きの玉転《ポーチャ》がし場からも響いてくる。婦人の、キラキラかがやくまっ白な胸、脂粉、歌声、ルーレットの金搔き棒《ロード》の音。二人が、内部のキャバレーへはいると、パッと電気が消える。

〽これは白い《エステ・エ・ブランコ》　白いは肌《ペルレ・エ・ブランコ》

と、舞台の歌声とともに緞帳があがるが、だんだん、その白いというのが肢だけでなくなるというのが、「恋鳩」のナイト倶楽部たるところだ。それから、キャバレーを出てちょっと口を湿しているうちに、ふいにカムポスがなにを見たのか、ボーイを呼びとめてあれと顎をしゃくって見せた。

「君、あの御婦人はなんて方だね」

ボーイは、ちょっとその方向をみるや、にこりと笑って、

「さすが、旦那さまはお目が高ういらっしゃる。あの、ちょっと小柄な金髪《ブロンド》でございましょう。お計らいなら手前致しますが、なんせい、美しい《エー・ボニート》だけに、ちょっと高価《マース》うございますよ《カーロ》」

すると、カムポスはそれを遮って、違うと叱るように言った。

「あれじゃない。ホラ、あの右にいる黒いドレスの方だ。あれは、まさかここの妓《こ》じゃあるまい」

「ほう、あの方」とチップを貰ったボーイが、にこっとなって云った。「あの方は、グローリァ・ホテルに御滞在中とかでございます。ここでは、たまにルーレットをおやりになる位のもんで、マアこんなところへ何でお出でになっているのかと、手前どもも不審に存じあげておりますんです」

その婦人は、もう娘という年頃ではないかもしれぬ。面長で、まさに白百合とでもいいたい上品な感じは、まったく周囲が周囲だけに際だって目立つのである。カムポスは、妙に熱をもったような瞳でじっとその婦人をみていたが、まもなく、運定めをする賭け場へはいっていった。

魔境「蕨の切り株《トツコ・ダ・フエート》」

そこは、人間の運がいろいろに廻転し、おい、奢るぞ《ヴォッセ・ケル・マタ・ビッシヨ》——と勢いよく出てくるのもあれば、曲ってる《ホージ・エ・アザール》! なんて三リンボウが続きァがるんだと、いずれは、ピストルの御厄介らしくうち悄れてしまうものもある。しかし、カムポスは気込んだ甲斐もなく、みごと「平均《バランス》」という賭け札でスッテンテンになってしまった。

それみろ、やっぱり一番違いの解釈はおれのほうが正しい——と、じっと、その意味をこめた眼でカムポスをみたとき……思わず折竹がアッと叫ぶようなことが起った。カムポスが札を置くとスイと立ちあがって、諸君と、室中を睨めまわすように云ったのである。

「僕は、諸君に折り入っての相談がある。見られるとおり、武運拙なくカラッ尻の態となったが、まだ僕は屈しようとはせぬ。それは、僕に抵当があったからだ。でまず、その品を諸君にお目にかけるとして、どうか、気に入った方は一勝負ねがいたい」

といって、ポケットから摑みだしたものをザラザラッと音をたてて、カムポスが卓上に置いたのである。とたんに、室中のものがハッと息をのみ、思わず土まみれのままの燦爛たる光に……ダイヤ、しかも原石！　と唖然たる態。

「オイオイ、見てばかりいないで、なんとか云ってくれ」と無言の一座に業が煮えてきたか、カムポスの声がだんだん荒くなってくる。「いいか、俺はこの五粒のダイヤを、売ろうてんじゃない。俺が一か、八かの抵当にしようというのは……ダイヤよりも土のほうなんだ。ねえ、この渓谷性金剛石土《カスカリヨ》がサラサラッと泣いて、十億《ビルリオン》、一兆億《トリリオン》のこんないい音が、慾張りどもに聴こえないかって云ってるぜ」と土を掬ったりこぼしたりしながら、最後にカムポスが条件をいった。

「ところで、俺はこの世界にまだ一度も現われていないダイヤの新礦地の所在を賭ける。それにはまず、諸君のだれかに値を付けてもらう。そして、それだけの金額の御提供をねがう。いないか⁉　俺を負かして所在を吐かせるやつは」

即座に、室の隅のほうで五万ミルという声がしたが、カムポスはふり向きもしない。

それから、五万五千、六万と小刻みにいって七万ミルまでくると、そこで声がハタとなくなってしまった。

第一、風のごとくに現われたこの不思議な人物が、いかにダイヤをみせ渓谷性金剛石土《カスカリヨ》を示すとはいえ、だれが十二分の信頼をこの男にかけようか。まったく、こうした場所に出入りをする富有階級の人間が、怪しさ半分慾半分で、まずこの程度ならばフイにしてもと云うのが、七万ぐらいのその辺だったのであろう。カムポスは、もっとこの話を現実付けねばならぬと思って、

「じゃ、その礦地とはいったい何処にあるか。また、どうして俺がそれを見付けたかということを、これから諸君にかい摘んで話そう。しかしだ、今度は七万ミルなんてえ、吝《しみ》ったれは止めて貰うよ。もし、そんな声が出たらそれっきりにして、俺はサッサと帰るからね」

それからカムポスは、賭博場《キヤジノ》はいうに及ばず踊り場からキャバレーまでのほとんど「恋　鳩《ポムビニヨス・エナモール》」の全客をあつめたと思われるほどの、黒山の人を相手に滔々といいはじめたのである。その第一声が、まず人々に動揺をおこさせた。

「ところで、その新礦地があるのは、〝Gran Chaco《グラン・チヤコ》〟だ。どうだ、グラン・チャコとは初耳だろう」

南米に、まだ開拓のおよばぬ個所が四つほどある。一つは、人も知る奥アマゾン、さらにオリノコ川の上流もその一つだろうし、また、南端へゆけばパタゴニア地方にも、

恐竜の全化石などがでる未踏地がある。そうして、第四がこのグラン・チャコなのだ。

南緯二十度から二十七度辺にまでかけ、アルゼンチン、パラグァイ、ボリヴィアの三ヵ国にわたり、密林あり、沼沢あり、平原ありという、いわゆる庭園魔境の名のグラン・チャコ。そこは奇獣珍虫が群をなして棲み、まだ、学者はおろか〝Mattaco《マッタコ》〟印度人でさえも、奥地へは往ったことがないと云うほどの場所だ。

「で、そのグラン・チャコのなかに〝Pilcomayo《ピルコマヨ》〟という川がある」とカムポスが淀みなく続けてゆく。

「それは、フォルモサの密林の北をながれて、ながらくパラグァイ、アルゼンチン両国の境界争いの場所だったことは、諸君も知っておることだろう。たがいに、川の南北に陣どって堡塁《フォルチネス》をきずき、いまなお一触即発の形勢にある。では、その境界争いはなんのために起ったか。貪ろうとしたのか？　それとも、条文の不備か？　何のためかというに、それは、このピルコマヨという化物のような、じつに不可解千万な川のために起っている。

で諸君、諸君はこの川が貫いている〝Esteros de Patino《エステロス・デ・パチニョ》〟すなわち『パチニョの荒湿地』なるおそろしい場所を知っているかね。いや、ブラジルには通り名がある。パチニヨというよりも『蕨の切り株《トッコ・ダ・フエート》』——。俺はその名を知らんとはいわさんぞ」

パチニョの荒湿地、一名「蕨の切り株《トッコ・ダ・フエート》」——それには、また人々の中がザッとざわめき立ったほどだ。読者諸君も、蕨《わらび》の切り株とはなんて変な名だろうと、ここで大いに不審がるにちがいない。蕨といえば、太さ拇指ほどもあれば非常な大物である。それだのに、それが樹木化して切り株となる魔所といえば、それだけ聴いても、この「蕨の切り株《トッコ・ダ・フェート》」なる地がいかなるところか分るだろう。でまず、順序としてピルコマヨ川の、化物然たるふしぎな性質から触れてゆこう。

ピルコマヨには、元来正確な流路がない。土質が、やわらかな沖積層で岩石がなく、そのうえ、蛇行が甚しいために水勢もなく、絶えず溢れ絶えず移動し、いつも決まりきった川筋というものがない。まったく、きょうの川は明日はなく、明日の湿地は明後日の川と、転々変化浮気女のごとく、絶えず臥床をかえゆくのがピルコマヨである。そうしてその流域のなかでもいちばん怖しい場所が、「蕨の切り株《トッコ・ダ・フェート》」のパチニョの湿地になっている。

これまでこの川は、水中植物の繁茂が実におびただしいために、櫂《オール》が利かず、遡ったものがない。従って、国際法でいう先占の事実というやつが、パラグァイ、アルゼンチンのどっちにもない訳である。日本人が、フランス人よりも先に新南群島を占めたため、いまは日本の領有となっている。その先占を、一九三二年の夏の終り頃に、いよいよアルゼンチン政府が決行することになった。

ピルコマヨが、「蕨の切り株《トッコ・ダ・フェート》」の荒湿地でまったく消えてしまう。それから、そこを出ると三つの川になり、「暗秘《リオ・ミステリーソ》」河、「迷錯《リオ・コンリーソ》」河と成程というような名の川二つ。そしてその南にピルコマヨの本流がのたくり出ている。つまり、Ramos Gimenez《ラモス・ジメネス》教授を主班とするその探検隊の目的は、以上三つの流系をしらべ、泡よくば、グラン・チャコの謎といわれる「蕨の切り株《トッコ・ダ・フェート》」を衝かうとするものであった。

ところが、その探検が難渋をきわめ、やっと一年後に「蕨の切り株」の南隅に立つことが出来た。そのとき、じつに世界の耳目をふるい戦かせたほどの、怪異な出来事が起ったのだ。

そこは一面、細茅《サベジニヨス》、といっても腕ほどもあるのが疎生していて、ところどころに大蕨《フェート・ジガンデ》がぬっと拳をあげている。そして、下は腐敗と醱酵のどろどろの沼土。すると、ジメネス教授が立っているところから百メートルばかり向うに、髪をながく垂らした女のようなものが、水の中からぬっくと立ちあがったのである。教授は驚いた。――よく見ればいかにも女だ。しかし、すぐ浴《ゆあ》みをするように蹈んだかと思うと、その姿が水中に消えてしまったのだ。

女だ。あくまで人間であって外の生き物ではない。しかし泥中で生き水底で呼吸《いき》のできる、人間というのがあるべき訳はない。と、半ば信じ半ば疑いながら、まったくその一日は夢のように送ってしまったのだ。すると翌日、顔をまっ蒼にした二人の隊員が、教授の天幕《テント》へバタバタと駈けこんできた。

聴くと、「蕨の切り株《トッコ・ダ・フェート》」へいって蝦《えび》類を採集していると、ふいに泥のなかへ男の顔が現われた。それは、まるで日本の能面にあるような顔で……びっくり仰天した私たちの様をみるや、たちまち泥をみだして水底に没してしまったと云うのだ。これでいよいよ、水棲人の存在が確認された。教授はそれに、沼底棲息人《インコラ・パルストリス》と学名さえつけたのだが、あまりに、想像を絶するような途方もないことなので、かえって世界の学会から笑殺されてしまったのである。

こうして「蕨の切り株」はちらっと戸端口をのぞかせたまま、むしろ妖相を増し再び謎となったのである。ところがここに、世にも可怪しな話といえば必ず選ばれるような、水棲人《インコラ・パルストリス》を三度目に見たものが現われた。それが、余人ではないカムポス。

「俺は去年、パラグァイ軍の志願中尉をやっていた。まったくあの国は、学歴さえあれば造作なく士官になれる。で俺は、一通り号令をおぼえたころ、任地に送られた。これが、『蕨の切り株』に大分近くなっている、ピルコマヨ堡塁線《フォルチネス》中の“La Madrid《ラ・マドリッド》”というところだ。俺は、そこへゆくとすぐ上官に献策をした。先占をしなさい、全隊が銃を捨てて探検隊となり、『蕨の切り株』に踏みいって、パラグァイ旗を立てれば――と云ったら、俺はひどく怒られた。理屈はどうでも、銃を捨てて――なんてえ言葉は非常に悪いらしいのだ。俺は、そんな訳で業腹あげくに、ようし、じゃ俺がひとりで行って先占をしてやると、実にいま考えると慄《ぞ》っとするような話だが、腹立ちまぎれにポンと飛び出したのだ。

ところで、至誠神に通ずなんてえ言葉は、ありゃ嘘だ。俺は、無法神に通ずといいたいね。ジメネスが、一年も費《つか》ってやっとゆけた道を、俺は、ズブズブ沼土を踏みながら十日で往ってしまったよ。つまり、泥沼があれば偶然に避けている、危険個所と危険個所のあいだを千番のかね合いで縫ってゆく――僥倖の線を俺は往けたわけなんだ。

　で、『蕨の切り株』をはじめて見た日に、じつに意外なものに俺は出会っちまったんだよ。ちょうど、俺がいるところから四、五十メートルほど先に、ザブッと水をかぶったまま立ちあがったものがある。人だ。さてはジメネスのいうのは嘘ではない。人類の、両棲類ともいう沼底棲息人《インコラ・パルストリス》――。秘境『蕨の切り株《トッコ・ダ・フェート》』とともに数百万年も没していた怪。

　それは、藻か襤褸かわからぬようなものを身につけていて、見れば擬《まぎ》れもなく人間の男だ。胸に大きな拳形の痣があって、ほかは、吾々と寸分の違いもない。と、いきなりそいつが片手をあげて、俺をめがけて投げつけたものがある。と思ったとき、もうそいつの姿が水面にはなかったのだ。俺は水棲人のやつがなにを抛ったのだろうと、大蕨《フェート・ジガンデ》を折ってやっとこさで掻きよせた。手にとると、なんか葉っぱの化石みたいなもん。それが、二つに合さって藻で結えたなかから、現われたのがこのダイヤモンドだ」

　そこまで云うと、カムポスは睨《ね》め廻すような眼で、あたりをぐるっと一渡りみた。

「さあ、そこまで云や、納得がついたろう。その水棲人が、広茫千キロ平方もある『蕨の切り株』の、一体どこから現われたかと云うにゃ、俺に目印がある。どうだ、諸君はそれをいくらに踏む!?」

　声がない。ようやく、カムポスの額に青筋が張ってきたころ、一隅から美しい声がかかった。

「五十万ミル。あたくし、その程度ならお相手しても宜しゅう御座います」

そう云って、まっ白な胸をチラ付かせながら、喧騒の極に達した人波を、かきわけてくる。カムポスは、息を引いたまま白痴のような顔で、現われたその人をぼんやりと眺めている。ああ、さっき彼が白百合のようにみた女性。

亡霊か、水棲人か

「承知しました」と、眼をその女性の顔へ焼きつけるように据えたまま、ちょっと上体をかがめてカムポスが挨拶した。

「では、勝負の方法はなんに致しましょう。ですがこれは、三本勝負となるようなことは、あくまで避けねばなりません。一本勝負——それに御異存はないと思いますが」

「でも、こういう場所でやりますカードの遊び方を、私は、あまり知っていないのです」

その女性も、声が心持ふるえ、上気した頰はまた別種の美しさ。言葉にも物腰にも深窓育ちが窺われ、いまも躊躇《ためら》ったような初心《うぶ》初心《うぶ》しい云いかたをする。まったくこんな、ナイト倶楽部あたりには決して見られぬような女性が、どうして途方もない大勝負をカムポスに挑むのだろう。また、一方カムポスもどうしてしまったのか、急に、それを境いに潑剌さが消えてしまった。眼も、熱を帯びたようにどろんとなり、快活、豪放、皮肉の超凡たるところが、どうした！　カムポスと、喰らわしたくなるほど薄れている。

「では、“Escada de mão”《エスカーダ・デ・モン》はいかがで」

「梯子《エスカーダ・デ・モン》」とは、いわゆる相対《さし》の遊び方である。しかしそれは、賭博場《キャジノ》などでやるものではなく、もちろんその婦人なども知っているものであった。とたんに、どこからともなく笑いが始まって、娘っ子がやるようなことで五十万ミルが争われるなんて、こりゃ千年に一度もないようなことだ。と、がやがやそんな声が聴えてくるなかで、その女性が小切手を書いた。ナショナル・シティ銀行リオ・デ・ジャネイロ支店。してみると、この婦人は米人であろう。そして署名が、ロイス・ウェンライト。

と、その時――その署名をちらっと見たカムポスが、まるで一時にあらゆる思念が飛びさったような顔で、ぽかんと放心の態になったのだ。なんの衝撃《ショック》か⁉ しばらく窓際に出て風を浴びせていたほど、カムポスには異常なものだったに違いない。

「カムポスめ、どうしやがったんだろう。こんなようじゃ、奴め負けるかもしれないぞ」と、カムポスの様子が急に変ったのに気がつくと、なんだか勝負の結果が危ぶまれるような気に、折竹もだんだんになってきた。やがて、満座の注視を一点にあつめて、五十万ミルの「梯子《エスカーダ》」がはじまった。

作者として、勝負の成行きを詳述するのは避けるが、ついに、カムポスの勝利動かぬという局面になった。手札が二枚、ハートの一に、ダイヤの十。これは誰しも、ダイヤの十で切ってハートの一を残す。人々は、緊張が去ってざわめきはじめ、やれやれ、気紛れにもせよ五十万ミルは高価《たか》いと、ようやく、方々で扇の音が高まってきた。

「なるほど、こいつの一番違いの、易《うらな》いは当った。五十万ミルがそもそもの始めで、これから奴は鰻のぼりになるか⁉　代議士になり、将軍になり、大統領になり――。まだまだラテン・アメリカにはそんな余地があるからな」

とカムポスの背後にいてこんなことを考えていた瞬後、アッと、折竹が思わず叫ぶようなことが、カムポスの指に起ってしまった。いわゆる手拍子が好勢にゆるんだのか、子供でさえ最後にとって置くハートの一を、彼がパッと場へ投げだしてしまったのである。逆転！　あれよあれよと満座が騒ぐなかで、勝負は一瞬に決してしまった。

　カムポスが負け、ロイスが勝った。

「どうも、変だ変だと思ってたんだが、惚れやがって⁉」

と折竹は呆れかえるような思い。いまの、カムポスの失策が明らかに故意であることは、別に、本人に問いただすまでもない。一目惚れというかなんて早いやつだと、暫く二人を見くらべながら呻っていたのだ。しかし、その翌日すべてが明らかになった。

　約束どおり、翌日ロイスがカムポスを訪ねてきた。彼女が、五十万ミルの大勝負を引きうけたと云うのも、事情を聴いてみれば成程とうなずける。きょうは、瀟洒な外出着であるせいか、白いロイスがいっそう純なものにみえる。

「折竹さん、あなたは三上重四郎というお国の医学者を、御存知でいらっしゃいますね？　パタゴニア人に保護区《リザーヴエーション》政策をとれと、アルゼンチン政府と喧嘩をした……」

「知ってますとも。去年パタゴニアで行方不明になった……」

「いいえ、それがパタゴニアではなかったのです。それからあのう、三上が学生時代に発表した『Petrin 堆積説《ペトリン・セオリー》』も、折竹さんは御存知でございましょう」

三上重四郎は、いわゆる二世中の錚々たるもの。在学中、はやくも化石素《ペトリン》堆積説なるものを発表した。

化石素とは元来植物にあるもので、一つの種類が、絶滅に近づくと組織中にあらわれてくる。たとえば、松は枯れればそのまま腐敗するが、杉は、神代杉という埋れ木になることが出来る。いわば、これは化石になる成分で、それが現われたものは絶滅に近いというのだ。で三上は、人間の血のなかにもそう云ったものがある、なかには現にもう現われている種族があると云って……、アルゼンチン人の大部分である雑種児の血と、いま同国の南部、パタゴニア地方で、絶滅に瀕しつつあるパタゴニア人の血とを比べたのだ。

すると、アルゼンチン人にはある化石素《ペトリン》が、パタゴニア人にはない。つまり、まさに滅びようとするパタゴニア人のほうが、かえって種族的には若いということになったのだ。そこで三上は、それをアルゼンチン政府攻撃に利用して、パタゴニア人の減少は自然的な原因ではなく、冷酷なアルゼンチン政府が保護区をつくらずに、むしろ滅んでしまうのを願わしく思っているのだろう。俺は、世界の輿論に訴えてもパタゴニア人を救うと、三上は単身パタゴニアに赴いたのだ。

そこは、氷雪の沙漠、不毛の原野、陰惨な空をかける狂暴な西風、土人は、食に乏しく結核となって斃れてゆく。これでは、百の薬を投じようと到底救い得ぬ。結局保護区をもうけ氷の沙漠から移さねば……と。

三上の日本人の熱血と人道愛とが、ここに合衆国全土に呼びかける大運動になろうとした。その矢先、彼の姿がふいに、消えてしまったのだ。それ以来、一年にもなるが依然三上の行方は、杳《よう》として謎のように分らない、という、ロイスの話を一通り聴きおわると、折竹がやさしく上眼使いをして、

「お嬢さんは、では三上君をお愛しになってる……」

「はあ、二人ともおなじ大学でしたし……」

とロイスも燃えるような眼になってくる。

「そんな訳で、三上はアルゼンチン政府にたいへん憎まれておりました。それで、多分アルゼンチンのどこかに秘密囚となっているのだろう――と、私はそう考えて南米へまいりまして、これでも、手を尽してどんなに探しましたでしょう」

額を支えた手で、卓子がかすかに揺れている。愛するものの不幸を訴えるように、ロイスはなおも続けた。

「でも、結句は断念《あきら》めねばなりませんでした。随分、金を惜しまずあらゆる手段を尽しましたが、三上の行方はどうしても分らないのです。私は、半分自棄《やけ》でリオへ来て、話に聴いたナイト倶楽部とはどんなところだろうと、なんだか覗くような気持で『恋鳩』へゆきました」

「では、どうして、カムポスと一勝負という気になりましたね。貴女《あなた》に、五十万ミルぐ

らいの金は何でもないでしょうが」

「それは」とロイスの顔がきゅうに火照ってきて、「カムポスさんが、御覧になった水棲人の話。あれを聴いて、私がなんでそのままに出来るでしょう。水棲人の胸にあった拳形の痣と、ちょうど同じものが三上にもあるのです」と込みあげてくる激情の嵐に、ロイスはもう、吹きくだかれたよう。

「ですから、カムポスさんは三上をみたんでしょう。あの水棲人とは、三上ですわ」

とたんに、室内がしいんとなった。三上が、魔境「蕨の切り株」にいて、水棲人とは⁉　沼土の底にいて、尚且生きられるとすれば、三上という男はさいしょからの化物だ。すると、そこへカムポスがううんと嘆声を発して、

「では、ロイスさん、こっちの話をしますからね。私が、なぜあなたに対して勝とうとはしなかったか、勝てば、勝てたのをなぜ負けたかというと……、ロイス・ウェンライトという夢にも出る名の婦人が、貴女だと始めて知ったからです。

水棲人が、私に投げてよこした葉っぱの化石みたいなものには、実をいうと一面の文字が書かれてあった。しかし、それを私が掻き寄せたために、その文字がほとんど擦れてしまった。ただ、残ったのがあなたの名の、ロイス・ウェンライトというだけ……」

「ああ、そんなことを聴くと、泣きたくなりますわ。三上は、きっとダイヤを報酬にするからこれを私に届けてくれと、あなたにお願いしたのでは……？」

奇縁とは、じつにこうした事をいうのだろう。三上が、生きてか、それとも死んでの

亡霊かはしらぬが、とにかく、愛するロイスへ通信を頼んだ。それが、この話のなかのたった一つの現実。他は、すべて怪体にも分らな過ぎることばかりだが、ロイスの身になってみれば……。

事実、ロイスの熱情はこれなりでは済まなかった。よしんば空しかろうとも「蕨の切り株」へ往ってと、熱心に一日中折竹を説いて、ついにグラン・チャコ行きを承知させてしまったのである。そうして、カムポスを加えた三人の者が、「蕨の切り株《トッコ・ダ・フェート》」へとリオ・デ・ジャネイロを発っていった。

永世変りゆく大迷路

ジメネス教授が、「蕨の切り株」をとり巻く湿地を調査して、まるで海図みたいに足掛りの個所を記入した地図がある。それが、米国地理学協会にあったのが大変な助けとなって、ともかく難行ながら「蕨の切り株《トッコ・ダ・フェート》」にでたのである。それまでは、フォルモサの密林ではアメリカ豹《ジャガール》の難、草原《パンパス》へでればチャコ狼《アガラガス》の大群。グァラニー印度人《インディアン》百名の人夫とともに、一行はいい加減へとへとになっていた。しかし、はじめて見る「蕨の切り株」の景観は……。

ただ渺茫涯しもない、一枚の泥地。藻や水草を覆うている一寸ほどの水。陰惨な死の色をしたこの沼地のうえには、まばらな細茅《サペジニヨス》のなかから大蕨《フエート・ジガンテ》が、ぬっくと奇妙な拳をあげくらい空を撫でている。生物は、わずか数種の爬虫類がいるだけで、まったく、水掻きをつけ藻をかぶって現われる、水棲人《インコラ・パルストリス》の棲所《すみか》というに適わしいのである。
すると、ここへ来て五日目の夜。

陰気な、沼蛙の声がするだけの寂漠たる天地。天幕《テント》のそばの焚火をはさんで、カムポスと折竹が火酒《カンニャ》をあおっている。生の細茅《サペジニヨス》にやっと火が廻ったころ、折竹がいいだした。

「君は、ロイスさんにどんな気持でいるんだね」

「………………」

「そういう気配は、君がはじめてロイスさんをみた、その時から分っていたよ。惚れもしなけりゃ五十万ミルを棒に振ってまで、君がわざと負ける道理はないだろう」

「俺はまた、大将という人はサムライだろうと思ってたがね」とカムポスがじつに意外というような顔。

「俺は、すべてをロイスさんにうち明けにゃならん義務を背負っている。義務であるものに金を取り込むなんて、俺にゃどうしても出来ん。カムポスはつねに草原《パンパス》の風のごとあれ、心に重荷なければ放浪も楽し――と、俺は常日頃自分にいい聴かしてるんだ」

「詫《あや》まる」と折竹はサッパリといって、

「だが、惚れたなら惚れたで、別のことじゃないか。君が、生涯に一人だけ逢うというその女性が、ロイスさんのように、俺にゃ思えるよ」

「くどいね、大将は」カムポスも、辟易してしまって、

「いかにも俺は、あの人が好きだよ。好きで好きで、溜らんというような人だ。これだけ云ったら、大将も気が済んだろう」と、なにかを紛らすように笑うのである。

併し、事実水棲人とはまったくいるものか？　また、カムポスが逢った三上の姿は亡霊か、それとも生態が変って、沼土の底でも生きられるようになったのかと、いつも四六時中往来する疑問は、その二つよりほかになかった。カムポスが、「ロイスさんの執念にもまったく恐れ入ったよ。よくまあ、五日間ぶっ続けに水面ばかり見ていられるもんだ」

「そりゃ、君がみた三上は幽霊じゃないだろう」

と、はじめて折竹がその問題に触れたのだ。

「といってだよ、たとえば、水棲人といえるものになって怪の底へはいったにしろ、もう三上は到底生きちゃいまい」

「ええ、何のこった⁉」とカムポスは煙にまかれたように、

「君はよく、水棲人というと笑ったじゃないか。人間の三上がどうして沼の底へ入りそして生きられるか——君に、それが分ったのかね」

「分ったかもしらん。あれは、君はともかくジメネスも見ている。僕は、水棲人が実在するものとして、考えている」

その奇怪きわまる折竹の言葉が、それから十日ばかり後に実現することになった。それまでも、あるいは地震計を据えて微動のようなものを計ったり、土人に、オムブのよ

うな浮く樹を運ばせては、いくつも沼地に投じ足掛りをつくっていた。目標は、カムポスが三上に会った地点――五本の大蕨《おおわらび》。なお、それに加えて千フィートあまりの、藤蔓が三人分用意されている。

「これから、僕ら三人は沼の底へ、もぐってゆく」

と、指令をいうような沈痛な語気の折竹に、ロイスもカムポスも唖然となってしまった。泥亀《すっぽん》でさえ、精々十尺とはもぐれまい。それだのに、何百尺ゆけば底がみえるかもしれぬ泥のなかへ、潜水器も付けず潜ってゆけとは⁉　しかし、折竹といえば名だたるエキスパート。あるいはと、折竹の命にしたがった二人が危なげに浮き木をわたり、最終点の「五本の大蕨」へきた。そこで、最後の言葉を折竹がいった。

「沼の底へゆくということは依然として変らない。二人は、一切なにも考えず、私のおりにする。私が、飛びこんだ個所へ、躊躇せずに飛びこむ。いいか」

そういって、折竹は大きく息を吸った。日没の、血紅の雲をうつしてまっ赤に染った沼土は、さながら腐爛物のごとく毒々しく美しい。と、彼のからだがスイと浮き木を離れ、ずぶりと泥にはまったかと思うと、たちまち見えなくなった。二人は、相次いで飛びこんだ。すると、泥のために息詰まるような苦しさが、ほとんど一、二瞬間後には消え、はっと空気を感じた。おやっと、息を吸えば肺に充つる嬉しさ。

「折竹さん、ここ、何でしょう？　どこに、いらっしゃいますの？」ロイスが、あまりと云えばあまりなこの不思議に、漆黒の暗《やみ》のなかで折竹に声をかけた。腐土のにおいと湿った空気。ぬるっと、触れた手には水苔がついてくる。と、遠くないところから折竹が答える声。

「ここはね、いわば地下の大密林というのでしょう。むかしは樹がしげった渓谷だったでしょうが、地辷りもあってすっかり埋れた。そこへ、ピルコマヨが流路を求めてきた。水が、沖積層のやわらかな土に滲みながら、だんだん地下の埋れ木のあいだへ道をあけていったのです。どこまで行くか、どこで終るのか、形も蟻穴のように多岐怪曲をきわめた――『蕨の切り株』の地下の大迷路《ラビリンス》です。それも、上から水がくるために、絶えず形が変ってゆく。また、沼の水面下に大穴が空いても、すぐピルコマヨが運んでくる藻のために埋まってしまうのです」

「では、三上はここへ落ちたのでしょうね。カムポスさんに会ったときは、ここから出たのでしょうね」

「そうですよ。しかし、生きていられることは、期待せんほうがいいでしょうね」

といってから、カムポスに声をかけた。

「君は、僕が地震計を持ちだしたら、笑ったじゃないか。だが、絶えず迷路が変ってゆくので、微動も起る。それに、あのダイヤの土が渓谷性金剛石土《カスカリヨ》なのを考えても、むかしは渓谷――といったような深い地下が思われてくる」

そこで、懐中電燈がはじめて点された。ぐるりは、水苔のついた軟かな土、ところどころに、埋れ木の幹が柱のようにみえている。三人は、それから足許に気遣いながらじわりじわりと進んでいった。すると、紆余曲折しばらく往ったところに右手の埋れ木にきざんだ文字と地図。あっと、ロイスが胸をおどらせて見れば……。

――日本人、三上重四郎なるものこの迷路に入る。アルゼンチン各所監獄を転々とした末に、政治犯四名とともに「蕨の切り株」へ連れてこられて機関銃弾で追われながら沼地へと追いやられた。四名のなかには、革命に関係した有名な女優Emilia Vidali《エミリア・ヴイダリ》嬢も混っていた。嬢も、おそらくここへ落ちこんだのだろう。時々、かすかに歌声のようなものを聴いたが、ついにめぐり会えなかった。それほど、この迷路は複雑多岐である。さらに、ここへ来て余は、勝利を痛感す。それは、この密林が埋れて迷路ができたのは……まだ新しく、白人侵入当初だったろう。その犠牲者が、所々に完全な屍蠟となっている。それに反して、グァラニー土人のは一つも見当らない。つまり、白人における化石素《ペトリ》説が、ここに完全に立証されたわけだ。

ここは、四季を通じて一定の温度を保ち、寒からず暑からず至極凌ぎよい。食物は、盲いた蝦、藻草の類。底には、ダイヤモンドがあるが無用の大長物。さて、本日出口をさぐりさぐりやっと地上へ出たが、やはりパ、ア両軍の対峙は続いている。ダイヤをやって、ロイスへの伝達を頼んだが、あの男はやってくるだろうか。

ああ三上と、しばらくロイスは咽び泣いていた。おそらくこれが彼の絶筆であろうか。

なお、地図には祈禱台《トラスコロ》とか、鉄の門《プエルタ・デ・イエロ》とか目印が記されてあるが、おそらく、当時と今とは道がちがっているだろう。しかしこれで、水棲人の謎が解けたのだ。

ジメネス教授がみた女の姿は、多分エミリア・ヴィダリ嬢だろうし、また沼地から現われた化石屍蠟をみて、水棲人覗くと早合点したのだろう。そこからは、道はあるいは広くあるいは狭まり、くねくね曲りくねりながら、下降してゆくようである。すると、眼界がとつぜん開け、かすかに光苔のかがやく、窪みのようなところへ出た。

四辺《あたり》は、曾《か》つて地上の大森林だった亭々たる幹の列。あるいは、岩石ともみえる瘤木のようなものの突出。ちょっと、この奇観に呆然たる所へ、ロイスのけたたましい叫び声……。

「アッ、あすこに誰かいますわ」

すると、はるか向うの光苔の微光のなかに、一人の、葉か衣か分らぬボロボロのものを身につけた、瘠せこけた男が横たわっている。声を聴いたか……手をあげたが、衰弱のため動けない。三上と、ロイスはぽろりと双眼鏡を取り落した。

しかし、ここに何とも意地の悪いことには、ちょうど此処までが綱の限度であった。ずぶずぶもぐる泥の窪みをゆくことは、僥倖を期待せぬかぎり、到底できることではない。みすみす眼前にみてとロイスの切なさ。そこへ、カムポスが敢然と云ったのである。

「俺がいってみる。このままで、帰れるもんじゃないよ」

そうして彼は、感謝の涙にあふれたロイスの眼に送られながら、綱をといて窪みに降りていったのだ。無法、神に通ず――とは、カムポスの憲法《モットウ》。今度も、三上を抱えてようやく戻ってきたのだが……、差しあげて、折竹に渡したとき足場を取りちがえ、ずぶっと深みへ落ちこんでしまった。とたんに、その震動で亀裂がおこり、泥水が流れ入ってくる。

「あッ、カムポス」と、思ったときは胸までも漬っている。カムポスは、一度は血の気のひいたまっ蒼な顔になったが、やがて、観念したらしくにこっと折竹に笑み、

「駄目だ。おれは、もう駄目だから、君らは帰ってくれ。ホラ、みろ、上の土がだんだん崩れてくるじゃないか」

「カムポスさん、私のことから、なんて済まないことに」

とだんだん浸ってゆくカムポスに絶望を覚えるほど、いっそうロイスは切なく、絶え入るように泣きはじめた。

「じゃ、カムポス」と、折竹がおろおろ声でいうと、彼は、

「一番違い――動物富籤《ビッショ》のあれがやはりこれだったよ」

それからロイスに向い、「御機嫌よう《ボーア》、気を付けてね《ヴィアジエン》」といった。

それから、身を切られる思いで帰路についていた二人の耳へ、カムポスが高らかにいう声が聴えてきた。「シラノ・ド・ベルジュラック」の一節を朗誦している。シラノが、末期にうち明けなかった恋を告白しているところ……。

「面白くもない私の生涯に、過ぎゆく女性の衣摺れの音を聴いたのも、まったくあなた

のお蔭」

ああと、ロイスが何事かをさとり、抱いていた三上の感触がスウッと飛び去ったような気がした。カムポスが私に恋し、私のために死んでくれた……。朗誦の声は、なおも続く。

「哲学者たり、理学者たり、詩人、剣客、音楽家、また、天界の旅行者たり。恋愛の殉教者——カムポス・モンテシノスここに眠る」

そして、声が杜絶えた。

第六話　畸獣楽園《デーザ・バリモー》

野武士《シフタス》で御座る

コンゴオは魔境の王、久しくわれわれはコンゴオに接しませんが——と、こんな催促状をひとりの方から頂いた夜、ひょっくり折竹が現われて「有尾人」の姉妹篇——かつては老ゴリラの死に泣いた悲愁の大魔境、「悪魔の尿溜《ムラムブウエジ》」にちかい、〝Deza Barimo《デーザ・バリモー》〟を語るという。

そこで概略《あらまし》の「悪魔の尿溜」一帯の地理的説明をして置こうと思う。「悪魔の尿溜」のあの辺は〝Buringa Bulkane《ブリンガ・ブルカーネ》〟すなわち、「ブリンガ死火山群」の名で一括して呼ばれているコンゴオと、ウガンダ境いにある大禁猟区、〝National Park Al-《ナシヨナル・パーク・アル》bert《バート》〟からゆくと〝Ituri《イツーリ》〟の大密林——ここを私は、「有尾人《セブルクルム・ルクジ》」では類人猿棲息地帯《ゴリラスツオーネ》とよんでいるが——その最奥の地がブリンガ死火山群《ブルカーネ》。巨獣の墓場のある「悪魔の尿溜《ムラムブウエジ》」をはじめ、ここに疑問符をもってはじまる〝Deza Barimo《デーザ・バリモー》〟を擁している。

では一体、その〝Deza Barimo《デーザ・バリモー》〟とはどういう意味の言葉か？　それは、暫く作者がお預りということにして、ただ、すべてが優に「悪魔の尿溜」に匹敵し、前者を、万物死をささやく寂滅の境とするならば、これは醜怪奇絶の生の楽園——と、ほんのチョッピリながらこれだけを洩らして置く。さて、この話は折竹が加わった、一ドイツ雑誌の自動車旅行からはじまる。

「ちょうど、エチオピア戦争の前年のことだったよ。伯林人類学協会《ベー・アー・グー》の連中が『ウオッヘ』誌の後援で、『アフリカ大地溝《グレート・ハフト・バーレー》』縦断というのをやった。この大地溝とは、死海からはじまってエチオピアへ抜け、それから中部アフリカの湖沼群をつらぬく大断層——。だが、これはどうというような難しいコースではなく、いちばん楽にいって記事を送りながら、ヨーロッパの憂鬱をパッと散じよう。と、マアこんな程度の至極暢気な気持で、僕らは二千マイルの旅行隊《キャラバン》をやることになった。

　でまず、紅海を船でいってジブチへあがり、それから、エチオピアへ入りアディス・アベバへ出た。その南方のハワシュという川を越えると、すでに大地溝の一部である“Chilalo《チラロ》”の高原、その辺は、アルッシの「ガラ」という慓悍な種族がいる。大名の配下になっている藩士《ザバニアス》はいいが“Shiftas《シフタス》”という、野武士のなかには危険なのがいる。と、いうんで警戒怠りなく、やがて、アバヤ湖を右にみるシダモの高原」

　話は、ここではじまるのである。

＊

そこは、海抜約七千尺ほどの高さ、陽も熱からず湿気はなし、段々とつらなるテーブル形の台地を覆う、うつくしい沢桔梗《ロベリアス》の球花、すると、この一行中のいちばん陽気な男で、「ウオッヘ」の記者のゾーデックというのがいる。そいつが、タイプを休めてそっと折竹に耳うちをした。

「思いだせるかい。俺にはまだ、ダイヤン夫人のおもかげが濃厚《こってり》と残っている。あの、アラベラ様がいなければジブチの暑さで、それがし、とうに逃げだしていたものを……」

「厭なやつだ」と折竹はくくくっと笑った。

仏蘭西エチオピア鉄道の起点である、仏領ソマリー・ランドのジブチ。アラビア赤沙《ダー》沙漠《ナ》の熱風がくる、白人には住めぬところ。そこの、一行が宿にした「コンチネンタル」というホテルで、この臈たけたダイヤン夫人に逢ったのだ。

齢は、若くみえるが三十前後か。淑《しと》やかな物腰、ほのぼのと明ける暁のように白い、この婦人の雅びたうつくしさ。しかし、こんな佳人が白人の墓地といわれる、灼熱のジブチになぜ来ているのだろう⁉　それは、ホテルにも分らず誰も知るものはない。ただ、この婦人のモナ・リザの微笑のなかに……。

このフランス婦人と、まず臆面のないゾーデックが知り合いになった。しかし、終始夫人の相手になっていたのは、やはり世界人の役徳か、折竹である。でこれは、一行が発つまえの日のことで……、夫人が、折竹とゾーデックを海に誘い“Lokham《ローカム》”という鱶狩りをやった。伝馬船《サンプオ》が、港外へでたと思うとたちまち群れてくる。蒼黒い影がおそろしい速力でスイスイ水面下をゆき通うもの凄さ。それを、手銛で刺すのがこの殺風景な町の、唯一の海上スポーツである。

　帰りは、すこし行き過ぎてか日が暮れかけてきた。

「ゆうべ、土人区《ベンダー・ジエデイツド》のほうでさかんに太鼓の音がしてましたわね」

「あれは、奥さん、“Zar《ザール》”ってやつです」

　とゾーデックが物識り顔をして、

「土人の、カミさん連のなかでも若いやつが集って、一晩疫病払いをやるんです。“Kat《カット》”という、魔薬をいれた強烈な酒をのむ、グデングデンの、麻痺状態になったのが太鼓の音に合せて、一晩中踊りまくるというやつ。これと、ちょうど同じ習慣がエチオピアにもありますが、そのほうは、後家さんだけが集る別のもんで……」

「ホホホホホホ」と、とつぜん夫人がけたたましい笑い声をたてた。

「ゾーデックさん、そのお言葉には差し障りがございましてよ。後家さんは、此処にもひとりだけ居りますんですから」

　ゾーデックの、思いがけない失言の滑稽さよりも、いつも夫人に充ちている柔らいだ懶《ものう》さが、成程と、二人にはっきりと分ったような気がした。桟橋につくと、夫人は折竹の手をにぎって、

「もう少し、いいお別れをしたいと思ったんですけど、お蔭で、こんな馬鹿げた土地が

たいへん愉快でございました。どうか、ゾーデックさんも御元気でもって……」

そんなわけで、謎の女性としてダイヤン夫人を眺めたままいまは、距離を加えてシダモの高原に来ている。ゾーデックは、夫人のこととなると溢《こぼ》すのなんのって……、

「ねえ、後家も後家なら、君も君だよ。俺のおかげで、知り合いになったのをすっかり忘れやがって、偶《たま》には、俺んところへ話の番がくるかと……待つ身の辛さってえのは、まったくあのこった。それもいいよ。どうせ、邪魔なもんなら、行っちまえと云やいいんだ。そいつを、庭へでると云や、さあゾーデック君、屋内《へや》へ。はいると云や、さあゾーデック君。それじゃ、俺だって逃げようがないよ。だが、考えりゃそれも無理はない。君は、世界的名声のある探検家折竹、俺は、情けないことに一介の雑誌屋だ。思うまい……」

と、不意にそこで、ゾーデックの言葉が打っ切られたように、消えてしまった。彼は、はるかな台地のうえに瞳を据えたまま、暫く身うごきもしない。みると、騎馬のかたちをした一点の黒影が、此方へむかい、疾風《はやて》のように山径をやってくる。

ありゃ、なんだ――と六台の車がぴたりと停った。もし、野武士ならばけっして姿を現わさず、叢林《ブッシュ》のなかから踊りでるのが常だが――と、その騎馬者の接近を不審げに眺めているうち、一度は窪地にはいった姿が前方の崖端へ、ミモザの藪を蹴りながらパッと躍りあがったのだ。

と、馬上の人は槍をたかく挙げ、やあやあと大声に呼ばった。

「ややあ、そこの旅行隊《キャラバン》にもの申す。それがしは、アルッシの〝Ghedeb《ゲデブ》〟山地に屯する野武士《シフタス》の頭領〝Carsa Allamayu《カルサ・アラマユー》〟と申すもの。このほど、旅にでて南方へまかり越す途中、御隊をみかけ、一飯《いちデルゴ》など乞う次第でござる」

この〝Dergo《デルゴ》〟というのは、日本でいう一宿一飯というような意味。ところで、おそらく読者諸君は誤解されることと思うが、私はいま、この人物に武家言葉を使わしている。しかしそれは、エチオピアに於いては、けっして不自然ではない。大名あり、槍持、鉄砲、挟み箱をつらねて行列もするし、言葉も、アクセントの入れ方が普通人とはちがう。

さて、これは六尺豊かな見あげるような大男、年若く、鳶色の肌に鬚髯たくましく、眼鼻立ちもよくあっぱれな偉丈夫だ。それが、半月刀《ジエムビア》を横たえ白馬にまたがり、まア風采だけでも少くもかの地では、上将《デジャズマック》、下将《フイトウラリ》ぐらいには踏めようという男だ。すると、止せばいいのにゾーデックが、揶揄《からか》った。

「おいおい、君も恰好だけで、弱いんじゃないかい。俺は、アディス・アベバでサムライをみたがね。銃なんぞは、てんで成っておらん」

「わっはっはっはっは」と、カルサはいきなり笑いだした。

「かの者どもに、それがしを引き較べるとは、愚かしい御仁じゃ。なるほど、鐘紡の『水月』などと申す真新しき綿上衣《チャムマ》をまとい、武士で御座るといえば、素人眼は胡魔化せよう。だが、きやつ等の射的《まと》に穴は御座るまい。投槍のうなりも聴かず打ち技もせずに、それで、武家で御座るでとおる柔弱どもとそれがしを、おなじにお思いはとんだ迷惑で御座る。さて、なにかお目にかけたいと思うが……」

と、馬を廻しながらぐるりを見渡しているうち、ふいに彼のからだがビクリと動いたと思うと同時、ひゅうからからと快い音をたてながら、投槍《カタンバ》が中天に消えてゆく。たちまち一同のまえにさっと血をながして、一羽の鸛《かん》が落ちてきたのだ。啞然とした。しかし、カルサは誇る色もなく、

「お分りであろう。それがし、事新しく申さずとも、野武士《シフタス》でござる」

チビ元帥《ラス・チニッシュ》

それからカルサは、象のごとくに食い、鯨のごとくに飲んだ。蜂蜜酒《テジ》を一甕平げてしまうと、ちょっと酔のまわった眼でどうして旅へでたか、カルサがそれを語りはじめたのだ。

「ガラの野武士《シフタス》には、結婚に際しての慣習がござる。それはライオンか象を射止めて恋する娘にささげ、はじめて花嫁御として申し受けるのであるが、生憎と、当今はすこぶる野獣が払底。ライオンなどはほとんど影を消し、野象《ぞう》のごときは老人もしらぬ有様。かくては、ガラの若者、娘どもは生れながらにして、それぞれ後家、男鰥《やもめ》とならねばならぬ。そこで思いついたのが人間でござる」

「いったい、人間をどうするんだね」

「不関なれども野獣なければいたし方なし。北は青ニール《パ》、南は、ケニア、ウガンダ境いを越えコンゴオ近くまでゆき、他族を殺害し、首をはねるので御座る。すなわち、人をもって野獣にかえる。娘は、それを受けて輿入れするのだが、思えば、なんという情けない儀であろう。アディス・アベバの柔弱へつらい共の弊風ようやく染みしか、強き野獣に向わず弱き人間を食み……。じつに、こうなっては武士道もなにもない」

カルサは、そこで舌をやすめ、つくねんと空をみた。高原の、ここは陽の春日のごとく、沢桔梗《ロベリヤス》の花粉が煙のように漂うなかに、蜂喰い鳥がうつくしい声で啼いている。彼は、ちょっと面映ゆげな声で、

「それがしも、年頃とて、嫁を迎えねばならず……」といった。さだめし、鬚髯をとればうつくしい青年であろう。

「幸い、それがしにはマゲダと申し、筒井筒のころから云い交した娘がござる。がさて、罪なき他族のものを殺め婿引出にするなどは、じつに、以ってのほかの事。いっそこの際、種族の積弊を一掃する意味もあり、単騎ウガンダにいり野獣とひっ組み、さいわい、生を得ばこれを範として、一挙ガラの武士道を昔日に復さんずの所存。かく、槍一筋を手に、出かけた仕儀にござる」

至誠、面にあふれるとは、この事であろう。ガラの、陋習改革を身をもってなさんとする、この若い頭領は誰しも好きになった。単騎、ウガンダにいり野獣を仕止めるはいい。だが、よくひとりで此処まで来たものだ。途中、豹もいよう、鬣狗《ハイエナ》もいよう。いか

に彼が強くてもこの南方エチオピアを、ひとりで行けるわけのものではない。

と、気付いた折竹がその意味のことを問うと、カルサは、槍をあげて側につないである、彼の乗馬をさし示し、

「それもみな、このチビ元帥《ラス・チニッシユ》の働きと存ずるが」

「チビ元帥《ラス・チニッシユ》⁉　ここにいる馬の名かね」

「左様、矮《ちび》なりとはいえ、天下の名馬。まず、マゲダに次ぎ愛しい奴でござる」

それは、名馬というよりも、珍馬であろう。からだは、普通の馬よりも小さく、驢馬よりは大きい。胴はずんぐり、肢はみじかく、風采のふるわぬこと支那馬のごとき代物。しかも、全身一点の斑もない、チビ元帥《ラス・チニッシユ》は雪のような白馬。してみると、こうした馬がアフリカにいることは、あるいは新種かとさすが専門だけに、折竹はさっそく調べはじめたのだ。

だが、アフリカ馬は軀幹長大、バルブもモロッコ種も騎兵馬となるだけに、このチビ《ラス・》元帥《チニッシユ》のような醜男ではない。折竹も、しまいには呆れたような顔で、馬をみながらウンウン呻っている。

「驚いた。いったいこの馬はなんという種類なんだ」

「そんな、珍物かい」

と、ゾーデックもこりゃいい記事と、覗きこんでくる。

「うん、まず世界のどこを探しても、こんな馬はいまいよ。ところで」と、今度はカル

サにむかい、

「いったい、この馬はどこの産だね」

「ウガンダで御座ろう。と申すのは、いつぞや部落のものが人狩りを働きに、ウガンダの奥ふかくに参ったことが御座る。その節、捉えてきたのをそれがしが購い、やっと二年もかかって乗馬にし申したが、なんせい野馬のせいか悍の強いのなんの、ホトホトそれがしも手こずったような訳で……。それに、このチビ元帥《ラス・チニッシュ》はふしぎなる馬にて、たとえば、遠方にても豹や鬣狗《ハイエナ》がおれば、たちまち嗅ぎわけて脱兎のごとく走りだすので御座る。それがしも、ウガンダへ入るまでは大切な身。これまで、かれ等卑獣どもの不意討ちに会わなかったのも、一《いっ》にこのチビ元帥がいればこそと存じおりまする」

「ううむ、馬にして嗅覚がするどい」と折竹もぼんやりとなってしまった。だいたい、馬の嗅覚と云えばそう大したこともないのに――と思うと、この眼前のチビ元帥なる馬が、いよいよ彼には奇異《ふしぎ》なものにみえてくるのだ。

　そうか、ウガンダの奥かと、なにやら馬をみながら考えはじめた折竹。そこから、コンゴオにいればイツーリの密林、「悪魔の尿溜《ムラムブウエジ》」、〝Deza Barimo《デーザ・バリモー》〟をふくむブリンガ死火山群《ブルカーネ》。事によったら、このチビ元帥はあれではないのかと、〝Deza Barimo《デーザ・バリモー》〟の、まだ諸君には知らせていないあの怪奇と思い合せたほど、この馬は並々のものではないのだ。

　ゾーデックも、なんだか気味悪くなったように、そっと触っている。

「おいおい、お前の眼は人間みたいだぞ。そんな、疑いっぽい眼で俺をみていると、これから、お前を人間扱いにしてしまうからな。そうか、そんなことをされたら、格が下るって⁉　こりゃ、なんてえ奴だ」

その日から、カルサとチビ元帥が、この一行に加わった。カルサが、人夫に睨みの利くことはそりゃ凄いもので、野武士《シフタス》どのと、聴いただけでも縮みあがってしまうくらい。やがて、ルドルフ湖を過ぎてウガンダに入り、ほとんどコンゴオにちかい〝Mabriki《マブリキ》〟という部落へきた。ここは、コンゴオの大禁猟区、〝National Park Albert《ナショナル・パーク・アルバート》〟のそば。そこの入猟料は莫大なもので、ほとんど日本の小金持ぐらいのものは要る。

カルサは、夜になると聴える角馬の悲鳴などに、もう溜らなくなったらしく、

「そろそろ、この辺で仕止めたいと思いまするが、聴けば、先生は稀代の達人とやら、よろしゅうお引き廻しのほど、願いたいもので御座る」

「じゃ、やるか」と折竹も久しぶりの狩猟《ゲーム》。

しかし、この辺に野象の足跡などはない。縞馬《ゼブラ》か、角馬《グスー》を殺してそれを餌にして、ライオンを誘《おび》きよせるというような普通《ありきたり》の方法は、カルサがあまり悦ばない。あくまで、正面切っての一騎打。昔のガラはそれで御座ったと――いうのだ。これには、折竹も呆れてしまった、

「君が、ぜひそうしたいのなら、此処では駄目だ。〝National Park Albert《ナショナル・パーク・アルバート》〟なら昼日中ライオンにも逢えるが……僕らには許可証《ライセンス》がない」

「それには、密猟という至極便利な手がありましょう」

「ハッハッハ、君も下情に通じておるね。よろしい、じゃ、こっそりと猟ろう」

翌日、チビ元帥に乗ったカルサと二人で、折竹は国境を越えた。まず、熱射下にひろがる広茫たる草原《サヴアンナ》。丘も、野もゆらゆらと陽炎《かげろう》に燃え、ただ柴栗の茂みがぽつりぽつりとあるだけ。すると、前方はるかを縞馬の大群が過《よぎ》ってゆく。きらきら、黄と黒が入りみだれる、眩むような美しさ。と、どうしたことかチビ元帥が、その群に向ってまっしぐらに駈けだした。

「こら、元帥《ラス》、オイ」と、いくらカルサが叱り、手綱をひき締めても駄目。砂煙にけむるその大群のなかへ、チビ元帥がどっと駈けこんでしまったのだ。

驚いたのはカルサ。ぐるりは、眼のゆくかぎり黄と黒のながれ。これに揉まれて、どこまで俺は運ばれてゆくのだろう。と、だんだんに彼も心細くなってきたころ、とつぜん、側の叢林《ブッシュ》のなかで銃声がおこった。端を走っていたチビ元帥ががくりと肢を折り、カルサは、もんどり打って前方に投げだされた。

「しまった、猟区の番人めに、見つけられたものと見える」

と、番人の銃口と厳つい顔を想像し、腰をさすりさすり起きあがったカルサのまえには、土人どもを連れたまっ白な顔が。

「マア、御乗馬でしたのね。あたくし、縞馬と思ったもんで、射ったんですけど……」

それは、猟着に装ったうつくしい白人の婦人。済まなそうに、カルサの埃りを払いはじめた。チビ元帥は、腿をやられ起きあがろうと、のた打っている。

「でも、あなた様に当らなくて、なによりと思いますわ。どうか、お償いはいたしますから、御勘弁遊ばして……」

「黙らっしゃい」とカルサは業腹のあげく、怪しげな仏語で、がみがみとまくし立てた。

「それがしの、指の一、二本なら進上しても関《かま》わんが、このチビ元帥は、兎にも角にもそれがしの命だ。それが、戦場の傷ならばともかく、腐れ女郎《めろう》めの思慮なき弾に傷つくとは、何事であろう」

と、いら草を染めるまっ黒な血をみるにつけ、カルサの顔が泣くようにひっ痙《つ》れてくる。そこへ、蹄の音がして、折竹がきた。すると、その婦人はいきなり踊りあがって、

「お久しゅう、折竹、あたしよ」

といいながら、手をあげて懐しそうに駈けてゆく。

「あっ、ダイヤン夫人」と、思いがけないところで久闊を叙する声が、しばらく原野の一角を彩るように聴えていた。ジブチの、謎の女性ダイヤン夫人と……彼は、“National Park Albert《ナショナル・パーク・アルバート》”の草原《サヴァンナ》のなかで会ってしまった。

片輪獣のみの台地

チビ元帥は、さっそく応急の手当をされ、ナイロビに送られた。夫人の意志で、同地の獣医にみせ完全に癒そうという……。ところが、チビ元帥をのせたトラックが

"Mabriki《マブリキ》"を出ようとした時、折竹が、一通の封書を運転手にわたして、これを、ナイロビの獣医に忘れずにやってくれと、いった。おそらくそれは、奇馬チビ元帥をあばく最後の手段か⁉　とくに、折竹が期待を込めているということは、彼の顔色にも窺われる。

ダイヤン夫人は、一行のキャンプへ毎日のようにきた。とある日、蜀日葵《たてあおい》の咲く沢べりの草のうえで、折竹にこんなことを云ったのだ。

「折竹さんは、私が何をしにここへ来ているのか、御存知？」

「猟でしょう。あなたのような金持は入区料さえ払えば、十年の溜飲を一度にさげるような、猟ができます。これまで、一体なにを獲りましたね」

「そうお考え？」と夫人は狡そうに笑って、

「あたくしは、じつを云うと探しものに来てるんですの」

「ホウ、なにをですね」

「人ですわ。あたくし、ダイヤン夫人の仮面を脱いだお話しいたします」

そういって、びっくりした折竹に次のような話をしはじめた。

彼女は、ダイヤン夫人という名はむろん仮名で、仏領ソマリー・ランド前総督ラウール・カステランの夫人。ロアール県の、モンリシャールに城をもつ古い貴族の出。実業家出身の政治家でたいへん齢がちがう夫のラウールと、買われたような結婚をした。夫人の、夢のおおい時代はこうして過ぎた。剛腹冷酷な夫ともそりが合わず……、夫が、任地のソマリー・ランドの気候は婦人に向かぬと云ったときなどは、かえって彼女は悦んだくらいだ。

　すると、去年、この〝National Park Albert〟《ナショナル・パーク・アルバート》へ狩猟にきたラウールが、イツーリの密林にちかい〝Rutchuru〟《ルチュルー》という川で、不幸にも行方不明になった。剛情な男で、人が右といえば左という癖があり……、雨期の川岸は危険だからと止めるのも聴かず、彼はひとりで川を越えていったと云う。

　それっきり……。ずいぶん、捜索隊もでたが、何もつかめない。イツーリの、あのまっ暗な湿林に迷いこんだら、もうラウールには死というほかはない。こうして今、まさにラウールの死が確認されようとしている。夫人が、旧姓にもどり自由になる日が、もうほんの鼻先に迫っているのだ。

「でも、死んだか生きたか分らないでは、あたくし、困りますわ。そりゃもう、絶望とは誰しも考えましょう。だけどあの人は、たとえば首を切られても皮一枚あれば、それで生きてかえるような人なんです。ですから、生なら生、死なら死と、私には確証が要ります。これから先、忘れた頃にひょっくり出られては、それこそ悲劇じゃありませんの」

「それで、奥さんは此処へいらっしゃったのですね」

「ええ、役目一遍の捜査隊ではなしに、もっと土人を確めたりして、くわしく捜します。イツーリへ、もし迷いこんだことが分れば、断念《あきら》めますけども……」

ただ、じぶんの将来《さきざき》のため——と、夫人はハッキリという。それほど、些細な関心も夫にはなく、しかも、ラウール・カステランは有名な政商。公敵、醜類となん度かいわれ、現に、行方不明になってからも瀆職が暴《あらわ》れ、当然、いれば収監の身であったろう。そんなわけで、夫人がそういうような気持でいることも、考えればけっして無理ではない。かえって、ラウールの奇禍は応報だと、夫人に同情するようになってくる。

「だが、御主人は自殺ではないのですか」

と折竹がいきなり訊ねた。

「だいたい、雨期にイツーリ近くへゆくと云うことが、本気の沙汰ではありません。それに、〝Rutchuru《ルチユルー》〟の泥河をひとりで越えたとなると、なお僕にはそう思われてくる。ねえ奥さん、内々、瀆職の暴露に感付いていたんじゃないですか」

「私も、そう考えたばかりに、ジブチへゆきました。いまの総督に頼んで官邸をしらべ、せめて、心境なりと書いたものでも残ってやしないか。ずいぶん、探しましたけれど、なにも御座いません。そのとき、人目を避けるためダイヤン夫人といって……」

そういって夫人は、夕闇にむかって、大きな呼吸《いき》をした。肉色の、ペリカンが飛んでゆくイツーリのほうの空。そこには、彼女を明るくするか暗くするかの運命の人が、生か死かしらず、朦朧と横たわっている。夫人は、なんだか訊かずにはいられないように、

「あなたの、御観察ではどうで御座いましょう。ラウールが、もし、イツーリの密林にはいったとして、生きられるでしょうか」

「絶対に死です」と、折竹はきっぱりと云った。

さて、夫人にはひとりの同伴者がある。それは、縁辺の男でショータンといい、気取りのたかい、じつに厭なやつ。夫人が、娘のころは恋仲だったというが、それを、一行のキャンプにきて鼻高々と吹聴する。夫人を占めてしまったような意気込みで、男手かたがたこのコンゴオにきているのだ。もう、するとそれから五日ばかり経つと、ナイロビの獣医から返事がやってきた。それを折竹が一同に披露した。

「読むぞ。――御依頼により、『チビ元帥《ラス・チユニス》』なる馬をレントゲンにかけしところ、全身にわたり、肉眼にはみえぬ太目の線状を発見す。すなわち『チビ元帥』は、御説のとおり変白縞馬《アルビー・ゼブラ》にて候――と。どうだ、『チビ元帥』は縞馬の白っ子なんだ」

それを聴いて、一同はあっと驚いた。麒麟には、白っ子が稀にでる。しかし、縞馬の白っ子とはいまだに聴いていない。そういう、骨格肉附きと云いちょうどそうだし、第一、人に馴染まず、嗅覚がするどい。こりゃ、カルサのやつ、大変なものを見付けたもんだと、わいわいキャンプのなかが大騒ぎの頃。その、当の「チビ元帥」の主人カルサ・アラマユー殿は、夫人のキャンプのなかにきちんと畏まっている。

「ねえ、私のことをキャンプの人たち、なんて云ってますこと」

「左様、お淑やかでじつにお綺麗でと、みな、奥さまのことを左様に申してござるが」

「マア、あなたも相当摺《す》れていらっしゃるわね。あたくし、怒りゃしませんから、本当のこと仰言ってよ」

「では、それではゾーデック氏のかな」とカルサが独り言のように呟いたが、「したが御女性、なぜそれがしは左様なことを云わねばならん」

「また、恐い顔をする。そうそう、世間話というのを気にするようですと、これから、あなたもマゲダさんと円満には往きませんよ」

「ほう、では申しますか。じつは、奥さまについて、かように申す者がござる。あの後家は、冗談かなんか云われて怒るときは可愛らしい溜息をつく。しまいには、文句の数よりもそのほうが多くなる。それに、こっちが見つめると、ぼうっと顔を赤くする。後家め、まだ初々《うぶうぶ》しいわい——と、某氏などはかように申して御座るが」

こんな風に、よく夫人はカルサを呼びだした。折竹が、自分のことをどう云っているかと云うことを、夫人はなによりも聴きたかったらしい。だんだんに折竹への関心が強まってゆくことが、夫人はよく自分にも分っていた。理窟じゃない、ただ無性に好きなんだと——、思うと、春先のようなぼうっとした暖さに、包まれて浮いているような気持になる。

その夕方一行は河馬《コンブリ》狩りから帰ってきた。豚肉に似て更に美味《うま》い、牝河馬の料理がしこたまと作られた、その夜の野宴の席上。

「おいみんな」と折竹が一座に声をかけた。

「チビ元帥が、縞馬の白っ子と分ったについて、話がある。それは、チビ元帥がどこから来たかということだ。人間にも、時々黒人《シーディ》のなかにまっ白なやつが出る。ところが、その黒ん坊の真っ白なやつばかりがいる一部落が、この奥地にあるという話だ。“Aethiopus《エチオプス・》Albus《アルプス》”——つまり、白き黒人と云うやつだね」

「じゃ、それが囲《かく》まっているんかね」

「そうだ。マア、少くともいると云われている。でそこは、イツーリの密林の奥ふかく、てんで、誰も行ったことのないブリンガ休火山群《ブルカーネ》のなかで、その地名を“Deza Barimo《デーザ・バリモー》”という」

「……」なかに、聴きかじったものは、思わず声を発した。

「つまりそれは、片輪者《バリモー》のいる台地《デーザ》という意味なんだ。またある部落では、“N'gulu《ヌグルー・》rukha《ルカー》”といい、それは、神、戯れる——という意味になる。いずれにしろ、ここは動物の片輪者の逃入地だ。神さまが、人間にしろ動物にしろ片輪ものであるために、群にいれられず排斥されるものに、慈愛の手を伸べてくれた秘境的楽園だ。動物は、片輪にうまれると本能のようなもので、自然とここを指して集ってくる。

　赤象《エレファンツス・ルビア》、一体三頭《トリセ・ファルス》のキリンなどもいよう。そうして太古から、畸獣のみがいるために畸形に畸形をかさね、おそらく地上でももっとも醜怪奇絶な場所ではないか——と、マアこの話はそういう訳なんだがね」

導くゴリラ

「一体三頭《トリセ・ファルス》」と夫人がぶるっと身顫いをして、

「なんだか、御馳走が沢山のような気がいたしますわ」

「それに、もうそこは行けない場所になっている。白人がまだ侵入しない十四世紀のころですが、当時タンガンイカ湖は南緯五度のあたりで、せまい地峡になり二つに割れていた。それが、一つの湖水になったような大地震があった。そのとき、畸獣楽園《デーザ・バリモー》も影響をうけて、山腹から雪崩れる密林がかたまって、てんで、樹間の隙というのがなくなってしまった。おそろしい墻のようなものが出来たのです。

土人は、そこを『Jembe《ジェムベ》』といっています。つまり、それは『刷毛』という意味ですが、なるほど刷毛《ブラシ》とはよく云ったもんだ。王蛇《ボア》のような細長いものとか、子供が、からだを横にしたら或いは入れましょう。しかし、それ以上のものはおそらく駄目、でそれ以来、『畸獣楽園《デーザ・バリモー》』には畸獣さえもゆけなくなった。ですから、チビ元帥はそこ以外の畸獣か。もしも、『畸獣楽園』からきたとすれば人知れぬ道があると、僕はこんなようにも考えてきたよ」

折竹は、そう云いながらひき緊った顔になってくる。平素も、魔境の呼び声という言葉をよく彼は使うが、実際、理窟もなにもなく無性にゆきたくなることが、彼にはしばしばあるというのだ。そんなわけで、夫人がぜひ頼むというイツーリへの旅を、彼は承知してしまったのである。別れの日に、ゾーデックがこんなことを云った。

「じゃ、君に後家さんを頼むぜ。魔境にばかり夢中にならないで佳人の心のほうも、今度はよく探るといいんだがね。だが、マアそんなことは君には出来まいよ」

と、なんだか意味ありげな言葉を折竹にいって、彼はハハハハッと笑うのであった。

そうして、夫人と折竹とショータンのほかに、これは野獣を単騎打つ絶好な機会となるので、カルサも同伴することになった。百人ほどの、人夫をつかう大Safari《サファリ》この Safari《サファリ》とは、よく皆さんが映画で御覧になる、土人が、荷物をかついだり水甕を頭にのせたり、隊長を肩車で負んぶしたりするあの行列をいうのだが……。その隊列が蜿蜒の列をくみ、最後にラウールが消えた、Rutchru《ルチユルー》河へきた。

「御覧なさい、奥さん」と、羊歯の茂みのあいだから、河面をのぞかせた。

まっ赤に濁った泥水のなかに、河馬が群れている。岸というような正確なものはなく、いちめん脊を覆うような冠《かんむり》毛羊歯の群生、夫人は、ちょっとのあいだ血の気がなかったほどだ。

「ここらが、まず地獄の門でしょうね。この一丁目を、雨期に越したという御主人の行動は、僕にいわせりゃ気違い沙汰ですよ」

するとその言葉をショータンがうけて、

「だから、僕はとおくまで探す必要はないと思います。人間が、道に迷うと妙なことになって、一つのとこばかりを、どうどう巡りする。ラウール君も、おそらく遠くへはゆかんでしょう。とにかく近いところを丹念にみるんですね」

ショータンがそう云いだしたことには、半ばイツーリへゆく怖ろしさがまじっている。しかし、その辺を四日ほど探したが、ラウールについては痕跡さえもない。そうして、いよいよイツーリの密林へ分けいった。

闇黒というのは、まさにその中のことである。気根蔦葛を伐りながらゆく、蝸牛のような速度、瘴気はどうっと立ち罩《こ》め、したは海綿性湿土《スポンジ・ソイル》。ときどき王蛇《ボア》がとおってゆく風のような響き。と、矮麟《オカピ》がたてる断末魔の声。この、暗黒林のおそろしい十日が、夫人には百年にも思われた。

やがてゆくと、いかにも火山地の裾と思われるような、ミモザや木槿《マグノリア》の多い棘だった叢林《ブッシュ》になるとその日、先頭をゆく土人がぎょっと足を停め、

「うわぁ、白人の旦那《マスンガ》、ゴリラでがすよ」

といって、地面にぴたりと座ってしまった。

みると、前方五十メートルほど先に、一群のゴリラがいる。獣臭さが、風にのってぷうんと匂ってくる。"Berg-Gorilla《ベルグ・ゴリラ》"——このウガンダ境いにいるいちばん巨大なやつが、ひとりの老獣を中心に、ゆったりと歩いている。別に、一行を認めても意に介する様子もなくじろじろと、こっちを見るが吼え声もたてず、ぴしぴし音をたてて木槿《マグノリア》の枝を折りながら、樹から樹へと鈍《のろ》くさそうに渡ってゆく。

折竹は、ふるえている夫人にそっと囁いた。

「奥さん、なにも怖れなくても宜しい。かれ等を狂暴にするのは、人間が悪いからです。そっとさえして置けば、なんの危険もありません」

まもなく、その一群のゴリラが視野から消えたとき、今度は、身近にわっと叫び声が

おこった。すぐ間近、ほとんど二、三間先といえば咫尺《しせき》の間、そこへ、のっそりと赤黒いものが現われた。この、ふいに出現した“Berg-Gorilla《ベルグ・ゴリラ》”の老獣には、咄嗟の間でなんの施す術もない。銃も駄目。七尺にもあまるこの老獣と闘っては、おそらく一行は血へどになってしまうだろう。とそこへ、立ちあがったのが野武士《シフタス》のカルサ。

元来、動物区のちがうエチオピアうまれのカルサは、ゴリラなどというものの、存在さえ知らない。まして、その凶暴性もおそろしい腕力も、画にも耳にも接したことのない彼は、これぞ機会、野武士《シフタス》の本領はここぞとばかりに立ちあがり、半月刀をぬいて、わっと躍りかかったのだ。

すると、ここに一層悪いことには、半月刀をもった手が中途の枝に打衝《ぶつか》って、かんじんの武器をぼろっと落してしまった。しかも、惰性で停まることもできず、それなりゴリラの懐ろへパッと飛びこんでしまったのだ。

「南無まいだ、南無まいだ、あの御仁も可哀想になア」

と、その隙にさっと後退した一同が、ハテどうしたろうと、前方をみやった時、そこには、思わず眼をみはるような異常なことが待ちかまえていた。おそらく、もう一塊の血肉となったはずのカルサが、ゴリラの右腕にぶらんと下っていた。それを、吊したままそのゴリラはまるで無心のもののように、のっしのっしとやってくるのだ。オヤッと一同は思わず立ちあがる。

折竹も、はてこれはと小首を傾げたまま、この奇抜な光景を魅せられたように眺めている。

「ふうむ、ゴリラめ、首が下っているな」ややあって気附いたようにいう。そのゴリラは、なにをされても無抵抗である。その理由がやっと分ったような気がした。

それは、この老ゴリラは睡眠病にかかっている。〝tsetse, Mabunga, Chufwa《ツエツエ・マブンガ・チユファ》〟と赤道附近の刺蝿は、ほとんど全部睡眠病の仲介をやる。刺されると、淋巴腺がはれてふしぎな熱が出、やがてうつらうつらと睡くなってくる。しまいには、日夜をわかたず朦朧となるが、いまこのゴリラはちょうどその時期。しかし、この辺にはそういう蝿はいない。してみると、それを外から運んできた者が——と思うと類人猿にした、ダットン・アンネットの有名な実験がうかんでくる。

それは、一八九九年のことで、西アフリカのガムビアに大流行のあった年である。この二人の医師が、睡眠病の病原体をチンパンジーに注射した。すると、その猿は一年間は健康で、十三ヵ月目にやっと、発病したというのだ。してみると、このゴリラが刺されたのは一年まえ、しかもそれを、イツーリの外から持ちこんだものがなければならない。土人も、この辺までは来るものはないし、事によったら、それがラウールではないのか。

と、ここに一縷の光明がひらけた。やや、不確実な推定ではあるけれど、ウガンダ地方からここを目がけた人間となると、まず最近はラウール一人。それが、ちょうど十四ヵ月ほど前だ。

「お蔭さまで、ラウールのことが、だんだん分るようになって参りました」

と、夫人がいかにも御丁寧な礼をいった。そうして、側に寝ているショータンをみると、くすっと可笑しそうに笑うのである。あの時のゴリラの驚きで、ショータンは気絶してしまったのである。しかし、カルサはたいへんな元気で、

「先生、如何であろう。このゴリラなる動物は、それがしが生捕ったもの。帰りには頂戴するが、よろしいかな」

「うむ、持ってゆき給えとも。しかし、まだ僕らは奥地へゆくよ」

やがて、「畸獣楽園《デーザ・バリモー》」をまもる鉄の門、“Jembe《ジエムベ》”の間近まできた。そこは、“Akkwa《アッカ》”というコンゴオ矮人《ピグミー》の、おそらく最奥の部落だろう。昔から、一人の白人も此処へこなかったという証拠には、先祖伝来の硝子玉《サミ・サミ》もないし、“Doti《ドチ》”という、交易布をはかる物尺もない。背は四尺一、二寸くらい、異臭ぷんぷん蓬のような髪をし、これが黒人の原型ではないか、といわれている。

しかしいま、生ゴリラを牽いてきた一行をみて、矮人《ピグミー》どもはあっと驚いた。まったく、これはひじょうに利いた薬だった。折竹が、手真似で酋長にいろいろ訊ねると、一年まえのことが朧ろげにも分ってきた。

「それがでがす。やはり旦那衆のように色の黒くねえ男が、雨んなかをやってきたでがす。水ウ、くれちゅう手真似をしただから、やったでがすが。それなり、芋を二つ三つ食うとぽいと此処へでて、鉄《ジエムベ》の門のほうへひょろひょろと歩んでゆくだ。儂イ、変に思

ったで、蹤けてゆきやすと、あの鉄の門なかへからだを横にしながら、どうにかこうにか押っ嵌まっちまったでがす。マア、どこかに挟まって、乾物になっていべえが……」

ラウール——それは云わずと明らかなことだ。しかし、鉄の門へはいったとすれば死以外のことは——と、ここでラウール捜索をうち切ることになった。

翌朝ゆくと、鉄の門《ジエムベ》は、聴きしにまさる所だ。

〝Mohonou《モホヌー》〟や〝Motsouri《モッリ》〟などの喬木杉のたぐいが、幹と幹とを接して自然の城をなし、それが二マイルほどの幅でこの休火山をとり巻いている。もちろん、踏み入るなど出来るわけはない。

と、ここに、一行が帰れないことが出来てしまった。

楽園に入りみれば

ふと見ると、やや奥まったあたりに枯木が多くみえる。おやっと思うと、同時に浮んできたものがある。

「これは、地辷りでこの鉄の門《ジエムベ》ができた時ちょうど、まん中辺りが、盛りあがったのではないか。すると、したの根は土をはなれる。幹は支え合うから落ちないだろうし……当然そのまん中の一幅の区域が、立ち枯れたまま宙ぶらりんになるわけだ。そうだ。その下はひろい空洞だろう」

ここを越せば、まもなく「畸獣楽園《デーザ・バリモー》」の大秘境。しかし、まん中あたりの樹下がいちめんの空洞とするならば、わずかに両端を掘れば、畸獣楽園にゆける。やがて、土人を使役しての掘鑿がはじまった。はたして、錯根を天井とする暗黒の大空洞。

「寒いですわ。ここ」と、夫人などはぶるぶる顫えている。

顔は、絶えず髭のような根で撫でられる。したは、地下水の浸《し》んだずぶずぶの泥。と、偶《たま》に、うえからまっ直に外光が落ちてくる。はてな、樹間が陥ちこんだらしい穴があるがと、思うと同時に胸さわぎのような気持が。

「事によったら、ラウールはここへ落ちこんだのかもしれぬ。そうしたら、向う端の様子によっては、『畸獣楽園《デーザ・バリモー》』へゆける。まず、生か死かはそれからのことだ」

空洞の向う端に、白蟻の跡らしい埋もれかかった穴がある。やがて外光がちらりと見えたとき、生か死か、彼は、世界一のサイコロを振るような気がした。

*

さてここで、作者はかなしい終局を書かねばならない。

赤い、火山岩だけの荒涼たる楽園のなかは……。地辷りのときに生物はみな死んでしまったものらしい。砂にうもれて、長鼻《リネンセファーレ》の角馬《グヌー》の木乃伊《ミイラ》があるし、一頭二顔の、なにかの下等猿らしい骸骨。太陽はただ無言で照り、かつては栄った畸獣楽園のなかは、ただ乾いた死の匂いあるのみである。

すると、なにを見たのかぎゅっと咽喉を鳴らし、夫人が棒だちになってしまった。

「ああ、ラウール」

と、やがて彼女は崩れるように倒れてしまった。

ラウールはいた。ほとんど裸体であり気も狂っている。三人をみても声もかけず、髭蓬々たる垢顔《こうがん》をむきだして、いつも寝床にするらしい岩蔭に寝そべっている。

恋する折竹を側に、人獣のような夫を見いだした。そしてこれからの、狂人を看護《みと》る墓場のような生活、廃墟は、この水々しい佳人のうえにも来たのだ。

「真実の探求というものは、往々にして人の幸福を傷ける。あのまま鉄の門《ジェムベ》からひき返してしまったら、アラベラ夫人は倖せになったかもしれないよ」

と、折竹もかなしそうに結ぶのであった。

第七話　火礁海《アーラン・アーラン》

人類ならぬ人間

「君、原始人類の郷土が何処かということが、ながいあいだ学界の問題だった」

と、三月三日の宵節句に飲みながら、魔境記第七話を折竹が語りはじめる。雪洞《ぼんぼり》の灯、緋毛氈のなごやかな反射。およそ、秘境海陸にまたがる南海の大魔域——「離魂の森《ウータン・サキジ》」「火礁海《アーラン・アーラン》」の恐怖とは似てもつかぬ夜に……。

「で、その問題を簡単にいうとだね。最古と推定される化石がでた場所——ということになる。しかし、人間というやつは慾の化物だから、ならば化石よりも本物がよい。もしもこの地上に『ロスト・ワールド』があるならば、そこには血肉をそなえた原人がいるのではないか。われわれ、創生の姿をぜひ見たいもんだと云う——これは、万人期しての望みだろう」

「まア、それは『悪魔の尿溜《ムラムブウエジ》』かな」

「それも、ある。また、そういった場所がスマトラにもある。君は、例の“Kotiyo-Botiyo《コチヨ・ボチヨ》”

を知っているかね」

「なんだい。そのコチョボチョという、水の音みたいなのは？」

「セイロン島の、エルー語で『人類《ひと》ならぬ人間《ひと》』われわれ、人類以外のほかの人間――という意味になる」

　私は、しばらくは茫《ぼ》んやりとして、ただ奇怪なその韻を呟くに過ぎなかった。人類《ひと》ならぬ人間《ひと》とは真実のことであろうか。と、折竹がペラペラとやりだして、

「で、そのスマトラをふくむマレイ群島だがね。どうも、あすこには不思議な場所が多い。古いところは、ジャヴァのベンガワン河ででた猿人骨。また、〝Krao《クラオ》〟という猿人少女がシャムのクラオの地峡で発見されている。それからも、小『ロスト・ワールド』続出という有様だ。

　ざっと拾うと、一九一二年にはまるで小恐竜の、地竜《ブアヤダラ》というのがコモド島で見つかった。続いて、最近にも一昨年のこと、スマトラ西海岸はるかの『火礁海《アーラン・アーラン》』の魔海ちかくで、〝Coelacanth《クラカント》〟という大変な魚があがったのだ。こいつは、鰭《ひれ》に肢指のようなものがある。鱗はまるで鉄甲のごとく硬く擬爬虫魚《セミ・レプチリアン》という五百万年ほど前のもんだ」

「驚いた。まるで、怪物オン・パレードじゃないか」

「そうだ。そこへ、一九二二年に『人類ならぬ人間《コチョ・ボチョ》』がでた。それがどんなものかと云うことは、だんだんに分るがね。ともあれ、当時の騒ぎは大変なもんだったよ。二百年もまえにフランスのリンネが云った、南方原始人《インコラ・オルビス・アンタルウチシ》とはこれではないのか⁉　全身

密毛に覆われた言語なき人種が南海にいる、というのがこの『人類ならぬ人間《コチヨ・ボチヨ》』だろう……」

「じゃ『有尾人』のドドにそっくりじゃないか」

「ちがう。ドドは、人間よりも猿に近かったが、これは、その反対に人間に近いのだ。では、この『人類ならぬ人間《コチヨ・ボチヨ》』はどこから来たのか？」

「君は、さっきスマトラとかいったね」

「そうだ。西海岸の南緯三度あたりに、ちいさな町でモコ・モコというのがある。その、ちかくの紅樹林《マングローブ》の浜が、この『人類ならぬ人間《コチヨ・ボチヨ》』の発見場所だった。サア、ここに当時の切抜きがあるが……」

と、折竹に渡されたのを読みだしたとき、事実は小説よりも奇なりと云うがまったくそうである。これほど、すばらしい小説的情景をもった魔境記の発端も亦あるまいというう……。おそらく皆さんも同じことだろうと思われる。

——その、エルー土人の女は気が狂っていた。ボロボロの衣服に全身傷だらけで、二人の裸体の嬰児に乳房をふくましている。その、一人のほうは女の子。もう一人——男のほうをみたときのあの気持といったら、実になんとも云いようのないものだった。それは、人間かあるいは猿か？　生まれたばかりの孩児ながら全身密毛に覆われ、頭蓋も、顔もまったく猿にちかい。しかも、その奇児は死んでいるのである。

その女は、まだ若く二十がらみだろう。どうしたか、どこから来たかと訊いても、いっさい返事をせぬ。ただ、衰弱しきった蚊細い声で、かすかに〝Kotiyo-Botiyo《コチヨ・ボチヨ》〟というだけだ。狂っている。が、なんという奇怪な女であろう。〝Kotiyo-Botiyo《コチヨ・ボチヨ》〟とはエルー語で「人類《ひと》ならぬ人間《ひと》」いま、呼吸《いき》のない口に乳房をふくましている、この猿人的嬰児を云うということだけは分る。

乾期の、東季節風《イースト・モンスーン》がふく瑠璃色の空から、陽はただ無言のままこの三人を照している。

ううむ、と私は思わず唸った。死児に乳房をふくます若い狂女に、息絶えはてた「人類ならぬ人間《コチヨ・ボチヨ》」の奇児。こりゃ、一体どうなるこったろうと、はやこの発端には小説書きの私でさえ、少なからず茫《ぼう》っとなったほどだ。——それに関《かま》わず折竹はとんとんと運んでゆく。

「では、そいつは何処から来たか？　ツンガイという名のそのエルーの女が、その子をどこから連れてきたか——。そこに、深い深い謎が残ることになる」

「じゃ、そのツンガイという女のその後は？」

「惜しいかな、正気に帰らない。ただ、その女の前身が分っただけだ。それは東海岸のパレンバン市の中学教師で、ヤッガースという男の召使だったことだ。ヤッガースは、わりと名の知れた擬猴類の研究者。奇人変物といっていいくらい変った男で……生憎、

五、六年後には死んでしまったがね。

しかし、ツンガイの妊娠は認めている。誰とも分らない父なし子をはらんで、生み月間際に行方を晦ましたというのだ。そうして、この問題は万策尽き……残るのは探検の一路のみとなった」

「どこへ？」

「それが、中部スマトラのおそろしい未踏地で、名を“Utang Sakisi《ウータン・サキジ》”という奇っ怪な土地なんだ。つまり、『離魂の森』という字義どおりの場所で、だんだん近附くにつれ気が変になってくる。そいつがまた、妙にテキ面だというんだがね」

「そんな、君」

と、私が云うのを折竹は関わず、

「そこは、『人類ならぬ人間《コチヨ・ボチヨ》』があらわれたモコ・モコの浜から、脊梁山脈を越えて真東にあたる。ここだ⁉——衆目一致してここだろうとなったが、さて、ゆく隊、ゆく隊が惨めにも帰ってくる。で僕が、いよいよその殿軍《しんがり》を承わったのだ。しかし、これはただ魔境を破るだけではなく『人類ならぬ人間《コチヨ・ボチヨ》』を獲なければならん。辛かった。また、これほど悲しい物語もない」

と、折竹がながながと、語るのである。

美しき野猫

スマトラ島の北端、サバンの港。そこの、パスツール記念研究所の附属癲狂院《アシラム》に、十余年のあいだツンガイがはいっている。折竹は、まずサバンへいってツンガイを見た。モコ・モコの狂女はかなりな待遇で、いい部屋におさまり食事もよい。なんとか、正気附かせようと云う蘭印政府の努力が、一目でピンとくるような持て方だ。

「分るかい？」

と、折竹はなんども試し……、人形や、いろいろな色紙を眼のまえにかざしたが、ツンガイは瞬きもせぬ。いまは、ただ呼吸《いき》をする生ける屍。これではと、折竹はいじらしくもなり……、また、ひそかにフウッと吐息をついたのだ。もう、駄目だ。脳底ふかくに秘めた「人類ならぬ人間《コチヨ・ボチヨ》」の謎を、もうこの女から聴き出すこともないだろう。

やがて、折竹は癲狂院を出て、連れとともにラジャン通り《ヴエーク》をあるいてゆく。日は暮れ、たち罩めた蒸気に星影もまばら。世界の湿熱海マラッカの入口の、サバンの暑さといったら譬えようもないほどだ。ことに、連れのナッケンはふうふうと喘いでいる。

この青年は、蘭印本国のアムステルダムの学生で、今度自然科学審査院の表彰をうけ、はるばるこの植物区の研究によこされた秀才だ。そういう、弱々しいほど上品なナッケンが「離魂の森《ウータン・サキジ》」攻撃に参加するというのだ。

「確《しっ》かりしろ」

と折竹は元気附けるように、

「そんなようじゃ『離魂の森《ウータン・サキジ》』が聴いて呆れるぞ。これっぱかりな、マラッカ口の暑さに凹垂《へこた》れるようじゃ、君なんざア到底奥地へゆけん」

「馴れますよ。これでも僕は頑張っているんです。どうか、先生と一緒に奥地へゆこうと思って……」

ナッケンには、今時の青年にはめずらしいような、情熱がある。それが、純良さとともに気に入ったわけであるが、どうも考えるとこの男の奥地ゆきが、折竹には危ぶまれてならなかった。こんな弱いのが藪地《グラガー》の熱気にあったらどうするだろう。お荷物ぐらいならいいが、死んでしまうだろうと……、止めるのだが、ナッケンは聴かない。

とその間に、話にまぎれてか足が進み、いつしか、東濠を向うにみるところへ来た。その東濠《オーステル・バシン》には、南海のマカオとよばれる支那人町がある。戯場の胡弓や鮫鼓の音が、ぼうっと明るい雨催《あまもよ》いの空をゆすっている。ナッケンは、濠のにおいに嘔きそうな声で、

「先生、この臭いのは、向うの匂いでしょうか」

「冗談じゃない。いくらチャンコロでもこんなに臭いもんか。ここはね、犬猫の死骸が溜めのように流れこんでくる。また、向う岸で殺られたのが浮いてないもんでもない。どうだ、これから行ってみるかね」

「厭ですよ。支那町は暗黒街だといいます。まして、先生なんかはことに危険でしょう」

「いや、これを機会に、君を叩きなおしてやる」

と、そろそろ折竹が景気附いてきた。飲み屋から飲み屋と、ここへくるまでに二、三軒あるいている。

「君は性質もいいし頭もいいが、惜しいことには頑忍の意気がない。『離魂の森《ウータン・サキジ》』に近づいて平太張らぬよう、ここで度胸っ骨を叩きなおしてやる」

と、尻ごむナッケンの手をひいてウイルヘルミーナ橋《ブルック》という、支那町へゆく東《オーステル・》濠《バシン》の橋をわたりはじめた。驚いたのは、ナッケン。

「お止しなさい。いま支那と戦っている日本人の先生が、支那町へゆくなんて、そんな馬鹿がありますか。それに、あすこは法外の場所です。先生、後生です。危険ですから……」

「それが、いかん。無法、神に通ずという、おれの信条《モットー》を会得しろ。その意気に加うるに科学的訓練あってこそ、いま、今日の折竹が出来あがっておる。オイ、歩調を合せて、しっかり行けよ」

ここいらが、折竹という男のいちばん嬉しいところだ。胆斗のごとく何者をもおそれず、いま無防禦のまま支那町へ入ってゆくのも、尤《ゆう》に敵を呑む大腹のなすことである。しかし、この折竹のふとした気紛れが、後日「人類《コチヨ・ボチヨ》ならぬ人間」を発見するようになる、一つの口火となるのであった。

ナッケンが、先生、先生とオロオロ声で蹤《つ》いてくるのを、

「確《しっ》かりしろ。じゃ、俺がいい歌をうたってやる。これは、雪の歌だから冷々《ひやひや》っとしてくるぜ」

そういって、かれは道のまん中をゆきながら、大声で歌いはじめた。

〽雪の進軍氷をふんで
　どこが川やら道さえ知れず……

折竹は、明治ものだから、あたらしい軍歌は知らぬ。歩きながら、なん度もかれは石畳に躓《つまず》いた。両側にさがっている幟の影が、満潮であがってくるまっ黒な溝水に映っている。そこへ、窓の色硝子《ガラス》の提灯のような灯や、紅玉牌《ルビー・クイン》や、何々号の色電気がぼうっと霧に溶け……。そういう、支那町のなかを蛮声をはりあげる折竹と、泣かんばかりなナッケンが……。

そのうち、洪門懇親大会とあるフリー・メースン会堂のまえにくると、かれは立ちどまって両手をあげ、この猶太《ユダヤ》結社に馬鹿ッとあびせる。日本人――と、もうかなりな数で背後に蹤いてきた、群集がザワザワッとどよめいた。

しかし、鼠のように忍びこんだのならともかく、こうやって大手をふられ明らさまにやられると、かえって、気味悪くなり怖くなって折竹にケロケロッと呑まれてしまうのだ。ここら辺り、かれもなかなかの心理学者である。

やがて、大昌号という賭場兼飲屋に飛びこむと、

「オイ、秋田の酒か、広島の酒はないか」

へっと、怪訝な顔をする男ボーイに、かれは重ねて云うのだ。

「俺は、この家に日本の酒はないかと訊いている」

とたんに、居並んだ連中のうす気味悪い眼が、じろりと一斉に注がれた。ナッケンはもう血の色もなく、ちびりちびりと平気な顔で支那酒をなめている折竹の顔を呆れたようにながめているのだ。

「オイ、顫えてないで、確かりしろ。ここで、平気で喋ろうというのも、修業の一つだぞ、云えない⁉ じゃ、おれが云うのに、蹤いて云えよ。先生『離魂の森《ウータン・サキジ》』の雨はどんななんでしょう――と。サア、そう云って話をしろ」

ぐいと一杯支那酒をあおって云うと、案外ナッケンの声がすこしも顫えずに出る。その調子と、云うようにニタリと笑う折竹には、ぐるりのテーブルも店頭をうずめるまっ黒な群集も、手出しができない。

「さあねえ。まず、雨という概念を捨てなきァなるまい。あすこは、コリンチー火山の影響で、四六時中《しょっちゅう》雨がふる。それもなま易しいのじゃない。滝みたいなもんだ。で……いいかね。まず、ぶつかるのが泥の雪崩だ」

「離魂の森《ウータン・サキジ》」は密林ではなくおそろしい藪地《グラガー》。その“glagah”《グラガー》とは丈余の鬼草で、からみ合い、墻《かきね》のように結ばって、最奥の個所をとざしている。そこには、錦蛇《ピトン》もいれば尺余の百足《むかで》も……野象の跡をたどれば道になるとはいえ、ざわざわ分けてゆく二角犀や虎の咆哮には尻込みをしてしまう。それ以上、難物なのが雨と鬼草《グラガー》。

じつに、ここは熱帯最多雨区の王。霽《は》れれば、沙霧《ヘーズ》のようにこもる腐植物のガス。降れば、一夜の雨で数エーカーの地が雪崩れる。そうして此処には、人を狂わせるおそろしい妖気が……。

それも、ナッケンには続かなくなってしまう。話が切れるとスウッと盃《カツプ》をひく、どこかの卓の音が聴えるような静けさ。いるいる、頰骨のたかい三白眼や、獅子的癩貌《ファシス・レオンチア》のような金仏面の連中が、敵意のこもった眼でじっと二人をながめている。

「オイ」

と、折竹がナッケンの膝をつついて、

「続けろ。少しでも、臆したところや隙をみせると、奴らはドッとやってくるからな」

「じゃ」

「もっと、腹からでるような力のある声で」

と、励ましたがナッケンは駄目。ようやく、折竹にも無謀を悔ゆるときがきた。奥の、兆元銀牌と札のある博奕場の入口にも、すごい、支那人《チャン》や雑種《ラムバン》の顔が鈴鳴りになっている。仕方なく、かれは自分でべらべらっと喋りはじめた。

「『離魂の森《ウータン・サキジ》』近くへゆくと気が変になるのは、君、実際の話なんだ。マア、それは毒瘴気《マイアスマ》のせいかもしらん。しかし、なる奴もいるしならん奴もいるから、あながち絶対ともいえまい」

自分ながら、じぶんの声に抑揚がなく、調子がみだれて変テコになってゆくのが、分る。こりゃ、いかん――と思うとネットリとした汗。ぐるりの顔がぼうっと霞んでくる。とその時、もういかんと思った折竹の耳へ、ふと愛らしい女の声が響いてきた。

「旦那《ミーンヘール》、マカオの富籤を買ってくんないか」

みると、まん丸い猫のような顔をした、十五、六の土人娘がたっている。一見、野育ちがわかる人を食ったようなやつ。

「いくらだ。籤はいらないが、金だけはやろう」

「じゃ、要らないと云うのと、同じことじゃないの。では、これなら旦那《ミーンヘール》の気に入ると思うけど……」

「なんだね」

「印度大麻《バング》か、鴉片《オピオ》⁉ 大人向きの、いいところがあるよ」

「ハッハハッハッハ、君は碌なことは知らんねえ」

こいつめ、暗黒街育ちとはいえ、なんて早熟《ませ》たやつだと、折竹が思ったとき大変なことが起った。とつぜん、店先がざわざわっとなって、一人の、中年の支那人が足音あらく入ってきた。が、それに驚いたのは二人よりも、かえって小娘のほう。びくんと、飛び退いたところは、豹のような敏《すば》やさ。

「チビ、まだ手前、迂路《うろ》ついてやがるな」

「へえん、悪かったねえ」

「みんな、手前の贋富にゃ、泣いているんだぞ。そいつを、ほとぼりが冷めると、またやって来やがる」

「ちょいと」

と、その娘は腰に手をかって、顎をスイとしゃくるのだ。それも、板についていっぱしの姐さんのよう……。

「お前さんは、いいお親爺《とっつ》ぁんらしいが、理屈を知らないね。あたいは、いかにもお前さんたちに贋富を売っているが……、だけど、本物だからって何人が当るね。大慾は無欲に似たりでカラッ尻になるなら、贋も本物も同じことじゃないか。へん、あたいに掛け合いたいなら、学問をおし……」

「この阿魔」

と、摑みかかろうとした時スイと踻《かが》んだ娘の手から、なにやら天井に投げられたものがある。とたんに、電球がパンと砕けて、あたりがまっ暗になった。わっと、群集が雪崩れこんでくる隙に、二人はやっと遁れでたのである。

「これからは、先生と御一緒には、決して外出しませんから」

よほど、ナッケンは懲り懲りしたらしい。やがて、ラゴア通水《カナール》の夜店のなかへでた。レジャン土人の腰布《サロン》や華僑や印度人《ブルマン》が、くさい身体を薯《いも》のようにこすりあっている。と、そこを出はずれて石油倉庫の脇へくると、ガンと、曲り角でぶつかった者がある。

「あっ、さっきの人⁉」

みると、それが贋富売りの小娘だ。ハアハア、息せき切っているところは唯事ではないらしい。

「どうした？」

「追っかけられてんの。お巡りと、支那人が一緒くたになって……。ねえ、あたいを匿まってお呉れよ」

折竹は、さっそく自動車を呼びとめてそれへ乗りこみ、しばらく郊外をまわるようにと命じた。ほっとした。一時に疲れがでたのか、口も利けなかった娘が、やがて、

「有難う」

とアッサリ云う。

「こっちも云うよ」

「なんでさ」

「じつは、君にも助けられた事がある。で、今夜これからどうするつもりだね」

「どうするって⁉ きまった宿のあるような、あたいでもなし……。旦那《ミーンヘール》が泊めてくれたら、どんなに嬉しいだろう」

「いいとも」

と折竹は気持よく承知した。すると、急に娘はねむくなったらしく、一つ欠伸《あくび》をしたかと思うと、スウッと眼を瞑《と》じる。それが、動物のように瞬間に瞑《ねむ》ってしまうのだ。

「可愛いやつだ」

と折竹はしみじみと眺めている。顔にも手にもなよなよとした生毛。ぷんぷん発散す

る野性のかおりには、愛らしい獣という感じがする。しかし、こいつはどこの土人だろう？——折竹にも見当がつかない。まったく、その娘の変った顔だちには……？

　そこへ、ナッケンが昼間のことを云いだした。

「先生、あのツンガイですがね」

「ツンガイがどうしたね」

「あの女、なんだか食わせものみたいですね。だって、ツンガイはいま土人としたらですよ、まるで、天国とでもいうような待遇をうけてます。そいつが、有難いばかりに気が附いていても『人類ならぬ人間』のことを喋れないんですよ。云ってしまえば、あすこを出れば、ガタ落ちですからね」

「なるほど」

　と、折竹がなんの気なしに呟いたとき、ふいに寝ていた娘がむっくと起きあがった。血相がかわり、野猫のような慓悍さがみなぎっている。

「お前さん、いま云ったことを、もう一遍云ってみて御覧。食わせものって、なんだい」

　と、爪をたててナッケンに武者振りついた。驚いたのは、ナッケン。

「なにするんだ。別に、君に関係のあることじゃないよ」

「ツンガイは、あたいの可哀想なお母ちゃんなんだ。だれが、好きや粋興で、あんなところにいるもんか。畜生、この青ん僧の碌でなし」

ひっ掻く、唾をはく、蹴りつける。どうにも、手のつけようもない荒れ方に見兼ねて、折竹が背後から抑えた。すると、しばらく経つと娘がうごかない。すこし、胸廓を締め過ぎたとみえ、ぐったりとなっている。しかし、二人はただ顔を見合わせるだけ。

これが、そうか――と、呟くだけで、なんの言葉もない。

ここで皆さんは、あの奇怪なモコ・モコの浜の様を思いうかべて頂きたい。そのとき、狂女ツンガイの乳房に「人類《コチヨ・》ならぬ人間《ボチヨ》」ともに縋りついていた女の子があったはずだ。それが、ふとした縁でここに来ている、この娘。車は、やがて奇縁の三人をのせ、折竹の宿に着いた。

離魂《ウータン・サキジ》の森

その娘は、名をヴェミダという。ながらく、孤児院にいたがそこを飛びだして、いまは少女ながら流浪の子である。しかし、気さくな面白い子だ。苦労しただけに十五、六でいて、話すことはおそろしい大人である。そいつが、外へ出れば捕まるというので、あれ以来ずうっと折竹の室にいる。

「もう、君がきてから十日にもなるね。どうだい、まえと今と、どっちがいいね」

「どっちって⁉　着物や食べもんはここの方がいいけども、こうやって、出もせずに一日中いるなんてことは、あたいには一番の苦手だよ。だけど、いまに旦那《ミーンヘール》がおっ母ちゃんが行ったあたりに、あたいを連れてって呉れるというだろう。あたいは、それで余温《ほとぼり》が冷めたら、また帰ろうと思う」

「また、君は、東濠《オーステル・バシン》へゆきたいのか」

「そう、やっぱりあたいは野良猫だもん」

折竹は、なんだかこの子が可憐《いじ》らしくてならなかった。ことに、いまのような言葉を聴くと胸せまる哀愁に、鼻の奥がジーンと浸んでくる。狂女を母にもった運命児だが、この子の放浪性は治らないものだろうか。と、黙っているのが気になるように、

「どうしたの。あたいを、そうジロジロ見てちゃ、照れちゃうよオ」

「君は、そんな言葉を誰から教わったね」

「あたいには、たくさん東濠《オーステル・バシン》の姐さんたちに、友達があるの。よく、遊びにゆくから、つい覚えるわ」

「そうか、碌でもないことは、よく知っているね」

ヴェミダは、そうして炊事などをしながら折竹に蹤いて「離魂の森《ウータン・サキジ》」攻撃にゆくことになった。隊は、乾期のはじまりにジャムビに集合し、ナリ河に沿い奥地へと遡ってゆく。やがて、一世紀ほどまえは原人視されていた、“Koobos《クーボス》”土人の草屋がみえてくる。その辺は、世界の狩猟地《シュテイング・パーク》奥スマトラの原始林。

　チークや、タマリンドや白檀の大樹に、いま乾期特有の落葉がはじまっている。葉は、透きとおったような蒼白い色になり、ともすれば紺碧の空に溶けてしまう。そしてその頃が、寄生、気根植物の繁殖期となる。うねうね、幹をしめつける無花果属。寄生木特

有の灰色の花や、大葉が元木を覆いまったく隠してしまう。だから大袈裟にいえば森が消えてしまうのだ。

梢は、蒼白《ペール・ブルー》の葉がギラつく空に溶け……遠くからは、ただ大巨草のかたまりとしか見えない、おそろしい寄生木の繁茂。まず、ナッケンはこの奇観におどろいた。

「弱いねえ、ナッケンさんは。サア、あたいの肩に、つかまってお歩き」

ヴェミダが、よわいナッケンを支えながら、気根をまたいでゆく。この密林にはいって最初に驚いたことは、ヴェミダの思いもよらぬ強さだ。それに引きかえ、ナッケンは可哀想なほどの困憊、それまで、燃えていた若々しい情熱も、現実のおそろしさに冷めずにはいない。

「無謀だった。僕は、先生や君には、まったく済まないと思う」

「じゃ、あんたはここからお帰んなさいね。この森をでて五、六町ゆくと、三哩《マイル》ーギルダーのタクシーがあるわ」

「君は」

と、ナッケンはくるしそうに喘いで、

「君には、なんでも物を茶化してしまう癖がある。僕が、どれほど君に感謝しているかと云うことは……」

「昨日のこと」

と、ヴェミダはちょっと思案顔になった。

きのうの昼、この密林の外側にきたのだ。大羊歯や、蔦葛の密生でまっ暗な奥に、まるで頭ほどもある大昼顔が咲いている。その花をみながらヴェミダを抱いて、あなたが好きだと、はじめて囁いたナッケン。

それまでの、弱いナッケンをいたわるヴェミダの真情には、若い感激がこうしないではいられない。しかし、ヴェミダは返事もせず、肩の手を外して、そっと行ってしまったのだ。

「あすこに、なんだか妙なもんがいるわ」

いきなり、ヴェミダが前方を指さした。陽の縞がほそくスイと落ちているなかに、猩々《オーラン・ウータン》の教授《プロフェッサー》然とした顔。と、ヴェミダがゲラゲラと笑いだして、

「あたいを、よく虐めた感化院の先生に、ちょうどあの猩々《ミヤス》とおんなじ顔の人がいたわ、きっと、あんたがいた大学にもいるでしょう。ねえ、そういわれて坊やは思い出すだろうね。家が恋しくなって、帰りたいだろうね」

「莫迦にする」

と、ナッケンが憤然とさけんだ。

「君は、いつも僕にお袋気どりだね。僕は、これでも二十四になっている。君は、たかが十六じゃないか」

年からではなく、世渡りからいえば、十六のヴェミダが三十五、六にもなろうし、かえって、二十四のナッケンが十五かもしれない。その話も、側へ人がきたのでそれまで

となった。そしてこの、"Talang Blick《タラン・ブリク》"の密林はますます深くなってゆく。するとこの隊に、ファン・ブレーという植物学者がいた。この人は、ツンガイを使っていたヤッガースの知り合いで、街学者とはいえなかなかの人物だ。それが、折竹を木蔭にまねいて、

「じつは、隊長、外のことではないが」

と、意外にもヴェミダのことを云いだした。

「僕は、あの娘に悪意があるわけではないが、どうも、ツンガイの子だというのは信じられんと思う。あいつは、下手ァすると、食わせもんかもしれんよ。しばらく、サバンから足を抜くぐらいの、やつは大それた女だろう」

「どういう訳だ。君が、そういうには理由《わけ》があるだろう」

折竹もことヴェミダに関するだけに、黙っていない。

「それは、ちょっと云えんことなんだ」

とファン・ブレーは窺うような眼をして、

「だが僕は、ヴェミダがツンガイの子でないという事だけを、ここで君にハッキリと云って置く。理由は、いまは云えんが、いずれは分る」

このファン・ブレーには、実にひねくれた嘲弄癖がある。たとえば、折竹と西洋将棋《チェス》などをやっても、じぶんが勝算歴々となれば、わざと詰手をのばして、相手を嬲《なぶ》りはじめるというやつ。それを、知るだけにムッとなった折竹が、

「よろしい。云えんというならば、嘘と考える。ヴェミダは、天使のような気持で、泥

坊をしてた女だ」

　それが、いわゆる勢いというやつ。別に、ファン・ブレーのほうにも底意があった訳ではないが、一言二言いい争ううちに本物になってしまった。そうなると、いよいよファン・ブレーは地金をだしてきて、

「オヤオヤ、君は粋興のほうでも、相当なもんだと見える。ようし、じゃまだもっと驚くようなことを、聴かしてやる」

「なんだ」

「それは『人類《コチヨ》ならぬ人間《ボチヨ》』なんてものは、この世にはないと云うことだ」

「えっ」

　と、折竹は思わず呼吸をのむ。

「君が、そんな怪物をさがしに『離魂の森《ウータン・サキジ》』へゆくと云うなら、僕は大声でカラカラと笑ってやる。あの、モコ・モコの浜でツンガイが抱いていたのも、猿人なんていう、そんなものじゃない。これは、僕が確信をもって云う」

　いきなり、折竹のからだがブルブルっと顫えてきた。

「揶揄《からか》うか」

　なんて奴だ。モコ・モコの浜の『人類《コチヨ》ならぬ人間《ボチヨ》』が猿人でないとは……。それでは、あれが作りものだというのか。解剖までして学界がおどろいた、あれが猿人でないとはなんと云う事をいう。では猿人でないとするならば、なんであろう？　造物主ではある

まいし人間の手で、生物《いきもの》を作るなどとは考えられもせぬ事だ。と、折竹は舐めるなとばかりに、怒気心頭に発し、ぐっと相手を睨みすえている。

「マア、いいさ」

と、ファン・ブレーは相変らずの調子で、

「君は、ちょいちょい奇蹟みたいな事をやって魔境をやぶる男だから、あるいは『離魂《ウータン・》の森《サキジ》』へも行けないものでもないだろう。だが、あすこには何もいやせんぞ。猿人はおろか鼠一匹でも……、出たら僕ア、この首をやる」

「………」

「マア、せいぜい奥地へいって、気違いになるさ。僕は、いい加減なところで御免蒙るからね」

その、最後の捨て台辞も聴えなかったほど、折竹は茫《ぼ》んやりとしてしまった。まさに、青天の霹靂とはこうした事をいうのだ。

ヴェミダが、ツンガイの子でないと云うだけでも相当な驚きなのに、猿人「人類《コチヨ・》ならぬ人間《ボチヨ》」を指せば怪しげなもんだというし、また、これから行こうという「離魂の森《ウータン・サキジ》」にまで、ファン・ブレーは嗤うようなことを云っている。出鱈目か、もしそうでないとしたら由々しきことだ――。折竹はまったく迷ってしまったのだ。

しかし、余人ならばともかく、ファン・ブレーだ。かれの、学問の深さを知るだけに折竹とても、この場合軽視することは許されない。では、多分それは斯《こ》うではないのか。

以前、ツンガイを使っていた擬猴類の研究者、奇人ヤッガースとファン・ブレーとは友人であった。それから思うと、なにかその間に秘密があるのではないか——と、折竹はそんなようにも考えてきたのだ。

「ようし、いつかファン・ブレーの首根っ子を摑まえて、きゅうきゅうに吐かしてやる。あんな、悪魔みたいなやつにとっ憑かれていた日には、まず俺がさきに気違いになってしまう」

前方はるかに、密林の切り開きがはじまっている。マラリヤをふくんだ、どろっとした瘴気、藤や葡萄蔓をきるハンマーの響きに、頭上からは山蛭の雨。しかしその道は、いま狂気の森へと地獄への一筋。

やがて、隊は数日後にその密林をでた。それからは、茨と雑草の息詰まるような中。遮る一物もない草原をゆく隊には、虎の襲撃はあり熱射病はでる。

この、世界に類なしといわれる雑草の草いきれが、それから四日ほども続いたのである。すると、その晩あたりから湿けてきて、空模様がだんだんに悪くなってきた。道も、しだいに上りとなってゆく。はや「離魂の森《ウータン・サキジ》」ちかしと思うと、それがなんとも云いようのない不安であった。誰がいちばん先に気違いになるのだろうか⁉

泥濘中の一月

折竹は、まずそのキムテの地に十数軒の小屋をたて「離魂の森《ウータン・サキジ》」をじっくり攻めることにした。やがて、前進をはじめると、晴雨計《バロメーター》がさがってくる。道はぬかるみ、降りだした雨はしだいに量をまし大豪雨になった。その、なま温い滝のようななかを、わずかに野象の跡をたどりたどり雑草地《グラガー》をゆく。丈余の茨と鬼草を分けるだけでも、大抵ではないのに――、いまみる、天地一体を覆う黄昏れたような暗さ。

水煙、どうどうと薙《な》がれる大荊棘地の轟き。

と、ここに間もなくのことだった。はじめて「離魂の森《ウータン・サキジ》」の雨のほんとうの怖ろしさを、一行が味わうようなことが起った。

それは、左右の勾配から蟻をのせながら、ずるずる落ちてくるおそろしい泥の流れ、茨も鬼草も根こそぎにされて、隊を埋めんばかりにどうっと押しだしてくる。折竹は、瞬くまに胸のへんまで漬ってしまった。

まったく、その時は気をうしなったような気持。全隊員、ただ一人として口を利くものはない。大雨の泥濘のなかへ坐礁した船のようにしばしは動くことさえ忘れていたほどである。

やがて、この凄烈無比な雨に泣きたいような気持になってくる。曇り窓硝子《ガラス》のような小滝のような雨のむこうに、いく筋も血のような縞目の花粉の流れをうかべた泥がずるずるっと落ちてくる。そしてそのうえを、まっ黒にうずめる蟻や水蜘蛛の群。こんな自然の暴威はまったく始めてだけに、すぐ間近に死があるような気がしてくる。

隊は、泥濘をわけながら、泳ぐように逃げかえった。ほんの「離魂の森《ウータン・サキジ》」の戸端口でさえこれ……奥地へゆけばどんな事になるだろう。すると、そういう苦闘が半月も続いたころ。

「君は、ちょいちょいお母さんを見に、病院へゆくかね」

小屋のなかは、どうっと罩《こ》もる雨の音。ヴェミダと折竹が汗をふきふき、いま昼飯をくっている。

「ええ、行くわ。どうせ、あたいを見たって分らないんだろうけども、やっぱり、あたいは子供だから、行かずにはいられない」

「ではね、君はお母さんに似ていると思うかね」

「そうねえ」

と、敏感なヴェミダは窺うような眼をして、

「似ていなくたって、お母ちゃんだろ。あたいは、お母ちゃんの子供なんだから……」

「そうか」

と、折竹はそっと吐息をした。似ていない——当のヴェミダさえそう云うではないか。やはり、ファン・ブレーの云うとおりだろうか⁉　と思うと頭がうずいてくる。

もう、その問題は考えたくもないので、

「ナッケンと、君のその後はどうなっているね」

「あの人、なにかと相変らず云ってくるわ。だけど、ああ云うような人は、一時のもんでしょう。こんな奥地にいればこそ、あたいが眼につくけども……」

「…………」

「あれで、あの人は感激屋だからね。感謝します――なんてんでポウッとなる気持は、ここへ探検にきたのと同じことじゃない⁉　きっと今頃、飛んだところへ来たもんだと、悔んでいるわよ」

「利口だ、君は」

と折竹がにんまりと微笑む。

「だけど、いつになったら『離魂の森《ウータン・サキジ》』へゆけるの」

「分らない」

と折竹はまた暗然となった。

この雨にも、日に数回の晴れ間がある。そのとき、熱射と蒸発でゆでられるようななかで、有機物の腐敗が瞬く間におこなわれる。それは、逃げながらたおれた白蟻の列や、水につかった雑草やへし折れた大葉、昆虫や小動物の死体からの猛烈な臭気が、渾然と合したおそろしい毒癘気《ミアスマ》だ。

人間は視力が鈍り、ひじょうな疲労におそわれる。まったく、魔境を衝くなどは、思いもよらぬ事である。

「でも、材木の道がだいぶ出来たじゃないの」

「まだまだ、道が作れるようじゃ『離魂の森《ウータン・サキジ》』に入っちゃいない。こんなところでさえ、もう十人もとられたあの惨状《ざま》だからね。で、それから君に訊きたいのはファン・ブレーのことだ。あいつ、君になにか云やしないか?」

「別に、あの人なにも云やしないわ。ただ、怖かない顔であたいを睨むけども……。そうだ、あれはあたいの罰《ばち》が当ったんだ」

「罰って、なんだ」

「一昨日かしら。あの人、医務班で眼みて貰っていた。なんだか、見るもの見るものが、まっ赤にみえるんだって」

「そうか。じゃ、眼底出血でもしたのかもしれないね」

と、それ以上はなにも考えなかったことが、後日を思えばひじょうな悔いとなるのであった。

しかし彼には今夜だというかたい決意がある。いつぞや、じぶんに投げてきた謎の全部を、今夜はどうあっても吐かせなければならない。夜、ことに眼を煩っているなら好都合だと――かれは夜陰を待ったのである。

ところが、その夜更けに何事がおこったであろうか。

ファン・ブレーが、狂狼症《アモック》になってとつぜん暴れだしたのだ。そして、人夫の土人を二、三人殺し、じぶんは隊員がはなつ銃弾に倒れてしまった――狂狼症《アモック》を、マレー人は人豹とよんで恐怖している。

とつぜん、なんの前駆症もなく手近の武器を手にとって、豺狼の精気、そのままに猛烈に暴れだすのだ。殺戮が、ときによると、全部落にわたり、やがて、官憲の銃弾に蜂の巣になるのが常である。しかしこれは、赤道直下の湿熱の禍いでもなく、また、単なる風土病でもないのだ。おもに印度大麻煙草《バング》の濫用からくる。ファン・ブレーは、大の印度大麻耽溺者だったのだ。人工の、極楽をつくるこの魔薬の中毒が、ここの瘴気に触れたから堪ったものではない。まず、ヴェミダの口からでた“Mataglap《マタグラプ》”——、すべてがまっ赤にみえるという赤視症がおこるのだ。まったく、それが狂狼症《アモック》を知るたった一つの前徴とすれば、うかうかとそれを見遁した折竹の口惜しさは、じつに察するにあまりあろう。そうして、ファン・ブレーは秘密とともに死んでしまったのである。

　やがて、材木道ができると、いよいよ攻撃がはじまる。そのまえに、かれはファン・ブレーの死から「離魂の森《ウータン・サキジ》」の狂気の、原因をたしかめる事ができたのだ。それは、人によりいろいろな形であらわれる。ファン・ブレーのような狂狼症《アモック》もあれば、“Sakisi-《サキジ・》Djendai《ジエンダイ》”“Sakisi-boe《サキジ・ボーエ》”などと云う別のものになることもある。いずれにせよ、印度大麻の常習者はいかん。と、云うことになって人選をし、いよいよ魔境の奥芯へと向ったのである。

　瘴気は、まるで臭素のような匂いでますます濃くなってくる。雨は、篠をたばねる泥濘行——。人類はじめての「離魂の森《ウータン・サキジ》」への到達は、かれこれ三日ほども費《かか》っている。その、はじめて見る大荊棘地《グラガー》は!?

　植物の、一種の妖異ともいう巨草の繁茂、その密生のはげしさには唖然とするほかはない。幹と幹、茎と茎が絡みあうあいだを巨葉がうずめ、したは、地熱と熱気で湧きたつどろどろの沢である。しかもそこへ、はげしい毒瘴気がひたひたにたち罩めて、とうてい瓦斯マスクを付けずには、いられた場所ではないのだ。

「駄目だ」

まるで折竹は泣きそうな顔だ。せっかく此処まで……、それが、こんなようでは戻るより仕様がない。一行も、下痢と発熱で半死の体である。ゆくも、ゆかぬも即座にきめる、かれは土壇場に立たされてしまった。

ところが、みるといまは樹種もわからぬほど朽ちきった喬木が、押しだす巨草のながれに枯れきったまま立っている。

「はてな」

と、かぞえると、かなりな数だ。

「ようし、乗るか反るか、やって見よう」

と、眉宇間にあふれる異常な決意は何？

海にて望み尽く!?

折竹は、まずその一つにダアンと銃弾をあてた。すると、一つの弾にもくらくらと揺れ、二つ三つと、重なるうちにやがて傾きはじめ、たちまちズウンと、地鳴りを立てて巨草のなかに倒れたのである。しかし、アッ！　それがわずかな隙からみると、橋になっている。

　それから、朽樹をたおしながら丸木のうえを渡り……ついに「離魂の森《ウータン・サキジ》」の核心、大荊棘地《グラガー》を通過した。とまた、眼のまえに森が現われる。

　そこを通ると、みるみる折竹の顔を痛ましい色がつつんでゆく、とおく、暗雲のかなたに見えかくれする山巓は、コリンチー、ラジアなどの西海岸の山々。やはり、ファン・ブレーの云うとおりだった。魔境は、とうに過ぎたが、「人類ならぬ人間《コチョ・ボチョ》」はいない。折竹は落胆《がっかり》してしまった。

　やがて、西海岸へ出てモコ・モコへきた。あくまで「人類ならぬ人間《コチョ・ボチョ》」の存在を信じ切っている折竹は、これでも探検隊を解散しようとはしない。おまけに「離魂の森《ウータン・サキジ》」の雨にさんざん悩んだ一行が、やっと里へでると今度は雨期。まい日湯滝のような雨が落ち、一同は黴つくような思いだった。そのうち、一人、二人といつの間にか消えてゆく。とうとう、この一行のいちばんのお荷物だった、ナッケンまでが去ってしまうことになった。

「ヴェミダ、君がいてくれるんで、どれほど助かるかしれないよ」

「何でもないさ。あたいは、こうしているのが、自分で嬉しいんだから」

「じゃ、ヴェミダをおカミさんにしようかね」

　そういう時、ヴェミダの顔にうかぶハッキリとした苦悩の色を、これまで折竹は何度見ただろう。じぶんは、土人だという悲しそうな影を……この慓悍な野猫のような娘がうかべる。まさか、この娘が俺に恋をするとは——と、嗤ってはみるが、消し切れないものがある。

するとそんな事があったちょっと前の話で……。偶然、ファン・ブレーの荷物のなかから大変なものを見つけたのだ。それがかれの日誌で、こんなことが書いてある。

——「人類ならぬ人間《コチヨ・ボチヨ》」がどうして出来たかということは、先夫遺伝のように考えられる。先夫遺伝《テレゴニー》とは……。まえの夫の影響が後の夫の子に現われるのをいうが、この場合、ツンガイの場合はちょっとそれとは違う。それは、次の例でよく分ることと思う。

たとえば、黒ん坊の召使がいる家の婦人が白人の夫の種ながら、時によると黒い子を生むことがある。また、馬などは相手の牡よりも、かえって一緒にいる牝馬の毛色に似たのを生む。それが、猿の絵の多いヤッガース家にいた、ツンガイにひじょうに強く現われたのだろう。絶えず見ている類人猿の絵が、先夫遺伝《テレゴニー》とおなじ結果になったのではないか。それが、モコ・モコの浜の「人類ならぬ人間《コチヨ・ボチヨ》」——と、僕はそう信じている。しからば、かのヴェミダはなにか⁉　あれは、一個の野犬猫に過ぎぬ。

しかしそれは、かえって折竹に反抗の気持をおこさせた。そんなことなら、一番ファン・ブレーの説と闘かってやれと……、あくまで「人類ならぬ人間《コチヨ・ボチヨ》」の実在を信じきっている彼は、初期の意志をけっして翻そうとはしなかった。かえって、一つの思い付きをしたくらいである。

それは、このモコ・モコから五百浬《カイリ》ほど西の海中に「火礁海《アーラン・アーラン》」という海中火山帯がある。そこは、なにも海中火山といっても山があるわけではなく、じつに広い地域にわたって軽石をふきあげ、絶えずそこの海面がぶつぶつと煙っている。

もともとこの、〝Alang-alang《アーラン・アーラン》〟の名は地上のものにあるのであり、耕地を拋って置いた場合生えてくる低い茨のことをいうのだが、それと、この海面の浮遊物がそっくりなため、この大熱海にそんな名があるのであった。従って、なかに島があるか如何なる物がいるのか、まだ誰一人として踏み込んだものがないのである。まったく「人類ならぬ人間《コチヨ・ボチヨ》」でもいそうな魔境といったら、もうこの「火礁海《アーラン・アーラン》」残るのみなのだ。

（多分、モコ・モコの浜のツンガイには異常な奇談があったのだろう。かの女は「火礁海《アーラン・アーラン》」にいり「人類ならぬ人間《コチヨ・ボチヨ》」の一人を、狂った心で連れてきたのではないか）

やがて、彼は帆船を調達し、ヴェミダを連れ海上へでたのである。

補助機関だけで、無風帯のなかをゴトリゴトリと進んでゆく。濛気は海面を覆い、煮られるような暑さだった。と、ちょうどその三日目の朝。いよいよ船は「火礁海《アーラン・アーラン》」に近附いた。

その前夜、舷側に異様なものが打衝《うちあた》りはじめた。とおい、噴出の遠雷のような響きと、船首にあたる衝水の音。それに混って、舷をきしってゆく不思議な物音がある。明けると、甲板にでた奴が、アッと驚いた。

火山の、噴出物が海上一面を覆い、前後左右ただ灰色の一色。それには、門のようなものもあり釣鐘形もあり、峰あり、洞ありという一大奇観。空気は、硫気がつよく焼かれるような暑さだ。そのなかを、西舵《ポール》、卯舵《スタボール》と呼びながら漂流物を避けつつゆくうちに、だんだん全員の気配が不穏になってくる。とうとう水夫長を先頭に折竹をかこんだ。

「大将、これから本船はどうなるんで……」

「瓦斯《がす》マスクをつける。そして『火礁海《アーラン・アーラン》』の中心までゆく。それがため、君らの給料は倍増しになっているね」

「そいつは、知ってるんですが、どうでしょう⁉」

と、一人が揉み手をしながら、のり出してきた。

「あっし等は、まさか此処がこれほどたァ、思わなかったんで……。給金は、普通《なみ》でも只でもどうでもよう御座んすから、すぐ此処からこの船を返させてもらいたいもんで」

「それは、いかん」

と、折竹は厳然といった。

「本船が、世界の学界に公表して『人類ならぬ人間《コチヨ・ボチヨ》』をさぐるため、『火礁海《アーラン・アーラン》』へ乗りこむということは、君らも知っているはずだ。サア、瓦斯《がす》マスクをつけて、進めてくれ」

「いけねえよ」

と、だんだん水夫長《ボースン》の言葉が荒くかわってくる。胸毛古傷、半裸体の瘤々たる肉塊が、いまは汗と塩気で脂樹《やに》色にひかっている。——それほど、ここは焼かれるような暑さ。

「えっ、大将、抛りこまれねえうちに、温和しくしろい。お前の、狂気沙汰の道連れになって、俺らまでが死ぬんじゃ堪るもんじゃねえ。とにかくマア、ちょっとお前さんに辛抱してもらって、俺らが暫くこの船を預るぜ」

　これまでと、折竹の顔には観念の色が……。ついに「人類ならぬ人間《コチヨ・ボチヨ》」の捜索も絶望となったかと、彼はもうなにも争わず、船を温和しく返させたのである。水夫長は、ヴェミダの顎をスイと撫でて、

「姉ちゃんや、お前には悦んでもらおうぜ。お前も気違い旦那の道連れになって、死ぬとこだったろう。オヤッ、なにも泣くことはねえだろう。こんな、お目出てえことに、なぜ泣くんだね」

　そうして、舞台はもとのモコ・モコの浜、しかし、折竹の運はそれでも尽きず、ついに「人類ならぬ人間《コチヨ・ボチヨ》」にめぐり合うことになった。

*

　夜中に起きると、そばに寝ているはずのヴェミダがいない。むっと、部屋中がくさく、吐瀉物のにおいがする。灯りをつけると、ヴェミダの寝台は一面の吐血。

「ヴェミダ」

　かれは、不安になって大声でよんだが、それにはただ反響《こだま》がかえるだけである。どこ

へ行った⁉　それから、吐瀉物の跡をつけると庭先から、点々と海岸へつらなっている。

そうして、ついに紅樹《マングローブ》の林になる砂浜の端――。そこは以前、ツンガイが「人類ならぬ人間《コチヨ・ボチヨ》」とヴェミダを抱いていた、その同じところでパタリと杜絶えた。みると、砂上に転がっているものがある。

「ヴェミダ、どうした」

彼が飛びつくように、抱きおこすと、

「ああ、旦那《ミーンヘール》だね」

と、その声も消えんばかりに細い。

「あたい、じつは毒を嚥《の》んだんだ。もう、これで探検もしまいだろう。これで、旦那《ミーンヘール》ともお別れになるだろう。あたい、旦那と別れたくはないもんねえ」

「馬鹿、ヴェミダはなんて馬鹿だ」

「あたいは、旦那《ミーンヘール》に惚れていたんだよ。これは、旦那にも分っていたろうね。だけど、あたいは土人の娘だよ。それに、もう旦那と別れなきァならない」

彼の手をにぎる力は馬鹿に強いが、声は、ほとんど聴きとれぬほどに嗄《しやが》れている。その時、心動を聴こうと胸に耳をつけたとき、彼は、まさにのけぞらんばかりに驚いた……。心臓が、中央にあるのだ。

下等猿は、心臓が中央にあるが、しだいに進化して類人猿になると、それが胸部の左側に移ってくる。してみると、まず現在の人類にはない心臓位置のある……この娘こそ

「人類ならぬ人間〔コチヨ・ポチヨ〕」ではないか!? 只進化のない以前をそのまま具えている。この娘こそまさにそうだ。

この浜で、以前ツンガイが抱いていた「人類ならぬ人間《コチヨ・ポチヨ》」の本体は、まず、ファン・ブレーのあの説のとおりだろう。すると、この娘はどこから来た⁉ どこから、どこからと狂わしい声を、彼はしきりに胸のなかで立てていたのだ。と、ヴェミダのからだに痙攣がおこってきた。

「泣いているんだね。あたい、旦那に抱かれながら死んでゆく。……嬉しい」

「いや、ヴェミダはきっと生きられる。死んじゃいけない、ヴェミダみたいないい娘が、死ぬなんてあるもんか」

そのとき、音もなく死の影が落ちた。折竹は、砂とともにヴェミダをかい抱き、ついに、去ってしまった「人類ならぬ人間《コチヨ・ポチヨ》」の解決も、身を焼く情火には忘れはててしまうのであった。

第八話　遊魂境《セル・ミク・シュア》

死体、橇を駆る!?

いよいよ本篇から、魔境記も大ものばかりになってくる。まず、その手初めが〝Ser-mik-suah《セル・ミク・シュア》〟グリーンランド中部高原の北緯七十五度あたり、氷河と峻険と猛風雪と酷寒、広茫数百の氷河を擁する未踏地中のそのまた奥。そこに、字義どおりの冥路《よみじ》の国ありという、〝Ser-mik-suah《セル・ミク・シュア》〟は極光下の神秘だ。では一体、その「冥路の国《セル・ミク・シュア》」とはどう云うところか。

まず、誰しも思うのは伝説の地だということ。グリーンランドの内部は、八千呎《フイート》乃至一万呎の高さにわたり、大高原をなしている。そして、それを覆う千古の氷雪と、大氷河の囲繞《いにょう》。とうてい五百マイルの旅をして核心を衝くなどということは、生身の人間のやれることではない。だから、そこに冥路《よみじ》の国がある、死んだ魂があつまる死霊の国がある——とエスキモー土人が妄信を抱くようになる。

と、これがマアいちばん妥当なところで……多分皆さんもそうお考えであろうと思われる。また、「冥路の国《セル・ミク・シュア》」について多少の知識のある方は、一歩進んだものとして次のようなことも云うだろう。

馬来《マライ》の狂狼症《アモック》をジャングルの妖とすれば、「冥路の国《セル・ミク・シュア》」の招きは氷の神秘であろう。それに打たれた土人は狂気のようになり、家族をわすれおのが生命をも顧みず、日ごろ怖れている氷嶺の奥ふかくへと、橇をまっしぐらに走らせてゆく。まばゆい、曼珠沙華のような極光《オウロラ》の倒影。吹雪、青の光をふきだす千仞の氷罅《クレヴァス》。――いたるところに口を開く氷の墓の遥かへと、そのエスキモーは生きながら呑まれてゆく。

と、いうように氷の神秘と解釈する。それだけでも、「冥路の国《セル・ミク・シュア》」は興味津々たるものなのに、一度折竹の口開かんか、そういう驚異さえも吹けば飛ぶ塵のように感じられる。それほど……とは何であろう⁉ 曰く、想像もおよばず筆舌に尽せず……ここが真の魔境中の魔境たる所以を、これからお馴染ふかい折竹の声で喋らせよう。

「なるほど、君も『冥路の国《セル・ミク・シュア》』について、ちっとは知っているね。だが一つだけ、君がいま云ったなかに間違いがあるよ。というのは、『冥路の国《セル・ミク・シュア》』の招きでエスキモーが橇を走らせる。まるで、とっ憑かれたようになって、夢中でゆく。と云うなかに、一つだけある」

「へええ、というと何だね」

「つまり、生きた人間ではないからだ。その、橇をはしらせるエスキモーは、死んだやつなんだ」

「そうだろうよ」と、私はひとり合点をして、頷いた。ついに、折竹も語るに落ちたか、魔境中の魔境などと偉そうなことを云うが、やはり結句は、死霊あつまるというエスキモーの迷信譚。よしよし日頃やっ付けられる腹癒せに今日こそ虐めてやれと、私は意地のわるい考えをした。

「なるほど、死んだ人間が橇をはしらせる。じゃそれは、魂なんてものじゃない、本物の死体なんだね」

と、参ったかとばかりに云うと、意外なことに、

「そうだ」と折竹が平然というのである。

「死体が橇を駆る。ふわふわと魂がはしらせる幻の橇なんて、そりゃ君みたいな馬鹿文士の書くことだ。あくまで、冷たくなったエスキモー人の死体。どうだ」

私は、しばしば唖然たる思い。すると、折竹がくすくすッと笑いながら、懐ろから洋書のようなものを取りだした。みると、「グリーンランズの氷河界《ユーベル・グレーランズ・グレッチエルウエルト》」という標題。一八七〇年にグリーンランドの東北岸、マリー・ファルデマー岬に上陸したドイツ隊の記録だ。それを、折竹がパラパラっとめくり、太い腕とともにぐいと突きだしたページには、

　翌五月十六日、依然天候は険悪、吹雪はますます激しい。天幕《テント》内の温度零下五十二度。嚢内からはく呼吸《いき》は毛皮に凍結し、天幕《テント》のなかは一尺ばかりの雪山だ。するとと突然、エスキモーの“E-Tooka-Shoo《エー・ツーカ・シユー》”が死んだような状態になった。脈は細く、ほとんど聴きと

れない。体温は三十二度。まさに死温。

「死んだよ」と、私がもう一人のエスキモーの“AL-Ning-Wa《アル・ニン・ワ》”にふり向いて、

「だが、どうして急にこんな状態になったか、わからん。さっきまで、ピンシャンしてた奴が、急にこうなっちまった」

と、その時だ。いきなり、死んだはずのエ・ツーカ・シューが、むっくと起きあがった。蘇えったか、と、支えようとする私をアル・ニン・ワは押しとどめ、

「死んでいるだよ。動いているだが、エ・ツーカ・シューは死んでいるだ」という。私が、なにを云うかと屹《き》ッとみる眼差しを、その老エスキモーは受けつけぬように静かに、

「論より証拠というだて、ちょっと手を握ってみなせえ、脈はあるだかね。おいら、生きてる人間みてえに、暖かになったかね」

なるほど先刻《さっき》と、彼のいうとおり少しも変っていない。死体がうごく——と、呆気にとられた私にアル・ニン・ワはいい続ける。

「そっとして……。旦那は、何もしねえほうが、いいだよ。エ・ツーカ・シューは、これから『冥路の国《セル・ミク・シュア》』へ召されるところだから。死骸になってから行かされるなんて、おいらの種族はなんて手間が掛るだべえ」

とみる間に、エ・ツーカ・シューがのっしのっしと歩きはじめた。まるで、ゼンマイ人形のような機械的な足取り。やがて天幕《テント》をまくったとき吹きこむ粉雪のために、かれの姿は瞬間にみえなくなった。それなりだ。橇犬の声がやがて外でした。岩がちぎって

くるような吹雪の合間合間に、しだいに遠ざかってゆく鈴の音、犬の声。行ってしまった。極北の神秘「冥路の国《セル・ミク・シュア》」は実在せり！　エ・ツーカ・シューは死体のまま橇を駆り、晦冥の吹雪をつき氷の涯へと呑まれたのだ。

なんたる怪か——と、あきれる私の耳元へ折竹の声。それが、また意味はちがうが打《ぶ》

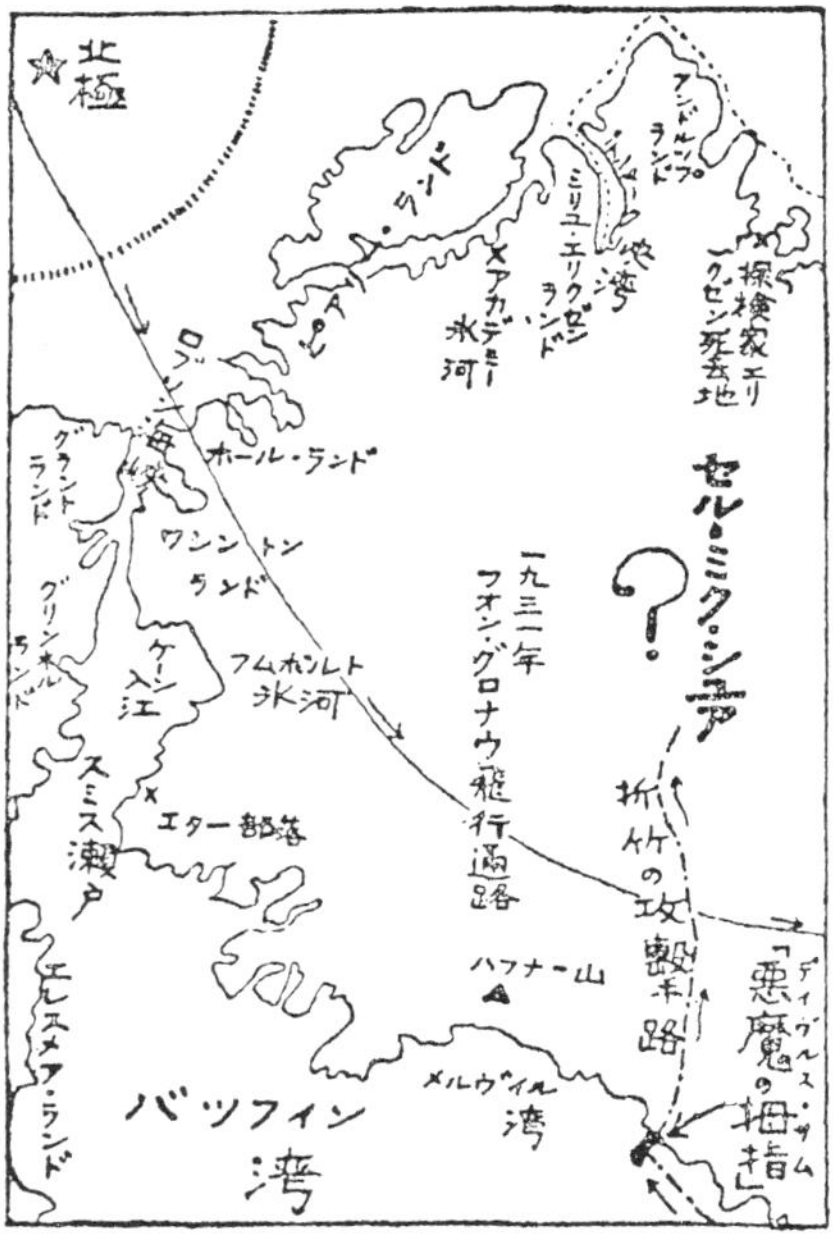

地図＝グリーンランドとセル・ミク・シュア

ん殴るような驚きを……。

「どうだい、僕が魔境中の魔境といったのも、ハッタリじゃあるまい。それに、この探検にはひじょうな意義がある。じつは、国際法の先占問題にも触れている」

と、私に固唾をのましたその「先占」とは。例をわが国にとれば、南極問題あり。かの大和雪原領有を主張する、白瀬中尉の熱血。また近くは、フランスと争った新南群島の先占。いずれも事新しいだけに賢明な皆さんのまえで、この言葉の説明の必要はあるまいと思われる。つまりこれは、無主の地へいちばん先に踏み入ったものが、その本国政府に云って先占宣言をさせる。今後この地は自国の領土である、異議あるものは申し出い——というのが「先占」。

では今、国際紛争を仄めかすような先占問題がからむと云う、極北のその地とは一体どこのことだろう⁉ 私は、深くも聴かずひとり合点をして、

「なるほど、それが『冥路の国《セル・ミク・シュア》』探検の副産物というわけだね。じゃ、どこだ？ その、新発見の北極の島ってえやつは」と云うと、折竹はいけぞんざいに手をふって、違う、と嘲けるように云う。

「島じゃない。その無主の地というのは、グリーンランドの内部《なか》だ」

驚いた。現実を無視するにもこれほど痛快なものに、私はまだ出会ったことがない。

全島、ヨーク岬をのぞくほかデンマーク領のグリーンランド——。よしんば内部《なか》が、「冥路の国《セル・ミク・シュア》」をふくむ広茫の未踏地とはいえ、沿岸を占めれば自然奥地も領地となる

――国際法には奥地主義の法則がある。それでは、先占云々の余地は完全にないではないか。無主の地はたとえ一坪たりと、いま北極圏の大島グリーンランドにはないのだ。それにも拘わらず……。

と、云うところが「死体駆る橇」とともに、「冥路の国《セル・ミク・シュア》」探検の大眼目になっている。しかしこれは、暫く興味上保留することにして、では、そこを先占しようとしたのは、いずれの国であろう。訊くと、折竹は紅潮さえもうかべ、

「どこって⁉　それが他の国なら云う必要のないことだ。日本政府が、もしも僕の仕事を追認してくれてだね。『冥路の国《セル・ミク・シュア》』の先占宣言をしてくれたら……」

ここで、もはや云うべき言葉もなくなった。ドイツ人が夢想する新極北島《アイランド・アルクチス》を徒手空拳で実現しようとした折竹の快挙談。氷冥郷をあばく大探検にともなう、国際陰謀と美しい情火のもつれを……。さて、かれに代ってながながと記すことにしよう。

大力女《ファテイマ》おのぶサン

全米に、かなり名の聴えたウィンジャマー曲馬団《サーカス》が、いまニューヨーク郊外のベルローズで興行している。サーカスの朝はただ料理天幕《クッキング・テント》が騒がしいだけ……。芸人も起きてこず野獣の声もない、ひっそり閑とした朝まだきの一刻がある。そのころ、水槽をそなえた海獣の檻《カラル》のまえで、なにやら馴育師《トレイナー》から説明を聴いているのが……、というよりも甚だしい海獣の臭気に、鼻を覆うていたのが折竹孫七。

ている。なかには、海豹《あざらし》使いのヒューリングがしきりと喋っている。なかには、海豹、海驢《あしか》、緑海豹《グリーン・シール》など十四ほどのものが、鰭で打ちあいウオーウオーと吼えながら、狭いなかを捏ねかえすような壮観だ。

「これが、今度入りました新荷でがして」と、海豹《あざらし》使いのヒューリングがしきりと喋っ

「実は、なんです。これは、さるところから纏めて手に入れまして……、さて、訓練にかかったところ、大変なやつが一匹いる。どうも見りゃ海豹《あざらし》ではない。といって、膃肭獣《おっとせい》でもなし、海驢《あしか》でもない。海馬でもなし、海象《ウオーラス》でもない。さだめしこれは、新種奇獣だろうてえんで、いちばん折竹の旦那に御鑑定をねがったら、きっとあのふしぎな野郎の正体が分るだろう……」

と云うところへ「これは御苦労さんで」と、親方のウィンジャマーが入ってきた。ウィンジャマーは、きょう折竹の連れである自然科学博物館の、ケプナラ君とは熟知の仲である。ぺこぺこ頭をさげて折竹に礼をいってから、おいキャプテンと、ヒューリングにいった。

「こりゃね、一つお前さんに仕方噺をして貰おうよ。海獣《けもの》の訓練の順序をお目にかけてからでないと、どんなにあの野郎が手端に負えねえやつかと云うことが、旦那がたに呑み込めねえかもしれねえから…」

と、ヒューリングがまず西洋鎧のような、鉄葉ズボン《テイン・パンツ》という足部保護具をつける。これを着けないと、いつ未訓練のやつに、がりがりっとやられるかもしれない。檻の戸をあけてそっと内部《なか》にはいると、見かけは鈍重そうな氷原の豹どもも、たちまち牙を露《む》き

だし、野獣の本性をあらわしてくる。ヒューリングは、鉄葉《ティン・パンツ》ズボンのうえをガリガリやられながら、鉄棒につかまって外側へ声をなげる。

「最初は、生魚食いのこいつ等に、死魚を食わせる。ぴんぴん糸で引っぱって踊らせているると、うっかり生きてると間違えて、ガブリとやる。そうして、餌についたら、もう占めたもんで……。まもなく、飾り台《パデストール》のうえに、ちょこなんと乗る。撞球棒《キュー》のうえへ玉をのせたのを、鼻であしらいあしらい梯子をのぼってゆく。それから、梯子の頂上でサッと撞球棒《キュー》を投げ、見事落ちてくる玉を鼻面で受けとめる。

――と云うようになれば、いっぱしの太夫。手前も、給金があがるという嬉しい勘定になる。ところがです、あの〝Gori-Nep《ゴリ・ネプ》〟の野郎ときたら手端にも負えねえ」

「〝Gori-Nep《ゴリ・ネプ》〟って？」と折竹がちょっと口を挟んだ。

「つまり、野郎は演芸用海豹仲間《ネップ》のゴリラですからね。マア、この鉄葉《ティン・パンツ》ズボンの穴をみてくださいよ。たいていの海獣《けもの》なら二、三度で噛み止みますが、あいつの執念ときたらそりゃ恐ろしいもんで……。ええ、その大将はすぐ参ります。じつは、野郎だけが独房生活で」

その、通称〝Gori-Nep《ゴリ・ネプ》〟という得体のしれぬ海獣を、まもなく折竹はしげしげと眺めはじめた。身長は、やや海豹《あざらし》くらいだが体毛が少なく、まず眼につくのがおそろしく大きな牙。おまけに、人をみる眼も絶対なじまぬ野性。ついに折竹にも見当つかずと見えたところへ「あれかな」と、連れのケプナラを莞爾となって、ふり向いた。

「ケプナラ君、君はエスキモー土人がいう、〝A-Pellah《アー・ペラー》〟を知っているかね」

「アー・ペラー⁉ 一向に知らんが、なんだね」

「海豹《あざらし》と海象《ウオーラス》の混血児《あいのこ》だ。学名を〝Orca Lupinum《オルカ・ルピヌム》〟といって、じつに稀に出る。その狂暴さ加減は学名の訳語のとおり、まさに『鯨狼』という名がぴたりと来るようなやつ。孤独で、南下すれば膃肭獣《おっとせい》群をあらす。滅多にでないから、標本もない。マア、僕らは、きょう千載に一遇の機会で、お目にかかれたと云うわけだ」

「ううむ、そんな珍物かね」と、温厚学究君子のケプナラ君は感じ入るばかり。果して、この奇獣は唯者ではなかった。やがて、折竹を導いて「冥路の国《セル・ミク・シュア》」へと引きよせてゆく、運命の無言の使者だったのだ。咆えもせず、じっと瞳を据えて人間を見わたしている、狡智、残忍というか慄《ぞ》っとなるような光り。これぞ、極洋の狼、孤独の海狼と——なんだか睨みかえしたくなる厭アな感じが、ふとこの数日来折竹に絡《まつ》わりついている、ある一つの異様な出来事を思いださせたのである。それは、両三度を通じておなじような意味の、次のような手紙が舞いこんできたのだ。

　敢えて小生は、世界的探検家なる折竹氏にいう。この地上にもし、まだ誰も知らず一人も踏まぬ国ありとすれば、その所在を、御貴殿にはお買い取りになりたき意志なきや。小生は、それほどのものを売らねばならぬほど、目下困窮を極めおり候。

　明日、午後三時より三時半までのあいだ、東《イースト》二十四番街のリクリエーション埠頭《パイアー》の出際、「老鴉《オールド・クロウ》」なる酒場にてお待ち申しおり候、目印しは、ジルベーのジンと書いてある貼紙の下。

K・M生

未知の国売物――じつに空前絶後ともいう奇怪なことである。まして、国というからには単純な未踏地ではあるまいが、まさか、そんなものがこの地上にあろうとは思われない。折竹はなんだか揶揄《からか》われるような気がして、ついに、二度三度と手紙がきても行かずにいた。

と、つぎに昨日のことだった。ふいに、男女二人の訪客があって、その名刺をみたときオヤッと思ったほど、じつにそれが意想外の人物だったのだ。

無疵《ラッキー》のル・チアノ――いまタマニーに風を切る紐育《ニューヨーク》一の大親分。牝鶏《ニッキイ》フロー、かれの情婦で魔窟組合《プロスティチユーション・シンジケート》の女王、千人の妓と二百の家でもって、年額千二百万ドルをあげるという、大変な女だ。そういう、暗黒街に鳴る鏘々たる連中が、いかなる用件があってか丁重きわまる物腰で、折竹の七十五番街の宿へやってきた。

世界的探検家対ギャングスター・ナンバー一《ワン》。まずこれは、一風雲必ずやなくてはなるまい。

「御免なすって」と人相は悪いがりゅっとした服装の伊太公、フローは、まだ若くガルボ的な顔だち。しかし、駆黴剤の浸染《しみ》はかくし了せぬ素姓をいう……、いまこの暗黒街を統べる大顔役二人が、折竹になに事を切りだすのだろう。

「じつは、高名な先生にお願いの筋がござんして。と、申しますのは余の儀でもございません。ここで、分りのいい先生にぐいと呑みこんで頂いて……」

「なにをだ」

「すべて、どこへ行くとか何をするとか——その辺のところは一切お訊きにならず、ただ手前の指図どおり親船に乗った気で、ちかく〝Salem《サレム》〟をでる『フラム号』という船にのって頂く」

「おいおい、俺をどこかの殴りこみに連れてゆくのか」

「マア、お聴きなすって」と、ルチアノはかるく抑え、

「で、その船は北へ北へとゆく。すると、そのどこかの氷のなかにだね。ぜひ先生のお力を拝借せにゃならねえものが、おい出、をじっと待ってるんですよ」

「では、そこは何処なんだね。また、僕の力を借りるとは、何をすることなんだ?」

「どうか、それだけはお訊きにならねえで。ただ、申しあげて置くのは、けっして邪《やま》しいことじゃない。法律に触れるようなことでは絶対にないという……その点だけは御安心願いたいもんで」

折竹は、ただただ呆れたように瞬《しばたた》くだけ。ギャングども、大変なことを云ってきやがった。おれの力を、借りたいと云うからには探検であろうが、いま、年収八千万ドルと云われるルチアノの仕事なら、或はそれが途方もないものかもしれぬ。どこだろう、北へ北へといって氷のなかに出る⁉　はてなと、思いめぐらすが、見当もつかない。ただ、

匂ってくるのは黒暗々たる秘密のにおい。

「ねえ、先生、御承知くださいましなね」と、フローが間に耐えられないように、「私たちだって、偶《たま》にゃ真面目な稼ぎの一つくらいはしますからね。先生にだって一生楽に暮せるくらいの、お礼は差しあげるつもりなんですよ。ねえ、先生ったら、うんと云って……」と、それでも黙っている折竹に焦れたのか、それともフローの本性か、じりじりっと癇癪筋。

「じゃ、私たちの仕事なんて、お気に召さないんだね」

「マア、云やね」と折竹はハッキリと云った。すると、扉のそとでコトリコトリと足音がする。いるな、ルチアノの護衛、代理殺人者《トリッガー・マン》のジップか⁉　と思ったが顔色も変えない、折竹にはルチアノも弱ったらしい。

「御免なすって。牝の蹴合鶏みたいな阿魔なんで、飛んだことを云いやして。とにかく、この問題はお考え願っときましょう。いずれは、うんと云って頂かなきゃルチアノの顔が立たねえが、そんな強面《こわもて》は百万だら並べたところで、先生にゃ効目《ききめ》もありますまい。なアア、俺らが来てもビクともなさらねえなんて……、フロー、お立派な方だなア」

折竹は、その間ものんびりと紫煙にまかれている。代理殺人者《トリッガー・マン》の銃口を扉のそとに控えていても、暗黒街《アンダーウオールド》の閻魔夫婦を眼のまえに見ていても、不義不正や圧迫には一分の揺ぎもしないかれには、骨というものがある。静かだ、ウエスト・エンド通り《アヴエニユー》の雑踏が蜂のうなりのように聴えてくる都心紐育下町《マンハッタン》のなかにも、こうした閑寂地がある。がいよいよルチアノも手がつけられなくなって、

「マア、これを御縁にちょいちょい伺ううちにゃ、先生だって情にからむだろう。なにも、殴り込み《ラケット》ばかりが能じゃねえ。誠心誠意という、こんな手もありまさア」

「おいおい、ギャングの情にからまれるのか」

「そう仰言られちゃ、身も蓋もねえが」

とルチアノは苦笑しながら立ちあがる。が、なんと思ったか、ちょっと眼を据えて、

「時に、あっしらしくもねえ妙なことを伺いやすが……最近、先生んところへ匿名の手紙が来やしませんか」

「来たよ。しかし、地獄耳というか、よく知ってるね」

「御注意しますが、絶対あんなものには係わらねえほうが、いい。ずいぶんコマゴマしたことで、無駄な殺生をしたり、ケチな強請《ゆすり》をするために大変な筋書を書く——というような奴が、ゴロゴロしていますから。そこへゆくと、あっし等のは実業《ビジネス》で……」

と、これがルチアノの帰りしなの台辞《せりふ》だった。

二人が帰ると、ギャングという初対面の怪物よりも、なにを彼らが企てつつあるのか、蔭の蔭の秘密のほうに心が惹かれてゆく。

極洋——そこにルチアノ一味がなにを目指している⁉　いわば変態ではあるが一財閥ともいえる、ルチアノ一派の実力で何をしようとするか⁉　またそれがあの手紙の主と

どんな関係にあるのだろう⁉　と思うと、イースト・サイドの貧乏窟でせっかくの秘密をいだきながら、ギャングの圧迫のためうち顫えている、ひとりの可憐な乙女が想像されてくる。

　未知の国売物――それと、ルチアノ一味のギャングとのあいだには、見えない糸があるのではないか。

　行ってみよう、彼はやっとその気になった。が「老鴉《オールド・クロウ》」というその酒場へいってみると、すでに日も過ぎたが、それらしい影もない。見えない秘密、いや、逸してしまった秘密……とやきもきとした一夜が過ぎると、翌朝はケプナラとともにウィンジャマー曲馬団《サーカス》。いま、彼はあれこれと思いながら、奇獣「鯨狼《アー・ペラー》」のまえに立っているのだ。するとケプナラがウィンジャマー親方に、

「だが、よくこの鯨狼《アー・ペラー》は餌につきましたね」

「そこです。最初は、誰がやっても見向きもせんでした。ところが、相縁奇縁というかたった一人だけ、この先生に餌を食わせる女がいる。呼びましょう。オイ、牝河馬《ファテイマ》のマダムに、ここへ来るようにって」

　と、やがて現われたのが意外や日本人。“Onobu-san, the Fatima”《オノブ・サン　ゼ・ファテイマ》――すなわち大女おのぶサンという、重錘揚げの芸人だ。身長五尺九寸、体量三十五貫。大一番の丸髷に結って肉襦袢《タイツ》姿、それが三百ポンドもある大重錘をさしあげる、大和撫子ならぬ大和鬼蓮《おにはす》だ。

狂人の無電か

「おやおや、故国《くに》の人だというから、もうちょっと好い男だと思ったら……。えっ、あんたがあの、探検屋折竹!?」

とこれが、折竹にひき合わされたおのぶサンの第一声。サーカスにいるだけにズケズケと云う。悪口、諧謔、駄洒落連発のおのぶサンは一目でわかる好人物らしい大年増。十歳で、故郷の広島をでてから三十六まで、足かけ二十六、七年をサーカス暮し。

このウィンジャマー曲馬団《サーカス》の幌馬車時代から、いま、野獣檻《ミナジリー・デン》だけでも無蓋貨車《マフラット・カー》に二十台という、大サーカスになるまで、浮沈を共にした、情にもろい気さくな性格は、いまや名実ともにこの一座の大姐御。といって、愛嬌はあるが、寸分も美人ではない。まあ、十人並というよりも、醜女《しこめ》のほうに分があろう。

「ほら、私だと云うとこんな具合で、化物海豹《あざらし》めが温和《おとな》しくなっちまう」と、餌桶いっぱいの魚をポンポンくれているおのぶサンと、鯨狼《アー・ベラー》をひき比べてみているうちに、折竹がぷうっと失笑をした。それを見て、

「この人、気がついたね」

と、おのぶサンがガラガラッと笑うのだ。

「なんぼ、私とこの大将と恰好が似ているからって、別に、親類のオバサンが来たなんてんで、懐いたんじゃないよ。つまり、相縁奇縁ってやつだろうね。私もこいつも、知

らぬ他国を流浪の身の上だから、言葉は通じなくても以心伝心ってやつ」

「おい姐さん、以心伝心で口説いちゃいけねえよ」

と、白粉っ気はないが、道化らしい顔がのぞく。

馬を洗う音や、曲奏の大喇叭《チューバ》の音。楡《エルム》の新芽の鮮緑がパッと天幕に照りはえ、四月の春の陽がようやく高くなろうとするころ、サーカスのその日の朝が眼醒める。しかしまだ、鯨狼《アー・ペラー》をここへ売ったのが何者かということが、最後の問題として残っているのだ。それに、親方が次のように答える。

「なんでもね、二《に》っちも三《さ》っちも往かなくなった捕鯨船の後始末とかで、こいつを売ったやつの名は、クルト・ミュンツァ、です。住所《ヒシラ》はイースト十四番街の高架線の下で」

この、鯨狼の出所については折竹よりも、むしろ、このほうの専門家のケプナラ君に興味多いことだ。ところが、どうしたことかそれを聴くと、ちょっと、折竹が放心の態になった。ただ、〝Kürt Münzer〟《クルト・ミュンツァ》と呟いている訳は!? あの、未知国の所在を売るという匿名の手紙の主の、K・Mというのがクルト・ミュンツァの頭文字。

事によったら、これが導きとなってあの手紙のわけも、また、それに関連しているらしいルチアノ一派の策動の意味も——すべてが明白になるのではないか。してみると、この奇獣鯨狼《アー・ペラー》も全然無関係ではない。いや、無関係どころか極地に春がきて、ながい闇が破れるようにすべてを分らせる——と、折竹はそんなように考えてきた。

金鉱、ダイヤモンド鉱それとも石油か!? いま、ルチアノ一味が全能力をあげて、それに打衝《ぶつか》ろうという意気が仄みえるだけに、……秘密の、深い深い底をのぞき知ろうとする、彼はいま完全に好奇心の俘虜。

「折竹さん、海獣《けもの》とばかり交際《つきあ》ってて、あたしを忘れちゃ駄目だよ。一度、ぜひ伺わせて貰うからね」

「来給えな」といったのも、上の空。おのぶの言葉も瞬後に忘れてしまったほど、心は、クルト・ミュンツァが住む高架線《エル・トラック》のしたへ。

その後、かれとケプナラがイースト・サイドへ出掛けていった。

そこは、二十七ヵ国が話されるという、人種の坩堝。極貧、小犯罪、失業者の巣。いかに、救世軍声を嗄《か》らせどイースト・リヴァの澄まぬかぎり、ここのどん詰り《デッド・エンド》は救われそうもないのだ。

「ここが、二〇九番地だから、この奥だろう」

と、皮屋と剃刀屋のあいだの階段をのぼり、突き当りのボロ蜂窩《アパート》へはいってゆく。

廊下は、壁に漆喰が落ちて割板だけの隙から、糸のような灯が廊下にこぼれている。年中、高架線の轟音と栄養不足で痛められている、裸足《はだし》の子供たちがガヤつく左右の室々。やっと、さぐり当てたクルト・ミュンツァの部屋を、折竹がかるく叩き《ノック》をした。

「入れ。誰だ、マッデンかい」

あけると、意外な男二人にオヤッと眼をみはる。どこか悪いらしく寝台にねているミュンツァは、三十恰好の上品な面立ちの男だ。折竹が、来意を告げると踊りあがるような悦び。あのK・Mとは、やはりこのミュンツァ。

「ああ、来てくだすったですね。いろいろ、御都合もあろうし、駈け違ったことと思っていましたが」

と、やがてあの不思議な手紙を折竹に出したについての、極洋に横たわるという知られない国の話をしはじめた。

「折竹さん、あなたは五年ほどまえ北極探検用として、潜水客船《ウンターワッサー・ファールツオイク》というのを考案したミュンツァ博士を御存知ですか」

「知っています。じゃ、おなじミュンツァとなると、あなたは？」

「あの、アドルフ・ミュンツァは僕の父です」とクルトは感慨ぶかげに云うのだ。

「父は、御存知のとおりの造船工学家でしたが、極地の大氷原を氷甲板《アイスデッケ》として、そこに新ドイツ領をつくろうと云う、夢想に燃えていたのです。新極北島——と、父は氷原上の都市をこう呼んでいましたよ。ところが、まもなく一隻を自費でつくりあげ、一九三三年には極洋へむかいました。僕は、体質上潜航に適しないので、捕鯨船の古物である一帆船《バーク》にのって『ネモ号』というその潜船に蹤《つ》いていったのです。すると、運の悪いことには半月あまりの暴風雪。無電はこわれ散々な目に逢ったのち、『ネモ』号を見失なって漂流一月あまり。やっとグリーンランド東北岸の“Koldewey《コールドウエー》”島の峡湾《フイヨルド》に流れついて、通りがかりの船を待っていました」

「その間、ネモ号は」と、ケプナラ君がロイド眼鏡をひからせる。

「なにしろ、無電が壊れているんで、サッパリ消息が分りません。すると、そこへ運よく一隻の捕鯨船が通りかかって、僕は無電の修理材料をもらいました。修理が成った、と、それから三日ばかり経った夜、偶然、ネモ号の通信をとらえたのです。御想像ください。まるで、蒼白いランプのような真夜中の太陽のしたで父の通信と分ったときの、私の悦び。しかしでした」

「では、その通信にはなんとありましたね」

「奇怪なことです。僕は、父が気違いになったとしか思えなかった。どうです、たとえば貴方がたがこういう無電をうけたとしたら……」と、クルトの眼が、じっとすわって、当時の回想が胸迫ったような面持。それは、多分お読みになる皆さんもアッと云うだろうほどの、つぎの奇怪極まるものであった。

——いま、われ等は「冥路の国《セル・ミク・シュア》」に近し。ついに、グリーンランド内地に新領土を発見す。

およそ、世に分らないと云うことにも、これ程のものはあるまい。冒頭でもいったように国際法の規定では、沿岸を占めれば奥地も領土となる。いま、グリーンランドで新領土の余地などと云うものは、誰がみても皆目ないはずなのに……。では、そのミュンツァ博士の通信は、戯むれか狂気沙汰か⁉

「僕は、その意味でいまだに分りません。もっと、上等な頭で考えたら分るのかもしれないが、僕にはどうも投げ出すより仕様がない。で、その無電はそれで切れました。あとは、待てど暮せど、なんの音沙汰もない。仕方なく、僕は父をあきらめて、その峡湾《フィヨルド》を出ていったのです」

「なるほど、お父さんのミュンツァ博士は、死を確認されている」

と、折竹が沈んだ顔をして、呟いた。

しかしその時、かれの胸をサッとかすめた一抹の疑問。事によったら、博士は「冥路《セル・ミク・》の国《シュア》」のふしぎな手に、狂人となっていたのではないか。死体が、橇を駆るように招かれてゆく途中、あの奇怪な無電をうったのではないか⁉　しかし、その考えはその場かぎり消え、彼は、別のことを訊きだした。

「時に、クルト君は僕以外のものに、この話をしたことはないかね」

「あります、ただ一人だけです。それは、一昨年父をさがしに、グリーンランドへ行ったのです。その時、あの奇獣の鯨狼《アー・ペラー》をつかまえた。だが、その探検も結局空しくおわり、僕は全財産を摺り結核にまでなって、とうとうこのイースト・サイドへ落ちこんだ。では、なぜ本国へ行かぬかと仰言るのですね⁉　それは、あのユダヤ人排斥でとん《と》だ飛ばっちりをうけたからです。

当時、本国は鼎《かなえ》の湧くような騒ぎ。密告が密告につぎユダヤ人ならぬ僕までが、本国に帰れないことになりました。そうした、困窮のなかを父と面識のある、タマニー区検事長のロングウェル氏に救われました。僕が、こんな汚ないところでも死なないでいるのは、ロングウェルさんのお蔭といっても、いい。むろん、このことは一伍《いちぶ》始終話したのです」

　そのロングウェル氏は、紐育《ニューヨーク》暗黒街にとれば仇敵のような人物。清廉、誘惑をしりぞけ圧迫を物ともせず、ギャング掃蕩のためには身命さえも賭そうという、次期州知事の候補者の一人だ。そうなると、ルチアノ一味とは反対の立場にある、ロングウェル氏が知るというのではなんの意味もなさない。なぜ、ルチアノ一派がそれを知っているらしいのか、折竹がそのことを訊いた。

「クルト君、君はルチアノの連中と関りあったことはないかね」

「ルチアノ⁉」とクルトは驚いたような顔をして、

「僕が、なんで汚らわしいあの連中を、知るもんですか。驚いた。それは、どういう訳ですね」

　ルチアノと、知らない！　ますます、折竹は分らなくなって往くばかり。まったく、これはクルトが嘘を云っているか……、それとも、隠し事でもしてない以上、腑に落ちないことだ。と、彼はいきなり語気をつよめ、

「君はまだ、僕に隠していることがあるね。もし、金にしようと云うのなら、幾らでも出させるが……」

「えっ、何のこってす⁉」と、クルトはポカンとなる。

　それに、嘘の分子が微塵もないと云うことが、折竹にはハッキリと分るのだが……。しかしそれでは、ルチアノ一派がどうして知っているのか？　まず彼らの大好物である

富源のようなものでもない限り、またそれを、あの一味が知る機会がないかぎり……と、なおも折竹は執拗に畳みかけてゆく。

「では君が、僕に未知の国の所在を、売ろうと云ったわけは？　あのお父さんの怪無電以外に、もっとこの問題を現実付けるものが、なけりゃならんね」

「それは」とクルトがぐびっと唾をのむ。ついに、ここに最終のものが現われるか。

「それは、あの鯨狼《アー・ペラー》がどこにいたか。私が、あの奇獣をどこで捕まえたか」

「なに、鯨狼を捕獲した場所⁉」

「そうです。父のあの無電を現実付けるものが、鯨狼の捕獲位置にあるのです。それが、北緯七十四度八分。西経……」

と、云いかけたとき、怖ろしいことが起った。とつぜん、窓硝子がパンと割れたと思うと、クルトの顳顬《こめかみ》にポツリと紅いものが……。彼が、ポカンと馬鹿のように口を空けていたのも瞬時、たちまち、崩れるように床へ転げ落ちてしまったのだ。

ルチアノ一味の手が肝腎なところの瀬戸際で、クルトの口を塞いでしまったのである。西経……、ああそれが分れば。

「冥路の国《セル・ミク・シュア》」争奪

ルチアノの魔手――それは云わずと分ることである。まったく、訳も分らぬことばかりが引き継いでおこる事件のなかで、なにより骨子となるミュンツァ博士の怪無電が……やっと、ヴェールを除《と》ろうとすればもうこの仕末。可哀想にと、折竹も暗然と死骸をみている。

ルチアノ奴「冥路の国《セル・ミク・シュア》」になにを狙っている⁉　何を何をと、ただ盲目さぐりの焦《いら》だたしいその気持は、くそっ、ゴージャンノットの結び目に逢ったかと、折竹も嗟嘆の声をあげるばかり。という、その錯綜の謎は並べてみてさえも、皆さん、頭が痛くなるではないか。

一、クルトの父ミュンツァ博士が、グリーンランドの内地に新ドイツ領を発見したという。しかしそれは、じつにどうにも考えられぬこと……、でまずまず「冥路の国」の魅魍のため狂人になったとしか思えぬ。

二、ところがそれに、倅のクルトは鯨狼《アー・ペラー》の捕獲位置から、一脈の真実性があるという。まず、その地の緯度をいい次いで経度をいおうとしたとき、飛びきたった銃弾に斃された。それは、疑う余地もないルチアノ一味の仕業。

三、では、ルチアノ一味はどこからその情報を手に入れたか。クルトは、清廉頑検事のロングウェル氏に話したのみと云うが、そのロングウェル氏はルチアノ一派の対敵——その辺の消息が、皆目分っていない。また、その地へルチアノ一味が食指を動かしていると云うについては、なにか驚くべき富源のようなものがなければならない。しかしもう、その事についても怪無電の真相も、すべてはクルトが墓場へ持っていってしまっている。

と、踏み彷徨《さまよ》うような当て途もない気持のなかで、なんだか折竹は魔境の呼び声をうけてくる。謎を解く、それもクルトへの弔い合戦か。と、腰を抜かしたようなケプナラを促がしながら、やっと彼は死人のそばから腰をあげたのだ。

その数日後、かれはロングウェル氏に逢った。しかし、加害者の見当についても直接証拠のないかぎり、ここの、州刑法ではどうにもならない。ただ、クルトの死を無駄にさせたくない——この点では完全な一致をみたのだ。

ルチアノ一味を、向うにまわして「冥路の国《セル・ミク・シュア》」を踏破する。怪無電の謎を解き魔境征服という以外にも、不義の徒に対する烈々たる敵愾心。まず、かれ等の策動を空に終らせることが、この際クルトへのなによりの手向けだろう。と、いよいよ「冥路の国」探検ということになった。

がその間、かれはおのぶサンの来訪を頻繁にうけていた。

「ちょいと、あたし……また来たわよ」といった具合で、まい日のようにやって来る。折竹も、三度に一度は五月蠅《うるさ》そうな顔をするが、こういう時も、

「お邪魔はしないわよ。あたしに関わず、お仕事をやって」という。そして何時までも、折竹の向う側にかけていて、雑誌などを見ながらもちょいちょいと彼をみる、その眼付きは唯事ではない。折竹も、この頃では慄《ぞ》っとなっている。

また来たわよ、御迷惑ねえ——と、云われるときのあの気持といったら、悪女、醜女《しこめ》も典型的なおのぶサン。三十六貫の深情かと思うと、胃のなかのものがゲエッと出てく

るような感じ。

それに、ここになお一層悪いことは、今度おのぶサンも探検隊について「冥路の国」へゆくということになっている。それは、鯨狼《アー・ペラー》の給仕者という役。ではなぜ、鯨狼が探検に必要なのだろう⁉　というのは、棲息地の記憶だ。これは、あらゆる海獣を通じての顕著な習性で、どこで鯨狼が捕えられたかと云うことを、観察しつつ知ろうというのだ。

してみると、おのぶサンとは当分離れられぬわけ。それを思うと、ゲンナリしてしまう。

だが、折竹は神様ではない。もし神様ならばこう頻繁におのぶサンがくる理由《わけ》を覚らなければならない。なにか、おのぶサンには惚れた腫れた以外に、折竹に云いたいことがあるらしい。で、これは、紐育を去る出発の前夜のこと。

その晩、昨日は来ないからやって来るなと思っていると、案の定、扉を叩く音がする。彼は、それを聞くとぞくっとなって来て、寝室に入りそっと息を凝らしていた。すると、「折竹さん、いないんですの」と声がする。帰るだろう、黙っていりゃ行ってしまうだろう――と、思うがなかなか去る気配がない。そのうち、扉のしたからスウッと白いものが……。封筒らしい。さては、奴め打ち開ける気持だな……と、思ったとき向うの気が変ったらしく、今度は、その封筒がスルスルっと引っ込められてゆく。

それに、折竹の全運命が掛っていようとは、神ならぬ身の知るよしもなかったのだ。

探検隊は、古くからある捕鯨港のサレムで勢揃いをし、五月十九日の朝乗船「発《ディスカ》見《ヴァリー》」号には、前檣たかく出航旗《ブルー・ピーター》がひるがえる。いよいよ、極北の神秘「冥路の国」へ。

ニュー・ファウンドランドを過ぎラブラドルール沖にかかると、もう水の色もちがってくる。それまでの藍色がだんだんに褪せ、一日増しに伸びてゆく昼の長さとは正反対に、温度はじりじりと下ってゆく。すると、グリーンランドの西海岸をみるデヴィス海峡にかかった時、「発見《ディスカヴァリー》」号の全員がすくみ上るようなことが起った。

水平線が、とつぜんムクムクと起伏をはじめたかと思うと、みるみる、無数の流水が「発見」号をおそってくる。船は、あちこちに転針してやっと遁れたが、じつに前門の虎去れば後門の狼のたとえか……極鯨吹きあげる潮柱のむこうに、ポツリと帆影のようなものを認めたのだ。まもなく、水夫長《ボースン》が案じ顔にやってきて、

「どうもね、あの横帆船《シップ》にゃ見覚えがあるんですがね」

「とは、どういう事だね」

「あっしゃ、あれがルチアノ一味の『フラム号』じゃねえかと思います。全部、新品の帆なんてえ船は、たんとねえんだから……」

そこで、補助機関が焚かれ、船脚が加わった。全帆、はり裂けんばかりに帆桁《ヤード》を鳴らし、躍りあがる潮煙は迷濛な海霧《ガス》ばかり。そうして、二、三海里近付いたとき双眼鏡をはずした水夫長が、

「やっぱり」と、言葉すくなに折竹をみる……その顔には言外の恐怖があった。

まるで、送り狼のような「フラム号」の出現。それに、ルチアノやフローが乗っているかどうかは知らないが……とにかく、この二探検船の前途になに事かが起るということは、もうここで贅言を費やすまでもないだろう。

自然への反抗とともに、ルチアノ一派との闘い、氷原の道には、ますます難苦が想像されてくる。

そこからは、かつての北極踏破者ピアリーが名付けたという、中部浮氷群《ミドル・アイス》の広漠たる塊氷のなか。やがて、“Kangek《カングック》”岬を過ぎ、“Upernavik《ウペルナビック》”島を右に見て、いよいよ拠地となるホルムス島附近の「悪魔の拇指《デイヴルス・サム》」という一峡湾に上陸した。仮定「冥路の国《セル・ミク・シユア》」の位置はこの地点からみると、真東に二百五十マイルほどのあたりに当る。

その峡湾には、まるで人間への見せしめのような、破船が一つ横たわっている。ジョン・フランクリン卿の探検船「恐怖《ザ・テラー》」号の残骸が、朽ちくさった果の肋骨のような姿をみせ、百年ばかりのあいだ海鳥の巣になっている。いずれは「冥路の国」を衝くものはこうなってしまうのだと、はや上陸早々魔境の威嚇に、一同は出会ったような気になった。まったく、そこはなんという陰気なところか。

海霧《ガス》たち罩める、海面を飛びかよう海鷗《シーガル》やアビ鳥《ルーシ》。プランクトンの豊富な錫色の海をゆく、砕氷や氷山の涯しない行列。なんと、幽冥界の荒涼たるよ——とさけんだ、バイロンのあの言葉が思いだされてくる。しかしそこで、攻撃準備は着々と進められ、北部

Etan《エター》地方のエスキモー人があつめられてきた。そうなると、問題なのはフラム号の行方。

「いるぞ。暫く見えないから断念《あきら》めたと思ったら、『フラム』号のやつ、“Kuk《クク》”島にいやがる。どのみち、チャンバラが始まるなら、早いほうがいいな」

「フラム」号の、決着を見届けるため沿岸をさぐっていた一隊が、帰ってくればこんな話だった。クク島とは、ここから約二十マイルばかりのところ。さだめし、向うも上陸隊がでて、この隊と競うだろう。風雲も死闘もそのうえの事と、いよいよ二十台の犬橇が氷原を走りはじめたのである。

　鯨狼《アー・ペラー》の檻、その餌となる氷漬の魚の箱。ダブダブ揺ぐようなおのぶサンの肥軀も、今はエスキモーさながらに毛皮にくるまっている。

　氷原と吹雪、氷河と峻嶮の登攀。奈翁のアルプス越えもかくやと思われるような、荷を吊りあげ、またおのぶサンを引きあげる一本ロープの曲芸。そのうち、落伍者が続出する有様。残ったのは、かなり名の知れた氷河研究者のザンベック、それに、ケプナラが気丈にも残っているが、もう、白人はこの二人だけに過ぎない。しかも、寒気はますます厳しく、零下四十五度から六十度辺を上下している。

　とこれは、七月末ごろのことだった。もう「悪魔の拇指《デイヴルス・サム》」から百マイルも来たと思うあたりの、一隘路のなかで大吹雪におそわれた。

　天地晦冥となり、砂を吹きつけるよう。くるくる中天に舞う濃淡の波に、前方の連嶺が見え隠れしていたのも、暫し。やがて、一面が幕のようになり、咽喉の奥までじいんと知覚が失せてくる。みると、橇犬どもは悄然と身をすくめ、寒さに嗅覚がにぶったのか、進もうとはしない。刃の風とまっ暗な雪のなかで、一同は立往生してしまった。と、やがて霽《は》れ間が見えてきた。すると、ケプナラがあっと叫んで、白みかけてきた前方を指差すのである。

「アッ、なんだありゃ。ルチアノ一味の襲撃じゃないか」

みると、そこを横切ってゆく数台の橇がみえる。来た、来た。乾魚や海象の肉をつめた箱を小楯に、一同は銃をかまえ円形をつくったのである。と、どうした訳かそれをみた、おのぶサンがゲラゲラっと笑いだすのだ。

極光下の新日本

「冗談じゃない。ここで、この隊を殺っちまったら元も子もないじゃないか。ねえ、『冥路の国《セル・ミク・シュア》』まで橇跡に蹤《つ》いていって、そこでと云うなら話しになるがね。だけど私や『フラム』号の連中はすこしも恐かァないよ。恐いのは……」

と云いかけたが吹きつのる風のために、惜しいかな、続くものが聴えない。しかしこれは、あとで分ったことだが、蜃気楼だったのである。「冥路の国」へとゆく、ひとりのエスキモーの橇。それが、一つの山が数個の幻嶽をだすように、いくつもの幻景《イマージュ》となって現われた。そういう、座輿のあとで吹雪が霽れると、今までいた犬が一匹もみえない。

「オヤ、どうした⁉」と、思っていると彼処此処《あちこち》の雪のなかから黒い鼻先がひょくりひょくりと現われてくる。犬は、こういう酷寒の地では雪中にもぐって、眠る――と、いうことが重大な使嗾《しそう》となった。その夜、これまで解けなかった「冥路の国」の怪が、彼にやっと分ったような気がしたのだ。

「よくマア俺も、此処までやってきたものだ」

と、折竹が感じ入ったように、呟くのも道理。

まず、無名の雪嶺を名づけた、ＰＩ峰を越えたのが始め、火箭《ひや》のように、細片の降りそそぐ氷河口の危難。峰は三十六、七、氷河は無数。まったく、この三月間の艱苦は名状し難いものだった。しかし、ここで不思議に思われることは、この極地にくるとおのぶサンの態度が、それまでのネチネチさを振り落してしまったようなことだ。

「あの女は、寒気に充分な抵抗力がある。なにしろ、馴鹿《となかい》がいるあたりの北カナダへいってさえ、肉襦袢《タイツ》姿で平気でいれるやつだ。しかし、どうも近頃様子が変っている」

さっきもおのぶサンは、なにやら意味ありげなことを呟いた。折竹には分らぬ異常なことを知っていると云うことは、その一事でも察せられなければならぬ。しかし瞬後には、彼はもうおのぶサンのことを考えていない。

「いずれ、フラム号の連中も俺を追ってくるだろう。橇犬の嗅覚は、磁石よりも鋭い。奴らは、前に往った犬の糞尿や凍傷の血の滴りを、なん月後でもちゃんと嗅ぎ分けるから……」

しかし、この鉄の男は顔色も変えていない。微妙な、ほのめきを投げる深夜の太陽のしたで、とおい、雪崩の音を聴きながら、じっと考えているのだ。周囲の、山巓も氷河もまったく死の世界。人を狂わせる極地特有の孤独のなかで、彼の頭はますます冴えるばかり。

「人間は……いや、あの人種は、事によったら冬眠ができるのかもしれない。その外に『冥路の国《セル・ミク・シュア》』の謎を解く方法はないだろう。エスキモーが『冥路の国』へ招かれるときは、こんな状態になる。脈が聴きとれず消えなんとし、体温は死温程度にさがってくる──それは、取りも直さず冬眠とおなじ状態だ。

事によったら、異常な寒気に逢った場合、そうなるのではないか。そして、幻覚を見、遮二無二身をおこし、橇をかって氷の涯へと飛んでゆく。もちろん、そうした場合だから、なんの苦痛も感じない。運よく氷罅《クレヴアス》にも落ちずに行き着けたやつ等が、『冥路の国』のなかで一部落を作っているのではないか。冬中、体中の脂肪に養われて、氷のしたで眠る。春になると醒めて、麝香牛《マクス・オクゼン》を狩る。──そういう、冬眠の生理がエスキモーにあるのではないか」

彼は、その考えにひじょうな自信をもっていた。小さな極光が、ぶよぶようごく真赤な虹をあらわし、その核心からでる金色の輻射線が、氷罅のうえをキラキラっと流れてゆく。翌朝も、隊はいつもながらのように、氷を踏み踏み黙々と発っていったのである。やがて、十日ばかり経つと連嶺が切れ、一行は盆地のような氷原のなかに出た。と、朝餌をやろうとして檻の戸をあけたおのぶサンの手をかい潜って鯨狼《アー・ペラー》がとび出した。「来てよ、鯨狼がとび出ちゃったよオ」と、おのぶサンがあわてて怒鳴る間に、鰭でヨチヨチとゆきながら大分な距離になっている。一同が、網を片手に走りだそうとするとき、とつぜん、鯨狼が氷罅のなかに落ちたのだ。その縁にきて下をのぞき込んだとき、折竹の顔色がみるみる間に変ってゆく。

「オヤ、この氷罅《クレヴァス》のなかは、青い光じゃない。緑玉色《エメラルド・グリーン》をだすのは、海氷《シー・アイス》じゃないか」

普通陸地の氷罅は、内部《なか》が美麗な青い光に染まっている。しかしここは、陸上にも拘わらず緑玉色の鮮光、それは、まず海氷以外にはないことだ。で、試みに綱をさげると、その端がしっかりと湿ってくる。舐めると、それが海水の味。さすが折竹も、オロオロ声になって、

「諸君、僕は鯨狼《アー・ペラー》のために、大変な発見をした。ここは、グリーンランドを二つ三つに割っている、せまい海峡の一部なんだ。ミュンツァ博士が、なぜ新領土云々の通信をしたかと云うことが、これでハッキリと分った。

つまり、南部以下の沿岸をデンマークが占めた。だから、奥地も北部もデンマーク領になっている。しかし、いまここに現われた新瀬戸の発見で、ここから北が別の島であるのが分った。ここは、隊長の僕の日本の領土になる。もし、本国政府が追認してくれれば、この極北の新島の先占宣言が成立する」

実に、それは厳粛な瞬間だった。それまで氷に覆われて現われなかったこの瀬戸を、ついに見付けだした偉大な発見者、折竹。前ミュンツァ博士のような不備なものではなく、もし政府が躊躇せず立ちどころに追認すれば、グリーンランドの北部が赤い日本色で染められる。

まったく、その日一日は夢中裡の気持だった。こうなると、ただ気遣われるのがルチアノ一味の追跡。注意に、注意しながらその氷原を過ぎ、奥へ奥へと「冥路の国《セル・ミク・シュア》」に向ったのである。霧が濃く、峰も尾根も妙に歪んでみえる。と、その霽れ頃に見上げるばかりに高い、大きな氷河口のまえへ出た。氷の断崖が無数の滝を垂らし。屹然とそびえている。すると、折竹が急に何を感じたのか、荷物のなかから微動計を取りだした。そしてその夕、おのぶサンにこう云いつけたのである。

「あの氷河は、実を云うと一つのものではない。猛烈な吹雪があって積ったやつが、氷河のうえに固まって乗っているんだ。あいつが動きだすと氷海嘯《アイス・フルット》というのになる。危険だ。ケプナラ君に避難をいってくれ給え」

と、その日の夜半ちかいころ。とつぜん、万雷の響を発し、地震かと思われる震動に、折竹が寝嚢《スリーピング・バッグ》からとび出した。出ると、じつに怖しいながら美しい火花に包まれた氷海嘯が、向うの谿へ落ちてゆく。よかった、予知したことがなによりだった。と、まず一安心となった。その翌朝のことだ。とつぜん一人のエスキモーの、喧《けたた》ましい声で起されたのである。

「隊長、大変でがす、起きてくらっせえ。ザンベックさんはいねえし、ケプナラさんはオッ死んでいるだ」

驚いてゆくと、ケプナラは避難していない。やはり、以前の所に天幕《テント》をはっていて、みるも哀れな死を遂げているのだ。氷海嘯の端に当ったらしく鑢《やすり》で切ったように、左腕、左膝から下が無残にもなくなっている。折竹は、おのぶサンを呼んで、険しい眼で見つめ、

「君は、昨日僕の命じたとおりに、云ったのだろうね。ケプナラ、ザンベック両君に避難しろって」

「ああ、あんなこと」と、おのぶサンはケロッとして、

「あたし、なんだか忘れてしまったらしいよ」

「馬鹿っ」と怒気心頭に発した折竹ががんと一つ殴りつけ、

「なんのために……。君は、あの二人を殺してしまったも、同じだ」

「殺していいでしょう。どうせ、殺さなければ今夜あたり、あんたが殺られるに極っているから……」

「なに」

と、気を抜いたところへおのぶサンの手が伸びて、折竹の頸筋をつかみ、ぐいと吊しあげた。河馬女《ファテイマ》の大力には、彼も敵わない。そのまま、片手にさげた彼をぐんぐん運んでゆき、氷罅《クレヴァス》のなかへぶらんと宙吊りにしたのだ。

「人が、せっかくお前さんを助けてやったのに、引っ叩くなんて……しばらく恐い思いをして、頭を冷ますがいい。お前さんは、ルチアノの『フラム』号をどう思っているね」

「オイ、上ろよ」折竹も悲鳴をあげはじめた。下をみれば、千仞の底から燃えあがる、青の光。

「実を話すと、あのロングウェルとルチアノは同腹《グル》なんだよ。一体、アメリカというのがそんなところで、正邪も仇同志も一度実業《ビジネス》となれば、それまでの行き掛りなんぞは、何でもなくなってしまうんだ。で、クルトがすべてをロングウェルに話したね。お前さんには言わなかったろうが鯨狼《アー・ペラー》が捕われた位置を、ロングウェルは経度まで知っている。すると、海獣が遠い陸地のなかにいる。可怪しい。それに、ミュンツァ博士のあの無電があるだろう。事によったら、海峡みたいのものがズウッと内地へ伸びているんじゃないか、——ロングウェルはこう考えたんだ。

しかし、こんな奥地へ行けるものと云や、お前さんのほか誰があるだろう。こいつを一番利用してやって、事成就の暁には殺ってしまおう。というのが腹黒検事の考えさ。だから、じぶんを隠すためにルチアノを使って、すべてをギャングの仕業らしく見せかけたわけだ。ケプナラも、頭布をとりゃロングウェルの腹心。へん、御親友がお気の毒さまだったね」

「だが、どうして君は、それを知ったんだ」

「立ち聴きさ。あんたが、曲馬団《サーカス》にくるまえケプナラがやってきて、親方とひそひそ話しをやっていた。うちの親方だって、猶太人《ジユウ》仲間だから」

「いったい、猶太人《ジユウ》がどうしたと云うんだ」

「あの、ツイオン議定書とかにある、猶太《ゆだや》建国さ。こんな氷の島だから何にもなるまいけれど、とにかく、ながい懸案だつた猶太国ができあがる。そのため書いたロングウェルの筋書に、うかうかお前さんが乗っちまったと云うわけさ。馬鹿、私がいなかったら、どうなったと思う。とうに、紐育《ニユーヨーク》にいるうち打ち明けようと思ったけれど、私の云うことなんぞは信用しまいと思ったし……。第一、お前さんは私が嫌いだろう」

おのぶサンは、それだけしか云えなかった。込みあげてくる恋情を、云い得ない悲しさ。折竹も、感謝の気持溢れるようななかにも、氷海嘯のため、食糧の大部分をうしない、「冥路の国《セル・ミク・シユア》」探検を断念せねばならぬ、切なさ。ただ、米大洲に現われたはじめての日本領を、政府が追認するのを切に祈りながら……。氷罅《クレヴアス》のなかでブランブランに揺れていたのだ。

第九話　第五類人猿《アンソロポイド》

化木人《ラーモス・デ・ジンテ》

今夜は、いよいよ「神にして狂う《リオ・フォルス・デ・ディオス》」河、想像に絶するアマゾン奥地の大魔境――。と、この折竹が吐いた冒頭の数語だけで、もう何も云うことはないだろうと思う。「有尾人」の、「悪魔の尿溜」のなかのあの怪奇でさえも、この「神にして狂う」河にくらぶれば物の数ではない。という、その大魔境の地理的説明を、まず本文に先だって簡単にして置こうと思う。

南米一の大河アマゾン本流が、ペルー境いに近附いたあたりに、二つの支流がある。一つは〝Yacaranamor《ヤカラナモール》〟もう一つは〝Jurua《ジュルア》〟といい、そのあいだに〝Jutahy《ジュタイ》〟というのがもう一つ出ている。そしてこのジュタイ河が、樹海また樹海の涯の大密林のなかへ没したその奥に、神でさえ狂うといわれるこの大魔域がある。すなわちそこは、西経七十度、南緯五度辺を中心に、約百キロほどの半径で、くるっと廻した円のなか。その攻撃路は、わずか一つ秘露《ペルー》寄りに開いているだけ。

が、さて此処は……誰しも奥アマゾンといえば大原始林と答えるはず、亜弗利加コンゴオのイツーリ、ギャブンと併称される、湿熱、黒暗々たる大植物界である。しかも、これまでも、この「神にして狂う」河には二回の探検があったのみ。

一つは一九二〇年にコロンビア大学の薬学部長、ラマビー博士がマルフォード会社の出資で、ヤカラナモールの河沿いにここを攻撃した。そのとき、むろん探検は失敗で這々《ほうほう》と逃げかえったのだが、ほんの「神にして狂う《リオ・フォルス・デ・ディオス》」河の戸端口を覗いただけでも、つぎの、大難所、怪異境に出逢っている。

“Cordão de umbigo《コルドーン・デ・ウムビーゴ》”——訳名は「臍の緒」

すなわち、切れたら最後の命の緒という意味。ここは、河面もくらい数千尺の屹立。鳥さえ飛ばぬという一枚岩の大断崖が「神にして狂う」河にそそぐ無名の一支流の両側を、蜿々二十マイルも続いている魔境、地獄の一丁目。

“Brejo de Euryale carnivorus《ブレージョ・デ・ユーリアレ・カルニヴォルス》”——訳名は「食肉鬼蓮の大湿地」

世界一の大蓮、ヴィクトリア・レジアにまさる十メートル余の大巨葉。それが、なんの動物かしらぬが白骨をのせ、まるで姿がみえぬ怪物が異様に呼吸《いき》づいているような、開花の音をパタリパタリと聴かしている。そこを、ラマビー博士はついに越えられず、命からがら這々と逃げかえった訳だ。

つぎが、一九三四年米国地理学協会の、これは、飛行機による低空探検だ。じつに、思いきった低空飛行をやったらしく「神にして狂う」河攻撃路をふさぐ人外境の種々相が、ややこれで漠然とながら分ったのである。

曰く、“Gotta da cobras《ゴッタ・ダ・コブラス》”（毒蛇の点滴）。また云う、“Costella de Inferno《コステルラ・デ・インフエルノ》”（地獄の肋骨）とは、いかなる所か⁉ さらに、“Rio no barriga《リオ・ノオ・バリーガ》”（胎内川）といわれる不思議な名の場所は⁉ そうしてああ遥かに望む“Arrebol vene《アレボール・ヴエネ》nosa《ノーザ》”「毒ある空焼け」とは神さえ狂うという、この大魔域の核心赤霧ガス地帯ではないのか。

「毒ある空焼け《アレボール・ヴエネノーザ》」――。この、樹海また樹海の涯を染める怪赤霧のしたへ行きつけることは、人力では、とうてい出来ないのではないか。途中一つを取りだしてさえ魔境といえるほどの、難所、怪絶境を抜くことさえ容易ではないのに。一つ二つではなく大集団をなし、人間来るなかれと立つ大障壁のなかには……。

何がある⁉ また、そこには何かあると想像されている⁉

私が、そのことを折竹に訊くと、

「さあねえ」

と彼は意味あり気に微笑んで、

「これは君、興味上保留しとこうと思うよ。しかしだよ。その、神さえ狂うという本体がいかなるものかと云うことを、仄めかすくらいなら、やってもいいがね」

「頼む」

「じゃ、まず最初にこの話からしてゆこう。君は奥アマゾン名物の化木蛇というのを知っているかね。〝Galho Jalaca〟《ガーリョ・ジャララカ》といってジャララカという蛇が、木にはさまれて木質化してしまうやつだ」

「珍らしいもんかね」

「そうだ、僕の口ぶりじゃザラにあるようだけれど、まだこれは二つ三つしか発見されてない。ところが、数年まえのことだが化木蛇ならぬ、化木人というどえらいものが現われた。つまり〝Ramos de gente〟《ラーモス・デ・ジンテ》というやつだ」

「どこへ」

「それがね、ジュタイがアマゾン本流に合してから五十キロほど下流の、フオンテボアという土人町に流れてきた化木人だ。じつに、完全無類な人間の木質化。するとだよ、その木にお化けなすった人間さまをよく調べると、どうも骨格からいっても、人間じゃないのだ。といって、大腿骨や頭蓋の様子が、さらばと云って類人猿でもない、ゴリラ、黒猩々《チンパンジー》、猩々《オーラン・ウータン》、手長猿《ギボン》のいずれにも当らない。こりゃきっと、その四つ以外にあるもう一つの、今まで発見されたことのない南米種の新種『第五類人猿』ではないかとなったのだ」

「では、その棲息地が『神にして狂う』河か」

「そうなっている。で、ここで面白いのがその化木人の掌、サア、掌というよりも、掌紋といおうかね」

「それが、どうした」

「つまり、掌紋からして三つの類人猿と、黄、白、黒、三人種とのあいだに繋がりがあるのが分る。というのは猩々《オーラン・ウータン》の掌紋にはまっ縦に貫ぬいている、一本のふかい溝がある。これが、よく蒙古人種に発見される。それから、ゴリラの掌には二条の貫通線がある。これは黒人にしばしば出るものだ。また、黒猩々《チンパンジー》にはV字型の筋があり、これはチョイチョイ白人中に発見される。そんな訳で、三猿三人種同祖説というのがあるが、さて、この化木人の掌にはどんなものがあるのだろう。それは二条の線がやんわりと曲って、掌の中央に楕円形をつくっている。しかしこれは、現存南米人種中のいかなるものにもない」

「では、とうに死滅したやつの中に」

「インカか⁉」

と折竹はじぶんでそう云って、意味ありげにニヤリニヤリと笑うのである。

十六世紀の昔、スペイン人に滅された大富国インカ族の版図は南米西海岸一帯にわたり、金銀、緑玉のすばらしい富を、われは太陽の子なりと称する、インカ王が擁していた。スペインはそのため、世界一の大富国となったが、インカ人は、のちに鉱山使役のためほとんど全滅し、いわゆる「インカの頭蓋」といわれる特異な縫合線のある種族が、今はまったく影を消している。しかしこれには、後代をなやます、さまざまな謎があるのだ。

その一つは、当時掠奪をまぬかれた、王室の巨宝の行方。一枚三〝Arrobas《アロバス》〟の重量のある黄金板二千枚が、アタワルパ王処刑前後に、いずかたへか消えている。その、一アロバスとは英斤二十五ポンド。してみると、その黄金板総額は今日の金にして、ほぼ邦貨一億円ほどになる。これは、インカの征服者フランシスコ・ピザロが、あとで財務官《クラカ》を責め、やっと分ったことである。

またもう一つは、王弟ワスカルの妃パタラクタが、同族をひきつれ行方を晦《くら》ましたことである。と同時に、黄金板全部が消え去ったのであるから、パタラクタが、ひそかに駱馬《リヤマ》に積み健脚の走夫《チヤスキス》をそろえ、これを運び去ったことは云わずと明らかなことだ。では、パタラクタ等はどこへ行ったのか。彼女の行方はすなわち、黄金板の所在。インカ遺跡の発掘があまねき今日でさえも、これだけはいまだ分らずにいる。

土中の黄金⁉　それとも、どこか密林中に蔦葛に覆われて新インカ国の正妃《コヤ》となったパタラクタの誇り、この黄金板が埋もれているのではないか。私が、インカといわれて即座に思いだしたほど「パタラクタの黄金」は、ひじょうに有名な話だ。

しかし、折竹は二度とインカには触れず、

「つまり、その『第五類人猿』という仮想的存在だね。人猿不明のいと漠然たる先生の掌紋が、この一篇ではひじょうな役をする。いたか、いないか——それはまずお預りとして、発端は、新宝島ココス島の発掘。しかしその前に、ペルーの首府リマでちょっとした話がある」

新宝島の怪婦人

リマの海港カリャオの埠頭、そこへツルマーヨ耕地の星製薬社員を見おくった折竹が、遠ざかる船尾灯をじっと眺めている。沙霧《ヘーズ》のかかった蒸し暑い夜に、故国へとゆく愛鷹丸が発ってゆく。

かれが、ペルーへ来てからもう、十ヵ月にもなる。そのあいだ、どうにも「神にして狂う《リオ・フォルス・デ・ディオス》」河攻撃に成算がたたず、編んでは崩す紙上計画《ペーパー・プラン》の山積に、もういい加減ゲンナリしていたころだ。で、こういう時には気分転換にかぎる、いちばん憂晴らしに海へ行ってやれと、偶然リマで知りあったホアン・デ・グラードという男と、新宝島のココス島へゆくことになったのだ。

その前夜、いま知人を見おくったカリャオの埠頭で、かれの肩をポンと叩くものがあったのだ。

「先生、妙なところでお目にかかるもんで……」

と云われてひょいと振りむくと、かねて顔見知りの紐育《ニューヨーク》市警察の名物男、ヒュウ・ファーレーという強力犯の刑事だ。鍔広帽《オーヘダ》をかぶり陽焼けこそしているが、猛牛《ブル》ファーレーといわれるほどの閂《かんぬき》のような肩で、薄闇でもすぐ分る。

「奇遇だ」

と折竹もいつまでも手を離さず、

「追い込みかね。ここへ、猛牛ファーレー君がくるようじゃ、唯事じゃあるまい」

「そうです」

とファーレーは隠さず頷いた。しかし、そのファーレーもどうも元気がない。智恵こそたんとないが牛のような粘りと、天賦の体力とでぐいぐいと犯罪者を詰めてゆく、頑忍男のファーレーが悄《しょ》んぼりとしている。

「そいつがね。いよいよ追い詰めた土壇場で、消えちまったんですよ。はるばる、やっと追っかけ二千マイルですかね。それが……そいつの故郷のリマでやっと見付けたと思うと、もうその途端に消えちまってやがる」

「その男は、なんと云う？」

「いや、女でして」

と腹癒せのように、ファーレーはぺっと唾を吐く。

「齢は二十四、五の、ちょっとした女《あま》ですよ。先祖がカルメンかどうかは知らねえが、婀娜《あだ》っぽいやつでね。東区河下道口《タネル》のキャバレーじゃ有名なもんでした。ところが、顔に似あわねえ荒っぽいやつで、情夫《おとこ》をブスリと殺《や》って逃《ずら》かりやがったんで。あっしゃ、それから闇雲と追っ駆けた。すると、阿魔は故郷に帰っている。ずいぶん道草をくってやっとこのリマへ来ると、ここの『海神《ネプツーノ》』という酒場《バァ》に平気な顔でいやがる」

「じゃ、君を撒いたりするような、そんな気配はなかったんだね」

「そうですとも。こっちは、いろいろ無い智恵をしぼるから、つい道草をする。ところが阿魔は、奴にとりゃいちばん危険な故郷《くに》へ、一直線にすうっと来ちまったんで。つまり、こっちは思案倒れというやつ。阿魔は、人ひとり殺《ば》らしたくらいは、平気なような奴なんです」

「じゃ、なんという名の？」

「ドーニァ・ジオルダーノって云います。そいつがね、このリマへ来ても変名をしやがらねえ。どうも、何からなにまで分らねえ阿魔だ」

ドーニァ・ジオルダーノ——その名を聴いたときちょっと顔を伏せ気味にして、折竹は動揺を現わすまいとしていた。それは、明日ココス島へゆこうという彼の同伴者、若きインカ学者としてひじょうに名の高い、ホアン・デ・グラードが頻繁に口にしているからだ。

ドーニァは、けっして心の底まで荒《すさ》んだ女じゃない。まだ純なものが仄《ほん》のりとあるのが分る。僕がドーニァを愛することは、彼女を高める。と、いかにも学者らしい理想主義的恋愛論を、これまで彼は再三となく拝聴している。

では、あのドーニァが殺人者か——と、くらい潮をみつめ排水の音を聴いているうちに、また新たな疑問が折竹に湧いてきた。それは、じぶんが人を殺した犯罪者であるということを、意識しないかのような不思議なドーニァの態度。追跡者も考えずいちばん犯罪者には危険な故郷のリマへ、まっしぐらに帰ったドーニァ。分らない、異常心理というのか、どうしたという訳か。と、しばらく二人のあいだに言葉がないところへ、

「これまで阿魔は、独りぽっちのお袋に金を送ってたんですよ。そいつが、死にかけたという電報が殺人の夜にきた。といや、やつが取るものも取り敢えずここへ来た理由も分りますが、それから、人を殺したくせに名前も変えず、平気でこのリマにいるという、そこが分らない。しかしです、いまこの埠頭で見失なったとはいえ、いずれは、あっしの手でくるくるっと検挙《あげ》ますよ。先生は？　えっ、ココス島ですって。気保養半分、宝探し半分で……⁉　おやおや、この可愛想な刑事《でか》の身も、察してやって下さいよ」

さて、彼はファーレーをのこし、翌朝船出をした。ココス島、新宝島へ——というには次のような訳がある。

ココス島は、パナマの西海岸から四百マイルほどの位置。文字どおり、ここは絶海の孤島だ。そしてここに、もしも〝Mary Dyer《メアリー・ダイヤー》〟号の漂着がなかったとしたら、おそらく世人の耳目には触れないようなものだったろう。というのは、十世紀ほどまえのリマの暴動で、そのとき、市中の貴重品が悉《ことごと》く掠奪され「メアリー・ダイヤー」という帆船に積みこまれた。すると、その船の水兵がまた暴動をおこし、巨宝を積んだまま、公海上へと乗りだした。その後、嵐にあって漂着したのが、この東太平洋の孤島ココス島だったのだ。しかし、ここで乗員は悉く死に絶えた。いずこへ巨宝を埋めたのかその所在もわからず、いまは射倖心をそそる新宝島として、この島へくるのは慾張りばかりとなっている。

折竹とホアンが、この島についた翌日のこと。全島を覆う鬱蒼たる椰子樹のしたで、二人が紺碧の海をながめている。そよ吹く北東貿易風のなごやかな頬ざわり。海は熱射下に押しつぶれんばかりの閃めき。

「時に、この発掘は誰の出資だね。例の、コカ王のロドリゲスかね」

と折竹がぷうっと紫煙を靡かせる。しかしこの事は、とうに彼には分っていたことで、ホアンも、ことさら訊く折竹を訝《いぶ》かしげに見やっていたが、

「そうだ。しかし、ロドリゲス先生も期待しちゃいまいよ。ここには時々高潮ってやつがあるからね。『メアリー・ダイヤー』の宝がはたして埋もれているか、それとも、高潮が掠《さら》って海底へ持っていってしまったか⁉ その辺は、分ったもんじゃないよ」

「じゃ、そんな気持だけで、金をだすような男かね」

「いや、どうして。あの先生の慾ときたら、人間離れがしている。第一、この発掘だって広告に利用するだろう。原価《もと》ぐらいはとうに取っているよ」

リマの倶楽部で、ホアンがちょっと口走ったことから、ようし、吾輩が後援しようと、コカ王のロドリゲスが準備金をだしたのだ。この男は、ペルーの政界、実業界を通じての非常な利けもので、コカ、クーベなどの大耕地をもち、卑賤から身をおこしただけに抜け目ないことも人一倍。

今度も「神にして狂う《リオ・フオルス・デ・デイオス》」河攻撃待機中の折竹氏加わる――というわけで、関係菓子会社が大宣伝をはじめる。それだけに、このココス島行きはひじょうに気が楽で、ホアンも折竹も気散じぐらいにしか思っていない。

ホアンは、静かな学者らしい男だ。三十を過ぎても女を知らず、美男で、鼻下の細髭も上品で映りがよい。これまで、地元には一人も出なかったところの、インカ学者として著名でもあるし、浮気なラテンアメリカ人には珍らしい謹厳さも物をいい、リマの社交界では話題の一つになっている。折竹は、しばらくその横顔をじっと見つめていたが、

「ホアン君、君はここへくる前夜、お別れをしてきたろうね。例のドーニァ嬢に、いくつ接吻《キッス》をしたね」

「それがね」

ホアンはちょっと顔を曇らして、

「いないのさ。買物に行ったなり、帰ってこないと云う。翌朝も、行ってみたが、やはりいない」

「そうだろう。とにかく、その女は断念《あきら》めてしまい給え」

「なぜだ。藪から棒に、どうしたという訳だ?」

「それは、君には適わしくない女だからだ。君は、そのドーニァという人を買い被っている。――純潔な婦人でなけりゃ、ほんとうの愛はない」

「定まり文句だね」

とホアンはせせら嗤うようにいう。

「なるほど、ドーニァはいま賤《いや》しい身過しをしている。また、あの女の前身を考えたら、うんざりもするだろう。しかし、君が腹の底まで荒みきったと思うような、ドーニァは

そんな女じゃない」

「そうか」

と、暫く折竹は足もとの砂を見つめていたが、

「では、ドーニァがどんな女かと証拠を、ここで君にハッキリと挙げよう。あれは、紐育《ニユーヨーク》で情夫《おとこ》を殺している」

「えっ、なに」

「じつは、ドーニァを追ってきたファーレーという刑事と、僕は出発の前夜、カリャオで逢ったのだ。君が、翌朝行ってもいないという訳は、ファーレーに捕まったもんだと思う。もう、ドーニァは君の手にはない。君も悪い夢をみたと思って、すっぱりと断念《あきら》めるさ」

それなり、ホアンはなにも云わなくなった。信じようか信じまいかの躊《ため》いも、相手が折竹であればつい信じたくなってくる。ドーニァのいない、去った女のかなしげな影をもとめる、ホアンはフラフラと立ちあがった。

椰子の葉蔭から、夕暮ちかい光線《ひかり》が矢のように差しこんでいる。道とてない島の中央にむかって、ホアンは空虚な足を進めてゆく。と、その跡をつけてゆく折竹の眼が、ふと足もとの土のうえに止ったのである。

ひょっくり、飛びだしているのが鳥の形のようなもので、苔蒸してはいるが彫刻らしいのだ。手をかけるとズルズルっと引出されてくる。その、土中から現われたのが鳥の

頭彫《ずぼ》りのある、錆びきった王冠のようなものだった。

「なんだ、こりゃ」

と折竹の頓狂な声に、ホアンも惹かれたように、ふり向いた。その瞬間、ほんの一瞬だがじっと眼がすわったけれど、いまはこの世のすべてになんの価値も感じないホアンは、折竹をのこしてサッサと行ってしまう。だが、古びた王冠はいかなるものだろう⁉

きっとこれは、ホアンの気が鎮まったら分るかもしれないと、彼は折れそうなのを抱えるようにして、じぶんの天幕《テント》にそっと持ちかえったのである。

するとその夜、この島に奇怪なことが起ったのである。

夕食後の散歩に砂を踏んでいた折竹の眼に、はるか前方の汀《なぎさ》に異様なものが現われたのが……。幽霊⁉　たしかにそれは白衣がはためいているよう。夜光虫の微芒をぼうっと裾にうつし、白いその姿には慄《ぞ》っと背筋がなってくる。はてなと、彼はおどる胸を押し鎮め、

「この、絶海の無人島に人間がいるわけはない、眼のせいか⁉　いやあれはたしかに女の姿だ。快走艇着《ヨットぎ》、ううん、たしかに」

では、どこかに船が着いているのか。と、闇の海上をみたが、微光一つない。その間に、女の姿はいずこへか消えてしまったのだ。快走艇着《ヨットぎ》の女、この絶海の孤島を訪れた白衣の婦人と――夢に夢みる心地で足も空なるかれの爪先が、まもなく、満潮のひた寄

せる汀で踏みつけた……⁉　ぐにゃりと。それはたしかに肉体の感じ。

「女だ！」

と、また新たな驚きに撫でまわす折竹の指に、腕ふかく食い入っている無残な縄数条。やがて、満潮に浸ろうと云うその女を抱きあげたとき……顔をみた、彼の蹌踉《よろめ》くような驚き。

「ドーニァ！」

ああ、ドーニァ・ジオルダーノ。それが、絶海のこの島の潮増す汀のうえに……何時、そして何人が運んだのであろう⁉

「神にして狂う《リオ・フォルス・デ・ディオス》」河へ

ドーニァは、まもなく気がついた。しかし、問われてもどうして此処へ来たのか、また、彼女を連れてきたのが何人であるか、その辺は一向に分らないと云う。なんでも、カリャオの埠頭を歩いていると黒布をかぶせられ、抛りこまれたのが船底のようなところ。それから、船がでて十日ばかり経ったころ、いきなり無理に魔薬を嗅がされたが……その後のことは一向に覚えがないと云う。

しかし、折竹は相当突っこんで、訊きだした。

「あんたが、船底に囚われている間ですね。なにか、水夫同士の会話のようなもので、これはと思ったことは」

「ないわ。ただ、こわい顔で睨めるばかりで……私が聴いたのは波の音だけだったの」

「じゃ、女の声のようなものは」

「それは……たしか一度だけ聴いたと思います。齢ごろの、見当はつきませんが、たしかに女の声で」

「姿はみませんね」

「ええ」

とドーニァはコックリと頷いた。唇のあつい、濡れたような黒眼。肌は、桃を包んだむく毛のような美しさ。誰でも、男がみれば唇が濡れるだろうと云う……ドーニァにはそういう毒がある。しかしこれで折竹がみた快走艇《ヨット》着らしい女の存在は、ほぼ確然としたわけである。ドーニァを……この孤島にはこんで、満潮にひたし殺そうと云う。それには、一体どんな事情があるのだろう。

快走艇着の女、それがドーニァに絡む秘密のようなもの。と、折竹が堪らず訊きだしたのだ。

「あんたには、なにか殺されるような、事情が、おありかね」

「そんなこと」

とドーニァはちょっと笑って、

「殺すほうも、殺されるほうも……私にはどっちとも無いですわ」

嘘《つ》を吐け、紐育で情夫《おとこ》を殺しここへ逃げてきた君が——と、危く出そうなのを噛み殺した折竹が、相手を見据えるようにじっと見るけれど、ドーニァは筋一つうごかさない。妙だ、こりゃどうも不思議な女だ。と、折竹もしまいには呆れてしまう。しかし一方、これでホアンが、ひじょうな元気になった。自分から進んで、折竹が掘りだした王冠のようなものの説明を、ついぞ先刻《さつき》とは見違えるような情熱ではじめる。

「君は。なんと偉いものを見付けたもんだ。『メアリー・ダイヤー』が、リマから掠《と》ってきた宝の一部だろうが、これは、インカ王の〝Llantu《リヤンツ》〟というやつだ。インカ最後の王アタワルパの王冠だ」

「ううむ」

と折竹が嘆声を発するところへ、

「で、それに就いてこんな物語がある。つまりだね、国家万一の際の王族逃入地、そこへ逃げこめば確実に安全という所が、この王冠のどの部分かに現われているという……」

「なるほど、物云う王冠というわけか」

「そうだ。そこへパタラクタが二千枚の黄金板とともに、はるばる逃げこんだものと、推定できる。ながいながい謎だったパタラクタの行方も、今日ここで、やっと解けるだろう。それも、絶海の孤島ココス島で暴露されるとは……」

とホアンは暫く感慨ぶかげに黙っていたが、やがてボツボツ、この王冠が闇へ消えるにいたった、アタワルパ王処刑の日のことを話しはじめた。

「アタワルパ王は、部屋いっぱいを埋める黄金を積んで、ピザロに身代金として出したのだ。ピザロはそれを容れたがいろいろな事情が、王を死に就かせることになった。アタワルパは、〝Garroto《ガロート》〟という絞架にかかることになったのだ。するとその前に、王は王冠を脱ぎたいと云った。世界四分の一《クヴァンチンスユ》の王が忌わしい刑具にかかるのに、王の象徴たる王冠をつけるのは嫌だと云った。で、別室に入り王冠を脱ぎ、それを、賢者《アムウタス》の〝Villac Umu《ヴィラクウム》〟というのに渡した。そのとき、王がこんなことを云ったというのだ。

――パタラクタが逃げたそうだね。だが、あれがどこへ行ったかということは、儂《わし》が死ねば永遠にわかるまい。

と云って、王冠を置いて処刑室にいったのだが、それを受けとったヴィラク・ウムの姿が、その日からいずこかへ消えてしまったのだ。王族最後の逃入地が王冠の一部に現われている――ということは近侍こそ知れ、スペイン人には一人も知るものはない。やっと、それと分ったときは後の祭り、王冠も、ヴィラク・ウムもともども消えてしまっている。と云うんでパタラクタの行方が、ながいあいだ分らなかった訳なんだ。では、それが王冠のどこにあるのだろう」

と云った、ホアンの手がどこに落ちたかというと、それは頭彫《ずぼ》りの鳥のうえであった。それは、見様によれば鸚鵡のようにもみえる。しかし、ホアンはそれを指して〝Coraquenque《コラケンケ》〟とすこぶる妙な名をいう。

「コラケンケ⁉」

と折竹も異様な名に惑うところへ、

「君が、知ってなくてはならん。黒鸚鵡だよ。それが何処にいるかと云うことは、問うまでもない。

『神にして狂う《リオ・フォルス・デ・ディオス》』河の魔域に包含されている、〝Manan Pasanchu《マナンパサンチユ》〟というところだ」

折竹は、それを聴くと魅せられたように、黙ってしまった。〝Manan Pasanchu《マナンパサンチユ》〟とは、「神にして狂う《リオ・フォルス・デ・ディオス》」河の最初の大難所、「臍の緒《コルドーン・デ・ウムビーゴ》」の渓谷《たに》を過ぎると間もなくのところ。土語で、「越えられぬ灌木帯」という意味だ。そこに、黒鸚鵡がいるということは嘗《か》つてそこを過ぎた、ラマビー博士一隊の報告にも載っている。しかし博士は、終局地へ急ぐのあまり詳しくも調べず、ついにインカの黄金のことは逸してしまったわけである。いや、博士は知らなかったのだ。黒鸚鵡《コラケンケ》、黒い鸚鵡のいる「越えられぬ灌木帯《マナン・パサンチユ》」――。そこへ行くことは、必ずしも不可能ではない。

「とにかく」

とホアンが沈黙をやぶって、云いだした。

「この王冠は、とにかく出資者のロドリゲスの所有になる。奴が、これについてどういう考えをするか」

「定まってる。全身慾ぶくれのような奴のことだから、こと黄金板となったら、一溜りもあるまいよ。

しかし僕は、『越えられぬ灌木帯《マナン・パサンチュ》』だけでは満足ができん。ふかく『神にして狂う《リオ・フォルス・デ・ディオス》』河を衝いて真核地の、『毒ある空焼け《アレボール・ヴェネノーザ》』までゆくよ」

こうして、いずれ行かねばならぬ魔境の種々相を、濃藍の海を隔ててあれこれと思っているうちに、ふとドーニァを思いだしたのか、ホアンは顔を曇らして、

「時に君、ドーニァの殺人というのは本当のことかね」

「嘘にも、云っていい事と悪いことがあるよ。なんでも、その男というのが大変な無頼漢《ごろつき》で、それをドーニァは知らなかったと云うんだ。しかし、事情はとにかく人を殺したということは」

「そうか、絶対なのかね」

とホアンはむすっと黙ってしまった。なにか、ドーニァの処置について惑っているらしい。と、また折竹には快走艇着《ヨットぎ》の女の影が。

ドーニァが紐育《ニューヨーク》でした情夫殺しと、あの快走艇着の女とのあいだには何か、関係があるのではないだろうか。すると、この怪事件の発端を紐育にもとめなければならぬ。それとも、折竹にはわからぬ全然別の事情が、ドーニァ、快走艇着の女間に伏在しているのではないか。また、人を殺しても平気でいるドーニァ⁉　自分が殺されようという、事情も知らぬドーニァ⁉　と、折竹もホトホト手を焼いたほど、ただ怪といい、謎というだけのこの事件。

やがて、三人はリマへ帰った。舞台は、この孤島からロドリゲスの事務所にまわる。

「ホウ、御両人ともさすが見上げたもんじゃ。慾をだすようでは、学者ではない。無慾恬淡世俗を離れるのが、まことの学者というもんだで」

ロドリゲスが、脂肪肥満でだぶ付いた顎をゆるがし、揉み手をし、さかんに悦に入っている。というのも、ホアンも折竹も黄金板の分前について、なん等要求をしなかったからである。

折竹は、むしろホアンの仕事についての好意的援助。おそらく、彼の助力なくては「越えられぬ灌木帯《マナン・パサンチュ》」はおろか、「臍《コルドーン・デ・ウムビーゴ》の緒」をゆくことさえ容易ではないのだから……。また、ホアンの要求はドーニァに就いて、かの女を、ファーレーの手に落さぬようロドリゲスの力で、リマの官辺へ運動をしてもらったことだ。いま、ドーニァはロドリゲス邸にいるのだ。

「とにかく、この『越えられぬ灌木帯《マナン・パサンチュ》』の黄金に就いては、他言はせんでもらいたい。いつ何時どんな馬鹿者が飛びだして、この仕事の邪魔をせんとも限らんからな。飽くまで、これは折竹さんの仕事で、『神にして狂う《リオ・フオルス・デ・ディオス》』河を衝く大冒険ということで」

「では、あなた自身は行かんのですかね」

「行かんで、どうする」

とロドリゲスがちょっと眼を剝いた。発掘物を胡麻化されては大変と、飛んだところで本性をだすのだった。とその夜、ロドリゲス邸のドーニァを、ホアンが訪れた。

「私、あんたがね。なぜ私みたいな女に、血道をあげるのか分らない。有名なホアン・

デ・グラード先生がこんな端た女に、関わりあっているなんて、可怪しいじゃないの」

ドーニァは、ずれる薄着を肩にあげながら、怖いような眼で紫煙の行手を見つめている。ドーニァもホアンを愛しているが、あまりな身分の隔たりに、時々こんなことを云う。

「そんなことは、僕ら二人の仲じゃ、何のことでもないよ。君がそんなような、自分を卑下するのがいちばん不可ないことなんだ。僕は、君のまえでは唯の男だ。飽くまで、僕ら二人は対等のつもりだ」

「だけどね、あんたは私という女がわかったら、きっと厭になるわ。あたし、ずいぶん悪い女なんだから」

そういってドーニァが、鍵のかかった小笥《キャビネット》のなかを暫く探していたが、やがて一つかみの封書を手に、戻ってきた。ばらりと、それを卓上に投げだして、

「見て、私という女の洗いざらいが、これにあるの。最初の、ブリッスというのは株式仲買人よ。ウォール街《ストリート》の銀狐といわれた……」

ドーニァの過去を洗いざらい曝《さら》けたような、遊女にひとしい紐育《ニューヨーク》の生活が、この幾つかの手紙のなかに語られている。ホアンは、一々読んでゆくうちに、呼吸《いき》づきさえも変ってくる。それを、ドーニァは勝ち誇ったようにみて、

「どう、あんたは、気が悪くなったでしょう」

「別に」

とドーニァをみるホアンの顔には、いまのあの翳がない。

「これで、君の過去がすっかり分ったつもりだ。だが、僕は君に感謝したいと思うよ」

「なアぜ」

「君が、全部を曝けだしたことは、愛情の証拠だよ。もう、僕のまえにはなんの嘘もない、君は純潔な女になっている」

ドーニァは、自分の心の奥底を知らなかったように、狼狽《うろた》え、羞らって、うつ向いた。私はやはりこの人を愛している——と、ドーニァははじめて知ったように。するとその時、挙げようとした眼がふと窓越しにみえる、往来の人影のうえにとまった。

「ファーレー」

とドーニァがかるい叫び声をたてた。

「あいつ、ニューヨークの刑事《でか》なんだけど」

「それだ。君が、ここから出られないのはどういう理由《わけ》だと、僕にさんざん楯付くじゃないか。あいつは、君を追っかけて、紐育から来ている」

「だけど、私なにも、悪いことはしないわよ。あんな刑事に追っ駈けられるような」

「そう、それならいいが」

とホアンが、女の一挙一動を見逃がすまいとするかのように、据えていた眼をそっと落して、いった。

「とにかく、君は知らないだろうが向うはあんな具合だから、当分、僕のいうとおり此《こ》処《こ》にいたほうがいいよ。二人の『越えられぬ灌木帯《マナン・パサンチュ》』への旅も、きっと楽しいだろう」

ところが翌日、リマの郊外にある〝Quente《ケンテ》〟という山のうえで、ホアンと折竹が妙なものを見たのである。それは渓一つ隔てた向うの丘の中腹に、一人の女が肌もあらわに横たわっている。さんさんと降る熱帯の陽を浴びて、その女は身動きもしない。そしてそれが、翌日も、また次の日も……

ただ、折竹は陽を浴びるこの女と関連して、いつぞやの快走艇着の女を想いだしたのである。やがて、「神にして狂う《リオ・フォルス・デ・ディオス》」河を衝く尨大な組織を整え、ブラジル境いの〝Cashiboya《カシボヤ》〟から魔境へ向った。

猿人の指跡

まず、最初の困難が、「臍の緒《コルドーン・デ・ウムビーゴ》」。黒い湖《ヤナコッチャ》から発する無名の川の両岸を、アンデスの斜面《スロープ》が大絶壁をながしてゆく。

じつに、雲をさく山巓《ピーク》からくらい深淵の河床にかけ、見事にも描くおそろしい直線。それが、一枚岩というか屏風岩といおうか、数千尺をきり下る大絶壁の底を、その無名の川がうねりくねりと流れている。

鳥も、峡谷のくらさにあまり飛ばないところへ、人が、どんなに踠《もが》こうとけっして往けるわけはない。ただ絶壁の中途にある大蔦の茂みを、わずかな足掛りとする以外にはないのだ。しかし、ついにそこを越え、はじめてアマゾン源流の大樹海をのぞんだのである。

地平線は、樹海ではじまり樹海でおわっている。一色のふかい緑は空より濃く、まさに眼のゆくかぎりを遮るものも、またこの単色をやぶる一物さえもない。そして、はるか涯にうっすらと燃えている「毒ある空焼け《アレボール・ヴエネノーザ》」の残陽のような怪霧。やがて、「越えられぬ灌木帯《マナン・パサンチュ》」を目前にのぞむところへ来た。

「これが、折竹さん、どうしたと云うんじゃ。これが、越えられぬとは、どういう訳です」

ロドリゲスが、なんの訳ないというように折竹をみるが、この「越えられぬ灌木帯《マナン・パサンチュ》」は決してそんなところではない。ぽつぽつと、ゴム樹が生えている陰湿な原で、コラプという棘だった灌木が、黒い土のうえをいちめんに覆うている。しかし、一足踏みこんだロドリゲスがあっと云って跳び退いたほど、ここは生易しいところではないのだ。

土と思ったのは、腐りきらないコラプ茎の堆積。それが、踏めば切れて弾力ではねあがり、あたり一帯が気味悪い揺れかたをする。前をゆく人の後から跳ねあがる茎の壁、この曠茫たる原野は生あるもののように、前行者の行方をかくしてしまうのだ。そしてまた、ふとい茎に逢えば、相当な負傷をする。

「ふうむ、まるで生きものみたいじゃな。おいコンチャ、儂の肱に繃帯をしてくれんかな」

そのコンチャはこの一行の炊事婦で、ペルー人とプシュラ印度人《インディアン》の混血児《あいのこ》で、三十がらみの陰険そうな女だ。いつも、黙々として口数もない。人をみる眼も、蜥蜴のように光る。あいつ、なんてえ女だ――と、折竹がホアンに云うほどである。すると、その原のなかに古い石積がある。インカ建築特有の積みかたをした、なにかの礎石のように思われる。

「とうとう、儂《わし》も運を掘り当てたらしいですな。寺院の礎石か宮殿の跡かしらんが、どこかにパタラクタさんの化粧部屋もあるじゃろう。どれ、ゆるりと頂戴をしますかな」

で、発掘を明日にのばしたその夜のことである。焚火をしている人夫の一人を、折竹がそっと暗がりへ連れてきた。

「おい、ファーレー、頭巾を除れよ」

「見つかりましたかね」

とその人夫は歯切れよく云って、苦笑した。ファーレーだ。猛牛《ブル》の猛牛《ブル》たるところを発揮して、どこまでもと追うてくる。

「これでも、汚なく作ろうとずいぶん苦心したんですが、やはり、先生のお目は高いね」

「驚いた。猛牛先生の根気にゃ負けたよ。しかし、ドーニァは悪い女じゃないね。僕は、交際《つきあ》っているうち、だんだん好きになってきたよ」

「おやおや、ドーニァの肩をもって儂を柔道で絞め殺す――てなことは、絶対御無用に願いますよ。あんたが、粋興でもってこんな所へくるのも仕事。わしが、ドーニァをしよっ引くのも仕事《ビジネス》。御諒解ねがいます」

そんなわけで、ファーレーが忽然と現われたことは、第一、ドーニァにひじょうな恐怖をおこさせた。ホアンも、温厚な彼にはめずらしく恐ろしい気力で、あくまで、ドーニァを護ろうという決意さえ見せている。こうして、急にたかまった息苦しい空気のなかで、いよいよパタラクタの黄金の発掘がはじまったのである。

しかし、ついにそれは無かった。おまけに、どこを見ても黒鸚鵡《コラケンケ》などはいない。

「これで、儂が引き返せると思うかいな。もっともっと、掘らんことには断念《あきらめ》もつかんて」

薄い髪毛を掻きむしり、人夫を鞭打ちながら、ロドリゲスは虎のように咆えたてる。しかし、石を除《どか》してもどんなに掘っても、コラプの茎で負傷者はでるが、黄金板の黄の字もあらわれない。ホアンも、見ていられなくなったように、

「しかし、此処にぽつりと遺跡が出たのですからね。そうそうあんたのように早合点をするのも、この際早計だと思いますよ。とにかく、もう少し先へゆくことだ」

その時、ホアンの眼に輝いた異常なひかりを、誰一人気付くものはなかったのだ。が、ここで胸をうち痛恨の気を洩らしたのが、誰あろう、猛牛《ブル》ファーレーだ。

「畜生、ここで済むかと思ったら先へゆくなんて、黄金板《いた》め、なんてえ奴だ。はやく顔をだして隊を帰し、ドーニァを俺にしょっ引かせろ」

翌日、負傷者をだしながら此処を越え、いよいよ奥アマゾンのにおいが濃厚となって

ゆく、「食肉蓮の大湿地《ブレージョ・デ・ユーリアレ・カルニヴォルス》」をのぞんだのである。

そこを、誰しも湿地とは思うまい。焼土のようなまっ赭な沼澤《ぬまおり》。それを、亀裂のように裂いてすうっと泳いでゆく、大水蛇《アナコンダ》の厭らしい鼻先。これが湿地か、これが水かと思うものは、やっと食肉蓮をみて眼醒めたような気になる。がここで、牛が二頭、人夫が四人、樹から飛びついて水中へと引きいれる、大水蛇《アナコンダ》の犠牲になったのである。

しかしまだ、ここは暗黒奥アマゾンの戸端口《とばくち》にすぎない。きのう見た、藪地《ブッシュ》のおそろしい棘草、その密生の間を縫う大アマゾン蜘蛛――。しかし今日は、いよいよ草は巨きく樹間はせまり、奥熱地の相が一歩ごとに濃くなってゆく。やがて、一行を襲ったのが、疲労とマラリア。

「いったい、折竹さん、どこまで行くんです」

ファーレーも、そろそろ音をあげはじめてきた。

「何処へって⁉　インカの遺跡があって、黄金板がでるまでさ。でも、大西洋にだんだん近附いてゆくからね。その点は、安心し給えな」

「冗談じゃない。あんたは、マラリアでもなんでも免疫でしょうが、まだ、儂なんぞは生身ですからね。下手アするとドーニァより先に、儂のほうが死んでしまいそうでさア」

「死ぬんだね。あの二人は、じつにいい恋人だ。犬に喰われて死ねばよい、君みたいなやつは、南米虎《ジャッカル》の餌食にでもなるんだな。ハッハッハッハ、いまのは冗談だよ、猛牛《ブル》」

一人たおれ二人たおれ死骸を埋めながら、一行は地獄への旅を続けてゆく。ロドリゲスも、いくら慾とは云いながらこれ以上ゆくことには、もう堪えられなくなってきた。漂徨二週間のある夜、ホアンに云った。

「儂は、どうもあんたを信じ過ぎたように思う。そりゃ、黒鸚鵡《コラケンケ》などと云うものは、滅びる期《とき》もあろう。しかしじゃ、あんたの名声を信じ人格を信じても、どうも、あの伝説は頼りないように思うな」

「しかし、どんな探検でも発掘でも、伝説によらぬものはないでしょう。巨費を損するのを覚悟のうえでなくては、探検などはやれるもんじゃない」

「ふむ、理窟はそうじゃろうが」

とロドリゲスが胡散臭そうな眼をし、

「じつはな、さっきファーレーという あの刑事君から聴いたがね。あんたが、こう奥へ奥へとゆくのは、あれを救いたいためではないかな。ドーニァを縛らせまいという……」

ちょっと、ホアンの咽喉が鳴り、痞《つか》えたような顔になった。ファーレーをひき離すためには死の奥地ゆきも、かれには厭わぬところだから……。それが、正直な彼には描いたように現われる。ロドリゲスは反り身になって、

「読めた。儂は明日、断然たる処置にでる。ドーニァが仮にどうなろうとも、あんたの身からでた銹じゃからな」

それから、ロドリゲス、ファーレー間に密談が続いた数時間、一行の宿営地の附近に異様な唸り声がしはじめた。それは南米虎《ジッカール》でも、南米豹《プーマ》でも、貘《タビール》でもない。これまで、この地方のいずこでも聴いたことのない、太い低い、狙うような獣の声。おまけにそこは、「地獄の肋骨《コステルラ・デ・インフエルノ》」の大荒地である。

サボテンや、竜舌蘭がどうしたことか枯れ、白い筋だけの沙漠の白骨のような残骸が、この荒地をいちめんに覆うている。すると、夜中ごろから湿気がたかまって、気温も華氏の百度ぐらいになってきた。焚火に、暈《かさ》ができて蒸し殺されんばかりの苦しさは、たださえ異様な怪獣の声をまじえ、じつに眠られぬ一夜であった。と翌朝、人夫のひとりが転がるように、入ってきて、

「大変でがす。ロドリゲス様がオッ死んでいるだ」

ゆくと、咽喉をかき毟《むし》っているロドリゲスの死様《しにざま》。しかも、頸から咽喉にかけて印されている泥まみれの掌紋。それを見たときさすがの折竹も、一時に背筋が慄《ぞ》っとなるような思いだった。あの、化木人《ラーモス・デ・ジンテ》にあった楕円形の掌紋。

第五類人猿⁉　きのうの唸り声はやはりそれだったのか。

化木界

誰一人、烈日のしたで沈黙をやぶるものがない。蚋《ぶよ》が一杯にたかったロドリゲスの死体を、ポカンと口を空けた円陣がとりかこんでいる。化木人《ラーモス・デ・ジンテ》に想像されている、第

五類人猿。それ特有の掌紋が、まざまざと咽喉にある。ああ、やはり昨夜の唸り声と、一同は悪夢をみるような心地だ。

「来たんだな」

と眼では囁きあうが誰もいうものがないところへ、猛牛《ブル》ファーレーがやっと口を切ったのである。

「じゃ、これは何ですかね、お猿の仕業だってんで」

「そうなるんだよ」

と折竹も呟くような声だ。

「この奥の、奥のずうっと奥にだね。まだ地上に未発見の五番目の類人猿。ゴリラ、黒猩々《チンパンジー》、猩々《オーラン・ウータン》、手長猿《ギボン》の次の、南米新種のもの凄いのがいるだろうとなっている。というのは、木質化された化木人というのがあるからね」

「へえ、そんなのがね」

とファーレーは明らかに浮かぬ顔。世俗のことには、紐育下町《マンハッタン》そだちの彼はじつに呑み込みがいいが、こういうじぶんの智識の範囲をおそろしく飛び出たものには、呑み込みの悪いこと人一倍という男だ。

「しかしですよ」

と折竹を円陣から連れだして、

「その、ごついお猿のことは、まず扠置《さてお》いてですね。わしは、そういうことは考えまいと思うのです。というのはね、ドーニァには動機がある。ゆうべ、ロドリゲスさんがホアンを嚇《おど》かして、明日此処をかぎり隊を帰す。君の虫であるドーニァの阿魔《あま》を、儂にしょっ引かせると云ったそうです。むろん、ホアンはそれをドーニァに話したでしょう。まして、あの女には殺人の前科がある」

「なるほど、それにしても、この掌紋はどうなるね。人夫がどっと入ったんで、足跡が荒された。第五類人猿がゆうべこの天幕《テント》に入ったという、証拠は掌紋以外にはない。しかし、こんなものが作れるかしら……」

「そりゃ、分りません。しかし、考えると女のドーニァでは、この爺を絞めても殺すだけの力はないかもしれない。といってです、儂の見込みがそれだけって訳じゃありませんよ」

と今度はホアンを呼んで、

「ねえ、あんた、あんたはインカの黄金《きん》の所在を知っているね」

とカマをかけたのに、引っ掛ったホアンが、

「うん、いかにも知っている。やはり『越えられぬ灌木帯《マナン・パサンチユ》』にあったよ。あれは、積石のなかに餡のようになって入っている。あの黒雲母石《グラナイト》の石の容積と目方を、計算すりゃすぐ分るんだ。しかし、あんなものは僕は要らんよ」

「ハッハッハッハ、咽喉から手がでる思いで、要らん要らんというのかね」

「じゃ君は、僕が横奪りしようとでもしたの……」

「そうだ、そうなりゃこの爺が邪魔だ」

「ふむ」

と、暫くホアンは呆れたように相手をみていたが、

「止むを得ん、弁解しよう。じつを云うと、君にドーニァを渡したくないからなんだ。僕らは、黄金板がでれば折竹君だけをのこして、そのまま引き返すことになっていた。そうなると、ドーニァが君の手に落ちてしまう。そうさせないためには、板があってもその所在はいわず、ただまっしぐらに魔境のなかへ行かねばならん。いずれ君は、鰐に食われるかマラリアで死ぬだろう。そうして、厄病神をはらって清々したいと云うのが、僕のひそかな期待だったんだ」

ひどいやつだと、こう明らさまに云われて文句も出ないファーレーは、ただ渋面をつくり苦笑をするのみ。こうして、第五類人猿の出現というほうに、ロドリゲス事件がじわりじわりと近附いてゆく。

さて、折竹がゴム樹にのぼってみると、これまでの半草原帯がいよいよこれで尽き、樹海また樹海の涯のとおい彼方に、うっすらと靡く「毒ある空焼け《アレボール・ヴエネノーザ》」の妖霧。しかしその日から、ドーニァの様子が変ってきた。

なにかを追いもとめる、悶えるような悲しみの色。口数も少なく表情もうごかず、ホアンにもほとんど物をいわない。ときどき、段状にかさなってゆく大樹海の涯の、一見、羊歯群と思われるあたりをおそろしい眼で眺めていたり、なにより、葉摺れの音にもび

くっとなるし、どうもドーニァが薄気味わるいものになってきた。それには、ホアンも折竹も、とっくから気がついていたのだ。

「どうも、変だ、『神にして狂う《リオ・フォルス・デ・ディオス》』河の狂気が、ドーニァに来たのかしら……」

「さアどうかね」

と折竹も憮然と呟くのみだった。

しかしその数日後、いよいよ折竹、ホアン、ドーニァの三人がファーレー等とわかれ、死を賭しての奥地ゆきをすることになった。おそらくこれが、この世における三人の最後の日か。折竹は信念と意気のために、ホアン、ドーニァの二人は容れられぬ恋の完成を、はるかなる魔境でするものと察せられた。数艘の丸木舟にすぐった土人をのせいよいよ「地獄の肋骨《コステルラ・デ・インフエルノ》」をはなれた大樹海へと入ることになった。別れの哀愁に、ファーレーにも似げない涙をうかべ、

「成功をいのる。儂らはここに、二週間ほどいるからね。ぜひ、気狂いにならぬよう気を付けて帰ってき給え。ホアン君、もうおたがいに敵意を去ろう。ドーニァ、僕はもう、君を追う刑事《でか》じゃないよ」

そのとき、炊事婦のコンチャの顔をつつむ殺気と喜悦の色に、誰一人気付くものはなかったのである。やがて、川は大樹海のなかへ入ってゆく。

密林下の川――。護謨樹《ゴム》、椰子、バルバティモン、トウマク棕櫚などの大樹が鬱蒼と天日を隔て、それにからまる寄生木の繁茂は大艦の砲塔のよう。羊歯は樹木化し巨蘭は

岸を蔽い、密生のおそろしさはさすが奥アマゾンと、折竹も啞然としたほどである。そこへ、水中植物を薙《な》ぎながら流系もない川が、どろっと濁った珈琲色の水を流しこんでいる。はや、数間とゆかぬのに、まったくの暗黒。それにまず弱ってしまった。

「このまっ暗な中を、どうしてゆくね」

と、ホアンが不安そうな顔。

前方には、点々とちりばめたような大鰐の眼。大水蛇《アナコンダ》の這いずり、王蛇《ボア》の跳躍には……気根蔦葛をつたわるごうっと云う震動が、この大原始林の呻吟のように聞えてくる。おそらく、数間先には死が待っているだろう。この「胎内川《リオ・ノオ・バリーガ》」を生きながら過ぎるということは、気違い沙汰か妄想にちがいないのだ。と突然、先頭をゆく舟の土人の一人が立ちあがり、全身をかき毟《むし》り、狂気のように喚きはじめた。

「あっ、“Tucandero《ツカンデロ》”」

と折竹も愕《ぎょ》ッとしたように叫んだのは……長さ二吋《インチ》もあるアマゾン大蟻《ツカンデロ》の襲撃だ。まだ、微光がのこっている河面を埋めるほど、食いちぎった葉に乗ってくる大蟻の大群。まったく一歩が死の瀬、二歩が地獄。鉄光をながしたようなその河面の輝きに、土人たちは蒼惶と逃げだそうとした時だ。

どうしたことかアマゾン大蟻《ツカンデロ》の大群が、周章狼狽、木の葉のように散りはじめた。それは、折竹が紫外線灯を点じたからだ。

爬虫類や蟻は、光のなかで黄と赤を好む。青や紫は大の嫌い。ことに、人間にはみえぬ紫外線となれば、彼らは一堪りもなく逃げだしてしまう。いま、この三艘の舟は不可視光線にまもられて、「胎内川《リオ・ノオ・バリーガ》」の暗黒の川を下ってゆく。そうして、三日になったが、まだ密林は尽きぬ。湿熱、湯気のようなこの三日間のうちに、もうへとへとなどの形容は云うも更と云うほどに一行は疲労のドン底にあったのだ。発熱、下痢、死の手は体内からも招いている。

するとと、最後の舟の尾灯のなかに、なにやら紙のようなものが流れてきた。手にとると、それはコンチャからのもの。水中植物のため進行が容易でないこの舟に、後で流した紙が追いついてしまった訳だ。それには、こう誌してあった。

この紙は、おそらく死に絶えたころ、貴方がたの舟に着くでしょう。好んで死にゆく皆さんのために最後の餞《はなむ》けをしたいと思います。

私とドーニァは、真《まこと》をいえば実の姉妹です。しかし、ドーニァは頑是ないころ、ある理由のため家を離れました。それは、めずらしい楕円形の掌紋が、あの子の両手にあるからです。きっとそれは、誰にも考えられぬような遠い祖先の特徴が、ドーニァだけにポツリと出たのでしょう。私の家——リマの旧家ヴェラスケス家では、左様な片輪ものは家柄からも置けません。ああ、本当によかったと、数年まえに語り合ったほどですわ。というのは、化木人。あの第五類人猿といわれる怪物の掌にも、やはりドーニァとおなじ掌紋があるのです。実際、私たちはホッとした思いでした。誰でも、とおい祖先は猿とはいいながら、それを、明らさまにまざまざと見せられることは、私たち名家にはこの上もない苦痛です。と、つい先達ドーニァが帰ってきた。やっと、縁遠い私にも恋人ができた時。

私は、自分自身の幸福のため、おそろしい決意をしたのです。いつ露われるかもしれないドーニァのことを、私は極力蔽《おお》おうと致しました。で、あの子をココス島へ掠《さら》い、満潮の水にひたし殺そうとしたのです。しかし駄目、あなたがドーニァを助けてしまいました。私はそれから肌を陽に焼いて混血児をよそおい探検隊に入りました。そして、絶えずドーニァを殺す機会を狙っていたのですが、ついに私の手を俟たず、天が下した。それは自殺にもひとしい「胎内川」下り。

私は、本名をイザベラと申します。アマゾン大蟻《ツカンデロ》がたかって骨の髄まで食われてしまっている、貴方がたには聞えますまいけれども……。

恐ろしい女——と読んでゆくうち堪らない嫌悪の情。女の執念と飽くことない我慾とを思うと折竹も慄《ぞ》っとなるような気持だ。しかしこれで、快走艇《ヨット》着の正体がわかった。と同時に、薄いゴム手袋をして巧みに掌紋をかくしている、ドーニァの化木人の血のことも……。そうすると、紐育《ニユーヨーク》に於ける彼女の殺人も、ジキル・ハイド式の二重人格ではないのか。第五類人猿の血で兇暴になるときの無意識裡の殺人ではないのか。無罪——。ただ可哀そうなのはヴェラスケス一家のなかで、ドーニァだけは濃い化木人のこの血。
しかし、一方核心へ近附くにつれ、この一行を不思議なものが襲いはじめた。はじめは、周囲の植物の睡眠が分ることだった。日が暮れる――それは、この暗黒のなかでは時計でしか分らないが、その時はザアッと密林が騒《ざわ》めいて、水平だった葉がうなだれるように垂れてくる。と同時に、一行もしだいに睡くなってくる。こうして、人間と植物が交換をはじめたと云うことは、すでに狂気の、第一歩ではないのか。と、心をひき締めてゆくうちに、また紙が流れてきた。今度のは、ファーレーから。

昨夜、コンチャが絞め殺さてしまった。しかしこれで、ロドリゲス事件の正体がわかったよ。それは二人とも、竜舌蘭の枯れたなかに寝ていたからだ。あの繊維は、湿気にあうと非常な収縮をする。それで、コンチャもロドリゲスもひとりでに首を絞められた。また、ロドリゲスの場合は偶然にもその跡が第五類人猿のあの掌紋に似てしまったというわけだ。

ドーニァさん、あんたを一時なりとも疑ったことは、あつくお詫びをする。
天の配剤と、コンチャの死は当然のように思われた。しかしその時、土人の一人がアッと叫んで、頭上をみた。はるか、樹海の梢をゆく栗鼠猿《サギー》の大群。と、その辺に満天の星空のように、点々と散りばむ外光のまたたき、密林がうすれた。一行は歓呼の声をあげた。

「胎内川《リオ・ノオ・バリーガ》」をでると、名もしれぬ灌木がいちめんに生い茂っている。「毒ある《アレボール・》空焼け《ヴェネノーザ》」のあの怪赤霧が、もう程近い野火のようにみえるのだ。とその辺に、まっ赤な花粉のようなものが散っている。嗅ぐと、鼻に浸むぷうんと異様な匂い。

「ううむ、こいつ」

と折竹がポンと手をうって云った。

「これは〝Cattleya Eldorado《カットレヤ・エルドラドー》〟という非常に綺麗な蘭の花粉だ。しかしこれには、合歓《ねむ》科の植物で、〝Niopo《ニオポ》〟という、アマゾン土人がつかう魔薬のにおいがする。そうだ、たがいの根が交って、〝Niopo《ニオポ》〟の成分を、この蘭が吸いあげたにちがいない。ホアン、あれは人を狂わせる花粉の雲なんだ」

渺茫、蘭花の咲く狂気の原野。もし風が変ってこっちへ吹いた日には、この一行は狂人にならねばならぬ。と、明日は早々引きあげることにして、その一夜は露営という真夜中であった。

この森閑とした狂気の楽園近くへ、どこか遠くでしている咆哮が聴えてくる。やはりいる。第五類人猿はやはりと……。竦《すく》むような思いの時どうしたことかドーニァは、満面に喜悦の色をたたえ、惹かれるように聴いている。

翌朝、ドーニァの姿が天幕《テント》から消えていた。折竹は、身も世もないホアンを慰めるように、

「血の掟。『神にして狂う《リオ・フォルス・デ・ディオス》』河のこの原野の掟だ。血は血に帰る。ドーニァも悦んで行ったろう。あれは最初から人間ではなかったと、君も断念《あきら》めるんだな」

暁は、「毒ある空焼け《アレボール・ヴエネノーザ》」を血のように染めている。しかし、折竹には血の帰ったドーニァとともに、かしこのゴム樹、ここのクーベ根と……祖国のための富源が一刻も頭を去らない。この奥アマゾンの大富源調査、彼もまた、時代の先駆者である。

第十話　地軸二万哩《カラ・ジルナガン》

魔境からの使者

——折竹氏、中央亜細亜《トルキスタン》へゆく。世界の屋根、パミール高原中の大魔境「大地軸孔《カラ・ジルナガン》」をさぐるため、近日ロンドンを出発、英印連絡空路により、アフガニスタンのグワダールへ赴く予定。

とこんな記事が、ロンドン中の新聞を賑わしたのが、十日ほどまえのこと。英帝皇后御同列の米大洲御訪問や、亜刺比亜《アラビア》オーマン国の王子御新婚などに併せ……ともあれ、スペースを食った大物記事の一つ。それが、十日ばかり後に大難関に逢着し、あれよあれよという間に折竹参加という、大報道価値《ニュースヴァリュ》がかき消えてしまうとは……

というのは、次のような声明書、「大地軸孔《カラ・ジルナガン》」行きを断念するという意外な折竹の発表が、朝刊締切後の深更の各社をおどろかした。

——独逸ルフト・ハンザ航空会社の主唱になる「大地軸孔」探検に小生は不参加の意を表明す。なお、同探検隊が小生の攻撃計画を採用するも、それにはなんの異議なきものなり。鍵十字旗《ハーケン・クロイツ》の、魔境に飜えるを祈りて。

　これには、各社ともアッと眼を剝いたのである。なんてこった、じぶんが計画をたて隊長にまでなりながら、まさに出発という間際にスイと身を退《ひ》くなんて……これまで度胸六分の戦車的突進を誇りとした彼を思えば、ますます分らなくなってくる。きっと、これには事情があるのだろう。ただ心境の変化、電撃的飜意くらいで、そう易々と片附けられるものではあるまい。と、事の真相を測りかねた各社の猛者連が、翌朝折竹の宿へ目白押しに押しかけてきた。

　かれが泊まっている「マルバーン・ハウス」というのは、ロンドンの西郊チェルシー区にある。この区はロンドンの芸術家街《クワルチエ・ラタン》といわれ、都心を遠くはなれた川沿散歩道《チエイン・ウオーク》のしずけさ。が、いま部屋のなかは喧囂たる有様だ、「タイムス」、「デリー・テレグラフ」をはじめ各国の特派員。なかには、前作、「第五類人猿」のアマゾン奥地探検のとき関係のあった、「世界新報《エル・ウニヴエルサル》」というペルー新聞までがいる始末。

　心境の御変化はどういう理由で……あなた個人の、身辺的事情？……それとも、土地柄政治的原因で……と包囲攻撃のなかで静かに莨煙《けむり》をたて、折竹は憮然とガウンの紐をいじっている。やがて、鎮まるのを待って、ニッと笑い、

「別に、どうこう云うような派手派手しい理由はない。風……。僕の飜意の原因は、風にある」

「へえ。風がね」

とロイド眼鏡をひからせてまっ先に乗り出してきたのが、「スター紙」の山岳通マクブリッジ君。

「つまり、仰言る意味の風は、季節風《モンスーン》でしょうね。しかしそれはとうに計画《プラン》のなかへ織り込み済みじゃありませんか。季節風の影響のない五、六月中に、探検を完了するというのが既定の計画だとしたら風の影響などは何もないじゃないですか。むしろ、驚異の征服をなし遂げた、引き上げ時にですね。季節風《モンスーン》の猛雨くらいあるほうが、劇的でいいですよ。征服者折竹の風貌いよいよ颯爽となり……映画班も悦ぶし、われわれも助かる」

「ハッハッハッハ、人の苦しみを悦ぶのは、ジャーナリストくらいだろう。だが、季節風以外にも、風の問題はあるよ」

と、きっぱり云われてもパミールの辺りで、風の問題といえば季節風以外にはない。はてなと、誰にも見当がつかないところへ、

「なんだ、諸君は分らんのかね」

と、一わたり折竹がぐるぐるっと見廻して、

「風にもよりけりで、いろんな風があるが……、なかでも一番下らんやつに、臆病風というのがある。そいつが、『大地軸孔』だけはぜひお止めなさい。暗剣殺と三りんぼうをゴッタにしたような、あすこへ行けばかならず命はない――と、僕に切実にいうもんだからね。こっちも、考えてみると成程そのとおり。よく、こんな計画でゆく気になっ

たもんだと、再吟味の結果、慄《ぞ》っとなったほどだよ」
最初はくだけた口調で冗談まじりだったのが、しだいに引き緊って来、悲痛の色さえ帯びてくる。また聴くほうは聴くほうでガンと殴られたように、暫くのあいだなんの声もなかったのだ。

あの、折竹がどうしたと云うのだろう。猪突六分、計画四分という、かれの信条はどこへ行ってしまったのか。と、過去の彼にくらべればあまりな変り方に、まったく、真実「大地軸孔」というところは、彼がいうように征服不可能なのかと、誰しもそう信じてしまったのである。

しかし、ソ連、印度にはさまれた「大地軸孔」の位置。新疆、パミールからかけて南下しようとするソ連勢力と、必死に印度をまもろうとするイギリスの防衛策。ちょうどその間へ自然の障壁のように「大地軸孔」をふくむアフガニスタン領が伸びている。してみると、いま独逸航空《ルフト・ハンザ》会社が純学術的探検の名目で、この秘境を暴露しようと云うのが、黙過されるだろうか。ソ連には、ここが明かになれば対印新攻撃路。おそらく天与の好機と、期待しているにちがいない。がそれに反してイギリス側には、この秘境暴露がひじょうな痛手になるのだ。

印度への道――その間に横たわる大秘密境「大地軸孔《カラ・ジルナガン》」。そうだ、きっと英官辺からの圧迫があったのだろう――と、折竹黐意の理由をこう睨みたい気持が、誰の胸にも疼いていたのであるが……。国際紛争裡におどる快男子折竹の姿は、まだ彼も云わず、作者も秘、秘である。ではこの、大地軸孔とはいかなる魔所であろうか。

北にパミール高原、西南にはヒンズークシ、南東にはカラコルム。おのおの、二万フィート級以上が立ちならぶ大連嶺が落ち合うところが、いわゆる「パミールの管」のアフガニスタン領である。ではここが、なぜ永いあいだ未踏のままであったかと云うに、それは、「大地軸孔」をかこむ〝Ktam《キャム》〟の隘路に、世界にただ一つの速流氷河があるからだ。温霧谷《キャム》の、魔境の守り、速流氷河《ギースバッハ・グレッチエル》。

グリーンランドの北端にあるアカデミー氷河群に、一日四十メートルをながれる韋駄天氷河があるけれど、これはおそらく、その速度の十倍以上であろう。囂々《ごうごう》とひびいて摩擦音を轟かせ、地獄の大釜がたぎるような氷擦の熱霧をあげながら、日速四一九メートルといわれる化物氷河の谷。また、温霧谷という名のわけも、これでお分りだろうと思われる。

「つまりだね」

と、折竹が技術的な説明をはじめる。

「温霧谷《キャム》の、速流氷河をどうして登るかという点で、僕はハタと詰ったんだ。普通の氷河なら、ザッと十哩ばかりを六十年もかかる。ところが、温霧谷の先生ときたら、化物以上だからね。猛速、強震動を発し、登行者を苦しめる。突然、数丈もある氷塔が頭上に落ちてくるだろう。また、なにもない足下に千仞の氷罅《クレヴァス》が空くだろう。なんて云うのがザラだろうという訳も、すべてあの氷河の猛速の禍いだ。それに、氷擦のはげしさで、濃稠《のうちゅう》な蒸気が湧く。それが原因となる氷河疲労《グレーシャル・ファチーク》に、マア僕らは二時間とは堪えられまい」

「驚いた。あなたにも似ない、大変な弱音ですね」

と片隅のほうで嗤うような声がすると、

「そうとも、化物氷河と闘えるもんじゃない」

と、折竹が即座にやり返す。そしてその、温霧谷《キャム》の速流氷河を十五マイルばかり登ったあたりに、大地軸孔がおそろしい口をひらいている。

作者はいま、便宜上「大地軸孔」などと云っているが、その〝Kara Jilnagang〟《カラ・ジルナガン》というのは中央亜細亜一帯の通称で、「黒い骨」というのが正確な意味になる。で今、もしもその辺りを絶好の月夜にながめたとしたら……。雪嶺銀渓、藍の影絵をつらねているワカン隘路《パス》のかなた、銀蛇とうねくる温霧谷氷河の一部が、ときどき翳るのはおそろしい雪崩か。いや、その中腹にくっきりと黒く、一本の肋骨のようなものが見えるだろう。それが地獄の劫火ほの見える底なし谷といわれている、黒い骨の「大地軸孔《カラ・ジルナガン》」。

そこは、多分めずらしい〝Niche rift〟《ニーチ・リフト》ではないのか。つまり、壺形をした渓という意味で、上部は、子安貝に似た裂罅状の開口。しかし、内部は広くじつに深く、さながら地軸までもという暗黒の谷がこの「大地軸孔」の想像図になっている。ではここが、なぜ世界の視聴を一斉に集めているのか。というのは、怪光があるからである。

ときどき、地底の住民の不可解な合図のように、火箭《ひや》のような光がスイスイと立ちのぼってくる。時には、極光《オーロラ》のように開口いっぱいに噴出し、はじめは淡紅《ピンク》、やがて青紫色に終るこの世ならぬ諧調が、キラキラ氷河をわたる大絶景を呈するのだ。しかし、このパミールに絶対に火山はない。あるいは、その底には奇怪な住民がいて……と云うのがますます奇想をつのらせる、「大地軸孔《カラ・ジルナガン》」の怪魔焔の謎。

「いずれは、僕より上等な探検家がでるだろうからね。そのとき、その先生に『大地軸孔』を降りてもらう。下せど下せど綱は底触れず、頭上の裂罅も一線とほそまり――なんていうのが、地下鉄《チューブ》売りの赤本《ほん》にあるよ」

最後に、折竹は淋しそうに笑い、その日の会見はそれまでになった。人々が去ったあとの空《がら》んとしたなかで、暫く彼は物思いにふけっていた。やがて、ベルを押して部屋附《チェンバー・》女中《メイド》を呼び、

「君、昨日あのザチという婦人は、来なかったかね」

「いらっしゃいませんわ。でも随分、あの方変った服装をしてらっしゃいますわね。顔隠し《チャードル》をしたり皮鞋《サンダル》をはいたり……やはりあの方は近東の方でしょうね」

「そうらしい」

と、折竹は憮然とうなずいた。彼にいま、そのザチという婦人が、頻々と訪れてくる。氏素姓も知れず国籍もわからぬが、姿顔といい気高さに充ち、どこか近附き難いところのある四十恰好の婦人だと――一度顔隠し《チャードル》をのぞいた部屋附女中がいうのである。

もちろん、彼はその女には逢わない。こんな、近東人らしい婦人と接近などした日に

は、ますます彼の周囲には厳戒が加えられ、厭な日々が続かなくてはならないからだ。実際「大地軸孔」参加発表以来の英官辺の神経は、びりびり彼にも響いてくるほど、鋭いものになっている。第一、彼に接近するものは給仕人をはじめ、残らずそれを機会に変えられたような始末。そんな情勢のなかでその婦人と会ったなら、ますます此方のほうで事を構えるようなもんだと、――彼はザチという婦人を極力避けていたのだ。

するると、そのザチが痺れをきらしたように、つい二、三日まえ手紙を寄越したのである。それをみたとき、まるで悪夢裡のような云いようのない驚き、また同時に、もしもこれが芝居ならと思っても、奥底知れない怪婦人ザチの正体を、どうにも彼は見破ることができないのだ。さて、その手紙は次のようなものである。

魔境の土をまもるため、お願いがございます。どうか「大地軸孔」のしたの平和な民どもの、静かな生活をお乱しくださいませんように。私たちは、じぶんの土を護るため、侵入者をふせぐため……ある必要な手段をとるに先立って、一応お願いいたします。

いま、血をみずに済みますことは貴方さまの御一存で、「大地軸孔」ゆきをお止めになることですわ。これは、貴方さまのため、私どものため、ぜひ枉《ま》げても、お聴き入れねがいたいと存じます。

地底の女、ザチより

晦冥国《キンメリア》大油層

魔境からの女、やはり「大地軸孔」のしたには住民がいるのか。暗黒中の生活はどういうものだろう、どんな文明をもち、どういう衣食住をし、あの一生陽の目をみない大暗谷にいるのか⁉　と、まだ夢を追うような醒めやらぬ気持のなかで、折竹はつくねんと考えていたのだ。

しかし気が附くと、どうやらこれが眉唾のもののようにも思われてくる。「大地軸孔」のしたの晦冥国の女なんて、どうもこりゃ芝居が過ぎるようだ。きっと、その女を躍らしている闇の手があるのだろう。と、思うが見当も附かない。結局、ザチのことは半信半疑に過ぎてゆくのだった。とその時、部屋附女中が窺うような眼をして、

「あの方を、ほんとに旦那さまは、御存知ないのですか」

「知らんねえ、一向イランやあの辺の人には、近附きがないからね」

「そう、じゃ私、勘違いしてたのかしら……」

「どんな事だ」

「じつは、私、こう考えていたんですの。どこか、近東の古いお寺から、旦那さまが宝物をお盗みになった。その跡を蹤《つ》けてはるばるあの方が、『月長石《ムーン・ストーン》』のように追ってきたんじゃないかしら……。宝物を返せ、さもなくば殺してしまうぞ——って、いま、旦那さまは嚇《おど》されてるんじゃない⁉　ホホホホホホ、お怒りになっちゃあたくし、困り

ますわ」

　こんな冗談から、なにか引きだそうとする部屋附女中の態度も、折竹には不愉快な一つだ。しかし彼は、なぜ「大地軸孔」ゆきを断念したのだろう。こういう、英官辺の厭がらせのためか……それとも真実「大地軸孔」は征服不可能なのか。いや、彼のゆくところ砕けざる魔境はない。では、それはどういう理由《わけ》だろう。

　――探検とは、国という砲身のはなつ弾丸なり。

　この言葉を、彼は忘れていたわけではないけれど、いまロンドンにいてイギリス人の生活をみていると、しみじみその言葉が胸うつように響いてくるのだ。いま英人は、わずかを働いて多くをとっている――その、余裕綽々ぶりはなにに由来する⁉　印度、濠洲、南阿、カナダ――みな一、二世紀まえの探検の成果だ。

　すると自分に、民族の血をとおしてした探検があったろうか。時代がちがうとは云え最小の効果でも、国にたむける意味の探検があったろうか。文化の貢献者という美名にあこがれて、ただそれだけのために働いていたのではないか。と思うと、泣きたいような気持になる。これまで彼がしたすべての事が、いまは些細な塵のようにしか見えなくなったのだ。もう、大地軸孔へ行く気力などはない。

　まして、独逸航空会社《ルフト・ハンザ》は純文化的意味だというけれど、この「大地軸孔」探検はそんなものではないらしい。近東空路を、はるばるアフガニスタンの首府カブールまで伸ばしてきた、独逸航空会社には一層の野心があるのだろう。英ソの緩衝地帯である「大地軸孔」一帯を精査して、ナチスの楔を南新疆にうちこもうと云うのではないか。また一方、この探検が成功すれば利益を得るものに、対印新攻撃路をにぎれるソ連がある。いずれにしろ、これは他国を益するに過ぎない。御免だ。くだらん英雄になってお先棒に使われるよりは、暫く故国へ帰って、ゆっくりと休もう。と、彼は遂に参加を思い止まったのである。

窓をあけた。近ごろは、こうして窓をあけ往来を眺めることが、彼には習慣のようになっている。ザチ——。あの「大地軸孔」の女と称する神秘的な婦人が、もしや彼に会おうとして、迂路《うろ》ついていやしないだろうか。会いたくはない。が、どんな婦人だか、一目だけみたい。いまは、彼の脳裡からとり去ることが出来なくなったほど、ザチのことは強烈なものになっている。

（事実、「大地軸孔」のしたには、住民がいるのだろうか。いや、あの女はまやかし者にちがいない。自分に、「大地軸孔」攻撃《リビヤンカ》の興味を湧かさせようと、あるいはソ連からでも仕立てられて来たのではないか。G・P・U女——。マア、底を洗えば、そんなところだろうが）

土を守る、探検を妨害する——なんぞといいながら逆効果をねらい、かえって「大地軸孔」へじぶんを惹きよせようとする。きっと、ザチはソ連の女だろう、と、折竹はそういうように考えていた。しかし、どこにもザチらしい婦人はいない。ただ、テムズを越えてみえるバタッシー公園の新芽の色が、四月はじめの狭霧《さぎり》にけむり、縹渺として美しい。

　翌朝は、ロンドンの郊外クロイドンの飛行場。アームストロング・ウィットウァース機の車輪一度地をはなれれば、鵬翼欧亜の空を駆り日本へと近附いてゆく。が、まず彼は事務所にいって、同乗の旅客表《ブラッキング・シート》をしらべたのである。しかし、ザチの名はなかったのだ。

「たいていは、亜剌比亜《アラビア》オーマン国の王子御新婚式に出むかれる、新聞社の方々や外交関係でございます」

　と、折竹に旅客掛りが説明をする。

「御婦人!?　それはお一人ですが、ハッキング卿夫人で。いいえ、外国の方は貴方さまばかりで……」

　やがて、機はふんわりと空中に浮び、朝の湿気のもとに広茫とひろがっているクロイドンは、はや見えずになってしまった。左様なら、また、信念を充すものがくるまで、探検よさらば。と、翌夜捲きこまれる奇怪な運命があるのも知らず、彼は胸をくもらせ、無限の感慨にひたっていたのだ。やがてパリ、伊太利《イタリー》のブリンデイッシ、アテネ、アレキサンドリア。

　翌日は、バグダット、バスラを過ぎアラビヤ半島の突角にある〝Sharjah《シャルジャー》〟へ着いたのが深更の二時。荒い城壁にかこまれた、沙漠中の空港《エーヤ・ポート》。すると、機体を下りたった彼のそばへ、歩み寄ってきた男がいる。まず、その男は慇懃な礼をして、

「ポルトガルの御使節、エスピノーザ閣下にいらせられましょう」

「へえっ」

と彼はびっくりして、叫んだ。

「日本人だ。いくら、日本と葡萄牙人《ポルチユゲー》が似ているからって、間違うにも程がある。まして、おれは閣下じゃない」

「御冗談を」

とその男は引きさがる気配がない。

「オーマンの、華の御儀へ御参加になるエスピノーザ閣下であることは、手前よく存じております。また、御気さくの方で下々のことまで、よくお弁《わき》まえでいらっしゃる事も……」

「ハッハッハッハ、上にも下にも、下情しかしらん男だよ」

となんだか折竹も面白くなってきたところへ、とつぜん彼の咽喉がぐびっと鳴り、顔の表情が凍てついたようになってしまった。銃口が、彼の下腹部にぴたりと附けられている。

「これが、エスピノーザ閣下を遇する方法かね」

さすが、折竹の声は顫えもせずに、発せられる。そうして、眼前《めのまえ》の男をつくづく眺めると、それは狐のような顔をしたイギリス人。さてはと、彼は何事かを覚ったのである。

そこへ、その男が圧するような声で、

「折竹さん、一言御注意して置きますが、われわれには力がある。どうです、ここで荒らだって、からだを失くしますかね。イギリス保護領のこの空港には、いたる所に銃口が伏さっている。マア、暫く御辛抱願いましょう」

アラビヤ兵の白衣《バーナス》が点々とみえていたのが、眼隠しをされ、まっ暗になる。男は、彼を自動車にのせ、一時間ばかり運んでいった。やがて、家らしいものに着くと、眼隠しをとられる。彼のまえには顎骨のふとい、大きな男がぬうっと立っているのだ。五十ばかりでほとんど表情がない。それが却って、悚めるような凄味。

「儂《わし》は、ある任務の男で、セルカークと云います。今夜は、あなたとは大変不本意な会見で……」

「驚いたですよ。マア、大抵なところで御大赦に願いたいですな」

といまは度胸もすっかりすわった折竹は、臆す色もなく生洒々《いけしやあしやあ》として、

「時に、ここは何というところで……」

「なるほど」

とセルカークは冷酷そうな笑をうかべ、

「御自分の、墓になる所だけは御存知なくてはなりますまい。ジェベル・カスルン。附近には製油所があります」

それなり、暫くはなんの声もなかったのである。夜の沙漠の冷々としたなかで、にぶい灯りが二人を照らしている。ちょっと、折竹のからだが顫えたようにみえた。墓

——!? なん度胸に問うてもおなじ意味の答えを、彼はぼんやりと味わっていた。死ぬ、そうとすれば、どんな理由で……。

「とにかく、危険な存在は殺らにゃなりませんでな。あなたは、アフガニスタンのダワダールで降りて、『大地軸孔』へゆくつもり……ねえ」

「いや、大変なちがいだ。このまま僕は、ずうっと本国へ帰る」

「ハッハッハッハッ、こっちでそう信じている以上、釈明は要りません。つまり、あなたをあの『大地軸孔』へは遣りたくない——その意味はお分りだろうと思います。あの辺のすべてが不明であるということが、わが印度の貴重な守りになっている。しかし、もし貴方がゆけば、どうなるか分らない。ヒルト博士等のほかの人たちはとにかく、こっちは、貴方一人の超人力をおそれている。印度を、ソ連の南下策から完全に護らにゃならない」

「ふむ」

と折竹は笑うような表情をして、

「あまり、偉そうに見られたのが、とんだ災難でしたよ。いや、デモクラシーも当てにはならん」

「お気の毒です。しかし、これが任務ですから」

とセルカークが心持頭をさげ、彼にペル・メルをすすめた。その莨煙《けむり》のなかで暫くのあいだ、折竹はじっと考えていたが、

「やれやれ、おなじ事なら探検で死んだほうがいい。僕は『大塩沙漠《ダシュト・イ・カヴィル》』地下の油層をさぐるわけだったのです」

と、セルカークの頭がヒョイと上って、

「油層」

と、彼は惹かれたような表情になった。

「そうです。あなたの想像は不幸にして違っているが、僕のほうのはおそらく図星でしょう。それは、東は外蒙からサハラ沙漠まで延びているといわれる、地下の大想像洞、『大盲谷《グレート・ブラインド・ヴァアレー》』。希臘《ギリシャ》のホーマーでさえが晦冥国《キンメリヤ》といっていた、大盲谷が実際にあるらしいのです。むろんそれは、土地によって高低がちがうでしょうが、岩塩と、石灰岩層を貫いて流れている。しかも、その大盲谷二万哩のうえは豊潤な油層だ」

招かれざる女王

地下の大盲谷、暗黒の二万哩。その存在は非常に古いころから、想像されもし書かれてもいるが、もしこれが余人の口からでたのだったら、即座に一蹴されたにちがいない。いまは、セルカークも妖かしに会ったような顔。

「なるほど、その想像洞のうえは、大沙漠帯ですね。それに、所々方々に油田が散らばっている」

「そうですよ。全部油脈は岩塩油田であるか、それでなければ、石灰岩層に入っています。おそらくその大盲谷はソ連領にも伸びているでしょう。ねえ、エンバの油井《ウエル》は岩塩油田でしょう。また、コウカサスのは石灰岩層にあります。とにかく、岩塩を溶かし、石灰岩を溶かし地下へ滴る石油が大盲谷をつくったと云われる」

　ああ、大盲谷をうねくる、石油の大暗流。いかな名画工、いかな名小説家といえど、その光景を髣髴とすることはできないだろう。しかしそれは、ただ想像だけとするならまことに素晴らしいがと……暫く経つうちに半信半疑の色が、セルカークの顔を覆うてきたのだ。

「しかし、それは実際問題ではありませんね。ただ奇想であり、頭脳の遊戯であり……。お話だけはひじょうに面白いですが」

「では、イランの大塩沙漠《ダシユト・イ・カヴイル》を、どうお考えになる」

　と折竹が突き進むようにいった。

「あすこの、踏みいるものを焼く、おそろしい熱気は。万物焼尽さずんば止まない、見えない魔焔は？」

　“Dasht-I-Kavir《ダシユト・イ・カヴイル》”——そのおそろしい塩の沙漠はイラン国の首府、テヘランの東方二百マイルのところにある。これは、マルコ・ポーロ時代からひじょうに名が高く、すべてを焼きつくす恐怖的高熱度。砂は焼け塩は燃え、人畜たちまちにして白骨となるという、嘘も隠しもない世界の大驚異。ではその、見えない魔焔がどうしたと云うのか。折竹は言葉を次いで、

「つまり、僕の私見をいいますとね。あれは、地下の油脈から洩れる天然瓦斯《ガス》だと思うのです。それが、塩沙の輻射熱でパッと燃えあがったやつが、ふわふわ浮遊して歩くのでしょう。ねえ、あの見えない焔はガソリンのお化――。高オクタン価八〇くらいの、おそらく航空用燃料《ギヤス》としたら空前のやつが、あの地下には無尽蔵にあるのです」

見えない魔焔の正体が各国ともあせっている、高オクタン価の良質油とは。が、折竹の粟粒のような汗。ここが、助かるか助からないかの瀬戸際という意気が、眼にも顔にも、燃えるように漲っている。案の定、セルカークは恍《うっと》りとした声で、

「航空用良質油《ギヤス》」

とたった一言。それを、折竹が追っかけるように、

「そこで、あの沙漠に噴出孔があるか、ないか。多分、地軸までもと云うような、裂け目があるだろう。多量の天然瓦斯を絶えず噴きだしている、地底までの穴がきっとあるにちがいない。しかも、それが大盲谷へ達している。と、僕はこう睨んでいるのです。ねえ、地下からの採油も乙なもんですぜ」

「航空用良質油《ギヤス》」

とセルカークがふたたび呻いた。折竹がならべる出鱈目もさすが彼だけに整然たるもの。それが駆りたてる夢幻黄金境《ギロウ・ウアーク》。いまやセルカークは大慾にうめいている。

「儂もむかしは、汲出機をもって、掘りあるいたもんでした。そして、良い油井《ウエル》に出逢ったのが、三十のときだった。ところがね、遮水管《ウエーク・ストリング》の抜き出し処置がわるく、火

花をおこして焼けてしまったのですよ。ねえ、若いころは、誰にも夢がある。それが、五十になった今、蘇えってくるなんて」

と、だんだんセルカークは恐ろしげな顔になってゆく。占めた、と、折竹がほくそ笑むところへ、

「じゃ、なんでしょう。『大地軸孔』の怪焔も、おなじ意味合いのもんで」

「そうです。あれも、『大盲谷』中の一つの覗き穴です。しかし、大盲谷をうずめる全部の油量は？　セルカークさん、測れますかね」

と、唆るようにセルカークの顔をみる、折竹も相当の役者ではないか。俺を放て……そして、大塩沙漠《ダシユト・イ・カヴイル》へやり、覗き穴を探させろ……そうすりゃ、セルカークは億万長者になれる。いや、億どころか、百兆、千兆。いずれは、英蘭銀行《バンク》がお前の紙幣《さつ》で埋まるだろう……ここだ、一生の運をつかむか摑まないか⁉

するとその時、おなじ思いはセルカークにも、こいつを、釈放したら、どんな事になる⁉　うまくいい当てて覗き穴を発見し、俺を地下採油の超富豪にしてくれるか。まったく、あの沙漠だけは「英波石油」も捨てている。そうだ、失敗《しくじ》りゃ、焼かれて死ぬ。馬鹿をみるのは、此奴だけの話だ。

やがて、二人のあいだに盟約が成りたった。しかし、まだ折竹に完全な自由はない。

「あんたは、当分儂のそばを、離れんでもらいたい。明後日、わしはムスカットへゆく。例の、オーマン王子御新婚でしてな。むろん、あんたへも御参列を願うが……。マア、

誰しも珍客と思うじゃろう」

それから、折竹は部屋を宛てがわれたが、その夜は眠れぬ一夜であった。月のない砂上は、ぼうっとした星明り。だが、彼はやっと助かったと、じつに躍るような気持。そのうち、彼が出方出まかせに述べたてた嘘が、どうやら真実らしく思われてきた。もともとこれは、彼の想像として腹にあったこと。ただ、大塩沙漠《ダシュト・イ・カヴィル》のあの熱気だけは、急場の凌ぎに絞りだしたのではあるが……。

その、単なる想像が本物になる。少くともなりそうだ、と考えた。すると、一度は死ぬんだったという捨身な気持が、彼に日本人らしい犠牲の念を呼び起してきた。

（大塩沙漠へゆくことは、けっして無意義ではない。もしも覗き穴があって「大盲谷」に達していれば、俺は「英波石油《アングロ・ペルシヤン》」の油層の下へゆけるのだ。またもし、大盲谷の広さが真実とするならば、ソ連コウカサスへもメソポタミア油田下へも、なんとか手段を尽せばゆけないものでもない。

そうだ。故国一朝有事の際の、破天荒な電撃――。一隻の潜水艦、十人の挺身隊。もし覗き穴さえわかれば、それで事足りるではないか。油層下からの処置で、油田は渇れるだろう。また、十人の犠牲で全油田爆破ともゆける。その下地を、俺はいま作りあげようとするのだ。で俺が、もしも大塩沙漠から生還した場合、俺は国家への協力をほこれる。また、万が一の際は知られない犠牲として、俺は個人としての最高の死を遂げることになる。犠牲――。それも、知られないほど、美しい）

夜が明けかかり、砂丘の万波にようやく影が刻まれてゆく。空には、獅子座が頭をさげて西の空へ下りかけ、やがて東からのぼる東亜の太陽の前駆、白鳥、ケフェウス、カシオペアが薄明のなかをのぼってくる。それを……折竹はさし招くような意気だった。ところが、その二日後の夜。オーマンの都ムスカットで行われた王子御新婚式にふしぎな出来事が起ったのだ。

峻嶒《りようそう》たる岩山のしたの町ムスカットのその夜は、イラン、埃及《エジプト》御新婚の賓客をそっくりひき受け、ヨーロッパ社交界に鳴る綺《きら》びやかな連中が、ふうふう暑熱にうだりながらオーマン湾を渡ってきたのだ。まず客人《まろうど》は、英皇太后メアリー陛下の御弟エースローン公、独逸はモスクワ駐劄大使シュレンバーグ伯、また埃及の女王ナズリ陛下、伊太利は皇甥スポレート侯爵。こうした方々が、白壁の小家が櫛比《しつぴ》するこの狭衝の町、また、イラクのバグダットと肩をならべる世界一暑い首府の――ムスカットを見ちがえるように飾ってしまったのである。

その海岸の広場にある王宮といっても、簡易な三層の漆喰建であるが、ともあれ、オーマンを統べる大元首のいますところ。花火、水晶の燭架《キヤンドル》眼眩いなかに、今宵の客人がいと静かに参上する。

「もう、お出ではこれだけであろう」

「ふむ、いかさま済み申したようであるが」

裸足の、二人の式部官が次第書とつき合せてみると、もうお客はこれで終っている。

きょうの御儀に日本綿布の外衣《バーナス》をそろえた、儀仗兵も休ませなくてはならない。さあ、腹も減ったし、羊も焼けている。胡椒飯《ピラフ》を腹さんざん詰めこもうではないか——となった時。

とつぜん、昇降階のしたでザザザザという太鼓の音。お客だ、と一同は慌てふためいて列をそろえた。とそこへ、たくみにガウンを捌《さば》いてくる臈《ろう》たけた一人の婦人。みれば、頭上には王冠を戴いている。

「失礼でございますが」

と、式部官の一人が恭々しく訊ねたのである。

「次第書にございませんので、お言葉を願います。いずれの国の、どなた様でいられましょう」

「キンメリアの女王」

「へっ」

「このオーマンは、なんと云う無礼な国である」

とその婦人が凜然といい出した。

「わたくしは、前もって儀式書を頂いている。それには、使節の随員は宮廷よりの馬車に分乗し、使節の馬車に前行すべし——とありますが、随員のはおろか、わたくしのも参りませぬ。当国は格式を重んじ典礼を尊ぶ点に於いて、回教国一と聴いておりますが」

「恐れ入ります」

と、式部官が首をさげた時その婦人の姿は、昇降階に続く「騎士の間」に消えていたのである。その場には、侍従長やら将軍やらがいたが、凛とあたりを払うその婦人の威厳には、誰も止めるものがなかったのだ。

キンメリア——それは地図上にない国である。

生きている氷河

折竹は、舞踏にも加わらず宮苑のなかを歩いていた。スミルナの無花果《いちじく》、ボスラーの棗椰子《なつめやし》、エスコールの葡萄——。近東の名菓がたわわに実っているところは、魔宮か、花弁魅惑の園のよう。そこへ、日時計のついた噴泉が虹をあげ、風は樹々をうごかし、花弁は楽の音にゆすられる。彼は酒気をさまそうと、ぽつねんと亭《ちん》にいたのだ。

（セルカークのやつ、この辺じゃなかなかの羽振りじゃないか。マア情報省の機関区長どころだろうが……、どうして領事くらいは敵わんような勢力がある）

そこへ、植込の蔭からぷうんと女の匂いがした。棕櫚の花粉のついた裳裾がみえたとき、彼の横手からすうっと寄り添ってきた、女がいる。

「お久しゅう。折竹さん、ほんとうに暫くでございました」

いわれて、その婦人をひょいと見たが、彼には全然未知の女だ。額のひろい、思索深げな顔。齢は四十に近いだろうが、朧々として美しい。はて、どうもこれは純粋の白人ではないな。と、思ったがなんの記憶もない。

「失礼ですが、奥さまとはどこでお目にかかりましたでしょうか」

「お忘れ？」

とその婦人は婉然とわらって、

「ロンドンでお目にかかったでは御座いませんの」

「サア」

「あたくし、ザチでございますの」

晦冥国《キンメリア》の女王、さっき、招かれざる賓客として乗り込んだのが、ザチだった。折竹は、いよいよ捕まったかと思うよりも、夢のような気持で、

「僕がここへ来たことが、どうして分ったのです」

「そりゃね、あたくしにも知る方法がありますわ。あなたは、シャルジァで旅客機をお下りになり、それからセルカークと此処へいらっしゃったのでしょう」

「ふうむ。よく」

と唸った蔭には矢張りこいつはと、折竹は警戒を感じたのである。こういう顔は、よくコウカサス人や韃靼《だったん》人の混血児にある。それが、晦冥国の女王なんて神話めいたことで、俺を釣ろうなどとは、大それたやつだ。きっと、ソ連の連中のなかじゃ、いい姐御だろう――と思うと気も軽々となり、

「いつぞや、僕の『大地軸孔』ゆきに御勧告がありましたね」

「ええ、ぜひそうお願いしたいと、思うのです。覗き穴のしたにわずか固っている、未開の、可哀想な連中です。別に、この世に引き出したところで、見世物にもなりません。お捨て置きになれば、有難く思いますわ」

「しかし、あなたはフランス語をお喋りになりますね。そこは大体、地上と交通のない地底の国の筈。その点がどうも解せませんよ」

とうとう、ザチはそれには答えなかった。悲しそうな眼をして、じっと折竹をみている。駄目っ、駄目っと……念を押すようなそれでもないような、なにか胸に迫った真実のものを現わして、

「でも、お目にかかれて嬉しいと思いますわ。人間って――十年、二十年、交際《つきあ》っていても何でもない方もありますし……たった一目でも、生涯忘れられない方もありますわ。お別れいたします」

と立ちあがったが、またふり向いて、

「こんな齢になって泣くなんて、可笑しいですわね。でも、こういう時は、誰でもそうよ。誰でも、感傷が先走って、悲しくなるものですわ。もう、あなたとはお目に掛れないでしょうから」

「そうでしょう。僕も大塩沙漠《ダシユト・イ・カヴイル》へゆきますから……」

ザチは、それなり去ってしまったのである。妙な女だ、脅してみたり泣いてみたり――と思うだけで、いま大塩沙漠ゆきをうっかり洩らしたことには、彼はてんで無関心

であったのだ。その数週間後、イランのテヘランへゆき準備を整え、見えない焰の塩の沙漠へむかったのである。

まず、そこまでの炎熱の高原。大地は灼熱し、溶鉱炉の中のよう。きらきら光る塩の、晦むような眩ゆさのなか。

その、土中の塩分がしだいに殖えてゆくのが、地獄の焦土のようなまっ赭な色から、しだいに死体のような灰黄色に変ってゆく。やがて塩の沙漠の外れまできたのである。そこは、一望千里という形容もない。晃耀というか陽炎というか、起伏も地平線もみな、閃きのなかに消えている。ただ、天地一帯を覆う、色のない焰の海。

「そろそろ、儂らも焼けてきそうな気がするよ」

とセルカークがフウフウ云いながら、もうこれ以上はと云うように、折竹をみる。

「死ぬだろうよ。日中ゆけば燃えてしまうだろう」

「脅かすな」

とセルカークは心細そうに笑って、

「頼むよ。俺は君に、全幅の信頼をかけている」

「マアね、君を燃やすことは万が一にもあるまいが……、とにかく、われわれは日中を避けねばならん。夜ゆく。それで、今夜の強行軍でどこまで行けるかということが、覗き穴発見のいちばん大切なところになる。ねえ、地図でみると、台地があるね。ちょうど真中辺で、奇怪な形をした……」

「ふん、“Yazde Kubeda《ヤツデ・クベーダ》”か。その『神々敗れるところ』というペルシャ語の意味から、あすこは『驕魔台』とかいわれている」

「そうだ。で、これは僕のカンに過ぎないがね。得てして、ああいう所には裂け目があるもんだ。まず覗き穴は、彼処らしいといえるだろう。するとだよ、然らば黒焦げになる日中はどうするか。それは、深い穴を掘ってじっと潜っている。マアそれで、体力が続くのは一日位だろうから、夜になったら強行軍で逃げるのさ」

「驚いた」

とセルカークはパチパチと瞬いて、

「じゃ、途中で夜が明けたら、焦げてしまうんだね。決勝点《ゴール》を間近にみながら黒焼になるなんて、情けない事には是非ならないで欲しいよ」

そうして、夜は零度をくだる沙漠の旅がはじまった。万物声なくただ動いているのは、二人の影と頭上の星辰のみ。と、やや東のほうが白みかけてきた頃だった。地平線上にぽつりと見える一点。

「こりゃ、いかん。驕魔台《ヤツデ・クベーダ》へゆかぬうちに、夜が明けてしまう。おい俺たちはまんまと失敗《しくじ》ったぞ」

まったく、痛恨とはこの事であろう。みすみす、眼前にみながら此処が限度となると、両様意味はちがうが、二人の嘆きは。……宝の山の鰻のにおいを嗅ぐ、セルカークは殊にそうであった。

「畜生、せっかく此処まで来てとは、なんてえこった。オクタン価八〇、最良航空用燃料《ギヤス》もなにも、夢になりおった。オヤッ、ありゃ折竹君、なんだね」

と、指差された薄明の地平線上。突兀《とっこつ》とみえる驕魔台《ヤツデ・クベーダ》のうえに、まるで眼の狂いかのような、人影がみえるのだ。早速、双眼鏡でみているうちに暁はひろがってゆく。しかし、死の原のここに、鳥の声はない。ただ、薄らぐ寒さと魔性のような人影。やがて、折竹はボロリと眼鏡を落し、

「ザチ」

と、さながら放心したような呟き、

「ザチ!? いったい何のこったね」

とセルカークが訊いても聴えぬかのように、

「覗き穴はある。ザチはソ連の女ではなかった。真実、『大盲谷』に住むキンメリアの女王。おい、セルカーク、あれを見ろ」

いわれて、眼をこすりこすり驕魔台《ヤツデ・クベーダ》のうえをみると、今いた――ほんの秒足らずの瞬前までくっきりと見えていた、ザチの姿が掻き消えたように見えないのだ。覗き穴、彼女は「大盲谷」へ降りたのだろう。しかし、追おうにも、暁は濃い。朝の噴射とともに熱殺界となる、此処ではどうにもならないのだった。

しかし、驕魔台のうえでザチを発見したことから、いよいよ「大盲谷」の実存性が濃くなってきた。そうしてこれには、むしろ手も付けられない塩の沙漠よりかも、「大地《カラ・》

軸孔《ジルナガン》」のほうを攻撃してはと、なったのだ。その頃、大地軸孔探検についての、国際紛争が解決した。英ソ双方とも監視者をだすことになり、英はセルカーク、ソ連は、極氷研究家のオフシェンコという男。また、折竹もセルカークの計いで、この探検に隊長として加わったのである。

沙漠、峻嶮、寒熱二帯の両極をもつアフガニスタン。慓悍無双といわれるヘタン人の人夫をそろえ、いよいよヒンズークシの嶮を越え「パミールの管」といわれる、英ソの緩衝地帯を「大地軸孔」へ進んだのである。いまは、高山生活一ヵ月にまっ黒に雪焼けをし、蓬々と伸びた髯を嶽風がはらっている。

そしてちょうど、カブールを発った五十日目あたりに、温霧谷《キャム》の速流氷河の落ち口にでたのだ。

「凄い。ここでは、氷だけが生物《いきもの》だ」

犛牛《ヤク》のミルクを飲み飲み、断崖のくぼみから、幹部連が泡だつ氷河をながめている。氷に、泡だつという形容はちと変であるが、この氷河の生きもの的性質を、説明するのはそれ以外にはない。

噛みあう氷罅《クレヴァス》、激突する氷塔の砕片。それが、風に煽られて機関銃弾のようになり、みるみる人夫の顔が流血に染んでゆくのだ。まさに流れる氷帯ではなく、氷の激流。ここだけは、永遠に越えられまいと思われた。

大地軸孔の悲歌

「君、ちょっと折り入っての話がある」

隊が立往生をしてから、一ヵ月後のある夜。こっそり折竹の天幕《テント》へ、セルカークが入ってきた。彼は、周囲をたしかめてから、密談のような声で、

「取らぬ狸の、皮算用かもしれんがね。いずれは大盲谷の油層が、われわれの手に入るだろう。しかし、そうなったとき分け前が出るようじゃ、儂《わし》は馬鹿馬鹿しいと思うんだよ」

「へえ、というのはどういう意味だね」

「それは、オフシェンコのことだ」

とセルカークはいっそう声を低め、

「奴は、最後まで頑張るといっている。けさ、君とヒルト博士が大喧嘩をした後で、こっそり奴の意見を聴いてみたんだよ。するとだ、奴は馬鹿に昂然としてね。――任務だ、最後まで君らと共に――なんてえ、えらい鼻息なんだ」

その日の朝、温霧谷の速流氷河の攻撃時期について、彼と独逸航空会社《ルフト・ハンザ》のヒルトとが大激論をした。ヒルトは、速流氷河をわたる方法なしと云う、これは練達山岳家としての当然の論。それに反して、季節風《モンスーン》の猛雨が始まったら登行をするという、この折竹の説は暴論といおうか、まことに、常識外れの馬鹿馬鹿しいものだった。そして、ついに

隊は二つに割れ、わずかな人夫を残すほか、引き上げることになったのだ。

その頃は、もう七月にちかく、邪風モンスーンの跫音がくらい雲行から、吹くぞ、薙くぞというように、聴えるような気がする。ヒマラヤ・カラコルムに吹きつける、狂暴な西南風《ならい》。大雨、烈風となる最悪の時期に、折竹は速流氷河をわたると云う。

狂ったか。見す見す死にゆくような折竹の胸に、あるいはこの狂自然を征服するに足る鬼策が蔵されているのではないか。で、結局のこったのは折竹、セルカーク、それにソ連からの監視者オフシェンコの三人。セルカークは、また云うのである。

「それでだよ。儂も、殺るとか除くとか云うようなことは、この際したくない。一つ、君によく説いてもらって、ヒルト等と一緒に帰そうと思うんだ」

「そうか」

と折竹は暫く黙っていた。あれ以来、ますます人相にも奸黠《かんかつ》の度を加えてきた、セルカークを憫《あわれ》むように眺めている。ただ、氷河の氷擦が静寂《しじま》を破るなかで……。

「どうだ。たがいに運だけは、無駄にせんように、しようぜ。百億人に一人、千万年に一度、あるかなしかと云うような、どえらいもんだから……」

「勝手だ」

と折竹は吐きだすように、云った。

「大体、僕の計画にしてからが、九分どおりが運なんだ。妙に、度胸がいいのが玉に瑕《きず》かもしらんが、これも千万年に一度、百億人に一人ど偉い馬鹿みたいなのが出たとき、云いだすような事だ。ねえ、まず吾々は九分通り、死ぬだろう」

「脅しちゃ、いかん」

「いや、すべては渡れてからのことだ。しかし、僕は君よりも、オフシェンコを、尊敬する。ただ任務——とは、偉い！」

不興気に出てゆくセルカークの向うに、大地軸孔の怪光があがっている。ぶよぶよ動く淡紅の幽霊のように、尖峰を染めだし氷塔をわたり……それも間もなく一瞬の夢のように消えてしまう。そういう時、折竹の胸にはザチのことが泛んでくる。地底の女王、ムスカットでの別れのときの涙。いまは彼も、懐かしくさえなっている。妨害するというが、そんな様子もない。彼女はいま、なにを思っているだろう。

翌日、ヒルト博士等はついに去ってしまった。犛牛《ヤク》をつらねたながい行列を、折竹らは大岸壁のうえから眺めている。季節風《モンスーン》前によくあるクッキリと晴れた日で、氷河の空洞のほんのりとした水色や森のように林立する氷の塔のくぼみが……美麗な緑色を灯したところは灯籠のように美しい。それも絶えず欠け、しきりなく打衝《ぶつか》りあい……氷河としたら激流にひとしい不思議さで、人よ、渡るなかれと示しているのだ。

オフシェンコは、真面目そうな、寡黙な男だ。しかし、その日はめずらしく口数が多く、折竹になにかと話しかけてくる。

「その、ザチという婦人のことは、実にいいですね。大盲谷にさえ入れれば、お遇いになれるでしょう」

「サア、『大地軸孔』の近傍くらいじゃ、どうかしら……。広いよ、とにかく『大盲谷』は両大陸にまたがっている。それも今までは、伝説に過ぎなかったんだ」

「楽しみですね。しかし、僕のはただ任務だけですから」

「じゃ君は、何処までも行くのか」

「そうですとも。国から与えられたものを、疑うようなことはしません」

セルカークの、英人らしい徹底的個人主義と、オフシェンコとは実にいい対照だ。ところが、その数日後に天候が崩れはじめた。雷が多くなって暗澹たる積雲が、ひゅうひゅう上層風《プリマ》をはらみながら、この渓谷をとざしてくる。雨ちかし、温霧谷はその名のとおり大釜がたぎるように、濃霧に充ち、一寸の展望もない。

「この氷河の氷には、石灰分が多い。だから、猛雨があれば氷塔に浸みこんで、あの邪魔ものを、ボロボロにしちまうと思うよ。つまり、氷の石灰分が水に溶けるんだから、あの頑固なやつが軽石みたいになっちまうんだ。で、それが流れるから、平らになる。そこを、僕らが渡ろうという魂胆だ」

そういう、折竹の推測がついに適中した。すごい雨のあった翌朝、一掃された氷塔をみて、三人はわっと歓呼の声をあげたのだ。濃霧《ガス》の暗黒の底から盛りあがる氷の咆哮を聴きながら、温霧谷《キャム》の化物氷河を渡ったのである。しかしそこで、空中索道をつくるのに一日ほど費やし、それまで黒い骨とばかりみえていた「大地軸孔」の口元へ、立ったのが翌朝のこと。

いよいよ、此処――三人は感極まったような面持だ。のぞくと、まっ暗な中からひやりとした風がのぼってくる。地底の国、アジア、アフリカ両大陸にまたがる想像界の大盲谷が、いま三人によって白日下に曝されようとする。やがて、垂らした綱が二〇〇尋《ファゾム》ほどになったとき、底に達したらしく、かすかな手応え……。いよいよ、地底の晦冥国《キンメリア》へ。

「やはり、石油瓦斯《ギャス》」

とまっ暗ななかで鼻をうごめかし、セルカークが聴えぬような声で呟いた。おそらく、どこかに噴出孔があるのだろう。そして、岩石が落下するときの摩擦の火花で点火するのが、例の怪光だろうと思われた。

三人は、各人各様の気持――。折竹は、故国のために油層下の道をきわめようと云う。セルカークは、油脈探し《オイル・ハンター》の前身を見事露《む》きだして、ほとんど天文学数字にひとしい巨大な富を握ろうと……。また、オフシェンコはと……。云うなかにも折竹の、心の琴線に触れるのはザチのこと。彼はいかにしても地底の女王に遇いたかったのである。

その間も、懐中電灯のひかりが四方へ投げられている。石筍はあり天井から垂れている美しい石乳も、どんよりした光のなかでは、老婆の乳房のよう。絶えず、岩塩の粉末が雨のように降ってくる。しかし塩が吸うので毒ガスの危険はなく、三人は安堵して進むことができたのだ。

二万哩の道、北は、新疆のロブ・ノールから外蒙へまで、あるいはソ領中央亜細亜《トルキスタン》へもコウカサスへも、アフガニスタン、イランをとおり紅海のしたから、この地下の道はサハラ沙漠まで、ゆくだろう。そうして、ここに地底の旅がはじまった。

「いい陽気だ」

と、折竹は口笛を吹きながら、

「暑からず、寒からず……。まことに、当今は凌ぎようなりまして——だ」

しかし、進むというが、蝸牛の旅である。一日、計ってみると、三哩弱。まだパラギル山のしたあたりの位置らしい。それに、開口のしたあたりでは仄《ほん》のりと匂っていた石油瓦斯《ギャス》の臭いがまったく今はない。

「どうも風邪を引いたのかな」

とセルカークが気になったように、云いだした。

「折竹君、ガスのにおいが全然ないと思うが……」

「そうらしい。仮令《たとい》あるにしろ、小ぽけなやつだろう。採油など、覚束ないようなね」

「ふむ」

とセルカークは不機嫌らしく黙ってしまった。当がはずれたのではないかと思うが、先があること。まだまだと云うように気をとり直すセルカークを見て、折竹はなんて奴だと思うのだ。すると、その辺から携帯水が気遣われてきた。

とめ度《ど》ない、渇というような事はまだないのであるが、なにしろ、少量しか飲めないので胃は岩石のように重く、からから渇いた食道の不快さに、前途がようやく気遣われてきた。と、その暗道がとつぜん尽きたのである。白い大きな岩塩の壁が、三人の行手を塞いでしまったのだ。

じゃ、盲道だったのか——と、折竹もまっ蒼になった。ことに、セルカークの失望は甚だしく、油層も晦冥国《キンメリア》もすべて全部のことが、いまは阿呆の一夕の夢になってしまったのである。

石油の湖水《うみ》、それに泛ぶ女王ザチの画舫。なんて、馬鹿な夢を見続けていたもんだと、かえって折竹を恨めしげにみる始末。と、引き返すことになったその夜のことである。寝ている折竹のそばへ這うようにして、セルカークがそっと忍び寄ってきた。彼が、眼を醒ますと慌てたらしく、

「君、君、何なんだよ。もう開口《くち》へ出るまでの、水がないんだ」

「全然か」

「いや、三人分のがない」

というセルカークの眼がぎょろりと光る。なんだか、殺気のような寒々としたものが、この男の全身を覆うているのだ。おやッ、どうも様子が変らしい。こいつ、と思うと厭アな予感がして、

「じゃ、どのくらいあるね」

「一人分だ。俺だけは、生きて帰る」

とたんに、腰の拳銃をにぎった、セルカークの手に触れた。なにをする！　と、突き

飛ばされたセルカークはころころと転げ……オフシェンコに打衝《ぶつか》ったらしく、あっと彼の声がする。と、突然の火光、囂然《ごうぜん》たる銃声。やったな、自分だけ生きようばかりにオフシェンコを射ち……次はこの俺と思った一瞬のこと。天地も崩れんばかりの大爆音とともに……。ああ、かすかに洩れていた油層のガスに引火したのだ。

やがて、雪崩れる音が止むと、死のような静寂。折竹は、ほっとして起き上った。と見る、なんという大凄観か⁉ 行手を塞いでいた塩壁がくずれ、そこから流れだしたのが原油の激流。油層！ と、思うまに一筋の川となり、みるみるうち倒れているセルカークを押し流してゆく。すると、壁の割れ目をじっと見ていた折竹の眼が、とつぜん、輝いてあっと馳せよったのだ。そこから、泡だつ原油とともに流れだしてきたのが、ひとりの女の屍体。

「ザチ、ああザチ」

彼は狂気のようにさけんだ、

大塩沙漠《ダシュト・イ・カヴィル》の覗き穴から地下へ帰った、女王ザチが美袍《ガウン》を着、いまは死体となって油の流れにまかせている。夢ではないか。これは一体なんと云うことだろう。暫く茫然としてなすを知らなかった折竹が、やがて、裳裾の端をつかんでぐいと引きあげた。その、懐中からでたのが、身分証明のようなもの。

――前マリンスキー歌劇場の女優、ナデジーダ・クルムスカヤである。当「国家保安部」の一員たるを証明す。

ああ、やはり――と、いま折竹はすべてを知ったのだ。晦冥国《キンメリア》も、地底の住民もこの「大盲谷」にはない。女王ザチも、やはり最初察したように、ソ連の女だった。彼女は対印新攻撃路を求めようという祖国の意志により、まず折竹を探検に誘おうとした。その、クライマックスが大塩沙漠、多分、夜、飛行機で驕魔台《ヤツデ・クベーダ》へ降り、折竹等をみるや、覗き穴を下ったのだろう。それは、晦冥国を思わせる巧妙な手だったが……しかし、それでザチは死ななければならない。

鉄の意志――。これも犠牲を自覚した、貴い一人だ。と、彼は虔《つつま》しげに礼をした。大塩沙漠から大地軸孔《カラ・ジルナガン》まで、油層の流れにのって此処まで来たザチ。ムスカットの宮苑でした別れの意味を云おうとして……いま折竹に抱かれている唇は綻《ほころ》び、この運命的な再会を悦ぶかのように、ザチの眼はうっとりと開かれている。

しかし、この油層下の道へは、やがて故国の手が……。折竹は凱歌をあげた。

第十一話　死《セレーノ・デ・モルト》の番卒

株式街《ウオール》の死神

「ジャマイカ島のキングストンは快晴でございます。わずかな散り雲が南の地平線に見えますだけ……。視界二十マイル、気温七十五度。風は、毎時九マイルの速度で南西から吹いておりますます。では、空のカリブ海の旅に御快適のよう、お祈り申しあげます」

汎《パン》アメリカン・グレース航空会社の南米西路線《ルート》――。まず、ペルーのリマからエクヮドルのキトーへ、それから北へ一直線にジャマイカ島のキングストン、そうして合衆国フロリダ州はマイアミの空港《エアポート》へ着くという――これは二週に一回のライト・サイクロン機の特急。それが、アンデスの高原中にあるエクヮドルの首府、キトーの空港を離れたのがちょうど二時である。

アンデス越え、雲海をつらぬく嶺々の流れ《ピーク・ストリーマー》。機はホーネットの発動機《エンジン》の快調にのりながら、いま山の沈静のまっ唯中を進んでゆく。客は、二人の婦人をまぜて六人のなかに、ちょうど「第五類人猿」のアマゾン奥地の探検を終ったばかりの……折竹と、連れのパーキンスがいる。若い医師で黄熱病研究者のパーキンスも探検に従ったのである。帰心矢の如しではないが、汗を洗いたい。久々のクリスマスをニューヨークでしたいと、あと南米大陸を六百マイルで離れようとする時、その四時間さえもどかし気にみえる二人だ。と出航すると間もなく、エア・ガールがやってきて、

「これが、きょうの御同乗の方々でございます。どうぞ、短いあいだとは申せ御親睦にお願いいたします」

と客の名を書いた刷りものを渡したが、それに、折竹の眼がちょっと落ちていたかと思うと、となりのパーキンスをそっと肱でつついて、

「このね、リヴァモーアというのは、聴いたような名だがね」

「へえ、先生がリヴァモーアを御存知ない⁉」

とパーキンスはびっくりした顔をして、

「この人はね、最近ウォール街を席捲している旭将軍というやつです。紐育《ニューヨーク》株式取引所に於けるもっとも神秘的な男。売れば下るし、買えば騰る。それが、神憑《かみがか》りみたいに外れっこはないと云うんだから、マア相場の神さまが天降ったみたいな人ですな」

「ふむ」

「ことに、この人は下げ相場の名人です。リヴァモーアが手に付けた株は、きっと不可《いけ》なくなる。うちの株を、リヴァモーアが売りだしたってんで、発狂した社長もいる。という塩梅式の厄病神みたいな男で……、一度、リヴァモーア出馬の報伝わらんか、サッ

と市場が蒼ざめる。立会場の電燈までが心持うす暗くなるという、まあリヴァモーアは地獄から来たみたいな男ですな」

下げ相場の名人、他人の破滅、衰退によって巨利を得る男。ちょっと、折竹は小説的な興味を感じたのである。まったく、彼がリヴァモーアともし同乗しなかったならば、後日パナマ運河を破壊せんとする人、さながらの大魔境、さながら呼吸《いき》あるがごとく生けるがごとき、かの「死の番卒《セレーノ・デ・モルト》」と闘う機会はなかったろうに……。そこへ、エア・ガールが座席のなかへ触れはじめる。

「只今から、コロムビア領へはいります。真下の川は、『緑玉石の舵《コブラス・ダ・エスメラルダス》』でございます」

下は、一望遮るものもない大樹海である。緑ではじまり緑で終るなかに、くねくねSの字を描きながらひどい蛇行をしている、ジャングルの川の鳥瞰の奇《くす》しさ。空は、茸のような毬毛のような、はたまた、気球のような形の巻層雲《スメラト・キユムラス》が群れている。機はそれを貫いて水母《くらげ》の肢のような尾を引きながら、高度二千を保ちつつ、まっしぐらに飛んでゆく。と、ふと、折竹の眼がリヴァモーアと打衝《ぶつか》った。まず、リヴァモーアがかるく目礼したのだ。

まもなく、エア・ガールが折竹のそばへやって来て、

「折竹さま、西洋将棋《チエス》のお相手をお願いしたいと仰言る方がおりますが……」

「誰だね」

「R七番のリヴァモーアさまでございます」

リヴァモーア、今も今とて噂をしていた折柄と、まずいちばん話してみたいという、好奇心が燃えてくる。将棋の駒のなかでもいちばん不吉なやつ、「黒の僧正《ブラック・ビショップ》」が仇名になっているリヴァモーア。その、下げ相場の名人と、西洋将棋をやる。一度、見込まれた株はふしぎにも衰えて、その下げ足でたんまりと儲ける彼。ようし、いちばんどんなやつか闘ってみてやれと、彼はエア・ガールに承知した旨を答えたのである。すると、その肩をポンと叩いたパーキンスが、

「気を付けなさいよ、やつの仇名は『黒の僧正』ですからね。その『黒の僧正』で、詰まれでもしたら大変なことになりますぜ。それこそ、見込まれたら一生不運のはじまりと云うやつに睨《ね》められた株みたいになりますからね」

折竹は、こんな訳でふしぎな亢奮を感じたのである。まるで、取っ憑いたら最後離れない悪霊のように、世間はリヴァモーアをそんなように考えているらしい。しかし、はじめて見るリヴァモーアにはなんの奇怪さもない。五十がらみの、慇懃な男。ちょっと、頰筋は鋭いが愉快そうに笑うし、言葉の歯切れもいいし、金持らしい貫禄もある。

二人は、備え付けの西洋将棋盤《チエス》のある、喫煙室《スモーキング・ケビン》へ行ったが、まずそれには手を付けず、雑談をはじめた。旅の気安さで、すぐうち解けてしまったのだ。しかし、暑い点では世界で指折りの、エクワドルのキトーへなにをしに来たのだろう。リヴァモーアという男の商売柄を思えば、マアア、どう考えてもやって来るところではない。折竹も不審

を感じてきたので、

「キトーにはなん日御滞在でしたね」

と訊いた。すると、そのまた答えがじつに奇抜で、

「ハア、キトーにはたった四時間でしたよ。来てみるとすぐ用件の情勢がわかったので、こんな暑いところには永居は無用というわけです」

と、なおさら妙に思われてくるところへ、

「時に、折竹さんは賭けがお好きですか」と訊く。

「いや」と、ちょっと折竹は顔に警戒の色をはしらせた。

「なにも、あなたと賭けをして負かそうというのじゃないのですよ。まず、これならば必勝というやつが……じつは、いま乗っているこの機についてあるのです。ねえ、これはもう二時間ばかり経てば、アトラト川の上空にでます。南米大陸が糸のように細まって、パナマの地峡へ続こうというところの、国境の川ですが……。そこを、越えて真北に飛んでゆく。それが、この空路の開始以来のルートです。しかし今日は、私はそこを避けると思うのです」

　聴手の折竹はポカンとした顔になった。いくら、ウォール街の死神でも神通力はありゃしまい。まして、そこが濃霧《ガス》とか雷雨とか云う異常時ならともかく、それも、一乗客の彼に所詮分ることではない。どうも、噂にたがわず気味悪いやつだと、折竹がじっと眼を据えていると、

「それはね。いわゆる株屋の地獄耳というやつで、通信があったんですよ。――コロムビア政府が、アトラト川の流系を中心に地上、上空とも……幅十マイルの地域に立入りを禁止したというのです。白金がでた。これまで、アスチクオイア地方のピント川に多かった白金がアトラトにも……、それも、アトラトの支流全部にわたり、尨大なものが発見された。そのため、コロムビア政府が立入りを禁止したと、まア、私にきた暗号電報《コード》にはそんなようにありましたがね」

「ほう、ではゴールド・ラッシュではない、白金《プラチナ》ラッシュを防ぐためにですね」

「左様、いずれこの機がどう飛ぶかで分ります」

アトラト川――。パナマ、コロムビア国境ちかくを流れる密林中の川である。しかしこの川は、曾《かつ》て運河路線《ルート》の一つにも、選ばれたではないか。太平洋と大西洋の水を通ずる運河を作るために、此処とパナマ、それから、ニカラガとメキシコのテワンテペク。これが、いまのパナマに決められるまでの、四大候補地だったではないか。してみると、たかが白金くらいであまり騒ぎが仰々しい。あるいはと、ある一つの途方もない想像が、折竹の胸にむらむらと湧くのである。しかし事実、アトラト上空閉鎖はリヴァモーアの云うとおり……。

操縦室では、副操縦士《コ・パイロット》が天気図にマークをつけている。アトラト中部は、半 曇 り《パートリー・クラウド》でこれはいいにしろ、東のモンテリオあたりは雲底低く垂れている。さらに、西の海岸一帯には不連続嵐《ライン・スクオール》が荒れ、それが東進しつつあるとすればこの僅かなあいだだけ、アトラト上空に安全な空路があいているわけだ。それも、上空飛行禁止の無電がはいっている。右するも不可、左するも不可。やや、東コースのほうに希望はあるが……。

それで、針路を東にとったが、しだいに雲が多くなる。ついに、日没まえ計器飛行になってしまった。まるで、白壁のような重畳たる雲のなかをゆく。無電は、パナマのクリストバル空港が答えるがほとんど聴えぬほど、西海岸の不連続線が強力である。

「ねえ、やはり僕の云うとおりでしょう」

リヴァモーアはにやにやっと笑って、眼下の雲の一点を指さすのだった。いま、それはすぐに塞がってはしまったが、ちょっと薄らいだ隙に石英層の山がみえる。ヴァルディヴィア——晴天ならば痛いようにまで輝く山だ。

なるほど、機はアトラトの上空を避けて、東に向かっている。株屋の地獄耳というやつは恐ろしいもんだと思うが……、しかし、なんだか周囲のすべてが漠然とながら不安を起させる。と、リヴァモーアが盤を引きよせて、

「いちばん、願いましょう」といった。

よく、株屋やなにかの勝負師が前占いをやるように、いまこの勝負を前にしてのリヴァモーアの顔は、心持蒼みをさえ帯びている。乾坤一擲の重大事の成否、その占いをやるように緊迫した面持だ。

まず、最初はリヴァモーアが後手で、黒をとる。黒の僧正《ブラック・ビショップ》、それは彼の仇名《あだな》ではないか。黒の僧正で折竹を詰めたい……。なんだか彼を圧伏したいというような、何事か

があるように思われる。リヴァモーアは、折竹と偶然乗り合わせたのではないのだろう。

その勝負の最中操縦室では、副操縦士《コ・パイロット》が夢中で無電卓《ラジオ・デスク》に向っている。日は暮れ、暗黒裡、密雲中の彷徨だ。無電連絡はつかず、位置さえわからない。

「今ごろはもう、キングストンの霧光塔《エレクトロドローム》が見えるんですよ。ラジオはまだ、何をいってるんだかさっぱり分らない」

——汎《パン》アメリカン・グレース航空、九六〇現在の位置の判定は、ウルタドスの東五マイルあたり。こう、ほうぼうの無電指示局に呼びかけるが空電に遮ぎられ、その答えが微かにしか入らない。しかし、絶対高度計によれば、まだ地上にある。カリブ海へは抜け出ていないのである。

そのうち、アトラトを越えてきた不連続嵐《ライン・スクオール》が近附いたらしい。突風が起り木の葉のように揉まれているうち、ついに、勝負が最高潮のところで、駒が倒れてしまった。

「非道いですな。こりゃ、事によるとS・O・Sもんですぜ」

と折竹も気色ばんでいったが、すぐ笑いで隠し、駒をならべ直そうとすると、

「いや、勝負はもう、これきりにしましょう」

と、リヴァモーアがばらっと駒をはらった。

「私とあなたは、なにも勝負を争うには当らないのです。いずれは、おなじ仕事を共同でやる間柄で、なにもムキになって争うことはないと思います」

「といいますと？」

「じつは、あなたに頼みたい仕事がある」

仕事とは⁉……この生死の境にいて、なにを云いだすのだろう。こんな状態にあっても希望を捨てず、商売、商売と娑婆気たっぷりな、このリヴァモーアはなんと云うやつだろう。と、胸に食い入るような婦人客の泣き声を聴きながら、折竹は続く言葉を待ったのである。

「それはね、あんたにアトラトの白金《プラチナ》を探ってもらいたいのです。あの上流からはじまって蚊の魔境といわれる、『死の番卒《セレーノ・デ・モルト》』がパナマ領へ入りこんでいる。おそらく、白金が出たというのは魔境の端ではないか。あるいは、もっと白金が出るところがパナマ領になっている、未知の魔境のなかにあるのではないか。と、僕はそんなように考えています。どうです、儲けは半々で、乗っちゃくれませんかね」

その、パナマの魔境「死の番卒」は、じつに恐ろしい蚊の繁殖地である。コロムビアの、アトラト上流からはじまって地峡の中央を縫い、パナマ特有の寄生樹のジャングルをはびこらせながら、運河の生命ガツン湖の源をなしている、チャグレスの水源にまで及んでいる。その地帯は、雨期になれば猛烈な雨がふる。一夜の雨の増水三十呎《フイート》ほどになり、ために細流も大激流と化し、また乾期には蚊の繁殖のため、じつに雲霞のごとき昆虫霧を呈することがある。しかもパナマは黄熱病、マラリアの本場。その蚊に刺されたら、立ちどころに命はない。

「断わる」と折竹はきっぱりと云った。かすかに、怒気さえも帯びた凛然とした声だ。

これまでこの俺が、慾でうごいた例《ため》しが一度でもあったか。それに、此奴め、俺に逢いにリマへきたんだな。偶然、乗り合わせたように装っても、そんなことは解っている。と、いきんだ所以《せい》の汗ばんだ顔をみて、リヴァモーアはそれを恐怖と誤解した。

「大丈夫です。僕らは、機がどんなになろうとも、かならず助かります。予感です。僕の勘は罫線よりも凄いですから」

そのとき、絶対高度計の指針がうごかなくなった。よかった、やっと海上へでた、と思ったとき、とつぜんの破滅が……。翼の氷を解かしていた、氷結防止装置《アイス・コントロール・ギーア》の故障。機は氷の重量に堪えかねて、じりじりっと下りはじめた。救命器《ライフ・ベルト》！　皆さま救命器をお付けください。エア・ガールの叫びと狂喚が入りまじるなかに、不連続嵐《ライン・スクオール》をむかえる荒いカリブ海の波浪が、落ちてくる機へ伸びあがるように鬣《たてがみ》をあげていた……。

紐育《ニューヨーク》は雪

機は、パナマの聖プラス岬を去る、十海里ほどの海中に墜落した。それぞれ乗客は多少の傷を負い、運河の東端にある軍港兼空港の、クリストバルの病院に収容されたのである。で、これは、今夜がクリスマス前夜《イーヴ》という、その日の朝である。リヴァモーアの病室に女の話し声がするので、行ってみると、日本婦人がいる。齢は、二十四、五で二世らしい婦人。黒い繻子《サテン》の服に頸のレースの飾りが、しっくり合うようにみえる、清々しい娘だ。

「これが、私の秘書の高見マヤさんです」

と折竹にリヴァモーアが紹介する。マヤは、未決済の用件を聴きに旅客機できたが、それを、全部電報にして店のほうへ出したので、もう用はないしクリスマス休暇だし、ならば加州の暖かいところへ行きたいと云う。その日の午後、折竹はマヤを誘って防波堤へいったのである。

「もう、リヴァモーア君のところへ来てから、なん年になりますね」

「四年ですの」とマヤはそれしか答えない。なんだか、こう連れられているのも厭々らしく……口数もなく、非常によそよそしい。妙な娘だ——と、折竹もすぐに気がついた。また、定評のあるリヴァモーアの店に、なぜこの娘が勤めているかも、気になる。まったく感情を殺す修業を永年してきたような、マヤの感じは氷よりも冷い。

で、とうとう、一日唖をひき廻したような気持で、病院へもどった。とマヤが、その夜のマイアミ空路でニューヨークへ帰るという。折竹は、マヤを連れて空港《エアポート》へゆき、

「マイアミ行は、何時にでるね。出来るなら、婦人のことだし、寝台にねがいたいが」

「寝台機は、十一時五分でございます。規定の料金のほかに、寝台料三弗《ドル》七十五仙《セント》頂きます」

北緯八度のここは南海の夜とはいいながら、無風帯にあってすこしの風もない。じっと静止したまま何時《いつ》までも動かない、椰子の葉影を落す廊下を歩みながら……、ひそかに、マヤとはいかなる娘かと考えていたのだ。このまま、いま手にあるこの切符をもっ

て、あの娘は風のように去るだろう。それなり、後は街上で逢っても見向きもしまい。しかし、しかし、あの娘にはなん等かの秘密がある。いつも、唇を噛んでじっと我慢をしているような、ああした態度は唯事ではないはずだ。と、そこへ気象部《ウエザー・ビューロー》のアナウンスが聴こえる。

「ニューヨークは雪催いでございます。雲底は、ほぼ三百メートル。視界はわずか、一哩《マイル》半くらいしかございません。温度四十二度、露点三十五。クリスマス前夜《イーヴ》のニューヨークは、まもなく雪でございましょう」

　クリスマス前夜の、ニューヨークは雪。なんだか、鼻の奥がじいんと浸みるような思いだ。すると、やや開いている待合室の扉の隙からひとりポツネンとしているマヤの姿がみえる。それが、顔を覆い肩を顫わせ、あの、氷のような、生意気にさえみえる、……マヤが泣いているではないか。折竹は、足音をしのばせ、そっと肩を抑えた。

「どうしたの。泣くわけがあったら、僕にいいなさい」

　すると、ハッとしたように顔を覆うていた手を離し、マヤは濡れた顔のままふり向いた。しかしその時は、彼女の雰囲気がすっかり違っている。女は、その本体を抑えられると、どうにもならないのである。冷徹のマヤは悲しみのマヤへ……はじめて折竹に娘らしい匂いがした。やがて、なだめ賺《すか》されてこれまでの事を語りはじめる。

「あなたは、いまのアナウンスをお聴きでしたでしょうね。今夜の、クリスマス前夜の、ニューヨークは雪という……その、やはり雪だった五年まえのクリスマス前夜、兄が、州検事局の令状で引かれていったのです。兄の宗二、高見宗二を御存知でいらっしゃいます⁉」

「知ってます。機械模型作りの名人といわれた人ですね。すると、あんたが宗二君の妹か……」

「ええ、その宗二がもう、五年も刑務所《シン・シン》にいるんです。それも、パナマ運河の模型を作ったばっかりに……」

「なに、運河の模型」と折竹の眼がきょとんと跳ねあがり、

「それは、どうも解せないことですね。大体、パナマ運河というやつは、工学の勝利です。軍備以外は隠し看板がないのですから、よしんば、本や模型にしたって、差し支えはないと思うが……。いや、たいていの大学には、あの模型がありますぜ」

「そりゃ、注文主も歴きとした大学でした。また、兄が作りました場所も、勤め先の工場です。ところが、兄が粗漏にもぽつりと落した、赤インクの汚斑《しみ》が大変なことになってしまったのです。これは、口止めされているんですが、お話ししてしまいます」

パナマ運河を、日本側からゆけばフラメンコ島を右に見、まず、運河に入ったはじめが、ミラフローレスの閘門《ロック》になる。そこを過ぎた次の閘門《ロック》、ペドロ・ミグエルに問題のことがあった。一日、その閘門《ロック》の水がまっ赭に染まり、じつにパナマ運河開始以来の惨事があったのだ。その内容は、マヤには惜しいかな明かではない。

ただ、その閘門《ロック》の水を染めたまっ赭な泥。おそらく、閘門に水を充す貯水池からの鉄

管の、どこかのマンホールから投げ入れたものとみられた。と続いて、その奇怪な赭泥はガツン湖にも現われた。

しかし、そこにはなんの変事もなかったと云う。では、この二個所にあらわれた、赭い泥はなんだろう。運河破壊工作の一前提ともみられ、アメリカにとれば由々しい問題である。で、つまり宗二が拘引されたというわけは、模型のガツン湖に落した赤インキの汚染《しみ》。それが実際の位置に偶然符合したこと。また、ペドロ・ミグエル閘門に落ちたインキは気が付いて拭いたけれど、それが不充分だったのでうす赤く染っていたこと。となると、どうしても宗二は絶対立ち入り禁止の運河地帯へ踏み入ったものと見なければならぬ。

じつに、不思議きわまるパナマ運河の赭い泥。それが、偶然であろうが宗二の不運に……。

「災難だ」と折竹も暗然とつぶやく。こと、国防に関するだけに重大なことになったのだ。これがもし、一私人だけの殺人事件のようなものだったら、単なる偶然の符合くらいでなんの事もないだろう。まったく、宗二の不運、不測の禍である。彼は宗二の無事を信じて疑わなかったのだ。

助けたい、同胞の苦しみを看過せるものか。アメリカ秘密警察の犠牲、秘密囚日本人。と思うと持ち前の熱血が、湧きたってゆくのが自分にも分るような気がする。そこへ、マヤが言葉を次いで、

「そんなわけで、兄はいないし働かねばならず……と云うところへリヴァモーアさんの口がありました。話は先方からで秘書にと云うのですから、まったく願ってもないことでした」

これは可怪《おか》しい、と、折竹も考えぬわけにいかなかった。というのは、なんのためにこの高見マヤを、リヴァモーアが秘書にせねばならぬかと云うことである。あるいは、日本でもいう兜町の早耳か⁉ 新聞社にも、分らない事まで筒抜けにはいってくる、その地獄耳で宗二事件の内容を、リヴァモーアは知っているのではないか。宗二が、十年の刑期を終えて出獄した暁には、なにか運河の秘密について聴きだせるかもしれない。それを因に、彼らしい細工をするだろう。一万六千平方フィートの株式取引所《スタック・エキスチエンジ》の立会場が、わっと彼一人のために湧きかえるようなことになるだろう。

それが、マヤを求めた理由だろうと考えた。黒の僧正《ブラック・ビショップ》め、俺にもアトラト川へゆけというが、眉唾ものである。白金《プラチナ》が目的か、なにが目的か、あんな男では知れたもんじゃない。とにかく警戒を要すと考えているところへ、しきりとマヤが言外に訴えてくる。

「それからは、私はちがったような女になりました。どんな事でも歪んでみえてくるんです。いっそ、好きでない人とでも、結婚しようかとも思いました。馬鹿よ、そんなことを考えるなんて、馬鹿だとは思います。しかし……」

額を支えた手が、かすかに揺れている。愛する兄の不幸、じぶんの不倖せ。それをはじめて訴える折竹という男。親切そうで微塵も邪気のないこの逞ましい男には力を感じてくる。助けてとは云えないが、救ってくれるだろう。この超人力にしっかり縋りついていて、私は倖せになれるかもしれない。

マヤは希望を得たためか、クリストバルを去らなかった。これは数週後のこと。いちばん、重傷だったリヴァモーアも大分よくなってきて、折竹と西洋将棋《チエス》をさしている。

「こりゃ、困った、騎士《ナイト》の両天秤で女王がとられるか。これを、日本流にいえば、桂馬のフンドシということになる」

折竹はなかなかの苦戦である。とうとう、黒の僧正《ビショップ》の利き筋で詰みになった。黒の僧正、こりゃ縁起がいい――というようにリヴァモーアは微笑む。眼中、私利のためには国家もなにもない彼も、やはり相場師だけに相当の担ぎ屋だ。しかし、折竹は勝負どころではない。宗二事件の根幹であるパナマ運河の出来事が、一体どんなことかと云うことが、やっと分ったのだから……。

死の町に来てみれば

合衆国の貨物船「アイダホ」号が、ペドロ・ミグエル閘門《ロツク》を通過中、奇っ怪な椿事をおこした。それにはまず、閘門の水を充す装置の説明をしなければならない。

ここに、大西洋側からはいった一汽船があるとしよう。するとその船は、まずガツンと湖にはいるため、閘門《ロツク》に入る。大鉄扉がしまって箱のようになると、底から水がぶくぶく湧きだして、水面を高める。そしてその船は、高まった水面とおなじ高さのつぎの頂上閘門《サムミット・ロック》に入る。

では、その充水装置はどんなものかと云うと、底に空いている多くの小底孔《ウエル》と、側壁にある大暗渠《グレート・カルバート》である。むろん、暗渠《カルバート》のほうが、はるかな水量だ。しかし、暗渠のみでは水流が急になり、閘門のなかに渦流がおこる危険がある。で、それを補うために小底孔《ウエル》を使う。——この両者の調節が充水のコツになっている。

ところが、「アイダホ」号の奇怪な赤泥禍。まったく、誰が投げいれたのか夥だしい赤泥のために、小底孔が詰って使えなくなってしまったのだ。したがって、閘門《ロック》の注水は大暗渠《カルバート》のみとなり、そして恐怖すべき大渦がおこった。船を牽く四台の電車は脱線し顚覆し、「アイダホ」号はぐるっと横向きになり、船首を岩壁にぶつけ、ヘシ曲ってしまったのである。

じつに、戦時ならば閉塞というところ。なにより米海軍がいちばん懼れている、運河航行中、船舶の擱坐が実現したのである。いや、その一試験が行われたかとも思える。こうして、パナマに奇怪な赤泥鬼《あかどろき》が出現した。まもなく、その赤泥はガツン湖にもあらわれた。ただの、鉄分の多いまっ赤な泥。しかし小底孔《ウエル》にとればおそろしい敵——。まして、それが貯水池からくる鉄管のマンホールから投げこまれたとすれば一層由々しいことである。

——スパイ運河に暗躍する赤泥鬼。——というのが、宗二事件の因だった。

「ホラホラ、今度は三つ、フローレス閘門の閘門扉の爆撃だ。これで4三の城《ルック》で君は詰みになるぞ」

第二局は、折竹のほうが優勢らしい。むしろ、静かというよりも、陰気な西洋将棋《チエス》。それが、縁台将棋に王手飛車がでたような騒ぎだ。しかし、その間も絶えず折竹はじろりじろりと相手を見、まるでパナマの赤泥鬼の黒幕は君ではないかと云うように、なにかリヴァモーアの顔から読みとろうとしている。最近、さらに進んだ考えをリヴァモーアにいだくようになった。

それは、まず彼が大相場師であること。ことに、彼のように下げ相場の名人は、社会の攪乱を利して大儲けをする。それには、「アイダホ」号事件の第二、第三が起って、米政府が隠し了せぬようにならねばならぬ。ちょうど、特種に困った新聞社が犯罪のタネを蒔くように……。それは国柄、なんの不思議もないことだ。

次に、なぜマヤをわざわざ秘書に使っているか。じぶんが、運河にした事からの気の毒な犠牲者、宗二の妹というので仏心をだしたのか。

三には、かれ折竹をアトラトへやる。そして、運河との距離は二百哩《マイル》もない。「死の番卒《セレーノ・デ・モルト》」の魔境が中間にあるだけで、もしそこを探って居住に適する場所があれば、運河をねらう連中の屈強なかくれ場になる。どうも、白金云々は口実らしい。運河をねらう怪物赤泥鬼の黒幕は、どう考えてもリヴァモーアにちがいない。と折竹はそんなように考えていた。

しかし、宗二を救うために反証をあげる手段《てだて》は、いまのところ何にもないといってよ

かったのである。彼は、棋勢がいいので、陽気になったように見せかけ、

「さあ、君の僧正《ビショップ》はどこへ逃げるね。ペドロ・ミグエルへでも現われて、赤泥鬼になるか」

と云ってひょいと相手をみると、瞬間リヴァモーアの顔が凍ったようになった。彼は、ちょっと吐息のようなものをして、

「折竹君、君は運河の赤泥のことを、どうして知っているね」

「そりゃね、大官に知り合いの多い僕は、耳も早いよ。『アイダホ』号の閘門《ロック》擱坐《えんこ》事件だろう」

「そうだ。しかし」と、なにやらリヴァモーアがじっと考えている。やがて、将棋のほうはそれなりにして、一本莨《たばこ》を喫うと、折竹にいい出した。

「ではね、最近赤泥がまた現われたのを、知っているかね。ガツン湖だ。それも、雨がくるちょっと前にあらわれる」

パナマは、世界でも指折りの多雨地である。で、降れば溢れる雨をどう処理するかというと、まず上流が降って大増水となるときは、それをガツンの事務局へ測候所が報せる。すると事務局は、すぐ制水口《スピルウエー》をひらいて水を放出し、ガツンの水面を低くするのである。その直前、一部の水面へ赤泥が現われるとは、いよいよ以って奇怪なことと云わねばならぬ。

「それが、君、極ってなんだよ。厭がらせなんだか、それは分らんがね。どうも、奴さ

んの悪戯《わるさ》がまた始まりそうで、当局は気味悪いことだと云っている」

と、今度は折竹が考えはじめた。惑乱やら決意やらいろいろなものが、面上を嵐のように掠めてゆく。やがて、顔をあげるとにっこと微笑んで、盤上の駒をばらばらっと倒してしまったのだ。

「君との勝負は、これきりにする」

「なぜだ?」

「いつぞや、君が旅客機のなかで云った台辞《せりふ》を真似るわけじゃないがね。これから、一つの仕事を共同でやろうという間柄が、勝負を争うなんて、およそ意味ないことだ。ゆくよ。僕は君の依頼によって、アトラト川へゆこう」

で、それから一月あまりも後のこと。大型の艀《バージ》を一隻手に入れた折竹が、いまはアトラト河口を迂路《うろ》つく身になったのである。そこは、章魚《たこ》のように肢をはる紅樹《マングローブ》の浜。川は海にまっ黄色な水を吐だし、すべてが熱帯らしい原色の天地が、いま熱射下に眩《くら》めかんばかりの輝きだ。しかし彼は、もう三日ほども河口をみながら暮している。

「ねえ大将、一体この船はどうなるんですね」

そろそろ水夫たちも気になったのか訊きはじめた。

「あっし共は、大将が底荷《バラスト》に塩をお積みになったので、ハハア、これはどこかの港へ運ぶんだろう。そしてそこで、新しい荷を積むんだと、こう思っていましたよ。ところが、こんな所のどこがいいんだか知らねえが……」

「いいさ、まさか君等に海賊をしてくれとは云わないからね。ただ黙っていりゃ、金になるんだから」

「そりゃ、そうですが」と水夫たちも引っ込んでしまうが、さて甲板からながめるアトラトの河口は、砲口さえもみえる厳重な防備だ。なるほど、上空飛行禁止もこれじゃ無理もない。しかし、どうして入り込むか方法となると、まず彼には取っときの手段しかないのである。この三日間、彼は満潮のとき河口へ入りこんでゆく、潮流について仔細な検討を遂げていた。それも出来た。ただ後は月が隠れればいい。それも来た、まっ暗な一夜。

陽のあるうち、かれは水夫どもが啞然となるようなことをした。それは、なんの事かとわいわい騒ぐ彼らを、訳もいわず他の船に移したことである。そうして、彼一人になり錨をぬく。船は満潮にのり、河口に漂い入って行くのだ。

「俺が、リヴァモーアを騙しても、神は咎めまい。宗二を救うのは無論のことだが、それよりももっと大きな本分のようなものを感じた。これは義務ではない本分である。進んで、国利のため魔境と闘うことに、いま個人の生死など問題ではないのだ。赤泥鬼の曝露——それにすべてが掛っている」

かすかに、夜光虫がひかる舳の水をながめながら、時々ギイッと軋る船体のうめきが、なんだか死地へゆく怖ろしさのように聴えてくる。一体、彼はなにに気が付いたのだろう。リヴァモーアと、対局中のとつぜんの変意。いま、戒厳中のようなアトラト川へ入り込んでゆくには、どんな目的があり、どんな信念があるのか。

ただ、それは神ぞ知る。おそらく折竹も、そう答えるにちがいない。ときどき、河面を探照灯が掃いている。この厳戒が、ただ白金のため——とは誰あろうが信じないだろう。

やがて、河口にはいったが、いい塩梅に見付からない。鰐の眼が河面にひかるだけ……。岸の野生藍《ヒキリーテ》やプランテーンの葉のそよぎが、わずかにこの川の音だった。とその時、とつぜん叢林のかたちをサッと浮き出させ、ながい帯のような光が、河面に落ちかかってきた。運悪く、折竹の艀《はしけ》が探照灯にとらえられたのだ。とみるみる、両岸に警報が鳴りわたる。河面の沙霧《ヘーズ》をとおして、きらめく銃火。たちまちこの艀は水煙にかこまれたのである。

やがて、一発砲弾をうけて舷側のやぶれた艀は、そのまま泥ぶかい河底へと沈んでいった。鰐の川、よしんば飛び出しても、死はまぬかれぬ場所。泥と水は異臭をたてて折竹を呑み、暫時泡立っていたが、それも収まってゆく。死んだ。好んで死地へゆき、折竹は死んだのだ。

ところが、まもなく奇蹟のようなことが起った。その、不運な修羅場から半キロほど上流に、いま沈んだばかりの折竹の艀《バージ》が、横腹をみせながらスウッと浮びあがったのである。と見ると、板下から這いだしたらしい折竹の姿。舷墻《ブルウオーク》を越えて、横腹を這いのぼってゆく。

奇蹟か⁉　いやそれは、なんの事でもない。ただ、底荷《バラスト》の塩が水に溶けたため、浮力がでて、浮びあがったに過ぎない。もちろん、折竹の鬼謀がそこにあることであったが……。

「これで、済んだ」と彼は平然と呟いた。ただ、河底の数分間はなんとしても苦しかった。一つしかないせまい船室はすぐ水に充ち、出れば鰐、窒息はすぐ、と云う、泥と発酵でいきれ臭いこの川のなかで、かれは悲境を脱し、浮びあがってきたのだ。やがて、岸にあたったらしく、ズンと衝撃がきた。ついにアトラトの地を踏んだのである。

それから、岸を避けて叢林中に分けいり、ただ足にまかせ、当途なく歩みはじめた。すると、樹々のあいだが呆《ぼ》っと白みはじめたころ、その一本道の前方から驢馬車がやってくる。避けられない。度胸をきめてまん中に突っ立っていると、その驢馬車の馭者が魂消《おつたまげ》たような声で、

「おうい、お前はポンセじゃねえか。お前マア、黄熱病《ムラート・ジャック》にかかって死んだんじゃねえのかい」

陽焼けがしてまっ黒な折竹は、どうみても黒黄混血児《あいのこ》としか見えない。ポンセ、さては俺に似たやつがいるんで間違えたな。ようし、一つポンセならポンセになってやれ。と彼はすっかり度胸を据え、

「ううむ、なんだかお前もカンポスのような気がするし、またひょっとしたらアマードじゃねえかとも思うし……」

「おいおい、ポンセや、気を確かに持ってくれよ。カンポスもアマードも、死んじまったじゃねえか。カンポスは、L七号の試掘《テスト・ピット》のときだ。アマードは、梯状浚渫船《ラダー・ドレッチ》の歯におっ挟《ぱさ》まれやがって……。だが、お前は今までどこにいたね」

「俺か。俺は『死の番卒《セレーノ・デ・モルト》』のなかを歩き廻っていたんだよ」

「へえ、こりゃ魂消《おったまげ》たこった。じゃ、頭が変になるのも無理はねえが、マア、養生して正気になることった。しかし、あれから俺たちひどい惨めなもんだぞ。まい日、黄熱病でえらアくおっ死ぬだ。いまも、この土車にいっぱい死骸を積んで、おらが埋めにいったところだよ」

「そうかい。会社は白金《プラチナ》でたんまり儲けるだろうが、俺たちは、いつも苦艱だ」

「なんだ⁉　だから、ポンセは正気でないちゅうだ。俺もお前も、いつ白金をとっただ？　ここは、いま合衆国が新運河を掘ってるではねえか」

とたんに、折竹がううむと唸りはじめた。新――、いやそれは秘密運河であろう。やはり白金とは表面《うわべ》だけのことで、ここに、アメリカがいま新運河を掘っている。リヴァモーアがじぶんを此処へ遣ったと云うわけも、やはりパナマではなく、この真相を知りたかったにちがいない。アトラト路線《ルート》――ああ、米海軍の秘密新運河。

パナマの赤泥鬼

ここは、往時のパナマ運河の発掘を思いださせるように、川には梯状浚渫船《ラダー・ドレッチ》が小城のように浮んでい、スチーム・シャベルの長い列が、夕方になると騒音を立てて帰ってくる。しかしまだ、工事の模様は試掘《テスト・ピット》に過ぎない。わけても「死の番卒《セレーノ・デ・モルト》」方面は瘴湿《しょうしつ》の地。ここに早くも黄熱病《ムラート・ジャック》が現われたのである。

防蚊油《モスキートオイル》を全身に塗れば、発汗がはばまれて熱射病になる。防蚊ヴェールも厚い手袋も、しのび寄ってくるステゴミヤ蚊には、ただ死屍《しかばね》を積むだけで、なんの役にも立たぬのだ。まったく、このタボカの町は死の町のように元気がない。

「お前さん、すこし駆蚊剤《ソープ・ストーン》の霧でもふいて、明けちゃくれないかね。こう、閉められちゃ蒸れ死にそうだよ」

西印度諸島の、仏領マルチニク島からきた土人のサンチェスが、寝台のうえで蚊細げな声をふりしぼっている。土工は、水につかるのと湿熱のために、熱病にかかる以外もたいてい病いをだしている。いまこのアルヴァーロには象皮病の、「バルバドス島の足《ジャムブ・ド・バルサドー》」がでているのだ。

「苦しいか?」折竹は声がしたので、ごろんと寝がえった。あれから彼はまんまとポンセになり済まし、少々頭が可怪しいというので、仕事にも出されない。

が、その時がちょうど三時——いわゆる熱帯性疲労が極限に達するころだ。まい日、正午《ひる》ごろからはじまって五時ごろまでのあいだが、このアトラトの地獄というときになる。そのあいだは、眼が霞みぐったりとなって、千余のシャベルが動かなくなるといわれる。

「なアに、別におらア苦しかアねえだが……」

とサンチェスは済まなそうにいい直した。

「ただ、おらよりもお前さんにいうだよ。こんな、くせえ病いの男と合部屋のお前さんが、どうにも気の毒でなんねえだ。おらア、募集人に瞞されてきただよ。白金とりと思や、運河掘りでけっかる」

こんな訳で、パナマ運河当時には誇った衛生施設も、ここではあまり威張れたものではない。だんだん、土工の気風も荒くなってきて、工事も最近は停頓勝ちであった。また折竹も、せっかく入り込んだものの、ここを出られない。「死の番卒《セレーノ・デ・モルト》」をとおって、パナマへ入る、そのためのアトラト行ではなかったか。ある、重大な示唆を得たため「死の番卒」へ入りこんで、宗二を救うはもちろん、秘密を暴露する。秘密——赤泥鬼の暴露、パナマ運河の新弱点。それが「死の番卒」のいずこにかなければならない。と、やきもきするうち日が経ってゆくが、とある大雨の夜、いよいよ機会がきた。合部屋の一人が外から帰ってくると、

「おいポンセ、お前に会いたいという人が、入口で待っているぜ」

入口の、雨沫《しぶき》にうるんだ軒灯のかげに、一人の油套をきた男が立っている。皮のゲートルをした技術者風の……どこかに知的な影のある三十恰好の黒人だ。しかしこれは、折竹にとっては全然未知の人物である。

「君、ポンセ君かね。僕は、移動起重機の技手で、ピエドラスというんだ」

「ハア、じゃ、なんでお出でになったね」

「いやね、君とちょっと話したいことがあるんだよ。折入って、君を見込んで頼みたいことがある」

とピエドラスは、蒸気巻揚機《スチーム・ホイスト》のかげへ折竹を連れてゆき、

「折竹さん、どうです。浅黄頭巾を脱いじゃ……」

といった。

「折……」ぐいと痞《つか》えた彼が、とっさに身構えた。ここで、この男一人くらいを殺すのは、何でもない。小の虫というか、殺しちまおうと考えたとき、ピエドラスはにこにこと笑い、

「大丈夫です。おなじ色のある同志で、なんで不為なことをしましょう。じつは、あなたの御助力を願い、五千の黒人土工を救いたいと考えているのです。私は、"Nya Biniy《ヌヤ・ビンイイ》"のものですよ」

「白きものの死《ヌヤ・ビンイイ》」とは、本拠が、ニューヨークにある黒人の秘密結社である。黒人のための帝国をアフリカに建設せんとし、いま黒人問題でなやむ合衆国の癌、その結社員であるピエドラスが、折竹になにを頼もうというのだろう。

「土工が、現在黒いのだけで五千人ほどいますが、そいつ等は、募集人に騙されて買われて来たみたいなもんです。パナマじゃ、帰りたいのはサッサと帰してくれた。ですがここは、監獄同様でけっして帰さない。秘密を要する試掘のうちは、帰ること絶対にな

らんと云うのです。じゃ今に、奴らは全部死んじまうじゃありませんか。ねえ、この神さまがつくった人間がですね。やれ、白人はえらい黄色や黒は、劣等だと決めてしまうのは大変な間違いです。で、何とかして五千の人間を救いたい、また、この酷い仕打ちをパッと暴露したい。というんで考えましたところ……」

ピエドラスの眼は熱血に輝き、怒気と反抗に駆ける狂人のようにみえるのだ。折竹も、いま黒人土工の惨状を知悉しているだけに、ピエドラスの手をにぎり、叫びたいような気がしてくる。やがて、世界の黒人を助けよとばかりに、わが日本へも哀願の手を伸べてくれるだろう。いま此処にいるじぶんとピエドラスが、ちょうどその縮図のように思われるのだった。と、ピエドラスは言葉を次ぎ、

「じつはね、この運河の進行局に、飛行機があるんです。ところが、操縦士のやつがバタバタ黄熱病で参っちまう。いまは、来手《きて》もなし抛ったらかしてあるんですよ。それを、あなたは、操縦できないでしょうかね」

「脱出か！」

「そうです。僕はこの運河の情況を撮った写真を、世界中にパッとばら撒いてやる。それには、どうしてもここを出なければ」

チャンスが折竹にも来た。かれは、カーチスの学校に一年ばかり通い、やさしい機なら充分に扱える。ようし、じゃピエドラスを助けて脱出させてやろう。そして自分は、かれを西印度諸島《ウエスト・インデース》のどこかの島へ置き、そこから引き返して魔境を衝くことにしよう。

そうだ、「死の番卒《セレーノ・デ・モルト》」へ落下傘で下りてやる。蚊の魔境、黄熱病の巣。死の危険はあっても万が一生還のときは、それだけの恐怖を充分に償えるものがある。国のため、宗二のため、またマヤのため……。と、かれは異常な決意をしたのだ。

翌日、セスナ・C三四の軽客室機《ケビン・プレーン》が、朝まだきの靄をつき、トボナを離れたのである。下は、まもなく「死の番卒」藤蔦組みかわす熱地のジャングルも、ただ上空からは一色の緑に過ぎぬ。そのうち、蚊の魔境といわれるここの怖ろしさが、一体どんなもんだか、験してみようと考えた。機首を低下せしめるよう操縦桿をひきながら、降下の姿勢のまま旋回をはじめた。そうして、管《バルブ》から駆蚊霧《ソープノストーン》を放出する。

と、まず驚いたのはその噴気にあうと、よほど虫害がひどいのか、サット葉が散ってゆくことだ。と、そこから群がりでる靄のような蚊の嵐。これは⁉ 彼は予想以上のステゴミヤ蚊の大群に、度肝を抜かれがっかりしてしまったのだ。プロペラーの後流で機体を巻いて流れてゆく、ステゴミヤ蚊の灰色の霧群。

「駄目だ、ここで降りるのは、暴虎憑河《ひょうが》の勇だ」

もう今は、かれも魔境を衝いてしまったが、やがて、折竹に希望が蘇えり、思わず万歳を絶叫するようなことが起ったのだ。それは、やはり「死の番卒」のなか。ややアトラトよりも、運河寄りのところである。なお執拗に彼が駆蚊霧を撒いていると、一群の森の葉が散りつくした下から、アッ、なんと不思議やまっ赤な樹々があらわれた。

それは、幹も赤ければ葉も赤く、その葉は、噴気に逢っても散らばこそである。なんだろうと、下降してみたとき、アッと叫んだのである。湖水、鉄分が多くまっ赤な水。おまけに、そこへ落ちこんだ倒木までも、鉄分を吸って葉まで赤いのだ。

「これが運河を脅やかす赤泥鬼《あかどろき》の正体だ！」

まったく、それは絶叫とも云えるだろう。パナマのような火山丘地帯では、地下に縦横の火山隧道《トンネル》があるはずだ。それが、この湖の底から出ていたにちがいない。でそれは、一つはペドロ・ミグエルの貯水池に通じ、もう一つは、ガツンの湖に出ている。だから、雨の予報があって湖水の水面を低めると、両湖の水面差が、この泥を吸いこんでゆく。分った、赤泥鬼の悪戯はこの湖のため……。

「ねえ君」と、折竹がピエドラスに囁いた。

「君の、秘密運河の大暴露だがね。それはどうか、一週ばかり後にしてくれないか。それから、君が撮った写真を半分、分けてくれ給え」

それをもって、米政府を嚇し、宗二を釈放する。パナマ運河の致命点――この隧道《トンネル》のことは、彼は皇国のため胸に秘め置こうと思ったのだ。快晴、石鹸玉のような巻層雲が浮いている。一つは、悦ばしげなまっ白なマヤ。もう一つは、黒のリヴァモーアの泣き顔に……。

第十二話　伽羅絶境《ヤト・ジヤン》

魔境に土を求めて

安南のカムラン湾の南に、パンランという町がある。そのパンランから避暑地のラン・ビァンへゆく軽便鉄道が、いま石獅谷《ヤト・シムハ》に近い峡間で立往生している。雨期終りの特徴でじめつく晴れ間があるかと思えば、サアッと一降り飛沫《しぶ》いてくる雨が、遂に大豪雨となった。なま温《ぬる》い滝しぶきのような水煙が、どうどうと薙《な》がれる叢林を覆いつつんでいる。

石獅谷《ヤト・シムハ》のこの一廓は特に大難所といわれている。ソン・カイの一支流がここを流れているが、蛇行がひどく、すぐに溢れる。眼下の奇巌も怪石もすっかり視野から消え、じりじり車輪にせまる濁水をみる車内では、不安というよりも死の顎《あぎと》に在る心地。と、ここに、こうした情勢にあっても眠っているとしか見えぬような、じつに異色のある、五十がらみの男がいた。平順州警察区域《セルクル・デ・ビンチユアン・コロニー》の高等課刑事部長ラウール・ド・サンチレールという男だ。

こいつは、日本人嫌いでは名うてのやつ、一見好々爺然とみえるが、なかなかの策謀家。すべてが陰に罩るという打って付けの役どころを、このサンチレールが永年やっているのである。いまも、だぶだぶした頬に埋まってしまいそうな、象に似た目をどきどき光らせている。

「こりゃ、いかん。ラン・ビァンに直ぐというのに、困ったことになったもんだ。秘密測量の予備行為の嫌疑で、ラン・ビァンのホテルにいる折竹を押える……。わしは、そのため河内《ハノイ》に呼ばれた。やつが、三月もぶらぶらとこの仏印にいるなんて……地図作成以外には考えられんことだという。成程と、わしもそれに同意した。しかしだぞ。いまこの列車がここに停っている間に、やつが急速に動きだしたとしたら、どうなる。逸するか？　日本の南進政策の前駆となって踊っているあの大物を、わしが逸するか」

爪を嚙み嚙み、しだいにサンチレールも居溜まらぬような気持になってくる。それもその筈、たかが一植民地の部長風情の彼が、相手にするのは名だたる世界人折竹。じつに願ってもない一世一代のことである。

さて、ここで折竹は捕えられるだろうか。それとも、サンチレールの杞憂がかなしくも実現し、思わぬ運命的な転換がこの停車の間におこるか？　作者はそれを暫くのお預りとして……場面を、夜のパンランの蛇皮線の音のなかに移すことにする。

＊

音もない夜更けのパンランの空気を、胡弓や、銅鑼《どら》や十六絃琴《ドン・トラン》の音がゆすっている。その野天芝居の放尿所の向うが、パンラン警察の留置場になっている。ここは、いずこも同じ酔漢の鼾声《かんせい》。ひっそり閑としたなかに、看守巡査の靴の音。と、一隅の房から話し声が洩れてくる。じつに此処にはめずらしいような、父娘《おやこ》二人のモイ族がはいっている。

娘は、二十四、五で猫のような顔。そのぷんぷん発散する野性のかおりには、愛らしい獣というような感じがする。また老人は、もう七十を越えたろう。痩せこけてはいるが、鋼鉄のような手肢。慓悍、黄褐色の短軀をおどらしてジャングルを駆けめぐり、毒箭をつがえては虎豹と挑みあうモイの精気が、まだこの老人には潜んでいるようだ。いずれも、部落にいるときは裸体ではあるが、娘は里へでるためか更紗を身にまいて、うつくしい天鵞絨《びろうど》の膚をかくしている。

しかしなぜ、この二人のモイが留置場にはいっているのだろう。またなぜ、ジャングル種族のモイが里へ出てきたのだろう。ともかく二人の会話を盗み聞くことにしよう。

「お前は、おらのことを短気だ短気だちゅうけれど、あん時、『英勝』号のオヤジをぶっ殴《ぱた》かねえもんがいたら、おらァそんな奴はモイでねえと思うだよ。だいたい、野郎を殴ったのは、お前が先だぞ。あんな、下素《げす》支那人に淫らしい眼をされて、手まで引きよせられたら、黙れるこんでねえだ。おらァ、お前が殴るのをみて、ぞっと嬉しくなっただよ。まだまだモイの気っ節は衰えねえと思ってな」

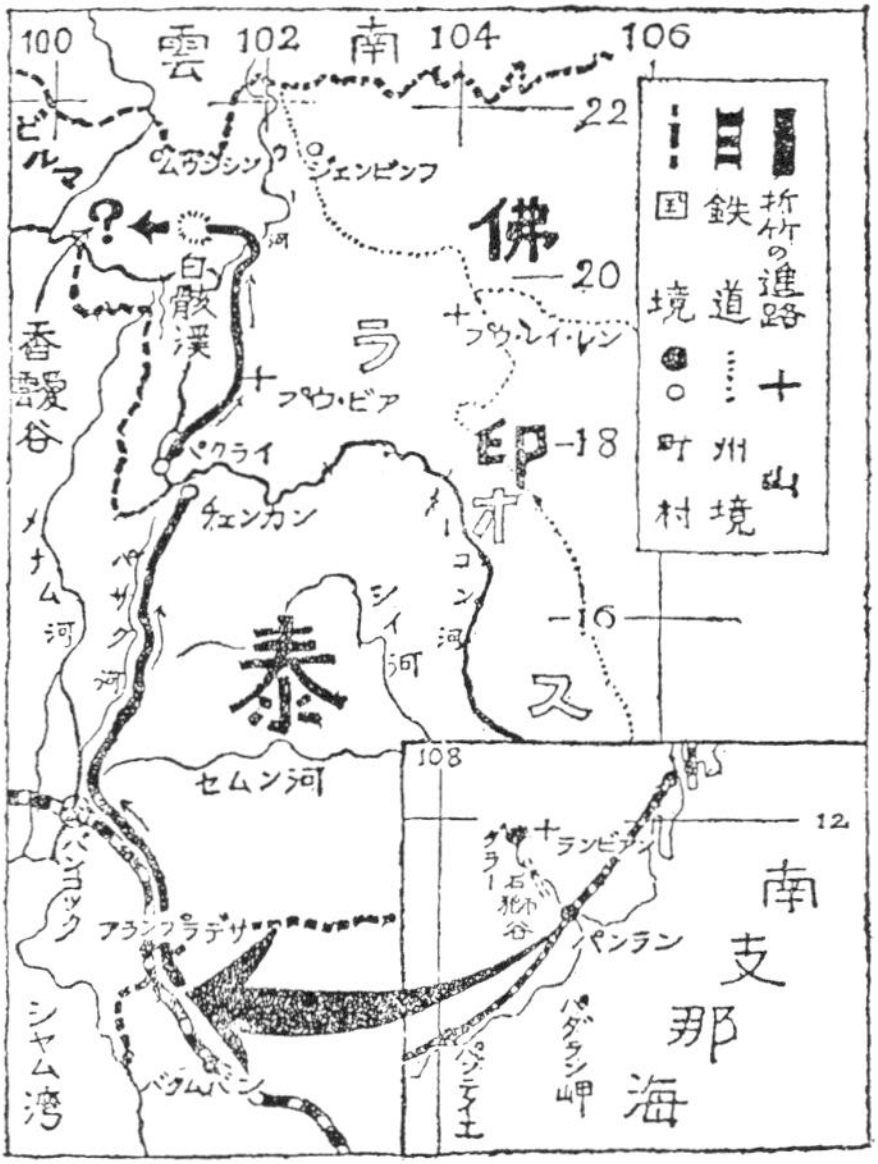

「だけど、お父っつあんが殴ったのだけは、余計もんだと思うよ」と、かるく責めるような口吻で、娘のデイがいい出した。おやじのラオ・バートが目のなかへ入れても痛くないような利発で綺量よしのこのジャングル娘は、またおやじの苦手にもなっている。

「お父という人は、人も虎《クリユー》も見分けがつかないんだね。どんな事をしたらここへ打ち込まれるかくらいが、お父には分らないらしいんだね」

「ここは、風通しはわるいが、食いものはええだ。部落のものよりゃ、なんぼか良かんべし……」

「馬鹿」と、おやじを睨んだ顔も、泣かんばかりになってきて、

「そりゃね、ここにいる私たちはいいよ。だけど、部落が立つか立たないかという大事な用を背負ってきて、このパンランへ出てきた私たちの帰りを、なんぼか留守のみんなが首を伸ばして待っているだろう。それが……、いつ此処を出られるか、当もありゃしない。おらァ、そう思うとみんなには済まねえし、お父の馬鹿一徹が恨めしくなるし……」

それなりで、二人の声がしばらく絶えていた。ときどき、看守部屋かららしい“Ba-quan《バカン》”賭博の音にまじって、デイがしくッしくッと歔欷《しゃく》りあげるのが聴えてくる。留置人のなかにいる、象皮病のにおい。驟雨のまえのもの凄い蒸し暑さで、電燈の灯がどんよりと暈を着ている。さて、デイの歎きには次のような訳があるのだ。

ラオ・バートが酋長になっているバーラプの部落は、パンランの北西方、百マイルほどのところにある。ここは、安南、カンボジャ境いのおそろしいジャングルだが、また、世界でも有名な香料伽羅の産地。“Goul《グール》”といわれる伽羅樹の幹から、にじみ出る樹脂が香料の伽羅になる。しかし、伽羅樹《グール》は多いが、伽羅《ガハルー》はなしの例え。樹皮下にたまっている伽羅をもつ樹といえば、まず百に一つも難かしいというくらいなもの。それを見分けるため伽羅《カグニ》さがしを引き連れて、毎年ラオ・バートが原始林のなかへ入ってゆく。す

なわち、頑固一徹のこの老バートは、酋長でもあり、伽羅頭でもあるわけだ。

ところが、この楽土に闖入者があらわれた。ドンナイ川の上流の水力電気工事に、どしどし入り込んでくる安南人の工夫が、ほとんど全土の伽羅樹を伐り倒してしまったのである。狩猟にいった若者がそれを部落に伝えたとき、ラオ・バート以下はあっと声を呑んで悲しんだ。どうしたらいい。伽羅で生活しているこのバーラプのモイ族。狩猟もほかのモイのように上手ではなし、ただ伽羅脂をもっている樹皮を見分ける才能が、この一族の特技のようになっていたのだ。

毎年三、四月の乾燥期に伽羅さがしがはじまる。しかしそれは、いちばん伽羅のある老樹でも一、二斤くらい。せいぜい、一期を通じても二十斤程度の採取量が、部落四百人の生計の基になっていた……。その大切な伽羅がいまはない。ラオ・バート以下は途方に暮れてしまったのである。

そこで、寄り合いの結果きまったこととというのは、一つ、「英勝」号に嘆願してみようと云うことだった。「英勝」号は、パンランにある福建人の薬材商。伽羅をはじめ豹頭、当帰樹などの、薬肉、薬草の類までモイに採らせていた……、そこは、支那人のこととて如才がなく、ずいぶん量目などでモイを瞞したらしい。その、「英勝」号のある じ宋森《スンセン》が、父娘の話を聴くと次のようにいうのだった。

「冗談じゃないよ。伽羅樹《グール》がなくなったから、薬草の値を上げろだって。へん、あの薬草というのはお前らは知るまいが、わしが伽羅欲しさに買うていたものなんだ。いわば、お前らの機嫌とりの品物だ。伽羅があるならよいが薬草だけなら、わしはもう、不要《ブヤウ》、不要だ」

そんな具合に、宋《スン》が冷酷に突っぱねてしまうのだ。しかし彼は、そう云いながらもデイをみては、意味ありげにニヤリニヤリと笑っている。

まったく、デイの短軀ながらもすばらしい均斉。モイにはめずらしい金属的《メタリック》な肌膚《はだ》の艶。おまけに、甘杏《アルモンド》がにおう瞳の色をみては、つい宋爺ならずとも口が濡れてくるのである。しまいには、聴き入れる条件にデイを持ちだしてきたので、おやじのラオ・バートが嚇っとなってしまった。そうして、宋は前歯を四、五本ほど齲《か》き、父娘《おやこ》二人は豚箱入りになったのである。

まったく今、バーラプのモイは浮沈の瀬戸際に立っている。土をうしなった百姓同様に、伽羅をうしなっては生活の道がない。餓死か、それとも、一族全部で乞食になるか。頑固なラオ・バートは痩せ我慢はいうけれど、眼をつむれば二人の帰りを待っている部落のものの顔が次々とうかんでくる。そこへ、デイが訊きた顔にいい出した。

「あんとき、『英勝』号の宋《スン》の爺が……伽羅が欲しくば“Yat Giang《ヤト・ジャン》”へゆけと云うてたな。そこは、お父、どんなところだね」

「そこはな、ラオスの北の、ビルマ境いちかくにある。そこなら、伽羅はいくらでもあるだ。香鬟《ヤト・ジャン》谷《グール》という名のとおりのところで、地下からは沈香のかおり、渓《たに》をうずめるのは一面の伽羅樹だ。だが、そこへは人間がゆけねえだ。行けんければこそ、爺がいうだよ」

仏印のなかでも、北部ラオスときたら、峻嶮の群立。山気悽涼として、蛮烟瘴気漲ぎりわたり、虎豹や、犀や錦蛇《ピトン》が跳梁するそのなかに、この美しき魔境「香靉谷《ヤト・ジャン》」がある。詳しく云うと、仏印、ビルマ国境をなすメーコン川と、それから百マイルほど東の、フウ川との中間。東経百一度二十分、北緯二十度八分のところに、この怪仙境「香靉谷《ヤト・ジャン》」がある。

香木伽羅の馥郁たるかおり、数千の伽羅樹が峡間をうずめ、地下には、一瑞香科木の埋れ木からできるという、沈香が得ならぬ地気をたててくる。それが、合したものを仙靉《シエン・ジャン》といっている。

孔雀舞うなかをゆらりゆらりと漂い、嗅げば恍惚となってこの世の苦もわすれ、あたかも酔うたごとく魅せられたごとく、故郷も家族もその妖香には忘却し、思わずその仙境さして佳酔裡の足をむけるという——香靉谷《ヤト・ジャン》からは、こうした魔霧が漂ってくる。従って、その周囲にはほとんど部落がない。泰《タイ》族も猓玀《ロロ》も、苗《ミヨウ》族もとおく離れていて、この、無憂境ながらも忘郷の妖気をたててくる香靉谷には近附くまいとしているほどである。

これについて、いまだに名高いシトロエンの探検隊——先年、仏蘭西《フランス》シトロエン自動車会社が、「黄の巡邏《クロアジエール・ジョーヌ》」と名付け、ジョルジュ・マリー・ハールト氏を隊長に、中央アジア横断をやった。その途上、河内《ハノイ》にむかう途中車を降りたハールト氏が、わざわざ香霙谷《ヤト・ジャン》をのぞむため、ビルマ境にきたことがある。そのときの、香霙谷周縁のおそろしさを、同氏の著述から抜萃することにしよう。

——ここは、巨竹《バムブー》、また巨竹である。戍土や蕃竜眼などの熱帯樹が鬱蒼と生いしげり、あいだに、七、八丈もある麻竹が円柱のようにそそり立っている。そこからは、ゆけばゆくほど竹の密生はもの凄く、やがて視野がひらけ、山峡のようなところにでた。雨霧《もや》が濛々と立ちこめ、視界も定かではない。しかし私は、前方の地上をみるや、あっと叫んだのである。

そこは、じつに珍らしい石灰岩奇形地《カレンフェルド》である。熱帯多雨のために溶解した石灰分が、その傾斜に複雑多岐な孔をうがっている。それは、見方によれば、巨大な蜘蛛の巣か。それとも、珊瑚か海綿などの腔腸動物が、無数の孔をのこした死骸を横たえているように思われる。ましてそこは、いまも落ちそうな危さで、地上を支えている。むろん、踏めば惨憺たる落盤であろうが。

土人に訊くと、この辺は濃霧《ガス》の晴れ間がないという。そしてここが白骸渓《ヤト・バイ・ハイ》という怖ろしいところで、ここから先は行ったものがないと云うのだ——。

その通りである。踏めば、どこまで落ちるか分らない、石灰岩奇形地《カレンフェルド》の白骸渓。そこを通れぬかぎり酔香霧のただよう香霙谷《ヤト・ジャン》へは絶対にゆけぬのである。しかし、そこには、伽羅がある。バーラプのモイには生命にもひとしい、伽羅樹の樹脂が馥郁とかおっているのだ。

「行きたいねえ、そこへ」とデイが溜らなくなったように云った。いま、活路といえば伽羅をもとめる――それ以外にはなんの術もない。この儘では痩せるばかりと思うと、若いデイの血がかっと煮えてきたのだ。

「うん、なんとかして行かぬことには……」

と、ラオ・バートも憮然と呟くのである。いま、生きようとする道は、香霙谷《ヤト・ジャン》への一筋。しかし、しかし、しかし――と、やがて老爺の顔を絶望の色が覆うてゆく。

そこへ、通りかかった留置人の一人から、なにやら、父娘《おやこ》の房へポンと抛り込んだものがある。

巨人対侫物

「オーイ、巡査、氷水《アイス・ウオーター》はないかな」

父娘《おやこ》がいるとなりの房で、ひとりの酔漢が大声を立てていた。それが、ちょっと暫くのあいだ止んでいたかと思うと、がちゃりと音がして、便所へ出されたよう。で、その男の帰りしなの時であるが……なにやら、父娘の房へそっと投げ入れられたのである。それを、機敏にもデイが膝の下へ掻い入れて、暫くして出すとどうも意外な品。デイは、また膝のしたへ入れて、せわしそうに呼吸《いき》付いている。

「お父っつあん、百フランの紙幣が四、五十枚もあるんだよ。隣りの人は、これを私たちに、なんで呉れたんかしら……」

「恵んでくれたものなら、返すがええだ。まだ俺たちは乞食じゃねえだから……」

「また、そんな痩せ我慢。でも、なんの理由《わけ》もなしに、呉れたでもないらしいよ。紙幣《さつ》の一枚に、四方《ぐるり》の白いとこだけに何か書いてあるの。私は、すこしフランス語は話せるけども、字は知らない。読めりゃ、なんだかこれが分るんだけど……」

もしデイがフランス語を読めたとしたら、次の一文がはっきりと眼に浸みたろう。また皆さんも、これには少々驚きを感ずるにちがいない。

僕は、君らの同情者である。この金は天与のものとして、再び伽羅を得るまでの食料のために使ってもらいたい。なおもし、君らが活路を香霙谷《ヤト・ジャン》に求めようという時は……、僕の力を遠慮なく借りるがいい。その時は、西貢《サイゴン》日本領事館へ、折竹といって訪ねること。

折竹だった。いま彼自身は知らぬが、密偵サンチレールに追われ、ラン・ビァンの避暑地での運命を気遣われていた折竹が、意外や、密偵せまるというその危険な一夜を、パンラン警察の豚箱で明かしていたのだ。

その日の午、彼はパンランに出て安南王弟に会い、その憤懣を聴き、指針を与えながら、大いに食い鯨のごとくに飲んだのである。その帰り、梯子酒の彼があちこちと寄ったことから、ついに路傍にぶっ倒れ、豚箱入りになった。――というのが、これまでの訳であるが。

　その数日後、石獅谷《ヤト・シムハ》の氾濫がおさまった翌日の夜である。パンランをながれるソン・カイ川に連なっている小運河のうえを、籾舟がながれている。その、櫂をあげ流れに任せているなかに、折竹をはじめ、三人の日本人がいる。その一人が、彼の顔を見入るようにして云った。

「では、男子死所を得るか」

「ゆく！」と折竹が沈痛な声でこたえた。

「いま、日本軍がいる広西省から、仏印の、東京《トンキン》、ラオスをとおってビルマまで……いずれは、非征服アジアを救ううつくしい血が流れてゆくだろう。おれは、その際の用意に、命令をうけている。北ラオスの雲南国境にちかい“Moungsing-Djenbienff《ムーンシン・ジエンビンフ》”隘路以外の、新通路の発見。それに加えて、北部ラオスの秘密測量《シークレット・マッピング》」

「ふむ」とその二人は無言のまま頷いた。身分はいわれないが、折竹と語るといえば、大体この二人がどんな人達であるか、皆さんにも想像がつくと思われる。

　で、いま折竹がいった秘密測量――これほど栄えない仕事、辛い仕事があるだろうか。まかり間違えば、官憲の手によって暗黙裡に葬られ、あるいは蛮土の一角に無名の死を遂げねばならない。しかし、これを欠いては国家の飛躍がない。発展の動向にあたる他国の領土へ入りこんで、ひそかに実測する自己犠牲者の労苦。頑忍、細智、機略、豪胆と……、あらゆる人間力を総動員し、そのうえ、国家観念試錬の最高の道場として、いま折竹は死地へゆこうとしている。

「とにかく、問題は香鬉谷《ヤト・ジャン》にある。でいま、地図をみると、こう云うことが分るのだ。東京《トンキン》の〝Sonla《ソンラ》〟から隘道が迂廻して、ほとんど雲南国境に添い、ムーンシンへでる。仏印、ビルマ間の道は、これ以外にはない。しかしだよ、もしもあの未踏地が明かになれば、そこへ、ビルマへゆく最短線ができあがる。一朝有事の際は、電撃隊の通路——ということも、夢想ではないだろう」

「うん、カンボジャの米が内地米といわれたり、マニラの麻で日章旗をつなぐ——。そういう時が、かならず来るだろう。しかしだよ、重い三脚を背負ったり測量具を持ったりする、助手がひとり要るように思うがね」

「それだ、いつぞや話したモイがくるのを、じつは待っている。伽羅樹がなくなって、暮しようがなくなったあの連中は、いま新土開拓の必死の意気に燃えている。おなじ香鬉谷へ目的こそちがえ、俺と同様にかぶり付こうとしている」

「だが、いつ来るね」

「何時《いつ》かは分らんが、かならず来るだろう。俺はそう信じて、出発を延ばしているんだ。で、いま君がいったサンチレールの問題だが……」

「ふむ、気を付けるがいい。あいつも、機略縦横のなかなかの人物だ。ラン・ビァンのホテルへ君を狙っていったと云う情報が河内《ハノイ》から入っている。しかし、石獅谷《ヤト・シムハ》の水も退《ひ》いたらしいよ、おそらく今夜あたりはパンランへ帰ってきたろう。おめおめ、君が退けをとるとは思わんが、なにしろ、相手はじぶんの国、君は敵地におる」

「気を付けよう」と、折竹はそれだけしか云わなかった。どこかで、水車《ノリアス》がまわるもの懶《う》げな音がする。櫂をとると消えるとおい蛇皮線《ドン・タム》の音。竹林がつくっている地平線の影のむこうに、沙霧《ヘーズ》をとおして光る天狼星《シリウス》を見つめながら、早く、モイよ来いと、折竹はさけんでいた。ではその、バーラプのモイはどうなったろう。

魔法医者《ウイツチ・ドクター》がくる太鼓の音が響いている。陽がたかい頃の茨地の熱気。脂肉の熱帯植物が発散するむせ返るような匂い。いまデイは野生の薄荷をとってきて、それを噛み噛み、一軒の家へはいってゆく。

「おや、頭の娘っ子が、また口説きに来ただな」

と、藁筵のうえから起きあがった若者が、眼脂《めやに》のついた眼を、瞬きながらデイをみている。

「うん、ピンギイは男だもんな」

「やれ、また香甕谷《ヤト・ジャン》へゆけちゅうて、腰をぶっ敲《ぱた》きなさるんじゃろ。俺ア、なんぼ男でも、恐いのは知っている。行きア、どうなるか知っていて、行く気にゃなんねえだ」

デイはいま、部落の大移住のことを、真剣に考えている。農耕もできず狩猟も上手でない。このバーラプのモイには伽羅あるのみだ。もし香甕谷へこの部落が大移動するとするならば、まず、魔境を切り拓く道をつくらねばならない。そしてそれには、開拓者の意気と救族の熱情に燃えている、ひとりの若い健気な血が必要だが。……いくら説き廻っても相手にされず、しかし、デイはめげずに続けている。

「私は、ピンギイこそ、モイ中のモイと思っているよ。他のは、なんぼ行けちゅうたところで、行く男衆ではねえで。一つ、ピンギイが先立ちになっておくれ。この部落が生死のときに、香饕谷《ヤト・ジャン》へゆくのが、なぜ嫌だ？」

「おんや、白ばっくれて、なに云いくさるだ⁉」

「怖えか、汝《われ》は？」

「なんて、眼をするだ。おらばかり、怒りくさるだが、一帯ではねえか。誰がいるだ⁉　バーラプの男のなかで、誰がゆくだ」

　事実はピンギイの云うとおりであった。ジャングル種族がジャングルを怖れるといえば逆説のように聴えるが、永年伽羅のため懶惰になったこのモイには、新土開発などと云う、そんな勇気はない。まして、郷土を離れることを極度に嫌うという、土民通例のものが、やはり此処にもある。

「そうけえ」と、デイは切なそうな息をした。

「では、ピンギイは私のお婿にはなれないね。私のすべてがお前のものになる時が香饕谷からピンギイが帰ったときだよ」

「駄目、駄目」とピンギイは相手にもしない。

「そんな色眼を使っても、わしは行かねえだから……。オッ死《ち》んでしまってから、お婿になったたって、どうもハア、身も蓋もねえだ」

やはり、駄目――と、デイは失望して此処をでた。きのうの大雨で死んだ白蟻の屍が、骨に沁みいるような腐敗臭を放っている。こんなになる、今にこんなになるぞ――と、デイは部落の男衆をひっ括《くる》めて、呪っていた。意気地なし、気が付いたときは、もう遅いだぞ。腹を減らして、野垂れ死しようと、もう俺ア、なにも知らねえだ。と、絶望の間にもむくむくと盛りあがってくる、ある一つのことが、くきりと囁いてきた。

「デイや、いま山廻りの役人衆がお見えになったで、わしィ、あの紙幣《さつ》の字を読んでもろうたぞ」

帰ると、父親のラオ・バートが待ちかねたようにいった。

「なんて、云ってただ」

「それがな、あんじょう妙なことでな。どうも、わしには合点が往かんのだ。マア、わしが云うから、聴いてみてくれ。

――俺は、日本人だで気前がええだから、乞食にくれるつもりで、お前らに金をやる。また、里へ出たときは、俺のとこへ来るがよい。西貢《サイゴン》の、日本領事館の折竹。

と、役人衆はこう云いなさるんだ。それで、お二人ともゲラゲラと笑うてな、とにかく、この紙幣《さつ》は貰うて置く。代りをやるから、ええじゃろうちゅうて、あれはお取り上げになってしもうたよ。だが、どうも儂《わし》がみたところ、嘘を吐《つ》いているだ」

「そうらしい、私たちに字が読めないと思って……。だけど、その折竹という人の名だけが、本当だといいね。あたし、なんだか頼れる人のように思うよ。ねえお父、あたし、いよいよ決心した」

「なにをだ?」

「香鬖谷《ヤト・ジャン》へ、あたしが行くよ」

「滅相もねえ。女だてらに、なにを云いくさる。さては、お父《とう》を捨てようと云うには、里の男でも出来たのか」

が、とうとうデイはラオ・バートを説き伏せてしまったのである。新月がほそい銀の隈をつけて、山径を照していた。風はゆるやかに動いて、悽涼の轡気《らんき》身にしみるとき……デイは父にわかれて、独りパンランへ向ったのである。つらい、その別れよりも部落を救いたい、そして、折竹というその人が西貢《サイゴン》にいると云うことが、父に嘘を読んだなかで唯一の真実であれ。デイは、それのみを念じ、祈りつつ歩いていた。

するとそれから二週間ほど経った夜、いま着いたばかりの営林官が、サンチレールと会っている。輿でバーラプを下ったその官吏よりも、デイのほうが五日以上も早かった。それが、サンチレールに察せられたらしく、

「じつはね、いま折竹のところに、妙な娘がいるんです。察するところ、それがバーラプ・モイの酋長の娘、デイというやつでしょう。すると、父親のラオ・バートに貴方《あなた》がたが嘘を読んだということが、奴らには分っている訳ですな。ふうむ、奴らが香鬖谷《ヤト・ジャン》へゆく……」

「左様、紙幣《さつ》に書いたなかに、そうあったですから。で、私も折竹という男の危険性を

知っていますで、これでも、輿を急がせて、大急ぎで来たんです」

「では、山娘の足に負けたわけですね。勝てばよかったが、負けたんじゃ仕様がない。向うも、この競争に勝ったばかりに、警戒するでしょうし……。いや、当分は抛って置きましょう」

「なんでです⁉」と、営林官が二人とも驚いたが、

「つまりですよ、奴らはカンボジャを通って、泰《タイ》へ入るでしょう。それから、泰のチェンカンあたりから、フウ川に添うて、北ラオスの山嶽地帯に潜入する。だいたい、道筋はこんなものより外にない。するとです。わしの仕事というのは、開けたカンボジャよりも、かえって、蛮族剽盗出没する泰ラ境のほうがいい。その意味は、お分りだろうと思います」

　そういいながら、サンチレールはうつらうつらと眼を閉じている。こういう時が、この男のいちばん危険な時期。その、泰ラ国境でどう折竹を扱うか、唯一の道筋に陥穽をしつらえて、これまで、ありとあらゆる秘密測量者が出逢った運命とおなじものを、折竹にも与えようとするのであろうか……。一方、折竹もデイをば連れて、重い測量具を背負い、西貢《サイゴン》を発ったのである。しかし泰までは、領事館員を同伴で、何事もなかったけれど……。

　その、泰ラ国境のチェンカンの町は、一歩出外れたら嶽盗《がくとう》の巣である。兇暴な蛮族のまえには、国境もなにもなく、泰《タイ》ラ双方に住んでいて、さかんに掠奪をやる。したがっ

て、ここには泰軍の守備隊がある。また、連日血のかわく間もない銃殺場もある。そこは、野象の糞があちこちに盛りあがり、素馨《そけい》は咲けど、血腥さは覆い得ない。

いま、チェンカンの町を望みながら騾上の人となっている二人に、口取りの老人がしきりと話しかけてくる。

「ホウ、お前さま方は、クナプサクを御存知かね。あれは、ハア、えれえ泥坊だよ。耶蘇《やそ》が嫌いで、教会を焼くし……なんしろこの辺切っての大親分でがす」

その、クナプサクという嶽賊の首領が、いま基督教的半植民地《クリスチャン・セツツルメント》をめざしてこの辺にまで進出してきている牧師や町役人などを、顫えあがらせているのだ。まだ若く、艶々として、蛮賊にはめずらしい房々とした髯。髭髯《しぜん》というものが人種的にも考えられぬこの辺では、たしかに驚異である。しかも、神出鬼没、白昼屯所をおそい、牧師を罵り警告をさけぶところは、どうして、文字の素養さえも窺われる。

快隼、賊というよりも変革者であろう。しかも、貧民にはめぐみ王家をうやまい、なにより、基督教侵略の害毒から土民を救おうとする――牧師の大敵だったのである。

折竹とデイは、チェンカンの町外れに立って、国境をのぞんでいた。空がかすんで鈍いひかりが、千の丘といわれるこの辺りをつつみはじめる。突風が、山襞から山襞《ガツマル》へごうごうと冴し、密林は山腹から谿へかけて穂波のように薙《な》がれてゆく。かれは、根樹の樹上でふうっと吐息をした。

いよいよ、これまでの平穏な旅がおわり、じつに一歩一歩が百里にもひとしい、密偵網中の難行がはじまるのである。生還は期せず、というが自信はなく……また、生きて帰らねば秘密測量の成果はない。が、その頃、国境一つ向うのパクライ、ラオス領内ではいたるところの辻々に、次のような布告が貼られていたのである。

この者は、ラオス領内の某地点に秘密測量を計画し、いまや潜入せんとする危険極まりなきものなり。さるによって、彼を見かけたる事を報じたるもの、もしくは、生死を問わず捕えたるものには、その事績に応じ、賞金を支払うべし。

パクライ警察分遣所《ポスト・ド・シュルヴエヤンス》にて……ラウール・ド・サンチレール。

国境突破の夜

「見ろよ。いまに引っかかって、吠え面をかくからな。石獅谷《ヤト・シムハ》の氾濫で仕損じた腹癒せを、今度はこの南進野郎にたっぷりと食わしてやる」と、大魚よ来れ——と待つサンチレールの微笑《ほほえ》みは、実に残忍なる漁師のそれだろう。しかし、一方折竹らも国境線の厳戒を、不審に思うのか、なかなか動かない。こうして嵐のまえの静寂というか、粘っこい無風状態が、国境線を覆い数週のあいだ続いたのである。

しかし、サンチレールも一流の謀士だ。まい日、泰領へゆく紫檀《チャツク》の仲買に云いつけて、警備の手薄の点はこれこれと、触れさしたのである。と、その効果覿面というか。あくる日、彼のもとに達した密偵からの報告に、いよいよ折竹、行動を起す——とあったのだ。

「馬鹿め、灯火に飛びこむ蛾の運命とも知らず……」

と、さすがフランス人だけに台辞《せりふ》もどきでサンチレールが、パクライの本部を出て、その地点に急行した。すると、その途中の山径に大変なものが待っていたのである。

それは、傾斜を覆うている銀色の松楊のあいだに、ちらほち彩点をちらつかせて一隊の人馬が近づいてくる。その、また先頭が美々しい服装《なり》の男。

金色の縁取りのある上衣のうえに、真紅の目ざめるばかりな半袍をまとっている。そして、豹皮をつづった鞍覆いにまたがり、一行の前方にぴたりと馬をとどめた。不敵にも、銃もなにもてんで眼にいらぬらしい。

すると、髭だ髭だという声がざわめきとなって、隊中を騒然とながれはじめる。髭、すなわち大盗クナプサクである。

「待て、発砲はならん」

と、いきりたつ部下をサンチレールは押しとどめ、

「みれば、わずか二十名足らずだ。その賊に、五十の警吏が狼狽したとあっては……泰領への聴えもある。よいか、合図のあるまで発砲はならんぞ」

そうして、ひとり隊をはなれ前方へあるいてゆく。すると、クナプサクが右手をあげ、親指をたてて尊崇の意思表示をする。はじめて、音にきく悍盗クナプサクを、彼は二十メートルほど前方にみたのである。

髭で、老けてみえるがまだまだ壮齢だ。慓悍、雹にうたれ朔風に削《こ》けたなかにも、凜

とした気品さえ感ずる。そのうえ、胸には安南の王族章"Ba-Ngai"《バガイ》とおなじものを着け、眼中王なく国境もなき彼は、この山地の無冠の王であったのだ。

「安南に名だかいサンチレールどのであると察するが」

と、それがクナプサクの第一声。

「わたくしは、はじめて見参申すクナプサクです。悪者の常で里にはおりませぬ。また、山霊に愛でられてか、いまだ捕われもせぬ」

しかし、サンチレールは小首を傾げて考えた。この嶽盗がなぜ馴れ馴れしく、いわば仇敵ともいうじぶんに接近してくるのか――それが彼にはどうしても分らなかったのだ。

「では、なんだ？　君は、本隊に捕まりたくて、やって来たのかね」

「ハッハッハッハ」とクナプサクがいきなり哄《たか》笑いをはじめた。

「貴方がたのような、百なしどもを追い剝いで、なにになりましょう。じつは一人、あなたにお目にかけたい者がいるが……」

といって、鞍のしたを指さすと鞍覆いのかげに、結いつけられた女らしい顔がみえる。縄は肌ふかく無残にも食い入っていて、ぐたりとその娘は人心地もないのである。とたんに、「デイ！」と、サンチレールは眼を剝いたのである。デイだ、デイがいまクナプサクに捕えられている。では、折竹はどうなっているのか。訊こうとするのを、クナプサクはおさえ、

「これは、私がしたことの内容の一端を、ちょっぴりお洩らしするだけの見本に過ぎま

せん。あなたが目がける大物のほうは……」と、彼が意味ありげに笑うのだ。

落胆《がっかり》した。せっかく、じぶんの手でと思ったのに横槍が出て……では、折竹はいまクナプサクに捕まっている。ううむ、さては功名を横奪られたわいと、さすがサンチレールも唸らずにはいられない。が折竹――。ここに壮士、泰ラ国境に散らんとす。勇途むなしく獄盗の手に落ちて、まさにサンチレールに売り渡されようとする情けなさ。

やがて、二人のあいだに商談がはじまった。が、それは最初もの欲し顔をみせたサンチレールの負。さんざん愚図られて莫大な額になりおまけに、引き渡す場所もクナプサクの云うとおり、国境線にちかいラオス領にある、いまは空小屋の屯所を使うことになったのだ。こうして、警吏対獄盗の紳士協約が成り、いよいよ折竹には最後の日が近づいた。

その夜、サンチレールは得々顔で、約束の時刻にその小屋に赴いた。クナプサクはいた。彼は、部下も連れず一人で酒をあおっている。雲のひくい、まっ暗な夜。そのひどい湿気のなかへ、茴香《ういきょう》がにおってくる。

「オヤッ、一人かね。どうした玉は？」

「いま来ます。マア、酒でものんで、ゆっくり待ちましょう」

やがて、人馬の響きが、この小屋に近附いてきた。馬を鎮める声や、拍車の音。来たかと思うと自然と頬がゆるぐ。勝利の微笑を禁じ得ぬサンチレール。と、やがて扉《ドア》があいた、数瞬後のことである。入ってきたのを見れば、なんたる意外ぞ。折竹とデイをかついだクナプサクの部下と思いきや、これは雪崩れこむ一隊の泰兵。アッと、サンチレールは衝きあげられたように立ちあがった。

「ううむ、泰兵《タイ》がなんのための出現だ？」

と、しばらくは呆れたように、唸っている。折竹とデイがいぬことよりも、一国の正規兵が国境を犯すとは何事であろうと考えるが、また今、そんなことで紛争を起しては、やがて着くだろうクナプサクの手下と、この泰兵共がどうもつれるかも分らぬ。と、クナプサクをみれば泰兵に背をむけて、顔を隠すようにし、チビリチビリとやっている。これだ、早く泰兵を追っ払わねば事面倒になる。

と、サンチレールは瞬間に腹をきめ、泰兵《タイ》にむかって、穏かにいった。

「君らは、暗いので道に迷ったのだろう。ここは、ラオス領であり、屯所であった場所である。むろん、君らの誤ちを追求して国境侵犯を云々することは、この場合、いと容易《たやす》いことだ。しかし儂《わし》は、そのような法律の化物ではない。多分、君らの誤ちだろうから、胸三寸におさめる。行きたまえ。これが、儂でなければ飛んだことになるんだぞ」

そのあいだも、全身を耳にして戸外の響きに気をくばり、泰兵の退散後にクナプサクの部下よ早く来い。と、念ずるようなサンチレールの前へ、泰兵の隊長がのっしのっしと進み寄ってきた。これは縦よりも横幅がひろく、顔も泰人らしくのっぺらと光っている。が、出る言葉はおそろしく辛辣だ。

「お訊き申すがね。いま御貴殿は国境侵犯といわれたが、それは、わし等にいうのか、御自身にいうのか。まず、その差別《けじめ》をきっぱりと付けてもらおう」

「ふむ、絡んできたな」

と、サンチレールの顔にちょっと怒気がのぞいたが、思えばこれは、大事のまえの一小事に過ぎぬ。いまは、折竹を得るため万全を期さねばならず、万事、隠忍、隠忍で御退散をねがおうと、サンチレールがやっと顔の紐を解いた時、泰軍の隊長がまたも不思議なことを云う。

「御貴殿の顔には、なんの泰国ごときがという軽蔑の色が見えておる。では然らば、大国のフランス共和国が小国の泰に対し、国境侵犯すとも構わんという、理窟であるかな」

「ちがうではないか。国境侵犯は君らのほうだ」

「マア、お聴きなさい。それは、この小屋がラオス領にあると思うからだ。ところが、今夜この小屋がひとりでに国境を越えて、ふらふら浮かれたように、泰領へ移ってきた。そりゃ、この小屋がひとりでに動いたのか、それとも、人手によって動かされたのかは、分らん。がとにかく、これはいま泰領にある」

瞬間、やられた――と、サンチレールは苦汁三斗を嚥む思い。さては、暗夜で気付かなかったと見える。一粁うごかせば泰領であるうえに、ここは一本道で目標もなにもない。と、分ったのもやや暫しの後。いま自分が引かれる身であると云うことも、なんだかまだ夢のようにさえ思われる。そこへ、おい大将と、クナプサクがにやりとし、

「そんなに、俺の顔を睨んだって、おれの所為《せい》じゃないぞ。白人が威張る仏印よりも泰がいいってんで、この小屋様がひとりでに動いてくれたのさ。マア、裁判がきまるまで泰米でも食って、暑いことだがゆっくり御逗留を願いましょう。どれ、これからお客さまを送ろうか」

翌暁、悍盗クナプサクの助力で国境線を越えることができた折竹とデイは、奥地へと向ったのである。これは、親日クナプサクを見込んだ折竹の謀略で、まんまとサンチレールが、してやられることになったのだ。二人と、クナプサクはプウ・ビアで別れた。

「お礼ですって⁉　なにもあなたにお礼を云われることはありませんよ。いずれ、お国の御厄介にわし等はなるのですから」

と、にぎった折竹の手をやんわりと振りほどき、クナプサクの一隊は、もと来た路をかえってゆく。いま、茜色に染んだ尾根伝いの山道を、点々とつらなる騎馬隊《カヴルケード》が消えてゆく。

「御苦労だったよ。君も、馬の腹の下にいるときは、辛かったろうが」

「ええ、でも、お父《とう》や部落のもんを思えば、何でもないですよ。これで、私たちは国境を越えました。でも、まだこれが戸端口《とばくち》だと思うと……」

「しっかりして！」と折竹がデイを励まして、ほそい山径伝いに、プウ・ビアの中腹《はら》をあるいてゆく。

「君は、伽藍の新土を、その手に握る。バーラプのモイは、それで呼吸《いき》をふき返す。どんなことにもめげない堅忍不抜の精神が、君になくては開拓者にはなれん。サア、ゆこう。モイの籾つき唄でもうたって、元気をだせよ」

「ええ、あたし、からだは疲れませんが、気疲れがしたんです。こんな道は、モイにとりゃ、散歩道みたいなもんですよ」

やがて、ジャングル、峻嶮入りまじる世界的悪気候地の、北ラオスの山地をウー河伝いに分けいってゆく。そこは、一万尺たらずの〝Pou Bia《プウ・ビア》〟をはじめ、〝Pou Lei Lang《プウ・レイ・ラン》〟をかしらにした九千尺級の峰々が、中腹《はら》に密林をまき、数十座も立ちならんでいる。しかも、世界に名だたる大多雨林《だいレイン・フォレスト》。四月から七月までは猛烈な雨。たちまち溢れる渓流は大河のごとくなり、低部の密林は水中に没してしまうのだ。もちろん雨期には絶対にゆけるわけはない。

で、折竹は乾期をえらび、やや低温の正月跨ぎのあいだに、全コースを踏破せんと試みた。が、乾期にも香鬉谷《ヤト・ジャン》を中心とするこの北ラオスの山地は戦慄的な土地である。

奏でる雷鳴

もし皆さんが、泰《タイ》のバンコックから河内《ハノイ》へゆこうとして、エール・フランス航空会社の旅客機に乗ったとしよう。すると、泰ラ国境のヴィァンチァンまではいいが、そこから安南《アンナン》のヴィンまでの空が、じつに荒涼無限たる雲上飛行であるのを知るだろう。あとで、空港《エアポート》のサロンで操縦士《パイロット》に訊けば、おそらく彼はこう云うにちがいない。

「僕は、この会社に七年もいますが、ヴィアンチァン、ヴィン間の空から峡間を見たと云うことは、まだ一度もないと云うくらいです。雨期も乾期も、北ラオスを覆う雲はかわりません。で、われわれは、無電指示局《ビーコン》にたより、計器飛行をします。しかしです。もしもこれが商業機ではなく、ここへ侵入してくる爆撃機だとしたら、どうでしょう⁉未知の地であり、猛烈な悪気流。なんぼ、スペリー式の盲目飛行《ブラインド・フライト》器具はあっても……やはり操縦士としては、地物をのぞみたい。そこで、目当になるのが山頂列《ピーク・ストリーマー》――。雲海を貫いている峰々のかたちが、そうした場合なによりの助けです」

それを知る、あるいは知らぬでは、たいへんな相異になる。近代の秘密測量は地上のみならず、そういう空中からの目標になる地物のかたちに、いろいろカメラの角度《アングル》を変え、正確を期さねばならぬのだ。もちろん、折竹の任務にもそれがあることは云うまでもない。

ところで、その北ラオスを覆う大雲層のしたは……。

頭上の雲のため日射の熱が放散せず、蒸気は湯気のごとくジャングルにたち罩《こ》め、雨靄梢に垂れるという大湿熱界である。そこへ、紫檀《チャック》や、加麻刺《カマーラ》や、扇椰子《ファン・パーム》などの大樹が、仏印特有の巨藤にからめられ、まさに自然界の驚異ともいう大障壁をなしている。しかも、乾期とはいえ、ひっきりなしの大雷雨。堆葉がくさった、沢地のような下の土。この大湿林のなかは到底ゆけたものではないのである。

「先生、この防蚊ヴェールを除るのは、何時《いつ》でしょう」

と、口にはださないが、山娘のデイも、時々眼をうるませて、折竹に訴える。

蛮地そだちのデイが喘ぎだしたように、顔には紗布のついた面覆い《ヘッド・ネット》をつけ、帆布《キャムバス》の手袋に厚地の靴下。皮をなん枚剥いでも堪えられぬこの暑さのなかで、この厚着は思うだに慄《ぞ》っとなる。しかし、こうしてマラリアを避けねばならず、といって、じわりじわりとくる熱射病的症状に、もう二人は堪えられそうにもなかったのである。下痢、瘴癘の気といわれる熱帯性疲労。経緯儀《セオドライト》をのぞくが、視力に自信がない。しかし時偶《ときたま》、蚊を食う川狗《かわせみ》がいる渓流《ウディ》へでると、そこで防蚊ヴェールをとり、やっと外気を吸う。と、ぷうんと鼻にくる盧薈のにおい、眼を刺すようなまっ赤な赤液樹《ダーク》の樹脂。見るもすがすがしい素馨の白花があると思えば、色もかたちも糞塊さながらな魚腥草《ひめふうろ》の花粉がどろっと顔に落ちてくる。すべて、快も不快も色もにおいも、この大湿林では渾然と蒸れている。

そうして、ただ気力のみで押しとおす密林行、二月後、よく保ったと思われる肉体に鞭うちながら、疲憊《ひはい》、漂徨のうちにも測板を組み、測高器をのぞいて飽くまで任務をわすれない……。ここら辺りは、さすが折竹。

と、その辺りから、雨靄《もや》はいよいよ濃く、ますます立ち罩めてくる。しかも、それまであったいろいろな樹木は消え、ただ巨竹《バムブー》、巨竹《バムブー》の世界——。真竹、孟宗などが異常成育をし、さながらギリシャの廃墟に於ける大円柱のようになったのが、樹間せましと他樹を圧しつつ、いよいよ暗くて涯もないこのジャングルに、最後の植物界をつくっているのだった。

　一晩のうちに這いだした根で、眠った豹がうごけなく白骨になったのもあり、またとつぜんの降雨にすべり落ちた錦蛇《ピトン》が、麻竹の棘に串ざしになったのもいる。が、それにもましてこの暗さの気味わるさ。

　普通気象学でいう濃霧というやつは、ほぼ見透し距離五十ヤードが原則である。が、これは、二十はおろか、十ヤードも危い。——固形アルコホルトの火も、二三間でみえなくなる。とつぜんデイが前方の地上を指さして、

「あっ、あれ、何でしょう⁉　まっ白な蛇が固まったみたいな……」

　わずかな風が雨靄《もや》の崩壊をおこしたその隙に、まるで昔噺にある土蜘蛛の巣のようなものが、ちらっと見えたと思うとまた隠れてしまうのである。とたんに、いよいよこれは白骸渓《ヤト・バイ・ハイ》へ来たと思った。

　ジョルジュ・マリー・ハールト氏が云ったことは、さすが嘘ではない。石灰分への滲透は、地下なら鍾乳洞。地表は、いま白骸渓にみるごとく無数の孔条で、さながら海綿のようになる石灰岩奇形地《カレンフエルド》が出来あがる。しかも、多雨区のここは風化作用が強烈で、多分触れても崩れるような脆弱地になっているだろう。と、数万の白蛇がのたくるような眼前の地をながめながら、かれは天を仰いで長嘆の息を吐いたのだ。

「駄目だ。踏めばただ、崩れるばかりだろう。せっかく、ここまで来て、行き詰ってしまうなんて……」

左右の山峡は、ますます樹間がせばまり踏み入る余地もないところで、唯一の進路である前方の白骸渓が、こんなようでは前進どころではない。絶望が夜とともに次第に濃くなってくる。はり詰めた気が一時にぬけ去って、もう戻るもならず、ぐったりとなってしまった。

それからも、ただ時は過ぎるが、懊悩と焦慮のみ。踏めばズルズルもぐる泥沼か流沙のような、この白骸渓はいかんともなし難い。だんだん、彼の眼にひかりが失せてくる。気だけで保っていたのがガックリとなると、ただ思うのは二人の死の姿。いまは、止まるも死、戻るも死。気力盛んなればこそ此処まで来たのだが、もうこの衰弱に気落ちが加わっては……。

とそこへ、デイの力のない声で、

「先生、もうあたし達、駄目だと思います」

「ふむ、どうも俺にも成算がないからな」

と、今はもう正直に云うほかはない。

「しかしデイや、ここで僕らが死んでも犬死ではないと云うことを、はっきり頭のなかに止めて置いて貰いたいね。これは、どんな時代にもある先駆者の運命だ。誰でも、ある場合、甘受せにゃならんことだ」

といって、なにやら眼のまえの土に指で書くのをみれば、人は死に、新土はうまれる……。それを聴かされるとちょっと不服のように、……しかもデイは悲しげにいう。

「それはね。先生のお国のような、国柄ならいいでしょう。まるで、最初の芽を摘んだ草みたいなもんで、後から後からといろんな人が出てくるでしょう。だけど、あたし達のモイは駄目です。そういう点では、犬死もおなじです」

お父の顔、じぶんが帰らねば乞食のようになる部落のもの。もう、絶望ときまるとデイの眼のまえに、懐しい顔やら、いろいろなものが泛んでくる。かの女は、筋のつくほどギュッと唇を噛み、こみ溢れてくるものを洩すまいと、耐えている。と、間もなく、眼を宙にゆすりながら、ちがった人のような声で、

「先生、あたし、恋をしました」といった。

「誰だね。君が惚れたのなら、さぞ立派な男だろう」

「ええ、その人には誰でも惚れますわ。上は女王から下はあたし達まで、一目でもう惚れてしまうような方です」

そういうと、デイは焚火のむこうへ隠れるように転がった。伽羅の新土の手前で死なねばならぬ悲しみと、なんだか意味は分らぬが、異常な歓喜とをまじえ、パチパチはぜる蔭からじっと折竹を眺めている。が、その眼も、使命を思えばもう一度となってくる彼には悟ることが出来なかったのだ。

なんとかして、任務を全うするためには生きなければならぬ。その生きることとは、白骸渓を越えること、秘密測量者には生還を期せずという言葉は、悲壮のようであるが、大の禁物だ。と、いまは気落ちと憔悴とで動けないような身体から、まるで魂魄のよう

に図体を抜け出ても、立ちあがろうとする生命力が迸ばしり。しかし、駄目。万策尽きて、泥のような困眠へ……。するとその過度の思考が禍いであったのか、ここに折竹は幻聴をみるようになったのだ。まず、肉体よりも先に脳が死のうとする。いよいよ彼は最後の段階へ。

その夜、暁がた近くに大雷雨がきた。拳ほどの雹《ひょう》、濃霧層《ガス》をつらぬくまっ赤な稲妻。谿はごうごうと鳴り耳を聾せんばかりだ。すると、雹が落ちはじめた頃、かれは、頭上の空に不思議な音を聴いたのである。それは、たしかに彼の幻聴であろう。数千の木琴《シロフオン》を一時に叩くような、澄んだ、膨らみのある、転ぶような楽音が、世にも妖しい調べをかなで、雷鳴のなかで聴えていた。と翌朝、おなじことをデイが云いだした。ゆうべ、雷鳴のなかでしたあの綺麗な音は――と、云うのだからいよいよ幻聴ではない。楽音、真実奇しくも中空の音楽と、彼も唖然となってしまった。

「奏でる雷。そんなものが、この世にあるもんか。ひょっとすると香霎谷《ヤト・ジヤン》の酔香霧がここまで匂ってきて、じぶんははや、あの魔境の囚虜《とりこ》になったのではないか。魔夢だ。香《ヤト・》霎谷《ジヤン》のおそろしい力だ」

と、なかば夢みるごとく、なかば怖ろしく、いまは魔境の妖気を否定しようにもないところへ……、この美しい楽音雷の幻想が、ふと、彼の理性によって破られた。雹が降る、と、頭上の空から木琴のような音が、聴えてくる。はて、雹がたたく何物かが、雨靄にかくれて空中にあるのではないか。

あくる日、かれはデイに決意をうち明けた。

大探検家の資格には、高度の科学性、鋼鉄の意志が必要だ。と同時に、芸術家らしい感受性もなければならない。むかし、南アフリカでリビングストン博士が、霧が鳴るだよ——といった土人の片言から、かの超巨人的瀑布ビクトリア滝を発見した。それが、いま後輩の折竹にどんな形で現われるだろう⁉

「君の部落にも、乾いた木片を叩くと澄んだ音がでる楽器があるだろう。その理屈が、ゆうべ聴いた音に、ぴったりするような気がするよ。ねえ、ゆうべの雨靄《もや》のなかには想像もつかぬような、巨きな竹《たけ》群があると思うんだ。むろん、なかには枯れたのもある。それを、雹が叩いた音が昨夜のではないか。とマア、僕はそんなように考えている。つまり、いまは仏典以外にはない想像界の大巨竹《だいバムブー》——あれは迦枳竹《カキちく》というやつだろう」

邪正品の註に、迦枳竹《カキちく》虚空にありて、黙然と住す——とあるが、そんなことは、みなデイには訳もわからぬことばかり。ただ、折竹のいうのを、ポカンと聴いている。

「とすると、あの石灰岩奇形地《カレンフェルド》がその根のように思われる。ひどい濃霧《ガス》で正確にみえぬため、ハールト君はじめ、僕までが間違えた。ゆこう。どうせ死ぬならば、進んでから死のう」

路がひらけた。やはり、迦枳竹《カキちく》の露出根《エキスポーズド・ルーツ》である。万の樹齢あるやもしれぬこの竹群の根のしたは、さながら無数の蛸が肢足を垂らしているかのよう……。錯綜、瘤とむすばれ絡み合うなかをかい潜り、やっと白骸渓を抜けでることが出来たのだ。

艱苦四月ののちに、遂に決勝点《ゴール》へ。二人は、生気をもどし、香霽谷《ヤト・ジャン》へと近附いてゆく。

「やれやれ、これでデイには伽羅の新土。この健気な娘が、開拓者になれる。おれには、仏印政府以外にはどこにもない、香霽谷《ヤト・ジャン》をめぐる山頂列《ピーク・ストリーマー》の写真——」

とまさに完成されんとする自分の任務のことも、だんだん香霽谷《ヤト・ジャン》へ近附くにつれ、消えゆくかに忘れてゆく。最初は、十マイルあたりから匂いだしてきた伽羅の気に、恍《う》っとりとなったのもほんの暫し。しだいに濃くなる酔香霧に没すれば、もう折竹は鉄人の彼でなく、あわれ、魔境の奴隷に過ぎなくなってしまうのだ。強烈な匂いによる放心状態を、多分皆さんも御存知であろうと思われる。

こうして彼は、任務をわすれ、人の世をわすれ……。香霽谷を征服し、征服されることになったのだ。

そんなわけで、彼もそれからの事をあまりハッキリ憶えていない。ただ、伽羅はかおり沈香《じんこう》はにおい、数千の伽羅樹《グール》のあいだを葉がくれの陽のように、ちらつく仏印の稀鳥「冠青鸞《かんむりらん》」や……小孔雀の舞い、宝玉のその衣裳。

二人はその仙境で半覚《うつつ》のように暮していた。いや、半覚《うつつ》というよりも、白痴《ばか》といおう。熱気と、あまりにも濃い伽羅のにおいのため、脳力はしびれ感覚は失せ、いまは阿呆か酔いどれのような有様だ。しかしその間も、折竹だけは心の奥底になんだか、気になってならぬしこりのようなものがある気がする。

「デイ、なんだか俺は、忘れたものがあるような気がするよ」

「サア、なんでしょう。ゆうべも、そんな事を云うもんだから、考えてみたんだけど……」

このまま行くと、二人はこの魔境の永遠の捕虜にならねばならない。とやがて、はからずこの魔香から遁れる機会がやってきた。それは、多分気圧の配置が変ったためであろうが、それまで濃く立ち罩《こ》めていた雨靄《もや》がゆらいだ。その隙に、ほそい暈《かさ》をつけた新月の光とともに、曾《かつ》て彼が片時も忘れ得なかったこの香䨴谷《ヤト・ジャン》をめぐる山頂列《ピーク・ストリーマー》――。靄の夜空に凄涼の山気ふりまき、黒い稜線からたつ突兀《とっこつ》たる銀の角。

あっ、見えた。とたんに一道の冷光をサッと浴びたような気がした。祖国の眼、かれの行手に絶えず注がれている、一億の眼の凝視をみる心地。

醒めた――。山頂列《ピーク・ストリーマー》に聴く、祖国の呼び声だ……。

しかも、天祐はなおも続いた。翌朝まで、空の状態が同じだったということは、まったく百年に一度もないことだ。そのため、彼は撮影を完了し、使命をはたしたことを神々に感謝した。かくて、魔香みなぎる、ここは猛鷲《もうしゅう》の道しるべ。また、バープのモイの新しき土に…………。

第十三話　アメリカ鉄仮面《クク・エー・キングワ》

夜光輝霧《ノクチ・ルセント》の空の墓

折竹が帰朝した。

一昨年《おととし》の二月、私に十篇の魔境記を置いたまま飄然と日本を出で、渡米した彼のその後の消息は？　あの、「地球の気まぐれ」といわれるアラスカ半島の大秘境〝Kuk-e-《クク・エー・》Kingwa《キングワ》〟を衝くのだとたった一本の手紙を寄越しただけ。そうしてみると、その「霧神の大口《クク・エー・キングワ》」攻撃は失敗に終ったはずで、一昨年の十一月にはニュー・ヨークに帰っているわけだ。では、その後一年間はなにをしていたのだろう。影を社会の表面から没し、あらゆる向きに消息を絶ち、まるで、神隠しに遇ったかのように完全にかくれたその一年は⁉　——そこにこの物語の鍵があるのである。

まず、超高空、気象圏頂《トロポポーズ》をぬくこと遥かなる地上五万呎《フイート》の成層圏。それが、この一編の主題の一つである事を知って頂きたい。また、暗夜の礫《つぶて》のように一読ぎょッとするようなある一つの重大な曝露をもふくんでいる。ところで、これまで幾多の小説によって誤まられ、空想乱舞の領域だった成層圏を、明日のわれ等が空路という身近にまで引きさげて、まず正確な認識をみなさんに得て貰わねばならぬ。

一九三五年十一月十一日、ヘリウム瓦斯《ガス》を充填した大気球「探検者号《エキスプロアラー》二世」に乗り、前回六月十二日の失敗をとり戻さんものと南ダコタ州の一角から、宇宙線の撮影も兼ね上昇したふたりの米国陸軍大尉、スティヴンス、アンダースンの二人がついに新記録を樹立した。地上四万呎《フイート》のあたりにはじまり、二十六万呎の高さにおよぶ、その成層圏の三分の一を征服した七万三千呎の超記録。という、世紀の飛揚の際の機長スティヴンスの手記が、いったい成層圏とはどういうところか、その科学的性質ならびに知られざりし怪奇というようなことを、実に簡明に且《か》つ興味ぶかく語っている。それが、後段の本篇を読む際の予備知識にもなると思うので左に抄訳して見よう。

巻雲《シラス》の層をぬけて亜成層圏に入ると、もうそれから上は永遠の晴である。雲も、雨も、霧も、雷もなく、あらゆる気象の煩わしさから解放される高空の大公路《ハイウエー》。しかし風は──上層を吹くのは、常に西風であるが──それが高度を増すにつれ、ますます烈しくなる。ちょうど、地上四万呎《フイート》辺にあたる気象圏頂の真下あたりでは、風速秒時四十五米と計られた。が、やがて、その風もしだいに弱まってゆく。そうだ、もうわれわれは成層圏にでた。

実際、気象圏と成層圏をわける気象圏頂というやつが、計測しながらゆくと朧《おぼ》ろな一線となってわかるのである。そこを過ぎると、温度は摂氏零下五十五度辺でぴたりと釘付けになる。いかに、上へゆくとも、けっして下らない。そうして風は、しだいに勢いを失い、地上五万呎のあたりではせいぜい気象圏頂直下《トロポポーズ》の半分、二十米くらいのものになる。気圧、そうだ、ちょうど、そのあたりで計ったときは地上気圧の九分の一。

　地上五万米の辺で、われわれは眺望を恣《ほしいまま》にした。上空は暗い。星こそみえないが、煮つめたような青紫色。おそらく空というよりも濃藍の海というほうが、成層圏でみる天球の色にふさわしいと考える。するとその時、はるかな上空にあたって、奇異《ふしぎ》なものをみたのである。アンダースンも、アルゴンの瓦斯《ガス》とアルコール蒸気をみたした宇宙線撮影装置から離れてきたが、みるや、

「アッ、なんだ⁉　あの綺麗な雲みたいなもんは……」と、いったなり、なんの声もない。

　それはちょうど、薊《あざみ》の葉のような形で、非常な高空にうかんでいる。ふかい菫色の空を刷ったように掃きながら、まるで真珠を溶かしたような物柔かな輝きと、あらゆる色の翳まで放つといわれる翠柘榴石《デマントイド》の繊美な諧調《トーン》。その夢幻を超えたうつくしさは、玉虫の七宝か⁉　いや、くらい空の地にちりばむ夜光虫のかがやきだ。しかしそれは……⁉

ふと私は思い当るものがあって、呟いた。

「あれかもしれん、ピッカールやユーウィンズがみたという〝Nocti Lucent《ノクチ・ルセント》〟は⁉」

気球による成層圏探検の開始者ベルギー人のピッカールが最初あの光る浮遊物を五万

呎の高空でみた。それに彼は、いかにも大学の先生らしく「夜光輝霧《ノクチ・ルセント》」と名付けたのである。その後、四万七千呎までのぼったイギリスのユーウィンズもみた。このときは、まるで魅せられたようになって、遮二無二のぼったと云う。

しかし、開放操縦席《オープン・コクピット》の飛行機をつかい耐低圧服と酸素とだけで昇るのでは、もう四万七千ともなれば人間体力の限界だ。かれは、かるい失神状態になって無意識裡に下降をつづけ、途中気がついたが、着陸するや虚脱した。したがって、その夜光輝霧《ノクチ・ルセント》も幻視だろうくらいに決められて、実際まだ実在を信じられていないのである。それを見た。が、一体なんであろうか。

雲ではない。雲をなすほどの水蒸気は、この辺にさえない。形は雲そっくりだが、絶対に雲ではない。では、なにか。あれが、宇宙の大空間をただよう細塵の、宇宙塵《コスミック・ダスト》であろうか。それともまた、成層圏内十二万呎のあたりは、地上温度と同じだという。そうしてみると、そこに水素やヘリウムが濃いなかでも棲める、ふしぎな生物がいるのではないか。

と、詮索に凝ったのも、ほんの暫しの間。やがて、私たちは抗風推進機《ロテーティング・ファン》をとめ、この大気球に吊られた密閉金属球《ゴンドラ》は風におくられながら、その方向なる夜光輝霧《ノクチ・ルセント》のほうへ昇りはじめたのである。捉えられた、痺れたように、呪縛されたようになり……。思慮も分別もうせ、魅魍の捕虜となった私たちは、ただ雲へゆこう、あの夜光輝霧のところへゆかねばならないと、考えるだけだった。

しかし幸いに、私たちの気球は浮揚の限度にきた。もう昇らない。気嚢は張りきって、完全な球形《グロビュラー》になっている。——それで、助かった。しかし、この高空の神秘はなんとしても分らない。まばゆい曼珠沙華のような夜光輝霧に、あのローレライの唄声のようなふしぎな力があるということは……

また、私たちが乗っていたのが気球だったからいいようなものの、もし将来成層圏をとおる密閉機胴《シールド・ケビン》の飛行機だったとしたら、一体私たちはどんなことになったろう。あの憑かれたような上昇が、とんだ惨事になるところだ。刻々と減る外部の気圧と内部の圧力の差が、ある限度を越えれば、シャンパンの栓をふっ飛ばすがごとく——破裂。そうして私たちは空間に散華する。

そうだ、大空には招く墓場がある。夜光輝霧の漂うあたりに、高成層圏の神秘がある。

というように、地上の未踏地にあるような、魔境的なものを秘めている。しかしわれわれは、そう云ったことよりも、どうして空路にならないか⁉　空気抵抗が減るため、巡航速度が増加する。しかも気象に煩わされぬ最理想の空路を知りながら、かの「伯林《ベルリン》紐育《ニューヨーク》十二時間」を標榜した「ユンケルス——四九」の製作以来、飛べば落ちるの有様はどうしたことかと疑うだろう。むろん、幾多の技術的困難はあるだろうが……。

たとえば、乗員を保護する密閉機胴《シールド・ケビン》の外壁は、重くてはいかず、薄くては破裂する。また、稀薄な空気を圧縮して気筒内におくりこむ、過給器《スーパーチャージャー》も多段階にならねばならない。というように、技術的困難ということもたしかに理由の一つだが、むしろ根本のものは熱意の欠乏だ。ぜひにも成層圏を空路化しなければならぬという、必要もなし熱情もなかったのである。

というと、いまアメリカを覆う澎湃たる成層圏熱は、一体どうしたことで、どんな必要からだろう⁉　かのボーイングB一七の「空の要塞」にみるように、幾多の天才能才を動員し、高々度、高々度と、まるで狂気のように、搾《むし》りとるように、距離を得ようとする。という、その必要が奈辺にあるかと云うことは、まさに颶風の襲来を暗示するかの大海の轟きを聴く今日に、わざわざここで私が駄弁を弄することもないだろうと思われる。

最短六千キロになんなんとする太平洋を往復できるのは、おそらく将来においても成層圏機以外にはない。その、ある必要がアメリカを駆動した——と、此処ではそれのみを云って置く。

で、この一篇は、その完成を期待される、秘密機の物語である。成層圏機製作上のあらゆる桎梏を征服し、おそらく長距離爆撃機としての革命的姿をあらわしたそのロッキーの兀鷹《コンドル》が、いかに生みの悩みを続け、いかに死闘をうみ……。というところで、この序章を終りたいと考える。

河底隧道《トンネル》へゆく仮面の男

ひかりの噴泉が、夜とともにブロードウェーを彩ってゆく。大ニューヨークの心臓部マンハッタンを二つに割っている、このブロードウェーは二十粁《キロ》の谿谷だ。ことに、五十二丁目にはじまりタイムス広場《スクエア》にかけての盛り場は、実際月もみえぬというほどの、光の焔につつまれる。

——青春の薫泉、チェラミー化粧園製「春の驟雨《エイプリル・シャワーズ》」

——ケイサーの絹靴下《ホーズ》を贈り、キッスを得よ。

——ナッシュ（自動車）は、貴下の猟犬のごとく誠実なり。

まっ赤な「駱駝煙草《キャメル》」、オレンジの冠焰《コロナ》を吐く「ロブリーの靴」。その絶えず移りかわる電気広告に頰を染めながら、いまリヴォリ座のまえをのたりのたりと折竹が歩いてゆく。元気がない。肩のあたりが、思いなし侘びしいようである。

「ああ、孤鶴秋天に横たわる。還海なんぞ、茫々たる——か」と、かれは空を仰ぎ、憮然と呟いた。

「しかしだぞ、こう根こそぎ変ってしまうというのも、サバサバとして、いいもんだ。俺もこれまで、メリケンの禄を食むのは、いかんことだとは思っていた。しかしそれが、あれが切っ掛けとなって、こうも早く来ようとは……。いやいや、身軽になったことは、なんにしても有難い。心に重荷なければ、放浪も楽し——じゃないか」

降ってきた。ちらほら行人の毛皮に雪片が見えはじめ、足早になった群集が、どっと彼を抜いてながれてゆく。そのなかを、ゆたりゆたりとまるで嘯《うそぶ》くように歩くかれの姿にも、やはり以前とちがった、環境の侘びしさは隠せない。西七十五丁目にいて、召使をつかった生活と……いまの、よごれた襟、くずれた服。というのは、どういう事情《わけ》からだろう。

ちょうど、いまから数えて一月ほど前のことである。ホテル「ウォルドーフ・アストリア」で催された慈善基金《チャリティ・ファンズ》のある会で、偶然、顔見知りの海軍少将《リーア・アドミラル》殿に逢ったのだ。食事もおなじで、靉々《あいあい》たる歓談裡に、折竹が次のようなことを提督に切りだした。

というのが、海軍兵学校《アナポリス》にあるペルリの鐘である。かの、日本開国をうながしたペルリ提督が、二回目の渡日のとき、記念にもち帰った梵鐘がある。それがそれ以来、兵学校構内の「囁きの小径《ラヴアース・レーン》」に吊ってある。それはいい。海陸蹴球試合に勝った時などは、ガンガンと叩かれる。それもいい。が、もっとその鐘のもつ本質的なものについて、じつは折竹が一文句をもっていたのだ。

というのは、その框《かまち》の大理石板に説明文が刻んであるのだが、それに、一八五四年日本遠征のとき——とある。しかしその、およそ探検とか遠征とかの意味のその〝Expedition《エキスペディション》〟という言葉には……じつにされた側にとれば、このうえもない厭な意味がある。第一探検と解せば、土蕃扱いだ。ことに、邦人間にもそう解している向きが多いのだから、これはぜひにも更改させねばならんと、考えた。

で彼は、措辞鄭重をきわめたなかでその提督に勧告し、両国親善のためぜひ御斡旋をねがいたい。どうかあれは、「訪問《ヴイジット》」とでもお改めを乞う――というと、意外や、その提督殿の顔に冷笑に似た笑みがうかんでくる。彼は、困ります――というのだ。

「そんなことをしたら、わが候補生《ミッズ》たちがなにを目的に鍛錬されるのか、その意味が消えてしまうことになりますからね。わが大先輩ペルリの当時はですな、ある尨大な海洋がわが制圧下にあった。それを復すべく、わが主管下の海《シー・オブ・マイ・カマンズ》たらしめんとする復古に眼をむかせることが、わが候補生鍛錬の主眼になっているんですよ。――あれはですな、あなた、兵学校《アナポリス》の全霊です」

時勢である。現役軍人の口からこんな言葉がとび出すということは、おそらく旧ならばすぐに予備役編入だ。しかし、満州事変以来刻々とたかまる太平洋の波は、いずれがわが主管下の海たらしめんとするかの土壇場までにせりあがり、別にこうした社交場裡で聴いても不審がるほどもない情勢になっている。

するとそれが、かえって彼の舌禍問題になったのである。数日後にかれは自然科学博物館の館長から注意をされ、あれは、儀礼を承《わきま》えぬのみか、はなはだ反米的でよろしくない。儂がとり做すから、一言その少将殿に挨拶をしてくれ――というのを、かれは敢然とことわり、辞職の因をつくってしまったのである。

それでなくても、アメリカの禄を食むのが心苦しく思われていた折柄、まったくなんの未練もなしに、ポンと職を投げだした。アメリカ自然科学博物館の主席探検者、非番でも週給五百ドルは貰うという豪勢な地位を捨て、意気と骨の硬さに、ポンと街頭にとび出たのである。——まったくここらが、ようと掛け声したいほどの、折竹の嬉しさだ。

利得には動かない。いかなる好餌《の》、勢力をもってしても、けっして信念は枉《ま》げぬ。そうしていま、単身日米断交をやって退けた彼も、さて街頭にでるや、その日から困るようになった。蓄財がない。おそらく日本ならば一生食えるくらいの退職金も、これまで探検の都度にでた犠牲者の遺族扶助のため、莫大な前借をつくっていたので、全部が帳消しだ。一仙《セント》もない。それで、西七十五丁目の家を整理してわずか握った金をもち、例の「人生のどん詰り《デッド・エンド》」なるイースト・リヴァの河岸縁《かしぶち》にある、東九十八丁目のとある地下室《ベースメント》に落ち付いた。

当もない。他人の助力を乞うのが厭なかれは、日本人会のほうも避け、いっさいジャーナリズムからも遠ざかり、独居一ヵ月。ブラジル地理学協会からの招聘問題もあるのだが、それも、ブスブス燻《くすぶ》っているような現状では、当にはならぬだろう。そうだ、俺にはすばらしい体力がある。二万五千呎くらいの山では、びくともしない肺がある。この上膊から肩にかけての、団々たる肉瘤は⁉　と、世辞も追従もいらない、いちばん美しい勤労である、労働ということにハッと気が付いた。——その当夜がこのブロードウエーの場面になる。

それから彼が、バスで中央公園《セントラル・パーク》を迂回して東百一丁目で下りたころは、やや疎《まば》らながら、本格的な降りになってきた。河岸倉庫の断面に沿うて、粘ったような牡丹雪が舞い落ちる。渡船《フェリー》の汽笛、トリバロー橋の灯、ここはブロードウェーとはちがい、墓場のような静けさだ。すると彼が、もう家にちかい河底隧道《トンネル》の工事場口まで来たときに……ひょいと、靴の紐をむすぼうと跼《かが》んだとき、ぺちゃりと手に触れたものがある。みると、生れて一月にもならないような一匹の仔犬がクンクン鼻を鳴らしながら、しきりに袖口を舐めている。

「ハハア、こいつ、捨てられたな」

と思うと、可憐《いじ》らしくなってくる。彼は、どうだ、美味いかというように、じっと手をまかせ、その餓えた仔犬の貪ぼるままに、舐めさしていた。

服がにおう、そうだ、それを嗅いできた。以前はこれも、五番街《フイフス・アヴェニユー》向きの上物だったけど、近ごろは、鰊《にしん》のにおいもするし、料理用《クッキング》バターもついている。いや、そう云や、おれもお前とは大差ない代物だ。腹は餓《す》かないが、大して飽《く》ちくもない。天地間の孤独をしみじみと味わっている点で、この雪の夜の仔犬となんの違いがあるだろう。と思うと、もうこの仔犬を離せないような気になって、

「ようし、飼ってやるぞ」と、抱きあげようとすると、キャンと鳴いて跳び退《の》いた。そしてそのまま、犬はひしゃげる雪を浴びながら、隧道口のほうへ曲ってゆく。

が、もし此処で、この仔犬が折竹の自由になり、また彼も、逃げたその仔犬の跡を追わなかったとしたならば、おそらくこの世紀の大事件には捲きこまれることもなかったろう。じつに、運命の岐路ともいう見えない糸にひかれるがまま、かれは犬を追い、隧道《トンネル》

口のほうへ入っていった。左右は材料置場の板塀で、はるか前方に、そこから隧道口へ曲るあたりに、ぼっと明るみが差している。そのちょっと手前へきたとき、突如横合から、

「オイ」

と、誰何《すいか》するようにして、一人の男が飛びだしてきた。

「どこへ行く。天下御免の道じゃあるめえし、工事場の構内だ。サアサア、もとへ戻って、普通の道を行ってくれ」

みると、派手な色シャツをのぞかした労働者体の男。そして、襟には、ここの盾構《シールド》の圧搾空気内の工夫であるのを示した真鍮の楯形の徽章をつけている。潜函《サンド・ホッグ》工夫か、こりゃ気が荒いと思うと、折竹も下手に出て、

「やあ、済みません。じつはね、僕の犬がここへ逃げこんじまやがったんですよ。捕まえたらすぐ、退却しますから……」というと、いきなりその男の眼がぎろっと輝いて、しばらく見あげ見下し胡散臭そうに眺めていたが、

「オイオイ、お前、この俺を舐めようってえのかい。さも自分の犬らしくいうが、こりゃ違うんじゃねえのかい。お前とは、多分今夜あたりが初対面だろうが、俺らは、このチビ公とはしょっちゅう遇っている。ハッハッハッハ、そんな素人みてえな手を使って、ここを通ろうたって、駄目だ」

折竹も、ぐいと詰った。しかしなぜ、この男はじぶんを通すまいとしているのだろう。

喧嘩は勝手、博奕は天下御免の潜函飯場《ホッグ・ハウス》じゃないか。そうしてみると、なにかこの前方に見られたくないものがあるのだろう。と思うと、泥濘《ぬかるみ》に転がって、いっぱい河岸の船虫がたかっている死体のようなものを是が非にも想像しなければならなくなる。かれは、好奇心半分、ちょっと意固地になり、

「へえ、だって此処は、抜けられるわけでしょう。学校帰りの子供なんぞは、しょっちゅう此処を通っている。そいつがだ、邪魔な昼間はなんにも云わないで、結構差支えのない夜は此処を通さない、てえのは一体、どういう訳だね」

「けえっ、また舐めやがる。だが、いちばん大将に御注意をしとくがね、俺は、マッデン一家《クラン》のジョン・ウィーバーてんだ。ここの、圧搾空気のなかで働いている、並の人間じゃねえんだよ」

「ふん、潜函工夫《サンド・ホッグ》か」

「そうよ。だれもが、吋《インチ》平方の圧力三十ポンドという、そんな高圧空気のなかへ入れるもんじゃねえだろう。だが、その高圧で河底の水を防いでだ、そこを俺らが、じゃんじゃんと掘ってゆく。この隧道《トンネル》はね、ここからハーレム川《リヴア》の川底を掘り、監護島《ウオーツ・アイランド》の地下をぬけ、また、河底に出てから、ロングアイランド・シティに抜けるんだ。えっ、ずいぶん思いや、長えもんだろう。だが、俺たちはいつ参るかしれねんだ。大体、並の人間にゃできねえことを、無理にやっている、マア四十まで保ったら、見付けもんだというのが、俺ら、潜函工夫の運命だ。明日をもしれねえ、となりゃ、気も荒くもなるだろ

う。ねえ、人一匹くれえを潰したって、なんとも思わなくなるだろう」

「ハッハッハッハ、云ったね」

と折竹は嗤ったが、ちょっと気を変えたように、

「いや、こりゃどうも、お見それ申したような気がするよ。お噂はね、かねがねからすっかり伺っておりやした。マッデン一家《クラン》には、ウィーバーという大親分がいらっしゃる。その方は、齢は若いが苦労人でいなさるから、もし、通せ通さないの時にゃ、その親分に頼めって、おや、阿兄《あん》ちゃん、どうしちゃったね」

どうしたことか、ううんと唸ると横腹をかかえ、その潜函工夫《サンド・ホッグ》がくたくたと地面にくずれる。当てたのだ。かれは、その身体をまたいでしずかに前方に進んでゆく。とすぐ、左手が広場になり、隧道《トンネル》の口がみえる。ぼんやり光る大鉄筒の環節《セグメント》が涯しない透視図線《パースペクテイヴ》を描いているそのなかを、アッと、思わず折竹が叫びそうなものが歩いてゆく。

それは、まるでゴーレムでもみるような、潜水服を着た……。いやそれが耐圧服なのであろう。兜をかぶり、酸素の槽を背負い、アスベストの厚い服。それが、ガーンガーンと鋭い反響をあげながら、環節《セグメント》のうえに渡された、鉄板のうえを歩いてゆく。しかも、人一人いないこの夜更けの、隧道《トンネル》のなかを……。「はて」と、折竹もぞっとくる鬼気をおさえて、考えた。そして、耳を澄したが、なんの物音もない。もし奥で、夜間作業をやっているのなら、水圧ジャッキの音が、聴える。それがない。しかも、作業時間以外は圧搾空気を抜いてあるはずだ。そうしてみると、なんのためにあんな服を着て、

ゆくのだろう。高圧空気に馴れないものがあれを着るというのなら、それは圧搾空気が通っている、作業時のこと。すると……

「どこかに枝道でもあって、河中にでるのではないか。なにか、知られてはならない秘密の仕事をするために……。それともまた、あれが一種の仮面なのではないか。さっき彼奴《あいつ》が、おれを遮《さえぎ》ったのから考えても、見られてはならんもんだろう。あの服のなかの人物を、知られてはならないだろう。おそらくこれは、この隧道《トンネル》口を受持つマッデン一家《クラン》になにかある⁉」

と、彼が、臆測のなかで悶え廻っているうちに、その人物の影はしだいに、奥の闇へ消えてゆく。この、大巨獣のようなニューヨーク市の胎内へ、やがてかすかに反響《こだま》の余韻をのこし、呑まれるように消えてしまったのである。

救世軍《サルヴエーシヨン》ジェニー

その道の向うはずれにも、やはり一人の潜函工夫《サンド・ホッグ》がたっていた。しかしこれは、おそらく来たほうの口の警戒が解けたと思ったのだろう、別に彼を咎めようとする気色はない。そうして、家へは帰れたが、半覚《うつつ》のような気持である。睡ろうとすると、あの情景がパッとあらわれる。のろのろ、灯影のなかに舞いおちてくる雪片のはるか向うをゆく、隧道《トンネル》のなかの仮面の影に悩まされていた。

その翌夜、彼は誘惑にうち克てず、また隧道口へ出かけていったのだ。するともう、そこには厳重な柵ができ、なかにも四、五人いるらしく、莨の火がみえている。おやおやと、彼はがっかりして立ち去った。

よく晴れた風のつよい夜である。対岸の、ロング・アイランド・シティの灯が銀河のようにつらなる突端に、ノース・ビーチ空港の警標灯《ビーコン》が燦然と空を掃いている。その手前――、いま干潮にまっ黒にへこんでいる東川《イースト・リヴァ》のまん中に、ぼつぼつ灯がみえる、こんもりとした塊りがある。それが、まさに隧道が貫こうとする、監護島《ウオーズ・アイランド》――。その名のごとく、あまり気味よい場所ではない。

男女の癲狂院、移民用施療病院《エミグラント・ホスピタル》。ほとんどが官有地で、ほんの少しだけある私有地には、ちょうどその直下を隧道《トンネル》が通ろうという、古くさい煉瓦建《ウオーズ》てが一つ。そんなもんで、渡船《わたし》さえない湾所《ばしょ》だ。しかし折竹は、荷揚場の桟橋にたって監護島をのぞみながら、しきりとあの仮面の影をそれに結びつけようと悩んでいた。

「どうも俺には、監護島の癲狂院が関係あるように思われる。どこか隧道の一部に枝道がある。そこは、河中にでるが、圧搾空気で水をふせいでいる――ウン、そこまでは良い。それから、河中にでた仮面のやつが癲狂院の下水道へ入りこんで……。というのは、どんな目的か。また、あのマッデン一家がなんで関係がある⁉」

また彼は、こんなようにも考える。

「連邦準備銀行の支金庫が、監護島にあるという噂がある。いや、その支金庫とともに、試金所《アッセイ・オフィス》があるという。それを狙うか⁉　あの命知らずの潜函工夫の一団が、なん十億ともしれぬ黄金棒《ゴールド・バア》をねらって隧道を掘る……」

いずれにせよ、あの隧道にはかならず枝道があるだろう。それが、善か悪かはしらぬが、おそろしい秘密に通じているということは、もう彼には疑えない事実になっていたのだ。すると、その時、桟橋がかすかに揺れはじめてきた。かるい跫音がせまると、可愛い声がなげられて、

「あのう、失礼でございますが……」

ふり向くと、そこには暈《ぼう》っとまっ白な顔が浮いている。紫紺の服に、おなじ色の帽子、おなじ色のリボン。いま、下町《イーストサイド》に毎夜のように声を嗄《か》らしている、救世軍のうら若い女士官が……。

「お疲れでございまして……」

と、彼にいたわるような声を、投げてくる。

「神さまの思し召しが、偶《たま》にはそれは、辛いことも御座いますからね。ちょうど貴方は、いまそういう時にいらっしゃるのです。お疲れでございましたら、お憩いなさいませ。百五丁目の伝道館に、無料給食《フリー・ミール》がございますわ」

折竹は苦笑した。こんな夜の桟橋などに立って、ぼんやり川を見ているもんだから、つい救世軍に、失業者くらいに見られてしまう。と妙に擽《くすぐ》ったい気持でひょいと女の顔をみたときに、まったく春の夜霧に映えるまっ白な花房とも擬《まご》うかの……美しさにハッと冴えたような眼になった。栗色の髪、それに適わしい聖母《マドンナ》のような顔。磁器のような

膚理《きめ》、まっ白な肌――。これが、夜寒の街頭に立って、ハレルヤを唄うとは⁉　あるいはタムボリンを鳴らし、狂気のように太鼓をたたく女だとは⁉

と、いつまで顔をみるばかりで、一言も発しない折竹に、今度は女のほうがクスクスと笑いだし、

「婦人の顔を、そうしげしげと御覧になるものじゃありませんわ。でも、そんな元気がおありのようなら、お腹は大丈夫ですね」

「腹は減ってません。僕は、仕事が欲しいんですよ」

「お仕事をね」と、女はなん度も頷いた。それから桟橋をでて、河岸縁《かしべり》をゆくうちに、絶えずあれとかこれとか口のなかで云いながら、いま折竹がなんの気もなく云った仕事ということを、その女は真摯に考え出したようである。やがて、彼のほうへくるっと顔をむけ、

「労働の口なら、いま一つ心当りがありますの。これは私が、知り合いから頼まれた個人的のもんですが、すこし辛いだろうし、特別過ぎるかもしれないし……」

「どんな事ですね」

「別に、むずかしい事はないのですが、重労働《ハード・レーバー》です。それに第一、あなたの肉体が向うの条件にぴったりしないと……」

といって、折竹の肩や胸にちろちろと視線をはせ、このヘラクレスの再来ともいえる逞ましさと均斉を、女は、見るともない態度で、慎ましげに吟味をはじめた。とやがて、

なにかに圧迫されだしたように、女の胸が弾んでくる。ぼうっと両頬が染まり、濡れたような眼になった。そこへ折竹が、

「どうです。僕の身上と云や、この身体だけですからね。こいつが、ものを云ってくりゃ、そりゃ有難いことになるんですよ。一つ、どうか、御尽力をねがいます」

「いいと思いますわ」

と、女は頷いたが、そっと軽い吐息をして、

「では、明朝の八時に、伝道館へいらっしゃいな。ジェニー・ウィンブッシュという、私の名をいってね。いいこと、ジェニー・ウィンブッシュですわよ」

その最後の言葉を非常の馴染のような云いかたをして、女は折竹とわかれ、月光下の舗道を消えてゆく。かれも、二十分ほどまえはてんで未知の女だったということも、その別れのときジェニーには感じなかったのである。

その翌朝、かれは東百五丁目の伝道館にゆき、ジェニーと連れだって外にでた。するとジェニーは、まっ直ぐに道をとり、隧道口の横にでる。ここは、この白昼通れる場所ではない。もしウィーバー小親分にでも見付かったら、とんだことになる。こりゃ、苦手だ——と、かれは顔をそむけて、早足にゆき過ぎようとした。すると、

「ここですわ」と、いつか仔犬を追いこんだあの板塀のかげから半身をだし、しきりに背伸びをしながら、ゆき過ぎた彼を招いている。驚いたのが、折竹だ。なんだか、百年目ということをしみじみ味ったような気もしたし、また、あの仮面の影を持つつよい誘

惑と、ふしぎな蠱惑をおぼえるジェニーに背もむけられず……、ならばなれ、もしうまく凌げば、えらい機会になると——観念の臍《ほぞ》をきめ、そのままジェニーに従ったのである。

　隧道《トンネル》は、ひっきりなしに軟泥を積んだトロを吐きだしている。しかしあの夜みたまるで百足の外殻を内側からのぞいたような環節《セグメント》の壮観は、かえって外光があるため、どんよりと暈《ぼ》けている。そのかわり人間の狂喚や、通風機の颷声や、はるかな奥から聴えてくる水圧ジャッキの轟きが、まるで水からでた河馬がフウッと鼻息を吐くように、この隧道の猛烈な息吹をつたえてくる。するとジェニーが、塡隙《カラキング》を指図している年老《と》った小男に声をかけ、

「あのう、親分」と、馴々しげに呼びかけた。それが、全米潜函工夫組合中最大のものといわれる、マッデン一家の大将、ラリー・マッデンである。

　マッデンは、もう六十に近いだろう。五呎《フィート》あるかなしの身体が、木乃伊《ミイラ》のように瘠せている。その皺皮のうえへ鋭い鉤鼻と、利かん気をたたえた、生々した眼がついている。曾《か》つて若いころ、圧搾空気の過圧のため河底ごと吹きあげられ、しかも生き残ったという奇蹟的な人物だ。それから、橋梁の潜函《ケイソン》に、河底隧道の盾構《シールド》に……ほとんど四十年間を高圧空気のなかで暮してきたマッデンは、いまは押しも押されもせぬマッデン一家の御大将。意地と骨の硬さで売った、斯界の名物男である。

「なるほどね、寝こんだウィーバーの代りを頼んだのが、もう来たのかい」

と、ジェニーの話を聴きながら、じろじろっと折竹を見る。それが、猜疑と警戒の色に燃えているということは、折竹にもよく分るのであった。やがて、マッデンはきゅっと顎をしゃくい、此方へ来いと、隧道のなかへ入ってゆく。

折竹はまず、仕事着に着換え、軽いヘルメットを頂いた。そして、マッデンに連れられ、空気閘《エアー・ロック》の下へきた。つまり、隧道《トンネル》を掘進する一大鉄筒である、盾構《シールド》の入口に立ったわけである。その、いちばん下の、いちばん大きな円形の大鉄扉は、排泥閘《マック・ロック》といわれ、そこからトロがでる。上には、工夫用、技師用、非常用の三つがあって……つまり、ここから先が高圧空気になっているのだ。

「オイ」と、マッデンが錆のある声で、折竹にいった。

「見ろよ、これが地獄の門だからな。ここから先が、高圧空気《ハイ・エーア》になる。お前たちが吸っている空気の、二倍、三倍の圧力で、泥や水を抑えないことには、埋ってしまうからな。だが、それが……。いったいその高圧というのが、どんな物かってえことを、多分お前は知らずに来たんじゃねえのかね。知らねえものなら、よっく聴かしてやる。いいか。それは、水で泳いでいる鮒が、スープのなかへ入ったみてえなものなんだ。むろん、ガンガン耳は鳴る、からだが変になる。それでもお前は、泥を掘らなきァならねえよ」

と、いかにも此奴、胡散臭いぞというような、マッデンの眼。なろう事なら、ここから戻してしまいたい。というような気配が、十二分に感じられるそれだけに……、やはり、この隧道には何ものかがある⁉　このマッデン爺さんにも、触れられてはならんも

のがある！　と、思えば思うほど好奇心を深める折竹は、かえってマッデン親分の話に、フフンと鼻に皺をよせ、

「ヘエ、高圧空気《ハイ・エーア》って、そんなもんですかね。だがね、もし親分が高圧空気の生え抜きならですよ、このあっしの方は、低圧空気《ロウ・エーア》のチャキチャキだ」

「なんだ、低圧空気だ⁉」

「そうですよ。地面から二万呎《フイート》も上へゆくと、気圧が半分になる。あっしね、そんなところへ行っても、恟《びく》ともしないからね。酸素もいらねえ。息切れもしなけりゃ、倦怠《けだる》くもない。というような、半分野郎なもんでして……。そいつが、倍や三倍と云うこってりした空気を食べられたら、さぞ腹耐えがあるってんで、腸《はらわた》がよろこぶだろう」

なんてえ、野郎だ――というように、じっとマッデンが眼を据える。この剽軽《ひようきん》さの中にも、ゆらぐ一抹の鬼気を感じたマッデンは、ここで押し戻そうとし、折竹は突破しようとする。そのとき、一時に水圧ジャッキやエレクターが動きだし、この隧道全体が譫《たわ》言《ごと》をいい出したように顫えはじめた。すると、なにを考えたかにやりと笑ったマッデンが、ポケットから真鍮の楯章《シールド》をとり出した。それには、次のような言葉が刻まれている。

――これは、高圧空気内の労働者である。もしこの者が街上で倒れたそのときは、病院へは送らず「ロングアイランド・シティ、ボーデン通り」の、医療用空気閘《メディカル・ロック》に即座に電話を願いたし。スチルウェル局、八四三九番。

それを、かれに渡しながら、マッデンがいう。

「どうだ。一度ここへ入ったが最後、いつ倒れるかしれねえよ。なにしろな、ひどい圧力なもんで空気中の窒素というやつが、血の管へ浸みこんで、泡をつくるんだ。そいつが、脳へきたら、パタリと斃《い》く。せいぜい、『背中曲り』くらいで済みゃ、お安いもんなのさ」

ピンと来た。知ってはいたが、こう明らさまに云われると、たかが好奇心や職を得たいくらいのことで、まさかの場合払う代償があまり大きなのに、気がついた。しかしかれは、もう戻れない。やがて、ケーブルで作った渡しのうえをゆき、いよいよ垣一重向うが高圧空気《ハイ・エーア》の鉄扉のまえに来た。マッデンが、壁の弁《バルブ》をひねると、ピーッと笛のような音をたて、むこうの高い圧力から、こっちの低いほうへ空気がながれる。

「聴いたか。これが、地獄の笛というやつなんだ。だが、どうしてもお前がこの別世界へゆきたいと云うのなら、もう俺は止めやアしねえ。だが、お前はえらい度胸だな。この頃は、なんだかこの隧道を覗きたいというような、妙なやつが盛んにやってくる。だが今までは、ここから先へ入れたやつがない。それをお前が、粋興にも行こうってんだから……。マア、どんな事になるか、やってみるが良いさ」

他にも、いる。この隧道を覗きこもうと云うのが、他にもいる——ということは、折竹にとればまったくの初耳だ。しかしとうとう、いま素志を達して、この盾構内に入ろうとする。枝道が⁉ 思わぬ秘密がじぶんの前途にあらわれるか——と、さすが不安のなかにもときめくような気持になってくる。そこへ、

「工夫用気閘《ウオーカース・ロック》の圧力現在、三十四ポンド」と報告がきた。それを待っていた、マッデンの顔が意地悪そうな笑《え》みでゆがんでくる。じりじり高められるのではなくいきなり三十四ポンドの高圧下へ、折竹は常圧のなかから入らなければならない。

石油王《ロックフエラー》の没落!?

なかには、三、四十人の工夫《ホッグ》がしずかにベンチに掛け、刻々とたかまる圧力のなかで、ブザーが鳴るのを待っている。しかしその光景が、眼に映ったのも、ほんの瞬時であった。たちまち、クラクラッとなる。と、視野晦迷《フラッキング・アウト》がきた。しかし彼は、ぐいと気力をはって、みえない眼を動かして、どうか宜敷《よろしく》、新参ものですが、よろしゅうお引き廻しを――などと、愛想よく云いながら、いちめんの闇に挨拶をする。マア此処らは、いかにも彼らしい芸当だ。

しかしその間に、絶えず落ちるような気持で、失神がおそってくる。耳が鳴る。全身の違和がなんとも云えないそのなかで、しきりと平気を装いながらも必死に頑張って、崩れてはならんと励ます悽愴な気力というものは、まったく彼の持ち前とはいえ、その時だけは別だった。崩れては……!? ここで崩れては、マッデンに負ける。あいつの、残忍な試錬に平太張ってしまっては、折角この機会《チャンス》が水の泡になる。と、ほとんど人間力を絶した悽惨な死闘を続けるうちに、幸いにもだんだんと視野が霽《は》れてくる。

「失礼さんで御座んすが」

と、そばの一人が慇懃な物腰で、声をかけて来た。

「いきなり常圧のなかから、この圧力のなかへお出でになって……、不死身か化物かはしらねえが、ケロッとしてなさる。こりゃ、きっと並のお方じゃねえだろう。さだめしどこぞの一家の、名のある方に違えねえ。お前、一つ、お伺い申せというんで……、マア、柄にはねえんですが、あっしが御挨拶をいたします」

「冗談じゃない」と、折竹がわらいながら、手をふって、

「不死身かもしれないが、名なんぞはないですよ。これからは、叱るところはビシビシ叱って頂いて……」

ブザーが鳴った。間もなく、盾構《シールド》の先端でこの一組が働いている。前面は、あらわに露きだされた東　川《イースト・リヴァ》の河床である。水圧ジャッキの鳴動とともに、軟泥の糞がほとばしる。それを泥まみれになって、トロへ掻い入れる。河底の泥の蒸気、工夫どもの汗。しかも盾構《シールド》は震動し、鳴動し、分時の倦みもなく、河床をえぐって前進を続ける。

こうして折竹は、さいしょの汗を得た。じつに尊い、さいしょの汗の代価として、この日、十二ドルを得たのである。

「サア、明日行ったら、マッデンの顔をみてやろう。奴め、おれを見たら、どんな顔をするかな」

と、帰りしなにちょいとお神酒《みき》を入れ、いい機嫌になった彼がタマス・ジェファーソン公園《パーク》のそばを歩いている。

「きょうの経験で、ちょっと分るところに、支道がないということは分ったよ。しかし、マッデンの態度といい、何かある。それに、俺以外にもあすこを窺うものがあるということは……」

と、自問自答を続けながら家のほうに歩いているうちに、ちょうど公園のはずれに来たとき、背後から呼び止めたものがいる。みると、力技者《レッスラー》のような顎をした、ずんぐりとした一人の男が、ニタニタ笑みながら、馴々しげに寄ってくる。そこは、街灯にとおく、葉巻の火だけが光っている。

「悩ましたねえ、えっ、君は」

と、その肥った中老男が、ポンとかれの肩をうち、

「いつぞやの晩、君があの工夫を倒して隧道のまえを抜けたのを、わしは蔭で見張っていて、よく知っている。それから、君のあとを追ったが、ついに見付からず……、やっと今夜、御面接の栄を得ることになった」

と、かるく咳払いをしながら差しだした名刺をみると、人事百般探偵調査、ガイ・オヴィル――とある。

「なるほどね、探偵さんというと、縁談の調査かね」

と、折竹が呆《とぼ》けたように、いい返す。

「いや儂は、出雲の神よりも、福の神というほうじゃろう。君は事によったら、大運をつかめるぞ。あの、工夫《ホッグ》どもが通さない、隧道のまえを通ってだね。なにか見たものが

あるなら、正直にそれをいう。つまり、それを君が売り、わしのほうが買うことになる」

ハハアと、折竹は警戒のうちにも、考えた。さてはあの、隧道《トンネル》を窺うやつが他にもいるということは、この鈍重そうにみえる私立探偵の背後のものらしい。してみると、ここでこの男を相手にしても、始まらぬことではないか。おそらく黒幕のやつに会えば、そこに展開があり、きっと隧道の秘密について大凡《おおよそ》のことは摑めるにちがいない――と、かれは考えたすえ、次のように云いだした。

「じゃ、云うがね。しかし、その相手がお前さんじゃ、嫌だよ。ぜひ、本家本元の黒幕の大将に会う。云うも、貰うも、それからにしようぜ」

「うん、それもいいだろうが」と、ちょっと躊躇したような色がその私立探偵の顔にながれたが、ついに折竹を動かせずと知ったか不承不承気に承知した。

リクリエーション埠頭に、一隻のモーター・ボートが纜《むす》ばれていた。二人はそれに乗りこんで、河上にでたのである。すると探偵が、相手が身分のある方だといって、折竹に眼隠しをする。ボートは、方向を知らさぬように何度も廻ったうえ、さむい夜風を切りながら河上を滑りはじめたのである。

陸にあがった。それがかれこれ、一時間ばかり後である。そうして一軒の家に入り、階段をのぼり……、かなり廊下を歩いたすえ一室に入ると、そこで彼はやっと眼隠しをはずされた。渋い調度類がならんでいる、イギリス風の部屋である。

「どうだ、こんな立派な部屋で一晩過せるなんて……、さぞ君なんかには、夢のようじゃろう」と、まるで自分のもののように肩を聳やかし、探偵が威丈高にいい出した。

「それからだ。いま、君のことを云って、その方に電話をした。すると、明朝十時かっきりに、ここへお出になるという。むろんそれまで君はここを一歩も出ることはならん。いや、出たいにも、出られんようになっている。そのかわり、酒も食いものも酒瓶戸棚《カップ・ボード》にあるからな。せいぜい飲み食いをして、いい夢をみるさ。ハッハッハッハッハ。あしたは、オイ、大運をつかめるぞ」

そうして、探偵は去り、夜は更けてゆく。しかし、この部屋についてはまったく彼の云うとおり、扉も窓もかたく錠が下りている。そのうえ、窓にはかさねて鎧戸があり、じつにその周到な用意は、冷酷にちかいものがある。

が、ここは何処だろうか。ときどき水をかく推進器《スクリユー》の音が聴えるのをみると、とにかく此処が、水辺であるのはたしかである。といって東側の東川《イースト・リヴア》か、西側のハドソン川か、それとも対岸のジャーシィ・シティであるかは、分らない。ええ、儘よ――と、かれは鱈腹のんで、そのまま寝てしまったのである。

翌朝、眼を醒ますと、十時になんなんとしている。さあ、来るか。いったい、そのお方なるものはどんなやつだろう――と、待つほどに異様な音がした。鈍い、おもたい音が、ズーンと地下から湧きあがると、小さな地震のようにくらくらっと家がゆれ……、それがちょうど十時のことだった。すると、玄関に人声がしはじめた。まもなく、扉があいたとき、アッと叫んだのは、折竹でもあり、その人物でもあったのだ。

では、この入って来た人物は誰であろうか。これこそ、S・S・Bの肩書でよばれる「特殊航空燃料商議会《スタナーヴォ・スペシフイケーシヤンス・ボード》」また、航空燃料化学の方面ではC・F・Rでよばれている、「燃料共同研究団《コオペラチブ・フユエル・リサーチ・インスティチユート》」をも統べる「スタンダード石油《オイル》会社」のナポレオン。じつに斯界の切れものと云われる、ミハエル・クレミンであった。むろん二人は、幾多の会で顔を合わして、挨拶くらいはする仲である。

「折竹さん」

と、クレミンは悪戯っ児をたしなめるような表情をして、

「あなた、悪巫山戯《わるふざけ》をしましたね。寸暇をさいて飛んでくりゃ、探検王がましますなんて、ちと少々悪戯《いたずら》が過ぎますぞ。えっ、なに⁉ すべてこのオヴィルのいう通りですって⁉」

よく指揮者などにある豪奢な姿のクレミンは、足をキリンのように張ったまま、啞然たる面持で立っている。才人で、好男子で、五十はでているが、このクレミンはなかなかの女食い。しかも、商戦においては、不断の撃滅者。石油王《ロックフエラー》の最信任を得ている男である。

とやがて、なにに気付いたかニタリと笑《え》んだクレミンが、オヴィル探偵を遠ざけ、折竹のまえに腰を据え、

「なにぶん急がしいもんで、十五分しかありません。その短かいうちにごく要領のみを

摘んで、この事件を御披露したいと思います。われわれが、なんであの隧道にさぐりを入れているかということは、率直にいえば、生命線の死守ですな。われわれ石油業者は至急あるものを撃滅し、もって来らんとする、破滅から免かれねばならん」

　大合衆国産業中一、二をあらそう石油業者に、いったい破滅とはなにごとであろうか。いま、ソロモンの栄華をほこり繁栄の絶頂にある、「スタンダード石油会社」の地位というものは、じつにそれ自身が国家であり、アメリカそのものである筈だ。その破滅、死線、生命線《ライフ・ライン》の死守。まるで太陽の没落にもひとしいこの一言の衝撃に、かれは脳天を一つガンとやられたように、茫《ぼ》んやりとなった。クレミンは、さらに言葉をつぎ、

「で、この家はですね、われわれ航空用燃料業者の秘密会合の場所でして、つまり、わが『スタンダード石油《オイル》』の各州の代表者、テキサス・カムパニー・西哥湾石油会社《ガルフ・オイル・コーポレーション》、バーンスダル石油会社《コーポレーション》、それにかの百二十オクタン価油の『ネオ・ヘキサン』の製造者、フランク・フィリップス君の『フィリップス石油《ペトロリアム》』などに、若干の発動機《エンジン》業者を加え、都合十四、五人があつまります。そしてここを、われわれは3557倶楽部と呼んでいるのです。御承知でしょう、われわれ石油業者が惨憺たる苦心のすえ、一九三四年に陸軍規格品となった、“Y-3557-F”の八十七オクタン価の航空油。つまりその、記念という意味になりますな」

　クレミンの舌は、なめらかに滑りつづける。

「それからわれわれは、黄金魔《マンモン》のように全地球を闊歩した。油の進歩がなければ、

発動機《エンジン》の進歩はない。飛行機というものの将来が発動機の発達以外にはない現状において、われわれ3557倶楽部員は、まったくの全能者になったのです。一〇〇オクタン価油で飛ぶ——その、ながいながい夢を実現さしたのは、誰でしょうか。『燃料共同研究団《シイ・アール・エフ》』の研究を一手に握れるわれわれは、独占の偉力をふるい世界の市場を掌握し、この手に世界航空界の生殺与奪権《ヘゲモニー》をにぎったと、考えた。いや、事実まさにそうであったのです。するとここに、われわれの栄華をおびやかす、一匹の小僧……」

といって、クレミンはじっと折竹の顔をのぞきこみ、

「いま、リッジウェーの工場でつくっている、成層圏機を御存知ですか。機名《クリスチャンネーム》を『魔法絨緞《フライング・カーペット》』といって、紐育《ニューヨーク》、アラスカ・シィウァード間往復一万五千キロを、無着陸でやろうという、えらいのがありますがね」

成層圏は東京の頭上にも

「初耳です。しかし、成層圏機といや、しょっちゅう墜ちますすな」

「そいつがね、いよいよ今度は飛ぶだろうと思います。設計者は、ビューフォード・デラニーというわかい黒ん坊で、寝台車のボーイからあがって、黒人大学《タスケジー》をでた、黒い天才、黒い悪魔です。この合衆国の大産業を一挙に破滅に導こうとする、万物荒廃のあの大鎌をもった死神だ」

「なぜでしょう。成層圏機ができたとて、航空燃料業者が騒ぐことはないでしょう」

「それがですね」と、クレミンは亢奮をしずめて、云った。

「ひじょうな高度にも適するように、過給器《スーパーチャージャー》を改良し……それを排気駆動《エキゾースト・ドリヴン》タイプの、多階梯式《マルティ・ステージ》にあらためた。これだけでも偉いこってすよ。しかし、それもです、ベンゾールを燃料とする、あの大革命にはね。あいつ今度、じぶんの成層圏機の発動機《エンジン》に、ベンゾールを食わそうって云うんですよ」

　折竹も驚いた。これまでベンゾール油は、燃料にはならなかった。発動機の異常爆発であるいわゆるノッキング――それを防ぐ点では何にもまして強いのであるが、あまり発熱量が大きなため、単独では使えない。第一、点火前に燃えてしまう、早期発火《プリ・イグニシヨン》をやる。それにどうして、摂氏千度にものぼる、気筒《きとう》内の温度を低められるだろう。もしそうしなければ発動機《エンジン》は焼け、機はただ一途墜落よりほかにない筈。

「むろん当方でも、如才なく探りを入れまして……、だいたい奴の発動機がどんなものであるくらいは、分りました。で、その冷却法はですね。たとえば、塩化メチルのようなものの噴霧のなかに空気をとおし、その冷気をもって、七百度くらいに冷却する。つまり、液冷式空冷というような方法です。むろんその内容は、われわれには分りません。また、ベンゾールも単独では伝わらないらしい。なにか少量の、あるものを混ぜる。それがため、ベンゾールだけでは九十八オクタン価くらいなやつが、一挙、発動機の圧縮比を『九』までに高める。『九』ですよ。百オクタンの油でさえも、『七・七』しかゆかないやつが……」

と、クレミンはあたらしい莨《たばこ》に火を点けて、

「するとそれだけ、燃料消費量が少なくなることは、明らかだ。しかもその機は、空気抵抗のすくない成層圏をとぶ。で、彼はですね、航続距離三割の増加が、全装備《フル・ロード》で出るという。ああ、これを称して革命といわずには……」

「ベンゾール」と、折竹も噎《む》せたような声で、呟いた。

「たしかあれは、石炭の乾溜からとれるんで、製鉄所のもんでしたね」

「そこですよ。もしその飛行が成功すれば、われわれの破滅です。当然、今後の航空燃料はわれわれ石油業者の手をはなれ、カーネギー一派の製鉄業者の手にうつる。この年額七億ドルの大産業が、一瞬に崩壊だ。ベンゾールと小僧対われわれの太刀打ちは、じつに百オクタン価油にくらべて五十分の一という、極安のベンゾールにはてんで歯がたたんのです。とすると、われわれ精油業者《リファイナー》や、分解揮発油業者《クラッキング》はどうなるか。まさに、没落前夜の危機線上に漂うている。もう打開の道は、闘うよりほかにない。

そこで、デラニーに対するわれわれの攻撃がはじまった。最初はある場所で、かれを襲撃した。が、それは失敗で、負傷《けが》をさしただけ。やつは、近所にある救世軍病院に逃げこんだ。そこでわれわれは、その周囲に監視の垣をめぐらした。さいわいに、デラニーという男はおそろしい偏屈だ。猜疑心がつよく、容易に人を信じない。ベンゾールの添加物も、冷却法の内容も、全部じぶんの頭に蔵っていて、けっして人には明かさない。つまり自分で、試験飛行の直前にこっそりやろうと云うのです。——そんなもんで甚だ

やりいいものになりました。なんぼ、機体ができ、発動機《エンジン》がついていても、かんじんな燃料がなければ死場も同然で……、彼がゆかないことには、その飛行機はうごかない。するとです、一夜ひとりの看護婦とともにデラニーが逃げ、それなり彼の行衛が杳としてわからない。そこで、考えた。以前、かれは苦学時代に、潜函工夫《サンド・ホッグ》をしていたことがある。するとあるいは、もと身内であったマッデン一家《クラン》に逃げこんだのではないか。と思って、念のためあの隧道《トンネル》を探ってみたのです。すると不思議にも、隧道のほうでも、いやに警戒をしはじめた。それがいわゆる、問うに答えず、語るに落ちるというやつで……。ハハア、奴さん、あの隧道にいるな――と、此方でもやっと見当がつきました。どうです。もうあなたは、御承知だろうと思いますが」

「いや、つい僕は、きのう入ったばかりで……」

と、折竹はあの仮面のことは、云わなかった。

「それに、いつかの晩も意地付くではやりましたがね。別に、隧道《トンネル》のまえを通っても、なんの事もなかったですよ」

「なるほど」

と、かたちは頷いたが、クレミンは眼をすえて、

「あなたは、僕とあなたとの間に、共通したものがあるのを、御存知ない。僕が、デラニーを追求してあくまで抹殺しようとしていることは、つまり、われわれの貸借対照表《バランス・シート》をまもるにある。もし眼中国家あれば、われわれは身を退いて、あのベンゾール発動機《エンジン》

なる空前の国益を捧げるでしょう。しかしその点、われわれ商売人ははなはだ冷酷なんですよ。ハッハッハッハ。あんた、妙な顔をしましたね。ですが、ここはアメリカですからね」と笑ったが、急に真顔になり、

「一つあなたに、御自分の立場で、この問題を考えて欲しいと思います。烈々たる愛国心をもつ、日本人としてですね。このベンゾールで飛ぶ、成層圏機というやつが、もし戦時の際はなにに化けるかという……。もちろんこれは、中型爆撃機になる。しかもこれには、なんの武装もないのです。銃座もない、したがって、銃手もない。今まで、そんなものがあったのは戦闘機よりも遅いからで、この高速の機にはなんの武装もいりません。ですから、搭載爆弾の量はともかく、多量の燃料が積めますよ。

で、このことを、一つあなたに、よくお考えをねがいたい。一万五千キロをもしカヴァ出来るとすればです。アラスカからでも、あるいはハワイの真珠湾からでもいい。ともあれ、その最短線を往復して、なおかつ余るとあれば……」

といって、クレミンはぷつんと言葉をきり、しばらく折竹の顔をさぐるように見やっていたが、

「とにかく此処に、響尾蛇《がらがらへび》がいたとしたら、ぶち殺すべきでしょう。私は私で、あなたはあなたの立場から、当然そうしなくてはなりますまい。むろん、当方では、あの隧道のぐるりを緊密な網でつつんでいる。また、リッジウェーの工場にも、多くのスパイを入りこませている。だからです。もしデラニーからの電話でもあればですよ、その確認

のあり次第、隧道《トンネル》へ殴り込みをやる。また奴が、一歩でも外へでれば、立ちどころに昇天です。

で、あなたには……、まず奴が彼此《あそこ》にいるということの、確認をして頂きたい。それから、奴を出来ることなら、われわれのまえへ誘きだして頂きたい。ということを、あなたの愛国心に、せつに期待してですな、このクレミンが御協力を乞う次第です。こりゃ、いかん。十五分と思っていたら、こんなにもなったか」

と、クレミンは慌てて立ちあがるのである。それから、用があったら、このオヴィル探偵に云ってくれと云ってから、出ようとしたが、扉際でかれをふり向いて、

「それからね、あなたに吉報をお伝えします。いま、アメリカ自然科学博物館がたいへん弱っているんですよ。例の、アラスカ半島の魔境の『霧神の大口《クク・エー・キングワ》』ですね。あすこの、再攻撃をしたいが、肝腎なあなたがいない。どんな条件でもいいから、ぜひ来て貰いたいとかで、いまあなたの行衛をさがしているとか云いますよ。しかし、それはそれ、此方は此方ですからね。いまのことは、ぜひお忘れないように……」

帰りも、やはり眼隠しをされてこの家を出、さいしょ出たリクリエーション埠頭についたのである。ふしぎな一夜――。油が浮いた、まっ黒な水がたまっているこのイースト・サイドの工場街から、あの凝った装飾の貴族的な部屋へうつされて、そこで一夜を過した翌日は、またここに立っている。しかしこれで、あの仮面の正体が判然となったのである。

デラニーだ。深夜の殴り込み《ラケット》をおそれて、盾構《シールド》のなかに移すということは、いかにも身内思いのマッデンらしい遣り方だ。またそこへ、こっそり圧力を高められてはと思ってあの潜水服のような、耐圧服をデラニーに着せたのだろう。うん、そうだ。たしかにデラニーは、あの工事場のなかにいる。しかしそれを、俺は一体どうしたらいいのだろう。

いま、デラニーの頭のなかにある、ベンゾール燃料《フユエル》の秘密——。

それをクレミン等は、じぶんたちの航空燃料《ギヤス》工業の崩壊をふせがんがため、闇から闇へ葬ろうとする。いかにもそれは、これがアメリカだ——とでも、面白がりたいような事柄だ。また自分にも、あの成層圏機の出現は、一考以上の問題になっている。おそらく祖国にも、沈黙の金にもひとしいひそかな備えはあるだろう。しかしあの機は、少くとも響尾蛇《がらがらへび》の値打はある。しかもその、響尾蛇の生命はいま、デラニーの頭のなかにある。抹殺か、クレミンと歩調を同じくするか。否、と、彼ははげしく首をふるのだった。

それよりも、あのベンゾール燃料《フユエル》の秘密や冷却法の内容とともに、デラニーの頭脳を此方へ奪うことを考えねばならない。あの天才を、わが陣営へ誘拐することを考えねばならない。そしてそれには、まず彼をこっそりとあの隧道《トンネル》から出し、クレミン等の網をやぶってリッジウェーの工場へおくり込み、そうしてから、かれを奪って安全な場所へ移すとするには……。そうだ、あの黒いリンドバーグを成層圏に飛ばせよう——と、なにに思い付いたか、往還なのもわすれ、彼はにたりと会心の笑みを浮べたのである。

まったくこれは、彼にしてみれば、予感のようなものがあったのである。だいたい折竹は、単なる探偵的興味だけで動く男ではない。しかし最初、あの仮面のすがたを隧道のなかに見たときに、なにか意識上にはないが、はげしく惹くものを感じていた。予感であった。祖国のための美しい冒険ともなるこれに、意識下で惹かれればこそあの高圧空気のなかにも入り、世にも類を絶した悽惨な死闘をしたのである。そしてそれが……、いまは現実となり、戦いの前夜に彼はいる。

一つ一つの毛穴から吹きでる猛烈な闘志に酔い、怒りともちがい、怖ろしさともちがう、意識のなかでふるえるような、軍陣の戦慄を感じていたのだ。またそれは、なんという朗らかな気持だろう。

「おいおい、いまにこのアメリカ全土に燃料恐慌が起きるんだぞ。石油株の暴落、ロックフェラー関係の銀行の取付けだ」と、ちょっと金のありそうな男をみると、そう云いたくなってみたり、また、街路でスケートをやっている、雀斑《そばかす》だらけの子供たちをみると、

「君、君、君はリンディ以上のリンディが、この世にいるのを知っているかね。知らないだろう。その、黒いリンディがいまに、成層圏へとぶからな」

と、声をかけたくなるような、燥《はしや》ぎだしたいような気持のなかで、かれは自動電話に入り、ジェニーに電話をかけた。すると相手の態度が俄然改まっている。

「先生、曝れてましたわよ」というのだ。

「きのう、先生は隧道で、えらい事をおやりになったそうですわね。それで、親分をはじめみんな、吃驚《びっくり》してしまったんです。唯者じゃない。というんで、私のところへ訊いてきましたわ。すると、同僚がもっている通俗地理の雑誌に、先生のお顔がひょいと出ているじゃありませんか。それで、折竹先生だ、マアってことになって……ぜひ、親分もお詫び申さにゃならないし、それに、折入って先生にお願いのことがあるって、云うんですの。どうか今夜、飯場《ホッグ・ハウス》のほうへいらっしって下さいましな」

紐育《ニューヨーク》、戦場となるか

その夜、はじめてみるデラニーは、なんという陰気な男だろう。また、表情の豊富な、楽天家のおおい黒人のなかで、これほど無表情きわまる顔は、いまだ曾《か》つて見たことはない。下歯が突きでていて、尊大らしいところもあり、また、しょんぼりとした眼は、ひじょうな小心さを漂わし、それが時々、冷笑気味にひかるのである。まったく、扱い難い男の典型のようなのが、このデラニーだ。

飯場《ホッグ・ハウス》の階上は、片ほうの壁に椅子が積みかさなっていて、折れたカルタ札が一枚、泥まみれの床に落ちている。そこへ、折竹とジェニー、デラニーとマッデンの四人が集まって、くらい灯のしたで、ひそかな凝議を続けている。マッデン親分がデラニーにむかい、

「だってお前、絶えず殺《や》ろう殺《や》ろうとしているのが何者か分らねえなんて……、そんな

ブマな話ってあるもんじゃねえぞ。さいしょ、お前は負傷《けが》をして、救世軍病院に逃げこんだ。そこに、このジェニーさんがいて、お前に同情をして……、なんとかかんとか切り抜けて、あっしのところへ連れてきた。なア、つまんねえ隠し立てをしちゃ、ジェニーさんにも済まねえぞ」

「親分、もうそんなこと、いいじゃありませんの」

と、ジェニーがまたかと云うように、笑うのである。そうしてみると、クレミンが云った一人の看護婦に導かれ――というのが、このジェニーであることは云うまでもない。またジェニーが、この隧道となんで親しいかということも、これではじめて瞭然となったわけである。

しかし折竹は、ただその会話を黙然と聴いていた。彼のみが知る、いま浮沈の瀬に彷徨するのは全米航空燃料業者の挑戦であることは、胸中ふかくに秘めたまま、決して云わなかったのである。マッデンはさらに、激昂の度を加え、

「するとだぞ、かえって、お前を入れた飛ばっちりが、此方へくるじゃねえか。あれから、ここの黒人《ニガー》がなん人殺された？　みんな、可哀そうに、お前の身代りだ。戸外《そと》へでるたんびに、お前と間違われ……まるで宿なし犬みてえにぶっ殺されるのを見ちゃ、もう意地にも我慢にも、俺ア……」

と、マッデンはぶるぶるっと口の端をふるわせて、

「なア、この潜函工夫《サンド・ホッグ》の一家は、労働組合たァちがうんだぞ。長生きもできねえ、保険

にも入れねえ――そんな危ねえ仕事なだけに互いに持ちつ持たれつで、やって往かねえことにゃ、暮しがつかねえんだ。それでだよ。じゃ、お前の妹を貰おう、おれの子をやろう。と云ったみてえになって義理合いの仲になり、その兄弟たちを俺が面倒をみて、ともかく、俺とみんなは親子みたいになっている。それがさ、六人も殺られちゃ俺が納まらねえくれえなことは、なによりデラニーが知ってなきゃアならねえこった。云えよ、お前を殺ろうってえのは、どこの野郎だ」

「それが、なん度もいうように、知らないんじゃないんですか」と、デラニーが五月蠅《うるさ》そうに、いう。

「知らねえ。知らねえはいいが、その面はなんだ」

と、マッデンの額に、きりきりっと筋がたった。

「いいか。俺がお前の、ひねくれ根性を知らねえじゃねえ。それを後生大事にかばって、盾構《シールド》のなかへ入れてやる――というのも、お前にするんじゃねえんだぞ。あの六人を殺った、闇の手への意地なんだ。お前をここから出して、リッジウェーの工場へ送りこみ、飛ばしてやろうってえのも、あいつ等への意地なんだ。またこの、折竹先生を疑ってえらい目に合わしたのも、いわば煮えくり返ってならねえ癇癪玉のしたことだ。先生、あれは何度も申しますが、どうかお気にかけないで……」

折竹は、この老マッデンの人物が、じつに嬉しいのであった。またこの、潜函工夫《サンド・ホッグ》の一家《クラン》なるものが民主主義的労働組合ではなく、むしろわが俠客道の何々一家に似ているということも、ますますこの一家に親しみを増すもとではあったけれど……、一方、デラニーはとなると、流石《さすが》にうんざりとなる。

天才だ。そのことにはなんの変りもない。大型機偏重の現在において長距離爆撃機なるものの、じつに最終のすがたを見抜いたところは、たしかに天才だ。それはいい。が、この偏屈、我執のつよさ⁉　こいつを救うはいいが、どういう風に口説いたら、じぶんと歩調をあわせ、計画どおりに進めることができるだろう。と、思えば彼も、道遠しの感が否めなくなってくる。そこへ、ジェニーが期待に眼をかがやかし、

「先生、この人が安穏でいられる方法が、なんぞ御座いませんでしょうかしら……」

「それではね、僕はデラニー君に訊きますが」

と、折竹がちょっと向きを変え、

「君が、今後この国のどこかに隠れているとしてですね、それでもって、絶対の安全感を得られますか」

「そりゃ駄目です」と、デラニーはきっぱりと、いった。

「おそらく彼奴らは、どこまでも来るでしょう。僕が、このアメリカにいたらいつかは殺されますよ」

「では、海外に脱出できるような、見込みはありますか」

「それもありません。一歩でもここを出ることは、六人の運命とおなじです」

「すると、いまあなたが考えて、絶対安全な場所というと？」

「それは、ただジャーシイ・シティの郊外にあるリッジウェーの工場のみですよ。あすこは、社は小さいが幹部《スタッフ》は大物で、ほとんど海軍の退職者のみでかためています。ですから、マアあすこならば、多分とは思いますがね」

「そうだ。そうして君は、成層圏へ飛ぶ」

と、折竹が叫ぶように、云うのだった。しかし、デラニーは嗤いながら、首をふり、

「では、そうして、アラスカまで無着陸往復をやりますね。しかし、帰ってくれば同じことになるでしょう。また、カナダにしろ、アラスカにしろ、向うへ居付いたにせよ、やはり結果は同じことだと思います。世界いかなる土地といえども、このデラニーのいるかぎり……」

「そこですよ」と、折竹もちょっと眼を据えて、

「君は、そのため一度死なきァならんのだ。仮りに、死ぬ。仮りに墜落とみせかけて、ある場所へ着陸する。それを、僕らが救いだして、君を安全な地にうつす、どうだい」

「というと、何処へですね」

「それは、アラスカ半島の根元に、コジャック島があるだろう。その対岸が、〝Katmai《カツマイ》〟火山群になっている。またそれから、西へ百五十マイルばかりのところに〝Aniakchak《アニアクチヤク》〟火山がある。で、その中間にある大旧噴火口《エスチングト・クレーター》。じつに十マイルの直径をもち、亜弗利《アフリ》加《カ》ケニアの〝Ngorongoro《ヌゴロンゴロ》〟に次ぐ、世界第二といわれる『霧神の大口』だ。魔境といわれる、〝Kuk-e-Kingwa《クク・エー・キングワ》〟のなかへ着陸する」

「なるほどね、『霧神の大口《クク・エー・キングワ》』ならば、だれも行けんでしょう。ゆかれないとすれば、この上なしの安全だが……」

と、一度はうかべた嘲笑もやがてデラニーの顔から消え、魔境、折竹——ということの絶対の連語《コンビ》にひかれてゆくうちに、しだいに信ぜよの色が面上に濃くなってくる。

世間でよく、「アリューシャンの海の魔の霧」ということを云う。これはベーリング海の寒流とアリューシャン暖流の接触が原因であるが……、また一つには、アラスカ半島からアリューシャン列島にかけて連なっている、火山群が吐き出すおびただしい量の水蒸気も見のがせない。

乳色の海霧《ガス》、その瞬時の襲撃とともにくる、猛烈な旋風《サイクロン》。しかも飛行機には、分時三吋《インチ》という異常な氷結がおそってくる、という。じつに魔霧ともいうおそろしい海霧《ガス》の原因をなすものが、東カツマイ火山群からはじまって、ボゴスロフ島までにおよんでいる——その延長じつに、七百マイルである。

で、その一つに、この「霧神の大口《クク・エー・キングワ》」の有名な噴気がある。これはカツマイ火山群中にある「万煙地獄の谷《テン・ソウサンズ・スモークス》」とはちがい、各所に強力きわまる噴気孔があるというのではない。かなり活動がにぶった、夥だしい数の噴気孔から、うっすらとした水蒸気を絶えず吹きあげている——それが、この広大な旧噴火口《クレーター》をいちめんに覆うているのである。だから内部は、上空からもむろん見ることはできないし、また、地上からくる者をも頑として阻む、天険がある。

というのは、この魔境の東側に"Mukluk《ムクルク》"という氷河があって……、それを渡ると、いちめんの流沙地域になる。踏めば、もぐる。足を抜こうにも抜けず、しだいに潜ってゆく、という、この残忍な湿地がすなわち流沙である。けれどここも、冬なら積雪のうえを、スキーで行けないこともない。が、よしんばそこを冬期にスキーで通過したにしろ、「霧神の大口」の旧噴火口をめぐる大絶壁に取りついた時、はじめてこの魔境に不侵の鉄則があるのを知るだろう。そこがいわゆる、砂雪崩《サンド・アヴランシュ》をおこすのだ。

風化した火成岩がわずかな地動にも雪崩をおこし、ぼこりと裂罅ごと欠けるとみる間に、晦冥の砂煙と化するのである。それが、つい去年の十二月、折竹を撃退し、まだこの未踏地は依然たる処女でいるのだ。以上を、折竹は要領よく説明し、

「行きたまえ」と、デラニーを叱咤するように、励ました。

「なんの冒険もなしに、死線を越えられると思うのなら、その考えたるや、はなはだ虫がいいと云うもんだ。だいたい、あの旧噴火口のなかには、緑地があるからね。あすこを僕は、ついこないだの探検のとき飛行機から見おろした。すると、あの水蒸気がぼうっと緑がかっている部分が、ほとんど真中以外は、全地域にわたっている。だからあすこには十分な植物がある。きっとハンノキや川柳の群生だろうと、僕は思うよ」

「そりゃね、壊血病にならないのは、なにより結構でしょう。だが僕は暑いところは苦手です」

「まあ摂氏三十五、六度といや、堪えられぬこともないだろう。それにもし、君があす

こへゆけば、きっと不思議なものがみられるぞ。つい一昨年だ。ひどい嵐にあった、翌朝のことだった。『毛皮靴《ムクル》』氷河のそばを通ったアレウト土人のひとりが、ふと下をみると蟹の肢のようなものが落ちている。黒い、しかも蟹の肢にしては、ひじょうに外殻が柔かい。こりゃ、妙だ――と、町の鮭缶所《キャンネリー》のオヤジにみせたのが、転々としてこの国へ来た。僕もみた。また、いろいろな権威者もみたがどうしても分らない。

また見当は、例のアマゾン名物の巨人蜘蛛《テラフォーザ・レブロンディ》――。いや、蜘蛛ではない、別のものではないかと云うことに、なったのだ。そうなるとおそらく『霧神の大口《クク・エー・キングワ》』のなかから、吹きあげられたのだろうと、いうことになる。あの魔境に、また色彩が加わった。きっと、あすこ以外にはいない、珍奇な生物がいるだろう。植物でも……、アラスカ杉《シダー》や川柳にしろ、ひじょうに変形したものになっているだろう⁉　というのが、だれしもあの魔境に今世紀の怪奇を期待して、僕の成功をひそかに待っていたものなんだ」

「なるほどね」と、デラニーがくんと鼻を鳴らして、いう。

「しかし僕という男は、それほど浪漫的《ロマンチック》じゃないですよ。化物を期待したり、見たがったりする性分は……こう申しちゃ失礼ですが、チョッピリもないでしょう。だいたい、目界《めかい》もみえぬ噴気のなかに、着陸場がありますかね」

「そいつがね、ちょうどまん中辺に、火山湖らしいのがある。鉄炭酸《アイアン・ソーダ》がついた真っ赤な岩石らしいのが、そこを環状にとり巻いている。また、その上空にくると、絶対高度計の指針がうごかない。平面だ。君は、その湖上に、安心して着陸するがいい。あとは、僕を信じていれば、きっと行くからね」

しかしそれなり、デラニーは唖のように黙ってしまったのである。遭難を装って、魔境に不時着をする。それもいい。が、折竹には前回の失敗がある。そこにまず、第一の危惧があったのだ。それから、運を天にかけてこの隧道《トンネル》を出るということも、あいにく彼には、そんな度胸がない。そうして小心と、折竹に対する不信とが入りまじり、彼はどうしてもこの冒険に乗りだすことが出来ないのである。

するとジェニーが見詰めるような眼を、デラニーにむけ、

「デラニーさん、場合によれば、あたくしも行きますわ。今度、コジャック島の拠地にたくさん陸軍がゆくとか云いますから……、むろん救世軍のほうでも、一小隊くらいは要るでしょう。その希望者を募ったら第一に応募して……、先生と一緒に、魔境へお目にかかりにゆきますわ」

と、デラニーはふしぎにも動揺し、ちょっと折竹でさえも、これはと思うようなものが現われた。しかし、駄目だった。どんなに彼を説いて、絶対これ以外に方法はないと云い聴かしても……、それは硬い貝殻をたたくように、かえって手が痛くなる。

「なんて奴だ」と、折竹も嗟嘆の声をあげ、

「こいつを欲しい。こいつの頭脳をぜひ、本国へもたらしたい。が、それには、この隧道からだしてリッジウェーの工場へ送りこみ、それから晴れの飛行をさせ、魔境に着陸させ、それをなんとかして救わなきァならないんだ。しかし、それにはだ、まず、この

デラニーという難物の征服が必要だ。おれに、犬みたいに尻尾をふって、絶対服従とまで往かなきァ、結果はむろん、進行さえも不可能だ。そうだ、まずこいつの冷笑癖と高慢さを、へし折ってやる必要がある」

とは思うが、絶対に成算がない。無形有形の難苦、前途に充ち充ちて、もう一切が駄目のようにさえ感じてくる。すると、その二日後に意外な惨事が突発し事態は急転直下、最悪のものになってしまった。

それは、この一家の黒人が次々と殺されて、やっと一人のこった不死身《ラッキイ》のキャメロンも、場所も隧道の間近に、屍となって発見されたのである。そうなると、マッデン親分は激昂の極、ついに堪忍の緒をきり、闇の手への挑戦を決意した。かれは、なだめるジェニーや折竹を強気にふり切って、

「先生、どうか今度だけは、抛っといておくんなさい。こうまでされても、へイそうですかといるようじゃ、高圧空気をくらって、隧道なんざあ掘れません。あっしゃね、今度という今度は、存分にやりますよ。いよいよあのデラニーのやつを、此処から出しちまう。厭だといおうが、ぶん殴っても出しますよ。そうして奴を、公々然と曝して、リッジウェーの工場へおくります。それでサア野郎、まっ暗闇の野郎出て来いってわけで……。あっしゃね、まっ昼間ブロードウェーをとおります。むろん、爆弾《ボム》の十や二十や、弾の雨《シャワー》は浴びるでしょうが、こっちが皮を斬られりゃむこうの肉を斬る。このマッデンの一代の思い出に派手な修羅場をやらかして……、あっしゃ、死んだ七人の黒人《ニガー》に手

向けてえと思うんです」

手がつけられない。そうして檄が、ほうぼうに飛ばされた。まず、東隧道口を受持つリッチモンド一家《クラン》が応諾し、さらに全国に散っている潜函工夫一家《サンド・ホッグ・クラン》のものが、続々命知らずどもを、ニューヨークにおくってくる。こうして、二日後の正午を期しておこなわれる、デラニーの護送を切っかけに、さすが豪華世界に冠たるマンハッタンも血の雨に煙るであろう。潜函工夫《サンド・ホッグ》対全米航空燃料業者の一戦が避けられぬことになったのだ。

おそらくデラニーは、血泥となって死ぬだろう。そうしたら、せっかく折竹の苦心も水泡に帰してしまわねばならぬ。といって、もう衝突回避は絶対に不可能だ。と彼が焦り焦りするまにその二日が過ぎ、いよいよ三十分後には護送車が出るという、十一時二十五分。時はしだいに、せまってくる。

真昼の極光さして

「君、どうだ、生きたいかね」と、もう血の気もなく、ぶるぶる顫えているデラニーに、折竹はそっと寄って囁いた。すると、デラニーは牙のような犬歯をむきだして、

「当りまえだろう。僕だって、君だって、誰だって」

「そうか。僕も君のためには、万全を尽したいのだよ。しかし物事は疑われてちゃ、けっして満足にはゆかんからね。これから、僕に負《おぶ》さってどこまででも行こうという信念を得るために、どうだ、ここで一つ、咒《まじな》いをしてみないかね」

「どんな事をです」

「マア、いいから、この番号を呼びたまえ。そうしてだ、僕が云うとおりのことを、君が先方に伝えるんだ」

　溺れるものは、藁をもつかむ――というが、いまデラニーが折竹の言葉にしたがって、電話口へゆこうと云うのも、まさにそれである。

　やがて、その番号が呼びだされると、折竹がいい出した。

「いいか、クレミンさんはいらっしゃいますか――と訊け。こっちは燃料共同研究団《シイ・アール・エフ》の総務部でございます――というんだ。ハハア、全倶楽部員があつまって、会議中だと、よし。じゃ、一時その電話を切りたまえ」

　すると、どうしたことか、折竹の顔に生々とした色が漲ってゆく。ホッと吐息をして、気ぬけしたような眼になった。やがて、そばで呆気にとられているマッデンにむかい、

「親分、さあ一刻もはやく、監護島《ウオーズ》を囲むんだ。小舟をたくさん出して、遠巻きにして下さいよ」

「なんですい。妙な電話をかけると思や、途方もないことを云いだして……」

「なにね、ただ今日の護送に、血の雨が降らないだけですよ」と云って、まず彼がなに に気付いたかということを、かい摘んでマッデンに話しはじめたのである。

　それは第一に、例の全米航空燃料業者があつまる秘密会合の場所である、3557倶楽部の所在がどこかと云うことが、分ったこと。それが、監護島にある、あの一軒の煉瓦

建て。つまり、いま隧道はその直下にまで達している。

というわけは、いつぞやそこに一夜を明かしたとき、翌朝の十時頃に、ずしんと地下からくる、地震のような物音がした。それに気付いて調べると、ちょうどその時は、いよいよ監護島の地下にぶつかって、最初の爆破をしたときである。占めた——と、かれは雀踊りして、よろこんだ。危機は避けられる。しかも、そこには今、全倶楽部員があつまっている。

「親分、ぜひ歯切れのいいところを、一丁ねがいますぜ。あの監護島の家へ、電話をかけてですね。すべて、全市に配置されている殺人請負者《トリッガー・マン》を引き揚げろ、さもないと、高圧空気《ハイ・エアー》の圧力をベラボウなものにして、島ごと手前らのいるところを吹き抜くから——ってね。ハッハッハッハ。次でにあんたも、ぐいと溜飲をさげるんだ」

それが、奏効した。脅されたクレミンは不承不承気に殺人請負者《トリッガー・マン》をひき揚げた。こっちは、その隙にデラニーを車にのせ、ジャーシィ・シティ郊外のリッジウェーに送りこんだのである。そうしていよいよ、数週後に成層圏を飛ぶ日がきた。

「ねえ先生、なにか燃料業者《フユエル》が機体に悪戯などしないでしょうか」と、ラジオをまえにして、しきりにジェニーが気を揉んでいる。折竹にも、とにかく成層圏の空路が幸運なものであってくれねばならぬのだ。というところへ、その一言がぐいと抉るように、響いてくる。すでに機は、地上をはなれ、まっしぐらに上昇してゆく。

ラジオはきょう、機内からの放送だ。聴えてくる。

「高度三万、いま機体をめぐって、うつくしい音楽が響いてくる。が、天空に音楽があるなどという、そんな馬鹿げたことはありません。いまこの、『魔法絨緞《フライング・カーペット》』号は最上層の雲である、巻雲《シラス》をつくっている微細な氷片のなかを抜けている。その擦音、うつくしい天空の楽——。猛烈な西風のなかで、亜成層圏にはいりました。

これ以上、雲はない。しかも、上層の西風はますます烈しさを加えてくる。西から東へとまわる地球の自転にともなって、上層を吹くのはつねに西風だ。いわゆる鯖雲なる巻積雲の辺にはじまって、地上一万六、七千呎《フイート》以上は不変の西への流れ——。

鯖雲のあたりで計った温度が、摂氏零下二十四度、気圧は、地上の約半分ほどになっています。まったくこの、密閉客室《シールド・ケビン》のなかにいればこそ、こうして暢気でいられますが、もしも開放操縦席《オープン・コクピット》の飛行機にでも乗ったら、とんだ目に合わねばなりますまい。しかし、発動機《エンジン》は快調、やがて大気圏頂《トロポポーズ》を突破するでしょう」

とそこで、なん回目かの放送が杜《と》ぎれる。ジェニーはそれを待っていたように、

「デラニーも、なんだかあの土壇場で変ったことが、奇蹟のようだったと云いますわ。先生のお力を、しみじみ感じたでしょうし、少しはなんだか、悟ったようにみえましたもの」

「当にはなりません。持ってうまれた、根性というのは根強いもんですからね。しかし、やつはおそろしい天才です。そっちのほうへ、全部良いとこばかりを持っていかれちまったもんで、あんなのが残ったんですな」

と云った折に、また放送がはいってくる。

「皆さん、いま皆さんの耳に、笛のような音が聴えるでしょう。それは、この密閉客室の一部に裂け目ができ、そとの低い気圧にむかって、内部の空気が洩れてゆくのです。だいたい、吋《インチ》半の厚みのあるこの耐圧壁《エーア・タイト・ウオール》が、どうして破れたのでしょう。ここにいま、この成層圏機の、さいしょの危難がきたのです。

六年ほどまえ、パリ郊外ボンニエールの森に墜落した『ファルマン1001』の成層圏機も、やはりこれと同じ、密閉客室《シールド・ケビン》設計の不備から落ちました。急激な気圧の低下というものは、よく鼓膜をやぶり、脳出血をおこさせます。その際の操縦者コニョー氏も、墜落前とうに死んでいたのです。ああ気圧がちょうど、常圧の半分になりました。危機、まさにわれわれは、稀薄な空気に曝されようとしている。ああ、設計の不備、呪われた『魔法絨緞《フライング・カーペット》』――」

と云いかけたとき、別の声がアナウンサーのそばでする。しかも、怒気を十分にこめ、

「馬鹿」と、アナウンサーを一喝怒鳴りつけ、「設計の不備とは、なんてことをいう。これは、おい、奸計《フレーム・アップ》なんだ」

折竹もジェニーも、思わず手に汗をにぎった。奸計だといった、いまの声はたしかにデラニーだ。やはり、あの機体にもまっ黒な手が触れている。燃料《フユエル》業者の追及、依然急なり――ということは、いまの二人にとれば、どんなにか切ないことだろう。とそこへ、ラジオからまたアナウンサーの声がながれてくる。

「この生涯の一大危機ともいう場合においても、依然陽気なお喋《しゃ》べりを続けねばならないアナウンサーなるものに対し、どうか全米の皆さまは、御同情ある眼で御覧をねがいたいと存じます。さて欠隙は、いまワセリンを麻糸にひたして、やっと閉塞に成功いたしました。そこで、ホッとした勢いで、成層圏の眺望をいたしましょう。空は、まるで挑んだような暗紫色のうつくしさ。たしかに、地上でみる空よりも、十倍くらいは暗いと存じます。そこへ、ギラギラ焔をあげる灼熱の太陽からやや離れ、金星が一つ、薄暮のような光芒をはなっている。

また地上をみると……、いま機は加奈太領《キャナディアン》ロッキーの、コロムビア氷原《アイス・フィールド》のうえを飛んでゆく。双子峰《ザ・トウキンス》をはじめ氷の峰々が、アタバスカの氷河のうえに菫色のかげを投げている。そうして、わが視界は遠ざかるごとに傾いて、じつにここからは、地球の球形がみられるのであります。しかもその、はるか消えなんとするあたりに灰色の糸かと見える、ジョージア海峡をはさんで、ヴァンクーバー島がみえるのだ。じつに、視界の半径二百八十哩《マイル》。この五万二千呎《フィート》の高空では、それが可能なのであります」

折竹はちょっと眼をつむり、いまの言葉のなかから、成層圏機のおそろしさを味っている。視界半径二百八十哩、そうすると、いったい何処まで来たら、東京がみえるだろうか。仙台――と、かれは魘《うな》されたように、呟いた。放送は依然、続いている。

「機は一路、快調のまま飛んでおります。目下の速力は七二〇粁《キロ》。八〇〇粁に近附くと衝激波《ショック・ウエーブ》をおこして、失速する現在の飛行機ではこのあたりが最高でしょう」

と云ったと思うとやや暫しのあいだ、なんだか訳のわからぬ、囈言《うわごと》のようなものが聴えてくる。ははあ、受信機の故障かな——と、思うまに、ぶつりと切れてしまったのである。二人は、不安の色を覆い得ずに、話もせず黙っている。すると、ほぼ三十分ほどののちに、また電波がはいってきた。それでやっと、いま「魔法絨緞《フライング・カーペット》」号が容易ならぬ危難に襲われていることが分ったのである。今度は、デラニーの声だった。

「アナウンサーも、他の搭乗者も、私が知らぬまに悉く斃れてしまったのだ。それは、客室《ケビン》の暖房にめぐらしている排気《エキゾースト》ガスのパイプの一個所に、じつに作為的なる凹陥部がつくられていて、それが破れたため排気ガスが洩れはじめ、あわれな彼らは一酸化炭素に斃された。しかし私は、さっきの気圧の低下から呼吸器が弱いため、酸素を吸っていたので、やっとそれで助かった。一人の生者、三人の死者——それを載せた機は依然快翔を続けている。この機を斃そうとする、人間の悪魔とたたかいながら……」

デラニーは生存——それで、やっと二人は蘇生の思いではあったけれど、みえぬ燃料業者の追及はますます度をくわえ、あくまで斃さんずの、執拗な追撃を続けてゆく。そして、つぎのラジオが、いよいよ最終のものであったのだ。

「いよいよ私は、機が最後の非運にはいったのを知りました。私は機に奸計をほどこしたある一味を罵ることよりも、むしろアメリカという、国自体を呪います。弗のためには、国益さえも失わせようという……、これがアメリカでなければ、どこでありましょう。私は、私はいま、ひじょうな暑気のなかにいる。暑い——、もう私はそうながくは話せないでしょう。

いま、機はまっ白な塗料の雨を滴《した》たらしている。きらきらひかって落ちる熔銀の雨などというものは、おそらく私以外のものには、想像だにできますまい。またどうして、それが溶けたのか、私にもわからない。ただ溶けた。――と云うことだけは、間違いのない事実です。そうしてそのために、下塗りになっている黒い塗料があらわれて、黒色塗料の性質から、日射の熱の吸収をはじめた。これはもう、私には遁れられない運命です。暑い。もう私には、呪咀の声も続かない。ああ、この死者のみとなった機は、どこまで翔けるだろうか」

と、ちょっと杜絶えたが、またすぐ入ってきた。

「夜光輝霧《ノクチ・ルセント》、おう、上空に夜光輝霧《ノクチ・ルセント》がみえる。まるで、光の砂子、色砂子を撒いたようだ……。ひじょうな高空にわたって、真昼の極光をひろげている。あの色は、碧玉《ジャスパー》、瑪瑙《アゲート》、玉髄石《カーネリアン》、柘榴石《ガーネット》を真珠に溶かしたかがやきか⁉ ああ、空の墓、天空の美宮、いま私は、まっしぐらに昇ってゆく。陽が入る、夜光輝霧にはいった陽の、なんという美しさ、真紅の冠焰《コロナ》……。環状の朱、赤焰の輪。いま私が、それにむかってゆくこの蠱惑といったらば……ああ、もう少し……」

それなり、ついに「魔法絨緞」号はなにも語らなくなったのである。デラニーは死んだ。燃料業者の追及と、悽惨な死闘を続けたすえ、ついに成層圏の墓、夜光輝霧にまねかれた。

死んだ、デラニーは死んじまったんだわ——と、この一言を半覚《うつつ》のように呟きながら、まだジェニーは両の腕を握りしめたままでいる。しかしその顔はなんだか、一つの希望に燃えているようである。デラニーが死んだ——そのため油然とあふれたような不思議な明るさが、ジェニーの顔をやがて覆いはじめたのであった。

ジェニーにも、なにかしらの影がある。さっき、ラジオを聴いているときに示したあのはげしい案じ方と、いまの彼女をくらぶれば、別人のような感がする。まったく、悪く思えば芝居だったかというような……、このジェニーの白さには感じたくないものが、打ってくるのだ。しかし今、颱風一過後の室内は、気ぬけしたように、音がない。春めいてきた陽につつまれた魔天楼群《スカイ・スクレーパース》のむこうには、ただ一線のステート島と、一点の自由の女神の像。そのまえに群がる無数の曳船をわけながら、いまキューナード白《ホワイト・》星汽船社線《スター・ライン》のアクィタニア号がはいってくる。折竹は、自失したようななかで、呟いた。

「畜生め、石油王《ロックフェラー》をはじめ全米の業者があつまって、さぞ今ごろは、祝盃をあげているだろう。なるほど、クレミンの辣腕のため、燃料恐慌をまぬかれた。あの、稀代の軍師の精力と、全能の金のため……、おれは一敗地にまみれ、すべてが無になった。思わぬクレミンの秘手の出現と、デラニーの死が……、いっさい合財を洪水《おおみず》のようにもち去った今、もう俺には、なんのなす余地もないのだろうか」

最初、デラニーとの決めは、こんなようなことだった。まず、発動機の故障といい立てる。つぎに、気筒の電気点火から作用させ、ラジオを妨害する。そうして、だれにも覚られず、「霧神の大口《クク・エー・キングワ》」に着陸する。という筋立が意外な辣手の出現から、支離滅裂となり、あの惨事となった今、もう、あのラジオを真実と信ずるよりほかにないだろう。塗料の雨、成層圏の墓、夜光輝霧《ノクチ・ルセント》のまねき。それを、疑わせるような一点のものでもないだろうか――と彼はしきりと、空虚《うつろ》のなかから立ちあがろうとしはじめる。

デラニーが操縦した気流の変化のない成層圏では、自動操縦器《オート・パイロット》で十分らしい。――と、浮んでくるのは、こんなようなことばかり。しかしついに、かれは気力と粘着力とで抉りだしたようなものに、打衝《ぶつか》ったのである。それは夜光輝霧《ノクチ・ルセント》にまねかれて、夢中で上昇をつづけるときデラニーが、

「陽が入る。夜光輝霧にはいった陽の、なんという美しさ。真紅の冠焔、環状の朱、赤焔の輪――といった。それが、鉄炭酸《アイアン・ソーダ》のついた岩がめぐるらしい『霧神の大口』の火山湖を、俯瞰したときのデラニーの感じではなかったか。かれが、『霧神の大口』に着陸せんとしつつあるのを、ひそかに告げようとした……。そうだ、そこに道がある」

しかしそれも、思えばただの、感じだけの話である。まず、千に一つの可能性しかないことであろう。といって、それと知りつつ、このまま断念するということは、かれの気性としてどうしても出来なかったのである。まして、アメリカ自然科学博物館にふたたび入れた折竹が、まもなく「霧神の大口」の再攻撃を開始するともなれば……。この一縷の希望は、なによりの励みとなるだろう。

そうして彼は、まず探検隊に先だって、アラスカに赴いた。それ以前、ジェニーはコ

ジャック島行きに応募したため、ニューヨークを去り、いまは対岸のチクニクという小村にいる。かれは、そこで四月の二日に、ジェニーに逢えたのである。ちょうど、「魔法絨緞」号捜索打ち切りが声明された日に……。

氷河、青焔に燃えたてば

雪は、深かった。しかし、ちいさな赤楊《はんのき》の灌木などは、はや芽ばえはじめていた。かれは、密雲と烈風と海霧《ガス》のこのチクニクの鮭缶所《キャンネリー》に宿をかり、ときどき、まえの探検のとき第一基地《キャンプ》にした、マゲイクのアレウト土人の部落をおとずれた。またそこが、ジェニーとのひそかな会合所になっていた。で、彼は、まず「霧神の大口」の天険をいかにぶち破るかの成算をたてんがため、一日、羆《ひぐま》の危険のある熔岩の道を辿っていったのである。

しかしこれは、距離も短かく、そう難路ではない。ただ濃霧《ガス》とともにくる猛烈な雨になやむだけ。しかし八時間後には、毛皮靴《ムクルク》の氷河に着いたのである。これは、じつに可愛い氷河である。氷罅《クレヴァス》も少なく、幅もわずかだし、前回の渡行路をゆけば、造作なく越えられる。やがて、あざやかな赤橙色をした熔岩堆積流《ラー・レーヤース》を越すこと、二つ。この魔境をまもる、おそろしい泥沼にでたのである。

濃霧《ガス》が渦をまいて昇り、またたぎり落ちるはるか彼方には、まるで「ジャックと豆の木」の巨人の砦のような色をした、「霧神の大口」をめぐる大絶壁がつらなっている。

そのしたが、蝿茸や菰茸のうら淋れたような群生となり、それも、まもなく泥沼のなかに消えてゆく。くらい空をうつして、ときどき泡の音をたてて、白い骨のような朽樹をところどころ覗かしているこの泥沼は、じつに前回の探検にも、ひとりの犠牲をのんでいる。

それは、旧露領時代の遺風でロシア風の名をつける、アレウト土人のアレキセイという男だった。アッという声とともに、ずぶずぶっと潜ってゆく。沼はその足の裏を、黐《もち》のように吸いつけている。かれは引き込まれながらも、あまりなことに叫びもあえず、ぼんやり頭上を舞う海燕《ペトレル》をながめていた。やがて、泥のうえに顫える髪の毛がのこるまで、この残忍の泥は、心地ゆくまで楽しむのだった。

その数日後、かれはジェニーに会って、この瀬踏みの様子を話し、

「とにかく、あの泥沼を相手にしてちゃ、一生経っても駄目でしょう。なんとか、ここで、ほかの手段を考えてですね」

「ありまして、そんなこと？」

と、ジェニーは信ぜられないように、いうのだった。

「だい一、デラニーが彼処にいるか、どうか……。その、かと云うことさえ、あたくしには信じられません。そりゃ、あの人が生きていてくれればとは、思いますわ。だれも厭がるあの人を、庇い抜いたあたくしですものね」

あの捻くれと自棄のデラニーが、よくマッデンと衝突をする。その都度、仲にはいっ

て取り做したのが、彼女だったということは、あとでマッデンから聴き、折竹も知っていた。それだけに、ジェニーには人一倍の敬意をはらい、また彼女を、好ましくも思っていたのである。しかし、いまの場合はそれはともかくとして、あの泥沼を越えずにゆく、なん等かの方法があるのだろうか。すると、別れしなに彼が、一包みのものをジェニーにわたし、

「明後日《あさって》の正午《ひる》ごろ、あなたはウガスクの小隊へ、飛行機でゆくと云いましたね。その途中、『霧神の大口』の火山湖のうえにでたら、操縦士にさとられぬように、この包みをそっと落してくれませんか。なに、内容!? マア、僕にとりゃ、乾坤一擲のもんでしょう」

といった、その包みのなかには、なにが入っていたのだろう。また、かれの最後の試みとは、どんなことなのだろうか。

そうして二日後の正午《ひる》、かれは毛皮靴《ムクルク》の氷河を見おろす、岩陰に蹲まったまま、じっと瞬きもせず氷の面をながめている。さっき、三十分ほどまえ、上空に爆音がした。ジェニーはうまくあの包みを、火山湖のなかへ落してくれただろうか。と、ひたすら案ずるうちに前面の氷河の一部から、みるも奇怪なまっ青な焔が立ちのぼってくる。そうしてそれは、氷河のむこう側をぼうっと染めながら、下へながれてゆく。その美観、青の凄焔のながれに、だんだんに染まってゆく氷の面に、空間の沙霧も囁きかえすように、反映をうけてゆく。その濃淡の精美、諧調の微妙さは……。ああいま、この氷河は青焔

に燃えたっているのだ。

そこへ、よし――と、呟いた折竹の眼は、あくまでも現実家のそれである。かれが、ジェニーに托《かず》けた包みには、「フリオレッセン」がはいっていた。これは、じつに強力な蛍光剤である。かの、ラインとドナウが地下で連絡しているという事実も、この「フリオレッセン」あってこそ、はじめて確められたのである。そうしてこの場合、それは「霧神の大口」の火山湖とこの氷河のはしの地下流とが、溶岩隧道によって連なっているという証拠になる。

やがて、爆音が轟いた。氷河の向うがわの一部分が爆破され、かれは硝煙の消えるのを待って、地下流のなかに立ったのである。それは、骨までも凍りつくような、冷たさだ。左右頭上の岩壁にはまっ黄色な針鼠のような、硫黄の結晶が尖鋭なひかりをはなち、道は紆余曲折をきわめ、涯しなく奥へ続いている。と、やや暫しゆくと細い滝になり、この熔岩隧道はそこで絶えている。

「はてな」とかれは腕をこまねいて、考えた。おそらく、この滝は湖底から出ているのではないか。そうとしたら、この滝の岩壁をつらぬいたら、湖底へでることが出来る。いや、火山湖の水がこの暗道のなかへ、流れてしまうのだ。ああ、「霧神の大口」は湖底から征服されるか⁉

そうして、ながい導火線をつけ、その岩壁を爆破した。硫黄の燃えるガスが、どっと暈《かさ》まる水流とともに、ながれてくる。占めた。しかし、もうその日はその奥へはゆけなかった。かれは、火山湖の水が涸れ切るまで待たなければならない。それで、一まず引きあげてジェニーに会い、ほぼ「霧神の大口」征服が成功だということを話すと、

「本当ですの」

と、かの女は雀躍りしたが、その眼は笑ってない。じっと、洲のはるか先のほうを、沈鬱な眼でながめている。

「またあの人に、会えるか会えないかは、わかりませんけれど……。別に、考えてもみない人に、どうしても会わされて……。そのため、ぜひいつ迄いたい方と、別れるようになる……。いいえ、それはこの事じゃないんですの。他のこと、私がのこしてきた、ニューヨークのことです」

「では、あなたがニューヨークに、置いてきたような方が……」

「ええ」と、ジェニーは曖昧な笑いかたをして、

「だって今、もしやしたら、あの人に会えるんでしょう。私はそれを、信じやしませんけど……、もしや会えるということは、もしや別れるということに……。と思うとつい、取り越苦労がでるんです。でも、こういう時は、誰でもそうですわ。なにか、突っ拍子もないことがありそうだと、つい気になって……」

と云って、折竹の顔をじっと見つめるのである。そしてこの事は、ついに翌日、かたちとなって現われた。いよいよ、「霧神の大口」を湖底から衝こうと、ジェニーを誘いにゆくと、……その日の朝、出かけたなり、いないと云う。一日、待った。が、その翌

日も、つぎの日も同じである。ははあ、コジャック島からニューヨークに帰ったのではないか。女の迷信ぶかさが妙な附会《こじつけ》をやって、急にニューヨークにいる恋人が、案じられてきたのだろう。と、彼は単身、毛皮靴《ムクルク》の氷河におもむいた。

ぬるめく爆破坑をたどって、やっと湖底にのぼったとき、一瞬ぐるりを見たときの、その驚きと云ったらば……。そこは、かれが叫ぶがごとく、北極圏の熱地――だったのである。

大きな植物はないが、羊歯や蘭がはえ、名もしれぬ灌木のなかに、サルオガセが這いまわっている。大昼顔が頭ほどの花を咲かしていれば、まるで腰かけられるほどに巨きく伸びたベゴニアの密生のその下に、がさがさ餌をもとめている、大蜘蛛が這いまわる音がする。寒地の熱帯――かれはこの奇観に唖然となったのである。

おそらくこれは、赤道を越えて南へゆくという海燕などがもち運んでくる、卵や種子がこの風土に育ったのだろう。この熱気、いちめんの地表をとおしてくる噴気の有様は、まるでアマゾンあたりの、大湿林にいる心地がする。しかも、消えた成層圏機の「魔法《フライング・》絨緞《カーペット》」号が、ついこの鼻先にあるではないか。

勝った。全米石油業界の大軍師、クレミンとの闘いに、ついに倦まぬかれの努力が、最終の勝ちを制したのである。デラニーよ、いまこそお前をつれて、日本へ飛ぶだろう。あの天才を、完膚なきまで生かさしめ、しかも、生涯安住の地となる日本の土へゆく。

と、機胴の扉を押しひらいたその一瞬に、彼は、アッとさけび声をたて、はじかれたように跳び退いた。

そこには、男女二人の血みどろな、死体が横たわってる。一人は、疑うかたないデラニーであり、もう一人……その拳銃を手にして、顳顬《こめかみ》をうち抜いている女のほうは……、ああ、よくよく見れば、ジェニーではないか。ジェニー、これは一体どうしたことなんだ——。と、しばらくは彼は、夢みるような心地のなかで、この意外をきわめた魔境中の惨劇をうち見守っていた。

やがて気がつくと、無電卓《ラジオ・デスク》のうえに紙切れが載せられていて、うえに、なにかの把手《ハンドル》が錘《おも》しに置いてある。——彼にあてた、ジェニーの遺書だった。


お許しくださいまし。あなた様の御好意を裏ぎったジェニーは、まことに罪ふかい女でございます。じつは、湖底爆破のことを聴きますと、急に気になってきて、ひとりの土人の案内で、あの氷河を下りました。それからは、女の身としたらたいへん辛いこと続きでございまして……。でも、この湖底からやっと出ることができました。

デラニーに会いました。あの人は、あなたのお徳をしみじみ感じたらしく、生涯、先生のためなら、犬馬の労をいとわぬと申しておりました。思えば、矯め直されたとはいえ、なんという変り方でしょうか。しかし、それが結局あの人を殺し、私自身も死なねばならぬことに、なったので御座います。どうか、悪性女の話ながら、お読みくださいますように……。

私は、じつはある任務を帯びた、イギリスの女でございます。また、イギリスを本部としまする救世軍というものは、いわばその温床であり、前衛でもございます。すると私は、一夜傷ついて駈けこんできた、デラニーに会いました。そして、彼の口からベンゾール燃料《フユエル》のことを聴いたのです。それで、本部へ報告し、指令をうけまして、それからデラニーのそばを、片時もはなれぬようになりました。

つまり、デラニーを英本土へ逃がすのです。これは、いま英米といわれ、膠漆《こうしつ》ただならぬ仲では御座いますが、やはり一皮剝けばたがいに牙をむき、たがいに自己の利益に汲々たる有様は……、かのベンゾール燃料の秘密を自国一手に収めようという、本部の指令でもおおよそはお分りでございましょう。しかし、燃料業者の手を到底遁るべくもなく、また、デラニーの安全をはかることは、どうしても不可能でございます。そこで、私は一策をたてました。それが、あなた様が考えた、魔境へ逃がすという……。とにあれは、私が考えたことでございます。それから、あなた様をさがし、たくみに導いて、とうとう、きょうの此処までに至りましたわけ……。また、デラニーを逃がさないためには、大象のなんとやらで、私、あの黒人と婚約をいたしましたのです。そしてそれが、きょうの悲劇の因なんでございます。

それは私が、あなた様を恋する身になったからで御座います。そうなりますと、デラニーの発見がなにより怖ろしく、また、あなた様の力をかりて、あの人を見つけ、またさらに、それを奪って本国へ連れてゆかなければ、イギリス人としての、私の義務が成りません。そういう、板ばさみのひどい苦境に落ちた私は、ついに思いあまった末、こうしなければならなくなりました。

お許しくださいまし。また、お優しい言葉の一つも聴かぬうちに、この世を去るのは残念でございますが……、せめても国への義務を知る一人の女がいたということを、これからなにかの端につれ、お憶いくだされば十分でございます。では、末ながい御幸運のほどを祈りつつ。

ジェニー

こうして、デラニーは去り、ジェニーも去った。じっと、散光がにじんでくるこの濛気の死の境域に、やがて、発動機《エンジン》を分解し、油槽の油の採取をはじめた折竹の影が、うすら茫《ぼ》んやりと動きだしたのである。あのベンゾール燃料《フユエル》の秘密は、はたしてデラニーとともにあの世に消えてしまっただろうか。それとも、彼が持ち帰った油の分析でわかるだろうか。

いつか皆さんは、それを聴くときがくるだろう。

●解説――

唯一無二の秘境冒険小説

山前　讓

一九三四年に「新青年」に連載した『黒死館殺人事件』で探偵小説ファンの度肝を抜いた小栗虫太郎は、一九三六年、やはり「新青年」に連載した『二十世紀鉄仮面』で新伝奇小説と自ら名付けたジャンルに新たな展開を見せた。

そして一九三九年五月と六月、その「新青年」に分載された「有尾人《ホモ・コウダツス》」に始まるのが、戦後になって『人外魔境』として一冊にまとめられた十三作だ。フランスの自動車会社シトロエンの探検隊が、赤道中央アフリカのコンゴ北東部にある大秘境「悪魔の尿溜《ムラムブウエジ》」へと向かうのだが……悪魔の尿溜⁉　なんともインパクトのあるネーミングだ。「新青年」は「冒険世界」の後継誌で、海外への視線は創刊時から明確だったが、それにしても「有尾人」はなんともスケールの大きな物語である。

その「冒険世界」の編集長を務めた押川春浪の作品など、広くアジアに舞台を求めた冒険小説は、明治時代から書かれていた。地図を見れば明らかなように、日本はアジア大陸の東端にある小さな島国である。大航海時代には完全に乗り遅れたとはいえ、海外での冒険を夢みた若者はたくさんいただろう。

その背景には、秘境と称される未知なる地域に挑戦しようという、単純な冒険心だけがあったわけではない。明治後期には河口慧海のチベット探検や白瀬中尉の南極探検が話題となっているが、信仰心、領土拡大、資源開発など、さまざまな目的を秘めての冒険があった。ときには国家的なスパイ活動も展開されている。

「有尾人」はそんな秘境を魔界にまでスケールアップしてしまった。虫太郎にシリーズとしての展開の構想があったのは、「有尾人」の冒頭に探検の候補地が列挙されていることで明らかだろう。一九三九年十月と十一月に分載された第二話「大暗黒《ラ・オスクリダット・グランデ》」の角書きには〈人外魔境小説〉とある。押川春浪に「人外魔境」と題した作品があるが、人外境に一文字加わっただけで、その雰囲気はまったく変わってしまう。

一九四〇年一月からは連載となるが（九月を除き十二月まで）、連載化の第一話であり『人外魔境』としては第三話である「天母峰《ハーモ・サムバ・チヨウ》」に登場したのが、折竹孫七だ。名鳥獣採集人としてアメリカ自然科学博物館から非番でも週金五百ドルをもらい、外国探検隊員を名目にして秘密測量を行っている快男児である。第三話以降は、彼の冒険譚として、中国の奥地、南太平洋、中南米、アフリカ、グリーンランドなどなど、数奇な探検が綴られていく。第七話「火礁海《アーラン・アーラン》」からは角書きが〈魔境征服シリーズ〉となった。やはただ、それらの作品は生前にシリーズとして一冊にまとめられることはなかった。

り「新青年」の一九四一年七月に発表された「アメリカ鉄仮面《クク・エー・キングワ》」を最終話として、一九六八年十二月、桃源社より『人外魔境』のタイトルで刊行されたことで、ようやくその全体像が捉えられるようになったのだ。都筑道夫は解説で、再読してエドガー・ライス・バローズを連想したという。そしてこのシリーズは、〝ジュール・ベルヌであり、H・ライダー・ハガードであり、ウイリアム・ホープ・ホジソンであり、E・チャールズ・ヴィヴィアンです。つまり、ファンタスティック・アドベンチャーと呼ばれて初期のSF雑誌をにぎわしたジャンルを、小栗流に料理したもの〟と論じていた。

シリーズ作を執筆当時、虫太郎にはまだ海外渡航の経験はなかった。小栗宣治「小伝・小栗虫太郎」によると、稿料や印税の半分は本の購入代に消え、書斎の半分は洋書でうずまっていたという。語学が堪能だった虫太郎は、そこから各話のテーマをセレクトしたのだろう。なかでも参考にしたのは、一八八八年にアメリカで設立されたナショナルジオグラフィック協会の会誌だったに違いない。

というのも、その会誌にシトロエンが行った三度の遠征隊の記録が掲載されているからである。前輪がタイヤ、後輪がキャタピラというトラックの性能を知らしめるためのものだったらしい。第一回は一九二二年に行われ、そのルートは北アフリカのアルジェリアからサハラ砂漠を経て西アフリカのトンブクトゥまでだった。そして第二回は一九二四年、アルジェリアからケープ・タウンまで――「有尾人」の着想がここにあるのは明らかだ。

しかし、いかに実際の探検記がベースにあったとしても、実の上に虚を重ね、虚の上に実を重ねていくのが虫太郎である。妖気漂う未開の地と奇妙な動物たち。その比類なき発想には圧倒される。それぞれのテーマがゆうに長編に仕立てられるようなものだけに、虫太郎隊長に率いられての魔境の旅行隊《キャラヴァン》は往々にして迷走する。最初の目的はどこへ？　そう思うこともままある。第二次世界大戦勃発前後の世界情勢も反映されている。けれど、それらを見事にまとめてしまうのが虫太郎なのだ。

『人外魔境』の着想は戦後、香山滋や横田順彌に引き継がれていくが、スケールの大きさはやはり虫太郎だろう。二〇一七年に『黒死館殺人事件』の新たな校訂版が刊行されたように、エンタテインメント界の鬼才への興味はまだまだ尽きない。

（やままえ　ゆずる・推理小説研究家）

＊本書は、小栗虫太郎著『人外魔境』（桃源社、一九六八年十二月刊）を文庫にしたものです。作品中、現在では差別的表現とみなされるような表現が一部にありますが、執筆時の時代背景と著者が物故されていることから、そのままと致しました。

人外魔境《じんがいまきょう》

二〇一八年　一　月一〇日　初版印刷
二〇一八年　一　月二〇日　初版発行

著　者　小《お》栗《ぐり》虫《むし》太《た》郎《ろう》
発行者　小野寺優
発行所　株式会社河出書房新社
〒一五一－〇〇五一
東京都渋谷区千駄ヶ谷二－三二－二
電話〇三－三四〇四－八六一一（編集）
〇三－三四〇四－一二〇一（営業）
http://www.kawade.co.jp/

ロゴ・表紙デザイン　栗津潔
本文フォーマット　佐々木暁
印刷・製本　中央精版印刷株式会社

Printed in Japan　ISBN978-4-309-41586-4

●河出文庫●

KAWADE ノスタルジック

探偵・怪奇・幻想シリーズ

刊行予定と既刊案内

＊刊行予定＊

『三面鏡の恐怖』木々高太郎（2018年4月刊行予定）

死んだ妻とそっくりな妹が現れ、接近してきた。その目的は一体何か——。
戦後の世代間問題を背景に描く、名匠木々の本格推理長篇、初めての文庫化。

＊既刊＊

『人外魔境』小栗虫太郎 41586-4

魔境小説の集大成。『新青年』に発表された、幻想SF冒険小説。 推薦＝小川哲

『いつ殺される』楠田匡介 41584-0

地道で過酷な捜査とトリックに満ちた本格推理代表傑作。 推薦＝有栖川有栖

『海鰻荘奇談』香山滋 41578-9

怪奇絢爛、異色の探偵作家にしてゴジラ原作者の傑作選。 編・解説＝日下三蔵

『鉄鎖殺人事件』浜尾四郎 41570-3

質屋の殺人現場に西郷隆盛の肖像画が…… 推薦＝法月綸太郎

『疑問の黒枠』小酒井不木 41566-6

擬似生前葬のはずが…長篇最高傑作文庫化。 推薦＝東川篤哉

『蟇屋敷の殺人』甲賀三郎 41533-8

トリック、プロット、スケール！〈本格の雄〉の最高傑作。 推薦＝三津田信三

『見たのは誰だ』大下宇陀児 41521-5

〈変格の雄〉による倒叙物の最高傑作、初の文庫化！ 推薦＝芦辺拓

『白骨の処女』森下雨村 41456-0

『神州纐纈城』国枝史郎 40875-0

著訳者名の後の数字はISBNコードです。頭に「978-4-309」を付け、お近くの書店にてご注文下さい。